TROIE OU LA TRAHISON DES DIEUX

Paru dans Le Livre de Poche :

LA COLLINE DU DERNIER ADIEU

LES DAMES DU LAC
1. Les Dames du lac
2. Les Brumes d'Avalon
3. Le Secret d'Avalon

LA PRINCESSE DE LA NUIT

Avec Julian May et Andre Norton :

LE CYCLE DU TRILLIUM
1. Le Talisman écarlate
2. Le Trillium d'or
3. La Dame du Trillium
4. Le Trillium céleste

MARION ZIMMER BRADLEY

Troie ou la trahison des dieux

ROMAN TRADUIT DE L'AMÉRICAIN PAR HUBERT TEZENAS

PYGMALION / GÉRARD WATELET

Titre original :

THE FIREBRAND

A Mary Renault

« Oh Troy Town ! Tall Troy's on fire ! »

ROSSETTI

« Avant la naissance de Pâris, Hécube,
reine de Troie, rêva qu'elle allait donner
naissance à un tison qui anéantirait
par les flammes les murs de la cité. »

PRINCIPAUX PERSONNAGES

Asie : Les Troyens

Priam
Dernier roi de Troie.
Hécube
Epouse de Priam.

Leurs enfants :
Cassandre
Prêtresse d'Apollon, ayant reçu le don de prédire l'avenir.
Polyxène
Sœur aînée de Cassandre.
Hector
Fils aîné de Priam, époux d'Andromaque, père d'Astyanax.
Pâris
Ravisseur d'Hélène.
Troïlus
Dernier fils d'Hécube.
Déiphobe
Demi-frère d'Hector.

Créuse
Future épouse d'Enée.
Hésione
Sœur cadette de Priam.
Œnone
Epouse abandonnée de Pâris.
Enée
Fils d'Anchise et d'Aphrodite, époux de Créuse.
Chrysès
Prêtre d'Apollon.
Chryséis
Fille de Chrysès.
Imandre
Reine de Colchis.
Penthésilée
Reine des Amazones, sœur de la reine Hécube.
Andromaque
Epouse d'Hector, fille de la reine Imandre.

Europe : Les Grecs

Agamemnon
Roi de Mycènes.

Clytemnestre
Epouse d'Agamemnon.

Leurs enfants :
Iphigénie
Electre
Oreste.

Egisthe
Amant de Clytemnestre.

Ménélas
Roi de Sparte, frère d'Agamemnon.

Hélène
Fille de Zeus et de Léda, sœur de Clytemnestre, épouse de Ménélas, mère d'Hermione, Nikos et Bynomos.

Ulysse
Roi d'Ithaque, époux de Pénélope, père de Télémaque.

Achille
Roi des Myrmidons, fils de Pelée et de la nymphe Thétis.

Patrocle
Fidèle compagnon d'Achille.

Ajax
Fils d'Oïlée, roi des Locriens.

Déesses et Dieux

La Mère Eternelle
Déesse suprême des origines et de la fécondité.

Zeus
Maître de l'Olympe, dieu du Ciel et de la Lumière.

Poséidon
Dieu de la Mer et des Profondeurs.

Apollon
Dieu du Soleil et des Oracles.

Pallas Athéna
Vierge et guerrière, déesse protectrice de Troie.

Aphrodite
Déesse de la Beauté et de l'Amour.

Héra
Epouse de Zeus, déesse protectrice de la femme mariée.

Python
Déesse du Monde souterrain, gardienne des Oracles.

PROLOGUE

La pluie, tout au long du jour, n'avait cessé de tomber en lourdes averses entrecoupées de crachin. Les femmes avaient rentré leurs rouets pour les installer près de l'âtre et les enfants s'étaient réfugiés dans la galerie couverte qui longeait la cour. Au gré des accalmies, ils s'élançaient dehors pour patauger dans les flaques qui noyaient çà et là le carrelage de briques et regagnaient ensuite la salle à grand renfort de cris et de piétinements. Ils souillaient aussi le sol de boue et exaspéraient la doyenne des femmes supportant de plus en plus mal le cliquetis incessant des épées de bois mêlé aux hurlements des « blessés » et des « morts ».

Le crépuscule venu, la pluie qui s'obstinait à dégouliner dans la cheminée rendant impossible la préparation du dîner, les femmes installèrent des braseros pour faire cuire le pain et la viande, entourées bientôt par toute la marmaille fatiguée par les jeux et attirée par les odeurs appétissantes comme des chiots affamés.

Peu avant le dîner, un étranger se présenta à la porte. C'était un poète errant, un aède dont la lyre, suspendue à l'épaule, permettait de trouver partout couvert et gîte pour la nuit. Accueilli chaleureusement, ayant eu droit à un repas copieux, à un bain chaud et à des vêtements secs, il vint s'installer tout contre le foyer, à la place réservée aux hôtes de marque. Courbant la tête sur son instrument, il entreprit alors de l'accorder minutieusement, puis sans rien demander à personne — un poète ne fait-il pas toujours tout ce que bon lui semble ? —, il fit longuement vibrer une corde de sa lyre et déclama :

« Je vais chanter les batailles et les grands hommes qui les livrèrent.

« Ces hommes qui assiégèrent dix ans durant les titanesques murailles de Troie.

« Je vais chanter aussi les Dieux qui abattirent finalement ces remparts, Apollon, Dieu du Soleil et Poséidon qui ébranle la Terre.

« Je chanterai l'histoire de la colère du très puissant Achille, fils d'une Déesse, si fort qu'aucune arme ne pouvait le terrasser.

« Je chanterai l'histoire de sa fierté sans bornes, de son combat qui l'opposa pendant trois jours à l'illustre Hector sur les plaines de Troie aux très puissants remparts.

« Je chanterai le fier Hector et le vaillant Achille, les Centaures et les Amazones, les Dieux et les héros.

« Ulysse et Enée, tous ceux qui combattirent et tombèrent sur le sol de Troie... »

— Non ! s'exclama subitement la plus vieille des femmes, laissant tomber sa quenouille et se levant d'un bond. Non ! Je ne tolérerai pas qu'on chante de telles insanités sous mon toit !

La lyre laissa échapper un gémissement dissonant ; le visage de l'aède afficha une consternation polie.

— Je te demande pardon ?

— Je dis, et tu m'as entendue, que je ne laisserai pas débiter chez moi ce tissu de mensonges ! reprit-elle avec véhémence.

Les enfants glapirent d'étonnement. D'un geste impérieux, elle les réduisit au silence.

— Aède, tu es le bienvenu. Partage notre repas, réchauffe-toi auprès du feu. Mais je ne te laisserai pas graver dans l'esprit des enfants des fables qui sont grotesques. Rien ne s'est passé comme tu le chantes.

— Vraiment ? Mais comment le sais-tu, ô reine ? interrogea courtoisement le joueur de lyre. Je chante cette épopée telle que me l'a contée mon maître, telle qu'on la chante partout, de la Crète à Colchis...

— Qu'elle ait été chantée ainsi d'un bout du monde à l'autre, interrompit la vieille femme, n'en modifie en rien le caractère mensonger.

— Mais comment le sais-tu ? répéta de nouveau le poète.

— Je le sais, parce que moi-même j'étais à Troie lors de ces événements, répliqua-t-elle. J'ai tout vu.

Les enfants poussèrent des exclamations.

— Tu ne nous l'avais jamais dit, grand-mère ! Tu as donc connu Achille, Hector, Priam, tous les héros ?

— Les héros ! grimaça-t-elle avec dédain. Des héros ! Oui, je les ai tous connus. Hector était mon frère.

A ces mots, le poète se pencha en avant pour mieux détailler les traits de la vieille reine.

— Oui, murmura-t-il lentement. Je te reconnais maintenant. Je sais qui tu es, ma reine.

Elle hocha la tête.

— Dans ce cas, continua-t-il, c'est à toi, à toi seule de conter cette histoire. Je suis au service du Dieu de la Vérité, je ne peux pas chanter plus longtemps des mensonges.

La vieille femme garda longtemps le silence.

— Non, répondit-elle enfin. Non ! Revivre tout cela m'est impossible.

Déçus, les enfants insistèrent.

Mais elle secoua énergiquement la tête.

— La vérité n'est pas si belle... soupira-t-elle encore.

— Dis-moi au moins où mon histoire est fausse, implora l'aède. Ainsi pourrai-je la modifier...

— Il fut un temps où j'aurais pu tenter de le faire, reprit-elle à mi-voix. Hélas ! Personne n'est plus aujourd'hui disposé à entendre la vérité. Votre histoire à vous parle uniquement de rois et non de reines, de Dieux, non de Déesses.

— Mais non, objecta le joueur de lyre. Elle parle beaucoup de la belle Hélène enlevée par Pâris, de Léda aussi, mère d'Hélène et de Clytemnestre, séduite par Zeus qui avait pris l'apparence de son époux, du roi...

— Je savais bien que tu ne pouvais comprendre, interrompit la vieille femme. Sache d'abord qu'à l'origine il n'existait aucun roi dans ce pays, mais seulement des reines, filles des Déesses, qui choisissaient elles-mêmes le compagnon qu'elles souhaitaient et régnaient sans partage. Les adorateurs des Dieux de l'Olympe, des hommes armés d'épées de fer, sont venus plus tard s'installer chez nous. Dès lors, quand une reine a désigné l'un d'eux pour devenir son compagnon, il s'est aussitôt proclamé roi en exigeant le droit de régner. C'est ainsi que Dieux et Déesses sont entrés en conflit. Et puis, un jour, Troie est devenue le théâtre de leurs querelles...

Elle sembla tout à coup se reprendre.

— Mais à quoi bon évoquer tout cela ? Le monde a tellement changé. Je le sais, je le sens, toi aussi, tu me prends pour une vieille à la raison chancelante. Tel a toujours été mon lot : dire la vérité et n'être jamais crue. Ainsi ai-je vécu, ainsi continuerai-je à vivre jusqu'à mon dernier jour. Chante donc tout ce que bon te semble, mais prends garde seulement de ne point bafouer en ces murs ma propre vérité. Les légendes ne manquent pas. Parle-nous, si tu veux, de Médée, la dame de Colchis, et de la Toison d'or dérobée, paraît-il, par Jason. Sans doute cette histoire recèle-t-elle une autre vérité, mais peu importe. Je ne la connais ni ne désire la connaître. Il y a si longtemps maintenant que j'ai foulé pour la dernière fois les pavés de Colchis.

D'un geste las et triste, elle reprit sa quenouille et recommença à filer distraitement.

Le joueur de lyre inclina la tête.

— A ton gré, reine Cassandre, dit-il. Tous, nous croyions que tu avais péri là-bas, à Mycènes, aux côtés d'Agamemnon, le roi des rois.

— Tu le vois, ma présence contredit la légende et ta vérité, dit encore la vieille femme sans le regarder. Ta vérité...

« Encore et toujours ma destinée, poursuivit-elle en elle-même. Dire vrai et, pour le monde, passer pour folle ! Aujourd'hui encore, le Dieu Soleil ne m'a pas pardonnée... »

PREMIÈRE PARTIE

L'appel d'Apollon

I

A cette époque de l'année, la journée semblait ne pas devoir finir. Les derniers rayons de soleil venaient de s'éteindre à regret à l'horizon ; la brume s'élevait lentement au-dessus de la mer.

Léda, reine de Sparte, se leva du lit où Tyndare, son compagnon, dormait paisiblement. Après l'amour, il sombrait toujours dans un profond sommeil. Sans l'éveiller, elle se drapa d'une étoffe légère et s'esquiva vers la cour du gynécée.

« Devoir vivre dans le quartier des femmes, songea amèrement la reine, alors que ce palais est à moi, à moi seule. A croire que l'intrus n'est pas lui, mais moi. A croire qu'il est le souverain légitime de Sparte... lui, dont la Mère Eternelle, Gaïa, ne connaît même pas le nom ! »

Certes, elle ne l'avait pas repoussé lorsqu'il était venu lui demander sa main, envahisseur hirsute du nord, bardé d'odieuses armures de fer, adorateur du tonnerre et des Dieux de l'Olympe. Et maintenant, les siens étaient partout, imposant leurs propres lois du mariage, comme si leurs Dieux avaient jeté à bas de son trône céleste la Déesse qui régnait sur la terre, les récoltes et les peuples. Bien plus, il avait fallu, comme toute épouse aujourd'hui, jurer fidélité à son mari et se convertir au culte de ses Dieux !

Un jour, songea Léda, la Mère Eternelle punira ces hommes qui empêchent les femmes de payer leur tribut aux forces de la vie. Ils osent prétendre que les Déesses sont inférieures aux Dieux. Quel terrible blasphème, quel grotesque et ignoble renversement de l'ordre naturel des choses ! Les hommes ne détiennent aucun pouvoir divin, ne sont pas même capables de donner vie à un enfant, de le nourrir avec leur corps. Et ils prétendent jouir d'un droit privilégié sur le fruit des entrailles de leurs femmes, comme si le seul acte d'accouplement leur conférait sur elles un droit quelconque de propriété ! Quel aveuglement insensé : un enfant appartient à la femme qui l'a porté et allaité.

Léda pourtant aimait son époux. Pour cette seule raison, elle était prête à pardonner sa jalousie et ses folies, au risque même de susciter le courroux de la Déesse, car elle refusait sa couche à tous les autres hommes.

Malgré tout, elle aurait bien aimé faire comprendre à Tyndare qu'être confinée dans le quartier des femmes ne lui convenait nullement, que son rôle de prêtresse l'appelait au-dehors, que la Déesse devait être honorée comme elle le méritait, qu'elle devait naturellement offrir sa fécondité à tous les hommes et non à un seul et unique époux, qu'il n'était en rien propriétaire des dons que la Mère Eternelle se plaisait à dispenser sur terre, même s'il se proclamait roi, seigneur et maître de ses sujets. Un lointain grondement de tonnerre qui semblait venir de la mer, à moins qu'il ne s'agisse d'un soubresaut du grand Serpent qui vivait dans les entrailles des montagnes, interrompit ses réflexions.

Une soudaine rafale de vent souleva le pharos [1] jeté sur ses épaules et fit ondoyer sa chevelure ; un éclair illumina brièvement la cour, et la silhouette de son mari arraché au sommeil apparut dans l'encadrement d'une porte. Léda eut un mouvement de recul imperceptible. Allait-il lui reprocher de ne pas être au gynécée à cette heure de la nuit ?

Mais sans dire un mot, il se contenta d'avancer vers elle. Tout de suite, quelque chose dans sa démarche décidée l'avertit qu'en dépit des traits familiers qu'elle reconnaissait dans la clarté lunaire, ce n'était pas son époux qui venait à elle. Inexplicablement, de petites flammes dansaient autour de ses épaules et chacun de ses pas sur les dalles était accompagné du son étouffé et lointain d'un roulement de tonnerre. Non, ce menton haut et

1. *Pharos* : long châle de lin ou de laine (N.d.T.).

volontaire, ce visage couronné d'un halo lumineux, n'était en rien celui de son mari. Un long frisson parcourut tout le corps de Léda et elle comprit qu'un Dieu étranger avait emprunté l'apparence de Tyndare, un Dieu qui, entouré d'éclairs, ne pouvait être que Zeus l'Olympien, le Dieu de la Foudre, le maître du Tonnerre.

Etait-ce d'ailleurs bien étonnant ? N'avait-elle pas maintes fois senti la Déesse se glisser dans son corps lorsqu'elle bénissait les moissons ou s'étendait sur la terre pour transmettre aux semences le divin pouvoir de croître ? Alors elle n'était plus vraiment elle-même et c'était la Déesse en personne qui, en la possédant, manifestait à travers elle sa puissance sacrée.

Cette nuit, Zeus incarné venait vers elle, mais Tyndare la voyait lui aussi avec les yeux du Dieu qui s'était emparé de ses traits, Dieu qu'il vénérait entre tous.

Léda recula dans l'ombre, espérant vaguement rester invisible jusqu'au moment où Zeus quitterait l'enveloppe charnelle de son époux. Mais toujours auréolé de fulgurances lumineuses, le Dieu soudain la transperça de son regard. D'une voix profonde et douce où semblaient résonner tous les échos assourdis du tonnerre, il s'adressa à elle :

— Léda, quitte l'ombre et viens à moi.

Il tendit la main et la reine, tremblant d'être frappée par la foudre en le touchant, s'avança irrésistiblement vers lui, posa sa main dans la sienne, frissonna au contact de sa peau fraîche. Elle leva les yeux vers lui, surprit sur son visage l'esquisse d'un sourire inconnu chez Tyndare, toujours si grave et impassible. En cet instant, les yeux de Zeus riaient, mais non pas d'elle, avec elle. Doucement il l'attira dans ses bras, la couvrit de son manteau de pourpre, lui transmit la chaleur de son corps. Puis, sans un mot, il l'entraîna lentement vers la chambre qu'elle venait de quitter.

Au bord de sa couche, il la serra tout contre lui et elle sut qu'il la désirait avec ardeur.

« Les lois qui m'interdisent de me donner aux autres hommes s'appliquent-elles à un Dieu ? » se demanda-t-elle alors, le cœur battant.

Or, elle en était certaine, le véritable Tyndare, son

époux, la regardait aussi. Mais de quel œil ? Etait-il jaloux, meurtri, ou au contraire flatté que sa femme soit l'objet des faveurs de son Dieu préféré ? Quoi qu'il en fût, le savoir était impossible, et la mâle vigueur de l'étreinte de Zeus inéluctable. Elle ne pouvait se dérober.

Tout au début, elle avait trouvé ses bras presque glacés mais désormais, sous l'effet sans doute d'une fièvre mystérieuse, ils l'enlaçaient d'une tiédeur ensorceleuse.

Alors il la souleva et la fit basculer sur le lit. Une simple caresse et, frémissante d'impatience, elle s'ouvrit à lui. Il la couvrit de son corps puissant et entra en elle, auréolé d'éclairs qui déchiraient l'obscurité au rythme sourd des roulements de tonnerre accompagnant la houle de ses reins. Délicieusement possédée par une force surhumaine, elle avait l'impression d'être seule sur un sommet balayé par les vents, cernée par des ailes battantes et prise au piège d'un grand anneau de feu, prisonnière consentante et ravie d'une créature mythique qui la comblait d'extase dans un irréel baiser.

Soudain, tout fut fini, tout s'évanouit, tout disparut et elle fut seule comme si rien ne s'était passé, ou du moins, il y a très longtemps, rêve fugitif qui s'estompait déjà. Elle se releva sur le lit vide, se sentit toute petite, abandonnée. Pourtant Zeus était encore là, absent et présent devant elle, immense, inaccessible. Une fois encore il se pencha vers elle, l'effleura avec une infinie tendresse et s'évanouit.

Léda ouvrit les yeux. A ses côtés, Tyndare dormait profondément. Avait-elle seulement quitté son lit ? La peau de son mari était tiède, sa chevelure répandue sur l'oreiller dépourvue de la moindre étincelle, de la moindre lueur. Avait-elle donc rêvé ?

A ce moment précis, un long et sourd frémissement du sol troublant le silence de la nuit répondit à Léda : le Dieu ne l'abandonnait pas. Aussi longtemps désormais qu'elle resterait l'épouse de Tyndare, jamais plus elle ne pourrait lever les yeux sur lui sans attendre et espérer dans son regard le signe divin venu d'ailleurs qu'elle avait vu ce soir et qui ne la quitterait plus.

II

La reine Hécube ne s'éloignait jamais des remparts de Troie sans jeter un regard de fierté sur l'imposante ville fortifiée dominant de ses hautes terrasses la plaine abreuvée par les eaux vertes et généreuses du Scamandre, se perdant au lointain dans l'azur illimité de la mer. Et elle s'émerveillait toujours de la bonté des Dieux qui avaient fait d'elle-même et de Priam, son époux, les souverains heureux d'une si belle cité.

Le prince Hector, leur fils, promis au trône à la suite de son père, ses frères et ses sœurs hériteraient un jour de la ville et des terres qui l'entouraient à perte de vue.

Même si l'enfant qu'elle allait bientôt mettre au monde était une fille, Priam n'aurait guère lieu de se plaindre. Hector avait sept ans ; il était désormais en âge d'apprendre le maniement des armes. Sa première armure venait d'être commandée au forgeron de la maison royale. Quant à sa sœur Polyxène, de trois ans sa cadette, elle serait un jour très belle avec ses longs cheveux de cuivre qu'elle tenait de sa mère. Bientôt, elle aussi serait tout aussi précieuse à la dynastie que n'importe quel garçon. En la mariant à quelque roi rival, Priam pourrait ainsi sceller des alliances aussi solides que bénéfiques. Un roi, elle le savait, se devait d'avoir une abondante progéniture. Les autres femmes du palais lui avaient donc donné de nombreux fils et quelques filles. Mais en tant que reine et première épouse, c'est à elle, à elle seule, Hécube, qu'incombait la responsabilité de la crèche royale, son devoir — ou plutôt son privilège — consistant à régir l'éducation de tous les enfants de son roi, quelles que fussent leurs mères.

Belle femme au port altier et de haute stature, sa chevelure retombant sur sa nuque en longues boucles d'un roux très flamboyant, la reine marchait comme la déesse Héra, portant fièrement l'enfant qui allait bientôt naître, vêtue comme il seyait aux grandes dames de Troie, d'une longue robe à volants multicolores et d'un corsage échancré. Sur sa gorge brillait un lourd collier d'or.

Tandis qu'elle remontait une ruelle proche de la place

du marché, une femme du peuple basanée portant un péplos [1] grossier de lin brun tendit soudain la main vers elle pour effleurer son ventre.

— Bénis-moi, ô ma reine ! murmura-t-elle, baissant la tête, effrayée soudain de sa témérité.

— Je n'ai pas ce pouvoir, ma fille, répondit Hécube, mais à travers moi, la Déesse te bénit.

En imposant les mains, elle sentit en effet s'étendre au-dessus d'elle l'ombre de la divinité, et sa soudaine transfiguration fit naître chez la femme une lueur de respect émerveillé.

— Puisses-tu donner à notre ville de nombreux enfants, poursuivit gravement la reine, et me bénir, toi aussi.

Stupéfiée la brave femme leva les yeux sur sa souveraine, ou plutôt sur la Déesse qui avait pris son apparence.

— Ô ma reine, souffla-t-elle. Puisse la gloire du prince que tu portes surpasser celle d'Hector lui-même !

— Qu'il en soit ainsi, si la Déesse le veut, murmura Hécube réprimant malgré elle un frisson de mauvais augure, comme si la bénédiction de la femme se teintait mystérieusement d'une vague menace. Comme elle pâlissait, sa suivante s'approcha :

— Vous sentez-vous mal, Majesté ? Les premières douleurs peut-être ?

Le trouble de la reine était tel qu'elle se demanda un instant si le frisson glacé qui l'avait transpercée ne marquait pas effectivement l'imminence de l'accouchement. Mais elle se reprit vite.

— Je ne sais pas, répondit-elle. C'est possible.

— Rentrons au palais dans ce cas. Il faut prévenir le roi.

Hécube hésita. Elle n'avait aucune envie de réintégrer l'acropole [2]; mais si elle était réellement sur le point d'accoucher, il était de son devoir — non seulement envers l'enfant et son mari, mais aussi envers le roi et le

1. *Péplos* : ample tunique, robe droite (N.d.T.).
2. *Acropole* : partie supérieure de la ville, presque toujours fortifiée (N.d.T).

peuple de Troie tout entier — de préserver le prince ou la princesse qu'elle allait mettre au monde.

— C'est bon, fit-elle enfin en faisant demi-tour. Tu as raison. Retournons au palais.

Elles rentrèrent doucement, encerclées par une foule de femmes et d'enfants réclamant eux aussi sa bénédiction. Depuis que sa grossesse était visible, tous voulaient recevoir d'elle le don de fécondité, certains que leur reine avait comme la Déesse le pouvoir de la leur accorder.

Passant sous les deux lionnes de pierre qui surmontaient les lourdes portes du palais de Priam, l'escorte improvisée des quémandeurs se disloqua et les deux femmes purent paisiblement traverser l'immense cour d'honneur où les soldats du roi s'exerçaient au maniement des armes.

Hécube d'un œil distrait observa les soldats qui s'affrontaient deux par deux avec des armes mouchetées. Dans ce domaine, on n'avait guère à lui apprendre. Elle en savait aussi long que n'importe lequel de ces hommes, ayant été élevée parmi les Amazones, ces farouches guerrières qui montaient à cheval et s'entraînaient comme les mâles au maniement de la pique et du glaive. Un jour peut-être reprendrait-elle les armes, bien qu'à Troie un tel usage ne fût de mise. Certes Priam l'avait autorisée un temps à s'exercer avec ses guerriers, mais ce privilège lui avait été enlevé aussitôt qu'elle s'était trouvée enceinte d'Hector. En vain, avait-elle tenté de lui expliquer alors que les femmes de sa tribu continuaient de chevaucher et de se battre jusqu'aux tout derniers jours de leur grossesse. Priam était demeuré inflexible.

De leur côté, les sages-femmes affirmaient que le seul fait de prendre en main une arme nuirait terriblement à l'enfant à venir, tout autant qu'à sa détentrice. Au contact d'une femme, et à plus forte raison d'une femme enceinte, une arme perdait toute sa puissance selon elles, superstition d'une remarquable stupidité aux yeux d'Hécube, les hommes en fait s'ingéniant à ne point reconnaître qu'une femme était capable de se défendre elle-même.

— Mais tu n'as nul besoin de te défendre toi-même, ma chère épouse, répétait à l'envi le roi. Quel homme serais-je donc si j'étais incapable de protéger ma femme et mes enfants ?

Que répondre à cela ? Hécube s'était résignée et n'avait plus dès lors touché une arme.

Franchissant le seuil du vestibule, la reine retrouva non sans plaisir la douce fraîcheur qui baignait le palais, traversa avec sa suivante plusieurs galeries dallées de marbre, troublant le silence des lieux du seul frôlement de sa robe, ponctué par les pas étouffés de la femme qui marchait derrière elle.

Lorsqu'elles entrèrent dans ses appartements inondés de soleil — elle préférait laisser toujours les rideaux ouverts —, les chambrières étaient en train d'étendre des draps. Elles s'interrompirent pour la saluer.

— La reine entre en couches, annonça la suivante. Qu'on appelle la sage-femme royale.

— Non, qu'on attende un peu, fit Hécube d'une voix douce mais ferme, mettant un terme aux exclamations ravies des caméristes. Rien ne presse. J'ai ressenti, il est vrai, un malaise singulier, mais fugitif. Rien n'est encore sûr.

— Majesté, ne faut-il pas mieux, dans l'incertitude, être fixé ? insista la suivante.

La reine finit par se laisser convaincre. Si elle était en couches, elle le saurait bientôt ; si elle ne l'était pas, parler avec la sage-femme ne lui ferait pas de mal.

Sous le soleil déclinant, Hécube passa donc la soirée chez elle, aidant ses femmes à plier et ranger les draps propres. Au crépuscule, Priam lui fit savoir qu'il était retenu et ne pourrait souper avec elle. La reine, ajoutait-il, pouvait même se coucher sans l'attendre.

Cinq ans plus tôt, songea-t-elle, cette nouvelle l'eût consternée : trouver le sommeil sans se réfugier dans ses bras vigoureux eût été inconcevable. Désormais et sans doute plus encore maintenant qu'elle était sur le point d'accoucher, ne pas devoir partager sa couche lui était plutôt agréable. Mieux, l'idée qu'il pût passer la nuit dans les bras d'une autre, peut-être la mère d'un de ses fils, ne la troublait même plus. Un roi devait avoir de nombreux rejetons. D'ailleurs, elle le sentait, elle n'entrerait pas en couches cette nuit. Elle appela donc ses femmes pour le cérémonial du coucher, prit une collation légère et se mit au lit. Avant de s'endormir, la dernière image qui lui traversa l'esprit fut celle de la femme qui l'avait abordée dans la rue pour lui demander sa bénédiction.

Peu après minuit, le garde qui somnolait devant ses appartements fut réveillé en sursaut. Un cri déchirant trouait le silence et se répercutait dans le palais tout entier. D'un bond, il se leva et appela les femmes d'Hécube. L'une d'elles, tout ensommeillée, apparut aussitôt.

— Que se passe-t-il ? balbutia-t-il tout effrayé. La reine se sent-elle mal ?

— Un mauvais présage ! cria une femme ouvrant la porte de la chambre. Le plus terrible des songes !...

La silhouette de la reine se dessinait sur le seuil.

— Au feu ! Au feu !... répétait-elle d'une voix rauque et angoissée, les deux bras en avant, comme pour se protéger d'une vision horrible.

Eberlué, le garde contemplait la reine d'ordinaire si altière. Ses longs cheveux cuivrés défaits tombaient en désordre sur ses reins ; sa tunique de nuit avait glissé sur son épaule et dévoilait son buste sculptural. Au rythme de sa respiration saccadée son visage reflétait tour à tour l'épouvante, l'incrédulité, la folie. Puis il redevenait majestueux, souverain pour donner à nouveau les signes du désarroi le plus complet.

— C'est sûrement un songe, haleta enfin la reine d'une voix à peine audible. Le feu, j'ai rêvé qu'il y avait le feu partout.

— Parle, ô ma reine, implora sa suivante, l'aidant à regagner sa couche, et toi sors sur-le-champ ! gronda-t-elle à l'adresse du garde. Tu n'as plus rien à faire ici.

— Il est au nom du roi de mon devoir d'assurer la sécurité de la reine, rétorqua fermement celui-ci, ayant recouvré son sang-froid.

— Il suffit ! intervint Hécube d'une voix frémissante. Garde, tu peux aller ! Tout cela n'était rien d'autre qu'un rêve. Va ! Le feu n'est nulle part.

— Faisons venir une prêtresse du temple, insista l'une des femmes qui s'empressaient autour de la reine. Nous devons à tout prix savoir quel péril menace !

Un bruit de pas décidé frappant les dalles de la galerie fit tourner toutes les têtes. Le roi, entouré de quelques serviteurs, faisait irruption dans la pièce. La trentaine, de haute taille et solidement bâti, il avait les cheveux noirs et bouclés, portait une barbe soigneusement taillée. Invoquant tous les Dieux et Déesses, il demanda qu'on lui explique les raisons du tumulte soudain qui agitait le palais.

— Majesté... commença l'une des servantes reculant au fur et à mesure qu'il s'avançait dans la pièce.

— Eh bien que se passe-t-il ? tonna-t-il avec impatience.

La reine baissa les yeux.

— Mon roi, je... je suis à l'origine de ce désordre. Je viens d'avoir un songe de bien mauvais augure...

Priam fit signe à une suivante.

— Cours vite t'assurer que tout est calme chez les enfants royaux, ordonna-t-il.

La suivante s'exécuta. Le roi était d'ordinaire calme mais nul ne devait le contrarier quand, d'aventure, il perdait son sang-froid.

— Toi, lança-t-il au garde figé au garde-à-vous près de la porte, rends-toi immédiatement au temple. Annonce que la reine a fait un mauvais songe et qu'elle désire qu'une prêtresse vienne sur-le-champ l'interpréter. Va !

Se tournant vers Hécube, Priam s'approcha...

— Ma reine, es-tu bien sûre que ce n'était qu'un rêve ? interrogea-t-il doucement.

— Rien de plus, mon époux, rien de plus, acquiesça-t-elle réprimant un frisson.

— Raconte-moi ta vision, mon amour, demanda-t-il d'une voix apaisante, la ramenant vers le grand lit de bois sculpté, incrusté d'or et d'ivoire.

Hécube s'allongea. Il s'assit auprès d'elle, posa sa main puissante sur les doigts effilés de son épouse.

— Je suis... je suis confuse d'avoir réveillé tout le monde pour un simple cauchemar...

— Il ne faut pas, reprit Priam fermement. Ce songe, peut-être, t'a été envoyé par un Dieu qui te veut — ou me veut — du mal ? Peut-être est-il aussi l'œuvre d'un Dieu bienveillant qui veut nous avertir d'un désastre imminent ? Allons, ma douce aimée, dis-moi sans crainte tout ce que tu as vu.

— C'était... J'ai rêvé... commença Hécube respirant profondément pour tenter de chasser sa peur. J'ai rêvé que notre enfant — un fils — était né. Puis je regardais les femmes le langer, un Dieu entrait tout à coup dans la chambre...

— Quel Dieu ? interrompit le roi. Sous quelle forme ?

— Je l'ignore, poursuivit la reine. Je sais si peu de chose de l'Olympe et des Dieux. Ce dont je suis certaine en tout cas, c'est de n'avoir jamais offensé l'un d'entre eux.

— Décris-le-moi, insista Priam. Etait-il jeune, était-il vieux ?

— C'était un tout jeune homme, imberbe, ayant à peine six ou sept ans de plus que notre Hector.

— C'était sans doute Hermès, le messager des Dieux...

— Un Dieu étranger ? Pourquoi serait-il donc venu à moi ?

— Il ne nous appartient pas de connaître les desseins de nos Dieux. Comment les saurais-je moi-même ? Allons, continue, je t'en prie.

— Ensuite, reprit la reine d'une voix incertaine, Hermès ou un autre peut-être s'est penché sur le berceau et a pris l'enfant dans ses bras...

Très pâle, le front perlé de sueur, Hécube poussa un long soupir et s'efforça d'affermir sa voix.

— Ce n'était pas un nouveau-né, mais... un tout jeune garçon nu qui brûlait... Oui, il était en feu, il brûlait comme une torche ! Le Dieu l'a posé à mes pieds et s'est mis à arpenter le sol, mettant le feu partout où il passait. Les flammes, des flammes immenses, ont envahi le palais et la ville...

En larmes, elle s'interrompit à nouveau.

— Ô Dieux de l'Olympe ! s'exclama-t-elle. Quel est votre message ?

Priam serra plus fort la main de son épouse.

— Dans mon rêve, poursuivit Hécube en sanglotant, l'enfant marchait devant le Dieu... Il courait, il courait à travers le palais, et tout brûlait sur son passage. Torche humaine, il franchissait les remparts, descendait vers la ville. Je voyais tout de la terrasse ; il brûlait toujours, propageant l'incendie à chacun de ses pas, embrasant la cité tout entière de l'acropole au port... La mer elle-même devenait une nappe de feu...

— Que Poséidon nous protège ! murmura Priam. Quel terrible présage... pour Troie et pour nous tous !

C'est alors qu'apparut, vêtue d'une longue tunique couleur safran, la prêtresse.

— Paix à tous ceux qui vivent en ce palais, dit-elle, posant un regard serein sur les époux royaux. Ô roi et reine de Troie, réjouissez-vous ! Mon nom est Sarmato. Je vous apporte protection et bénédiction de la Déesse. Qu'attendez-vous de moi ?

Elle s'avança vers le lit. Grande et vigoureuse, elle était sans doute encore en âge de porter des enfants, même si sa chevelure noire commençait çà et là à se strier de gris. Elle adressa un sourire à Hécube.

— Je vois, ô ma reine, que la Mère Eternelle t'a déjà honorée. Entres-tu en couches présentement, ou bien es-tu malade ?

— Ma santé n'est pas en cause, répondit Hécube. Personne ne t'a donc avertie ? Un Dieu m'a envoyé un songe de très mauvais augure.

— Un songe funeste ? s'étonna Sarmato calmement. Les Dieux pourtant ne nous veulent que du bien. Tu peux parler sans la moindre inquiétude.

Hécube s'exécuta, toute frissonnante encore de terreur.

La prêtresse l'écouta gravement, puis le récit de la reine terminé, demanda :

— Es-tu sûre qu'il n'y avait rien d'autre ?

Comme Hécube secouait négativement la tête, Sarmato extirpa sans rien dire une petite poignée de galets d'une poche accrochée à sa ceinture. Puis elle s'agenouilla sur les dalles de marbre et les jeta devant elle comme des osselets. Ayant attentivement étudié leur disposition sur le sol, elle répéta l'opération à trois reprises et les réempocha d'un air sombre.

— Le Messager des Dieux a parlé, déclara-t-elle enfin, levant les yeux sur la souveraine. Le fils que tu vas mettre au monde est porteur d'une malédiction qui détruira la ville de Troie.

La reine sentit le sang se glacer dans ses veines. Incapable de parler, elle agrippa les doigts de son époux.

— N'y a-t-il rien à faire pour conjurer cette affreuse destinée ? interrogea d'une voix sans timbre Priam.

La prêtresse eut un geste d'impuissance.

— En voulant conjurer le sort, les hommes ont bien souvent tendance à le favoriser. Les Dieux lancent un avertissement, mais n'indiquent nullement la manière d'éviter la malédiction. Sans doute est-il plus sage de ne pas entraver leurs desseins.

Le roi de Troie garda un instant le silence, puis, le visage fermé, il murmura :

— A sa naissance, l'enfant sera donc exposé [1].

Un cri déchirant lui répondit :

— Non... non, c'est impossible, gémit la reine. Ce n'était qu'un rêve, un simple rêve...

— Plus qu'un rêve. Un avertissement d'Hermès, interrompit gravement son époux. Aussitôt né, je le veux, cet enfant sera exposé. Nous ne pouvons nous dérober. J'ai dit. Qu'il en soit ainsi !

Fondant en larmes, Hécube s'effondra sur sa couche.

Le roi s'était levé.

— Ma reine, je donnerais mon royaume pour t'éviter cette cruelle épreuve, ajouta-t-il tendrement. Hélas ! Je ne puis, tu le sais, braver les Dieux.

— Les Dieux ! s'écria frénétiquement Hécube. Mais qui sont-ils ? Des Dieux obligeant les mortels à la suite d'un songe à sacrifier un enfant innocent avant même qu'il soit venu au monde ? Un enfant appartient uniquement à sa mère. A personne d'autre ! C'est elle qui le porte en son sein pendant près d'une année, elle qui lui donne le jour, elle seule donc qui a le droit de décider de son sort, refusant si elle le veut de l'allaiter, de l'élever. Mais un homme ! Quel droit peut donc avoir un homme sur lui ?

— Le droit d'un père, trancha solennellement Priam.

1. *Exposition* : coutume qui consistait à abandonner un nouveau-né aux bêtes sauvages dans une région déserte (N.d.T.).

Je suis le maître. Tout se passera comme je l'ai décidé. Incline-toi, ma femme !

— Tu n'en as pas le droit ! s'emporta Hécube avec véhémence. Je suis une citoyenne libre, une reine, pas une de tes esclaves ou de tes concubines !

En son for intérieur, hélas, elle savait déjà que le roi aurait le dernier mot. En acceptant de l'épouser, elle avait renoncé à ses droits pour se soumettre à lui.

Priam d'ailleurs restait de marbre. Il tendit une pièce d'or à la prêtresse, salua d'un geste souverain et quitta aussitôt la chambre.

Trois jours plus tard, la reine entra en couches et donna naissance à des jumeaux : un fils et une fille, semblables à deux boutons de rose poussés côte à côte sur la même tige. Malgré leur taille minuscule — la tête du garçon tenait tout entière dans la paume d'Hécube — tous deux étaient en bonne santé et s'étaient mis dès leur venue au monde à s'époumoner de concert.

— Regarde-le, lança Hécube au roi accouru à l'annonce de l'événement. Il est à peine plus grand qu'un chaton ! Crois-tu possible qu'un Dieu nous l'ait véritablement envoyé pour détruire notre ville ?

— On peut, en tout cas, en douter, admit Priam ému malgré lui. Le sang royal, il est vrai, est sacré. Cet enfant est le fils du roi de Troie...

Il n'acheva pas sa phrase et resta un moment dans l'expectative.

— Peut-être, reprit-il enfin, suffirait-il qu'il soit élevé loin de la ville. Je connais sur le mont Ida un vieux berger qui m'a toujours très fidèlement servi. Eh bien, soit ! C'est lui qui s'occupera de cet enfant. Es-tu satisfaite, ma reine ?

Hécube savait qu'elle n'avait pas le choix : si elle refusait l'offre du roi, son fils serait livré aux forces de la nature et il était si petit, si frêle, qu'il ne pourrait survivre.

— Au nom de la Déesse, soupira-t-elle, résignée, et puisque tu le veux, qu'il en soit ainsi...

Les larmes aux yeux, elle tendit le nourrisson à Priam. Peu habitué à tenir un bébé, il le prit gauchement dans ses bras.

— Bonjour à toi, mon fils, dit-il simplement, le regardant longuement dans les yeux.

Hécube retint en elle un soupir de triomphe et de soulagement. Une fois son fils officiellement reconnu, un père ne pouvait plus ni le tuer ni l'exposer.

Hector et Polyxène, conviés eux aussi à venir voir les nouveau-nés, entrèrent dans la pièce en battant des mains.

— Père, père, demanda Hector tout excité, quel nom vas-tu donner à mon frère ?

Priam réfléchit un instant :

— Alexandre, déclara-t-il enfin. Et pour ma fille, eh bien... Alexandra.

Laissant les bébés à leur mère, le roi sortit alors avec Hector.

Hécube souriait. Elle tenait dans ses bras le tout petit garçon aux cheveux noirs.

Elle allait donc le perdre mais au moins vivrait-il. Oui, son fils vivrait. Et puis il lui restait sa fille, Alexandra, qu'elle appellerait d'ailleurs, décida-t-elle, Cassandre.

La sœur d'Hector qui était restée dans la chambre avec les servantes de la reine, s'approcha du lit où sa mère était étendue.

— Comment trouves-tu ta petite sœur, ma chérie ? lui demanda Hécube. L'aimes-tu ?

— Pas beaucoup, répondit Polyxène. Elle n'est pas belle et toute rouge. Ma poupée est bien plus jolie.

— Tous les bébés sont comme ça à leur naissance, expliqua la reine doucement. Toi-même, tu étais pareille. Aussi rouge, aussi laide. Mais bientôt, tu verras, elle deviendra aussi jolie que toi.

La fillette fit la moue.

— Mère, pourquoi as-tu une autre fille ? Tu m'avais déjà, moi ?

— Ma chérie, avoir une fille est merveilleux. En avoir deux est encore plus beau.

— Père, pourtant, a dit qu'il valait mieux n'avoir qu'un fils plutôt que deux... répliqua la fillette qui s'éloigna en sautillant.

Le vœu émis par la femme du peuple qui avait demandé sa bénédiction dans la rue revint alors à l'esprit d'Hécube. Dans la tribu où elle avait grandi, les jumeaux n'étaient-ils pas considérés comme une malédiction et systématiquement mis à mort ? Si elle était restée parmi les Amazones, ses deux enfants auraient certainement été immolés sous ses yeux.

Comme il était difficile de se soustraire aux superstitions qui avaient bercé sa jeunesse ! Pourquoi donc telle une femelle qui met bas sa portée, avait-elle donné naissance à deux enfants à la fois ? Les femmes de sa tribu se montraient dans ce cas implacables. Or, elle le savait bien maintenant, la véritable raison du sacrifice des jumeaux dans les tribus nomades, était en fait qu'il était impossible à une femme d'allaiter deux enfants à la fois.

A Troie, cependant, les nourrices étaient légion... Mais à quoi servait-il d'échafauder des hypothèses, de se bercer d'illusions ? Priam avait décidé du sort de son fils : elle ne le verrait plus, mais il ne mourrait pas ! Lui restait aussi, dans son infortune, grâce à la bienveillance de la Déesse, sa fille qu'elle gardait auprès d'elle.

— Le roi est fou ! chuchota l'une de ses servantes, pensant qu'on ne pouvait l'entendre. Ecarter un fils au profit d'une fille est un acte insensé.

III

Se reflétant sur la mer scintillante et les murs blanchis de la ville, la lumière du soleil était aveuglante. Les yeux plissés dans l'éblouissante clarté, Cassandre tira légèrement sur la manche de la robe de la reine Hécube.

— Mère, pourquoi allons-nous au temple aujourd'hui ? demanda-t-elle.

En son for intérieur, la réponse d'ailleurs ne lui importait guère. Il était si rare qu'on lui permit de sortir du gynécée, encore plus rare qu'on la laissât s'aventurer hors du palais. Quelle que pût être leur destination, l'excursion était donc bienvenue.

— Nous allons prier toutes les deux pour que l'enfant

que je vais mettre au monde cet hiver soit un fils, répondit doucement Hécube.

— Pourquoi, Mère ? Tu en as déjà un. Je croyais que tu voulais plutôt une autre fille. Avec moi et Polyxène, ça ne fait que deux. Je préférerais, moi, avoir une petite sœur.

— Je sais, fit la reine en souriant, mais ton père, lui, désire un autre fils. Les hommes veulent toujours avoir des fils pour en faire des soldats et défendre leur ville.

— Mère, il n'y a pas de guerre ?

— Non, pas pour l'instant. Mais quand une cité est aussi prospère, aussi riche que Troie, il faut être toujours prêt à se défendre.

— Mais si j'avais une autre sœur, elle pourrait devenir une guerrière comme toi quand tu étais jeune, apprendre à manier les armes et défendre la ville aussi bien que les hommes. Polyxène ne veut pas mais moi, j'aimerais bien être une guerrière. Comme toi, Mère !

— J'en suis certaine, Cassandre. Mais à Troie, tu vois, ce n'est pas la tradition.

— Pourquoi ?

— Il n'y a pas de pourquoi. Les traditions sont ce qu'elles sont, un point c'est tout. Elles n'ont besoin d'aucune explication

Cassandre considéra sa mère d'un œil non convaincu mais se garda bien d'insister. Mieux valait ne pas la contrarier lorsqu'elle lui parlait sur ce ton. D'ailleurs, sa mère était la plus noble, la plus grande, la plus belle femme du monde. Elle devinait pourtant qu'elle ne pouvait, malgré tout, partager l'omniscience de la Déesse.

— Parle-moi de l'époque où tu étais une guerrière, Mère, demanda la petite fille revenant à la charge.

— Je faisais partie d'une tribu nomade de cavalières.

Hécube parlait toujours volontiers de sa jeunesse, Cassandre le savait, et cela surtout depuis qu'elle était enceinte.

— Nos pères et nos frères sont également des cavaliers, reprit la reine. Ils sont tous très valeureux.

— Ce sont aussi des guerriers ?

— Non, mon enfant. Dans nos tribus, ce sont les femmes qui font la guerre. Les hommes, de leur côté, pratiquent la magie et l'art de guérir. Ils détiennent nombre de secrets sur les herbes et les plantes.

— Quand je serai plus grande, pourrai-je aller vivre avec eux ?

— Avec les Centaures [1] ? Sûrement pas. Une femme ne doit pas vivre avec eux.

— Je voulais parler de ta tribu, celle des cavalières.

— Je ne pense pas que ton père verrait cela d'un très bon œil, répondit Hécube, songeant néanmoins que sa fille eût tout à fait tenu son rang chez les Amazones. Enfin, peut-être pourrons-nous le décider un jour. Là-bas, il te faudrait apprendre à monter à cheval et à manier les armes.

Prenant la petite main de sa fille dans la sienne, elle se dit avec amusement qu'elle ne ressemblait guère à une main de guerrière.

— Quel est ce temple, tout là-haut ? demanda alors Cassandre en désignant du doigt un bâtiment immaculé qui resplendissait au soleil et dominait toute la ville.

— C'est le temple de Pallas Athéna, la plus grande des Déesses du peuple de ton père, murmura Hécube.

— Est-ce la même que la Mère Eternelle, celle que tu appelles Gaïa ?

— Toutes les Déesses ne sont qu'une, tous les Dieux ne sont qu'un. Mais ils se montrent aux hommes sous des aspects divers selon les époques et les lieux. Ici, à Troie, Pallas Athéna est la Déesse Vierge. Son sanctuaire, gardé par ses vierges, abrite l'objet le plus sacré du royaume : on l'appelle le Palladion.

Hécube marqua un temps d'arrêt, mais Cassandre, sachant que sa mère n'avait pas fini, demeura bouche cousue.

— On raconte que dans sa jeunesse, continua Hécube, la Déesse Athéna avait sur terre une amie, la Libyenne Pallas. Lorsque celle-ci mourut, Athéna en éprouva un tel chagrin qu'elle ajouta au sien le nom de la défunte qui devint ainsi Pallas Athéna. Elle façonna aussi une statue à son image qu'elle plaça dans le temple de Zeus, sur le

1. Peuplades primitives des montagnes de Thessalie. Les Centaures sont devenus plus tard, dans la légende, des êtres fabuleux, moitié hommes, moitié chevaux.

mont Olympe. Or, à cette époque-là, Erechtée, qui était roi de Crète — et l'ancêtre de ton père —, avait un magnifique troupeau de mille bovins. Borée, le fils du Vent du Nord, adorait ces bêtes et leur rendit un jour visite sous la forme d'un grand taureau blanc. C'est ainsi que ces bêtes sacrées devinrent les Dieux-taureaux de Crète.

— Ainsi, les rois de Crète sont nos ancêtres ? observa Cassandre. Je ne savais pas.

— Il y a encore beaucoup de choses que tu ne sais pas.

Cassandre retint son souffle, et sa mère reprit le cours de son récit.

— Ilos, le fils d'Erechtée, débarqua un jour sur cette côte et participa aux Jeux sacrés qui s'y déroulaient. Il en sortit vainqueur et reçut en récompense cinquante jeunes hommes et cinquante vierges. Plutôt que de les prendre pour esclaves, il annonça son intention de les affranchir et de fonder avec eux une grande cité. Selon la volonté des Dieux, il affréta un navire et fit des sacrifices au Vent du Nord pour qu'il le guide vers l'endroit le plus propice pour bâtir sa ville, qu'il désirait baptiser Ilion, l'autre nom de notre ville de Troie.

— Et c'est le Vent du Nord qui l'a poussé jusqu'ici ?

— Non. Son navire a été repoussé vers la côte par un tourbillon. Quand il arriva près de l'embouchure de notre Scamandre, les Dieux lui envoyèrent une génisse magnifique, fille de Borée. Ilos entendit alors une voix lui ordonner : « Suis cet animal ! Suis-le ! Là où il se couchera, tu fonderas ta ville ! » Et la génisse s'avança jusqu'à la berge du Scamandre et s'y coucha. C'est donc là que Troie est née. Une nuit, un peu plus tard, Ilos fut tiré de son sommeil par une autre voix immortelle qui lui dit : « Regarde, préserve cette idole que je te donne. Aussi longtemps que Pallas demeurera en cette ville, Troie ne pourra être détruite. » Ouvrant les yeux, il aperçut alors devant lui la statue de Pallas, une quenouille dans une main et dans l'autre une lance à l'image d'Athéna elle-même. Aussi Ilos commença-t-il par bâtir un temple, ce temple que tu vois sur la plus haute terrasse, et il le dédia à Athéna. Issue de l'Olympe et vénérée même parmi les adorateurs du Dieu de la Foudre et du Tonnerre, Athéna était une nouvelle incarnation de la Déesse, et Ilos en fit la protectrice de la ville. C'est elle qui nous a enseigné l'art de tisser ; c'est elle qui nous a fait don de la vigne et des oliviers, du vin et de l'huile.

— Mais ce n'est pas au temple d'Athéna que nous allons aujourd'hui, Mère ?

— Non, mon enfant, bien que je doive bientôt l'honorer de sacrifices, car elle est aussi la protectrice des naissances. Aujourd'hui, nous rendons visite au Dieu Soleil, Apollon, qui est aussi le Dieu des Oracles. En tuant Python, la Déesse du Monde souterrain, gardienne des Oracles, Apollon a pris sa place.

— Mère, je ne comprends pas, s'étonna Cassandre. Si Python était une Déesse, comment a-t-elle pu être tuée ?

— Oh... tu sais, fit Hécube commençant à gravir les premières marches de l'escalier taillé à flanc de colline, le Dieu Soleil est tellement plus puissant que toutes les autres déesses...

Voulant souffler un peu sur les marches, la fillette s'arrêta un instant et se retourna. Elle était si haut maintenant, dominant toute la ville, qu'elle aperçut au-delà des remparts les deux fleuves argentés qui traversaient la plaine et se rejoignaient pour se jeter ensemble dans la mer.

L'espace d'un instant, il lui sembla que la surface de l'eau se couvrait subitement d'ombres, d'une multitude de vaisseaux dansant sur la crête des vagues.

— Oh, les navires de mon père ! s'écria-t-elle en ouvrant de grands yeux.

Hécube se retourna.

— Quels navires ? Il n'y a pas de navires. Tu rêves, mon enfant !

— Mais non, Mère, regarde, regarde celui-là et sa grande voile grise... Tiens, je ne les vois plus, où sont-ils ? Ils se cachent dans les reflets du soleil...

Ses yeux lui faisaient mal et les bateaux avaient disparu. L'air lui semblait porteur d'une clarté irréelle, comme si un voile translucide venait de s'ouvrir soudain sur un autre monde, étrange impression qu'elle éprouvait pour la première fois. Sans qu'elle eût pu l'expliquer, elle sentait en effet que les navires qu'elle avait aperçus existaient bel et bien, qu'elle les reverrait peut-être un jour. Etant encore à l'âge où l'insolite et le merveilleux font partie intégrante de l'univers des enfants, la petite ne s'étonna donc pas outre mesure de l'incident. L'apparition quitta même son esprit aussi vite qu'elle était venue. Elle rattrapa sa mère qui l'avait légèrement devancée et reprit avec elle son ascension.

Le temple d'Apollon, Dieu du Soleil, se dressait à mi-hauteur de la colline sur les flancs de laquelle avait été construite la vaste cité d'Ilion. Seulement dominé par l'imposant sanctuaire de Pallas Athéna qui se découpait bien plus haut, il constituait sans nul doute le plus beau de tous les temples de la cité, arborant une magnifique façade de marbre blanc, au fronton soutenu par d'impressionnantes colonnades. Ainsi qu'on l'avait maintes fois raconté à Cassandre, ses fondations étaient l'œuvre des Titans intervenue bien avant la naissance du plus vieil habitant de la ville. Sa blancheur était si éclatante que la fillette dut mettre sa main en visière sur ses yeux, comme tous ceux qui venaient à cette heure contempler la demeure du Dieu de la lumière.

Toutes deux parvenues sur son esplanade, elles franchirent ensuite le majestueux portique qui menait au sanctuaire, pénétrèrent dans un ample vestibule, reconnues bientôt par quelques prêtres et serviteurs qui les saluèrent respectueusement.

— Bienvenue, Majesté, dit l'un d'eux. Et bienvenue à toi, petite princesse. Voulez-vous vous asseoir un instant en attendant que vienne la prêtresse ?

La reine ayant accepté simplement, on les mena vers un banc de marbre blanc que dominait une longue fresque marine. Cassandre s'assit sagement à côté de sa mère, ravie de pouvoir savourer avec elle un peu de fraîcheur, inspectant des yeux la salle où elle se trouvait, cherchant à découvrir en quoi la demeure d'un Dieu pouvait bien différer de celle d'un roi, se demandant aussi si l'Immortel avait une chambre, s'il dormait, s'il se lavait. Voulant poursuivre la découverte des lieux, elle demanda à sa mère la permission de se lever, glissa un coup d'œil dans la salle suivante, comprit aussitôt qu'elle se trouvait dans le sanctuaire du Dieu.

Il était là en effet, si réel, si présent que Cassandre mit

un moment à comprendre qu'elle avait devant elle une statue. Légèrement plus grand que nature, le maintien un peu raide, un sourire à la fois distant et bienveillant aux lèvres, il semblait l'inviter à venir plus près. Fascinée par son regard, Cassandre s'avança de quelques pas jusqu'au piedestal de l'idole, eut un instant l'impression qu'il lui parlait normalement, puis réalisa qu'il s'agissait d'une voix intérieure.

— *Cassandre*, demanda la voix profonde, *Cassandre, veux-tu devenir ma prêtresse ?*

— Le veux-tu, Dieu Apollon ? souffla-t-elle sans trop savoir si ses lèvres avaient vraiment bougé.

— *Oui, je le veux. C'est moi qui t'ai appelée ici.*

— Dieu Apollon, je ne suis qu'une enfant, je n'ai pas encore l'âge de quitter la maison de mon père.

— *Il suffit pour l'instant que tu te souviennes m'avoir aujourd'hui donné ta parole. Le jour venu, tu seras mienne.*

D'infimes particules de poussière dansaient dans le soleil couchant. D'un seul coup elles se rassemblèrent en un fulgurant rayon d'or qui descendit sur Cassandre et l'enveloppa de la chaleur du Dieu. Puis tout redevint normal. La petite fille n'avait plus face à elle qu'une statue inerte, sans vie.

Accompagnée de la prêtresse, sa mère était à ses côtés. Cassandre lui prit la main.

— Tout va bien, lui chuchota-t-elle. Le Dieu m'a dit qu'il te donnerait ce que tu es venue lui demander.

En vérité, elle ne se rappelait pas qu'Apollon lui eût tenu de tels propos, mais elle *savait* pourtant que sa mère allait mettre au monde un garçon. Le Dieu le lui avait appris, même si elle n'en gardait pas le moindre souvenir et elle avait la conviction absolue de dire la vérité.

Hécube posa sur elle un œil dubitatif, lui retira sa main doucement, s'en fut silencieusement avec la prêtresse dans la chambre des oracles. Cassandre se mit alors à explorer la salle.

Près de l'autel, elle découvrit une corbeille d'osier à l'intérieur de laquelle se devinait un frémissement. D'abord, elle crut qu'il s'agissait sans doute d'un chaton et s'en étonna, car il n'était pas dans les traditions de sacrifier des chats aux Dieux, puis regardant de plus près, elle aperçut deux petits serpents lovés au fond du panier. Le serpent, elle le savait, était un attribut d'Apollon, également Dieu du Monde souterrain. Sans réfléchir, elle plongea ses deux mains dans la corbeille, saisit les deux reptiles et les éleva au-dessus de son visage. Leur peau écailleuse était douce et tiède, et la fillette ne put résister à l'envie de les embrasser. Prise d'une sorte d'ivresse imperceptiblement teintée d'un début de nausée, elle se mit à trembler de tous ses membres.

Combien de temps elle resta accroupie à les tenir dans ses mains, elle ne sut jamais, pas plus qu'elle ne parvint à se rappeler ce qu'ils lui avaient dit. Simplement, elle demeura persuadée qu'ils lui avaient parlé et qu'elle les avait entendus.

Toujours est-il qu'un cri horrifié mit fin à leur conciliabule et qu'elle se retourna, souriante, vers sa mère.

— Tout va bien, Mère, dit-elle, le Dieu m'a dit que je pouvais.

— Repose-les vite, ordonna la prêtresse. Personne ne t'a appris la manière de les prendre. Ils auraient très bien pu te mordre.

Imperturbable Cassandre gratifia les deux reptiles d'une dernière caresse et les replaça délicatement au fond du panier. Confusément elle savait qu'ils la quittaient à contrecœur et elle leur promit de revenir un jour les voir.

Avec irritation Hécube la força à se relever. Cassandre se laissa faire docilement. Sa mère semblait furieuse et elle ne comprenait pas.

— Malheureuse, ces serpents sont venimeux, tu pourrais être morte !

— Mais ils appartiennent au Dieu, protesta Cassandre. Ils ne pouvaient me faire de mal.

— Allons, tu as eu beaucoup de chance, fit sévèrement la prêtresse. Ne refais jamais cela à l'avenir.

— Mais tu les prends bien, toi, rétorqua la fillette. Et ils ne te font pas peur.

— Je suis prêtresse, petite princesse, et ai appris à les manipuler.

— Le Dieu Soleil m'a dit que je deviendrais sa prêtresse. Je peux donc les toucher.

Fronçant les sourcils, la prêtresse la considéra gravement.

— Est-ce la vérité, mon enfant ?

— Ne l'écoutez pas, intervint brutalement Hécube. Elle est en train de mentir, d'inventer n'importe quoi ! Cette enfant passe son temps à raconter des histoires.

Révoltée par l'injustice de sa mère, Cassandre fondit en larmes. Tirée d'une main rude hors du temple, elle faillit trébucher sur les marches. La lumière du jour avait perdu tout son éclat doré. Le Dieu n'était plus là. Plus encore que la douloureuse étreinte de sa mère sur son bras, son absence surtout redoublait les larmes de Cassandre.

— Comment as-tu osé inventer pareils mensonges ! continuait à vitupérer la reine. Et, en plus, aller jouer avec les serpents du temple ! Ne te rends-tu donc pas compte qu'ils auraient pu te tuer ?

— Mais le Dieu m'a promis qu'il ne les laisserait pas me faire du mal ! balbutia Cassandre, ce qui redoubla la colère de sa mère.

— Je t'interdis, tu m'entends, je t'interdis à l'avenir de dire une chose pareille !

— Mais c'est la vérité, Mère.

— Balivernes ! Si tu oses encore le répéter, tu seras fouettée, ma fille.

Cassandre n'insista pas. A quoi bon ? Le visage d'Apollon était là dans son cœur. Lui et elle savaient seuls la vérité. La voix chaude et profonde lui parlerait encore. Forte de cette certitude, elle attendrait.

IV

A la pleine lune suivante, la reine Hécube mit au monde un fils qui devait être son dernier enfant. Il fut appelé Troïlus. Cassandre, debout à côté de sa mère dans la chambre d'accouchement, ne fut aucunement surprise d'apprendre qu'elle avait un petit frère. Mais lorsqu'elle rappela à sa mère qu'elle savait depuis leur visite au temple que l'enfant serait un garçon, Hécube manifesta un agacement certain.

— Vraiment ? lança-t-elle en hochant la tête. Ainsi, crois-tu encore que le Dieu t'a vraiment parlé ? Ma fille, tu n'es plus un bébé, que je sache, arrête tes sornettes !

Pourtant, songea Cassandre, le Dieu m'a bel et bien parlé. Pourquoi donc ma mère ne me croit-elle pas ? La Déesse s'est aussi adressée à elle au moment des moissons, j'étais là.

— Cassandre, poursuivit gravement la reine, fabuler au sujet d'un Dieu est le pire des crimes. Apollon est le Dieu de la Vérité. Si tu racontes sur lui des mensonges, il te punira... Et sa colère est terrible.

— Mère, je ne dis que la vérité, répondit calmement la fillette. Le Dieu Soleil m'a parlé.

Ebranlée malgré elle, sa mère poussa un long soupir. Après tout, la chose était peut-être possible.

— Dans ce cas, conclut-elle, n'oublie surtout pas ce que je vais te dire : n'en parle pas, n'en parle jamais à personne.

Les jours, les mois passèrent. Troïlus apprit à ramper, à marcher, à parler. Bientôt, plus tôt que Cassandre ne se l'imaginait, le garçonnet la rattrapa en taille. Entre-temps, devenue plus grande que sa mère, Polyxène avait été initiée aux mystères féminins.

Cassandre attendait avec impatience le moment où elle aussi serait reconnue véritablement comme une femme, bien qu'elle ne vît pas en quoi l'initiation de sa sœur l'avait rendue différente. Elle-même parvenue à ce stade, le Dieu reviendrait-il lui parler ? Elle n'avait plus jamais en effet entendu sa voix et en venait à se demander si sa mère finalement n'avait pas eu raison de prétendre qu'elle avait simplement rêvé.

Quand elle eut douze ans, Troïlus ayant atteint l'âge d'aller dormir dans le quartier des hommes, elle comprit, à certaines transformations que subissait son corps, qu'elle n'allait pas tarder à rejoindre les femmes du palais, et donc ne plus pouvoir aller et venir à sa guise.

Résignée, elle apprit à filer, entreprit, sur les conseils d'Hésione, la sœur cadette de son père, de tisser une petite robe pour sa poupée d'argile préférée.

Dès lors, on lui fit partager la chambre de Polyxène, qui à seize ans était en âge de se marier, chambre qu'occupait également Hésione, jeune femme d'une vingtaine d'années aux yeux verts et aux cheveux bouclés, aussi noirs que ceux du roi Priam.

Censée rester dans le quartier des femmes, à l'écart de tout ce qui se passait au palais ou en ville, Cassandre parvenait cependant certains jours à échapper à la vigilance des servantes et à gagner l'un de ses refuges secrets.

Un matin, elle se glissa donc hors du palais et se dirigea en hâte vers le grand escalier qui montait au temple d'Apollon, n'ayant pas vraiment l'intention de se rendre au sanctuaire, sachant que le Dieu l'appellerait quand il le souhaiterait, mais parce qu'elle désirait revoir la mer et le port. Parvenue à mi-hauteur de son ascension, elle se retourna : les navires étaient là, à la place où elle les avait vus le jour où Apollon lui avait parlé. Ils venaient du sud, de Crète et des îles où régnaient les Grecs. Partis commercer avec les pays hyperboréens, Cassandre songea avec excitation qu'ils atteindraient un jour les terres du Vent du Nord, pays des taureaux divins de la Crète. Comme elle aurait voulu partir avec eux vers le nord, cingler, rêve impossible, vers des rivages inconnus...

« Et pourtant elle était déjà sur le pont d'un vaisseau, soulevée au gré des vagues, à bout de forces, malade, terrifiée, meurtrie de coups. Le ciel au-dessus d'elle était d'un bleu limpide, resplendissait de l'éclat du soleil d'Apollon. Un homme tout près d'elle, plein d'orgueil et de haine, la contemplait avec un sourire triomphant.

« A jamais se gravait en elle une terreur glacée. Une part d'elle-même lui soufflait qu'elle n'avait jamais vu ce visage, visage qu'elle n'oublierait jamais, avec son nez crochu, ses yeux de rapace, son sourire cruel, ses pommettes saillantes, sa barbe noire... »

Un éblouissement nouveau la frappa et elle se retrouva sur les marches de l'escalier. Loin des navires qui dansaient là-bas sur les eaux calmes du port, loin de sa terrifiante vision. Et pourtant, l'instant d'avant, elle était captive sur l'un d'eux, entravée sur le pont, fouettée par le vent salé, assourdie par les claquements des voiles, par tout le gémissement des bois et des cordages.

Que se passait-il dans sa tête ? Que lui arrivait-il ? Pourquoi tous ces bateaux, cette mer et ce visage hostile ? Levant les yeux vers la façade immaculée du temple d'Athéna qui se dressait au sommet de la ville, Cassandre implora la Déesse, priant de toute son âme, espérant confusément avoir été seulement la victime d'un songe. Se pouvait-il qu'un jour elle fût prisonnière de cet homme terrible à l'œil de faucon ? Elle ne connaissait pas, elle n'avait vu un tel visage chez les Troyens...

Secouant la tête pour le chasser de sa mémoire, elle pirouetta sur ses talons et dévala l'escalier comme une folle, ne pensant plus qu'à retrouver l'ombre protectrice et rassurante du palais de son père et de sa chambre.

Des années plus tard, alors que tout ce qui touchait aux prophéties était devenu pour elle une seconde nature, Cassandre était toujours dans l'incapacité d'expliquer d'où lui venait, au cours de ses visions, la certitude de ce qu'elle devait faire. Ce n'était pas le Dieu Soleil qui dictait sa conduite — elle eût immédiatement reconnu sa voix —, mais plutôt une intuition surgie d'elle-même.

Lors de sa première vision du visage, elle avait eu d'abord envie de prévenir ses proches, puis s'était ravisée sachant qu'on ne la croirait pas. Sa panique passée, elle s'était d'ailleurs vite convaincue que désormais plus rien au monde ne pourrait lui faire peur. Toute tremblante encore néanmoins, voulant surtout éviter que quelqu'un la vît dans cet état et ne tentât de l'empêcher de faire ce qu'elle avait à faire, elle avait couru tout droit au quartier des femmes et déniché un bol d'argile.

L'ayant rempli d'eau fraîche, elle s'était ensuite agenouillée devant lui, et n'avait vu d'abord à sa surface que son reflet qui la regardait avec insistance. Puis l'onde s'était brouillée et elle avait aperçu l'image d'un garçon qui lui ressemblait comme un frère : mêmes cheveux noirs et drus, mêmes yeux profonds bordés de très longs cils qui la regardaient au-delà d'elle-même comme s'ils fixaient une personne invisible.

En fait, le jeune garçon regardait des moutons. Il les connaissait tous par leur nom, semblait savoir par instinct tout ce qu'ils devaient faire.

Cassandre, les yeux rivés sur l'eau divinatoire, resta un long moment à l'observer. Insensible au froid et à l'engourdissement qui lui envahissait peu à peu les genoux, elle surveillait le troupeau avec lui, partageait son inquiétude à chaque faux pas du troupeau, jouissait avec lui de la chaude lumière du soleil, craignant avec lui la venue des loups et des prédateurs... Perdue dans sa communion muette mais passionnée, elle avait été alors arrachée à sa vision par une soudaine clameur :

— A l'aide ! Au feu ! Au viol ! Au meurtre !

Des pas précipités avaient résonné sur le marbre ; sa mère avait surgi en poussant un grand cri, traversé en courant le vestibule désert, mêlé ses propres pleurs aux hurlements se propageant dans tout le palais. Deux hommes en cuirasse de bronze, coiffés de casques à long panache, affichant une détermination sauvage, entraînaient une femme éperdue que Cassandre reconnut aussitôt avec horreur, Hésione, la sœur de son père. Les deux guerriers passèrent devant elle, si vite et si près d'elle qu'elle faillit tomber à la renverse. Elle voulut partir à leur poursuite, espérant vaguement pouvoir faire quelque chose, mais ils étaient déjà loin et disparaissaient au bas des marches du palais. La seconde vue de Cassandre lui permit d'accompagner le calvaire de l'infortunée jeune femme, criant, se débattant dans les rues de la ville.

Une plainte affreuse monta alors de la ville basse, s'amplifia, fut reprise en écho par les femmes du palais. Elle se prolongea un instant, puis se brouilla et s'évanouit en un interminable gémissement. Dans le lointain, montaient le bruit assourdi des épées qui s'entrechoquaient, les cris de guerre des soldats de son père tâchant de s'interposer sur le port. Hélas, Cassandre le savait, toute résistance était vaine.

Se précipitant dans la chambre de la reine, Cassandre trouva sa mère livide, étreignant dans ses bras le petit Troïlus.

— Dieux de l'Olympe, merci ! lança une des nourrices. Nous avons eu si peur que toi aussi, tu aies été enlevée par les Grecs.

Cassandre tomba à genoux devant la reine.

— Mère, Mère, balbutia-t-elle, je les ai vus emmener Hésione. Que vont-ils lui faire ?

— L'emmener dans leur pays, la garder en otage en attendant que ton père leur verse une rançon, répondit Hécube en larmes.

Priam justement pénétrait dans la pièce en tenue de combat, dans sa flamboyante cuirasse.

Hécube leva les yeux. Derrière lui se dressait un svelte et robuste guerrier de dix-neuf ans, son jeune et très aimé fils, Hector.

— Ils ont emmené Hésione, n'est-ce pas ? demanda-t-elle.

— Nous n'avons pu rien faire, confirma le roi accablé. Ils étaient trop nombreux. Ils sont remontés sur leurs navires et ont quitté le port sous nos yeux. Ce n'est pas la femme qui les intéresse, tu t'en doutes, c'est ma sœur. Ils s'imaginent qu'en la prenant en otage, ils parviendront à obtenir ce que je leur refuse, notamment la levée du droit de passage que je réclame pour franchir le détroit.

Priam serra la poignée de son glaive, l'air découragé ; Hector embrassa sa mère ; puis ils se retirèrent.

Le soir venu, lorsque tout le monde fut réuni dans la grande salle du palais, Cassandre s'avança vers son père.

— Que veux-tu, Œil-de-Lynx ? demanda le roi en lui tendant affectueusement la main.

— Père, je voudrais seulement te poser une question.

— Au sujet d'Hésione ?

— Non, Père. Mais tu crois que les Grecs vont demander une rançon ?

— Non. L'un d'eux va l'épouser et ensuite tenter de faire valoir des droits imaginaires sur les richesses de Troie.

— Mais c'est terrible pour elle ! souffla Cassandre.

— Ne t'inquiète pas trop, mon enfant. Sans doute va-t-elle trouver un mari chez les Grecs. Cela nous évitera peut-être cette année une guerre sur les droits de passage. Autrefois, la plupart des alliances se faisaient ainsi.

— C'est affreux ! soupira timidement Polyxène. Jamais je ne pourrais me marier si loin de Troie. Je voudrais tant un beau et un vrai mariage !

Priam se dérida.

— Nous veillerons à ce qu'il en soit ainsi, ma fille. Pour toi, je songe au parent de ta mère, le jeune Achille... Ce jeune homme, dit-on, deviendra un guerrier d'exception.

— Mais Achille est promis à une autre, vous le savez, s'interposa Hécube. J'espère d'ailleurs que ma fille ne se liera jamais à ces barbares.

— Achille est promis à un destin glorieux, trancha le roi. Cela seul m'importe. C'est aussi un redoutable chasseur de lions et d'ours. Qui n'en voudrait pour gendre ?

Priam fit une pause, puis se fit conciliant :

— Nous déciderons plus tard. Rien ne nous presse maintenant. Dis-nous plutôt, Cassandre, ce que tu as vu aujourd'hui dans tes rêves ?

La fillette ouvrit la bouche pour parler mais sentit aussitôt qu'elle ferait mieux de se taire. Elle ne put cependant s'empêcher de répondre à son père tant les mots se bousculaient pour franchir ses lèvres.

— Père... J'ai eu aujourd'hui la vision d'un garçon qui me ressemblait comme un frère...

Priam lui jeta un regard qui la transperça, puis il porta les yeux vers sa femme :

— Où as-tu donc emmené Cassandre, gronda-t-il d'une voix sifflante.

Impassible, la reine soutint son regard accusateur.

— Nulle part. Je n'ai pas quitté le palais un instant.

Insatisfait de sa réponse, Priam ordonna à Cassandre d'approcher.

— Je veux savoir, tu m'entends, tout savoir. Où as-tu vu ce garçon ?

— Père, j'ai simplement vu son image dans le miroir de l'eau. Il gardait les moutons sur le mont Ida et me ressemblait trait pour trait...

L'altération soudaine du visage de son père l'effraya.

— Je t'interdis de consulter les eaux divinatoires, petite sorcière, rugit-il.

Ivre de rage, il se tourna vers la reine et Cassandre crut vraiment qu'il allait la frapper.

— Voilà, voilà quelle est ton œuvre ! Tu as la charge d'élever mes filles, et voilà que l'une d'elles s'adonne à la sorcellerie, à la divination, aux oracles...

— Mais, Père, insista Cassandre, chez qui la curiosité l'emportait sur la peur, dis-moi au moins pourquoi il me ressemble ?

La réponse de Priam fut aussi brutale qu'inattendue. Hors de lui, il frappa la fillette au visage avec une telle force qu'elle perdit l'équilibre et tomba sur les marches du trône. Sa tête percuta violemment le marbre.

Indignée, Hécube se précipita pour la relever.

Priam, menaçant, leva la main sur elle, mais Cassandre arrêta son geste.

— Non, non, je t'en prie ! s'écria-t-elle, Mère n'est pas responsable. Ce n'est pas sa faute. Elle ne sait rien. C'est Apollon qui m'a appelée, Apollon seul... Il m'a parlé et je lui obéis !

— Cassandre, je t'ordonne de te taire, clama le roi foudroyant du regard la mère et la fille. Je ne tolérerai pas de sorcellerie dans mon palais, jamais ! Tu entends ? Quant à toi, Hécube, prends toutes dispositions pour que Cassandre disparaisse de ma vue, s'éloigne de cette ville avant qu'elle n'ait le temps de troubler les esprits de mes autres filles !

Recouvrant un peu de calme, Priam alors jeta un coup d'œil circulaire autour de lui, posa un regard adouci sur sa fille Polyxène, et quitta la salle sans se retourner.

« Il ne parlera plus jamais d'Hésione, se dit Cassandre en le regardant s'éloigner. Elle n'a, pour lui, aucune importance. Qu'on la marie de force à l'un des guerriers qui l'ont ravie lui est indifférent. Père n'a pas voulu me répondre, tant pis. J'interrogerai le Dieu Solaire. Lui me dira la vérité. »

V

L'étroit croissant de lune disparaissait peu à peu dans les premières lueurs de l'aube. Dans sa chambre, Cassandre se tenait immobile près de sa mère qui finissait de remplir un sac de cuir contenant des tuniques, une paire de sandales neuves et un chaud manteau d'hiver.

— Ce n'est pas encore les grands froids, s'étonna la princesse.

— Tu sais, il fait plus froid qu'ici dans les plaines, répondit affectueusement Hécube. Tu en auras besoin, crois-moi, quand tu monteras à cheval.

— Je ne veux pas te quitter, souffla l'enfant les larmes aux yeux.

— Cassandre, mon petit, toi aussi, tu vas me manquer, avoua Hécube. Mais tu verras ! Je suis sûre que tu seras heureuse là-bas. J'aimerais tant pouvoir partir avec toi.

— Oh oui ! Viens avec moi, Mère, ce sera merveilleux.

— Hélas, c'est impossible. Ton père a besoin de moi.

— Ce n'est pas vrai, rétorqua la fillette non sans bon sens. Il a toutes ses autres femmes. Elles s'occuperont de lui.

Hécube eut en elle une crispation douloureuse, mais se garda bien de l'extérioriser.

— Non, je ne peux pas le laisser seul avec elles, se contenta-t-elle de dire rapidement. Elles ne savent pas comme moi veiller sur sa santé et son honneur. Et puis, tu oublies ton frère. Lui, a vraiment besoin de moi.

L'argument n'était pas convaincant : Troïlus en effet avait quitté le gynécée au début de l'année. Mais si sa mère voulait rester, elle ne pouvait l'en empêcher. Cassandre, elle en tout cas — elle le souhaita très vite — n'aurait jamais d'enfant. Ainsi resterait-elle toujours libre d'elle-même.

Entendant du bruit dans la cour, Hécube leva la tête.

— Les voilà, dit-elle simplement en prenant la main de sa fille.

Côte à côte elles descendirent les escaliers.

La plupart des servantes étaient déjà rassemblées dans la cour d'honneur pour assister à l'arrivée des cavalières caracolant fièrement devant elles. Leur chef, une solide et svelte femme au visage clair couvert de taches de rousseur, sauta à bas de sa monture, courut jusqu'à Hécube, la serra dans ses bras.

— Ma sœur ! s'exclama-t-elle. Quelle joie de te revoir enfin !

Cassandre fut toute surprise des effusions qui s'ensuivirent. Sa mère riait et pleurait à la fois, étreignant la fière cavalière avec une émotion qu'elle manifestait bien rarement.

— Tu as changé, me semble-t-il, dit-elle enfin s'étant reculée pour mieux voir sa sœur.

— A ce point ? demanda la cavalière. Toi aussi, tu es si pâle et grave... Mais où sont tes filles ?

— Voici Cassandre et Polyxène, répondit Hécube présentant les jeunes filles à la nouvelle venue.

— Mais elles ressemblent à des poupées...

— Tu en jugeras par toi-même. Polyxène vient d'avoir seize ans.

— Elle me semble bien frêle pour affronter notre vie de nomades. Tu l'as laissée trop longtemps enfermée dans le gynécée. Enfin, nous tâcherons d'en faire une guerrière. Je te promets en tout cas de te la ramener pleine de santé et de vigueur.

Polyxène vint se blottir contre sa mère, et la grande Amazone éclata de rire :

— Elle n'a pas l'air du tout d'apprécier cette perspective !

— Non, ce n'est pas elle que tu emmènes. C'est Cassandre, la cadette.

— La cadette ? Quel âge a-t-elle ?

— Douze ans. Cassandre, mon enfant, viens saluer ma sœur Penthésilée, reine de notre tribu.

Cassandre dévisagea attentivement la guerrière. Plus grande qu'Hécube, d'une taille pourtant déjà au-dessus de la moyenne, elle avait des cheveux roux délavés ramenés sous une toque de cuir pointue. Elle portait une tunique courte et serrée, et ses longues jambes étaient recouvertes d'un haut-de-chausses de cuir qui lui descendait jusqu'aux genoux. Ses traits étaient énergiques, fins et réguliers, son teint mat piqueté par d'innombrables taches de rousseur.

— Eh bien, es-tu heureuse de partir avec nous ? demanda Penthésilée avec bienveillance. Tu n'as pas peur ? J'ai l'impression que ta sœur n'apprécie guère nos juments...

— Polyxène a peur des chevaux, répondit Cassandre.

— Et toi ?

— Non. Comment s'appelle ton cheval ? Est-ce qu'il mord ?

— Ma jument s'appelle Bondissante et ne m'a jamais mordue. Si tu lui plais, tu deviendras son amie.

Cassandre s'avança hardiment vers l'animal et tendit la main comme on lui avait appris à le faire avec les chiens, afin que l'animal pût flairer son odeur. La jument tendit le col, renifla nonchalamment et Cassandre caressa son museau soyeux, la regardant droit dans les yeux. Déjà, elle le sentait, elle avait une amie au sein de la tribu.

— Ainsi, dit encore Penthésilée, tu es prête à partir avec nous ?

— Je suis prête ! s'exclama Cassandre avec enthousiasme.

— Tu crois que tu sauras bientôt monter à cheval ?

Amical ou non, le quadrupède était d'une taille impressionnante.

— Si tu as appris, et si Mère a appris, répondit crânement la fillette, j'apprendrai aussi.

— Veux-tu te rafraîchir un peu avant de repartir ? demanda Hécube à sa sœur.

Penthésilée accepta. On fit garder les chevaux et la reine des Amazones suivit Hécube à l'intérieur du palais. Deux de ses guerrières, Charis et Mélissa, l'accompagnaient. Charis, à la chevelure couleur cuivre, était longue, pâle et tout aussi couverte de taches de rousseur que sa reine. Mélissa, elle, avait une crinière noire et bouclée, un teint rose, des rondeurs et des muscles juvéniles.

Au cœur du gynécée, il faisait sombre et frais. Hécube fit apporter vins doux et friandises.

— Si tu veux partir avec nous, dit Penthésilée à Cassandre, il te faut une tenue appropriée. Nous t'avons apporté un haut-de-chausses. Charis va t'aider à le mettre. Il te faudra aussi un manteau chaud. Quand le soleil s'est couché, le froid tombe vite sur la plaine.

— Mère m'en a fait faire un, répondit la princesse fièrement. Je vais avec Charis dans ma chambre chercher mon sac.

Elles essayèrent la culotte de cuir qui était un peu grande. Sa patine indiquait qu'elle avait déjà été maintes fois portée, mais une fois accoutumée à sa raideur, Cassandre la trouva tout à fait confortable. Ainsi allait-elle désormais pouvoir courir comme bon lui semblait sans craindre de s'empêtrer dans les pans de son péplos. Equipée de pied en cap, Cassandre et sa nouvelle compagne réapparurent prêtes à partir. Au même moment, résonnait dans la galerie le pas de son père. Faisant son entrée dans la pièce, il apostropha sa belle-sœur sans préambule :

— Eh bien, très chère ! commença-t-il, d'une voix tonitruante. Es-tu ici pour conduire mes armées vers Mycènes et reprendre Hésione à ses ravisseurs ? Et ces superbes destriers qui piaffent dans mes écuries, dignes de Poséidon lui-même, où donc les as-tu dénichés ?

— Nous les avons achetés à Idoménée, roi de Crète, répondit Penthésilée, nullement étonnée par les effets déclamatoires de son beau-frère. Mais que m'apprends-tu sur Hésione ? Que lui est-il arrivé ?

— Des Mycéniens, des hommes d'Agamemnon l'ont enlevée, expliqua Priam. Agamemnon est un roi cruel et retors. Son peuple le craint mais ne l'aime pas.

— C'est un redoutable guerrier, dit-on. Mais peut-être pourra-t-on le défaire un jour sur un champ de bataille. Si tu n'as toi-même pas l'intention de partir pour Mycènes pour lui arracher ta sœur, donne-moi un peu de temps pour rassembler mes guerrières. Tu nous fourniras une flotte, nous te ramènerons Hésione à la prochaine lune.

— S'il n'était besoin que d'attaquer les Grecs, rétorqua Priam l'air sombre, mes soldats suffiraient. Mais sait-on seulement pour l'instant les exigences d'Agamemnon ?

— La vie d'Hésione est en jeu, reprit Penthésilée gravement. Vas-tu l'abandonner ? Tu sais pourtant ce qui l'attend entre ses mains !

— Tôt ou tard une femme doit trouver époux. Au moins, n'aurai-je pas à la doter. Agamemnon n'aura pas le front de réclamer tribut pour une prisonnière de guerre.

Penthésilée ne put réprimer un regard de dédain. Comment le roi pouvait-il se montrer si avare en de telles circonstances ?

— Priam, dit-elle encore, tu sais fort bien qu'Agamemnon a une épouse, Clytemnestre, la fille de Léda et de Tyndare. Elle lui a donné un fils qui doit avoir sept ou huit ans. Les Grecs ne manquent pas de femmes au point d'aller les voler ailleurs, et Agamemnon a toutes les filles qu'il veut dans son lit.

— Ainsi, il a épousé la fille de Léda, celle dont la beauté pourrait presque susciter la jalousie d'Aphrodite ?

— Non, celle-là s'appelle Hélène. Elle est la sœur jumelle de Clytemnestre, ce qui est toujours de très mauvais augure. Agamemnon est parvenu à lui faire épouser son frère Ménélas, et a gardé pour lui-même Clytemnestre.

— C'est sagesse. Une femme trop belle est toujours une malédiction.

— Agamemnon s'intéresse beaucoup plus au pouvoir qu'à la beauté féminine, poursuivit la reine des Amazones. Grâce à ses liens avec les filles de Léda, il songe avant tout à faire main basse sur Mycènes, peut-être même sur Sparte, et se proclamer roi. Ensuite, il tentera sans nul doute d'étendre encore son pouvoir vers le nord et finira peut-être un jour par convoiter tes richesses et ton royaume. Du moins te demandera-t-il la levée des droits que tu réclames pour laisser ses navires franchir l'Hellespont [1]...

— Je n'accepterai jamais ! trancha Priam avec indignation. Un Dieu jadis a conduit mes aïeux sur les rives du Scamandre. Tous ceux qui veulent aujourd'hui se ren-

1. Hellespont : nom antique du détroit des Dardanelles, face auquel se dressait Troie (N.d.T.).

dre sur les territoires du Vent du Nord doivent verser tribut aux Dieux de Troie.

S'interrompant un instant, il lança à Penthésilée un regard courroucé.

— D'ailleurs, en quoi cela te concerne-t-il ? Une femme n'entend rien aux affaires politiques, pas davantage au paiement des impôts.

— Je vois que tu oublies que les pillards grecs s'aventurent également sur mes territoires, répondit sans hausser le ton la reine des Amazones. S'ils tentaient d'enlever un jour ne serait-ce qu'une seule de mes femmes, je le leur ferais payer très cher, en or et en sang. Ainsi donc, je te le répète, puisque tu n'as pu empêcher le rapt de ta sœur dans ton propre palais, mes guerrières et moi-même sommes à ta disposition pour te prêter main-forte, si tu le veux.

Priam endossa ses sarcasmes sans broncher. D'un rire grinçant il repoussa dédaigneusement son offre :

— Le jour où je ferai appel à des femmes, parentes ou non, pour la défense de ma ville, n'est pas levé. Ce jour-là, je le concède, Troie serait en bien fâcheuse posture. Puissent les Dieux nous épargner toujours un si funeste sort !

Signifiant en tournant le dos que l'entretien était clos, il aperçut alors Cassandre qui pénétrait dans la salle, vêtue de cuir et d'un lourd manteau.

— Eh bien, ma fille, lança-t-il pour faire diversion, quel est donc cet accoutrement ? Tu montres tes jambes comme un garçon... Veux-tu réellement devenir Amazone ?

Son visage trahissait une surprise amusée.

— N'as-tu pas ordonné qu'elle s'éloigne de la ville ? intervint Hécube à son tour. J'ai pensé qu'elle serait en sécurité sous la garde de ma sœur.

— Toi aussi, tu as été une Amazone, approuva le roi doucereux, et j'ai trouvé en toi la meilleure des épouses. Je suis certain que Penthésilée saura prendre soin de ma fille.

Il se pencha sur Cassandre qui ne put réprimer un léger tressaillement. Mais au lieu d'une gifle redoutée, elle reçut un baiser sur le front.

— Sois digne de ta famille ! N'oublie jamais que tu es princesse de Troie.

Hécube prit sa fille dans ses bras et la serra contre elle.

— Comme tu vas me manquer, Cassandre, dit-elle tendrement. Sois raisonnable et obéissante, ma chérie, et reviens-nous le plus vite possible.

Effrayée tout à coup à l'idée de laisser tous les siens et de partir avec des étrangères, Cassandre enfouit son visage dans le giron de sa mère.

— Mon enfant, annonça Hécube en s'écartant de la fillette, je te confie mes propres armes.

Elle lui tendit alors une longue épée glissée dans un fourreau de cuir vert et une javeline à pointe de métal. Les armes étaient lourdes, mais Cassandre parvint au prix d'un rude effort à les fixer à sa ceinture.

— Elles ne me quittaient pas quand j'étais Amazone, fit la reine. Porte-les en mon souvenir avec bravoure, ma fille.

Cassandre chassa de la main les larmes qui perlaient au coin de ses yeux. Elle prit vaillamment la main que lui tendait Penthésilée et la suivit sans se retourner.

Au bas des marches du palais, dans la cour d'honneur, les montures attendaient. Cassandre fut très déçue de devoir monter sur Bondissante derrière Penthésilée.

— Je croyais avoir un cheval pour moi toute seule, dit-elle d'une voix tremblante.

— Tu en auras bientôt un, mon enfant. Mais, d'abord il faut que tu apprennes. Pour l'instant, en route ! Je veux que nous soyons loin de Troie à la tombée de la nuit. Dormir sur des territoires gouvernés par des hommes ne nous convient nullement.

Convaincue, Cassandre passa ses bras autour de la taille de la cavalière, serra fort sa joue contre son dos et ferma les yeux. Quand elle les rouvrit, elles étaient loin de la ville. Au cœur du soleil qui lentement déclinait sur la plaine, elle crut voir alors le visage bienveillant d'Apollon qui veillait sur elle.

VI

Depuis qu'elle avait quitté Troie, Cassandre ne voyait plus le temps passer. Le soleil éclaboussait la plaine de l'aube au crépuscule. Parfois la pluie tombait sans discontinuer, et, la nuit venue, le froid engourdissait ses membres. Partageant ardemment la vie libre et sauvage des Amazones, Cassandre se transformait de jour en jour, devenait elle aussi une vraie cavalière, sentait ses formes s'arrondir, ses jeunes seins pointer sous l'étoffe rude de sa chemise. Surprenant son reflet dans une flaque d'eau après un gros orage, elle eut même un matin peine à se reconnaître. Plus allongée qu'autrefois, son visage et ses mains étaient désormais tout hâlés ; ses traits plus affinés avaient perdu candeur et innocence. Elle avait à présent des taches de rousseur, des grands yeux décidés, et elle se demanda, non sans amusement, si la jeune fille qu'elle était devenue ne serait pas reçue en étrangère si elle se présentait à l'improviste au palais de son père.

De temps à autre s'imposait brièvement devant elle la vision de son frère jumeau sur les pentes boisées du mont Ida. Lui aussi avait grandi. Tantôt elle le voyait dansant dans un groupe de jeunes hommes, tantôt assis devant un très grand feu. Un jour, elle le surprit observant des fillettes drapées de peaux d'ours, exécutant une danse rituelle en l'honneur d'Athéna. L'une d'elles semblait captiver son regard : elle s'appelait Œnone. Soudain la jouvencelle s'élançait vers son frère, l'étreignait follement. Leurs baisers affamés résonnaient sur son propre corps, l'étourdissaient, comme si les émotions éprouvées par Pâris devaient dorénavant se prolonger en elle. Puis, de nouveau, tout se brouillait devant ses yeux, et le galop des chevaux la ramenait sur terre.

Chevauchant sous le ciel de Thrace [1] à travers d'immenses étendues vertes ou bien arides, elle et les Amazones battaient la plaine depuis plusieurs semaines

1. Pour les Grecs, toute la partie de la péninsule balkanique jusqu'aux rivages de la mer Noire.

vers l'antique cité de Colchis [1] où naguère Jason avait conquis la Toison d'or et où se pratiquaient toujours, sous la protection de Médée, magie et sorcellerie.

— Nous y sommes, clama un soir Penthésilée en tendant le bras. Voici Colchis, la ville aux invincibles portes de fer. Cette nuit, nous y dormirons. La reine est des nôtres ou presque : c'est la fille de la sœur de ma mère.

« Dans ce cas, songea Cassandre, elle est aussi la cousine de ma mère, et donc la mienne. »

— Et le roi ? demanda-t-elle.

— Il n'y a pas de roi, répondit Penthésilée. Imandre règne seule entourée de femmes et n'a pas jugé bon de prendre un compagnon officiel.

Mais déjà les sabots des chevaux frappaient une voie pavée d'énormes dalles conduisant à la citadelle. Elles atteignirent bientôt ses portes, franchirent ses remparts. Cassandre se raidit et tint très haut sa pique pour ressembler à une véritable Amazone. Plusieurs guerrières, lances baissées en signe de paix, vinrent à leur rencontre. Sans descendre de sa monture, celle qui semblait les commander s'avança vers Penthésilée et l'embrassa.

— Nous nous réjouissons de ta venue, ô Penthésilée, reine des cavalières, déclara-t-elle. La reine de Colchis te salue et te souhaite la bienvenue. Elle prie tes femmes d'établir leur camp dans l'enceinte de la ville, près du rempart sud, et te demande d'être son hôte au palais.

Penthésilée transmit rapidement ses instructions à sa troupe.

— La reine Imandre, dit encore l'émissaire, offre à tes guerrières deux moutons et du pain sorti aujourd'hui-même des fours royaux. Qu'elles festoient en son honneur pendant que tu seras avec elle.

Le camp des Amazones fut promptement dressé.

Penthésilée se retira sous sa tente, ôta ses hardes de cavalière, mit sa plus belle robe, prenant soin de laisser découvert un sein comme le voulait la coutume à Colchis. Puis elle chaussa de légères bottines de daim blanc.

1. Située sur la côte orientale de la mer Noire.

Cassandre, ayant été priée elle aussi de venir, passa une tunique aussi belle que possible.

Penthésilée était en train de farder ses paupières quand sa nièce vint la retrouver.

— N'as-tu pas d'autre robe, mon enfant ? demanda-t-elle.

— Non, ma tante, je n'ai qu'elle.

— Elle ne te va plus. Tu as grandi plus vite encore que je ne le pensais.

La reine fouilla dans son sac de cuir et en extirpa une robe jaune safran.

— Tiens, prends celle-ci. Elle va être un peu grande, mais une ou deux épingles de bronze compenseront son ampleur.

Sitôt prêtes, elles gagnèrent ensemble l'acropole. Construit en marbre gris, le palais ressemblait vaguement à celui de Priam. On les introduisit dans une salle haute. En son centre, se dressait un trône de marbre blanc. Une femme y était assise.

Parée d'une cuirasse d'argent, une dague au côté, elle avait tout d'une guerrière. Sous sa cotte de cuir, se devinaient cependant une longue robe de brocart des pays du sud et une chemise de gaze égyptienne. Une ceinture incrustée d'émeraudes ceignait ses hanches ; de fines bottes chamarrées montaient plus haut que ses genoux. A la hauteur de son nombril enfin, qu'elle avait découvert, une étrange créature abaissait et élevait la tête au rythme de sa respiration. En s'approchant plus près, Cassandre comprit qu'il s'agissait d'un minuscule reptile vert.

Pour accueillir ses hôtes, la reine se leva.

— Bienvenue à toi, cousine, lança-t-elle à Penthésilée. Tes guerrières, je l'espère, reposent en toute quiétude. Que me valent le plaisir et l'honneur de te voir, reine des cavalières ?

— L'envie seulement d'être ton hôte et de te bien servir, si tu le veux. En vertu des liens étroits qui nous unissent, Imandre, mes guerrières et moi-même sommes à ta dévotion.

— Médée t'a-t-elle transmis le don de clairvoyance, chère Penthésilée ? Je cherche en effet des alliés. Mais avant tout, dînons ensemble. Dis-moi, cousine, quelle est cette jeune fille qui t'accompagne ?

— C'est la fille d'Hécube, ma sœur, reine de Troie.

Les sourcils soigneusement dessinés d'Imandre se haussèrent légèrement. Elle sourit à Cassandre puis se tourna vers une servante et frappa brièvement des deux mains. A son signal, un cortège d'esclaves apparut chargés de plats d'argent incrustés de pierreries. La reine ayant invité ses hôtes à venir prendre place derrière une longue table, les trois femmes commencèrent à se restaurer. Cassandre goûta à tout : aux rôtis, aux volailles, aux poissons, fortement épicés, aux galettes d'orge, aux fruits enrobés de miel, aux multiples gâteaux, tant et si bien qu'elle ressentit bientôt une légère nausée. Aussi, à l'exemple de Penthésilée, se contenta-t-elle dès lors de boire seulement un peu de lait et d'hydromel.

La collation prenant fin, la reine de Colchis voulut s'informer davantage sur Troie, la jeune princesse, son illustre famille.

— Je croyais qu'Hécube avait depuis longtemps oublié sa jeunesse de guerrière, dit-elle. Pourtant, je vois que sa fille t'accompagne. Elle est la bienvenue chez moi. Est-ce elle qui doit épouser Achille ?

— Pas à ma connaissance, répondit Penthésilée. Le jour où Priam songera à la marier, il découvrira que les Dieux ont pour elle d'autres desseins.

— Sans doute s'agit-il alors d'une de ses sœurs, fit distraitement Imandre. Pour l'instant, préparons l'avenir. Un jour, peut-être, aurons-nous besoin d'un roi à Colchis. Je donnerai donc ma fille en mariage à l'un des fils du roi de Troie. L'aînée est déjà en âge de se marier. Dis-moi, fille d'Hécube, ton frère aîné est-il déjà promis à une princesse ?

— Je l'ignore, répondit timidement Cassandre. Mon père n'a pas coutume de me faire part de ses projets. Peut-être a-t-il déjà des vues à ce sujet, mais je n'en ai jamais entendu parler.

— Voilà une réponse honnête, observa Imandre. Quand vous partirez à Troie, mes émissaires vous accompagneront avec Andromaque, ma fille, que je destine au fils de ton père. Si l'aîné n'est plus libre, l'un de ses frères sera mon gendre. Priam, dit-on, a cinquante fils, dont plusieurs ont été mis au monde par ta mère. Est-ce vrai ?

Ne voulant nullement indisposer la reine, Cassandre approuva docilement, à l'évidente satisfaction de la souveraine.

Alors cette dernière lui tendit la main et le serpent enroulé autour de sa taille s'étira sur son bras pour glisser sur celui de la jeune princesse qui regarda avec plaisir le reptile onduler autour de son poignet.

— Il semble t'apprécier, s'étonna Imandre. Les serpents te sont-ils familiers ?

— Ils le sont, répondit Cassandre revoyant mentalement ceux caressés un jour dans le temple d'Apollon.

— Sois tout de même prudente. S'il venait à te mordre, tu serais en danger de mort.

Loin d'être effrayée, Cassandre laissa faire l'animal, heureuse de sentir le doux frôlement des écailles sur sa peau. Le serpent déjà rampait le long de son bras, se glissait sous sa robe, entre ses seins, pour aller jouir de la tiédeur de son ventre. Absorbée par sa progression, elle avait complètement perdu le fil de la conversation qui continuait entre les reines. Lorsqu'elle leva la tête, elles s'embrassaient chaleureusement.

— C'est bon ! j'attendrai donc tes guerrières après-demain, déclarait Imandre. D'ici là, les caravanes auront été chargées et les navires seront repartis vers les mines lointaines des pays du nord. Pour l'heure, mes gardes vont t'escorter jusqu'à ton camp. Puisse la Déesse vous donner à toi et à ta nièce une bonne nuit de sommeil.

Sur ces mots, elle tendit la main vers Cassandre :

— Mon serpent me délaisse, semble-t-il. Allons, qu'il me revienne, maintenant.

Presque à contrecœur, Cassandre dut obéir. Elle plongea la main sous sa robe, saisit délicatement le reptile qui s'enroula à son poignet. De sa main libre, elle entreprit de s'en dégager.

— Reviens me voir, proposa Imandre, tu pourras le reprendre. D'habitude il a tendance à mordre. Mais avec toi, il se comporte comme avec une prêtresse. Reviendras-tu ?

— Je reviendrai, murmura Cassandre, les yeux brillants, je reviendrai.

Cette nuit-là, comme souvent au moment de s'endormir, l'esprit de Cassandre se mit à vagabonder en quête des pensées de son frère jumeau. Une douce brise effleurait la montagne, tout embaumée de l'insistant parfum du thym. Dans la cabane qu'il habitait, sur des peaux de mouton étalées près de l'âtre, Cassandre devina sa silhouette, couchée auprès d'Œnone, cette femme qui hantait maintenant son imagination. Ces derniers mois, elle s'était peu à peu habituée à la singulière communion qui l'unissait à son frère et ne parvenait plus à distinguer clairement ses propres émotions des siennes. Etait-elle endormie en cet instant ou bien était-ce lui qui dormait ?

Soudain, la lune découpa sur le seuil de la hutte la forme rayonnante d'une femme ; elle sentit aussitôt qu'elle avait devant les yeux la Déesse incarnée, plus resplendissante qu'une reine, plus altière, plus éblouissante. Elle glissait sur le sol comme la brume sur l'eau, bandait son arc d'argent sur le couple endormi, tirait sur eux une tornade de rayons de lune, pareils à des flèches immortelles.

L'un d'eux, lui sembla-t-il, perçait son corps — à moins que ce ne fût celui de Pâris —, s'insinuait dans ses veines, l'enserrait tout entière, l'attirait inexorablement vers la silhouette de lumière immobile sur le seuil. Soudain une voix s'éleva derrière son épaule :

— Pâris, tu as prouvé que tu étais un juge honnête et impartial...

Il avait été en effet, se souvint-elle, un arbitre équitable lorsqu'il avait attribué un prix au taureau des Immortels.

— A présent, reprit la voix, tu vas devoir choisir la plus séduisante des Déesses.

— En vérité, dit-il (Cassandre eut l'impression que la réponse de Pâris sortait tout droit de sa propre bouche), la Déesse est sublime sous toutes ses formes...

Un rire cristallin, presque enfantin, l'interrompit :

— Vraiment ? Crois-tu pouvoir t'en tirer à si bon compte, Pâris ? Nous t'avons choisi, entre tous les mortels, pour désigner la plus belle des Immortelles et mettre un terme à la querelle soulevée par Eris. Tiens, prends !

Un objet lisse, froid et lourd fut placé dans sa main. Il irradiait un halo d'or qui illuminait son visage.

— Tu offriras cette pomme à celle d'entre nous que tu vas choisir, ordonna la voix.

Héra, l'épouse divine du souverain des cieux, Zeus, Dieu du Tonnerre et de la Foudre, s'enveloppa alors de brillance argentée.

— Sers-moi, Pâris, dit-elle, et je te couvrirai de gloire. Tu règneras sur tous les pays de la terre et les richesses du monde seront à toi.

Ainsi parla la première déesse. Athéna aux yeux pers, parée d'un casque et d'un bouclier flamboyants, lui succéda. Une chouette au plumage de neige s'était posée sur son épaule.

— Je te donnerai la sagesse, ô Pâris, dit la Déesse Vierge. Car, pour régner sur le monde, il faut d'abord être maître de soi-même. Si tu me choisis, je t'ouvrirai les portes de la connaissance et de l'âme. Grâce à cette sagesse, tu vivras très heureux et tu triompheras dans toutes les batailles.

Aphrodite apparut la dernière. Elle avait dégrafé les voiles qui recouvraient sa gorge, dénudé son épaule d'ivoire :

— Il est d'autres batailles qu'un berger peut remporter, murmura-t-elle. Qu'importe la gloire sans amour, sans une douce compagne pour la partager ? Tu es beau, Pâris, tu troubles les sens de toutes les femmes...

Le souffle de la Déesse lui caressait la joue. Il fut pris de vertige, crut que la montagne se mettait à danser

— Tu es un homme que toute mortelle serait fière d'épouser, chuchota encore l'apparition d'une voix languissante. Toute mortelle, et même Hélène de Sparte, la plus belle femme de la terre...

— Nulle mortelle ne peut être plus belle que toi, ô Déesse...

Pâris plongea son regard dans les yeux d'Aphrodite et Cassandre s'y noya avec lui.

— Hélène est plus qu'une mortelle, susurra la Déesse de l'Amour. Elle est fille de Zeus. Sa mère jadis a suscité le désir du Maître de l'Olympe, et règne sur Sparte. Tous les hommes rêvent d'elle. Tous les rois ont demandé sa main. Ménélas a été l'élu, mais je le jure, en te voyant, elle oubliera ce choix dès le premier regard. Oui, tu es beau, Pâris, et la beauté permet de réaliser tout ce que l'on désire ici-bas.

Cassandre regarda Œnone. Inconsciente, elle dormait sur sa peau de bête. Pâris n'avait-il pas déjà une femme très belle ? Mais Pâris semblait l'oublier totalement. Dans sa main, la pomme se faisait plus légère qu'une plume. Il la tendit à Aphrodite, dont l'éclat s'intensifia tellement qu'il crut un instant qu'elle allait s'embraser...

A travers la toile de la tente qu'une Amazone venait d'écarter, le soleil du matin frappa les paupières closes de Cassandre.

Plissant les yeux, elle s'étira longuement. Le soleil était moins aveuglant que l'éclat lunaire de la Déesse. Avait-elle eu une vision ou simplement avait-elle fait un rêve ? Et si c'était un rêve, était-ce le sien ou celui de son frère ? Cette nuit, trois Déesses l'avaient visité, mais la Mère Eternelle, elle, n'avait point paru. Pourquoi avaient-elles accepté d'être départagées par un simple mortel et dans quel dessein ?

VII

Une nouvelle fois, la reine des Amazones et Cassandre se rendirent au palais de Colchis. Imandre les demandait. La reine les attendait dans la salle du trône.

— Voici Andromaque, ma fille, fit-elle à leur entrée, désignant une adolescente aux cheveux noirs assise à ses pieds. Andromaque, je te présente ta cousine Cassandre, fille d'Hécube de Troie. Elle est la sœur d'Hector, celui qui sera ton époux.

La fille aux cheveux noirs se redressa, rejetant en arrière ses longues mèches bouclées.

— Ainsi, tu es la sœur d'Hector ? demanda-t-elle avidement. Je t'en prie, parle-moi de lui. Comment est-il ? Est-il grand, est-il fort, est-il noble et généreux ?

— C'est un être insensible et froid, répliqua Cassandre sans l'ombre d'une hésitation. Avec lui, il faut être intraitable, sinon il te piétine comme un tapis et tu deviens à ses yeux une esclave tout juste bonne à hocher la tête pour l'approuver, exactement comme ma mère vis-à-vis de mon père.

— N'est-ce pas là le comportement habituel des femmes envers leurs époux ?

— Cassandre, intervint Imandre, Andromaque aurait dû naître dans une de vos cités. Pourtant son nom veut dire : « Celle qui se bat comme un homme. » Hélas ! elle n'éprouve aucun plaisir à combattre. Elle est indolente et douillette, se complaît uniquement à changer de robes, à soigner sa peau délicate et son teint de rose. En plus, elle ne pense qu'aux hommes. Moi, à son âge, je ne connaissais que mon maître d'armes, et tout ce que j'attendais de lui, c'était qu'il fût fier de moi. Ah, j'ai eu tort de confier son éducation aux seules femmes du palais ! J'aurais dû te l'envoyer, Penthésilée. Tu en aurais fait une vraie femme, une guerrière !

— Mère, les hommes prétendent pourtant que les femmes qui manient les armes ne savent ni filer la laine, ni tisser, ni broder, ni faire des enfants... lança, l'air faussement ingénu, Andromaque.

— Allons, Imandre, mieux vaut la laisser en paix, dit à son tour Penthésilée indulgente. Puisque tu as décidé qu'elle allait se marier, il est préférable qu'elle en ait envie.

La reine de Colchis n'insista pas. Hors de son corsage pointait la petite tête triangulaire de son serpent. Cassandre tendit la main.

— Puis-je le prendre ? demanda-t-elle à la reine.

Le serpent glissa vers sa paume et s'enroula autour de son poignet.

— Peut-être veut-il te parler, observa la reine.

Dégoûtée, Andromaque eut un mouvement de recul.

— Comment peux-tu toucher cette bête ? Ah ! Je déteste les serpents.

Cassandre éleva le reptile tout contre sa joue.

— Pourquoi ? C'est ridicule. Il ne va pas me mordre. Et s'il me mordait, il ne me ferait pas grand mal.

— Cela n'a rien à voir avec la peur d'être mordue ou non, riposta Andromaque. Mais comment peut-on ne pas avoir peur de ces bêtes ? Même un singe en cage qui n'a jamais vu un serpent vivant se met à hurler si on lui jette un bout de corde, ou quoi que ce soit qui lui ressemble. Instinctivement tout le monde a ce réflexe. C'est normal !

— Eh bien, peut-être ne suis-je pas normale, répliqua Cassandre, caressant le reptile de plus belle.

— Ce qui est sûr en tout cas, c'est que ce que tu fais n'est pas donné à tout le monde, Cassandre, dit doucement Imandre. Seuls ceux voués aux Dieux dès leur naissance le peuvent.

— C'est étrange, confia la jeune princesse troyenne, prise d'une soudaine inspiration. L'autre nuit, j'ai rêvé — mais peut-être est-ce bien une vision — de trois Déesses. Mais Python, la Déesse Serpent, n'était pas parmi elles.

— Etait-ce là ta première rencontre avec les Immortels ?

— Non, ma reine. J'ai déjà vu la Déesse Mère de Troie parler par la bouche de ma mère, mais j'étais alors toute petite. Et une fois...

Elle déglutit, baissa la tête, s'efforça de maîtriser sa voix, craignant tout à coup de fondre en larmes à ce souvenir.

— Une fois, répéta-t-elle, j'ai... dans son temple... Apollon m'a parlé...

Imandre effleura ses cheveux de sa main.

— Mon enfant, je le savais. La première fois que je t'ai vue, je l'ai compris : les Dieux t'ont appelée à devenir prêtresse. Sais-tu ce que cela signifie ?

Cassandre secoua la tête.

— Oui. On doit vivre au temple, y officier, s'occuper des oracles, n'est-ce pas ?

— Non, Cassandre, répondit Imandre, ce n'est pas aussi simple. Cela veut dire que tu dois servir d'intermédiaire entre les Immortels et les hommes et expliquer à ces derniers les vues des Dieux... C'est une vie difficile, que jamais je n'aurais souhaitée même à ma propre fille.

— Mais alors pourquoi ai-je été choisie ?

— Seuls ceux qui t'ont élue connaissent la réponse,

reprit Imandre avec une douceur extrême. Il leur arrive de poser la main sur certains d'entre nous d'une manière qui ne trompe pas, mais ils ne nous informent jamais de leurs desseins. N'oublie pas que si nous tentons de leur résister, ils ont les moyens de nous forcer à les servir... Personne ne demande à être élu. Ce sont les Dieux qui nous choisissent.

« Eh bien moi, songea Cassandre, moi c'est étrange, j'ai l'impression d'avoir souhaité ma destinée. Jamais je ne l'assumerai à contrecœur. »

Apparemment, le serpent s'était endormi sur son bras. Imandre se pencha, le reprit sans le réveiller, le fit glisser dans le décolleté de sa tunique.

— Demain, Cassandre, à la pleine lune, tu seras présentée à la Déesse Python, annonça-t-elle. Cette nuit, reste au palais. Tu partageras la chambre d'Andromaque.

L'aube venait à peine de poindre lorsqu'une femme entra sans être annoncée et ouvrit en grand les rideaux. Andromaque enfouit la tête sous les couvertures, mais Cassandre se redressa et posa les yeux sur l'intruse. C'était bien une femme de Colchis, sombre et vigoureuse, au port assuré comme celui des guerrières amazones. Elle était vêtue d'une longue robe de lin d'un blanc immaculé. Apercevant un petit serpent enroulé autour de son poignet, Cassandre comprit qu'il s'agissait d'une prêtresse.

— Qui es-tu ? interrogea-t-elle.

— Je m'appelle Evadné. Je suis prêtresse et suis ici pour te préparer. Est-ce bien toi qui vas être présentée tout à l'heure à la Déesse ?

— Oui, c'est moi.

Evadné adressa un curieux sourire à Cassandre.

— Dis-moi, lui dit-elle, tu sais qu'il est du devoir de chaque être humain de servir ses Dieux. Mais toi ? Veux-tu les servir seulement lorsqu'ils l'exigeront, ou songes-tu à leur consacrer ta vie entière ?

— Je souhaite leur consacrer ma vie entière, répondit Cassandre. Seulement, je ne sais pas ce qu'ils attendent de moi.

Evadné lui tendit une robe préparée à son intention.

— Passons dans l'antichambre, souffla-t-elle. Ainsi, nous ne réveillerons pas la princesse Andromaque.

Ayant toutes deux gagné la pièce voisine, la jeune femme se tourna gravement vers Cassandre.

— Maintenant, parle. Sincèrement, pourquoi aspires-tu à devenir prêtresse ?

Une nouvelle fois, Cassandre raconta ce qui lui était arrivé au temple d'Apollon. Elle n'eut pas la moindre hésitation : Evadné était la servante des Immortels. Si quelqu'un sur terre pouvait la comprendre, c'était bien elle.

— Le Dieu Soleil est un maître jaloux, dit la prêtresse quand Cassandre eut terminé son récit, et je crois qu'il t'a choisie. Quoi qu'il en soit, toute femme appartient également à la Mère Eternelle, et je ne puis donc te dénier le droit de la rencontrer.

— Ma mère m'a dit un jour qu'Apollon et la Déesse Serpent étaient ennemis depuis longtemps. Je t'en prie, dis-moi la vérité : est-il vrai que le Dieu Soleil a tué la Déesse ? Et en servant notre Mère Eternelle, suis-je déloyale envers lui ?

— Mère de toutes choses, oui, elle est éternelle, affirma Evadné d'un ton profondément convaincu. Aussi ne peut-elle mourir. Quant à Apollon, il te faut savoir que les Immortels ne voient pas les choses comme nous. La Mère Eternelle, dit-on, avait son sanctuaire là où, plus tard, Apollon choisit de bâtir son temple. Pendant son édification, on raconte qu'un immense serpent venu du centre de la terre apparut dans le temple et qu'Apollon, ou l'un de ses prêtres, tua le monstre de ses flèches. Voilà pourquoi bon nombre d'ignorants prétendent que le Dieu Soleil s'est battu avec la Déesse Serpent. Mais comme toutes créatures de l'univers, Apollon est son fils.

— Ainsi, même si le Dieu Soleil m'a choisie, je peux répondre à l'appel de Python ?

— Toutes créatures lui doivent obéissance. Mais je ne puis en dire davantage aux non-initiées. Maintenant, lave-toi pour te purifier et prépare-toi à rejoindre celles qui vont accomplir ce voyage avec toi. Plus tard, si tu le souhaites, je te parlerai encore de la Déesse.

Cassandre se hâta d'obéir. Trop longue pour elle, la robe qu'on lui prêtait lui tombait sur les chevilles. Afin de n'être point gênée pour marcher, elle la remonta sous sa ceinture. Puis, elle se coiffa et laissa sa chevelure tomber librement sur les épaules comme c'était la coutume pour les vierges de la cité.

De la rue montaient les échos annonçant la cérémonie : sortant de chez elles, les femmes couraient, les bras chargés de rameaux verdoyants et de bouquets de fleurs. Evadné la conduisit dans la salle du trône, où se trouvaient déjà plusieurs filles de son âge. Sur le trône lui-même, recouvert d'un coussin brodé d'or, était lové le serpent d'Imandre.

— Regardez, chuchota l'une de ses compagnes. On dit que la reine est capable de se transformer en serpent.

— C'est absolument faux, protesta Cassandre. La reine simplement a laissé son serpent sur le trône pour symboliser son autorité.

En compagnie de Penthésilée, celle-ci faisait d'ailleurs son entrée, vêtue simplement de la robe blanche des prêtresses. Cassandre n'en fut guère étonnée : à Troie, la coutume voulait aussi que la reine fût la représentante suprême de la Grande Déesse sur terre.

En revanche, elle fut surprise de ne point apercevoir Andromaque. Si sa cousine avait été initiée l'année précédente, pourquoi ne se joignait-elle pas aujourd'hui aux prêtresses ?

D'un geste impératif, Imandre commanda le silence.

Les anciennes rassemblèrent les novices en cercle autour d'elle. Cassandre entendit alors monter le martèlement régulier d'un tambour, semblable à un battement de cœur.

— Voici venu le temps, psalmodia Imandre, de célébrer le retour de la fille de la Déesse, Souveraine du Grain, captive tout l'hiver des entrailles du Monde souterrain. La voici qui revient avec le vert printemps sur la terre dénudée, parsemant les prairies et les bois de fleurs et de feuilles.

La reine marqua une pause, silence troublé par le seul martèlement du tambour.

— Ô Déesse suprême, nous sommes dans les ténèbres,

attendant le retour de la lumière. Nous venons aujourd'hui à toi, au seuil du royaume des ombres, pour y être purifiées, initiées aux chemins de la Vérité.

Cassandre l'écoutait, perdait peu à peu toute notion du temps, avait l'impression de vivre un rêve qui s'étirait au fil des heures et des jours. Eveillée mais inconsciente, elle réalisait qu'elle et ses compagnes n'étaient plus maintenant dans la salle du trône, mais dans une gigantesque caverne aux parois suintantes où les voix résonnaient à l'infini.

Le son caressant et voilé d'une flûte perçait la nuit, l'appelait avec une irrésistible insistance. Alors elle sentit qu'une coupe passait de main en main, que chacune des filles y trempait ses lèvres avant de la tendre à sa voisine. Son tour vint. Elle goûta au breuvage, trouva qu'il avait un goût doucereux et amer à la fois. Elle crut que son estomac allait se retourner, mais parvint à maîtriser sa nausée et concentra son attention sur la flûte.

Imandre avait terminé sa psalmodie, et le trouble de Cassandre croissait au point qu'elle avait l'impression de se détacher de sa propre personnalité, de quitter son enveloppe humaine, de se fondre dans un mystérieux et indéfinissable néant. D'étranges couleurs dansaient devant ses yeux ; elle se mouvait doucement sans faire le moindre effort dans un tunnel d'ombres ouatées se prolongeant à l'infini vers une minuscule lumière.

« Descends dans les Ténèbres avec la fille de la Déesse, lui intimait une voix très lointaine. Une par une, laisse derrière toi toutes choses qui te rattachent au monde, car elles ne t'appartiennent plus. »

Cassandre découvrit alors qu'elle portait ses armes. Pourtant, elle était sûre de ne pas les avoir prises ce matin-là. Rythmée par le martèlement d'un tambourin, la voix qui la guidait s'éleva de nouveau :

« Tu vas franchir la première porte du Monde souterrain. Renonce à tout ce qui te lie à la Terre et au royaume de la Lumière. »

Aussitôt, Cassandre défit la ceinture incrustée de pierreries qui supportait son glaive et son javelot, se rappelant les paroles de sa mère, qui lui avait recommandé de les porter toujours avec honneur. Mais tout était si loin, désormais... Dans un cliquetis métallique, la lance et l'épée glissèrent sur le sol.

Soudain, un globe de feu apparut au-dessous d'elle. Elle crut d'abord à une sphère de flammes puis discerna l'œil flamboyant d'un serpent qui la fixait sans sourciller.

« Voici la seconde porte du Monde souterrain, dit la voix. Viens me rejoindre. Laisse derrière toi tes craintes, tout ce qui peut entraver ta descente au cœur de ce royaume ».

L'œil du serpent s'était approché d'elle, enjôleur. Un éclair de mémoire lui rappela les serpents du temple d'Apollon, la manière dont elle les avait caressés sans ressentir la moindre peur. Elle eut l'impression de revivre intensément ces instants, que l'œil désormais occupait la totalité de son champ de vision. Puis le reptile l'étreignit puissamment, l'enlaça, l'étouffa au point qu'elle eut bientôt la certitude qu'elle allait mourir. Mais brusquement l'étreinte se desserra, la libéra, lui permit de se diluer dans une indicible atmosphère de bien-être.

Elle n'était pas morte : elle continuait, malgré elle, de progresser dans les ténèbres, au rythme d'obsédants tambourins. La voix s'éleva de nouveau :

« Tu pénètres à présent en mon royaume, soufflait une fois encore la voix. Voici la troisième et dernière porte du Monde souterrain. Sur son seuil, il te faut désormais renoncer à la vie. Y consens-tu pour me servir ? »

Une jouissance infinie, inexplicable, submergeait Cassandre. Sa vie ? Que pesait-elle maintenant ? Parvenue si près du but, toutes barrières, toutes réalités matérielles s'effaçaient.

Une partie d'elle-même lui parlait encore à voix haute ; l'autre lui insufflait à voix basse la certitude qu'elle touchait la vérité, le bout du voyage, là où la force des rêves surpasse toute vie.

« Prends-moi, s'entendit-elle répondre, prends-moi ! Je ne renoncerai pas maintenant, même si je dois pour toujours abandonner la vie. J'ai déjà dit adieu à tout le reste. Prends ma vie si tu le veux, Reine des Ténèbres. »

Elle se sentit alors happée tout entière dans l'obscurité, emportée dans un tourbillon, une tempête hurlante, transpercée par des flammes.

« Ô Déesse ! murmura-t-elle encore, si je dois mourir pour toi, laisse-moi au moins contempler ton visage, ne serait-ce qu'une fois ! »

Les ténèbres s'éclaircirent légèrement. Devant elle, se mit à flotter une forme très pâle, un visage plus transparent que le cristal où brillaient deux yeux noirs. Ce visage, entrevu dans un ruisseau, elle le connaissait bien... C'était le sien. Tout près d'elle, une voix lui glissa quelques mots à l'oreille :

« Ne sais-tu donc pas que je suis toi, que tu es moi ? »

Puis, soudain, des vents hurlants se déchaînèrent, emportèrent tout sur leur passage, la projetèrent, tel un fétu de paille, vers la lumière, toujours plus haut. Impuissante, Cassandre se débattit en vain, croyant que la tornade allait lui broyer les os. Un éclair dans l'ouragan lui révéla des yeux féroces ; des mains crochues tentèrent de la saisir, de lacérer ses chairs. Envahie par une présence étrangère, brassée dans un torrent d'eau noire qui balayait sa conscience, elle crut pour la deuxième fois qu'elle allait mourir, sombra dans un abîme sans fond d'éblouissante clarté et de silence.

Une main qui caressait délicatement sa joue l'arracha au néant.

Très faible, Cassandre ouvrit les yeux sur la pénombre et l'humidité retrouvées de la caverne. L'avait-elle seulement quittée ? Sa tête reposait sur les genoux de Penthésilée. Le visage de sa tante lui parut baigné d'une telle lumière qu'elle dut un instant poser la main sur ses paupières.

— Mais, tu es... Vous êtes la Déesse... balbutia-t-elle.

— Bien sûr, mon enfant, murmura la reine des Amazones. Et toi aussi, mon enfant. Ne l'oublie jamais...

— Que s'est-il passé ? Où suis-je ?... J'étais...

Penthésilée lui posa un doigt sur les lèvres.

— Ne parle pas. Nulle n'a le droit de révéler les Mystères. Tu es allée très loin, c'est vrai. La plupart des novices restent à la première porte. Viens maintenant.

Cassandre se releva en titubant et sa tante l'aida à recouvrer son équilibre.

Les tambourins s'étaient tus. On n'entendait plus que le craquement d'un feu et un gémissement étouffé. Une petite femme maigre, la joueuse de flûte, était accroupie près de l'âtre. Ses yeux étaient absents ; elle se balançait légèrement, extatique. Avec soulagement, Cassandre constata, qu'à défaut d'autre chose, le son de la flûte et le feu étaient, eux, bien réels. Autour d'elle, plusieurs novices étaient encore en transe. Chacune d'elles était veillée par une prêtresse. Penthésilée la guida vers la sortie de la caverne. Dehors, il pleuvait, mais une lumière rosâtre indiquait que le crépuscule était proche. Des gouttes de pluie glacée tombèrent sur leur visage. Cassandre se sentait très faible et avait soif. Elle capta sur ses lèvres un peu de la fraîcheur de l'averse, mais Penthésilée lui fit rapidement franchir une porte et elle se retrouva dans la salle du trône. La reine Imandre l'attendait. Elle l'embrassa en la serrant dans ses bras.

— Bienvenue à toi, Cassandre, qui reviens du royaume des Ténèbres, dit la reine. Tu as fait un très long voyage, et je me réjouis de voir que tu es saine et sauve. A présent, tout comme nous, tu appartiens à la Reine Eternelle.

— Elle a franchi les trois portes, annonça Penthésilée.

— Je sais. Son initiation était indispensable pour une prêtresse-née.

S'écartant légèrement, elle prit maternellement Cassandre par les épaules.

— Tu es bien pâle, mon enfant. Comment te sens-tu maintenant ?

— Oh, j'ai soif, implora Cassandre, j'ai tellement soif...

Penthésilée lui versa une liqueur revigorante, mais son odeur l'écœura et elle réclama de l'eau. Malgré sa fraîcheur désaltérante, elle lui trouva un léger goût de vase, goût qui persista dans son palais pendant plusieurs jours.

— Surtout prends soin de te rappeler les songes que tu feras cette nuit, lui enjoignit Imandre. Ils contiendront un message de la Fille de la Déesse.

La reine se tourna ensuite vers Penthésilée.

— Allez-vous repartir vers le sud, maintenant que la Déesse a parlé ?

— Dès que Cassandre sera rétablie et qu'Andromaque sera prête, répondit la reine des Amazones.

— Qu'il en soit donc ainsi, déclara Imandre. La dot de ma fille a été préparée et j'ai choisi toutes celles qui voyageront avec elle. Pour toi, ma jeune cousine, notre nouvelle prêtresse, j'ai un présent à t'offrir.

C'était un serpent, mince et vert comme celui de la reine, à peine plus long que l'avant-bras de Cassandre, guère plus épais que son pouce. Gorge serrée, Cassandre la remercia chaudement.

— Depuis toujours, je te devais ce présent, observa doucement Imandre. Il est né de l'œuf de l'un de mes reptiles. Il t'était destiné ! Cassandre, je suis heureuse qu'Andromaque voyage à tes côtés.

VIII

Par un pâle soleil de printemps, elles se mirent en route pour Troie, leurs chariots chargés des innombrables cadeaux de la reine de Colchis pour ses cousins troyens, armes de fer et de bronze, riches étoffes et vêtements, poteries, or, argent et bijoux.

Cassandre ne comprenait pas pourquoi Imandre souhaitait tellement s'allier à la famille royale de son père Priam, et encore moins pourquoi Andromaque se montrait si impatiente d'épouser Hector. Mais puisque après tout il lui fallait maintenant regagner sa ville natale, autant le faire en compagnie de la princesse. Elle s'était prise d'amitié pour elle, et comme il lui faudrait bientôt quitter Penthésilée et les Amazones, au moins serait-il moins pénible de garder auprès d'elle une amie, la seule qui lui resterait.

Le voyage lui parut interminable, et ce ne fut qu'au début de l'été, après plusieurs lunes, qu'elle aperçut enfin dans le lointain les montagnes qui s'élevaient au-delà de la ville. A Troie, on disait couramment que Colchis était à l'autre bout du monde, et à présent seulement elle se rendait compte que leur voyage avait duré plus d'une année. Ce n'était pas qu'elle eût grande hâte d'arriver, sachant qu'il lui faudrait bientôt dire adieu à la liberté, réintégrer les murs du gynécée, mais elle était tout de même heureuse d'avoir des nouvelles des siens.

Quelques jours avant le terme du voyage, elle retrouva en songe son frère Pâris qui ne lui était pas apparu depuis longtemps. Sur les pentes verdoyantes du mont Ida, il gardait les troupeaux de son père adoptif. Soudain un groupe de jeunes gens survenait à flanc de montagne à sa rencontre.

— Bienvenue à vous, étrangers, leur disait-il. Qui êtes-vous et que voulez-vous ?

— Les fils et serviteurs du roi Priam de Troie, répondit l'un d'eux, et nous venons chercher un taureau. Il nous faut le plus beau du troupeau. Il sera sacrifié lors de nos prochains jeux funèbres. Montre-nous donc ta plus belle bête.

Le ton péremptoire des étrangers était quelque peu irritant. Mais Agélas, son père adoptif, lui avait enseigné depuis son plus jeune âge que les désirs de Priam étaient des ordres ; aussi s'efforça-t-il de se montrer courtois.

— Mon père est au service du roi, reconnut-il. Tout ce que nous possédons est à lui. Mais, pour l'heure, mon père est absent. Si vous lui faites la grâce de l'attendre, il vous montrera ses plus belles bêtes, dès son retour. Entrez chez moi pour vous protéger du soleil. Mon épouse va vous servir du vin et du lait frais, de l'hydromel si vous le préférez, fait du miel de nos ruches.

Celui qui paraissait leur chef accepta et ils entrèrent dans sa maison.

— Etes-vous les fils de Priam ? se résolut enfin à demander Pâris.

— Nous le sommes, répondit de nouveau celui qui menait le groupe. Je suis moi-même Hector, l'aîné de ses fils et de la reine Hécube ; et voici Déiphobe, mon demi-frère.

D'une stature exceptionnelle, Hector dépassait de près d'une tête Pâris, lui-même pourtant de taille élevée. Il avait des épaules de lutteur, un visage carré mais séduisant, de grands yeux noirs, des pommettes hautes, un menton droit. A sa ceinture étincelait une longue épée de fer que le jeune pâtre lui envia aussitôt.

— Quels sont ces jeux funèbres dont vous parlez ?

demanda-t-il agacé par la manière insistante dont Hector regardait Œnone.

— Ils ont lieu tous les ans, répondit Hector, et se déroulent comme tous nos jeux. Tu m'as l'air vigoureux et athlétique. N'as-tu toi-même jamais concouru ? Je suis sûr que tu pourrais t'y distinguer.

— Tu te méprends, fit Pâris. Je ne suis qu'un berger, humble serviteur de ton père. Les jeux ne sont pas faits pour moi.

— Ta modestie t'honore, rétorqua Hector, non sans raillerie, mais tu te trompes : les jeux sont ouverts à tout homme libre. Tu y serais le bienvenu. Le premier prix est un trépied et un chaudron de bronze. Parfois, mon père offre aussi une épée au valeureux gagnant.

— Si je gagnais ce prix, ce serait pour l'offrir à ma mère, dit Pâris. Peut-être mon père me permettra-t-il de participer à ces jeux.

— Ton père ? N'es-tu pas en âge de décider toi-même, rétorqua Hector, l'œil toujours narquois.

Pâris songea que l'étranger avait raison. Mais il n'avait jamais jusqu'à présent seulement imaginé prendre une décision sans l'accord d'Agélas. Relevant la tête, il vit qu'Hector le regardait fixement.

— Il me semble t'avoir déjà rencontré, fit ce dernier plissant les yeux en interrogeant sa mémoire. Oui, tes yeux surtout me sont familiers...

Curieusement, Pâris de son côté, éprouvait une défiance instinctive à l'égard d'Hector, intuition négative qu'il ne parvenait pas à s'expliquer.

Pour se soustraire à son malaise, il se leva et se dirigea vers la porte pour guetter l'arrivée de son père.

Ce dernier justement accourait fort opportunément. Il entra dans la pièce avec une vivacité qui démentait son âge.

— Prince Hector, fit-il en s'inclinant, je suis très honoré de ta visite. Comment va notre roi Priam ?

Hector lui expliqua l'objet de sa présence.

— C'est à mon fils qu'il faut s'adresser, déclara Agélas après l'avoir écouté. Il connaît mieux que moi les bêtes et s'est en maintes occasions avéré un expert avisé. Pâris, emmène donc nos hôtes dans le pré et montre-leur notre troupeau.

Sur place, Pâris fit son choix. Hector s'approcha pour examiner le taureau.

— Je suis un guerrier, se borna-t-il à dire et ne m'y entends guère en matière de bétail. Son pelage est soyeux, dénué de cicatrices. Il semble digne de Zeus.

« Il est même trop beau pour être sacrifié, songea Pâris amèrement. Une telle bête devrait être épargnée et consacrée à la reproduction. Pour être décapité et saigné sur l'autel, un vieux mâle ferait autant l'affaire. »

— Tu en sais plus que moi sur ce point, répéta Hector. Aussi te fais-je confiance. A présent, choisis également une jeune génisse pour Héra, son épouse.

L'image de la majestueuse Déesse qui lui avait offert richesse et pouvoir s'imposa aussitôt à Pâris. Lui tenait-elle rigueur de lui avoir préféré Aphrodite ? Si aujourd'hui il choisissait en son honneur la plus belle bête du troupeau, peut-être oublierait-elle son courroux ?

— Je te conseille cette génisse, annonça-t-il désignant un très jeune animal. Vois la douceur de son pelage clair, la beauté expressive de ses yeux : ils paraissent presque humains.

Hector tapota distraitement l'encolure de l'animal et demanda une corde.

— Tu n'en as pas besoin, mon prince, dit Pâris. Si tu prends le taureau, la génisse suivra comme un chiot.

— Tiens donc, s'esclaffa le guerrier bruyamment. Ainsi ces belles-là ne sont point différentes des femmes ! Pâris, je te remercie et t'attends pour les jeux. Tu verras : tu gagneras un prix. J'en suis sûr. Ta place est sur les stades et non ici.

Leurs hôtes repartis pour la ville, Agélas et son fils se retrouvèrent dans la soirée. Ce dernier fit part à son père adoptif de l'invitation d'Hector, ne prévoyant nullement la réponse négative du vieux berger.

— Non, mon fils, je te l'interdis ! Oublie cette idée

sur-le-champ. Si par malheur, tu t'y rendais, il se passerait des choses terribles !

— Père, je ne comprends pas ! Le prince, au contraire, m'a assuré que ma condition n'avait pas d'importance. Que pourrait-il donc se passer de néfaste ? Et puis j'aimerais tellement gagner le prix et, l'offrir à ma mère !

— Ta mère n'a nul besoin d'un chaudron. La seule chose qui compte pour nous, c'est de te garder, mon fils, près de nous, là où rien ne peut t'arriver.

— Mais, père, que peut-il m'arriver ?

— Je ne peux rien te dire, fit gravement le vieil homme. Sache seulement qu'il est impossible que tu te rendes à ces jeux. D'ailleurs, je te l'interdis formellement.

— Père, je ne suis plus un enfant, protesta Pâris. Du moins ai-je l'âge de comprendre, de savoir tes raisons. Je t'en prie, dis-les moi.

— Il suffit, tonna Agélas catégorique. Je ne te dois aucune explication : tu feras comme j'ai dit. Telle est ma volonté !

Pâris savait depuis toujours qu'Agélas n'était pas son vrai père. Depuis le jour où les Déesses lui étaient apparues, il se demandait même s'il n'était pas d'origine beaucoup plus élevée. L'interdiction d'Agélas était-elle liée à ce mystère ? Il le lui demanda mais n'obtint qu'une réponse encore plus inflexible.

Pâris se réfugia dans le silence. Mais sa décision était prise. Il se rendrait aux jeux. A l'aube, il enfila sa plus belle tunique, teintée en rouge avec des baies sauvages, et embrassa son épouse. Œnone le regarda longuement, les lèvres soudées par l'angoisse.

— Ainsi, tu pars ? Malgré l'interdiction de ton père ? souffla-t-elle.

— Il ne peut rien m'interdire. Il n'est pas mon vrai père, tu le sais. Il n'est donc pas impie de lui désobéir.

— Il t'a pourtant toujours chéri davantage qu'un fils, poursuivit-elle en tremblant. Pâris, ne pars pas. Pourquoi veux-tu tellement te rendre à ces jeux ? Priam n'est rien pour toi.

— Je veux suivre ma destinée, poursuivit-il rageusement. Les Dieux ne peuvent souhaiter me voir garder des moutons ma vie entière. Allons, ma femme, donne-moi un baiser et souhaite-moi bonne chance.

Elle se redressa sur sa couche, l'embrassa en fermant les yeux.

— Mon amour, insista-t-elle, mon cœur dit que le malheur t'attend là-bas. Prends garde, je t'en supplie. Reste...

Elle fondit en larmes, s'agrippa à la tunique de son mari, posa timidement une main sur son ventre arrondi.

— Si tu ne veux pas rester pour moi, acheva-t-elle dans un sanglot, fais-le au moins pour *lui*.

— C'est justement pour *lui* que je dois partir, cria presque Pâris. Bientôt, son père ne sera plus seulement un berger de Priam.

— Est-il déshonorant d'être le fils d'un berger ? balbutia Œnone. Moi-même, je suis fière d'être l'épouse d'un berger.

— Mon amour, dit Pâris perdant patience, dois-je partir sans ta bénédiction ? Souhaites-tu qu'il m'arrive malheur ?

— Ô cruel ! J'ai en moi un si terrible pressentiment ! Si tu pars, tu ne me reviendras jamais.

— Folle ! Crois en moi ! Je t'aime, je reviendrai.

Comme Œnone ne bougeait pas, il l'embrassa une dernière fois, finit par se dégager doucement de son étreinte et s'enfuit de la chambre sans se retourner.

Profondément troublée, Cassandre revint à elle. Après l'automne ensoleillé du mont Ida, c'était de nouveau la pénombre du chariot d'Andromaque. L'été venait à peine de commencer. Peut-être le convoi rejoindrait-il Troie avant l'hiver. A ses côtés, sa cousine dormait paisiblement. Frissonnante, elle se pelotonna contre elle pour profiter de sa chaleur.

« Il viendra à Troie, murmura-t-elle, avec certitude, il viendra. Peut-être même y sera-t-il déjà lorsque nous arriverons. Enfin, je vais pouvoir le voir. Enfin ! »

IX

Andromaque la première aperçut les hautes murailles de Troie.

— Troie, est bien plus grande que Colchis ! s'exclama-t-elle visiblement impressionnée. Quel est donc ce toit qui domine toute la ville ? Le palais de ton père ?

— Non. C'est celui du temple d'Athéna. A Troie, les sommets sont réservés aux Immortels. La Déesse Vierge est notre protectrice, c'est elle qui nous procure les olives et le vin.

— A Colchis, aucun lieu — pas même la demeure d'une Déesse — ne peut dominer le palais royal.

— Ici, c'est différent. Regarde ! Le palais de mon père est construit à mi-hauteur. Mais il est aussi beau que celui de ta mère à Colchis.

Maintenant que Troie était en vue, Cassandre sentait monter en elle des sentiments contradictoires. Après tant de jours passés loin des siens, elle avait bien sûr terriblement envie de les revoir, mais éprouvait aussi la hantise de perdre sa liberté.

« Je ne laisserai jamais personne m'enfermer. Personne ne m'empêchera de vivre mon destin », se promit-elle, souhaitant presque soudain faire demi-tour et repartir avec les Amazones.

Pensivement, elle jeta un regard sur les cavalières qui escortaient le convoi. Penthésilée n'était plus là. Après ce long voyage d'une année, elle avait dû rentrer dans son pays après lui avoir dit adieu et bonne chance.

Elles entrèrent dans la ville.

Andromaque, ne tenant plus en place, interrompit le cours de ses pensées.

— Que se passe-t-il ? demanda-t-elle. Pourquoi ces longues files d'hommes et de femmes en habits de fête, ces animaux parés de guirlandes et de fleurs ?

— Ils viennent assister à des jeux, expliqua Cassandre apercevant Hector et plusieurs de ses frères, vêtus d'une courte tunique de compétition, puis soudain, non loin d'elles, en queue de procession, sur un char magnifique, la silhouette légèrement voûtée, mais néanmoins altière de son père, le roi Priam. Un instant, elle voulut sauter à bas de son chariot pour le rejoindre, mais la vision de ses cheveux gris, de son air sévère, brisa son élan.

Ses regards se portèrent alors sur un char plus petit, qui le suivait. Il était occupé par sa mère, parée des attributs de la Déesse. Hécube, elle, n'avait pas changé. Cassandre bondit vers elle et, fendant la foule, alla se jeter dans ses bras.

Interdite, Hécube resta quelques secondes sans voix, puis parvint à articuler :

— Mon enfant, mon enfant, les Dieux m'ont exaucée ! Enfin, tu me reviens, un si grand jour ! J'ai du mal à te reconnaître... Tu es devenue une femme. Mais, dis-moi, quelle est cette jeune fille qui t'accompagne ?

Hécube s'était tournée vers Andromaque, toujours assise dans son chariot arrêté près du char. Tout étourdie par le bruit et l'affluence, complètement désorientée par cet univers insolite pour elle, elle semblait perdue et abandonnée.

Cassandre eut un regard de tendre connivence.

— C'est Andromaque, dit-elle, fille d'Imandre, reine de Colchis. Imandre, notre cousine, vous l'envoie afin qu'elle devienne l'épouse de l'un de mes frères. En guise de dot, un chariot chargé de présents nous accompagne.

En même temps qu'elle parlait, Cassandre se méprisait intérieurement. Le mariage n'était-il qu'un simple négoce, par l'intermédiaire duquel une reine tentait de s'acheter les bonnes grâces d'un roi en lui offrant sa fille ? Comme ces mœurs lui étaient étrangères, comme elle les rejetait d'avance, si d'aventure elle aussi devenait l'objet d'un tel marché !

— Elle ressemble en effet fort à Imandre, reconnut quant à elle Hécube, apparemment nullement troublée par de telles considérations. Pour le mariage, ajouta-t-elle, c'est à ton père d'en décider. Quoi qu'il en soit, elle est notre cousine, et donc la bienvenue à Troie.

— Mère... reprit gravement Cassandre, connaissant le souhait profond de son amie, elle est la fille unique de votre amie, la puissante reine de Colchis. Mon père a de nombreux fils. Gageons qu'il voudra lui aussi renforcer son alliance avec elle.

Aidant Andromaque à descendre de son chariot, elle voulut sans attendre présenter la princesse à Priam, averti du retour de sa fille. La reine, ayant embrassé avec effusion la nouvelle venue, l'accompagna auprès du roi. Priam l'accueillit avec bienveillance sous une grande tente, l'appela même sa fille, ce qui parut être bon signe. Il la fit asseoir entre Hécube et lui.

S'étonnant de ne pas voir sa sœur, Cassandre s'informa :

— Où est donc Polyxène, ma sœur ? demanda-t-elle.

— Au palais, comme il convient à une princesse de son rang, murmura Hécube. Voir se battre des hommes nus ne la concerne guère.

« Me voilà bien revenue à Troie, songea Cassandre. Mais qu'on ne compte pas sur moi pour suivre son exemple. »

Et pour se prouver à elle-même la solidité de ses intentions, elle s'absorba dans le spectacle de la course à pied qui ouvrait les jeux, cherchant à repérer les fils de Priam qu'elle connaissait de vue. Elle n'eut aucune peine à reconnaître Hector et Troïlus, qui devait maintenant avoir au moins dix ans. Dès le départ, Hector prit la tête des coureurs. Mais à la fin du premier tour, un jeune athlète brun, plus petit et plus mince, le rattrapa puis le dépassa finalement pour franchir juste devant lui la ligne d'arrivée.

Le roi se pencha vers Hécube :

— Quel est donc ce jeune homme ? S'il est capable de vaincre Hector, c'est à coup sûr un grand champion. Je veux savoir son nom.

La reine fit un signe à une servante, lui fit part du désir du roi.

Cassandre, elle, mit une main en visière au-dessus de ses yeux pour tenter d'apercevoir le vainqueur. Mais il avait disparu dans la foule. Les champions étaient maintenant en train de bander leurs arcs. Fascinée, elle les observa. Soudain, dans l'éblouissement du soleil, elle crut se voir elle-même sur le champ de tir, ajustant une flèche à son arc... Ses yeux glissèrent sur le bras nu, plus musclé que le sien, qui bandait l'arme, et elle comprit : une fois encore, ses pensées se fondaient avec celles de son frère jumeau. C'était lui le vainqueur de la course, lui que son cœur, sans lui dire, avait aussitôt reconnu. Ainsi, comme l'avait annoncé son rêve, Pâris était lui aussi de retour à Troie.

Pâris lâcha sa flèche. En raison de sa nervosité, elle passa à côté de la cible. Une seconde tomba encore plus loin.

— Laissons l'étranger tenter une nouvelle fois sa chance ! clama Hector. Il n'est pas habitué à nos cibles. Expédier sa flèche si haut et si loin ne peut être le fait d'un mauvais archer.

Il lui montra la cible avec ostentation, lui expliqua les règles du concours d'un air dominateur.

Surpris par cet excès de courtoisie, Pâris, avec application, banda son arc à nouveau. Cette fois, la flèche alla se ficher en plein centre de la cible. Les autres archers tirèrent les uns après les autres, mais aucun d'eux, pas même Hector, dont le sourire s'était crispé, ne put l'égaler.

Les autres épreuves s'enchaînèrent. Cassandre, faisant effort pour ramener son esprit vers son propre corps, assista triomphante à la victoire de son frère dans chacune d'elles. A la lutte, il jeta Déiphobe à terre presque sans effort, et lorsque celui-ci se releva pour repartir à la charge, il l'assomma si nettement que l'infortuné ne reprit connaissance qu'une fois les jeux terminés. Enfin, il lança le javelot plus loin qu'Hector, souriant ingénument sous les acclamations enthousiastes de la foule, le comparant déjà à Hercule.

La servante dépêchée par Hécube apporta au couple royal le nom du vainqueur. Tout près de Cassandre, Priam incrédule le répéta à haute voix :

— Il s'appelle Pâris et il est le fils adoptif du berger Agélas...

Hécube était devenue blême.

— J'aurais dû le savoir, souffla-t-elle. Il te ressemble. Mais qui aurait pu se douter ? Il y a tellement longtemps...

Les épreuves terminées, Priam fit appeler Pâris.

— Agélas, vieux forban ! lança-t-il à la cantonade. Où donc te caches-tu ? Ainsi tu m'as ramené mon fils...

On poussa le berger vers le roi. Le vieillard s'avança d'un pas hésitant, tout effaré, s'inclina jusqu'à terre devant le monarque.

— Majesté, je lui ai interdit de venir, bredouilla-t-il. Il est venu contre ma volonté. Ta colère n'est que trop juste, hélas...

Hécube crut défaillir.

— Je ne suis nullement en colère, rétorqua gaiement Priam. Ce garçon vient de nous faire honneur, à toi-même et à moi. J'ai eu tort de prêter foi à de grotesques superstitions. Ami, je ne puis que te remercier aujourd'hui.

Il tira de son doigt une bague d'or, la passa allègrement à un doigt du berger.

— Tu mérites bien plus, Agélas. Accepte cependant cette première marque de ma reconnaissance. Avant que tu ne regagnes tes prairies, je t'offrirai un présent digne de toi.

Stupéfaite, Cassandre regarda son père. Etait-ce le même homme qui un jour l'avait brusquement frappée à la seule mention de son frère jumeau ? Etait-ce bien lui qui embrassait Pâris, lui qui lui offrait tous les prix du concours ?

En larmes, Hécube vint à son tour serrer dans ses bras son fils retrouvé.

— Je n'avais jamais osé espérer que ce jour puisse venir, balbutia-t-elle entre deux sanglots.

Légèrement en retrait, Hector, livide, regardait son père combler Pâris de faveurs : outre le trépied, dont il déclara aussitôt vouloir faire don à sa mère adoptive, il reçut une cape pourpre brodée d'or, un casque de bronze étincelant et un glaive de fer.

— Mon fils, dit enfin le roi en se levant, je t'attends ce soir au palais. Viens dîner avec nous.

Comme il ajustait sa cape sur son épaule et s'apprêtait à sortir, un de ses conseillers se pencha à son oreille.

Le roi parut contrarié, et repoussa sèchement le vieillard.

— Oublie un peu tes prophéties, vieux crabe ! Tout cela n'est que superstition stupide ! Jamais je n'aurais dû y prêter attention !

— Père, intervint à mi-voix Hector sortant de l'ombre, n'oublie pas ! Les Dieux ont décrété qu'il était un danger pour Troie...

— Les Dieux ? coupa le roi. Non ! Une prêtresse prétendant lire l'avenir dans des entrailles de poulet et dans les rêves ! Quel père peut-il se priver de l'amour d'un fils sur la seule foi de telles divagations ? Un roi ne peut tenir compte des prédictions d'une simple mortelle...

Les yeux de Priam se posèrent alors sur Andromaque.

— Aujourd'hui même, je vais réparer mon erreur en reprenant sous mon toit mon fils bien-aimé. Hécube, qu'en penses-tu ? Ne serait-il pas sage d'unir Pâris à la fille de la reine de Colchis ?

Le regard furtif de Pâris mettant à nu Andromaque brûla Cassandre.

— Père, c'est impossible, protesta Hector. Pâris a déjà une femme. Je l'ai vue de mes yeux dans la hutte d'Agélas.

— Est-ce vrai, mon fils ? interrogea Priam.

— C'est la vérité même, avoua sombrement Pâris. Mon épouse est prêtresse de Scamandre, le Dieu du Fleuve.

— Dans ce cas, mon fils, il faut qu'on aille la quérir et la présenter à ta mère. Quant à toi, Hector, mon héritier, je te donne donc la main de la fille d'Imandre. Nous célébrerons les noces ce soir-même.

— Priam, mon époux, s'interposa Hécube, comme toutes les femmes, Andromaque a besoin de temps pour s'apprêter. D'ailleurs, un tel événement ne s'improvise pas.

— Balivernes, railla le roi. L'épouse est prête, la dot est versée, n'importe quelle robe fera l'affaire.

« Balivernes ! s'indigna intérieurement Cassandre. Mon père ose parler de balivernes. Que penserait la reine de Colchis en voyant sa fille mariée à la hâte à la clôture des jeux ? »

Elle se pencha vers Andromaque.

— Ne te laisse pas impressionner, lui glissa-t-elle à l'oreille. Tu es princesse royale, non un lot de consolation offert au vaincu en compensation de ses mauvaises performances !

Andromaque eut un petit sourire :

— Ne penses-tu pas préférable de l'épouser tout de suite avant que ton père ne change une nouvelle fois d'avis ?

Elle hésita, puis s'adressa à voix haute au monarque :

— Roi Priam... Ô père de mon futur époux... Ma mère, la reine de Colchis t'a fait présent de bijoux et d'étoffes. Ces cadeaux scellent notre union, à ton fils et à moi. Dès que tu le jugeras bon, le mariage peut être célébré.

— Ma fille, acquiesça aussitôt le souverain, qu'il en soit donc ainsi selon ta volonté et celle de ton futur époux, je pense.

Hector, à son tour, s'empressa de donner son accord :

— Prendre pour femme la fille de la reine Imandre est pour moi un honneur, un grand bonheur aussi.

« Ce bonheur est-il bien partagé ? » se demanda Cassandre.

Un signe d'assentiment de la part de la fille de l'une des plus puissantes reines du monde n'eût sans doute pas été de trop. Il est vrai qu'Andromaque était consentante, prête même pour être sûre d'épouser Hector, à ignorer tous les usages, à brûler les étapes naturelles de la simple convenance. Pourquoi donc, dans ces conditions, s'indigner ?

La longue journée touchait maintenant à sa fin. On aida le roi et la reine à remonter dans leurs chars pour regagner le palais. Quant à Cassandre, elle décida de revenir tranquillement à pied aux côtés de Pâris, espérant enfin de lui un mot, un geste, tout au moins un regard. Comment pouvait-il ignorer de la sorte les liens indissolubles qui les unissaient ? Etait-il lui aussi sous la protection d'Apollon ? Etait-ce grâce à lui que Priam l'accueillait tout à coup si chaleureusement après l'avoir si durement abandonné ?

Devant elle, Hector marchait près d'Andromaque. Se retournant, il l'attendit et la prit par le bras.

— Eh bien, petite sœur, comme te voilà brûlée par le

soleil ! plaisanta-t-il, l'air enjôleur. Il est vrai que ce n'est guère étonnant après tous ces longs mois passés chez tes amies les Amazones. Pourquoi n'as-tu pas pris ton arc pour concourir à l'épreuve de tir ?

— Elle aurait pu le faire, le taquina Andromaque. Peut-être même aurait-elle mieux tiré que toi ?

— Peut-être, reconnut Hector acceptant la boutade. Aujourd'hui, je n'étais guère en forme. Nous avons été malmenés par notre jeune ami Pâris. N'est-ce pas, petit frère ? poursuivit-il à l'adresse de Déiphobe, qui suivait tenant entre ses mains sa tête endolorie. Peut-être pourrions-nous convaincre Père de l'envoyer auprès d'Agamemnon user de tout son charme pour le persuader de nous rendre Hésione ?

Ricanant sournoisement, les deux frères, entourant Andromaque, repartirent en avant. Cassandre put ainsi se rapprocher du vainqueur jalousé.

— Toi, c'est donc bien toi, fit celui-ci levant les yeux sur elle. Je croyais que tu n'étais qu'un rêve.

Face à face, leurs regards, pour la première fois, se croisèrent réellement, et elle sentit plus intensément que jamais, l'intimité de leurs deux âmes. Mais lui-même en était-il conscient ?

— Oui, je croyais que tu n'étais qu'un rêve, répéta-t-il, l'air étrange. Un rêve ou peut-être un cauchemar...

Ces mots la blessèrent comme un coup de poignard. Elle avait espéré, tant espéré qu'il serait bouleversé de la voir, qu'il la serrerait très fort dans ses bras...

— Pâris, dit-elle tout à sa déception, Pâris, sais-tu qu'ils complotent déjà contre toi ? Tes frères n'acceptent pas ton retour parmi eux.

Elle voulut se rapprocher encore, mais il s'écarta brutalement.

— Je le sais ! grinça-t-il, je le sais. Me prends-tu donc pour un naïf ? Je t'en prie, ma chère sœur, garde tes pensées pour toi... Et surtout tiens-toi désormais à l'écart des miennes !

Sa méchanceté inexplicable, si injuste, acheva de déchirer Cassandre. Elle avait tant attendu cette rencontre, instant de vérité, dans leur vraie vie. Elle avait tant de fois imaginé leur bonheur de se retrouver, de se sentir davantage encore liés l'un à l'autre, inséparables pour toujours. Et il la chassait comme une intruse, elle, la seule à Troie prête à le chérir véritablement, à l'aimer plus que Priam lui-même !

Un abîme s'ouvrait devant elle. Mais il fallait avant tout lui masquer sa douleur, ne pas s'abaisser à pleurer devant lui, encore moins à mendier des miettes de son amour.

— Comme tu voudras, parvint-elle à dire d'une voix qu'elle s'efforça de rendre indifférente. Je n'ai jamais souhaité partager tes pensées. Surtout ne t'imagine rien. L'avenir repose entre les mains des Dieux.

Alors, comme si elle ne l'avait même pas rencontré, elle pressa le pas pour rejoindre Andromaque.

Comme fumée au vent, toute la joie de son retour s'était soudainement évanouie.

X

Toute la soirée, Cassandre eut l'impression que la famille royale célébrait davantage le retour de Pâris que le mariage d'Hector et d'Andromaque. Même si Priam avait donné des ordres inhabituels pour qu'il ne manquât rien à la fête. Le meilleur vin de ses caves coulait à flots, et Hécube s'était en personne rendue aux cuisines pour veiller à l'abondance et à la délicatesse du festin, musiciens et jongleurs, danseurs et acrobates devant animer le banquet d'un spectacle impromptu mais éblouissant.

Avant que ne commencent les agapes, on chargea une prêtresse du temple d'Athéna d'organiser les sacrifices nécessaires à la célébration des noces. Cassandre se tenait aux côtés d'Andromaque qui, maintenant, devant l'imminence de son engagement, semblait légèrement inquiète et tendue — à moins qu'il ne s'agisse chez elle d'un comportement de façade approprié aux circonstances.

Andromaque se pencha vers Cassandre :

— Les Dieux n'ont-ils pas eu suffisamment de sacrifices aujourd'hui ? lui glissa-t-elle. Ne crois-tu pas qu'ils puissent se lasser de voir les mortels immoler tant d'animaux en leur honneur ?

Cassandre dut réprimer un rire. Sa cousine avait raison, force était de le reconnaître. Hector cependant venait vers Andromaque et tous deux s'apprêtaient. Hector chuchotait quelque chose à l'oreille de son épouse, qui secouait la tête. Il insistait et finalement c'était elle qui s'approchait de la blanche génisse couchée sur l'autel, tranchait sa gorge d'une main ferme.

La cérémonie terminée, chacun se retira. Hécube envoya ses servantes aider Andromaque et Cassandre à se vêtir pour le festin. Elles étaient dans la chambre qu'enfant Cassandre avait partagée avec Polyxène. La pièce était méconnaissable : les murs, peints à la mode crétoise, étaient décorés de créatures marines, de pieuvres aux tentacules ondoyant dans des algues immenses, d'hippocampes, de néréides et de sirènes. Les tables de bois sculpté étaient couvertes de cosmétiques et de petites bouteilles de parfum en verre bleu, épousant la forme de poissons. A travers les fenêtres encadrées de rideaux verts en coton égyptien filtraient les rayons du soleil couchant qui baignaient toute la pièce d'une étrange lumière sous-marine.

Le chariot rempli des cadeaux de la reine Imandre avait été déchargé et son contenu transporté à l'intérieur du palais. Andromaque fouilla longuement dans plusieurs coffres à la recherche d'un présent digne de son époux. Elle portait une robe d'une soie si fine qu'elle aurait pu passer tout entière à travers l'anneau d'une bague. De couleur cramoisie, sa teinte rarissime avait été obtenue dans les célèbres établissements de Tyr. Quant à Cassandre, elle avait endossé une superbe robe canari faite de gaze égyptienne.

Ayant fait installer des bacs d'eau tiède dans la chambre, les servantes de la reine avaient donné un bain aux deux princesses et les avaient parfumées. Coiffées avec soin, maquillées, leurs lèvres peintes d'un rouge qui sentait bon la pomme et le miel, les sourcils faits, les paupières fardées d'une poudre bleue, elles mettaient chacune une dernière touche à leur toilette. Andromaque se soumettait docilement au cérémonial, mais Cassandre, nerveuse, ne pouvait s'empêcher de railler les femmes qui s'affairaient autour d'elle.

— Si j'avais des cornes, fit-elle, à coup sûr vous me les peindriez. Suis-je invitée à un banquet ou à un sacrifice ?

— La reine a bien recommandé de vous parer aussi somptueusement qu'elle-même, dit l'une d'elles. Tes mains, princesse, sont d'ailleurs calleuses, poursuivit-elle d'un ton de reproche. Elles ne seront jamais aussi douces que celles de Polyxène, ta sœur, de véritables pétales de rose.

— Nous sommes différentes, je ne puis rien y faire, répliqua Cassandre avec humeur, songeant pour la première fois à quel point la vie au grand air allait lui manquer.

Le soleil cependant se couchait et l'on alluma les torches. Les servantes drapèrent les épaules de Cassandre d'une cape rayée qu'elles fixèrent avec une fibule d'or. Andromaque, pour sa part, chaussa des sandales dorées.

Enfin prêtes, les deux cousines descendirent lentement les escaliers, prenant garde de ne point trébucher dans leurs robes longues.

Le vaste mégaron [1] était illuminé par des torches et des lampes. Au fond de la salle, ornée de fresques multicolores, crépitait un feu dans un immense foyer. Ayant pris place sur un trône de bois, les pieds posés sur un tabouret sculpté, Priam semblait morose.

A l'entrée des princesses, son visage s'éclaira. Il fit asseoir Andromaque à sa droite et l'invita à partager avec lui les mets les plus délicats.

Hécube convia Cassandre à venir auprès d'elle.

— A présent, lui glissa-t-elle, tu ressembles vraiment à une princesse de Troie et non plus à une fille d'une tribu nomade. Tu nous fais honneur, ma fille.

Cassandre songea qu'elle ressemblait sans doute à une de ces poupées peintes que l'on faisait venir d'Egypte pour orner les sarcophages. Polyxène, en tout cas, en

1. Mégaron : salle centrale des palais crétois et mycéniens, où l'on soupait et festoyait (N.d.T.).

était la réplique exacte. Mais sa mère semblait heureuse, et c'était là le principal.

A la fin du repas, Priam leva solennellement sa coupe.

— A Pâris, notre cher fils retrouvé, aux Dieux de l'Olympe qui nous l'ont rendu à sa mère et à moi, pour la consolation de nos vieux jours !

— Père, fit alors remarquer Hector d'une voix sourde, aurais-tu oublié la prophétie annonçant qu'il causerait la destruction de Troie ? Je n'étais qu'un enfant, mais je m'en souviens comme si c'était hier.

Priam devint sombre, Hécube baissa les yeux. Quant à Pâris, il paraissait de marbre. Sans doute Agélas lui avait-il appris la vérité.

Hector portait une tunique aux broderies d'or que Cassandre reconnut être l'œuvre de la reine elle-même. Pâris aussi était superbe, drapé dans une cape aux nuances chatoyantes. Priam observa l'un et l'autre un instant, puis répondit :

— Non, Hector, je n'ai rien oublié. La prophétie, d'ailleurs, n'était pas adressée à moi-même, mais à ta mère. Quoi qu'il en soit, les Dieux eux-mêmes me l'ont rendu. Nul ne peut donc s'opposer à leur volonté.

— Père, es-tu bien sûr, insista Hector, que son retour soit l'œuvre des Dieux et non celle d'un démon avide de détruire ton royaume ?

— Il suffit, mon fils ! l'interrompit Priam haussant d'un ton la voix, n'allons pas plus avant. S'il le fallait, je préférerais voir Troie anéantie que nuire une seconde fois à mon fils retrouvé.

Cassandre tressaillit. Priam venait de prononcer un vœu terrible. A la vue de sa mère qui rayonnait de joie, elle ressentit une peine très vive : le bonheur d'avoir retrouvé son fils éclipsait celui de son propre retour. Avec nostalgie, elle songea à Penthésilée. Elle était devenue sa vraie mère. Parmi ses Amazones, une fille était choyée ; on l'accueillait avec chaleur. A Troie, elle n'était qu'une princesse parmi d'autres, ayant le tort de ne pas être un fils.

Regardant Andromaque, elle vit qu'elle était un peu grise. C'était peut-être mieux ainsi. Se retrouver bientôt dans le lit d'Hector lui serait moins pénible. Mieux valait en tout cas qu'elle n'ait pas épousé Pâris : jamais elle, Cassandre, n'aurait supporté de partager par la pensée leur nuit de noces. L'évocation de cette scène la fit frémir. Où se trouvait l'infortunée Œnone ? Pâris semblait l'avoir complètement oubliée et ne l'avait pas même conviée au mariage.

Hector quant à lui avait compris que son père ne changerait pas d'avis, et qu'il fallait biaiser. La langue légèrement pâteuse, il déclara :

— Eh bien, mon Père, puisque Pâris a tes faveurs, du moins doit-il prouver qu'il les mérite. Ne pourrais-tu l'envoyer en mission chez les Grecs, afin qu'éventuellement il détourne chez eux sa présumée malédiction ?

Nullement dupe de la duplicité évidente de son fils aîné, Priam, lui aussi l'esprit passablement embrumé par les vins, accepta la suggestion dans son principe, tout en en dénonçant le caractère par trop expéditif.

Pâris alors s'interposa :

— Servir mon roi est mon plus cher désir, déclara-t-il avec ferveur. Je suis prêt, s'il le faut, à partir sur-le-champ.

— Sa fougue nous a déjà tous séduits, s'empressa de renchérir Hector, non sans malice. Pourquoi n'exercerait-il pas son charme sur Agamemnon pour le persuader de nous rendre Hésione ?

— Agamemnon ? répéta Pâris feignant le plus grand détachement. N'est-il pas frère de Ménélas, époux d'Hélène de Sparte et mari de sa sœur ?

— C'est lui-même, acquiesça Hector. Quand les Grecs sont arrivés du nord avec leurs chevaux, leurs chars, leurs Dieux de l'Olympe, Léda, la reine de Sparte, a épousé l'un d'eux. Deux jumelles sont nées de son mariage, mais le bruit a couru que l'une d'elles, Hélène, avait été en fait conçue par le Dieu du Tonnerre en personne. Aussi la dit-on aussi belle qu'une Déesse. Tous les rois de la terre l'ont convoitée, mais elle s'est curieusement donnée à Ménélas. Son mariage a suscité tant de rivalités que les Grecs ont bien failli tous s'entre-tuer. Ah, grâce aux Dieux, mon Andromaque, tu es très belle, mais pas au point, j'espère, de faire tourner la tête à tous les hommes de Troie !

Hector, cette fois, était ivre.

Il prit dans sa main le menton de sa femme, la dévisagea longuement, l'œil vague et concupiscent.

— Mon seigneur et mon maître a pour moi toutes les indulgences, minauda Andromaque, l'ironie de sa repartie échappant à toute l'assemblée sauf à Cassandre.

Lentement, cette dernière leva sa coupe et but une gorgée d'hydromel, s'interrogeant sur les sentiments véritables de la jeune mariée : épouser une brute comme Hector pouvait difficilement la transporter, mais peut-être l'idée de devenir un jour reine de Troie ne lui déplaisait-elle pas tout à fait. A la dérobée — sa mère lui ayant toujours répété qu'il était indécent de regarder en face les hommes — elle passa en revue un à un les convives, se demandant si elle accepterait elle-même de s'unir à l'un d'eux. D'emblée, elle écarta tous ses frères, faisant abstraction de ses liens de parenté avec eux : Hector était brutal et querelleur ; Déiphobe était un fourbe ; Pâris, tout séduisant qu'il fût, négligeait d'ores et déjà Œnone. Quant à Troïlus, peut-être serait-il aimable un jour, mais pour l'instant, il n'était encore qu'un enfant. Non, décidément, ce qui était si important aux yeux des autres ne l'attirait en aucune façon.

Pourtant il devait bien y avoir quelque chose d'attrayant dans le mariage ; sinon, pourquoi toutes les femmes le souhaitaient-elles tellement ? Prédestinée à devenir prêtresse, comme la reine Imandre le lui avait rappelé, sans doute ne pouvait-elle elle-même éprouver les mêmes sentiments.

Soudain ses paupières se fermèrent malgré elle ; elle se redressa vivement, espérant que le banquet prît fin bientôt. Elle s'était levée avant l'aube, et la journée avait été aussi éprouvante que longue.

Priam avait fait asseoir Pâris à son côté. Ensemble, ils parlaient désormais de navires, de la voie la plus courte pour gagner les îles grecques, de la manière la plus judicieuse pour approcher les hommes d'Agamemnon. Andromaque, elle était à demi assoupie. Cette fête, songea Cassandre, était la plus sinistre à laquelle elle eût jamais pris part.

Enfin, Priam mit fin à la cérémonie. D'un geste large, il

leva sa coupe en l'honneur des nouveaux époux, demanda qu'on apporte des torches pour les escorter jusqu'à la chambre nuptiale.

Flambeau en main, la reine Hécube prit la tête de la procession des femmes à travers les galeries éclairées soudain comme en plein jour. Encadrée par Cassandre et Polyxène, Andromaque gravit lentement le grand escalier. Suivaient épouses et filles de Priam, les servantes du palais aussi au grand complet. A la lueur des torches qui s'élevaient démesurément sur les murs, Cassandre crut tout à coup voir les flammes embraser le palais.

— Le feu ! le feu ! s'entendit-elle clamer d'une voix étouffée, se protégeant les yeux des mains. Le feu ! Arrêtez ! N'entendez-vous pas le tonnerre ? Je ne vois que mort et destruction, feu et foudre !...

— Tais-toi ! lui intima Hécube saisissant son poignet. Tais-toi ! Perds-tu la tête ? Un si terrible augure, une nuit de noces ! Comment oses-tu ce soir te livrer à une telle démonstration ?

— Mais, Mère, n'entendez-vous pas ce fracas... Ne voyez-vous donc rien ?...

Cassandre, elle, croyait être engloutie dans une mer de ténèbres et de feu. Aveuglée par une pluie d'éclairs, elle se couvrit à nouveau les yeux pour chasser sa terrible vision.

— Je te somme de te taire, cingla la reine à mi-voix, étreignant son bras d'une poigne implacable. Je croyais la princesse de Colchis ton amie. Cherches-tu à gâcher sa première nuit d'amour ? Ton goût de l'esclandre est-il donc fait pour mépriser ainsi le bonheur des autres !

Arrachée aux images dantesques qui dansaient devant elle par les rudes paroles de sa mère, Cassandre se tut soudain. Sans mot dire elle suivit le cortège d'Andromaque jusqu'au seuil de sa chambre. Elle aussi avait été décorée de fresques figurant une faune marine tellement réaliste qu'elle semblait se mouvoir le long des murs.

Sur une table proche du lit était posée une petite statue de la Mère Eternelle, poitrine nue jaillissant au-dessus d'un corsage étroitement lacé et d'une longue robe à volants plissés, un serpent dans chaque main. Tandis que les femmes débarrassaient la jeune épousée de sa tenue de cérémonie et lui passaient une fine tunique de gaze, elle glissa quelques mots à l'oreille de Cassandre.

— Regarde, murmura-t-elle : La Déesse Python... Cette nuit, elle veillera sur moi.

Encore bouleversée par ce qu'elle venait de voir le feu, la mort, le sang, submergeant la cité et répandant la désolation autour d'elles, elle embrassa sa cousine en frissonnant.

— Puisse-t-elle t'apporter joie et fertilité, petite sœur, chuchota-t-elle posant la main sur la statue.

— Dans sa longue chemise, les cheveux défaits, les yeux rendus immenses par l'artifice des fards, Andromaque semblait redevenue soudain une toute petite fille. Toujours sous le coup de ses pensées lugubres, Cassandre, elle, se sentait pour sa part plus vieille que le monde.

Non loin d'elles montait le chant des hommes accompagnant Hector qui, à son tour, approchait de la chambre nuptiale. Andromaque se blottit contre Cassandre.

— Tu es la seule ici pour laquelle je ne sois pas une étrangère, balbutia-t-elle. Je t'en prie, souhaite-moi fort d'être heureuse.

Cassandre avait les lèvres si sèches qu'elle put à peine parler.

« Si seulement il était aussi simple d'offrir le bonheur que de le souhaiter... »

— De toute mon âme, je te souhaite d'être heureuse, ma sœur, souffla-t-elle désemparée.

« Hélas ! tu ne le seras jamais, poursuivit-elle en elle-même, tu ne connaîtras que malheurs et le plus affreux des tourments... »

Déjà, lui semblait-il, se mêlaient des lamentations funèbres aux accords joyeux de l'hymne nuptial, déjà Hector qui pénétrait dans la pièce, semblait avoir le visage ensanglanté. Mais ce n'était encore que par le rougeoiement des torches...

La prêtresse qui se tenait près du lit tendit aux époux la coupe nuptiale. Cassandre, le cœur serré, pensa qu'elle n'aurait jamais eu la force de la remettre elle-même à son amie.

— Ne sois donc pas si sombre, petite sœur, ironisa Hector en lui caressant les cheveux. Ton tour viendra bientôt, tu verras. Achille, le fils de Pélée, a déjà fait des offres à ton sujet, le sais-tu ? Selon Père, les prophètes annoncent même qu'il deviendra le grand héros de notre époque. Peut-être tes noces avec un Grec permettraient-elles de mettre un terme à nos affrontements, bien que personnellement il me plairait assez de le défier au combat ?

Cassandre étreignit l'épaule de son frère.

— Hector, prends garde aux vœux que tu profères, chuchota-t-elle. Les Dieux seraient capables de les exaucer ! Prie pour ne jamais rencontrer Achille sur un champ de bataille !

— Petite sœur, oiseau de triste augure, n'as-tu pas honte, en de telles circonstances, de seriner à l'oreille de ton frère de pareilles inepties ! Allons, ressasse seule, si tu le veux, tes noires prédictions, mais laisse-nous, ma femme et moi, jouir de cette nuit qui pour nous deux commence !

Cassandre les laissa seuls. L'angoisse la quittait soudain. Subsistait en elle seulement un grand vide, une vague impression de nausée.

Comme les femmes entonnaient un ultime chant à la gloire de l'amour, elle s'éloigna d'un pas hésitant, n'aspirant plus, devant l'inévitable, qu'à retrouver pour elle le silence et la nuit.

XI

Le port tout entier bruissait du heurt des maillets résonnant sans relâche dans la cale où s'assemblait la coque du navire. Dans le mégaron, tous les soirs, les aèdes chantaient la construction de l'*Argo* et l'épopée de Jason.

Depuis des semaines, on rassemblait des provisions

pour le voyage, tandis qu'une nuée d'artisans piquaient de leurs énormes aiguilles l'immense voile étendue sur la plage. De grands feux brûlaient nuit et jour dans la cour du palais pour fumer les barils de viande. On entassait d'innombrables paniers de fruits, de grandes jarres d'huile et de vin, une quantité d'armes sans cesse croissante, tant s'activaient tous les forgerons du royaume à la fabrication des flèches, des glaives et des armures.

De nombreux guerriers s'entraînaient aussi. Choisis parmi les meilleurs, ils devaient embarquer avec Pâris, non pour faire la guerre aux Grecs, mais éventuellement aux pirates de la mer Egée, tel Ulysse par exemple, brigand notoire qui parfois même venait en personne au palais de Priam vendre ses butins ou payer son tribut pour franchir le détroit. Bref, le vaisseau que l'on préparait, chargé de présents pour Agamemnon et d'autres souverains grecs, devait impérativement parvenir à bon port, sa mission, telle que l'avait définie Priam, consistant uniquement à négocier la libération d'Hésione en échange d'une juste rançon.

Cassandre cependant, qui suivait tous les jours les progrès de la construction du bateau, souhaitait passionnément pouvoir embarquer elle aussi.

A plusieurs reprises, elle s'infiltra dans les rangs des guerriers qui devaient accompagner Pâris. Ayant revêtu une tunique courte, le visage dissimulé sous un casque, elle s'exerça avec les soldats aux maniements de l'épée, la plupart d'entre eux croyant avoir affaire à leur chef lui-même tant était grande la ressemblance du frère et de la sœur, qui faisait preuve d'ailleurs d'une adresse et d'une endurance dignes des plus rudes combattants.

Un jour pourtant qu'un ami d'Hector l'avait défiée, elle fut jetée à terre et sa tunique courte brutalement retroussée dévoila impudiquement ses hanches. Découverte aussitôt, Hector s'approcha d'elle et lui ôta son casque. Furieux, il lui arracha son arme des mains et la rabroua vertement :

— Quitte sur-le-champ cette tenue et rentre au palais ! Si jamais je te reprends un jour ainsi masquée, je te fouetterai jusqu'au sang.

— Laisse-la donc en paix, intervint Andromaque qui

de loin avait observé toute la scène. Ma mère elle aussi se bat comme un guerrier.

— Il ne convient pas à ma sœur de s'exhiber ainsi devant les hommes, répliqua Hector violemment. Cesse, veux-tu, d'intervenir en sa faveur. Nous sommes ici à Troie, non à Colchis.

Voyant la mine penaude et hostile des deux femmes, il se radoucit un peu :

— Allons, ma sœur, ajouta-t-il, crois-tu que je m'épuiserais moi-même en exercices guerriers pour le simple plaisir ? Regarde cette blessure.

Retroussant la manche de sa tunique, il montra un sillon écarlate qui déchirait son bras. La plaie saignait toujours.

— Elle se rouvre chaque fois que je fais un mouvement un peu brusque. Crois-moi ! Mieux vaut que j'aie été le seul à entrevoir ta féminité. Pour moins que cela des guerrières ont été violées sans que personne n'intervienne. Dès lors qu'une femme transgresse les lois élémentaires qui la protègent, elle s'expose à des risques fâcheux. N'oublie pas ce que je viens de dire, Cassandre, et ne t'avise plus jamais de commettre une telle imprudence.

Hector s'étant éloigné, pour la première fois depuis longtemps, l'ombre prophétique qui planait au-dessus de Cassandre fut de nouveau sur le point de la submerger.

En combattant, épée au poing, sur le champ d'entraînement, quelques minutes plus tôt, elle n'aurait pu exactement préciser le sens de ses visions lors de la nuit de noces d'Andromaque. Maintenant, à travers le voile noir qui envahissait son cerveau, elle voyait sa cousine, encerclée par les flammes, glacée de douleur et d'effroi, mais sentait en même temps que la joie précéderait ses souffrances.

Debout à côté d'elle, ses cheveux noirs flottant au vent, Andromaque, dans son ample péplos couleur safran, était très belle.

— Tu attends un enfant ? lui dit-elle, posant la main sur son bras.

Le visage de sa cousine s'illumina.

— Tu le crois ? Je n'en étais pas tout à fait sûre. J'hésitais même à en parler à ta mère. Elle est si bonne pour moi... A Colchis, on ne m'a jamais comprise. J'étais bien trop tranquille, trop éloignée du fracas des armes. Hécube, elle, m'aime vraiment, et je pense qu'elle va être très heureuse si tu as raison.

— Je le crois aussi, répondit Cassandre en souriant.

Pressentant qu'Andromaque allait lui demander comment elle l'avait su, Cassandre, cherchant une réponse, éludant le voile noir et la ceinture de feu, devança son interrogation :

— Pendant un bref instant, dit-elle, je t'ai vue portant dans tes bras le fils d'Hector.

Le bonheur transfigura la jeune femme. Cassandre en fut émue. Pour une fois, son don de clairvoyance suscitait la joie et non la peur.

Les jours qui suivirent, Cassandre s'abstint de reprendre les armes. Elle n'en guetta pas moins les progrès de la construction du vaisseau de Pâris. Le navire fut prêt avant même que la grossesse d'Andromaque ne devînt évidente. Le jour de son lancement, un magnifique taureau blanc fut sacrifié à Poséidon, Dieu des Mers.

Au cours de la cérémonie, Hector, debout entre son épouse et Cassandre, se pencha vers sa sœur :

— Toi qui vois l'avenir, dis-moi donc ce qui va arriver à ce navire.

— Je ne vois rien, répondit Cassandre à mi-voix. Peut-être est-ce là le meilleur des présages. Je pense tout de même, Hector, qu'il est heureux que tu ne sois pas du voyage.

— Ainsi l'ont voulu les Dieux, fit-il en haussant les épaules.

Avant le départ, Pâris vint leur faire ses adieux ; il prit chaleureusement aux épaules Hector et étreignit Cassandre en souriant. Puis, ayant embrassé ses parents, il monta à bord du vaisseau qui quitta bientôt la jetée sous les yeux de la famille royale, grand-voile gonflée par la brise marine. En poupe, Pâris tenait la barre, le visage éclairé par le soleil déclinant. S'écartant des siens, Cassandre fendit la foule des badauds, alla droit vers une femme qui gardait les yeux fixés sur la voile qui s'éloignait.

— Œnone... murmura-t-elle, revoyant la jeune fille qu'elle avait vue en songe dans les bras de Pâris. Pourquoi n'es-tu pas venue avec nous pour lui faire tes adieux ?

— Comment aurais-je pu savoir qu'il était prince ? répondit Œnone. Comment une fille du peuple comme moi pourrait-elle maintenant s'approcher du roi et de la reine alors que leur fils s'en va ?

Cassandre passa son bras autour de ses épaules.

— Il faut que tu viennes au palais, lui dit-elle avec douceur. Tu es son épouse, tu es la mère de son enfant. Mes parents t'accueilleront comme ils ont accueilli Pâris lui-même.

Le visage d'Œnone était baigné de larmes. Elle étreignit le bras de Cassandre.

— On dit que tu es prophétesse, dit-elle en sanglotant. Il paraît que tu vois l'avenir. Oh ! dis-moi, je t'en supplie, est-ce qu'il reviendra ?

— Il reviendra, dit-elle à haute voix, ne pouvant ajouter : « Hélas, pas pour toi ! »

La profondeur de son trouble la surprit elle-même. Elle lui dit d'attendre, s'éloigna en direction de la famille royale.

— Cassandre, c'est impossible ! s'exclama dans un premier temps Andromaque avec un air de réprobation bienveillante. Une simple paysanne avec nous ?

— Elle n'est pas celle que l'on peut croire, répondit la princesse vivement. Il suffit pour s'en persuader de regarder ses mains. Son père est un prêtre de Scamandre, le Dieu du Fleuve.

Elle répéta avec conviction son argumentation à Hécube, un peu sur la réserve.

— Bien sûr, si elle porte vraiment l'enfant de Pâris, observa la reine, il nous faudra veiller sur elle pour qu'elle ne manque de rien. De là à l'installer au palais...

La beauté, la dignité d'Œnone eurent tôt fait d'écarter les dernières réticences. On la vit, et on l'adopta. Sur-le-champ on lui offrit l'hospitalité du palais.

— Personne ne vit plus dans ces appartements depuis

la mort de la mère de Priam, expliqua la reine, la précédant dans plusieurs pièces inoccupées ayant une vue splendide sur la mer. Nous les ferons redécorer pour toi, mon enfant. Il te faudra seulement les accepter telles quelles pendant un jour ou deux.

— Vous êtes si bonne pour moi, s'exclama Œnone, émerveillée. C'est trop... C'est trop beau pour moi...

— Allons, coupa Hécube. Rien n'est trop beau pour l'épouse et le fils à venir de Pâris. Des ouvriers crétois vont peindre des fresques murales, décorer tous les vases et les jarres d'huile. Ils vont se mettre aussitôt au travail. Pour l'instant, je vais te choisir moi-même tes suivantes.

Eperdue de reconnaissance, Œnone tomba à ses genoux.

— Relève-toi, mon enfant et évite de t'agiter, gronda affectueusement Hécube. Mon petit-fils pourrait en souffrir.

Andromaque, de son côté, rivalisait maintenant avec sa belle-mère d'amabilités envers la nouvelle venue. Quant à Cassandre, elle passa désormais le plus clair de son temps avec les deux jeunes femmes, s'interrogeant sur la nature trouble des sentiments qui l'assaillaient. Andromaque était à Hector, Œnone à Pâris, elle n'était à personne et n'avait que ses deux amies. Priam avait beau évoquer régulièrement la nécessité de lui trouver un mari, elle ne savait vraiment pas ce qu'elle souhaitait réellement ni ce qu'elle répondrait si le roi lui présentait un époux.

Pourquoi la présence d'Œnone l'enfiévrait-elle de la sorte ? Etait-ce parce qu'elles avaient ensemble partagé les émois de Pâris ? Elle brûlait en tout cas de la caresser, de la réconforter, de l'étreindre, et dans le même temps elle s'efforçait de chasser des désirs qui l'effrayaient et la faisaient rougir.

De plus en plus troublée, Cassandre commença à éviter Œnone, et donc Andromaque. Les deux jeunes épouses étaient en effet de plus en plus souvent ensemble, évoquant leurs bébés à venir, tout occupées à préparer l'événement et à tisser pour eux langes et vêtements, passe-temps qui ne lui convenait en rien.

En fait, elle espérait surtout qu'au retour de Pâris, son

obsession cesserait. Mais quand reviendrait-il ? Seule sous les étoiles sur la plus haute terrasse du palais, elle essaya un soir de le rejoindre par la pensée mais n'aperçut rien d'autres que la surface bleutée de la mer, si limpide par endroits qu'on pouvait distinguer les galets qui en jonchaient le fond.

Le lendemain, sentant son père dans des dispositions favorables, elle l'aborda franchement :

— Père, fit-elle, imitant de son mieux les minauderies de sa sœur Polyxène, peux-tu me dire où Pâris s'en est allé, et combien de temps il lui faudra pour revenir ?

Priam la considéra avec un sourire bienveillant.

— Mon enfant, tu le vois, nous sommes ici sur les rives du détroit. A six jours de navigation vers le sud se trouve un archipel où règnent les Grecs. Si Pâris parvient à éviter les récifs, il peut ou bien poursuivre sa route vers le sud pour rejoindre la Crète, ou bien cingler vers le nord-ouest en direction de la patrie des Athéniens et des Mycéniens. Si les vents sont favorables, s'il n'essuie aucune tempête, il est possible qu'il soit de retour avant que ne finisse l'été. Mais il a une mission, et peut-être sera-t-il retenu quelque temps chez l'un ou l'autre des souverains grecs... puisqu'ils se désignent ainsi. Or ce sont de nouveaux venus en ce pays. Les pères de certains d'entre eux n'y sont même pas nés. Leurs cités sont récentes, la nôtre très ancienne. Avant que mes ancêtres ne bâtissent Troie, existait ici même une autre ville.

— Vraiment ? fit Cassandre de la même voix caressante dont usait Polyxène pour amadouer son père.

Souriant, celui-ci entreprit alors de lui parler de la cité crétoise qui autrefois se dressait sur une île au sud de Troie, à une journée à peine de navigation.

— Cette cité, expliqua-t-il, renfermait d'immenses réserves de vin et d'huile, et l'on dit que c'est la raison pour laquelle elle brûla entièrement lorsque Poséidon fit trembler les montagnes et souleva la mer. Pendant tout un jour et une nuit, la terre entière fut plongée dans les ténèbres, et l'île de Théra s'effondra sous les flots. Le temple de Python fut entièrement englouti, mais ceux de Zeus et d'Apollon restèrent intacts. Voilà pourquoi aujourd'hui, dans les pays civilisés, le culte de la Mère Eternelle s'est tellement affaibli.

— Comment savoir si les Dieux en personne ont vraiment fait trembler la terre ? interrogea Cassandre. Ont-ils envoyé aux humains des messagers pour le leur dire ?

— Je l'ignore, reprit Priam, mais qui d'autre aurait pu provoquer un tel bouleversement ? Sans les Dieux, il n'existerait sur terre que chaos. A Troie, Poséidon est maître. Aussi l'implorons-nous sans cesse de maintenir le sol ferme sous nos pieds.

— Puisse-t-il le faire toujours, murmura Cassandre avec ferveur.

L'un de ses conseillers étant venu solliciter l'attention de son père, elle demanda la permission de se retirer. Priam ayant opiné distraitement, elle sortit dans la cour, l'esprit fort occupé. Si le grand tremblement de terre dont on avait souvent parlé dans son enfance et qui s'était produit bien des années avant la naissance de Priam avait effectivement eu lieu, sans doute cela suffisait-il à expliquer le discrédit dont avait apparemment été victime le culte de la Mère Eternelle, sauf peut-être parmi les tribus nomades.

Les abords du palais étaient très animés. Il faisait beau et des ouvriers s'activaient partout. A l'entrée d'une réserve royale, des contrôleurs de marchandises vérifiaient les jarres de vin que l'on venait de décharger d'un navire ancré dans le port. Çà et là quelques soldats s'entraînaient à l'épée, et plus loin, au-delà des remparts, montait dans la plaine un nuage de poussière, vraisemblablement soulevé par Hector occupé à dresser ses chevaux pour tirer son nouveau char.

Dans un état second, Cassandre traversa comme une ombre la foule. Sans raison, ses yeux se posèrent distraitement sur un homme jeune qui apposait un sceau de cire sur le flanc luisant d'une jarre.

L'insistance du regard de Cassandre sembla le mettre mal à l'aise ; s'en apercevant, la princesse s'empourpra, détourna les yeux, mais ne put échapper longtemps à la fascination qu'elle ressentait. Le dévisageant à nouveau, elle resta interdite par le rayonnement qui émanait de tout son corps. C'est alors que le regard du jeune homme, ayant d'abord paru se perdre dans le lointain, revint brusquement se fixer sur elle. Sa silhouette parut grandir, prendre une taille surhumaine, devenir à la fois lumineuse et transparente. Pour Cassandre, l'évidence éclata : le Dieu Soleil, devant elle, venait de se glisser dans l'âme d'un mortel.

Presque aussitôt la voix d'Apollon explosa comme un coup de tonnerre, mais personne, hormis elle, ne parut l'entendre :

— Cassandre, fille de Priam, m'aurais-tu déjà renié ?

— Pas un instant, jamais, Seigneur... souffla-t-elle d'une voix haletante.

— Aurais-tu oublié que j'ai posé la main sur toi et décidé que tu serais mienne ?

— Non, je n'ai pas oublié... répéta-t-elle.

— Ta place est désormais dans mon sanctuaire. Viens, je te l'ordonne.

— Ta volonté est la mienne, dit-elle presque à voix haute, les yeux toujours fixés sur la silhouette de lumière.

A ces mots, l'apparition éblouissante se mit à vaciller dans la violente brillance du soleil. Cassandre dut fermer les paupières.

Lorsqu'elle les rouvrit, tout était redevenu normal, et « le jeune homme aux jarres » s'activait devant elle comme si rien ne s'était produit. Avait-elle seulement été appelée au temple d'Apollon ? Devait-elle courir chercher son serpent et se rendre sur-le-champ au sanctuaire ? Qu'allait-elle dire aux prêtres et aux prêtresses du Dieu ? La croiraient-ils ou l'accuseraient-ils de blasphème ?

Non, elle était fille de Priam, princesse de Troie, prêtresse de la Mère Eternelle. Peut-être pouvait-elle se tromper, mais en aucun cas être soupçonnée de sacrilège.

— Apollon ! implora-t-elle, si tu m'as appelée, fais-moi connaître par un signe que je ne suis pas dans l'erreur, murmura-t-elle tout doucement.

Un immense silence parut alors figer l'atmosphère autour d'elle. Le temps d'une respiration, les hommes et la nature prirent l'immobilité de la pierre. Lorsqu'ils se ranimèrent, une indicible certitude chevillée au cœur, Cassandre marchait vers la colline sacrée.

XII

Cassandre maintenant bondissait de marche en marche dans la ruelle pentue menant au temple. Elle ne voyait plus rien autour d'elle, à peine quelques formes humaines aux tuniques bigarrées qu'elle croisait sur son passage, tout étonnées de la voir gravir ainsi les escaliers vers le haut de la ville.

Les violents battements de son cœur la contraignirent bientôt à ralentir, puis à s'arrêter. Prise de nausée, elle se courba en deux. Pressant sa manche contre ses lèvres, elle s'efforça de contenir les haut-le-cœur qui lui soulevaient l'estomac, se mit en quête d'une marche où elle pourrait s'asseoir un instant et reprendre son souffle.

— Princesse... fit timidement une voix, princesse...

Levant les yeux, elle aperçut une femme âgée qui tenait dans sa main un bol de terre cuite.

— Tu es montée trop vite, et le soleil est brûlant aujourd'hui. Puis-je t'offrir un peu d'eau, ou mieux, si tu daignes entrer un instant chez moi, une coupe de vin frais ?

L'attention de la vieille était touchante, mais Cassandre refusa d'admettre sa faiblesse. Comment le soleil pouvait-il lui faire mal ? N'était-elle pas la protégée d'Apollon, le Dieu solaire ?...

Marmonnant un remerciement, elle porta néanmoins à ses lèvres le bol. L'eau n'était pas très fraîche et avait un léger goût de terre, mais sa gorge desséchée l'accueillait avec gratitude.

— Ne veux-tu pas te reposer un instant dans ma maison ? insista la femme.

— Non, je te remercie, répondit Cassandre, les yeux toujours baissés. Je me sens très bien. Je vais simplement rester un instant assise ici.

La lumière lui faisait mal. Une main en visière, elle contempla les eaux scintillantes du port. Aussitôt sa vue se brouilla, et elle faillit pousser un cri : la mer était noire de navires. Ils n'appartenaient pas à son père et emplissaient toute la rade. Fermant les yeux, elle les rouvrit quelques instants plus tard : le port était de nouveau vide, à l'exception d'un vieux vaisseau crétois arrivé trois jours plus tôt.

Elle détourna les yeux de la trompeuse surface de l'eau. Une simple hallucination, se dit-elle, se relevant lentement et reprenant son ascension. Rien de plus. Plissant les yeux sous l'aveuglant soleil, elle songea également qu'elle était en train de commettre une folie. Qu'avait-elle donc à fuir ainsi comme un voleur vers sa tanière ? C'était en princesse de Troie qu'il lui fallait aller à la rencontre du Dieu, même si elle n'était pas à la tête d'une procession de suivantes chargées de présents en l'honneur de l'Immortel. Et si la vision des navires était un avertissement ?... Mais elle repoussa tout aussitôt cette pensée : pouvait-elle d'ailleurs, même dans cette hypothèse, renier pour autant l'appel du Dieu Soleil ? Non, il fallait simplement poursuivre lentement, dignement, son ascension.

Un violent éclair déchira le ciel d'été et lui fit à nouveau lever les yeux vers le temple de Pallas Athéna. D'un seul coup, les doutes lui revenaient : elle était descendue au cœur du monde souterrain à la rencontre de la Déesse, et celle-ci l'avait acceptée. N'était-ce pas la Mère Eternelle qui l'avait appelée dès sa plus tendre enfance ? N'était-elle pas en train de la trahir en répondant à l'appel du resplendissant Apollon ?

Prise d'une sourde panique, elle crut qu'elle allait vomir. Frissonnant d'effroi, il lui sembla même entendre les pas d'une divinité terrible lancée à sa poursuite ; le ciel s'obscurcit au-dessus d'elle et un voile noir s'abattit sur sa conscience.

Au prix d'un effort qui la fit presque chanceler, Cassandre secoua frénétiquement la tête. Non, il n'y avait ni menace ni poursuivants, ni éclairs dans le ciel. Le port était vide et bleu. Elle n'avait qu'à gagner au plus vite le temple de Pallas. Là-bas, elle serait en lieu sûr, personne n'oserait plus porter la main sur l'une de ses prêtresses.

Après s'être arrêtée une dernière fois pour reprendre son souffle, Cassandre franchit enfin le seuil du sanctuaire, emportée par une soudaine bourrasque de vent qui la poussa à l'intérieur. Remettant de l'ordre à sa chevelure, la princesse regarda autour d'elle, presque déçue de ne voir personne pour l'accueillir. Cette impression ne dura pas. Sortie de l'ombre, une femme vêtue de la tenue rituelle des prêtresses, une longue tunique blanche et un voile couleur soleil, venait en effet à elle.

— Bienvenue à toi, fille de Priam. Viens-tu en quête d'un oracle ou pour offrir un sacrifice ?

— Ni pour l'un ni pour l'autre. Je viens servir le Dieu.

— Bien sûr, répondit la femme avec un sourire bienveillant, comme nous toutes. Je me souviens de ta venue ici quand tu étais petite. Tu semblais si heureuse dans ce temple que j'ai tout de suite pensé que le Dieu t'appellerait un jour. Entre donc, mon enfant, tu es des nôtres.

Cassandre suivit la prêtresse à l'intérieur du sanctuaire. Des souvenirs très doux assaillaient sa mémoire. Rien n'avait changé. Seuls manquaient les serpents qu'elle avait vus et pris dans ses mains. D'une espèce à faible longévité, ils étaient probablement morts depuis longtemps. Cette pensée l'attrista.

La prêtresse lui fit signe de s'asseoir.

— Parle-moi de toi, fit-elle. Dis-moi pourquoi tu penses avoir été appelée.

Cassandre s'expliqua longuement. Quand elle eut terminé son récit, la prêtresse reprit la parole :

— Si tu souhaites vraiment être des nôtres, Cassandre, il va te falloir vivre une année entière au temple, apprendre à interpréter les oracles, les présages, apprendre aussi à parler au nom du Dieu.

— Je serais si heureuse de vivre ici avec vous dans la demeure du Dieu, répondit la princesse avec enthousiasme.

— Alors, envoie une servante du temple chercher tes affaires au palais : quelques vêtements de rechange et un manteau épais te suffiront, car tu devras dorénavant porter la tenue des prêtresses. Ici, nous sommes toutes sœurs ; aussi longtemps que tu vivras dans ce sanctuaire, bijoux et ornements te seront interdits.

— Les bijoux ne m'intéressent pas, répondit Cassandre. Mais pourquoi sont-ils interdits ?

— C'est la règle, expliqua la prêtresse en souriant. Je n'en connais pas la raison. Sans doute est-ce parce que la plupart de ceux qui viennent à nous sont pauvres ; si nous étions couvertes de bijoux, ils pourraient imaginer que leurs offrandes ne servent qu'à nous enrichir. Je m'appelle Charis. C'est aussi un des noms de la Mère Eternelle. Je vis au temple du Dieu Soleil depuis mon neuvième printemps et j'ai maintenant quarante-sept ans. La vie des serviteurs du sanctuaire est longue. A moins d'être appelée à porter un enfant du Dieu. Dans ce cas, on risque de mourir en couches. Mais cela n'arrive pas souvent, et un certain nombre de nos frères et sœurs ont le don de guérir. La reine ou le roi ton père t'ont-ils autorisée à venir t'installer au temple ?

— Ma mère ne me refusera pas cette faveur, dit Cassandre. Quant à mon père, ajouta-t-elle, il a tellement d'enfants qu'il ne s'apercevra même pas de mon absence... Je n'ai jamais compté parmi ses préférées. Mais, dis-moi, puis-je prendre avec moi mon serpent ? Il m'a été offert par Imandre, la reine et grande prêtresse de Colchis. A Troie, tout le monde le craint. Il périra si je ne m'en occupe pas moi-même.

— Il sera le bienvenu, dit Charis. Tu peux l'envoyer chercher.

La prêtresse appela une servante. Cassandre lui expliqua ce qu'elle devait demander au palais.

— Dis à ma mère que je demande sa bénédiction, lui recommanda-t-elle avant qu'elle ne prenne congé.

Alors Charis guida Cassandre dans l'ombre du sanctuaire vers les chambres des vierges d'Apollon.

Ainsi commença pour la jeune princesse troyenne une expérience qu'elle se rappellerait toujours comme la plus heureuse et la plus paisible de sa vie. Elle apprit à consulter les oracles, à lire les présages, à déposer les offrandes au sanctuaire. Elle fut également chargée de prendre soin des serpents sacrés, dont elle parvint très vite à interpréter les différentes oscillations et attitudes. S'étant rapidement fait de nombreux amis, au bout de quelques mois à peine, bien des fidèles venaient la trouver pour lui offrir leurs sacrifices et lui demander personnellement conseil.

— Je ne comprends pas, dit-elle un jour à un prêtre. Pourquoi viennent-ils au temple poser des questions auxquelles le simple bon sens devrait leur permettre de répondre eux-mêmes ?

— Parce que nombre d'entre eux sont sans cervelle, répliqua-t-il abruptement. Ils s'imaginent que les Dieux vont s'occuper de leurs petits problèmes. Je suis persuadé pour ma part, que les Dieux sont trop accaparés par leurs desseins célestes pour se soucier d'affaires humaines sans importance. Sans doute s'intéressent-ils un peu aux actions des rois et des grands, et encore...

Courbant la tête, il baissa la voix.

— ... Je n'en suis pas certain, fille de Priam.

Un peu troublée par ce scepticisme, Cassandre songea que le prêtre devait cruellement souffrir de son manque de foi. Par bonheur, depuis qu'elle vivait au sein du temple, elle ressentait perpétuellement en elle la présence du Dieu.

Quelques ombres pourtant effleuraient sa sérénité. Certaines vierges d'Apollon jalousaient sa position de favorite auprès de leurs aînés et ne parlaient d'elle — ou avec elle — qu'avec dépit et rancœur. Il est vrai qu'elle n'était jamais parvenue à s'entendre avec les filles de son âge, sauf peut-être chez les Amazones, et s'y était depuis longtemps résignée.

Mais dans l'ensemble, elle se sentait cernée par l'amour et la bienveillance. Comment, d'ailleurs, eût-il pu en être autrement dans la demeure de son Dieu ? La plupart des prêtresses du sanctuaire parlaient de lui comme d'un époux ou d'un amant, et on les désignait souvent comme « les femmes d'Apollon ». L'une d'elles même, Phyllide, l'avait été, disait-on, au sens propre, et avait mis au monde un enfant que l'on considérait d'essence divine.

Cassandre, pour sa part, se refusait à y croire. Phyllide, selon elle, était particulièrement naïve et s'était laissée séduire par un simple mortel qui s'était fait passer pour Apollon, ou bien elle avait elle-même inventé une soi-disant intervention divine pour dissimuler une aventure malencontreuse, les vierges se voyant interdire toutes relations avec les hommes.

Cassandre cependant était parfois, il faut le dire, tirée elle-même de son sommeil par la voix du Dieu qui s'adressait à elle et avait rêvé, à plusieurs reprises, qu'elle était dans les bras de l'Immortel, plongée dans une extase surnaturelle. Elle n'était d'ailleurs pas la seule à vivre de tels songes et un jour, entendant à ce propos l'une de ses sœurs faire état d'un luxe de détails érotiques ne pouvant être que le fruit d'une imagination exacerbée, elle avait admonesté sa compagne, ne se sentant sans doute elle-même à ce sujet pas aussi pure et innocente qu'elle ne l'aurait souhaité.

— Si tu as tellement envie de partager la couche d'un homme, lui dit-elle, pourquoi ne demandes-tu pas à ton père de te trouver un mari ? Sinon, cesse de te complaire à évoquer de telles situations !

— Serais-tu donc jalouse, ma chère Cassandre, ou bien frustrée dans tes visions nocturnes ? répliqua vivement la jeune prêtresse. Si Apollon venait à toi, le repousserais-tu ?

Cassandre frissonna.

— Si le Dieu venait réellement à moi, déclara-t-elle, je chercherais d'abord à m'assurer que c'est bien lui et non un imposteur désireux d'abuser de la crédulité d'une fille. Des hommes capables de profiter ici même d'une telle situation existent, je le sais. Crois-tu donc en effet que le vœu de chasteté suffise à transformer les prêtres en eunuques inoffensifs ?

N'ayant pu obtenir de réponse satisfaisante, et pour essayer de se faire par elle-même une opinion sur l'enfant né, selon sa mère, d'une étreinte aussi ambiguë, Cassandre, le lendemain, alla trouver Phyllide et demanda à voir son fils. Comme toutes les mères, la jeune femme — plus jeune encore que la princesse troyenne — fut ravie de s'exécuter.

L'enfant avait de grands yeux bleus et des boucles dorées rappelant tout à fait celles du Dieu Soleil. Après l'avoir longuement contemplé et embrassé, Cassandre se tourna vers Phyllide :

— Dis-moi, comment peux-tu être certaine que celui qui t'a fait cet enfant était le Dieu Soleil ?

— Je n'ai eu d'abord aucune certitude, répondit la jeune femme. J'ai même cru un instant que c'était un mortel portant le masque d'Apollon. Alors, j'ai voulu crier pour appeler les prêtresses, et puis... As-tu déjà entendu sa voix, fille de Priam ?

— Oui... fit Cassandre, la gorge serrée.

— Dans ce cas, s'il vient à toi, tu le reconnaîtras.

La princesse reposa les yeux sur l'enfant.

— Il est superbe, soupira-t-elle. Puis-je le prendre un moment dans mes bras ?

— Bien sûr.

Les lèvres entrouvertes sur le sein de sa mère, le nourrisson s'était assoupi. Phyllide le souleva délicatement et le tendit à Cassandre. Comme il semblait devoir s'éveiller, elle le berça quelques instants avec tendresse comme elle l'avait si souvent vu faire à sa mère. Sa peau de bébé était extraordinairement douce ; même chez les Amazones, elle n'avait jamais tenu dans ses bras un enfant si petit. Elle se pencha sur lui et sa bouche effleura sa joue plus soyeuse qu'un pétale de rose.

Une grande vague d'amour la submergeait ; une satisfaction intense envahissait tout son corps et son âme.

C'est alors que pour elle le ciel d'un seul coup s'obscurcit comme si l'astre du jour se cachait brutalement derrière un gros nuage et que l'air devenait glacé. Et pourtant, elle était toujours là dans la cour ensoleillée et devait même recouvrir la tête du nourrisson de son châle pour le protéger de l'ardeur du soleil. Une nouvelle fois, le grand voile noir de la vision s'abattait sur elle. Changée en statue, subitement, elle attendit. Tout devenait souffrance et désolation. Projetée dans l'avenir, l'enfant qu'elle serrait contre elle était le sien. Il avait les cheveux noirs et bouclés. Son bonheur d'être mère se muait en violent désespoir. L'intensité de la vision était telle qu'elle en resta prisonnière un instant avant de revenir peu à peu à la réalité, parvenant une fois encore à se libérer du voile noir qui l'étouffait.

Ne pouvant réprimer un imperceptible tremblement, elle rendit l'enfant à sa mère qui crut deviner dans ses yeux une lueur d'effroi.

— Cassandre, tu viens soudain de me paraître si étrange, si lointaine... murmura Phyllide. On dit que tu lis dans l'avenir. Qu'as-tu vu pour mon fils ?

La princesse garda le silence.

— Tu ne lui as pas jeté un mauvais sort au moins ? cria-t-elle presque d'une voix étranglée par l'angoisse.

— Mais non, bien sûr que non, petite sœur, rassure-toi, je ne souhaite que bonheur pour toi et ton enfant.

— Alors, fille de Priam, bénis-le, je te le demande.

Désireuse surtout de la rassurer, Cassandre accéda sur-le-champ à sa demande. Elle implora intérieurement la Déesse de lui donner le pouvoir de bénir ce fils de Phyllide. Tout à coup, cependant, elle parla malgré elle :

— Hélas, il n'y a pas de bénédiction pour les enfants de Troie nés en cette sombre année, s'entendit-elle dire. Demande à Apollon, son père, de le faire à ma place. Lui seul, s'il le désire, a le pouvoir de te donner satisfaction.

XIII

A quelques jours de là, un émissaire de Priam se présenta au temple, chargé d'offrandes et porteur d'un message pour Cassandre.

— Ton père et ta mère te convient au palais pour le mariage de Créuse, ta demi-sœur, lui apprit-il.

— Si on m'y autorise, j'irai, répondit-elle simplement.

La permission fut très vite accordée. Sans doute ne l'aurait-elle pas été si facilement pour une prêtresse ordinaire. Mais Cassandre était princesse de Troie et il n'était guère aisé d'opposer un refus au roi Priam. Une seule condition fut posée : qu'elle fût accompagnée par une prêtresse plus âgée au cas où elle souhaiterait passer une nuit au palais.

— Fille de Priam, lui dit la doyenne, il t'appartient de désigner celle qui t'accompagnera. Qui choisis-tu ?

Souhaitant éviter de faire des jalouses ou de soulever des rancœurs inutiles, Cassandre opta pour la vieille Charis, celle qui l'avait accueillie lors de son arrivée au temple.

Ainsi purent-elles toutes deux, suivies d'une servante, gagner sans plus attendre le palais.

Hécube les reçut avec effusion.

— Tu es maintenant une vraie femme ! s'exclama-t-elle avec transport. J'ai hâte de tenir dans mes bras tes enfants.

« Tu ne les verras jamais », voulut répondre Cassandre tout en s'abstenant de le faire, sachant bien que lorsqu'elle mettrait au monde son propre enfant, dans l'amertume et le désespoir, les yeux de sa mère se seraient depuis longtemps refermés sur ce monde.

— N'en parlons pas encore, Mère, s'efforça-t-elle de dire joyeusement. Si c'est un mariage qu'il te faut, tu as déjà celui de Créuse. Et puis, Polyxène est plus vieille que moi, elle doit me devancer. Trouve-lui un époux et patiente pour moi un peu. Maintenant, parle-moi un peu du fiancé de Créuse.

— Il s'appelle Enée et est le fils d'Anchise. Il est tellement séduisant que beaucoup sont certains que sa mère n'est autre qu'Aphrodite.

— Aphrodite n'apprécie sans doute guère que le père d'Enée se vante d'avoir été son amant. Enfin, je brûle de rencontrer cet homme merveilleux.

— Créuse en est folle, ton père aussi. Dans ma jeunesse, peut-être me serais-je moi-même réjouie de pouvoir épouser un homme tel que lui...

Hécube considéra alors Cassandre avec quelque inquiétude.

— Promets-moi une seule chose, ma chérie. Evite surtout, en ce jour de bonheur, de prédire de sombres événements. Tu sais combien ils nous bouleversent tous !

— Ne t'inquiète pas, promit-elle, en embrassant de nouveau sa mère. Si les Dieux le veulent, je ne dirai que des choses heureuses.

— Puissent donc les Dieux t'entendre, déclara avec ferveur Hécube. Et maintenant, viens, mon enfant, entrons. Tu m'as beaucoup manqué.

Après un long séjour au temple, le palais parut à Cassandre bien moins grand qu'autrefois et décoré avec un goût qu'elle n'appréciait plus. Néanmoins, elle se sentait heureuse de s'y trouver à nouveau. Andromaque, vêtue pour l'occasion d'une robe couleur flamme, courut à sa rencontre. Sa grossesse était désormais évidente et elle arborait la cambrure caractéristique des femmes dans son état. Au souvenir de la mince jeune fille qu'elle avait vue pour la première fois à Colchis, Cassandre fut prise de mélancolie. Andromaque, elle, l'embrassa joyeusement.

— Je suis si heureuse de te revoir ! s'écria-t-elle. J'aimerais tant que tu acceptes enfin de te marier et de revenir au palais pour que nous puissions de nouveau vivre ensemble. Figure-toi que dans une lune à peine, je tiendrai mon enfant dans mes bras !

— Où est Œnone ? Elle n'est pas avec vous ? Une future mère est toujours bienvenue à un mariage.

— Elle ne l'est plus, répondit Andromaque. Il y a quatre jours, elle a mis au monde un fils et garde toujours la chambre. Elle a terriblement souffert, la pauvre, menue comme elle est ! L'enfant s'appelle Corythos... Tu vois, je suis donc la seule future mère ! Créuse devra se contenter de ma présence au banquet.

— Elle est sûrement ravie de te compter au nombre des invités, observa Cassandre. Pour l'instant, je vais vite embrasser Œnone.

Andromaque lui saisit le bras et l'attira à l'écart.

— Je ne suis pas sûre que ce soit une bonne chose, souffla-t-elle. Depuis quelque temps son comportement est étrange. Je suis allée la voir hier et elle ne m'a pas adressé la parole. Elle soutient que je suis l'ennemie de son mari, tout cela parce qu'Hector a eu l'idée d'envoyer Pâris en mission chez les Grecs.

Tout en parlant, les cousines montèrent jusqu'à la suite où les femmes du palais étaient en train d'apprêter la mariée.

— Mais... N'est-ce pas la chambre que ma mère avait fait redécorer pour Œnone ? s'étonna Cassandre en apercevant sur les murs de la pièce les fresques crétoises représentant des scènes de jeux.

— Elle n'a pas voulu y rester, expliqua Andromaque, prétendant ne plus supporter la vue de la mer qui lui a ravi son époux. Finalement, elle a insisté pour s'installer dans une chambre située à l'arrière du palais. Elle donne sur le mont Ida et la terre de ses aïeux. Je t'assure, ne pense plus à cette pauvre fille, Cassandre. Allons, viens m'aider à vêtir la mariée.

Elles traversèrent un corridor. De l'étage inférieur montaient de temps à autre les éclats de voix des hommes pour lesquels les agapes avaient déjà commencé. Pénétrant dans la chambre de Créuse, elles virent que son visage était couvert d'un voile brodé. La future mariée le souleva un instant et, après avoir salué Andromaque, s'approcha de Cassandre pour l'embrasser.

— Bienvenue à toi, ma sœur, dit-elle simplement.

Elle était fille de Priam et d'une de ses épouses qui, dans la hiérarchie du palais, venait immédiatement après Hécube. A strictement parler, l'étiquette eût voulu que ce soit donc Cassandre qui la saluât la première. Mais cette dernière n'avait que faire du protocole et lui rendit son baiser de bon cœur.

— Puisse la Mère Eternelle te bénir et te garder toujours sous sa protection, ma sœur, répondit-elle avec sollicitude.

— Toi qui vois l'avenir, Cassandre, sais-tu si je connaîtrai le bonheur ?

— Je pourrai te le dire quand j'aurai vu ton époux, répondit-elle évasivement.

— Dès que tu le verras, tu m'envieras, j'en suis sûre.

— Je le crois, acquiesça Cassandre en souriant. Ma mère m'a dit qu'il était d'une rare beauté.

— C'est aussi un prince, et fort riche, surenchérit Créuse. Personne au monde aujourd'hui ne saurait être plus heureuse que je ne le suis.

— Ma fille, prends garde ! réprimanda doucement Charis, qui n'avait encore rien dit. Les Dieux pourraient en prendre ombrage. Garde en mémoire le sort de cette femme qui prétendait filer la laine aussi bien que Pallas Athéna. La Déesse l'a transformée en araignée et condamnée à passer le restant de ses jours à tisser des toiles sans cesse détruites par le balai des servantes !

— Ne nous attardons pas, intervint Andromaque, le temps presse. Piquons quelques fleurs dans les cheveux de Créuse et elle sera la plus belle de toutes les femmes aujourd'hui.

L'opération terminée, on entoura la mariée, on descendit avec elle le grand escalier du palais. Avec prudence, car un faux pas le jour des noces constituait le plus funeste des présages. Puis on entonna en chœur le plus ancien des hymnes dédié en cette occasion à la Mère Eternelle. Aussitôt Cassandre se sentit envahie par une joie profonde comme s'il se fût agi de son propre mariage, pouvant, pour une fois, participer à l'événement avec la même insouciance que toutes ses compagnes.

A l'instant où le cortège nuptial allait apparaître sur le seuil du mégaron, Priam poussa une joyeuse exclamation.

— Ulysse, vieux pirate ! Quelle surprise de te voir apparaître en une si heureuse occasion ! Tu arrives juste à point pour prendre part à nos agapes ! Approche, brigand, aujourd'hui, je marie ma fille. Que la joie de nos retrouvailles se mêle à celle de tous les habitants de Troie !

Tendant le bras, Cassandre fit signe à Créuse de s'arrêter.

— Laissons tout d'abord notre père accueillir son hôte.

— Va-t-il falloir le supporter à mon mariage ? protesta Créuse faisant la moue.

— Toute ma vie, soupira Andromaque résignée, j'ai entendu parler de ses aventures. Il est allé plus loin que Jason et connaît mille histoires. Un jour, il a rendu visite à ma mère à Colchis et lui a offert un peigne de nacre prétendant qu'il le tenait d'une sirène.

— Peut-être t'apporte-t-il à toi aussi un cadeau de mariage, Créuse, ajouta Cassandre. De toute façon, nous ne pouvons nous dérober au devoir sacré de l'hospitalité. Entrons maintenant.

Cassandre entonna le premier couplet de l'hymne à la Vierge, et toutes, autour d'elle, joignirent ensemble leurs voix à la sienne. Se détournant un instant de son hôte, Priam leur fit signe d'avancer. Juste derrière lui se tenait immobile un homme svelte et grand, au visage d'une grande beauté, doré de taches de rousseur. A l'élégance de sa tunique pourpre, Cassandre devina qu'il s'agissait du fiancé de Créuse. Ulysse, à ses côtés, trapu, la quarantaine alerte, le teint tout buriné, le cheveu dru, les yeux bleus pétillants d'intelligence et de malice, semblait presque grossier.

— Que de beautés, ami ! s'écria-t-il avisant à son tour le cortège. Ce ne sont tout de même pas toutes tes filles, Priam ? Quoique, je le sais bien, tu goûtes volontiers aux femmes...

D'un geste ample, Priam jovialement fit signe aux femmes d'approcher.

Cassandre la première reçut une accolade du navigateur qui ressemblait plutôt à l'étreinte d'un ours.

— Ta seconde fille, n'est-ce pas ? demanda Ulysse en la relâchant. C'est la mariée ? Non ? Et pourquoi donc, par tous les diables ?

Il sentait le sel et le vin, mais Cassandre ne lui en voulut pas un instant. Sa chaleureuse et vigoureuse familiarité avait le goût d'une bourrasque aux embruns fleurant bon l'algue et l'iode.

— Tu voudrais bien en avoir une aussi belle, jeune homme ? s'esclaffa-t-il à l'adresse d'Enée.

Cassandre sentit peser sur elle le regard du futur marié. Quant à Créuse, elle se trouvait au bord des larmes.

— Je t'en prie, fit Cassandre s'écartant ostensiblement du navigateur. Je n'appartiens à aucun homme. Je suis prêtresse d'Apollon et très fière de l'être.

— Par les feux de l'enfer ! tonna sa voix énorme. Quel gâchis, beauté ! Je t'épouserais moi-même si je n'étais déjà marié ! Hélas, Héra, ma protectrice, est la Déesse de la fidélité conjugale, tu le sais. J'aurais par conséquent quelques difficultés avec elle. D'ailleurs, tu ne rêves sans doute pas d'un vieux phoque comme moi !

Cassandre ne put s'empêcher de sourire. Avec ses grosses moustaches, il n'était pas, en effet, sans ressemblance avec l'animal !

— Et cette dame est la femme d'Hector, je suppose ? poursuivit l'incorrigible marin tournant désormais ses regards vers Andromaque. Hector, je pense que tu n'en voudras pas à un vieillard d'embrasser ton épouse ? Dans mon pays, c'est une tradition obligatoire !

Enlaçant la fille d'Imandre, il tapota son ventre rebondi.

— Au moins, comme ça, je ne risque pas de t'approcher de trop près, ma belle ! Une autre fois, peut-être...

Et il l'embrassa bruyamment sur les joues.

— J'ai apporté avec moi diverses bagatelles que j'ai dénichées sur un bateau crétois. Ce seront des présents de mariage pour ta fille, Priam, et aussi pour le petit-fils que cette jolie dame va bientôt te donner. Et puisque Cassandre ne veut pas se marier, je vais faire également en son honneur quelques dons au temple du Dieu Soleil.

— Sois remercié, Ulysse, au nom d'Apollon et du temple, répondit poliment Cassandre.

— C'est bon. Viens donc t'asseoir auprès de moi, fit-il, la poussant d'office sur un tabouret. Tu partageras ma coupe. Après tout, tu es ici la seule fille libre. Deviser avec toi sous les yeux même de tes parents n'est pas compromettant.

— Ma sœur Polyxène n'est pas mariée non plus, fit remarquer Cassandre avec une pointe d'espièglerie.

— Ça ne tardera pas, crois-moi, riposta Ulysse en éclatant de rire. Je connais ton père, ma fille ! Polyxène, je l'avoue est très jolie, mais, pour être tout à fait sincère, je préfère les filles un peu plus en chair. Entre nous, tu vois, pour moi tu es parfaite !

Sans lui répondre, elle lui remplit sa coupe d'un vin doux et aromatisé. Curieusement, l'homme lui inspirait une chaude affection.

— Ami, parle-nous un peu de tes derniers voyages. Quelles nouvelles apportes-tu ? lança Priam. Et puis, j'ai besoin de tes lumières. J'ai reçu pour Polyxène des propositions d'Achille, le fils de Pelée. Accepterais-tu, si tu étais à ma place ? Il est, paraît-il, fort noble et brave.

— Brave, il l'est sans aucun doute, acquiesça Ulysse, mais tuer est son unique plaisir. Si j'avais une fille, vois-tu je préférerais plutôt lui trancher la gorge que de la lui donner.

— On dit aussi qu'il a la force d'Hercule, fit Hector. Est-ce vrai ?

— C'est vrai, mais il a aussi ses défauts. Comme pour lui, les femmes ne comptent guère. Il s'entiche d'elles au premier clin d'œil et est capable de les tuer le lendemain dans un accès de rage subite. Une seule fois, j'ai voyagé avec Hercule, et cela m'a suffi. Ses crises de mélancolie et ses colères soudaines lassent vite. Achille lui ressemble en tous points. Il ne manque pas d'hommes jeunes et beaux à Troie ou même chez les Grecs. Si tu en veux un pour ta fille, fais ton choix parmi eux, c'est là le seul conseil que je puisse te donner.

Sur ces mots Ulysse héla un serviteur et ordonna qu'on apporte ses coffres dans la salle. On s'y employa promptement. Chose faite, il déballa dans un grand silence toutes sortes d'objets étranges et magnifiques, en fit successivement présent à Priam, à ses fils, à ses filles. A Hector, il offrit une petite coupe d'or finement ciselée.

— Elle vient de Crète, expliqua-t-il. Je l'ai trouvée moi-même dans les ruines du Labyrinthe. Seuls les Dieux savent comment elle a échappé aux pillards qui m'y ont précédé.

— Peut-être quelque Dieu l'avait-il dissimulée à ton intention ?

— Peut-être, répéta rêveusement Ulysse. Vois-tu tous ces taureaux ?

La coupe passa de main en main. Après l'avoir longuement admirée, Hécube la passa à Cassandre qui s'extasia sur l'exquise délicatesse de la gravure, représentant un taureau pris dans les mailles d'un filet, entouré d'un groupe de jeunes gens montés sur des chars.

— C'est un véritable chef-d'œuvre ! s'exclama-t-elle. Vraiment tu devrais le garder pour ta femme !

— N'aie crainte ! J'ai pour elle et mon fils encore d'autres merveilles. Les flancs de mon navire en recèlent d'étonnantes. Pour l'instant, Andromaque, prends ce peigne d'or, et toi, Créuse, ce miroir de bronze incrusté d'or. Il est digne d'Aphrodite elle-même. Je l'ai reçu dans la grotte d'une nymphe marine. Nous nous sommes aimés toute une nuit, et au matin elle me l'a tristement offert, prétendant que puisqu'elle n'était pas assez belle pour me retenir, peu lui importait désormais de s'y contempler. A toi, toute neuve épousée, de t'y mirer pour le contentement de ton époux.

Cassandre, elle, reçut un collier de perles bleues transparentes comme les eaux de la mer, serti d'un fermoir précieux.

— C'est peu de chose, dit Ulysse, mais je sais que les prêtresses ne doivent pas porter de bijoux trop voyants. Celui-ci est suffisamment simple, je pense, pour que tu puisses sans inconvénient le garder en souvenir d'un vieil ami de ton père.

Touchée, Cassandre d'un seul élan l'embrassa. Elle eût à peine osé le faire ainsi avec son propre père.

— Ulysse, inutile de recevoir un cadeau de toi pour ne jamais t'oublier. Mais si on m'y autorise, je porterai ce collier avec un infini plaisir. D'où vient-il ?

— D'Egypte, terre des Pharaons, pays où les rois sont ensevelis dans des tombes gigantesques. Troie tiendrait tout entière dans l'une d'elles. A propos, cher Priam, poursuivit le navigateur, terminant sa distribution, quand donc m'exempteras-tu de l'impôt pour franchir l'Hellespont ?

— Ah ! Ulysse ! Certes, tu es un cas très différent des autres, reconnut le roi, débonnaire. Et puis, après tous ces présents, j'aurais mauvaise grâce à te réclamer davantage. Mais comme il est impossible de permettre à tous d'aller et venir librement sur mes eaux, dorénavant, pour toi, le prix de ton passage consistera uniquement à me tenir au fait des nouvelles du monde. Si tu es satisfait, dis-moi, en récompense, si la paix règne présentement sur les îles grecques ?

— Elles la connaîtront sans doute le jour où le soleil se lèvera à l'ouest, railla Ulysse. La guerre demeure pour les Grecs le plus raffiné des plaisirs. Pour moi, je la ferai le jour où mes terres et mon peuple seront véritablement menacés. Pour eux, c'est un jeu auxquels ils semblent vouloir consacrer toute leur vie. Ainsi m'estiment-ils lâche alors que je récuse simplement les combats inutiles, et suis, quand il le faut, meilleur que la plupart d'entre eux au maniement des armes.

— Depuis des années, il est vrai, approuva Priam, ils nous cherchent querelle, mais j'ai choisi jusqu'ici d'ignorer les insultes et les provocations, bien qu'ils aient été récemment jusqu'à enlever ma propre sœur. Mais, Ulysse, tu es grec, toi aussi, mon ami. S'ils entrent un jour en guerre contre Troie, te battras-tu contre nous ?

— Si ce malheur venait, je te l'assure, je ferais tout

pour rester à l'écart, répondit Ulysse. Je ne suis lié à eux que par un seul serment. Lorsque fut décidé le mariage de l'actuelle reine de Sparte, il y eut tellement de prétendants qu'il sembla un moment que seule une guerre pourrait régler le problème. C'est alors que j'ai eu l'idée d'un compromis pacifique dont aujourd'hui encore je suis très fier.

— Qu'as-tu fait ? s'enquit Priam.

Ulysse ébaucha un sourire satisfait.

— Imagine la situation : une femme sublime à marier, peut-être la plus belle femme de la terre, et autour d'elle une nuée de prétendants offrant de se battre pour elle, promettant aussi à son père les plus mirifiques cadeaux... J'ai donc proposé qu'on la laissât choisir elle-même son époux, à la condition que tous les concurrents fissent, au préalable, le serment de respecter et de défendre son choix.

— Qui a-t-elle choisi ? interrogea Hécube.

— Ménélas, le frère d'Agamemnon... Une larve. Peut-être s'est-elle imaginée qu'il était aussi sage et puissant que son royal aîné. Elle l'a peut-être aussi choisi davantage par amour pour sa sœur Clytemnestre, qui avait épousé le roi l'année d'avant. Deux sœurs épousant deux frères... cela ne simplifie pas les rapports de famille...

— Peut-être, glissa Polyxène à l'oreille de Cassandre, mais si Enée avait un frère, fût-il deux fois moins beau, je l'épouserais aussitôt sans hésiter.

— Tu n'es pas la seule, chère sœur, murmura Cassandre à son tour.

— Quel est donc ce conciliabule ? intervint sévèrement Hécube. Parlez haut ou taisez-vous. Ce qui est dit à voix basse ne mérite pas d'être prononcé.

— Ce n'est pas un secret, rétorqua Cassandre piquée au vif. Nous disions simplement que nous épouserions volontiers le frère d'Enée pour peu qu'il lui ressemblât un peu.

Le jeune homme eut pour elle un regard flamboyant.

— Fille de Priam, hélas, je suis fils unique. Mais sois rassurée, je vous épouserais volontiers toutes les trois.

Rougissant, Polyxène baissa les yeux. Quant à Cassandre, elle partit d'un petit rire mutin.

— Eh bien, moi, cher Enée, je te le dis sans fard, je préfère rester ta première et unique épouse, intervint Créuse, écarlate. Bien sûr, si tu le veux, libre à toi de prendre toutes les femmes de la terre.

— Mes enfants, mes enfants, il suffit, dit à son tour Priam. Les filles d'un roi, mon cher gendre, vous le savez, ne sont guère destinées à être des épouses de second rang, encore moins concubines.

— Je plaisantais, mon roi, et ne faisais que compliments à la beauté de tes filles, se défendit Enée avec un sourire enjôleur.

— Bien sûr, je le savais. En fin de banquet, lorsqu'un vin généreux coule, toutes les audaces sont permises. Je crois cependant qu'il est temps maintenant que nos femmes conduisent la mariée à la chambre nuptiale avant que nos propos ne risquent d'offenser leur délicatesse.

Le signal ainsi donné, Hécube rassembla le cortège rituel autour de Créuse. Puis elle fit distribuer des torches et Cassandre entonna l'hymne nuptial. Créuse embrassa son père, qui prit sa main et la posa dans celle d'Enée. Alors, la jeune épousée alla rejoindre la procession sous le portique.

— Me prédis-tu un mariage heureux, ma sœur ? demanda-t-elle tout bas à Cassandre qui marchait à ses côtés.

— J'aime beaucoup ton mari, répondit la princesse en lui pressant la main. Tu m'as même entendu dire qu'il ne m'aurait pas déplu de l'épouser. S'il doit y avoir cette année un mariage heureux, c'est certainement le tien. Je vois une longue vie, beaucoup de bonheur pour ton mari et le fils que tu lui donneras.

Andromaque posa la main sur l'épaule de Cassandre.

— Cassandre, tu ne m'as rien prédit de tel pour mon mariage. Pourtant je t'aime comme une sœur...

— Andromaque, fit doucement la princesse en se tournant vers son amie, si seulement je pouvais prédire l'avenir selon mon cœur ! Hélas, l'avenir ne nous appartient pas et j'obéis aux Dieux. Eux seuls savent et décident pour nous. Si j'en avais le choix, je te souhaiterais de toute mon âme une très longue vie, pleine de félicité et de nombreux enfants pour vous succéder sur le trône de

Troie, pour vous entourer aussi, toi et Hector, à l'heure de la vieillesse.

Andromaque sourit et lui prit la main.

— Peut-être ta sincérité pèsera-t-elle plus lourd que toutes les prophéties, murmura-t-elle, une lueur d'espoir dans les yeux. Peux-tu au moins me dire si l'enfant que je vais mettre au monde sera un garçon ? Ma mère aurait souhaité que mon premier-né fût une fille, mais Hector ne désire qu'un garçon. Aussi me suis-je donc persuadée que la naissance d'un fils était très préférable. Vivrai-je assez longtemps pour voir son visage ?

Prise d'un immense soulagement, Cassandre étreignit tendrement la main de sa cousine.

— Ce sera un garçon, annonça-t-elle avec ardeur. Un beau garçon, fort et plein de santé. Tu le nourriras et l'élèveras toi-même et...

— Ah, comme tes paroles me redonnent courage ! l'interrompit Andromaque rayonnante. Grâce à toi, je vais attendre cet enfant dans la joie.

La gorge serrée, Cassandre se garda d'insister. Elle ne put cependant, ce soir-là, chasser de sa mémoire la terrible vision d'incendie qu'elle avait eue lors du mariage de sa cousine.

XIV

Cassandre avait, non sans bonheur, retrouvé le silence et la sérénité du temple d'Apollon. Pourtant, dix jours à peine après le mariage de Créuse, elle fut de nouveau conviée au palais pour y fêter cette fois la naissance du fils d'Hector et d'Andromaque, le premier petit-fils de Priam, ainsi que l'annonça le messager.

— Mais Priam a déjà un petit-fils, s'étonna Cassandre. Que fait-il du fils de Pâris et d'Œnone ?

— Le roi en a décidé ainsi, répondit l'envoyé du palais. L'enfant sera l'héritier du trône après Hector.

La décision de Priam, pensa aussitôt Cassandre, a certainement bouleversé Œnone. J'irai la voir après avoir embrassé Andromaque.

Ayant obtenu une seconde fois l'autorisation de délaisser momentanément ses devoirs, elle courut donc rendre visite à Andromaque. Assise dans sa chambre sur un grand lit tout blanc, sa cousine contemplait subjuguée un nourrisson rougeaud couché à ses côtés dans un couffin. En la voyant si détendue, si rayonnante, Cassandre ressentit un énorme soulagement. Son avenir néfaste n'assombrissait pas encore sa vie, et sa santé n'avait apparemment nullement été ébranlée par ses couches.

— Pourquoi ne parle-t-on ici que du « fils d'Hector » ? lança gaiement Cassandre. N'est-ce pas toi, ma cousine, qui l'as porté pendant près d'une année et t'es donnée la peine de le mettre seule au monde ? Pour moi, c'est avant tout le fils d'Andromaque !

Andromaque esquissa une protestation souriante :

— Je sais, tu as la chance d'appartenir au Dieu Soleil et d'être à l'abri des hommes ! Mais moi, après ce que j'ai enduré, je ne suis pas pressée d'accueillir à nouveau Hector dans mon lit. Accoucher n'est en rien un plaisir, et j'attendrais volontiers quelque temps avant de renouveler l'expérience. Quand je pense que l'on ose prétendre que les femmes ne peuvent pas se battre, ne pouvant supporter la douleur, je me demande comment mon cher époux se serait comporté à ma place dans le combat que je viens de livrer !

Elle s'interrompit un instant et éclata de rire.

— Imagine-toi seulement poursuivit-elle, que les coutumes soient bouleversées et que soudain les bardes se mettent à chanter la bravoure d'Hécube, mère d'Hector ! N'est-elle pas, en effet, près de vingt fois, sortie victorieuse de cette épreuve douloureuse, manifestant en l'occurrence beaucoup plus de courage que moi ? Ah, parlez-moi des délices du mariage !... Certes, toutes les filles en rêvent, mais on se garde bien de leur faire entrevoir à l'avance les délices de l'accouchement !

Se penchant en avant, elle eut une crispation passagère et fit signe à une servante qu'on lui donne son enfant. Le serrant dans ses bras, son visage s'illumina.

— Je crois, ajouta-t-elle, que pour cette victoire je

mérite finalement plus de louanges qu'un guerrier qui vient de s'emparer d'une ville forte !

— Tu as sans doute raison, approuva Cassandre effleurant la minuscule main du nourrisson. Comment vas-tu l'appeler ?

— Astyanax. Tel est le vœu d'Hector. Il veut pour son baptême le porter sur son bouclier. Quel berceau !

Pensive, Cassandre tenta de visualiser la scène. Un long frisson la parcourut. Avec une précision effrayante le corps brisé d'un enfant passait lentement devant elle, étendu sur un grand bouclier... Par chance, trop occupée à admirer son fils, Andromaque ne s'aperçut de rien.

Dans l'espoir d'effacer le voile noir qui obscurcissait sa conscience, Cassandre ferma les yeux.

— Comment va Créuse ? parvint-elle enfin à demander.

— Elle semble heureuse, répète qu'elle a hâte d'être enceinte. Crois-tu que je doive la prévenir des souffrances qui l'attendent ?

— Garde-t'en bien. Laisse-la jouir en paix de son premier bonheur. Elle découvrira assez tôt la réalité.

— Tu as raison. Nous ne sommes pas encore assez vieilles pour prendre plaisir à faire peur aux jeunes. Il faut le reconnaître, d'ailleurs, pour rien au monde je n'aurais renoncé à donner naissance à cet affreux petit monstre !

Posant ses lèvres sur la peau délicate du nourrisson, Andromaque le huma avec délices, s'imprégnant de son odeur avec une douce ivresse. Comme le jour où elle avait vu Phyllide et son fils, Cassandre en fut touchée, presque envieuse.

— Sais-tu que la nef de Pâris vient d'être repérée, dit alors Andromaque, se séparant de son bébé, ayant perçu peut-être l'agacement de son amie. Oui, un guetteur des montagnes l'a annoncé au roi... Même si c'est ton frère jumeau, je ne trouve pas qu'il te ressemble beaucoup.

— Les avis sur ce point sont partagés. Tous s'accordent en tout cas sur un autre : on voit en lui le plus bel homme de Troie.

— Pardonne-moi, ma cousine, reprit Andromaque

avec douceur. Mais pour moi, aucun homme ne peut valoir Hector.

Responsable du mariage de sa cousine, avec son frère aîné, Cassandre n'allait pas la contredire. Avec bienveillance, elle continua de l'écouter.

— Tout le monde te trouve très belle. Cela dit, je trouve que ton visage est trop fin, trop délicat pour convenir à un homme. Pâris a-t-il l'air efféminé ?

— Je ne sais, répondit Cassandre non sans malice. Ce qui est sûr, c'est qu'il s'est montré suffisamment viril pour remporter toutes les épreuves lors des derniers jeux. Hector s'en souvient certainement...

Avec un petit rire allègre, elle s'agenouilla pour contempler encore le petit Astyanax, songeant que ses visions risquaient peut-être de lui porter préjudice.

— Puissent tous les Dieux le bénir et te bénir toi aussi, ma sœur, dit-elle tendrement.

— Vas-tu rester pour fêter avec nous sa naissance ?

— Non, je ne crois pas. Je reviendrai peut-être un jour ou deux au retour de Pâris.

Elle prit affectueusement congé de sa cousine et alla embrasser sa mère. Puis, elle gagna l'arrière du palais, dans l'appartement où Œnone s'était installée en compagnie de deux servantes vénérant comme elle le Dieu du Fleuve.

Etendue dans un hamac, la jeune femme donnait le sein à son fils.

— Comment te portes-tu, ma sœur ? s'enquit-elle avec douceur.

Elle avait employé le terme délibérément, se sentant plus profondément attachée à elle qu'à Créuse ou même à Polyxène. En la voyant d'ailleurs, elle ressentait une nouvelle fois l'intense désir de la caresser. Confuse et mal à l'aise, elle se raidit légèrement.

— J'ai déjà voulu venir te voir lors du mariage de Créuse, reprit-elle, mais l'on m'a dit alors que tu n'étais pas en état de recevoir des visites.

Œnone sourit faiblement.

— Maintenant qu'Andromaque a donné un fils — et un héritier — à Hector, je n'ai plus rien à craindre pour mon enfant.

— Mais... bien sûr, bredouilla Cassandre, qui n'imaginait pas la trouver à ce point sur la défensive.

— Pour être exacte, j'espère qu'il n'y a plus rien à craindre, continua Œnone. Hector a en effet mis tout en œuvre pour éloigner Pâris, et n'a par conséquent aucune raison de se réjouir de la naissance de mon fils.

— Je crois que tu prêtes à Hector des pensées qu'il n'a pas, répondit Cassandre. Il n'a jamais manifesté la moindre jalousie à l'égard de Pâris, en tout cas pas en ma présence.

Œnone partit d'un rire amer.

— Ah, Cassandre ! s'exclama-t-elle. Ne vois-tu pas que l'on s'efforce de se montrer à toi sous un jour favorable ? Que donc peux-tu savoir de la jalousie d'Hector envers Pâris ?

La voyant malheureuse et inquiète, Cassandre n'insista pas. Pour essayer de changer de conversation, elle prit le nourrisson dans ses bras et le dorlota un instant.

— Il est vraiment adorable, murmura-t-elle. A ton avis, à qui ressemble-t-il le plus ? A son père ou à toi ?

— C'est un peu tôt pour le dire. J'aimerais en tout cas qu'il soit comme mon père, honnête et généreux.

Cassandre ressentit tout le poids de la déception qu'exprimaient ces paroles.

— Puisse-t-il te ressembler, fit-elle. Ainsi, personne ne pourra contester sa bonté.

— Seul le temps dira si c'était lui ou le fils d'Hector qui était le plus à même de régner sur Troie. Quoi qu'il en soit, je me réjouis de tout mon cœur qu'il ne soit pas destiné à porter un tel fardeau.

— Tu as raison, Œnone. N'envie jamais le sort du fils d'Hector.

— Pourquoi ? Connais-tu son avenir ? Non, tais-toi ! Je ne veux rien savoir. Seul m'importe le sort de mon... du fils de Pâris.

— Chez les Amazones, un enfant porte le nom de sa mère. Ainsi, là-bas, dirait-on d'Hector qu'il est le fils d'Hécube...

— Et du mien qu'il est le fils d'Œnone ? Ce ne serait en

effet que justice. Mais, à Troie, seuls les fils de catins portent le nom de leur mère.

— Personne ne te considère ainsi, Œnone, répondit doucement Cassandre, cela, je te le jure.

Mais, elle le sentait bien, que pouvaient ses paroles contre les faits ? Andromaque avait officiellement et publiquement épousé Hector. Œnone, elle, était la femme de Pâris uniquement parce que son père ne s'était pas opposé à leur union.

— Qui était ta mère ? demanda-t-elle encore.

— Je ne sais, répondit la jeune femme. Elle aussi était prêtresse du Dieu du Fleuve. Mon père m'a dit qu'elle était morte jeune.

Voyant qu'elle ne dirait rien d'autre, Cassandre prit congé d'elle, l'embrassa et promit de lui envoyer un cadeau pour son fils.

Revenue au temple, l'une de ses premières visites fut pour Phyllide. Cassandre prit dans ses bras le bébé pendant que sa mère s'affairait à plier une pile de draps propres. Après lui avoir ôté ses langes pour qu'il pût remuer les jambes à volonté, elle caressa son pied minuscule, admira un instant la perfection de ses petits orteils, lui baisa délicatement la cheville. Puis, elle fit courir ses lèvres sur son ventre tiède, toute heureuse de le faire rire aux éclats. Comme il serait bon, se dit-elle alors, d'avoir moi aussi un enfant, même si la perspective de ses indispensables préliminaires lui répugnait toujours autant.

Comme Phyllide s'approchait d'elle pour lui reprendre le petit, Cassandre le retint sur son cœur.

— Il m'aime beaucoup, tu sais, lança-t-elle fièrement. Je crois même qu'il me reconnaît... N'est-ce pas, mon cher trésor ?

— Bien sûr qu'il te reconnaît. Tu le vois très souvent et le cajole toujours.

Entendant la voix de sa mère, l'enfant se mit à piailler et tendit les bras vers elle.

— Tu as encore faim, soupira-t-elle, ouvrant sa tunique d'un air résigné. Malheureusement, c'est une chose que tu ne peux satisfaire, Cassandre.

— Si je le pouvais, j'en serais bien heureuse, murmura-t-elle.

— Je n'en doute pas, reconnut la jeune femme avec un sourire, offrant son sein au nourrisson.

La regardant allaiter son enfant, Cassandre sentit s'interposer devant ses yeux le voile noir de la vision :

« En quelques jours, j'ai tenu dans mes bras trois nouveau-nés et je n'ai entrevu d'avenir pour aucun d'eux. Cela veut-il dire que je mourrai avant qu'ils n'aient atteint l'âge d'homme ? Si c'est la vérité, ne vaudrait-il pas mieux que je coure sur-le-champ me jeter du haut des remparts de la ville ? »

Mais telle n'était pas sa destinée, elle le savait. La fatalité lui réservait encore bien des épreuves.

— Cassandre, dis-moi ce que tu vois ? interrogea Phyllide d'une voix très anxieuse.

Mais Cassandre garda le silence. Elle se pencha pour embrasser la mère et son enfant.

— Chacun de nous doit assumer sa destinée, dit-elle seulement. Moi, toi, ton fils, tous les autres. Crois-moi, la connaître par avance ne la rend pas moins lourde à supporter.

Le lendemain, à l'aube, on vint prévenir Cassandre que le vaisseau de Pâris était à quai.

Rien ne l'obligeait à aller accueillir son frère, mais une force invisible l'attira inexorablement vers le port.

Tandis qu'elle s'y rendait, empruntant une rue escarpée, elle aperçut une foule de gens agglutinés devant le navire que s'apprêtait également à rejoindre une procession qui venait du palais pour accueillir les voyageurs.

Pâris était déjà monté sur son char. Sans doute l'avait-il fait débarquer en priorité afin de faire une entrée solennelle dans la cité, voulant ainsi effacer définitivement le souvenir de son arrivée impromptue lors des jeux. A ses côtés, se tenait une silhouette féminine, le visage dissimulé sous un long voile.

Avait-il donc réussi à ramener Hésione ? Pressant le pas, Cassandre parvint aux portes de la ville juste au moment où Pâris immobilisait son char devant elles. Presque à l'unisson, Priam et Hécube arrivaient eux aussi dans un magnifique équipage, accompagnés d'Hector l'air renfrogné. S'étonnant de ne point voir Andromaque à ses côtés, Cassandre leva les yeux et l'aperçut par-delà les remparts sur la haute terrasse de ses appartements en compagnie d'Œnone, toutes deux tenant leur enfant dans leurs bras.

Pâris cependant avait sauté à bas de son char et aidait la femme voilée à descendre à son tour. Se retournant alors, il s'inclina profondément devant Priam, qui le releva et l'étreignit avec émotion.

— Quelle joie de t'accueillir, mon fils, déclara-t-il rayonnant. Bienvenue à toi sur la terre de Troie. Puis, de la main, il désigna la femme qui se tenait immobile derrière lui.

— Est-ce elle ? As-tu donc réussi ta mission ? s'enquit-il.

— Au-delà de tous mes espoirs.

— Ainsi, mon frère, intervint à son tour Hector, s'efforçant de masquer son dépit, tu nous ramènes Hésione ?

— Non, mon père, ce n'est pas elle. Mon père, je t'apporte un trésor mille fois plus précieux que celui que je devais quérir.

Fièrement il fit avancer la femme de quelques pas, lui ôta son voile, d'un geste théâtral.

L'assistance, en la découvrant, fut frappée de stupeur. Une étrangère, d'une confondante beauté, observait le couple royal sans ciller, souriante, avec une grâce et un naturel indicibles. D'une taille élancée, merveilleusement proportionnée, ses traits semblaient ciselés dans le marbre le plus fin, ses yeux bleus, plus bleus que l'azur le plus profond, ses longs cheveux d'or plus éclatants que le soleil.

— Mon père, voici Hélène de Sparte, qui a consenti à devenir mon épouse, déclama presque Pâris en rompant le silence.

Tournant les yeux vers les remparts, Cassandre vit à ces mots Œnone presser convulsivement sa main devant sa bouche et disparaître sous le regard effaré d'Andromaque. Pâris, lui aussi, avait jeté un bref coup d'œil en direction de la terrasse. Nul ne sut les pensées qui lui traversèrent l'esprit en constatant le désespoir de sa première femme. On le vit seulement se retourner vivement vers Hélène, qui lui glissa quelques mots à l'oreille. Alors il s'adressa au roi :

— Père, acceptes-tu mon épouse à Troie ?

Priam ouvrit la bouche, mais c'est la voix d'Hécube qui s'éleva avant qu'il n'ait émis le moindre son :

— Si elle t'accompagne de son plein gré, elle est la bienvenue. Nous réprouvons l'enlèvement par la force. Il nous abaisserait au rang des ravisseurs d'Hésione. Mais d'abord, mon fils, quelles nouvelles d'elle nous apportes-tu ? Ta mission consistait à nous la ramener. Sur ce point, semble-t-il, tu as échoué. Hélène, es-tu venue de ton plein gré ?

Toujours aussi à l'aise et gracieuse, Hélène effleura sa chevelure éblouissante, longue et libre comme celle des jeunes vierges de Troie, maintenue en arrière par une fine chaînette d'or pâle qui lui ceignait le front. Elle portait une tunique de lin d'Egypte, et sa taille de guêpe était prise dans une ceinture dorée incrustée de lapis-lazuli dont les reflets s'harmonisaient exactement avec l'éclat de ses yeux.

Un buste sculptural se dessinait sous les plis amples de sa tunique voilant discrètement les courbes voluptueuses de ses hanches et de ses longues jambes.

— Ô reine de Troie, répondit-elle d'une voix caressante et profonde, je te demande de bien vouloir m'accueillir et m'accorder asile en ta cité. La Déesse elle-même m'a donnée à ton fils. Je l'aime passionnément. Aphrodite en personne n'éprouvait, je crois, plus d'amour que moi.

— N'as-tu pas déjà un époux ? objecta Priam d'un ton quelque peu hésitant. Ton mariage avec Ménélas est-il donc fausse rumeur ?

Pâris se chargea de répondre :

— Père, il s'agit d'une union illicite. Ménélas est un usurpateur. Il n'a épousé Hélène de Sparte que pour son royaume. Or son royaume lui appartient de droit, comme il appartenait avant elle à sa mère Léda. Son père...

— ...N'est même pas mon père, interrompit Hélène. Mon vrai père est Zeus, Maître de la Foudre et du Tonnerre, et non cet imposteur qui jadis s'empara par la force de la cité de ma mère et l'épousa contre son gré.

— Cette question ne m'est guère familière, rétorqua Priam, toujours dans l'expectative. Et puis à Troie, nous ne sommes pas des voleurs de femmes...

— Ô roi, revint à la charge Hélène s'avançant vers Priam et lui prenant la main avec une assurance qui offusqua Cassandre, je t'en supplie ! Au nom de la Déesse, accorde-moi hospitalité et protection. Pour l'amour de ton fils, j'ai fui la tyrannie des étrangers qui m'ont volé ma patrie. Aurais-tu donc le cœur de me renvoyer chez eux ?

Priam croisa longuement son regard avec elle et Cassandre, pour la première fois, fut à même de comprendre l'irrésistible séduction qu'Hélène exerçait sur les hommes. Les yeux du roi en effet semblèrent se brouiller un instant, fascinés, conquis...

— Tu as raison, parvint-il enfin à bredouiller. Personne n'a jamais demandé en vain l'hospitalité à Priam. Comment pourrais-je d'ailleurs te rejeter dans les bras d'un homme qui t'a séduite par la force ?

— Non, père, je t'en prie ! intervint Cassandre, n'y tenant plus. Sur ce point, elle ne dit pas la vérité, c'est évident ! Rappelle-toi le récit d'Ulysse : elle-même a choisi Ménélas parmi une foule de prétendants ! Renvoie-la, Père ! Je t'en conjure, ne te laisse pas prendre à ses discours. Elle ment ! C'est elle qui mènera Troie à sa perte !

Toute surprise, Hélène entrouvrit ses lèvres pleines et laissa échapper un cri d'oiseau blessé.

Furieux, Pâris prit violemment à partie sa sœur :

— Cassandre, j'ai toujours su que tu étais démente ! gronda-t-il. A tort, quelques naïfs s'illusionnent sur tes dons de vision. Tu ne cesses d'invoquer la destruction de Troie, et voilà qu'aujourd'hui tu décides d'en rendre Hélène responsable.

Cassandre serra convulsivement les poings.

— Père ! implora-t-elle. Ouvre les yeux, je t'en prie ! Je ne suis hélas ! pas folle ; c'est Pâris qui est insensé. Il ne peut épouser cette femme : tout le monde sait qu'elle a déjà un mari, choisi de son plein gré parmi cent autres.

Quant à lui, il est également marié. Avez-vous donc si vite oublié l'infortunée Œnone ?

— Œnone ? interrogea Hélène. Qui est Œnone ?

— Elle n'est rien, mon amour, plaida Pâris plongeant langoureusement ses yeux dans ceux d'Hélène. Rien. Une simple prêtresse de Scamandre, le Dieu du Fleuve. Je l'ai aimée jadis, mais elle s'est dissoute dans mes pensées à l'instant même où je t'ai rencontrée.

— Rien, mais elle est cependant la mère de ton fils, Pâris ! lança Cassandre en le défiant. Oserais-tu le nier ?

— Oui, je le nie. Les prêtresses de Scamandre, nous le savons, ne sont guère avares de leurs charmes ! Comment pourrais-je savoir qui est le père de mon enfant ? Voilà pourquoi je ne l'ai pas épousée.

— Pâris, fit remarquer Hécube, si nous avons accueilli Œnone, c'est bien parce qu'elle portait ton fils...

— Mère a raison, contre-attaqua Cassandre. Si tu es assez lâche pour abandonner la mère de ton enfant, tu n'es qu'un scélérat ! Père, quoi que tu fasses, je te conjure, avant qu'il ne soit trop tard, de renvoyer cette femme dans son pays ! Je sais, je te le jure, que, si elle reste à Troie, la guerre sera inévitable...

— Père, coupa Pâris, préfères-tu croire cette furie ou bien ton fils ? Je t'en fais le serment : si tu refuses l'hospitalité à l'épouse que les Dieux m'ont donnée, je quitterai Troie, la mort dans l'âme, pour ne jamais plus revenir.

— Non ! mon fils, c'est impossible, s'écria Hécube, bouleversée. Impossible... Nous ne pouvons te perdre une seconde fois...

— J'éprouve les mêmes sentiments que la reine. Mais comment faire sans provoquer la colère d'Agamemnon ? fit Priam visiblement écartelé. Quelle est ton opinion, Hector ?

S'avançant d'un pas, le fils du roi regarda Hélène dans les yeux, succomba lui aussi à son charme. Existait-il d'ailleurs un seul homme sur terre capable de la contempler sans être, comme par enchantement, subjugué ?

— A vrai dire, déclara-t-il, affermissant sa voix, n'es-tu d'ores et déjà, Père, brouillé avec le frère de Ménélas ? Oublies-tu qu'il retient toujours Hésione prisonnière ? Fais-lui savoir qu'Hélène restera notre otage tant que ta sœur ne sera pas rendue. Ne laissons pas les Grecs ravir impunément nos femmes ! Hélène de Sparte, ma sœur, je te souhaite la bienvenue à Troie, et je déclare que tous tes ennemis sont désormais les nôtres ! Eh bien, Pâris qu'en penses-tu ? Tu es satisfait, je l'espère ?

— Si tu l'accueilles en ton palais, Père, s'écria une fois encore Cassandre, tu commets là une folie irrémédiable, Hélène de Sparte apporte avec elle la guerre et la mort. Tu ne peux mener Troie à la ruine pour l'amour d'un fils déloyal responsable du rapt de l'épouse d'un autre ?

Jusqu'alors, Cassandre s'était efforcée de garder son sang-froid. Mais désormais, elle sentait peser sur elle tout le poids d'une fatale prédiction que les Dieux lui inspiraient malgré elle.

Terrifiée, elle voulut émettre une ultime mise en garde :

— Père ! Je t'en supplie !

Mais Priam remonta sur son char. Le visage fermé, il se retourna vers sa fille et l'apostropha sèchement :

— Je me suis montré très patient avec toi, mon enfant, mais ma patience a des limites. Retourne, je te l'ordonne, au temple d'Apollon et prie pour qu'il t'envoie des visions plus clémentes ! Ma décision est prise. Il ne sera pas dit que Priam, roi de Troie, a refusé l'hospitalité à qui la lui demandait.

— Par les Dieux ! se désespéra Cassandre. Etes-vous donc tous aveugles ? Ne voyez-vous donc pas qu'une femme est en train de tous vous envoûter ? Mère ! Ne vois-tu pas ce qu'elle fait de mon père, de mes frères ?

A ces mots, Hector saisit sa sœur par le bras et l'entraîna à l'écart.

— Allons, petite sœur, ne te lamente plus ! Si les Grecs nous déclarent la guerre et viennent assiéger Troie, ne crois-tu pas que nous sommes de force à les repousser ? Cette perspective de conflit n'est nullement désastreuse pour nous, mais pour eux.

Il avait parlé d'une voix douce. Mais renversant la tête en arrière, Cassandre poussa un long gémissement de désarroi.

Hélène s'approcha d'elle.

— Pourquoi t'acharnes-tu ainsi contre moi ? Tu es la sœur de mon époux et je ne demande qu'à t'aimer.

Elle lui tendit la main, mais Cassandre, levant sur Priam ses yeux noyés d'angoisse, la refusa.

— Ô Père, pourquoi ne pas vouloir m'écouter ? Pourquoi refuses-tu de voir l'évidence ? Ce ne sont pas uniquement les hommes, mais les Dieux qui s'affrontent ici même ! Si entre eux ils se déclarent la guerre, aucun mortel n'en réchappera.

Alors, n'en pouvant plus de crier vainement dans le désert, meurtrie de n'avoir pas été entendue par les siens, de n'avoir rien pu faire pour les sauver, Cassandre vacillant sous le voile noir de ses propres certitudes s'en fut en courant vers le palais, sans se retourner. Son cœur battait la chamade. Tremblant de tous ses membres, elle avait l'impression de fuir au milieu des flammes qui embrasaient la cité tout entière disparaissant soudain sous un rideau opaque de fumée. L'odeur était âcre, insupportable... Elle poussa un cri de terreur, tenta de se débattre, sentant des mains se poser sur elle. Quelqu'un la serrait dans ses bras. D'un seul coup, tout aussi subitement, le voile se déchira devant ses yeux. Il n'y avait plus d'incendie, plus de fumée, mais seulement le silence. Confuse, elle regarda le visage anxieux d'Andromaque.

— Cassandre, ma petite Cassandre ! Que t'arrive-t-il ?

Encore à demi plongée dans les eaux troubles de son cauchemar, la fille de Priam ne put d'abord répondre.

— Comme tu sembles épuisée, reprit Andromaque, l'entraînant à l'ombre d'une galerie. Tu es sans doute trop longtemps restée au soleil.

— Ah !... si seulement ce n'était que cela... balbutia Cassandre se reprenant peu à peu.

Andromaque la fit asseoir sur une banquette et porta à ses lèvres une coupe d'eau fraîche.

— Je préférerais tellement être vraiment folle ou avoir été frappée d'insolation plutôt que d'avoir vu ce que j'ai vu...

— Allons, calme-toi, la raisonna doucement Andromaque. Je sais bien que tu n'es pas folle, même si je pense que tes visions ne sont pas toutes fondées...

— Me crois-tu donc capable d'inventer ? s'indigna Cassandre. Mais pour qui me prends-tu ?

— Mais non, petite sœur, fit sa cousine en l'embrassant affectueusement. Je pense seulement que les Dieux, pour te tourmenter, t'envoient parfois des visions mensongères. Nul ne pense à t'accuser d'affabulations. Mais, toi-même, rends-toi à l'évidence : la ville est forte et très bien défendue ; nous ne manquons ni d'armes ni de guerriers vaillants, ni même d'alliés si nécessaire. Si les Grecs sont assez insensés pour poursuivre cette femme jusqu'ici au lieu de considérer son départ comme une bénédiction, ne crois-tu pas que Troie soit capable de leur infliger une mémorable leçon ?

— Oui, je sais, Hector m'a tenu le même raisonnement. Mais, une fois encore, il ne s'agit pas que des armées grecques. Les Immortels eux-mêmes sont cette fois en train de se dresser contre nous !... Ils se servent de cette catin, de cette nymphomane hystérique en quête perpétuelle de l'étreinte des mâles !

— Oui, en cela tu as raison, acquiesça Andromaque. J'ai bien vu les regards qu'elle lançait à Hector, et même à ton père ! Sans doute représente-t-elle réellement une malédiction envoyée par un Immortel. Mais si telle est la volonté des Dieux, qu'y pouvons-nous changer ?

Le fatalisme résigné de sa cousine redoubla la désolation de Cassandre, qui tout à coup revit le sublime visage d'Aphrodite apparaître devant elle. « Je te donnerai la plus belle femme du monde », avait-elle promis à Pâris. A ce souvenir, elle releva les yeux vers Andromaque :

— Où est Œnone ?

— Je l'ignore. Peut-être avec son fils...

— Espérons-le ! Quand elle a vu Pâris avec Hélène, tu le sais, elle s'est enfuie en courant. Il faut que je lui parle.

— Il est impensable que Pâris l'ait abandonnée, même pour Hélène. A moins qu'une Déesse ne lui ait ordonné de le faire...

— Comment peut-on seulement imaginer servir une Déesse aussi impitoyable, s'emporta à nouveau Cassandre.

— Oh, je t'en prie, ne dis pas cela ! supplia Andromaque faisant mine de se boucher les oreilles. Tu blasphèmes ! Nous devons le respect à tous les Immortels...

Cassandre porta la coupe à ses lèvres ; ses mains tremblaient tellement qu'elle manqua la lâcher.

— Je vais parler à Œnone, annonça-t-elle en se levant.

— Si tu la trouves, approuva Andromaque. Va, dis-lui que nous l'aimons, que jamais nous ne laisserons une étrangère, fût-elle Aphrodite en personne, lui ravir sa place.

Œnone, hélas, était introuvable. Cassandre la chercha en vain dans tout le palais. La jeune femme et son bébé avaient disparu. Alors, pour éviter de se retrouver face à face avec la famille royale qui rentrait en compagnie de Pâris et d'Hélène, elle quitta les lieux à la dérobée et reprit lentement le chemin du sanctuaire d'Apollon. Les fêtes officielles célébrant l'union d'Hélène et de Pâris se dérouleraient sans elle. Elle avait délivré le message des Dieux. L'aveuglement des hommes, l'imminence du désastre ne dépendaient plus d'elle.

DEUXIÈME PARTIE

Le don d'Aphrodite

I

Cassandre ne parla à personne du retour de Pâris, ni au temple ni ailleurs. Cependant une nouvelle de cette importance ne resta pas longtemps secrète et le nom de la belle Hélène fut bientôt sur toutes les lèvres. Certains même, ayant aperçu la reine de Sparte, prétendaient qu'Aphrodite en personne, la Déesse grecque, était l'hôte du roi Priam.

Lorsqu'on lui en parlait, Cassandre se contentait de répondre qu'Hélène était en effet très belle et que dans son pays, on la considérait comme la fille de Zeus, le Dieu du Tonnerre et de la Foudre. Ce que les gens croyaient, d'ailleurs, lui importait peu et toutes ses pensées étaient tournées vers Œnone. Qu'était-elle devenue ? Essayant de se persuader que la jeune femme était retournée avec son fils au temple de Scamandre, elle redoutait en son for intérieur qu'elle ne se fût jetée dans le fleuve. Si Aphrodite est réellement la Déesse de l'Amour, pourquoi n'a-t-elle pas choisi de protéger l'amour d'Œnone et de Pâris ? se répétait-elle sans cesse.

Oui, quelle était cette Déesse qui s'ingéniait à allumer la tentation dans le cœur des hommes et des femmes ? Ce n'était en effet pas seulement Pâris qui avait succombé au charme de la reine de Sparte ; Hélène, elle-même si âprement convoitée mais ayant eu le rare privilège de choisir son époux, s'était également volontairement donnée à lui. Les Déesses de Troie et de Colchis, pensa encore Cassandre, étaient des divinités pleines de bon sens. Elles reconnaissaient la primauté de la terre et de la maternité. Comme Imandre, elle, fille de Priam, refuserait de se marier et ne consentirait jamais à servir une

Déesse semant le trouble au moyen d'une lubie nommée amour.

Une nuit, comme elle rêvait qu'elle se trouvait dans un temple inconnu face à Aphrodite, ressemblant trait pour trait à la reine de Sparte, cette dernière lui parla :

« Ainsi, tu as juré de ne jamais me servir, Cassandre de Troie ? Pourtant, il me semble que ta vie est vouée aux Immortels... »

Ecarquillant les yeux, Cassandre dut reconnaître qu'elle était encore plus belle qu'Hélène et, l'espace d'un instant, elle entrevit sur son visage la beauté à demi oubliée des traits d'Apollon, son Dieu solaire. Pourrait-elle donc résister elle-même à son amour ?

— J'ai fait le serment de servir la Mère Eternelle, répondit-elle précipitamment. Tu n'as aucune place dans mon cœur, car tu es son ennemie.

Un rire lointain, cristallin, lui répondit.

« Toi aussi, tu finiras par me céder, fille de Priam. Je suis plus forte que toi, plus forte que toutes les Déesses de vos cités. Toutes les femmes de Troie, toi en premier, me doivent vénération. »

— Non ! cria Cassandre en se réveillant brutalement.

Sa chambre était vide, et le disque solaire qui rayonnait à la fenêtre semblait un pâle reflet de la lumineuse beauté d'Aphrodite.

Les Grecs étaient décidément bien étranges à comprendre. Ils vénéraient une Déesse du Mariage qui punissait les femmes infidèles, mais honoraient aussi la Déesse de l'Amour, incitant les épouses à ne pas résister à la passion de leurs amants, comme s'ils craignaient et désiraient à la fois que leurs femmes leur soient infidèles, justifiant de la sorte, peut-être, l'envie qui leur prenait souvent de les abandonner.

N'eût-il pas été préférable que les enfants n'appartiennent qu'à leur mère ? Le mariage et la notion de paternité compliquaient finalement singulièrement la vie des êtres humains. Phyllide dans le fond avait, elle, sans doute, un sort plus enviable, la paternité d'un Dieu n'entraînant ni contrainte ni aliénation de sa liberté.

Cette pensée néanmoins rappela à Cassandre qu'elle avait quant à elle des devoirs à remplir au temple. Si elle avait juré de ne jamais servir Aphrodite, elle avait voué sa vie au culte du Soleil. Il fallait donc aller rejoindre ses frères et sœurs pour saluer avec eux l'apparition de l'astre de lumière à l'horizon.

Tous, de la vénérable doyenne aux plus jeunes novices, étaient déjà assemblés dans la cour.

— Au nom du Dieu Soleil, finissait de dire le grand prêtre tourné vers l'assistance, je vous demande d'accueillir en ce début du jour un nouveau-venu parmi nous. Il vient du temple de Délos, l'île d'Apollon. Bienvenue à toi, frère Chrysès !

L'homme était de haute taille, presque aussi grand qu'Hector mais bien moins vigoureux d'apparence. Son visage aux traits fins était criblé de taches de rousseur et ses cheveux très blonds accentuaient son teint mat. Des yeux bleus, des lèvres sensuelles dessinaient un sourire radieux dévoilant des dents d'une éclatante blancheur.

Remerciant le grand prêtre et la communauté de leur accueil, Chrysès parla quelques instants d'une voix chaude et vibrante, qui par certains échos rappela étrangement à Cassandre celle d'Apollon.

Sans aucun doute, se dit-elle, il a très bien choisi son Dieu. Apollon pourrait presque tomber jaloux de lui.

— Qui, aujourd'hui, est chargé de recevoir les offrandes ? s'enquit Charis.

— C'est mon tour, répondit Cassandre, rappelée à ses obligations.

— C'est bon ! Emmène avec toi notre frère pour lui montrer comment nous officions.

Cassandre baissa timidement les yeux, soucieuse de ne point montrer au nouveau prêtre les pensées qui venaient de traverser son esprit.

— Puis-je encore demander une faveur ? déclara celui-ci s'adressant à Charis.

— Parle, répondit-elle aussitôt. Mais je ne puis rien promettre à l'avance sans savoir ce que tu veux.

Relevant la tête, Chrysès se tourna alors vers toute l'assemblée.

— Je voudrais vous demander à tous de donner asile à ma fille, qui n'a plus de mère.

Faisant alors signe à une fillette restée dissimulée derrière une colonne, il lui demanda d'approcher. Cassandre pensa qu'elle pouvait avoir à peu près onze ans. Elle portait une tunique rapiécée et trop courte pour elle, qui lui couvrait à peine les genoux. Ses cheveux, aussi extraordinairement blonds que ceux de son père, étaient noués en une grossière queue de cheval qui lui tombait dans le dos.

— Nous voyageons depuis longtemps, et il est souvent difficile pour un homme seul de s'occuper comme il convient de sa fille, s'excusa Chrysès ayant surpris le regard de Cassandre. Acceptez-vous qu'elle vive près de moi dans ce temple ?

— Qu'il en soit ainsi, si tu le veux, accepta Charis. Cependant, elle semble encore trop jeune pour suivre les vierges d'Apollon. Plus tard, si elle le souhaite, elle pourra le faire. Pour l'instant, Cassandre, je te confie cette enfant. Veille à ce qu'on s'occupe bien d'elle.

— Merci, Cassandre, pour tout ce que tu vas faire. Ma fille sera, avec toi, en bonnes mains. Ma reconnaissance t'est donc doublement acquise.

Fuyant son pénétrant regard, la princesse tendit la main à la fillette.

— Viens avec moi, mon enfant.

Elle la conduisit dans sa chambre et demanda d'abord à une servante, pour qu'elle puisse se restaurer, d'apporter du pain, du vin et une corbeille de fruits.

— Avant tout, tu as surtout besoin d'un bon bain et de vêtements propres, constata-t-elle ensuite considérant les hardes crasseuses et déchirées de sa protégée.

On apporta donc une cuve de bronze et un chaudron d'eau tiède, et elle baigna l'enfant avec l'aide d'une servante. En la frottant d'huile, elle s'aperçut que la petite n'était en fait pas aussi jeune qu'elle l'avait cru au premier abord. Ses seins étaient déjà bien ronds et son pubis légèrement recouvert d'un duvet doré. Une fois débarbouillée, elle apparaissait aussi belle que son père.

— Comment t'appelles-tu ?

— Quand je suis née, ma mère m'a nommée Héliké. Mais mon père m'a toujours appelée Chryséis.

— Ce nom te va à merveille, observa Cassandre. Mais

il te conviendrait mieux encore si tes cheveux étaient démêlés.

— Je suppose qu'il va falloir les couper.

— Les couper ? Mais non ! s'exclama Cassandre. Ce serait un crime. Ils sont beaucoup trop beaux !

A l'aide d'un peigne, elle entreprit alors de démêler délicatement la tignasse touffue. Elle coupa deux ou trois mèches par trop inextricables, puis brossa la longue chevelure libérée jusqu'à ce qu'elle redevienne soyeuse et scintillante. Enfin, quand Chryséis eut passé une tunique blanche de novice, Cassandre, satisfaite de son intervention, noua autour de sa taille une de ses ceintures de soie.

— Je n'ai jamais rien vu d'aussi beau ! s'exclama la fillette admirative, caressant précautionneusement l'étoffe chatoyante.

— Ainsi, te voilà digne de devenir vierge du Soleil, lui dit Cassandre en souriant. Je suis sûre qu'Apollon te préfère infiniment ainsi.

Manifestement affamée Chryséis se jeta ensuite gloutonnement sur la collation apportée à son intention. Elle s'empara du pain et d'une grappe de raisin d'une main tremblante, comme si elle n'avait rien mangé depuis plusieurs jours. Cassandre crut cependant deviner qu'elle s'efforçait malgré tout de faire preuve de bonnes manières. Les larmes aux yeux, elle remercia la princesse.

— Pendant notre voyage, Père demandait parfois un repas dans les temples, mais je ne pouvais moi-même entrer car il ne voulait pas que je sois vue par des étrangers... Bien sûr, il mettait pour moi toujours un petit quelque chose de côté.

— Si tu veux, proposa Cassandre, touchée malgré elle, tu pourras dormir dans ma chambre et je prendrai soin de toi.

— Devrai-je servir au temple ? demanda Chryséis avec un sourire timide.

— Naturellement. Dans la maison du Dieu, personne ne reste les bras croisés. Mais en attendant qu'on te dise ce qu'il faut faire, je vais te confier une tâche qui convient à une fille de ton âge.

Elle appela une servante.

— Conduis-la auprès de Phyllide, lui dit-elle. Elle l'aidera à s'occuper de son enfant.

Devant s'occuper maintenant des offrandes, Cassandre revint chercher Chryséis. Charis, la vieille prêtresse, lui montrait celles déposées la nuit par les fidèles. A l'aide d'un bâton de cire, il fallait apposer un sceau particulier sur chacune d'elles, selon qu'il s'agissait de jarres, d'huile, de vin ou de grain, de colombes en cage ou de miches de pain.

Cassandre mit Charis au fait des dispositions qu'elle avait prises pour la fillette.

— Tu as bien fait, approuva la prêtresse. Bercer l'enfant n'est pas très difficile. Cela permettra aussi à Phyllide de se libérer pour revenir à ses devoirs.

— Je ne sais comment exprimer ma gratitude, déclara Chrysès. Pour un homme seul, il est si délicat d'élever une fille. Quand elle était petite, les choses étaient plus simples. Mais à présent qu'elle est grande, je dois la surveiller nuit et jour. Si elle rejoint les vierges du Soleil, je n'aurai plus rien à craindre pour elle.

— Sois tranquille, nous préserverons son innocence, confirma Charis. Mais pourquoi t'en soucier à ce point ? N'a-t-elle pas que sept ou huit ans ?

— Non, intervint Cassandre. Je lui ai donné un bain, et ai constaté par moi-même qu'elle était beaucoup plus âgée.

— C'est certain, reconnut Chrysès. Sa mère est morte il y a dix ans, et elle avait alors au moins trois ans. Elle est d'ailleurs devenue femme il y a quatre mois. Je n'ai su que lui dire. C'est pourquoi j'ai décidé d'abandonner ma vie itinérante et de me fixer là où l'on accepterait de s'occuper d'elle. Sur les routes, je parvenais à peine à la nourrir, refusant de l'envoyer mendier toute seule.

— N'ayez crainte, affirma Cassandre. Je prendrai désormais soin d'elle. Comme si c'était ma propre fille.

— N'as-tu donc point d'enfant, Cassandre ? demanda-t-il.

— Non. Je suis moi aussi vierge d'Apollon.

Puis, ne souhaitant pas prolonger la conversation, elle fit remarquer que les fidèles commençaient à arriver.

— Il faut que j'aille les accueillir, dit-elle.

Un homme qui venait d'apporter une jarre de bon vin s'approcha.

— Prêtresse, demanda-t-il à Cassandre, j'aimerais demander au Dieu comment obtenir un bon mariage pour ma sœur. Mon père est mort, et j'ai passé de longues années loin de chez moi, à servir dans l'armée du roi.

Cassandre avait déjà maintes fois entendu ce genre de questions. Elle entra dans le sanctuaire et répéta consciencieusement la phrase devant l'autel. Sûre que le Dieu ne daignerait pas répondre, elle attendit néanmoins quelques instants au cas où il voudrait lui transmettre quelque chose. Mais n'obtenant pas la moindre réponse, elle sortit retrouver l'homme.

— Va voir le plus vieil ami de ton père et demande-lui son conseil, sans oublier de lui offrir un généreux présent.

Le visage de l'homme s'illumina.

— Merci, merci au Dieu de m'avoir entendu, déclara-t-il respectueusement.

Cassandre hocha distraitement la tête.

« En réfléchissant un peu, tu aurais pu aisément t'épargner la peine de venir, se retint-elle de lui dire. Ton offrande est cependant la bienvenue, même si n'importe qui, ayant quelque bon sens, pouvait te conseiller exactement comme je viens de le faire. »

— Ainsi, tu lui as répondu ? lui demanda Chrysès quand le fidèle se fut éloigné. J'ai peine à croire qu'un Dieu s'intéresse à de telles bagatelles.

Elle lui expliqua que les prêtres étaient depuis longtemps convenus des réponses à faire selon les circonstances.

— Il ne faut cependant jamais négliger d'attendre un moment devant l'autel, au cas où le Dieu parlerait, ajouta-t-elle. Quelquefois, il décide de répondre à des questions nous paraissant, à nous, parfaitement futiles.

Mais déjà un second demandeur portant une corbeille de melons sollicitait une réponse.

— Que dois-je planter cette année dans la partie sud de mon champ ? interrogea-t-il.

— Y a-t-il eu un incendie, une inondation, un quelconque bouleversement sur tes terres ?

— Non, prêtresse.

Cassandre pénétra à nouveau dans le sanctuaire, se recueillit quelques minutes devant la statue du Dieu Soleil, songeant au jour, où, enfant, elle l'avait prise pour un être vivant. Comme le Dieu restait muet, elle ressortit à la lumière.

— Plante dans ton champ ce que tu as planté il y a trois années, réponse non compromettante, la plupart des chefs de villages conseillant d'alterner les cultures d'une année sur l'autre.

Au cours de la matinée, seule une question la fit hésiter un instant. Un homme qui apportait un chevreau lui conta que sa femme venait de lui donner un fils superbe.

— Et tu souhaites en remercier le Dieu Soleil ?

Mal à l'aise, l'homme se balança un instant d'un pied sur l'autre.

— A dire vrai... Pas exactement, marmonna-t-il. J'aimerais savoir si cet enfant est bien de moi et non le fruit d'une infidélité de mon épouse...

Cassandre redoutait particulièrement ce genre de question, les Amazones lui ayant appris que lorsqu'un homme nourrit de tels soupçons à l'égard de sa femme, c'est bien souvent parce qu'il s'estime lui-même indigne d'être respecté d'elle.

Elle accepta néanmoins son offrande et entra calmement dans le sanctuaire. Quelquefois, le Dieu à ce propos répondait brutalement :

« *Si tu n'as pas de certitude, sacrifie l'enfant sur-le-champ* » ; mais, heureusement, la divinité resta muette. Aussi donna-t-elle la réponse convenue pour ce genre d'affaire.

— Si pour le reste tu fais confiance à ton épouse, il ne faut pas douter de sa fidélité. Tu es le père de ton enfant.

Un immense soulagement se peignit sur le visage de l'homme.

— Allons, soupira Cassandre, rentre maintenant chez toi, et remercie la Déesse de t'avoir donné un fils. N'oublie pas non plus de demander pardon à ta femme pour avoir douté d'elle sans raison.

L'homme l'ayant respectueusement saluée et s'en

étant allé sans demander son reste, Cassandre se tourna vers Chrysès.

— A présent, il est temps de fermer les portes du sanctuaire. Allons nous reposer jusqu'au déclin du soleil. Nous pouvons manger un peu de pain et quelques fruits avant de reprendre les audiences.

— Charis m'a dit que tu étais la deuxième fille du roi Priam et de la reine Hécube, dit Chrysès lentement, après s'être assis à l'ombre à côté de Cassandre. Tu es noble, tu es belle, aussi belle qu'Aphrodite. Pourquoi es-tu recluse dans ce temple, alors que tous les princes doivent soupirer pour t'épouser ?

— Tu me flattes beaucoup, répondit-elle avec un rire contraint, mais je ne suis pas la belle Hélène. D'ailleurs, dès mon jeune âge, le Dieu Soleil m'a appelée pour le servir.

— Le Dieu Soleil lui-même ? Il t'a appelée ? répéta Chrysès d'un air dubitatif. Explique-moi donc comment cela s'est-il passé ?

— Si tu es prêtre toi-même, toi aussi, tu as déjà entendu sa voix.

— Non, jamais, je n'ai pas eu cet honneur, fit Chrysès. Sans doute les Immortels ne s'adressent-ils qu'aux grands de ce monde. Mon frère étant guerrier, mon père — un honnête homme — m'a voué au service du Dieu, prétendant que je n'étais bon à rien d'autre. Il n'avait pas tort, le métier des armes m'étant tout à fait étranger.

— C'est curieux, dit Cassandre avec un petit rire. Tu sembles pourtant plus robuste que moi, qui ai passé un an parmi les guerrières Amazones.

— Les Amazones ? Ces guerrières qui tuent leurs amants et leurs fils à la naissance ?

— Pure fable ! Elles vivent simplement à l'écart des hommes, et les enfants mâles sont renvoyés à leurs pères aussitôt sevrés.

— Mais toi, belle Amazone, as-tu eu un amant dans les steppes ?

— Je suis une vierge d'Apollon, rétorqua vivement Cassandre, je te l'ai déjà dit.

— Dommage qu'une femme comme toi ne connaisse pas l'amour...

— Je t'en prie ! Ne t'inquiète nullement de mon sort, le coupa-t-elle sèchement. Je suis parfaitement heureuse ainsi.

— C'est bien cela qui est le plus navrant, insista Chrysès. Tu es princesse, tu es belle, généreuse — tu viens de le prouver à l'égard de ma fille —, et pourtant tu vis seule, consacrant tout ton temps à de misérables quémandeurs, officiant comme une pauvre fille du peuple...

Brutalement, il l'attira contre lui et prit sa bouche avec fougue. Stupéfaite, elle tenta de se dégager, mais son étreinte était trop forte. Malgré elle, l'ardeur de ses lèvres la surprit.

— Cassandre, je ne cherche en rien à t'offenser... balbutia-t-il avec flamme. Si tu le veux, je serai ton amant... ton mari, tout ce que tu voudras...

Parvenant enfin à s'arracher à lui, elle courut à travers la salle, gravit les escaliers quatre à quatre, le cœur battant à tout rompre, fit irruption tout essoufflée dans la chambre de Phyllide. Chryséis était en train de bercer le nourrisson et fredonnait une comptine. Phyllide dormait paisiblement. Elle se réveilla en sursaut.

Sur le point de dénoncer sur-le-champ l'inqualifiable attitude de Chrysès, elle se retint à temps en regardant sa fille, sachant que l'inconduite de son père dévoilée la livrerait de nouveau aux périls de l'errance.

— Le soleil trop chaud m'a fait mal, se contenta-t-elle de dire. Phyllide, pourrais-tu à ma place recevoir les offrandes cet après-midi ? Je m'occuperai de ton fils. S'il a faim, j'enverrai quelqu'un te chercher.

Toute heureuse de pouvoir échapper un moment à ses obligations astreignantes de mère, Phyllide accepta avec joie. Elle partit sans attendre et Cassandre put réfléchir en paix à ce qui venait de lui arriver.

Sans doute avait-elle cédé à un mouvement de panique irraisonné : jamais un prêtre d'Apollon n'aurait osé la violer au sein même du sanctuaire.

Chrysès, c'était certain, ne pouvait lui vouloir que du bien. Elle n'avait d'ailleurs, dans ses bras, ressenti aucune répulsion particulière. Que serait-il donc advenu si elle n'avait pas pris la fuite ? Qu'aurait-il fait ? L'aurait-il poussée à quelque extrémité ?

Peut-être valait-il mieux ne pas le savoir. Chrysès, somme toute, lui était sympathique, et elle ressentait maintenant moins de colère envers lui que d'inquiétude pour elle-même, la voix intérieure et dominatrice de la Déesse lui interdisant formellement de succomber à l'amour.

II

Pendant plusieurs jours, Cassandre parvint à éviter Chrysès mais, au gré des conversations qu'elle surprenait çà et là, elle comprit vite que le nouveau venu jouissait d'une considération croissante parmi les prêtres et les prêtresses. Il semblait en effet connaître une infinité de pratiques apprises en Crète et en Egypte, notamment l'art d'élever les abeilles et de recueillir leur miel.

— En Egypte, lui raconta Charis, il a aussi appris l'art d'écrire sur des tablettes d'argile. Il a promis de nous l'apprendre si nous le voulons. Cela simplifierait grandement notre vie. Ainsi pourrions-nous à tout moment tenir à jour et inventorier tout ce qu'il y a dans nos réserves sans avoir besoin d'en faire le compte à chaque fois.

D'autres lui parlèrent avec chaleur de son amabilité, de sa bonne grâce à relater ses voyages, de sa touchante dévotion pour sa fille, tant et si bien que Cassandre finit par se trouver tout à fait ridicule. Aussi décida-t-elle de reprendre sans tarder ses fonctions habituelles au sanctuaire.

A leur première rencontre, Chrysès, tout naturellement, l'aborda avec chaleur :

— Je me réjouis de te revoir, Cassandre. Tu n'es plus fâchée contre moi, j'espère ?

Paradoxalement, cette attitude sans équivoque, redonna à la jeune prêtresse toute son assurance. « Pourquoi aurais-je honte de le regarder dans les yeux ? se dit-elle, je n'ai rien fait de mal. Si quelqu'un a commis une faute, c'est bien lui après tout. »

— Je ne te tiens aucunement rigueur du passé,

répondit-elle calmement. Tâche seulement à l'avenir, de te montrer à mon égard moins entreprenant. Ainsi serons-nous bons amis.

— Cassandre, si je t'ai offensée, je le regrette bien sincèrement. Ce n'était pas mon dessein, tu le sais.

— N'en parlons plus, veux-tu ?

— Non, c'est impossible, je ne puis en rester là. Je ne suis pas digne de toi, je le sais. Tu es fille de roi, et je ne suis qu'un humble prêtre.

— Laissons ces considérations, Chrysès. Ma vie est vouée au Dieu.

Le prêtre eut un rire bref.

— Je le sais, et pourtant tu ne seras jamais sienne. Pourquoi serait-il donc jaloux ?

— Vraiment ? Je ne serais pas la première qu'il...

— Cassandre ! fit-il à nouveau en riant. Je veux bien croire à ton innocence, non à ta naïveté concernant ces légendes !

— Chrysès, n'insiste pas. Crois ou ne crois pas ce que tu veux, mais abandonne du moins l'espoir que je t'appartienne.

— Non, Cassandre, je t'en prie. Ne dis plus jamais cela. De ma vie, jamais je n'ai désiré une femme comme je te désire. Jusqu'au jour béni où je t'ai tenue dans mes bras, je ne croyais même pas que cela fût possible.

— Chrysès, je te l'ai demandé, ne parlons plus jamais de cet instant. C'est impossible. Telle est ma volonté.

Chrysès baissa la tête.

— Tes désirs sont les miens, fit-il résigné. Pourtant, je le sens bien, Aphrodite m'a condamné sur terre à t'aimer.

— La Déesse ne fait que semer folie dans le cœur des mortels. Jamais elle ne me forcera à aimer un homme. J'appartiens corps et âme au Dieu Soleil. Ne l'oublie pas !

— Je ne peux aller contre sa volonté. Laisse-moi seulement te dire que si tu renies celle que toutes les femmes doivent servir, peut-être, un jour, te punira-t-elle cruellement.

Cassandre se rappelant son rêve, haussa les épaules. Un rêve n'était rien. Cette Déesse était une invention des hommes, justifiant leurs appétits lubriques. Son pouvoir sur elle ne pouvait donc exister.

— Les fidèles nous attendent, déclara-t-elle pour couper court à leur conversation, il nous faut aller recueillir leurs offrandes. J'ai appris que tu pouvais en dresser l'inventaire selon une méthode toute nouvelle ? J'aimerais l'apprendre. J'ai déjà vu des tablettes égyptiennes, mais leur écriture me paraît très compliquée. Ne dit-on pas que les scribes, là-bas, doivent étudier toute leur vie pour la connaître ?

— C'est vrai, mais les prêtres utilisent une écriture simplifiée. D'ailleurs, l'écriture crétoise est encore bien plus simple, car chaque caractère désigne non un objet ou une idée, mais un son. Cela permet de cette manière de retranscrire toutes les langues.

— C'est une idée merveilleuse ! s'exclama Cassandre. Qui donc — homme ou Dieu — est l'auteur de ce grand principe ?

— Je l'ignore, dit Chrysès. Hermès, le messager des Dieux, est aussi, dit-on, le Dieu de l'écriture...

Le prêtre prit ses tablettes de cire et son poinçon.

— Je vais te montrer les signes les plus simples et t'apprendre à les tracer. Ensuite, tu pourras les recopier sur des tablettes d'argile. Une fois cuites, plus personne ne pourra les effacer, et tu garderas pour toujours l'empreinte de ton travail.

Cassandre apprit promptement, comme si son esprit, depuis longtemps assoiffé, attendait ce nouveau savoir. Bientôt, ses progrès furent tels qu'elle parvint à écrire le crétois presque aussi vite que son maître qui lui déclara ne pouvoir lui en apprendre davantage.

— C'est pour ton bien, se justifia-t-il. En Crète, nulle femme n'a le droit d'apprendre cette écriture, pas même la reine. Les Dieux l'ont ordonné, car sa connaissance corrompt l'esprit féminin et ruine la fertilité des corps. Si les sources sacrées viennent à se tarir, le monde mourra de soif.

— Tout ceci est absurde ! protesta Cassandre. Savoir écrire ne m'a fait aucun mal !

— Qui es-tu donc pour en juger, toi qui m'as repoussé comme tu repousses tous les hommes faisant insulte à la Déesse et en reniant par là ta propre féminité ?

— Ainsi, tu refuses de m'apprendre à écrire parce que je te repousse ?

Chrysès parut profondément blessé.

— Ce n'est pas moi seulement que tu repousses, ce sont toutes les puissances de la nature, qui prouvent que la femme est faite pour l'homme. Seules les femmes disposent du pouvoir sacré d'enfanter...

Ces mots provoquèrent l'hilarité de Cassandre :

— Serais-tu en train de me dire qu'avant que les Dieux n'aient donné aux humains la sagesse et la faculté d'apprendre, les hommes pouvaient porter des enfants ? Que lorsque l'homme s'est mis à créer d'autres choses, on lui a retiré ce pouvoir ? Les Amazones sont la preuve du contraire. Elles exécutent toutes sortes d'actions rigoureusement interdites aux femmes à Troie, et pourtant, ce me semble, elles continuent à porter elles-mêmes leurs enfants !

— Leurs filles, rectifia-t-il d'un ton acerbe.

— Nombre d'Amazones ont mis au monde des fils superbes !

— On m'a dit qu'elles tuaient leurs enfants mâles...

— C'est absurde. Elles les renvoient simplement à leurs pères. Et elles pratiquent toutes sortes d'arts qui, dans d'autres tribus, sont réservés aux hommes. Peu m'importe que les femmes de Crète n'aient pas le droit d'apprendre à lire, nous ne sommes pas en Crète !

— Une femme ne devrait pas pouvoir raisonner comme tu le fais, s'indigna Chrysès. La vie de l'esprit détruit la vie du corps.

— Tu es encore plus borné que je ne le pensais, revint à la charge Cassandre. Si ce que tu dis était vrai, il serait encore plus important de ne rien enseigner aux hommes, car le savoir détruirait leurs qualités de guerriers. Et les prêtres de Crête ? Sont-ils tous eunuques ?

— Tu penses trop, fit tristement Chrysès. Cela finira par détruire la femme en toi.

Une lueur de malice passa dans les yeux de Cassandre.

— Et je suppose qu'en me donnant à toi, j'échapperais à une destinée si horrible ? Tu es vraiment trop bon pour moi et je suis décidément bien ingrate de ne pas apprécier à sa juste valeur l'immense sacrifice que tu es prêt à consentir pour moi !

— Ne persifle pas ainsi les mystères de la vie, Cassandre, dit sévèrement Chrysès. Ne crois-tu pas que si les Dieux ont fait entrer le désir dans mon cœur, c'est parce qu'ils veulent que tu te donnes à moi ?

— Depuis que le monde existe, reprit Cassandre avec une moue méprisante, tous les séducteurs tiennent le même discours, et toutes les mères supplient leurs filles de ne pas les écouter. Aimerais-tu que je dise à ta fille que si un homme la désire, il est de son devoir de le contenter ?

— Ne mêle pas ma fille à nos propos.

— Et pourquoi donc ? Ma conduite au contraire, doit être pour elle irréprochable. Souhaiterais-tu qu'elle se donne au premier homme venu ?

— Je n'ai jamais dit cela, mais...

— Dans ce cas, tu n'es pas seulement borné, mais aussi menteur et hypocrite ! s'emporta Cassandre. Je t'estimais, Chrysès. Si tu continues dans cette voie, ma bienveillance envers toi sera vite épuisée.

Tournant les talons, elle quitta le sanctuaire indignée. Depuis qu'ils officiaient ensemble, il ne se passait pas de jour sans qu'il la harcèle. Cette fois, elle ne le tolérait plus. Elle allait en parler à Charis ou au grand prêtre, leur demander qu'ils l'éloignent d'elle, dès lors qu'il n'avait plus que cette idée en tête.

Le crépuscule tombait. Elle regarda la nuit venir. N'était-il pas plus simple pour elle de quitter le temple ? Quitter le temple ? Fuir ce qu'elle aimait à cause d'un homme ? Elle se calma. Dans l'espoir d'apaiser tout à fait sa colère, Cassandre dirigea ses pas vers l'enceinte où étaient hébergées les prêtresses. Comme elle en approchait, un bruit étouffé venant d'un bosquet proche attira son attention. Tournant la tête, elle aperçut un couple enlacé dans la pénombre. Se voyant découvert l'homme fit un bond en arrière et partit en courant. Cassandre n'eut pas le temps de le reconnaître, mais en revanche, elle identifia aussitôt la silhouette féminine qui, elle, lui était tout à fait familière :

— Chryséis ! s'écria-t-elle en s'élançant vers elle.

Sa robe toute froissée, retroussée sur ses hanches, dévoilait son pubis. Sa bouche gonflée, son visage rouge, ses yeux languissants ne trahissaient que trop l'abandon auquel elle avait consenti.

Outrée, Cassandre explosa :

— Petite dévergondée ! la tança-t-elle à mi-voix. Comment oses-tu, toi, une vierge d'Apollon ?

— Ne me regarde pas ainsi, Cassandre, répliqua la gamine effrontement en rajustant sa robe. De quel droit me critiques-tu, toi que jamais un homme n'a désirée ?

— De quel droit ?... répéta Cassandre, interloquée. Dire que c'était par souci de la préserver qu'elle avait gardé le silence sur l'attitude de son père... Inutile de se demander d'où elle tenait son incroyable aplomb !

— Quoi que tu puisses penser de moi, Chryséis, s'efforça-t-elle de dire aussi calmement que possible, il n'est pas question de ma vie pour l'instant, mais de toi, de ton inqualifiable comportement. Ce que tu viens de faire est indigne d'une vierge d'Apollon. Ce temple sacré a eu la bonté de t'accorder refuge, et tu bafoues, avec une inconscience insensée, ses lois les plus fondamentales. Cours sur-le-champ réparer le désordre de ta tenue et purifier ton corps de ses souillures. Prends garde aussi à ce que personne ne vienne à apprendre ton inconduite !

La jeune fille ayant déguerpi sans mot dire, Cassandre prit à témoin de son accablement sa conscience et les Dieux. Peut-être, pensa-t-elle, aurais-je dû renvoyer sans attendre et le père et la fille. Mais il était trop tard ! Chryséis avait été placée sous sa responsabilité. Il fallait éviter à tout prix que sa conduite déshonore le temple ! Serais-je moi-même prisonnière des filets d'Aphrodite ? se dit-elle. Ma protégée va-t-elle prétendre aussi qu'elle agit sous la seule influence de la Déesse, qui incite les femmes aux amours illicites ?

Lentement, Cassandre leva les yeux vers le soleil.

— Nous sommes en ton pouvoir, Apollon ! pria-t-elle. Tu règnes sans partage sur ta demeure, sur les cœurs et les âmes de ceux qui t'ont donné leur vie. Je t'en conjure, protège ta servante, guide ses pas, montre-lui le chemin qu'elle doit suivre !

III

Comme elle s'y attendait, la réponse divine ne fut pas immédiate. Pendant plusieurs jours, prétextant une grande fatigue, elle évita donc le sanctuaire, la maison du Dieu, naguère si joyeuse, lui semblant soudain devenue hostile sous l'omniprésence de Chrysès. Un jour, étant montée au sommet de la colline, tout naturellement elle voulut offrir un sacrifice à Pallas Athéna, la protectrice de Troie, mais presque en même temps elle se demanda si elle ne commettait pas une infidélité vis-à-vis de son Dieu.

Se rassurant en se disant qu'elle était après tout aussi prêtresse de la Mère Eternelle, le sacrifice lui procura finalement une sensation de grande sérénité. Apaisée, elle regagna donc le temple d'Apollon et assista aux cérémonies du soir. Apercevant Chrysès qui lui souriait parmi les autres prêtres, elle ne chercha pas même à éviter son regard, ne se sentant, quant à elle, nullement en faute.

La nuit venue, elle fit pourtant un rêve terrible. Troie était ravagée par la tempête ; tout en haut de la colline, devant le temple de Pallas, elle tentait d'attirer la foudre sur elle pour sauver ceux qu'elle aimait. Brandissant les poings, le Dieu grec du Tonnerre arpentait furieusement les remparts de la ville pour l'anéantir. D'autres Immortels eux aussi étaient là et tous semblaient lui en vouloir. Qu'avait-elle fait de mal ? Si quelqu'un avait commis une faute, c'était Pâris, lui seul. Elle le cria, implora en larmes le Dieu Soleil de sauver sa ville, mais celui-ci détourna les yeux et son resplendissant visage...

Cassandre s'éveilla en poussant un grand cri. Reprenant ses esprits, elle réalisa l'absurdité de son cauchemar. Dans leur sagesse infinie, les Dieux ne pouvaient s'abaisser à châtier une cité entière pour les seules fautes d'un homme et d'une femme. Elle se rendormit donc sereinement et fit un autre rêve. Cette fois, elle serrait sur son sein le fils de Phyllide, ressentait pour lui un singulier mélange de tendresse et d'aversion. Elle voulut alors reprendre connaissance, mais un poids mystérieux oppressait sa poitrine. Réussissant enfin à ouvrir les yeux, elle entrevit courbée sur elle une forme sombre, le visage dissimulé sous le masque d'or d'Apollon. Reconnaissant en même temps la main emprisonnant son sein, elle ouvrit la bouche pour crier.

Aussitôt, la main délaissa sa poitrine et s'appesantit sur ses lèvres.

— Tu es mienne, Cassandre ! tu es mienne, haletait une voix familière. Oserais-tu repousser ton Dieu ?

Dans un sursaut de haine, Cassandre mordit sauvagement la main qui bâillonnait sa bouche, provoquant chez son agresseur un glapissement de douleur qui n'avait rien de très divin. Momentanément libérée, elle se redressa et remit sa tunique en place.

— Je connais la voix du Dieu, Chrysès ! s'écria-t-elle hors d'elle. Vil blasphémateur ! Ne crois-tu pas qu'Apollon soit capable de protéger les siens ?

Ayant dans sa fureur haussé le ton, dans la galerie, on s'éveillait brusquement. Des chuchotements, des voix s'élevaient, des pas approchaient de la chambre. Sautant à bas du lit, Cassandre tenta de gagner la porte, mais Chrysès lui barra le passage et la repoussa contre un mur. Trop tard ! La pièce s'emplissait de prêtresses réveillées en sursaut, parmi lesquelles Cassandre aperçut Charis, Phyllide et Chryséis. L'homme dissimulé derrière le masque d'Apollon se tourna vers les arrivantes.

— Laissez-nous, femmes ! gronda-t-il d'une voix caverneuse.

Phyllide, la première, reconnut la voix et un éclair de lucidité passa dans son regard. Chryséis, elle, poussa un petit gloussement ; quant aux autres, elles marquèrent un temps d'hésitation.

Mettant à profit le trouble général, Cassandre frappa violemment Chrysès à l'estomac et échappa à son étreinte.

— Imposteur ! balbutia-t-elle indignée. Ainsi, tu oses utiliser l'apparence du Dieu pour satisfaire tes appétits lubriques ! Tu profanes honteusement ce que tu ne peux comprendre !

Elle s'interrompit un instant, tremblante de rage et de dégoût.

— Par la Mère Eternelle, reprit-elle, en suffoquant, je ne t'accepterais jamais, pas même si tu étais vraiment l'incarnation d'Apollon !

— Vraiment, même si je l'étais, Cassandre ?

— Même si tu l'étais !

En entendant ces derniers mots, le corps de Chrysès fut traversé d'un violent frisson.

— Tu es mienne ! tonna-t-il d'une voix surnaturelle. Comment peux-tu penser que je laisserais un simple mortel poser la main sur toi ?

Reconnaissant comme tous la voix d'Apollon, Phyllide poussa un cri. Cassandre, elle, sentit tout son être envahi par la présence de la Déesse apostrophant le Dieu Soleil :

— Crois-tu vraiment qu'elle soit tienne, Apollon ? s'entendit-elle dire par sa voix. Elle m'était destinée avant même de venir au monde, bien avant que tu ne poses la main sur elle !

Alors, Cassandre sombra dans l'inconscience.

Plaquée contre le mur, elle avait l'impression que tout son être était embrasé. Des ongles furieux griffaient ses joues et tentaient de lui déchirer sa tunique.

— Meurtrière ! hurlait Chryséis à son oreille. Tu as tué mon père ! Tu le crois donc indigne de toi... Princesse, tu t'imagines pouvoir repousser le commun des mortels ! Mais tu te trompes, monstrueuse prêtresse !

Cassandre ouvrit les yeux. D'une blancheur de cire, Chrysès gisait inerte sur le sol. Phyllide était penchée sur lui.

— Il se remettra vite, Chryséis, dit une voix apaisante. Le Dieu s'est simplement emparé de lui, rien de plus.

Mais Chryséis n'écoutait pas.

— Cassandre est une sorcière ! Elle lui a jeté le mauvais sort !

Charis écarta la fillette hystérique et la confia à deux de ses compagnes.

— Emmenez-la vite ! ordonna-t-elle d'un ton sans réplique.

Comme les cris de la malheureuse résonnaient encore dans les couloirs, Cassandre se sentit glisser mollement à terre. Elle avait les yeux grands ouverts, mais tout ce qui l'entourait lui semblait incroyablement lointain, irréel. Son âme, lui semblait-il, avait quitté son corps et contemplait la scène de l'extérieur. Elle vit Charis et une prêtresse se pencher sur elle, la prendre dans leurs bras, la porter jusqu'au lit. Une novice apporta un gobelet de vin, et Charis la fit boire. Elle sentit vaguement la chaleur du liquide, mais tout son corps restait sous l'empire d'un froid glacial, comme si la vie soudain s'apprêtait à la quitter définitivement. Maintenant la vieille prêtresse lui prenait la main, mais elle ne sentait rien. Au souvenir de Penthésilée, une immense nostalgie la submergea. Les larmes lui brouillèrent la vue, ruisselèrent le long de ses joues.

— Repose-toi, mon enfant, ne pense à rien, lui chuchota Charis à l'oreille, la recouvrant précautionneusement d'une couverture. Tu auras tout le temps de réfléchir demain, plus tard...

Derrière elle, Cassandre aperçut encore Phyllide ramasser avec respect le masque d'or d'Apollon. Puis deux prêtres entrèrent, s'entretinrent brièvement avec les femmes, et emportèrent le corps toujours inanimé de Chrysès. Ses yeux étaient ouverts, son regard étrangement fixe et vide.

Quelques chuchotements alors évoquèrent une « crise de possession ». Mais de qui parlaient-ils ? De Chrysès ? D'elle-même ?...

De nouveau, tout se brouilla dans son esprit et elle s'endormit instantanément.

Elle se réveilla peu avant le lever du soleil. Tous ses muscles la faisaient souffrir, comme si elle avait été rouée de coups. Elle resta longtemps immobile, tentant de se rappeler ce qui s'était passé.

Une chose était certaine : Chrysès s'était illicitement emparé du masque du Dieu pour tenter de la séduire. Après elle n'était plus très sûre de l'enchaînement des événements. Elle revoyait Chryséis la griffer en hurlant, se souvenait aussi de la voix d'Apollon, des mots terribles qu'elle lui avait jetés à la face :

« Je ne t'accepterais jamais, pas même si tu étais vraiment l'incarnation d'Apollon !... »

Mais avait-elle réellement adressé cette phrase à son

Dieu ? Chrysès l'avait pleinement méritée, mais était-il possible qu'Apollon l'ait reçue comme une offense personnelle ?

La porte s'ouvrit sur Charis, qui se pencha tendrement sur elle.

— Peux-tu te lever maintenant Cassandre ? Nous sommes toutes convoquées au sanctuaire pour éclaircir ce qui s'est réellement passé cette nuit.

Elle avait apporté de l'eau, du pain, du miel, mais Cassandre ne put rien avaler, sentant qu'à la première bouchée, elle serait prise de nausées.

Charis l'aida à passer sa robe et à se tresser les cheveux, puis partit avec elle vers le sanctuaire, où s'étaient rassemblés prêtres et prêtresses.

L'un des doyens du temple, qui connaissait Cassandre depuis sa toute première enfance, s'adressa à l'assistance en les voyant arriver.

— Il est indispensable de faire toute la lumière sur l'incident regrettable de cette nuit, commença-t-il. Fille de Priam, peux-tu nous dire, sincèrement, ce qui s'est réellement passé ?

— J'étais endormie. Tout à coup, je me suis réveillée et j'ai surpris un homme dans ma chambre. Il portait le masque du Dieu, mais j'ai reconnu la voix de Chrysès. Auparavant, il m'avait déjà demandé de me donner à lui et je l'avais repoussé.

Elle fit une pause et regarda Chrysès droit dans les yeux.

— Demandez donc à ce vil imposteur s'il ose le nier !

— Chrysès, qu'as-tu à répondre ? demanda le prêtre.

— Je n'ai aucun souvenir précis, déclara lentement Chrysès soutenant le regard de Cassandre. Je sais seulement que je me suis réveillé dans sa chambre, aux prises avec une tigresse !

— As-tu mis le masque du Dieu à seule fin d'abuser d'elle ?

— Loin de moi cette pensée ! s'indigna Chrysès. J'en prends Apollon à témoin, même si je doute qu'il daigne intervenir pour me défendre ou m'accuser.

— Il ment ! cria Phyllide. Je connais la voix du Dieu et suis prête à jurer que ce n'était que celle de Chrysès !

Cassandre a déjà eu à se plaindre de son inconduite. Ensuite, c'est vrai, la voix d'Apollon Phébus s'est fait entendre par sa bouche...

— Nous l'avons toutes entendues, coupa Charis. A présent, il s'agit de savoir lequel des deux a blasphémé, si tant est que blasphème il y ait eu.

— J'affirme qu'elle est coupable de s'être refusée à Apollon, lança Chrysès. Elle a même horriblement blasphémé ! Au nom du Dieu que nous servons tous deux...

— Certes, fit Charis doucement, Cassandre a invoqué la Déesse au cœur du temple d'Apollon. Elle n'en avait pas le droit.

— Le mieux, intervint le vieux prêtre, serait peut-être de les exclure tous deux pour avoir causé ce scandale.

— Pourquoi devrait-on me punir d'avoir été victime d'une ignoble agression ? clama Cassandre. Cet homme n'a pas hésité à vouloir violer une femme vouée au Dieu qu'il prétend servir. Quant à la Déesse, je ne l'ai en rien invoquée elle est venue en moi et a parlé par ma bouche.

— Je prends Apollon à témoin... voulut poursuivre Chrysès.

— Et que ferais-tu donc, blasphémateur insensé, s'il venait à te prendre au mot ? l'interrompit brutalement Cassandre.

— Il ne se manifestera pas, c'est évident, rétorqua Chrysès avec arrogance. Eh bien, oui, je l'avoue, j'ai voulu prendre Cassandre, pour servir mon Dieu, comme elle prétend le faire...

— Mesure tes propos, intervint sévèrement Charis. Notre devoir est de protéger nos prêtresses, donc Cassandre. Les vierges du temple sont vouées au Dieu, et nul ne peut, impunément, s'arroger le privilège d'abuser d'elles, s'affublant de surcroît du masque sacré de l'Immortel.

Un long murmure se répandit dans l'assistance et un courant de sympathie se dessina en faveur de Cassandre.

— Fille de Priam, j'ai encore une question à te poser, déclara le vieux prêtre. Approche. N'as-tu pas dit que tu te refuserais à quiconque quand bien même serais-tu persuadée d'avoir affaire à une incarnation du Dieu lui-même ? As-tu formulé ces propos sous l'empire de la colère, ou bien les pensais-tu vraiment ?

— J'étais certaine de ne pas être en présence du Dieu. Pour cette unique raison, j'ai prononcé ces mots dans l'espoir de pouvoir repousser un homme prétendant me violer en usurpant l'image d'Apollon.

Cassandre venait à peine d'achever sa phrase qu'une éblouissante lumière enveloppa la silhouette de Chrysès.

— Cassandre... gronda une voix familière qui se répercuta dans le temple tout entier, cet homme, mon serviteur, s'est indûment manifesté en mon nom. Avant longtemps, il connaîtra l'étendue de mon courroux et de ma puissance. Quant à toi que j'ai aimée, tu t'es donnée à ma vieille Ennemie. Mais souviens-toi, je t'ai appelée, et tu resteras mienne. Je refuse de te rendre ta liberté. Pour te punir de m'avoir offensé, je te retire le don divin de prophétie. Ainsi en ai-je décidé !

La voix semblait chargée d'une profonde tristesse.

Agenouillée, n'osant ni bouger ni lever les yeux, Cassandre se sentit envahie par la colère et l'indignation. Enfin, elle répondit à voix haute :

— Seigneur, puisse ta volonté s'accomplir ! J'aimerais tant être déliée d'une faculté que je n'ai jamais demandée !

Alors, comme brassée sous l'effet d'une terrible bourrasque, elle se plia en deux. Les yeux lui brûlaient ; son corps semblait être le théâtre d'une immense bataille où s'affrontaient les forces titanesques de la Déesse et celles du Dieu Soleil.

— Toi aussi, Cassandre, tu vas connaître bientôt toute l'étendue de ma puissance ! tonna la voix céleste avant d'aller se perdre dans un long et très lointain roulement.

Puis, il n'y eut plus rien. Libérée de la formidable présence, Cassandre, vidée de toutes ses forces, s'effondra sur le sol. Elle sentit vaguement que Charis se penchait sur elle pour la relever. Comme si, elle aussi, avait quitté la terre, sa conscience flottait par-dessus l'assistance. Chrysès, lui, se tordait sur le sol en proie à d'atroces convulsions. Il claquait des dents et une écume rougeâtre bouillonnait à ses lèvres.

« Mal lui a pris, songea-t-elle, de jouer avec la puissance d'Apollon, d'avoir essayé de ravir l'une de ses vierges... »

Il lui sembla encore entendre l'écho assourdi de la colère du Dieu, puis, d'un seul coup, le voile d'obscurité qui l'enveloppait se dissipa, et elle eut l'impression de remonter à la surface de l'eau après une longue immersion dans un gouffre. Sa tête reposait toujours sur les genoux de Charis, mais elle était incapable de parler.

— Ne pleure pas, mon enfant, murmura la prêtresse lui caressant tendrement les cheveux. Certes, la colère d'Apollon est terrible, mais tu es libérée de ce funeste don de prophétie.

IV

Cassandre avait espéré un moment que le châtiment infligé à Chrysès apaiserait ses propres tourments. Il n'en fut rien. La paix de son âme semblait s'être envolée.

Elle n'était pas la seule à avoir été profondément ébranlée : Chrysès, lui aussi, hâve, l'air hagard, semblait perpétuellement épuisé. On avait cependant toujours besoin de lui au sanctuaire, car hormis Cassandre, personne n'était parvenu à apprendre sa méthode révolutionnaire pour inventorier et classer les offrandes. Ainsi avait-il réussi à se rendre quasiment indispensable, la plupart des prêtres, très âgés, ne pouvant se passer d'un serviteur du temple dans la force de l'âge.

Malheureusement pour elle, Cassandre, chaque fois qu'elle voyait les rayons du soleil jouer dans les cheveux d'or de Chrysès, se rappelait l'instant où Apollon lui avait parlé par sa bouche. Comme elle s'était montrée naïve ! Finalement, peu importait de savoir qui avait appelé le Dieu en lui, elle-même ou le prêtre ? Ce qui était certain, c'est que si elle ne l'avait pas repoussé, elle porterait sans doute désormais l'enfant de l'Immortel dans son sein. Mais était-ce vraiment là son désir ? Avait-elle inconsidérément tourné le dos à sa destinée ?

Quoi qu'il en soit, l'intervention d'Apollon ne lui apportait nulle consolation. Ne subsistait que la rumeur qui s'était répandue comme une traînée de poudre, selon laquelle ayant repoussé le Dieu lui-même, elle avait été maudite en retour. Seuls ceux ayant assisté à la scène connaissaient la vérité, ou tout au moins une partie de la vérité.

Apollon, disait-on, lui avait retiré son don de prophétie. Mais ce don, elle le possédait depuis sa prime enfance, et l'Immortel ne pouvait reprendre ce qu'il n'avait donné. Simplement, il avait fait en sorte que plus personne désormais ne prête foi à ses oracles.

Chrysès, de son côté, jouissait presque d'une considération empreinte d'une crainte respectueuse. Tous les jours en effet, à plusieurs reprises parfois, il se raidissait brusquement, tombait en syncope et se roulait dans la poussière, secoué d'atroces convulsions. Cassandre avait déjà vu des hommes et des femmes foudroyés par des crises semblables, créatures que l'on considérait soit comme victimes, soit comme élues par des forces divines. Mais pour Chrysès la soudaineté et la manifestation toute récente de ses crises demeuraient bien troublantes ! Pourquoi donc, en effet, n'avait-il jamais éprouvé ces accès avant l'intervention du Dieu Soleil ?

Ces interrogations et ces doutes constants mettaient à la torture la fille de Priam, d'autant plus qu'elle réalisa bientôt qu'elle était associée à Chrysès dans l'esprit de la plupart des prêtres et des prêtresses, qui la tenaient inconsciemment responsable d'avoir en fait attisé le désir de l'homme, oubliant tous que tous deux avaient été victimes du courroux d'Apollon ou de sa malveillance...

Un jour, la jeune Chryséis, désormais chargée de porter au sanctuaire les messages des visiteurs, vint annoncer à Cassandre qu'on l'attendait dans la cour.

Sortant du temple, elle aperçut Andromaque vêtue fort simplement, tenant son fils dans ses bras. Elle courut l'embrasser.

— Comme je suis heureuse de te voir ! Quelles nouvelles m'apportes-tu du palais ? Que se passe-t-il ?

— Rien de bon, petite sœur. Tout le monde vit sous l'emprise et le charme de la Spartiate, même mon cher époux. J'ai beau lui répéter ce que tu sais d'Hélène, il me répond sans cesse que je suis simplement jalouse de sa beauté. Sais-tu que Ménélas est venu en personne la réclamer à Troie ?

— Non, je l'ignorais. Comment est-il ?

— Il ne ressemble pas davantage à son frère Agamemnon que moi à Aphrodite, répondit Andromaque ne pouvant s'empêcher de sourire. Il est arrivé mal à l'aise et tremblant, exigeant qu'on lui rende son épouse. Goguenard, Priam lui a rétorqué que peut-être la chose serait envisagée, dans le cas du retour d'Hésione à Troie, pourvue, bien entendu, d'une dot conséquente en rapport avec ses années d'indigne captivité. Ménélas a répondu alors qu'Hésione, sans dot, avait épousé un Grec, qui lui, au moins n'était pas un voleur d'épouses. Il a donc suggéré à ton père que l'on demande à Hésione si elle souhaitait revenir chez elle, sans son enfant naturellement, qui est grec et appartient à son mari.

— Qu'a répondu le roi ?

— Il a fait appeler Hélène et, en présence de Ménélas, lui a demandé si elle souhaitait repartir avec lui.

— Qu'a-t-elle répondu ?

— « Non, mon roi. »

Abasourdi, Ménélas en est resté d'abord tout coi. Puis il s'est emporté avec véhémence :

— « A quoi bon demander son avis à une catin ? s'est-il écrié. Elle est à moi, je vous le dis, et je vais la reprendre ! » Là-dessus, il s'est jeté sur elle et l'a saisie par le poignet, voulant l'entraîner avec lui.

Aussitôt, Hector et Pâris se sont interposés.

— « Tu peux remercier tes Dieux d'être mon hôte, clama Priam contenant sa colère. Sinon je laisserais mes fils te donner la leçon que tu mérites. »

— « Tiens ta langue, vieil homme, répliqua le malheureux époux tremblant de rage ou ton palais ne sera bientôt plus que cendres et ruines ! » Puis il accabla Hélène d'imprécations furieuses truffées d'injures que la décence m'interdit d'évoquer, jeta à terre sa coupe pleine de vin, déclara hautement qu'il n'avait que faire de l'hospitalité d'un roi qui s'abaissait à envoyer ses fils voler les femmes des autres.

Cassandre n'en crut pas ses oreilles. Jamais personne,

pas même Hector ou bien Pâris, n'avaient osé lui tenir ainsi tête.

— Ton père, poursuivit Andromaque, ne s'est nullement démonté. « Tiens donc ! railla-t-il d'un air sardonique. Explique-moi, je t'en prie, comment chez vous les Grecs s'y prennent pour se marier ? »

Excédé, Ménélas cette fois n'insista pas. Jurant comme un damné, il fit signe à sa suite et se retira menaçant à grand bruit Troie et ses habitants.

— « Si Priam, votre roi, cria-t-il en partant, ne veut point m'écouter, peut-être regrettera-t-il bientôt d'être contraint d'entendre Agamemnon, mon frère. »

C'est à peine si Cassandre entendit cette dernière phrase. Ainsi, ce qu'elle avait prévu arrivait... Déjà, s'animait devant elle le port noir de vaisseaux hostiles, se profilaient dans son esprit les remparts assiégés...

— Prie les Dieux ! s'écria-t-elle, éperdue. Prie, je t'en supplie ! Offre-leur les plus beaux sacrifices ! Ainsi ai-je en vain supplié mon père de ne pas accueillir la femme qui nous sera fatale...

— Allons, petite sœur, voulut la calmer Andromaque, allons, ne te laisse pas envahir par de si sombres pressentiments.

Cassandre ne répondit pas. Elle aussi, songea-t-elle, me croit folle.

— Laissons-les venir, poursuivit sa cousine, laissons-les ! Ils se repentiront bien vite de leur folie !

— Andromaque, es-tu donc, toi aussi, devenue complètement aveugle ? Ne vois-tu pas qu'Hélène n'est qu'un prétexte ? Il y a des années qu'Agamemnon attend son heure pour nous déclarer la guerre. Troie est enfin tombée dans le piège !

Cassandre s'effondra sur un banc.

— Et tu ne vois rien venir ! Tu ne veux rien voir parce que, comme Hector, tu penses que la guerre est simple affaire d'honneur et de gloire !

Andromaque s'agenouilla à ses côtés et l'entoura de ses bras.

— Tout cela est de ma faute, lui murmura-t-elle avec une extrême douceur. Jamais je n'aurais dû te parler de ces événements.

— Et d'Œnone, as-tu des nouvelles ? demanda Cassandre d'une voix éteinte.

— Elle est repartie dans la montagne avec son fils. Pâris a demandé que son enfant reste avec lui, mais Œnone s'y est formellement opposée, à partir du moment, a-t-elle dit, où il refusait de la reconnaître comme première épouse à la place de l'étrangère.

— La raison et le droit sont pour elle, approuva Cassandre. Pâris, lui se déshonore. Ah, si mon père, quand il en était temps, l'avait renvoyé sur les pentes du mont Ida !

— Cassandre, il faut maintenant que je te quitte, fit Andromaque ne souhaitant voir se prolonger leur entretien. Dis-moi, que va-t-il se passer si la guerre éclate ?

— Eh bien, nous nous battrons, évidemment, répondit lentement la princesse. Peut-être même nous faudra-t-il aussi prendre les armes, toi et moi.

Andromaque partie, Cassandre s'en retourna lentement vers le temple de Pallas Athéna, formulant tout en cheminant, une vague prière. Hélas, en vain ! Lorsqu'elle abaissa les yeux vers le port, il était à nouveau noir de vaisseaux.

Ô Apollon ! Soleil bien-aimé ! Tu n'as pu me priver de ce don que j'exècre. Ne me condamne pas pour autant à ne plus jamais être crue ! Les larmes aux yeux, elle franchit le seuil du sanctuaire. Reconnaissant la fille de Priam, les gardes s'écartèrent sur son passage. Gagnant le cœur du temple, elle s'avança vers l'idole, représentée sous les traits d'une jeune femme aux cheveux déliés, ceints d'une couronne de fleurs, symbole de la virginité

« Ô Déesse, toi qui depuis toujours aimes Troie, toi qui nous as si généreusement fait don de la vigne et des olives, toi qui étais ici avant ces arrogants adorateurs de la Foudre et des Dieux de l'Olympe, protège notre cité ! »

Passagèrement réconfortée par la ferveur de sa prière et sa confiance en la Mère Eternelle, Cassandre retourna calmement à ses occupations.

Comme à l'ordinaire, Chrysès consignait les diverses offrandes — huile, vin, seigle, mil, miel, lièvre, pigeons et chevreaux — sur ses tablettes de cire. Malgré sa conviction de n'avoir rien à se reprocher, elle répugnait toujours à le regarder dans les yeux.

Une jeune prêtresse venait de renverser une jarre. Dans sa chute elle en avait brisé une autre. Miel et seigle s'étaient répandus à terre en une masse gluante, et ses efforts maladroits ne faisaient qu'empirer les choses. Après l'avoir envoyée chercher un seau d'eau, Cassandre se mit en devoir de sauver ce qui pouvait l'être. Tandis qu'elle demandait à la jeune fille d'écarter une cage de pigeons, la voix qu'elle exécrait lui parvint aux oreilles.

— Tu ne devrais pas faire cela toi-même, Cassandre. C'est le travail d'une esclave.

— Nous sommes tous des esclaves aux yeux des Immortels, Chrysès, répliqua-t-elle sans lever les yeux. Tous ! Toi autant que moi.

— Tu parles d'or, approuva Chrysès sarcastique. D'ailleurs, qui a déjà entendu la princesse Cassandre exprimer autre chose que la vérité, quelles qu'en soient les conséquences pour les autres et elle-même ? Dis-moi, vas-tu refuser toute ta vie de me regarder en face ?

Piquée au vif, Cassandre redressa la tête.

— Tu crois peut-être que j'ai peur de toi ?

— Si ce n'est le cas, pourquoi fuis-tu perpétuellement mon regard ?

— Tu crois donc ton visage si admirable qu'on veuille sans cesse te contempler ? persifla-t-elle sentant l'agacement la gagner.

— Cassandre, Cassandre !... Ne crois-tu pas que nous pourrions désormais faire la paix ?

— A quoi bon ? Je ne te veux aucun mal, répliqua-t-elle, toujours sans le regarder. Ignore-moi et je ferai de même, si c'est ce que tu veux.

— Non ! Tu sais fort bien ce que j'attends de toi, Cassandre.

La princesse poussa un soupir excédé.

— Chrysès, une fois de plus, laisse-moi en paix ! Est-ce si difficile ?

— C'est impossible, souffla-t-il, lui saisissant les mains. Je te veux ! Jour et nuit, ton image, ton corps hantent mes pensées ! Tu m'as ensorcelé ! Si tu refuses de m'aimer, libère-moi au moins de ton envoûtement !

— Je n'ai rien à te dire, Chrysès, encore moins à t'accorder. Mais rassure-toi. Je ne t'ai jeté aucun sort, je ne te désire pas. Je ne te désirerai jamais. Combien de fois devrai-je te le redire ? S'il ne tenait qu'à moi, tu serais loin, très loin, en Crète ou au plus profond des Enfers. Suis-je claire, suffisamment, ou bien faut-il encore préciser ma pensée ?

— Cassandre, ne peux-tu donc me pardonner ? Jamais je n'ai cherché à te déshonorer. J'irai, si telle était ta volonté, pauvre prêtre que je suis, demander à genoux ta main au roi Priam. Tu as été si bonne envers ma fille ! Il est impossible que tu me haïsses vraiment et...

— J'aurais fait preuve de la même sollicitude envers un chat abandonné, interrompit durement Cassandre. Pour la dernière fois, je ne t'épouserai jamais ! Je préférerais mille fois me donner au dernier homme de la terre, à un mendiant aveugle, ou même à... à un Grec plutôt qu'à toi.

Livide, Chrysès fit un pas en arrière.

— Un jour, tu regretteras ce que tu viens de dire, Cassandre, gronda-t-il, les dents serrées. Prends garde ! Je ne serai pas toujours un misérable prêtre.

Dégoûtée, exaspérée, Cassandre voulut alors s'éloigner. Mais il lui saisit le bras et l'attira contre lui, dos au mur. Etreignant ses deux mains d'une poigne frénétique, il colla alors sa bouche sur ses lèvres, tenta fébrilement de lui arracher sa tunique.

— Ah, tu me rends fou ! haleta-t-il hoquetant. Aucun homme ne peut être blâmé de vouloir posséder une femme qui, volontairement, a incendié ses sens !

Atterrée, Cassandre se débattit de toutes ses forces, voulut crier, finit par mordre sauvagement les lèvres de son agresseur. Il eut un mouvement de recul, et elle en profita pour le repousser en arrière. Chrysès poussa un cri, trébucha, tomba à la renverse. Echappant à son étreinte, elle l'écarta encore d'un coup de pied et s'enfuit en courant aussi vite que ses jambes pouvaient la porter. Haletante, elle parvint enfin à sa chambre, et referma sur elle, à double tour, le battant de sa porte.

V

Cassandre rêvait que le feu dévastait toute la citadelle, enveloppait peu à peu le palais et la demeure de l'Immortel emplie de clameurs, de fumée... Elle s'éveilla en sursaut. On était au plus noir de la nuit, à l'heure où la lune sombre sous l'horizon, où les étoiles commencent à disparaître. Dans la chambre flottait l'odeur entêtante des torches. Passant à la hâte une cape sur sa tunique légère, elle se précipita dehors.

En bas, au-delà des remparts, le port était illuminé par des points lumineux. Des navires innombrables se tenaient bords à bords. Un cortège de flambeaux montait lentement vers la ville.

« C'est arrivé », murmura-t-elle simplement.

La crécelle d'alarme venant de l'acropole, hurlait. Elle appelait les femmes, les enfants, les vieillards à se réfugier derrière les fortifications et les soldats à s'apprêter au combat. Cassandre fascinée, resta un instant immobile à contempler les lueurs vacillantes qui déchiraient l'obscurité des rues. Partout retentissait le cliquetis des armes saisies à la hâte, mêlé aux ordres enjoignant à chacun de gagner son poste de combat.

Une main posée doucement sur son bras la fit tressaillir. Tournant la tête, elle reconnut la jeune Chryséis.

— Cassandre, balbutia la petite avec angoisse, que se passe-t-il ?

— Les Grecs... répondit-elle avec un calme qui la surprit elle-même. Les Grecs... Ils arrivent ! Tu le sais, je l'avais prédit. Allons nous réfugier à l'intérieur de la cité.

— Mon père !...

Cassandre l'interrompit.

— Oui, il va devoir rejoindre les soldats. Allons, cours vite t'habiller.

— Il est malade...

— Son mal n'est rien comparé à ce qu'il aura à subir si les Grecs le font prisonnier.

La prenant par la main, Cassandre conduisit Chryséis dans sa chambre, la vêtit hâtivement d'une épaisse tunique, d'un manteau et de sandales. Puis toutes deux ressortirent dans la cour. Charis était en train d'y rassembler les femmes et leur ordonnait de descendre se réfugier au palais.

Cassandre, sans attendre, s'engagea avec sa protégée dans la ruelle escarpée qui descendait en ville, bien qu'il semblât absurde de se diriger vers les lieux où les rumeurs de la guerre se faisaient les plus fortes. Les Grecs en effet n'allaient-ils pas chercher d'abord à atteindre le palais et non le temple ?

Obéissant avec discipline aux ordres, elles poursuivirent néanmoins leur course, bientôt rejointes par une multitude de femmes et d'enfants qui s'engouffrèrent avec elles à l'intérieur de la citadelle, les hommes quant à eux venant chacun retirer une lance sur les piles énormes entassées devant l'arsenal.

Un instant, Cassandre songea à faire de même et à suivre les soldats, mais l'idée de la fureur d'Hector la retint.

Pour l'heure, elle se résigna donc à se réfugier dans le grand vestibule avec les autres femmes pour la plupart échevelées et à demi vêtues. Quelques-unes même étaient nues sous la couverture qu'elles avaient seulement jetée sur leurs épaules. Il en allait de même pour les enfants. Les nourrissons hurlaient dans les bras de leurs mères, Cassandre et les prêtresses d'Apollon étant quasiment les seules à être convenablement vêtues et à garder leur calme.

Au milieu de l'affolement général, Hélène restait également imperturbable, son opulente chevelure aussi soigneusement peignée que pour les jours de fêtes. Elle tenait par la main un garçonnet de cinq ou six ans. Comme sa mère, il avait une apparence soignée et ne pleurait pas, même si sa pâleur trahissait quelque légitime anxiété.

Apercevant Cassandre, l'épouse de Pâris fendit résolument la foule tumultueuse et s'avança vers la princesse.

— Fille de Priam, je te reconnais, déclara-t-elle. Tu es la sœur jumelle de mon époux. Mais tu me sembles bien sereine ?

— Sereine, je ne sais, calme en tout cas, c'est certain.

Pourquoi ne le serais-je pas ? Rien ne sert de se lamenter ou de s'effrayer inconsidérément.

— Tu as raison. Ces pleurs, ces bêlements sont indignes. Gardons la tête froide, nous en aurons besoin. Selon toi, sommes-nous en danger ?

— Pourquoi me le demandes-tu ? interrogea Cassandre. Ne t'a-t-on pas prévenue que j'étais folle ?

— Tu n'en as guère l'air. Je préfère d'ailleurs en juger par moi-même.

Fronçant imperceptiblement les sourcils, Cassandre détourna les yeux. Elle ne voulait à aucun prix de sa condescendance, étant assez pénible pour elle de ressentir en la voyant ce que Pâris, même partiellement ressentait pour sa femme.

— Juge donc par toi-même si nous sommes en danger ou non, lança-t-elle sèchement. Pour ma part, j'ai été tirée du sommeil par la grande crécelle du bastion. On m'a ordonné de descendre au palais, me voilà ! J'imagine que le nombre de vaisseaux ennemis entrevus dans le port n'est pas sans rapport avec ta présence dans nos murs. Ainsi, si nous sommes menacées, tu n'as sans doute quant à toi rien à craindre.

— Je n'en suis pas si sûre. Agamemnon est loin d'être un ami. Il souhaite surtout me rendre à son frère, et en premier lieu me punir de lui avoir préféré un autre.

A ces mots, le gamin qu'elle tenait par la main s'agita. S'en étant aperçue, sa mère posa sur lui un regard de tendresse. Malgré elle, Cassandre s'en étonna.

— Quel âge a ton fils ? s'enquit-elle.

— Il aura cinq ans cet été, répondit Hélène faisant signe à une femme maigre et digne, vêtue à la crétoise, de s'approcher. Aethra, veux-tu emmener Nikos et le coucher ?

Elle embrassa l'enfant, qui se blottit contre elle.

— Allons, mon fils, il faut aller dormir maintenant. Va !

Sans protester, Nikos suivit la gouvernante.

— Est-ce le fils de Ménélas ? demanda Cassandre.

— Tu peux l'appeler ainsi, si tu veux, fit distraitement Hélène. Pour moi, c'est *mon* fils. Je n'ai pas voulu le laisser à son père, car je n'apprécie guère la façon dont il traite ses enfants. Il a gardé ma fille Hermione ; libre à lui d'en faire une poupée dorée. Mais Nikos, lui, ne sera pas à son image, encore moins à celle de son frère admirable... Si j'ai demandé à Aethra de l'emmener, c'est parce que je sais que si son père nous trouve, il nous tuera tous les deux. Aethra elle-même a des raisons d'avoir peur.

— Elle ressemble plus à une reine qu'à une suivante, remarqua Cassandre.

— C'est une reine, expliqua Hélène. Aethra est la mère de Thésée. C'est lui qui me l'a envoyée, sans doute à la suite d'une grave querelle. Depuis, elle est toujours restée à mes côtés et traite Nikos, insigne honneur, comme s'il était son propre petit-fils. Maintenant qu'il se trouve en sûreté, allons voir ce qui se passe dehors.

Toutes deux montèrent au sommet de l'énorme rempart qui surplombait la ville et le port. Le soleil venait de se lever. Dans les rues basses de la ville, des hommes se battaient.

— Regarde ! s'exclama Hélène, les soldats d'Hector tiennent la voie qui monte au palais. Les Grecs incendient et pillent les faubourgs. Là-bas, je vois l'un des navires d'Agamemnon. Ménélas est sans doute avec lui.

La reine de Sparte s'exprimait avec indifférence, comme si tout ce qui se déroulait sous ses yeux était sans importance. Cassandre en resta sidérée. Hélène n'éprouvait-elle pas le moindre sentiment pour son ancien époux ?

Au bord de la mer, des bâtiments étaient la proie des flammes. Les maisons les plus pauvres, faites de terre et de bois, étaient déjà détruites. Celles en pierres construites un peu plus haut, ne pouvant être incendiées, étaient livrées au pillage par des hordes d'assaillants.

— Ils n'y trouveront pas grand-chose, constata Cassandre l'air navré.

Hélène hocha distraitement la tête.

Penchées sur les créneaux, elles observaient le mouvement des hommes qui se battaient en contrebas. La stature imposante de l'un des guerriers grecs attira aussitôt leurs regards. Il dominait ses hommes de plus d'une tête et portait un casque étincelant qui flamboyait aux premiers rayons du soleil. C'était, sans nul doute, celui qui, un jour, avait fait irruption dans le palais, l'auteur du rapt de l'infortunée Hésione. Beaucoup d'années étaient passées, sept peut-être, mais Cassandre se souvenait de cet instant comme si c'était hier.

— C'est Agamemnon en personne, le roi des rois, murmura Hélène, impavide.

— Oui, je sais... je l'ai reconnu, souffla Cassandre d'une voix presque imperceptible.

— Regarde ! Hector et ses hommes sont en train d'essayer de couper sa retraite vers les navires. Crois-tu qu'ils vont pouvoir mettre le feu à ses vaisseaux ?

— Ils vont en tout cas tout faire pour y parvenir, dit à son tour Cassandre en observant les Grecs qui luttaient pied à pied sur la route du port.

Cependant le soleil, indifférent au spectacle qu'il éclairait, émergeait de la brume matinale, éblouissant. Aveuglée par ses rayons, Cassandre dut détourner les yeux.

— Rentrons, proposa-t-elle. J'ai froid, et ce n'est pas la main d'Agamemnon qui décidera du sort d'Hector.

A l'abri des murs de la citadelle les femmes semblaient s'être un peu apaisées. Emmitouflés dans des couvertures, les enfants dormaient. Cinq ou six sages-femmes entouraient Créuse, qui s'efforçait de leur faire comprendre qu'elle se sentait parfaitement bien et n'était pas encore sur le point d'accoucher.

La reine Hécube avait jeté un vieux châle sur son ample tunique. Elle filait distraitement un écheveau de laine, davantage sans doute pour s'imposer le calme et tromper son angoisse.

— Ah, mes enfants, vous voilà ! lança-t-elle à leur entrée. Quelles sont les nouvelles d'en bas ?

— Agamemnon se bat. Mais Hector n'a rien à craindre de lui, Mère.

— Je l'espère. Ce barbare insensé serait d'ailleurs fort avisé de ne pas en découdre avec mon fils !

Plusieurs femmes surgirent alors poussant des cris de joie.

— Ils partent ! Ils s'en vont ! Ils regagnent précipitamment leurs navires et hissent leurs voiles ! Les Grecs fuient !

— Avec pour tout butin sans doute quelques sacs d'olives, voire quelques malheureuses chèvres ! explosa joyeusement Hécube. Que pouvaient-ils piller dans les masures du port ? Hélène, tu es sauvée !

— Ils reviendront, répondit placidement Hélène.

Cassandre, qui s'apprêtait à dire la même chose, en fut malgré elle agacée. Le bon sens tranquille de la Grecque, qu'elle ne pouvait ni aimer ni respecter l'indisposait.

Chryséis interrompit ses réflexions.

— Charis vient d'annoncer que nous pouvions rentrer au temple. Viens-tu avec nous, Cassandre ?

— Non, pas pour l'instant. Si Charis m'y autorise je vais rester un moment avec ma mère et mes sœurs. Je rentrerai un peu plus tard.

— Ne t'inquiète pas, elle voudra bien, minauda la jeune fille avec dépit. Tu fais toujours ce que tu veux. Personne même n'y trouverait à redire si tu décidais de te réinstaller définitivement au palais.

Hécube, qui l'avait entendue, ne discerna pas la malice implicite de ses propos.

— C'est vrai, Cassandre, dit-elle, on te laisse bien libre. N'oublie pas de faire part à Charis de ma gratitude. Pour l'instant, après les émotions de cette nuit, tout le monde doit avoir faim. Viens m'aider à préparer pour chacun quelque chose.

— Je vous accompagne, proposa aussitôt Hélène.

Au même instant, on frappa un grand coup à la porte.

— Que se passe-t-il ? s'effraya Andromaque serrant son nourrisson dans ses bras.

La plupart des femmes se mirent à crier.

— Ne soyez pas stupides ! gronda avec autorité Hélène. Les Grecs, vous l'avez vu, sont en train de partir.

Très calme, elle se dirigea vers la porte et l'ouvrit. Son visage s'illumina, et Cassandre sut, avant de l'avoir vu, que son frère jumeau se tenait sur le seuil.

— Pâris ! s'exclama Hélène radieuse.

— Je voulais simplement m'assurer que vous étiez toutes saines et sauves. Où est Nikos ?

— Dans notre chambre avec Aethra.

Pâris esquissa un sourire enjôleur dont l'ardeur griffa le cœur de Cassandre.

— Mon amour, tu n'as pas eu trop peur, j'espère ? demanda-t-il.

— Je nous savais bien défendues, glousssa Hélène en se collant à lui.

Pâris l'enveloppa de ses bras un court instant. Puis il lui dit :

— J'ai demandé à Hector de venir avec moi, mais il était trop occupé à faire distribuer vin et nourriture à nos hommes.

— Hector a eu raison. Ses troupes doivent passer d'abord, intervint sèchement Andromaque. Je n'aurais pas voulu qu'il agisse autrement.

Pâris ne cilla pas. En une heure si grave, bien qu'il n'eût jamais dû se trouver parmi elles, toutes les épouses de Troie enviaient la fortune d'Hélène.

— As-tu vu Ménélas parmi les Grecs ? demanda-t-elle à mi-voix.

— Non. Il est bien trop lâche pour se battre. Enfin, nous voilà débarrassés d'Agamemnon.

— N'en crois rien ! s'écria Cassandre, il reviendra ! Dès qu'il aura rassemblé une armée suffisamment puissante. La prochaine fois, tu verras, vous ne le repousserez pas aussi facilement !

Pâris considéra sa sœur d'un œil condescendant.

— Ainsi, ma chère Cassandre, tu persistes à prédire des catastrophes ? Tu ressembles à un pauvre aède que je connais. Il n'a qu'une seule chanson à son répertoire et la chante, partout où il va. Cela dit, je suis navré que ces maudits envahisseurs t'aient tellement effrayée. Mais rassure-toi, nous ne les reverrons pas avant longtemps.

VI

Cassandre avait raison. Les Grecs ne tardèrent pas à revenir à la charge. Tout au long de l'hiver, les vaisseaux d'Agamemnon se relayèrent dans le port, débarquant et réembarquant quelques heures plus tard des guerriers entretenant hostilités et combats dans les ruelles de la ville basse. Les biens les plus précieux avaient donc été entreposés à l'abri des remparts de l'acropole et parfois même plus haut, au temple du Dieu Soleil. Bref, Troie vivait maintenant en état de siège permanent.

Un jour, les Grecs lancèrent une brutale offensive sur le mont Ida et, avant que l'armée troyenne n'eût pu intervenir, ils firent main basse sur la quasi-totalité des troupeaux de Priam. Cassandre était alors au temple, occupée à dresser l'inventaire des offrandes du jour, dont le volume avait sensiblement baissé depuis l'ouverture des hostilités. Tout à coup, sans raison, elle sentit monter en elle un désespoir irrépressible, si oppressant qu'elle éclata en sanglots. Un instant stupéfaite, elle comprit aussitôt qu'elle venait d'entrer en intime communion avec les pensées de Pâris : immobile dans les pâturages de sa jeunesse, il contemplait avec horreur le cadavre survolé par des mouches bourdonnantes du vieil Agélas.

— Toi, toi, mon père... marmonnait-il, ivre de douleur. Pourquoi ? Pourquoi as-tu voulu tenir tête aux hommes d'Agamemnon ? Tu n'avais pas d'autre fils que moi... Je n'aurais jamais dû te quitter... Je t'aurais protégé...

Alors lentement, tendrement, désespérément, il étendit sur le cadavre son manteau richement brodé.

« Puisses-tu en effet ne l'avoir jamais quitté ! songea amèrement Cassandre. Pour toi, pour lui, pour Œnone... et pour Troie ! »

Le corps du vieux serviteur ramené pieusement à la ville eut droit à des funérailles grandioses. N'avait-il pas trouvé une mort héroïque en voulant protéger les troupeaux de Priam ? Au cours des premiers engagements, quelques ennemis avaient déjà été tués, mais le vieux berger était le premier citoyen de Troie à tomber au combat. Profondément affecté, Pâris, en signe de deuil, se coupa les cheveux et les cérémonies durèrent trois jours. Le quatrième, lorsque Cassandre revit son frère jumeau au cours des festivités qui saluaient la naissance du premier fils de Créuse, elle eut peine à le reconnaître.

— Etait-il vraiment nécessaire de sacrifier ainsi ta chevelure, Pâris ? lui demanda-t-elle. Après tout, Agélas n'était qu'un simple et très cher serviteur...

— Il m'a élevé, coupa Pâris. Durant toute ma jeunesse,

je n'ai connu d'autre père que lui. Puissent les Dieux me foudroyer si j'oublie un seul jour d'honorer sa mémoire...

Emue par la sincérité de son chagrin, Cassandre se plut à croire qu'il avait réellement changé.

Peut-être serait-il désormais plus proche, plus humain ? Elle avait jusqu'alors toujours partagé ses émotions sans y être conviée, en intruse malgré elle. Serait-ce différent maintenant ? Il était le frère qu'elle avait si longtemps chéri, le frère qu'elle souhaitait redécouvrir et comprendre de toute son âme.

Elle voulut lui parler, mais l'alerte soudain fut de nouveau donnée. Dans les rues de la ville, les femmes et les enfants se mirent à courir vers les grandes portes de la citadelle. Cassandre se hâta pour sa part d'aller les accueillir. Pâris, lui, partit en maugréant prendre ses armes et rejoindre les combattants se rassemblant au pas de charge.

Cette fois, les Grecs ne se contentèrent pas de mettre à sac la ville basse. Ils guerroyèrent dans les rues escarpées qui menaient à l'enceinte de l'acropole, luttant avec acharnement pour essayer de s'approcher des remparts, tant et si bien qu'on commença à élever murs et barricades pour les contenir dans le quartier du port.

« Si seulement j'avais mon arc, se dit Cassandre, suivant attentivement l'évolution de la mêlée. Même à court de pratique, je pourrais certainement atteindre quelques ennemis... »

Quelqu'un lui effleura le bras. C'était Chryséis.

— Qui sont ces Grecs ? lui demanda-t-elle. En reconnais-tu quelques-uns ?

— Quelques-uns, oui. Ce géant à barbe noire, tu vois, c'est Agamemnon, le roi des rois.

Une fois de plus, les yeux rivés sur le guerrier à l'armure flamboyante, Cassandre sentait monter en elle une violente répulsion. Chryséis, elle, ne put dissimuler son admiration.

— Comme il est fort, comme il est beau ! murmura-t-elle, subjuguée. Quel dommage qu'il soit notre ennemi...

Les attaques des envahisseurs s'étant succédé tout l'hiver et se prolongeant en ce début de printemps, Priam décida d'installer des postes de guet sur les plus hautes collines qui s'élevaient au sud de Troie, espérant que l'on pourrait ainsi repérer à l'avance l'approche des navires ennemis et donner l'alerte beaucoup plus rapidement. En accostant, les Grecs trouvèrent donc un jour les faubourgs déserts, dominés par les murailles cyclopéennes au sommet desquelles tous les archers troyens les attendaient de pied ferme et ils durent bientôt se résigner à s'en retourner sans butin.

Une interminable période de pluie apporta de surcroît un appréciable répit aux assiégés qui en profitèrent pour consolider l'enceinte extérieure et les grandes portes de la ville, de sorte que lorsque les Grecs tentèrent à nouveau d'investir les quartiers naguère vulnérables surplombant le port, ils furent méthodiquement refoulés par les soldats d'Hector, embusqués par petits groupes dans les ruelles escarpées menant à l'acropole.

A leurs côtés, Hector assistait satisfait à la débâcle de l'ennemi, sous l'œil admiratif de nombreuses Troyennes qui pouvaient maintenant, grâce à ce nouveau dispositif défensif, suivre du haut des remparts les combats en spectatrices paisibles. Andromaque venait là très souvent avec son fils, qui commençait tout juste à marcher, accompagnée de Créuse serrant sa petite fille contre son sein.

Ce soir-là, la bataille terminée, Hector entreprit de faire distribuer à ses hommes leur ration habituelle de blé et d'huile d'olive.

Cassandre, qui assistait à la distribution, se tourna vers son frère :

— Demande-leur de rapporter ensuite les jarres.

— Elles n'ont guère de valeur, protesta distraitement Hector. Ne soyons pas avares, ma sœur...

— Hector, il ne s'agit pas d'avarice. Les potiers, n'oublie pas, combattent comme les autres. Cette guerre n'est pas près de finir et bientôt ils ne seront peut-être plus assez nombreux pour fabriquer le nécessaire.

Hector acquiesça. Cassandre avait raison. Certes les entrepôts de la ville regorgeaient de grain et chacun mangeait encore à sa faim. Mais l'avenir n'était pas assuré.

Les greniers royaux ne seraient pas éternellement pourvus et il faudrait alors se rationner.

— Je m'inquiète également pour les prochaines semailles, lui avoua-t-il. Comment les ferons-nous si ces Grecs maudits nous attaquent tous les jours ?

— Ils observeront certainement une trêve, répondit Andromaque pour le tranquilliser. Dans notre pays, par respect pour la Mère Eternelle, les hostilités cessent toujours pour les semailles et les moissons.

— Chez toi, sans doute. Mais ici les Grecs n'ont que faire de la Mère Eternelle. Se soucient-ils seulement d'honorer nos Dieux ?

— Tous les Dieux sur la terre ne sont-ils pas un seul pour les hommes ? demanda Cassandre les yeux tournés vers l'horizon.

— Je le crois comme toi, intervint Enée le bel et trépidant époux de la jeune Créuse. Mais les Grecs pensent-ils tous comme nous ?... J'en doute. Pour eux, je pense, la guerre est plus importante que les Dieux. Quoi qu'il en soit, Cassandre, n'aie aucune inquiétude. La guerre est avant tout une affaire d'hommes.

— Le crois-tu ? rétorqua la princesse. Pourtant, s'ils s'emparent de Troie, les femmes en seront les premières victimes.

Visiblement troublé, Enée s'interrompit quelques instant.

— C'est vrai, fit-il enfin, comment le nier ?... Nous autres, les combattants, nous risquons tout au plus une mort honorable. Tandis que vous, les femmes !... vous avez tout à craindre : la capture, le viol, l'esclavage... Oui, tu n'as pas tort, Cassandre, la guerre ne profite qu'aux hommes. Mais comment l'éviter ?

— Une femme aurait dû s'abstenir de la provoquer, répliqua Cassandre le ton empreint d'une grande amertume. Elle n'eût sûrement pas fourni aux Grecs le prétexte qu'ils attendaient pour nous attaquer, et ceux-ci eussent bien été forcés alors d'admettre qu'ils l'entreprenaient par pure cupidité, le plus méprisable des penchants aux yeux des Immortels.

— N'oublie pas, Cassandre, que beaucoup d'hommes

considèrent ces batailles comme toutes susceptibles de les couvrir de gloire et de lauriers.

— Hector, par exemple, observa Cassandre, regardant ce dernier veiller, un peu plus loin, à la juste répartition des vivres pour ses soldats. Tous les jours, il se rue au combat aussi joyeusement que pour gagner aux jeux un grand chaudron de bronze, un taureau aux cornes d'or, ou un...

— Tu es injuste, l'interrompit Enée. Hector n'est ni écervelé ni sanguinaire. Chacun de nous, tu le sais bien, vit sous la tutelle d'un Dieu, et ton frère, il est vrai, appartient à celui de la guerre. La guerre tient donc pour moi et beaucoup d'autres une place moindre, c'est tout.

Délicatement, il effleura du revers de la main le menton de la princesse.

— Tu parais épuisée, reprit-il. Ménage-toi. Les Immortels ont pour toi des vues très élevées. Quel que soit le sort qu'ils nous réservent, nous aurons peut-être bientôt cruellement besoin de tes dons singuliers.

Enée s'éloigna et s'avança vers son épouse. Créuse tenait sa fille dans ses bras, enveloppée dans un châle de laine blanche. Se penchant sur elle, il effleura des lèvres sa joue fraîche, lui murmura quelques mots à l'oreille et partit rejoindre ses hommes.

Comme il est différent de Chrysès, songea Cassandre en le regardant traverser la cour d'honneur. Enée est le seul homme que j'aurais volontiers épousé. Hélas, c'est le mari de ma sœur et le père de son enfant.

Poussant un long soupir, elle eut soudain envie de partir, d'être seule. Créuse l'en empêcha.

— Comme tu sembles loin de nous, lui dit-elle, la dévisageant sans la moindre aménité. Dis-moi, de quoi t'es-tu donc entretenue si longuement avec mon époux ?

— Il me demandait comment je conduirais cette guerre si je gouvernais Troie, répondit la princesse, prise au dépourvu.

Créuse eut un petit rire sceptique.

— Rien ne t'oblige à me dire la vérité, en effet, déclara-t-elle dédaigneusement. Mais ne t'inquiète pas. Je ne suis pas de celles qui meurent de jalousie en voyant leur mari adresser quelques mots à une autre.

— Mais c'est la vérité ! Créuse. Nous nous demandions aussi, si tu veux tout savoir, ce que nous allions faire si les Grecs ne respectaient pas la trêve des semailles.

— Bien sûr, tu es prêtresse, et entends donc tous ces problèmes. Il est d'ailleurs fort probable qu'Agamemnon ne sera pas assez impie pour l'enfreindre. N'est-ce pas ton avis ?

Cassandre resta muette.

— N'es-tu pas prophétesse ? insista la jeune femme. Tu connais donc certainement la réponse. Tu ne veux pas me la livrer ?

— Créuse, je n'ai pas de réponse à donner, car j'ignore si les Grecs servent fidèlement leurs Dieux.

VII

Et la guerre continuait. Avec son cortège de flammes, d'horreurs, de cadavres. Un jour, une femme capturée par l'ennemi fut violée sans pitié par une douzaine d'hommes. Après l'assaut, on la retrouva gisant sur le pavé, en proie au plus violent délire. Elle fut portée jusqu'au temple d'Apollon, où les prêtres-médecins mirent tout en œuvre pour la sauver. A peine rétablie, suffisamment, semblait-il, pour la laisser seule quelques instants sans surveillance, elle se précipita dans le vide du haut des remparts. En raison des combats sporadiques, ce qui restait de son corps désarticulé demeura plusieurs jours exposé aux regards au pied de la muraille avant d'être enfin ramené dans l'enceinte de l'acropole.

Quelques jours avant les semailles de printemps, les prêtres et les prêtresses du temple d'Apollon furent arrachés à leurs devoirs quotidiens par le joyeux appel des buccins du palais. Rassemblés à la hâte sur la terrasse dallée de marbre, ils virent le port et la plage déserts.

La ville était en liesse. Hector et ses guerriers s'activaient à remettre de l'ordre dans les faubourgs et sur les quais, les Grecs ayant abandonné derrière eux toutes sortes de déchets. Le jeune Astyanax accompagnait son père, criant et gambadant entre ses jambes, extirpant des décombres à tout instant quelque objet qu'il brandissait comme un trésor. Après avoir fièrement montré à Cassandre, venue les rejoindre, une boucle de harnais tordue et un vieux peigne de bois édenté, l'enfant lui tendit un lambeau de voile sur lequel était grossièrement dessiné un plan de la citadelle.

— Qu'est-ce là ? demanda Hector en s'approchant.

— Regarde, Hector, regarde ! Ils reviendront, déclara Cassandre scrutant chaque détail inscrit sur le tissu. Pourquoi renonceraient-ils dès lors qu'ils disposent de ceci ?

— Tu exagères ! En quoi ce gribouillis te paraît-il si important ?

Cassandre se pencha de nouveau sur l'étrange parchemin. Certains des symboles tracés lui étaient familiers, mais elle ne put les déchiffrer entièrement.

— C'est l'œuvre d'un Crétois, déclara-t-elle. Je croyais pourtant que les Crétois étaient nos alliés. Je vais la montrer à Aethra, la suivante d'Hélène. Elle est native de cette île. Sans doute pourra-t-elle nous éclairer.

Consultée, Aethra se montra incapable de déchiffrer le message. N'ayant jamais appris à lire, elle se borna à confirmer que les caractères utilisés ressemblaient bien à ceux de l'alphabet crétois.

— Je ne puis t'en dire davantage, princesse, conclut-elle. Chrysès, peut-être, pourrait te renseigner.

Cassandre ne voulant se rendre seule auprès du prêtre demanda à Charis de l'accompagner.

Chrysès ne se fit pas prier. Fronçant les sourcils, il considéra longuement les symboles et déclara :

— C'est un plan détaillé de l'acropole, avec les noms des bâtiments et des salles principales du palais. Regardez, il indique même les appartements de la reine, les magasins, le mégaron et toutes les autres pièces. Voici également les temples d'Apollon et de Pallas Athéna.

— C'est donc bien ce que je redoutais, fit à mi-voix Cassandre. Peux-tu me dire qui a exécuté ce plan ?

— Je l'ignore. Tout ce qu'on peut supposer, c'est qu'il s'agit certainement d'un ennemi de Troie, répondit froidement Chrysès. Je ne crois pas que ce soit un Crétois, car son écriture est différente de celle qu'on enseigne à Cnossos.

En fait, Cassandre aurait pu aussi bien aboutir sans aide à de telles conclusions. Elle porta donc le plan à Priam, qui s'interrogea aussitôt sur son origine.

— Hors de Troie, il n'y a pas dix hommes capables de dessiner un tel plan, dit-il comme à lui-même. Il ne comporte pas la moindre erreur. Son auteur connaît parfaitement la cité et le palais. Il ne peut pourtant pas s'agir de l'un des nôtres. Bien sûr...

Priam s'interrompit un instant, secoua le tête.

— Non, pas lui. C'est mon plus vieil ami, il a souvent été notre hôte. Je me refuse à croire qu'il ait pu nous trahir.

— A qui pensez-vous donc, Père ?

A nouveau, Priam secoua la tête.

— Non, ce n'est pas possible. Pas lui...

— Ulysse ?

— Cassandre... Crois-tu qu'il ait pu me trahir ?

— Lorsqu'il s'agit de guerre, les hommes parfois reprennent leur parole, se contenta-t-elle de répondre.

— Sans doute. Mais lui s'est engagé devant moi à ne pas me combattre. Non, quoi qu'il arrive, je ne l'accuserai pas avant de l'avoir entendu. Cassandre, pourquoi sèmes-tu le doute dans mon esprit ?

— Père, ce n'est pas moi qui ai soufflé son nom. Je me suis bornée à te demander si c'était bien à lui que tu songeais.

— Non, ces soupçons lui font injure ! clama le roi avec agacement, comme s'il voulait se convaincre lui-même. Je lui demanderai en face si ce plan est son œuvre.

Cassandre, elle, était désormais persuadée que tel était le cas. Ulysse, on le savait, était un être aux mille ruses. Pourtant, l'idée qu'il ait pu trahir Troie et le roi son ami, la hérissait profondément.

Toujours est-il que le père et la fille n'eurent guère à prolonger leurs doutes : dix jours plus tard, Ulysse sur son vaisseau apparut, dans le port. Cassandre venue administrer une infusion médicinale à la fille de Créuse, terrassée par une forte fièvre, était présente dans le palais. Elle veillait l'enfant dans une chambre du gynécée, quand un héraut vint lui apprendre que son père la mandait. Comme elle franchissait le portique du grand vestibule d'entrée, elle rencontra Enée. Comme à l'accoutumée, il la prit dans ses bras et déposa avec une affectueuse spontanéité un baiser furtif sur sa joue.

— Comment va ma fille, aujourd'hui, chère Cassandre ? demanda-t-il.

— Beaucoup mieux, je trouve. Ce ne sera rien. A mon sens, sa mère plutôt aurait besoin d'une potion pour calmer ses angoisses. A chaque fois que le vent tourne, elle s'imagine que la petite est à l'article de la mort. Elle s'affole dès qu'elle semble un peu indisposée. La nature et le temps arrangent presque toujours les choses.

— Tu me rassures. Je t'en prie, continue cependant à veiller sur Créuse. Elle est très jeune, et c'est son premier enfant. Viens, allons dîner avec le roi.

Dans la salle du trône, Ulysse était assis à côté de Priam. En voyant arriver les jeunes gens, il se leva, vint à Cassandre, l'étreignit avec un enthousiasme qui la fit chanceler, déposa sur son front un sonore baiser.

— Ma princesse favorite ! s'exclama-t-il d'une voix tonitruante. Il me tardait de te revoir. Tous ces longs mois de guerre ne semblent en rien avoir altéré ton visage. Tiens, je t'ai apporté un cadeau : un collier d'ambre jaune, assorti à merveille à la couleur de tes grands yeux ! Ah ! Tes yeux, ma princesse, comment les oublier ?

Avec un grand éclat de rire, le regard pétillant de malice, tel un enfant faisant une bonne surprise, il exhiba alors de sa tunique un collier magnifique qu'il passa triomphalement au cou de la jeune femme. Cassandre, dans un soupir, l'effleura de ses doigts, l'ôta tout aussitôt, le contempla enfin longuement pour en admirer à loisir les perles scintillantes.

— Je te remercie grandement, Ulysse, dit-elle enfin. Il est splendide, mais je ne puis, hélas ! le porter. Ne pourrais-tu en faire don plutôt au temple du Dieu Soleil ?

Fronçant les sourcils, Ulysse reprit à contrecœur le collier.

— Il te va à ravir, Cassandre. Quant au Dieu Soleil, oui,

je suis en bons termes avec lui. Mais qu'aurait-il à faire d'une telle offrande ?

Ses yeux rusés parcoururent l'assistance, s'arrêtèrent sur Hélène, modestement assise sur un tabouret aux côtés de Pâris.

— Si tu le souhaites, mon vieil ami, dit-elle d'une voix douce, je puis garder ton collier pour Cassandre jusqu'au jour où elle désirera le porter.

La reine de Sparte, visiblement enceinte, était resplendissante. A la différence de Créuse, qui tout au long de sa grossesse avait affiché une pâleur mortelle et une faiblesse souvent inquiétante, elle était à l'image d'Aphrodite en personne.

— Qui sait, ma sœur ? poursuivit-elle en prenant le collier qu'Ulysse, subjugué lui tendait. Tu ne seras, peut-être, pas toujours vouée au Dieu Soleil. Je te donne en tout cas ma parole que ce collier sera tien dès que tu le voudras.

Malgré elle, Cassandre sentait, elle aussi, qu'elle tombait sous le charme de la reine de Sparte.

— Merci... fit-elle plus tendrement qu'elle ne l'eût souhaité, se laissant même prendre la main par Hélène.

Priam alors mit un terme à ces préliminaires courtois, visiblement soucieux d'aborder maintenant le sujet qui le préoccupait.

— Ulysse, ta visite m'honore, déclara-t-il solennellement et je te remercie de combler mes filles de cadeaux. Cependant, je souhaiterais maintenant t'entretenir d'affaires plus sérieuses. Dis-moi, n'ai-je pas aperçu, à plusieurs reprises, ton vaisseau voguant de concert avec la flotte grecque ? N'as-tu pas combattu avec eux, au pied des remparts de la ville ? Je croyais pourtant que tu m'avais promis de te tenir à l'écart du conflit ?

— Ami, tu as raison, approuva Ulysse avec un grand sourire, vidant sa coupe d'un trait et adressant un clin d'œil complice à la jeune Polyxène s'empressant de le resservir. Ah, adorable mignonne ! Si seulement je n'étais pas déjà lié par le mariage, si seulement ton père avait consenti à te donner à moi, moi qui pourrais, c'est vrai, être ton grand-père, jamais Agamemnon ne serait parvenu à me faire battre contre un de mes amis, le plus cher et le plus ancien !

Priam esquissa une grimace tout à la fois sceptique et polie.

— Voyons, mon cher ami, sois donc un peu plus clair. J'avoue ne pas te suivre...

— C'est pourtant simple, rétorqua le navigateur, avec une assurance parfaite. Tu n'as pas oublié ma présence à Sparte à l'époque où Hélène, grâce à moi, a choisi librement son époux. A ce propos, Hélène, j'ose espérer que tu m'as pardonné de n'avoir pas plus insisté pour obtenir ta main. Mais Pénélope, fille d'Icarios, occupait, tu le sais, déjà toutes mes pensées...

Hélène sourit.

— Puissent les Dieux de la Vérité te comprendre comme je t'ai compris moi-même, mon ami, intervint-elle. J'eusse pourtant bien aimé trouver alors un mari aussi fidèle que toi !

— Bref, poursuivit le rusé roi d'Ithaque, les prétendants ont tous juré de défendre le choix d'Hélène de Sparte contre tous ceux qui viendraient à le contester. Voilà pourquoi, quand cette guerre a éclaté, je me suis trouvé pris à mon propre piège. Agamemnon n'a pas manqué de me rappeler mon serment.

La mine à peine assombrie, Priam, on le voyait, attendait maintenant la fin de son récit.

— Qu'as-tu fait du serment d'amitié qui nous liait ? demanda-t-il d'une voix qu'il voulait tranquille.

— Roi Priam, crois-moi, j'ai tout fait pour l'honorer loyalement. J'ai trop longtemps couru le vaste monde et n'aspirais plus qu'au repos dans ma terre natale. Aussi ai-je alors demandé à Pénélope, mon épouse, d'envoyer un messager dire à Agamemnon que j'avais subitement perdu l'entendement et ne pouvais par suite lui être plus d'aucune utilité. Le roi de Mycènes ayant voulu lui-même se rendre compte de mon état, est venu à Ithaque. J'ai coiffé alors le bonnet d'un de mes laboureurs, ai attelé un bœuf et un cheval ensemble puis me suis mis sous ses yeux à retourner un champ de chardons. Hélas ! ma ruse a fait long feu ! Il a pris dans ses bras mon fils Télémaque, qui marchait à peine — il a tout juste l'âge de ton Astyanax, Hector — et l'a déposé dans mon champ à quelques pas de la charrue, de sorte qu'il était impossible de la mouvoir sans écraser mon fils. Que pouvais-je donc faire ? J'ai fait faire un écart à mes bêtes. Agamemnon, aussitôt s'est esclaffé à s'en décrocher les mâchoires. « Ah, vieux renard ! s'est-il exclamé en hoquetant de rire. Tu n'es pas encore assez fou, tu as perdu ! Respecte ta parole et viens venger avec nous l'honneur de Ménélas. » Voilà toute la vérité ! J'ai dû m'exécuter. J'ajoute seulement, Priam, et tu as ma parole, que c'est moi qui ai poussé les Grecs à rentrer chez eux pour les semailles de printemps. Mais prends garde, ils reviendront ! Je suis venu, en frère, t'en avertir.

Priam, en écoutant Ulysse, avait comme tous les autres, fait effort sur lui-même pour garder son sérieux.

— Je reconnais volontiers que tu as tenté l'impossible, Ulysse, pour rester à l'écart de cette guerre, déclara-t-il le récit achevé. Pour cette raison, je te conserve mon amitié.

— Moi aussi, je serai toujours ton ami, promit avec empressement le roué à son tour.

— Puisses-tu le rester jusqu'au bout, comme je souhaite demeurer le tien, dit encore Priam.

Plissant légèrement les paupières, Cassandre dévisagea intensément Ulysse, voulant sonder au plus profond ses intimes pensées. Mais elle ne vit rien d'autre qu'un vieil homme sincèrement déchiré, qui balançait, non sans déplaisir sincère, entre un ami très cher et de puissants voisins qu'il était impossible d'indisposer pour la sécurité des siens. Oui il resterait l'ami de Priam... du moins aussi longtemps que cette amitié ne lui nuirait pas. A moins que son esprit retors ne lui inspire quelque ruse savante à laquelle, en dépit de tous ses engagements, il lui serait impossible de résister. Telle était la nature du vieil homme...

Souhaitant se retirer, Cassandre en demanda l'autorisation à son père. Le roi accepta distraitement. Sitôt dans la pénombre de la galerie, elle sut qu'elle était suivie, sentit deux bras puissants lui enserrer la taille. C'était Enée. Après une seconde de faiblesse, elle s'arracha à son étreinte.

— Non, Enée, je t'en prie, tu es le mari de ma sœur...

— Créuse n'est pas en cause, répondit-il dans un souffle. Depuis la naissance de l'enfant, elle me repousse chaque fois que je veux partager sa couche. Elle n'éprouve plus aucun désir pour moi, je t'en fais le serment. Peu lui importe si je trouve du bonheur ailleurs.

— Tu ne peux le prendre avec moi, soupira tristement Cassandre. Enée, tu le sais bien, je suis au Dieu Soleil. Tu ne peux lui ravir ses vierges.

— Je ferai tout pour toi, Cassandre, si tu le veux. Pour toi, je suis prêt même à affronter sa colère.

— Tais-toi, cria presque la jeune femme lui bâillonnant la bouche de ses doigts. Tu blasphèmes... je n'ai rien entendu... Je peux pourtant, de toute mon âme, te faire cet aveu : si tous les deux nous étions libres, je serais prête à l'instant même à te prendre pour époux, ou pour amant, si c'est ton seul désir. Hélas ! Je ne connais que trop la violence des foudres d'Apollon pour te laisser l'affronter par amour pour moi. Je ne veux, je ne puis y consentir.

— Les Dieux, c'est vrai, acquiesça tristement Enée, m'interdisent de m'élever contre eux sans ton consentement. Si tu es donc heureuse d'appartenir au Dieu Soleil — lentement, il fit un pas en arrière —, qu'il en soit ainsi ! Par Apollon, je le jure, je resterai toujours pour toi un ami fidèle et un frère. A chaque fois que tu feras appel à moi, j'en fais le serment solennel, je t'apporterai mon aide et te protégerai contre tous les ennemis, hommes ou Dieux...

— Sois béni, ô Enée, balbutia Cassandre, bouleversée. Quoi qu'il arrive, maintenant et toujours, je resterai ta sœur et ton amie.

Enée la prit tendrement aux épaules.

— Cassandre, ma sœur, tu me sembles si triste ! Es-tu vraiment heureuse au temple d'Apollon ?

— Si je l'étais, souffla-t-elle d'une voix étranglée, crois-tu que je t'aurais laissé tenir de tels propos ?

S'arrachant brutalement à lui, Cassandre s'enfuit en courant et quitta aussitôt le palais. Le cœur en déroute, elle remonta la colline en direction du temple, les yeux noyés de larmes, se répétant qu'elle ne pouvait trahir ses vœux, qu'elle s'était pour toujours donnée à Apollon, qu'elle lui resterait fidèle à jamais même si lui-même l'avait abandonnée.

VIII

Peu à peu, on voulut croire dans la ville que les Grecs ne reviendraient plus. Cassandre, elle, savait à quoi s'en tenir. Plusieurs fois, contemplant terrifiée la cité du haut des terrasses du temple, elle avait entrevu le terrible incendie appelé à dévorer un jour le palais tout entier.

Bien qu'il ne fût pour elle d'aucune utilité, personne ne voulant l'écouter, son don de voyance ne l'avait pas quittée.

Confortant l'inconscience des Troyens, jour après jour, semaine après semaine, la mer demeurait sereine, paisiblement mouchetée de vaisseaux de commerce qui partaient vers Colchis ou les pays hyperboréens après avoir payé au roi Priam leur tribut. Puis vint l'été. Un matin, Cassandre trouva, présage lugubre, son serpent mort au fond de son panier. Lui ayant consacré peut-être moins de temps, durant ces derniers jours, elle se reprocha amèrement de ne pas avoir perçu qu'il dépérissait, et demanda la permission d'aller l'enterrer dans les jardins du temple. Ce devoir accompli, elle apprit avec étonnement de la bouche de Charis qu'elle était désormais officiellement chargée de veiller sur tous les serpents du sanctuaire.

— Mais pourquoi moi ? protesta-t-elle spontanément. J'en suis indigne ! Je me sens tellement responsable de la mort du mien.

— Il n'en est rien, Cassandre. Tu es seulement malheureuse, voilà tout. Crois-tu que nous soyons aveugles ? Nous t'aimons tous beaucoup, et...

La princesse eut un geste de dénégation, mais Charis arrêta son bras.

— Non, Cassandre, je dis vrai. Ne crois pas que nous oublions ce que t'a fait Chrysès. S'il était en notre pouvoir de le chasser, ce serait déjà fait. Laisse-nous donc pour l'instant te confier une tâche qui t'évitera de le rencontrer trop souvent.

Pour Cassandre, ces paroles n'étaient pas toutes compréhensibles. Pourquoi ne pouvait-on chasser Chrysès ? N'avait-il pas tenté de violer une vierge d'Apollon au cœur même du sanctuaire ? Elle ne put cependant obtenir de Charis d'autres éclaircissements. A l'évidence, les raisons pour lesquelles Chrysès était jugé irremplaçable constituaient un secret. Il était inutile d'insister.

Comme il y avait au temple une prêtresse fort âgée qui connaissait parfaitement l'art d'élever les serpents, Cassandre, très désireuse d'acquérir sa science, apprit d'elle dès lors à reconnaître les innombrables espèces, dont la diversité la fascinait, passa des heures et des semaines ensuite à se pénétrer de son enseignement, apprenant peu à peu toutes les recettes et les subtilités pour les tenir en parfaite vigueur et leur assurer la meilleure longévité.

Passèrent les saisons, les nuages dans le ciel, s'enfuirent vers d'autres horizons les dernières pluies d'hiver.

Dans les jardins du temple, pointaient déjà sur les branches des arbres les bourgeons tendres du printemps. C'était le lever du soleil. Cassandre, assise sur la terrasse, regardait passer au-dessus d'elle un grand vol de grues qui se dirigeait vers le nord. Alors qu'elle se prenait à les envier, fuyant vers d'autres cieux qu'elle ne connaissait pas, un concert de clochettes et de cris allègres qui montait de la ville attira son attention. Cassandre se leva. Un cortège de plusieurs centaines de femmes, célébrant les fêtes du printemps, franchissait les grandes portes et se dirigeait vers les champs bordés par les deux fleuves. Ne prenant ni la peine de se changer ni même de se parer d'une guirlande de fleurs, Cassandre, rejetant en arrière d'un mouvement gracieux de son cou ses longues nattes soyeuses, voulant fuir ses noires prémonitions de plus en plus pressantes, ne voulut pas attendre davantage. Nul ne pouvait d'ailleurs se tenir à l'écart des cérémonies. Dans une rue escarpée de la ville, elle reconnut en contrebas une silhouette familière, couronnée de cheveux dorés. Elle courut la rejoindre.

— Œnone, que fais-tu là ? s'enquit-elle très surprise. N'y a-t-il point aussi fête des semailles sur le mont Ida ?

Œnone lui adressa un sourire, mais restant silencieuse, Cassandre devina aussitôt qu'elle était uniquement venue dans l'espoir d'apercevoir Pâris. Ne pouvant ni l'encourager ni la décevoir, elle avisa le bambin qu'elle portait sur ses épaules.

— Comme il a grandi ! s'exclama-t-elle. Il doit être très lourd ?

— Chaque jour, il ressemble un peu plus à son père, déclara fièrement Œnone, ignorant la question de Cassandre. As-tu vu ses yeux noirs ?

— Je les vois. Je t'en prie, rentre chez toi, Œnone, dit-elle doucement. Seules importent vraiment les semences du mont Ida. Pour nous ici, rien de bon ne sortira des festivités d'aujourd'hui. Troie, pour notre malheur, irrite profondément les Dieux. D'ailleurs, tu ne verras sans doute pas Pâris. Les cérémonies sont réservées aux femmes.

— Ne puis-je prier avec vous pour apaiser le courroux de la Mère Eternelle ?

Voyant qu'il était impossible de la convaincre, Cassandre renonça.

— Dans ce cas, viens et laisse-moi un moment porter ton enfant. Tu dois être bien lasse.

Œnone ne se fit pas prier. Elle emboîta le pas à la princesse et la suivit dans la direction du palais. Parvenues à sa hauteur, elles retrouvèrent Hécube et Andromaque, accompagnées du fils d'Hector, qui se dirigeaient vers les portes de la ville.

Créuse portait également sa fille dans son dos, enveloppée dans un grand châle qu'elle avait noué autour de sa taille. Quant à Polyxène, elle marchait à la tête des filles de Priam, toutes revêtues de la tunique de cérémonie traditionnelle des vierges, ornée de rubans multicolores. Apercevant Cassandre, elles la saluèrent joyeusement. Celle-ci, malgré son inquiétude, leur rendit leur salut. Puisque, en dépit du désastre qu'elle ne cessait de prédire, personne ne jugeait bon de remettre les festivités à plus tard, il était préférable de les laisser profiter sereinement du répit accordé.

Quelques femmes, plus haut, entonnèrent alors le premier chant rituel :

Prenons le grain, caché pendant l'hiver.
Prenons-le en chantant dans la joie...

et d'autres le reprirent un peu plus loin en chœur.

— Regarde, mon fils, s'écria Œnone en désignant les murs de l'acropole. Les hommes se trouvent sur les remparts, ils nous observent. Ton père est parmi eux !

Tout émue, elle tenta d'attirer l'attention de l'enfant sur Pâris, dont l'armure étincelait. Non loin de lui, on pouvait voir la haute silhouette d'Enée, Priam dans sa cuirasse, et le panache de plumes pourpres du casque d'Hector.

Cependant le cortège atteignait les champs, retournés quelques jours plus tôt pour accueillir les semailles. Les femmes retirèrent alors leurs sandales, comme l'exigeait la tradition, seuls les pieds nus étant admis à fouler le corps nourricier de la Mère Eternelle. Hécube, qui portait une robe écarlate, leva les bras et entonna l'incantation rituelle. Les femmes ayant pris le relais, elle se tut et fit signe à Andromaque de venir à elle. Splendide dans sa robe pourpre de Colchis, celle-ci s'avança et prit la place de la reine.

Hécube en effet était maintenant trop âgée. Bien qu'elle eût mis au monde dix-sept enfants, dont plus de la moitié avaient atteint l'âge de cinq ans, signe indiscutable de la faveur dont elle jouissait auprès de la Déesse, elle n'était plus à même de procréer. Le rituel devait donc être désormais observé sous la conduite d'une mère féconde, surtout en ces instants, où les semailles s'annonçaient si cruciales pour la survie de la cité.

Sur un signe d'Andromaque, toutes les vierges et toutes les femmes n'ayant encore jamais porté d'enfant quittèrent les champs labourés. Cassandre, rendant son enfant à Œnone, se dirigea vers un muret de pierre envahi d'épineux qui bordait un chemin. Le fouillis végétal grouillait de vie. De partout montait le chant des criquets dissimulés au cœur des plantes et des herbes dont elle commençait à connaître les différents usages. Remarquant une feuille longiligne permettant de soigner certaines éruptions de la peau des enfants, elle se pencha pour la cueillir, murmura une prière à l'intention de la Déesse.

A présent que les femmes fécondes foulaient la terre, les hommes pouvaient venir les encourager. Lentement, ils descendirent à leur tour de la ville pour les rejoindre. Le roi Priam, débarrassé de son armure, s'était drapé dans une étoffe cramoisie. Un collier de pierres écarlates encerclait son cou. Majestueusement il arriva au bord du champ, prit entre ses mains un araire à mancheron de bois, le brandit au-dessus de sa tête. Figée sur place, la foule observait un silence total. Alors, de ses propres mains, il attela lui-même un âne blanc au palonnier. Son pelage était immaculé. Puis le roi enfonça le soc de l'araire dans la terre et commanda à l'animal d'avancer : sous les vivats de l'assistance, un noir sillon s'ouvrit dans les entrailles de la Déesse. Les femmes aussitôt entonnèrent un nouveau chant, incantation, selon les uns, destinée à couvrir les souffrances de la Mère Eternelle, selon les autres, à la remercier simplement de sa bonté.

Ces chants ayant pris fin, toutes les femmes présentes dans les champs entamèrent une danse frénétique. Ensemble, elles dévoilèrent leurs poitrines, exhibèrent fièrement leurs seins nus, firent mine d'offrir leur lait à la terre assoiffée pour la rendre plus fertile. Beaucoup d'entre elles étaient enceintes, jeunes filles aux seins menus et fermes semblables à des fruits verts, ou femmes d'un âge plus mûr aux poitrines lourdes et opulentes.

Une lancinante prière s'éleva de nouveau vers les cieux :

« Ô Mère Eternelle, nourris généreusement tes enfants, nous t'en implorons !... »

Les femmes se virent remettre chacune un panier plein de grains. Sans plus attendre, flanc contre flanc, elles entreprirent alors d'ensemencer la terre en psalmodiant une mélopée monotone. C'est alors que Priam, s'éloignant de la zone fertile, pour leur laisser la place, trébucha malencontreusement. On s'empressa autour de lui, l'empêchant de perdre totalement l'équilibre, mais d'aucuns regardèrent l'incident comme un mauvais présage.

Haut dans le ciel, le soleil maintenant frappait hommes et femmes de son implacable puissance.

— La terre a-t-elle vraiment besoin de ces cérémonies ? s'exclama un colosse aux traits rudes que Cassandre n'avait auparavant jamais vu. Je connais des pays éloignés qui ignorent nos Dieux. Leurs cultures, semble-t-il, n'en poussent pas plus mal !

— Déimos, silence ! intervint fermement Enée. Nous n'avons nul besoin de tes appréciations stupides. Que les Dieux s'en soucient ou non, la tradition nous oblige à agir ainsi. Garde donc pour toi-même tes réflexions stériles.

Au même instant, le tonnerre gronda dans le lointain et le disque solaire disparut derrière des nuages menaçants. Cassandre s'aperçut que les insectes s'étaient tus. Déjà quelques grosses gouttes de pluie faisaient trembler les branches desséchées des épineux, une brusque rafale de vent plaquait les tuniques des semeuses contre leurs jambes.

— Louée soit notre Mère Eternelle qui nous envoie la pluie, source de toute vie ! clamèrent-elles en chœur. Louée soit-elle à jamais dans nos cœurs !

Comme si elle souhaitait répondre à ces actions de grâces, la pluie, telle une cascade bienfaisante, se déversa d'un seul coup du ciel sur la terre. Tous les chants prirent fin, et les femmes, vieilles et jeunes mêlées, se précipitèrent d'un seul élan pour participer à la fête.

Alors que Cassandre se mettait à courir pour rejoindre Œnone, un voile sombre s'abattit sur ses yeux, le sol sembla se dérober sous elle. Avant tout le monde, elle entendit un terrible cri de guerre monter du sol, envahir les champs. Tapis dans la campagne avoisinante, profitant de l'effervescence et de l'inattention des habitants de la cité préoccupés seulement par l'exercice de leur rituel, les Grecs les avaient encerclés. Se détachant de la vague déferlante des assaillants, Cassandre vit un inconnu en cuirasse s'emparer d'Œnone et, après l'avoir jetée sur son épaule, repartir en courant vers le rivage.

Selon la tradition, les Troyens ne portant jamais

d'armes les jours de tête, la plupart d'entre eux se ruèrent vers la cité, pour aller les quérir. Pâris, l'un des premiers, réapparut au sommet des remparts, décochant flèche sur flèche sur l'ennemi. Traits et javelines volaient dans tous les sens, et bientôt les Grecs durent faire retraite, les rescapés abandonnant les femmes dont ils s'étaient emparés pour rejoindre plus vite leurs vaisseaux ancrés sur le rivage.

Jugeant que la voie était désormais libre, Cassandre franchit d'un bond la haie où elle s'était réfugiée, et traversa le champ d'une seule traite. Haletante, elle rejoignit sa mère, en train de réconforter Œnone qui venait d'échapper à son ravisseur atteint d'une flèche en plein cœur. Tout le monde avait les yeux rivés sur les noirs vaisseaux grecs. Sur l'un d'eux, se détachait la haute et arrogante silhouette d'Agamemnon. Cassandre l'avait tout de suite reconnue. Etait-ce un monstre, ou seulement un homme plus fort, plus cupide, plus cruel que les autres ? Sa vue pourtant, comme lors de ses terribles visions, continuait à la glacer d'effroi.

Jetant un regard circulaire, Hécube s'assura que personne ne manquait.

C'est alors que Phyllide, debout au milieu des prêtresses d'Apollon, poussa un cri.

— Où est Chryséis ? s'exclama-t-elle. Malheur sur nous si les Grecs sont parvenus à s'emparer d'elle, vierge du Dieu Soleil !

— Malheur sur nous ! répéta la reine d'une voix blanche.

Seule Cassandre songea en elle-même que la perte n'était peut-être pas si lourde. Depuis son arrivée, Chryséis n'avait cessé de perturber la vie du temple. D'ailleurs, qui pouvait affirmer qu'elle était encore vierge ?

En fin de compte, l'attaque des Grecs avait été moins dommageable que prévu. Ce n'était là qu'escarmouche avant l'engagement fatal. Se tournant vers Hélène, Cassandre lui demanda quand allait naître son enfant. Malgré son début de grossesse, elle restait d'une beauté radieuse et attirait plus que jamais tous les regards des hommes. Son sourire enjôleur, Cassandre le reconnut, demeurait infaillible. Elue de la Déesse de l'Amour, elle était de surcroît intouchable. Source de tous les maux de Troie, les charmes dont l'avait parée Aphrodite semblaient réduire à néant toutes les rancœurs du monde. Les deux femmes s'embrassèrent.

Comme c'est étrange... songea Cassandre. Lors de son arrivée à Troie, j'ai été la première à implorer mes parents de ne pas l'accueillir. A présent, je l'aime sincèrement. Si l'on parlait de la chasser, je me demande même si je ne la défendrais pas de tout cœur. Est-ce donc là la volonté toute-puissante d'Aphrodite ? Suis-je en train, malgré moi, de servir ses desseins ? Non... puisqu'elle porte un enfant, elle est désormais vouée à la Mère Eternelle, notre Mère Suprême, notre Déesse à tous.

— Quand ton enfant doit-il naître ?

— Aux moissons d'automne, répondit Hélène.

— N'est-il pas le fils de Pâris ? En l'apprenant, peut-être Ménélas renoncera-t-il à toi ?

Hélène sourit tristement.

— S'il voulait revenir à Sparte, personne ne l'écouterait. Cassandre, tu sais tout comme moi que mon adultère n'est qu'un prétexte. Depuis des années, Agamemnon attendait celui-là ou un autre pour attaquer impunément la cité de ton père. Si ce soir même, sous le couvert de la nuit, je décidais de me glisser sous la tente de Ménélas, je suis certaine qu'à l'aube, vous retrouveriez mon cadavre pendu au pied de nos remparts et que les Grecs continueraient le siège sous prétexte de venger ma mort.

La chose paraissait en effet vraisemblable. Cassandre se contenta d'opiner du chef.

— Cassandre, je te le dis, poursuivit Hélène d'une voix lasse, bien des fois je me suis persuadée que rien de tout cela ne serait arrivé si j'avais voué ma vie à la Déesse. Aujourd'hui encore, je suis tentée souvent de fuir la convoitise des hommes en me réfugiant pour toujours dans son sanctuaire. Cassandre, toi-même qui est prêtresse, crois-tu qu'elle m'y accueillerait ?

— Je ne sais. La Déesse, il est vrai, ne repousse jamais une femme qui vient au-devant d'elle. Néanmoins, je crois que ton destin t'a placée au cœur de la rivalité des hommes. Or, tu le sais, il est vain de vouloir lutter contre sa destinée.

— Toi aussi, tu penses donc qu'il est bien illusoire d'imaginer que la Déesse, grâce à sa protection, pourrait écarter de nos têtes le poids de la fatalité, qui par ma faute, nous accable... Mais comment être certains que ce sont bien les Immortels qui décident de notre destinée ? Moi-même, ne suis-je pas finalement le simple enjeu de la querelle de deux hommes se souciant peu du vouloir des Dieux ?

— Comment répondre à de telles questions ? soupira Cassandre. Les Dieux cependant, j'en suis certaine, ne sont pas étrangers aux événements que nous vivons. Ce sont eux, à l'évidence, qui ont aidé Pâris à te séduire et à te prendre.

— Ainsi donc, selon toi, la guerre qui oppose Troie aux miens est le fruit de leur seule volonté ? Mais pourquoi ? Pourquoi à cause de moi et non d'une autre ?

— Je ne sais. Il n'y a pas de réponse, Hélène, pour les mortels ici-bas. L'avenir, notre avenir, n'appartient à personne, sinon aux Dieux.

IX

Cette nuit-là, Cassandre vit en songe les Dieux en fureur se battre au-dessus de Troie et ébranler les murailles, livrant un combat titanesque qui emplissait, dans un formidable fracas, le ciel d'éclairs fulgurants. Lorsqu'elle ouvrit enfin les yeux, une pluie battante noyait les premières lueurs du jour.

Curieusement, Chryséis lui manquait. Insensiblement, elle s'était faite à sa présence et ne pouvait s'empêcher de frémir en imaginant le sort qui lui était certainement réservé, les Grecs étant privés de femmes depuis des mois. Naturellement, il se trouvait quelques Troyennes pour se glisser, la nuit venue, chez l'ennemi et lui vendre leurs charmes. Mais Chryséis, elle, avait été enlevée contre son gré. Il est vrai cependant qu'elle s'alarmait sans doute à tort à son sujet, la jeune fille, après tout, ayant toujours manifesté à l'égard des hommes un intérêt aussi irrésistible qu'excessif.

Pour la chasser de ses pensées, Cassandre passa à la hâte un péplos et se rendit à la chambre aux serpents.

Elle en avait à peine franchi le seuil qu'elle s'arrêta pétrifiée. Plusieurs statues étaient tombées de leur piédestal et gisaient en morceaux sur les dalles de marbre. Quant aux serpents, ils avaient disparu.

C'est alors que la voix étouffée de la vieille Mélianthe, la doyenne des prêtresses du temple, lui parvint faiblement de la pièce voisine.

— Fille de Priam, est-ce toi ?

Se précipitant dans la chambre obscure, Cassandre trouva la prêtresse étendue sur sa couche.

— Que s'est-il passé, Mélianthe ? Que t'arrive-t-il ?

— Je me meurs, articula avec peine la vieille femme. Inutile d'appeler les serpents... Ils sont partis, tous partis... Ils nous ont abandonnées et se sont réfugiés dans les profondeurs de la terre... Ceux qui sont restés sont morts dans leurs pots...

Immobile, Cassandre restait sans voix.

— N'as-tu donc pas entendu la colère des Dieux cette nuit ? Ils ont tout ébranlé. Les pots, mais aussi les statues...

— C'était donc cela... parvint enfin à dire Cassandre, se remémorant son cauchemar. Oui, j'ai vu... j'ai vu les Dieux se battre sur nos têtes... Ainsi, la Déesse Serpent veut aussi nous punir ?

— Non, ce n'est pas elle ! protesta faiblement la mourante. Si elle nous en voulait vraiment, elle ne s'en serait pas prise à ses serpents. C'est nous qu'elle aurait fait immédiatement périr. Python n'a rien à voir avec ce qui s'est passé cette nuit.

La vieille femme, à bout de souffle, suffoquait. Cassandre chercha à la réconforter.

— Veux-tu que je te donne à boire ?

— Non, c'est inutile désormais... Je voudrais seulement... Je t'en prie... Revêts-moi de ma robe de prêtresse... Farde-moi aussi le visage et transporte-moi dans la cour... Pour la dernière fois je voudrais contempler les rayons du Dieu Soleil auquel j'ai consacré ma vie...

Avec ferveur, Cassandre exauça ses ultimes volontés. L'ayant parée d'une robe de lin jaune safran, elle la farda d'une main tremblante, teinta ses lèvres et ses joues d'un rouge vif paraissant incongru en de telles circonstances, puis se penchant sur elle, parvint à la prendre dans ses bras. Alors, lentement, précautionneusement, elle gagna la cour inondée de soleil, la déposa délicatement sur des coussins multicolores. Epuisée, la mourante s'affala sur le dos, remua les lèvres sans qu'aucun son ne sorte de sa bouche. Une veine bleue à sa tempe semblait battre la chamade.

Voyant qu'elle voulait dire quelque chose, Cassandre se pencha à son oreille :

— Que veux-tu ? Que puis-je pour toi, Mélianthe ?

— Rien, il est trop tard... put encore balbutier l'agonisante. Je suis heureuse de partir avant que n'arrive la fin pour Troie... Cassandre, tu t'es montrée très bonne envers mes serpents. Avant que la vie ne me quitte, je vais prier pour toi, afin que tu échappes au sort terrible qui guette cette cité maudite...

La vieille femme ferma les paupières.

— Approche, mon enfant, approche, fit-elle encore d'une voix presque imperceptible. Je ne vois plus ton visage... et pourtant, brille devant moi une étoile... Le Dieu Soleil ne m'a pas abandonnée...

Alors, ouvrant tout à coup ses yeux voilés, et parvenant à se redresser légèrement, elle prononça, dans un râle, ces derniers mots :

— Apollon, Dieu du Soleil, je te vois ! Je viens vers ton éblouissant visage...

Comme elle tentait dans un effort suprême de tendre les bras vers le ciel, sa tête retomba sur les coussins. Elle avait quitté ce monde.

Cassandre courut prévenir Charis.

— Elle était notre doyenne, déclara cette dernière profondément émue. Lorsque je suis arrivée ici, à l'âge de neuf ans, elle n'était déjà plus jeune. Cette nuit, en entendant la colère des Dieux, peut-être aurais-je dû aller la voir. Il est vrai que je n'aurais rien pu faire pour elle. Ainsi est-ce sans doute mieux. A présent, enterrons-la avec tous les honneurs qu'elle mérite.

Deux jours plus tard, la grande crécelle du bastion principal annonça tout à coup une nouvelle attaque des Grecs. De la terrasse du temple, Cassandre aperçut les défenseurs de Troie, Pâris en tête, se ruer à leur rencontre.

Apparemment ces assauts ne suscitaient plus qu'un faible émoi dans la cité, personne, hormis les combattants ne semblant plus y prêter attention.

Un homme pourtant, parmi ceux qui ne combattaient point, semblait s'intéresser de près aux offensives ennemies. Cet homme était Chrysès, qu'une fois de plus, Cassandre surprit ce jour-là à observer la bataille à l'autre extrémité de la terrasse. L'apercevant, elle préféra se retirer sans attendre.

Désormais, songea-t-elle, à part Chrysès, les attaques n'ont pas plus d'effet sur les gens qu'une violente averse de grêle. Comment ne se rendent-ils pas compte qu'ils courent inexorablement à leur perte ?

La venue d'un messager du palais vint la distraire de ses pensées : Hélène entrait en couches et souhaitait la voir aussitôt. Cassandre se rendit au palais. Arrivée au quartier des femmes, elle retrouva sa mère et toutes ses sœurs, à l'exception d'Andromaque, dans les appartements de la reine de Sparte.

Comme elle s'en étonnait, on lui expliqua qu'elle avait préféré garder les enfants chez elle pour les distraire en leur racontant des histoires.

— S'il y a bien une chose dont on se passe aisément pendant un accouchement, assura Créuse de son côté, c'est bien d'avoir une nuée d'enfants dans les jambes !

Ce n'était évidemment pas faux, mais Cassandre se demanda si c'était là pure générosité de la part de la femme d'Hector ou bien si elle avait plus simplement souhaité ne pas assister à une scène dont elle gardait un trop cruel souvenir.

Quoi qu'il en soit, la chambre de la belle Hélène était bondée, la plupart des femmes présentes gênant plutôt qu'autre chose. Mais la tradition exigeait que les préparatifs d'une naissance royale eussent lieu devant de nombreux témoins.

Ayant néanmoins réussi à apercevoir dans l'assistance nombreuse la fille de Priam, Hélène lui fit signe d'approcher.

— Viens t'asseoir près de moi, ma sœur. Tout ceci ressemble à une fête... D'ailleurs, pour la plupart, n'est-ce donc pas de cela qu'il s'agit ?

— Oui, tu as raison. C'est comme pour un mariage, approuva Cassandre. Tout le monde s'amuse beaucoup, excepté souvent la principale intéressée. Il ne manque en fait que quelques acrobates, des danseuses, un cracheur de feu et un avaleur d'épées... Mais trêve de bêtises. Dis-moi, as-tu besoin de quelque chose ?

La reine de Sparte secoua négativement la tête. Parmi toutes ces étrangères qui l'entouraient, elle avait l'air tout à coup d'être bien seule.

— Où est Aethra, ta suivante ?

— Elle est repartie pour la Crète. Je ne voulais pas qu'elle ait à pâtir de la guerre par ma faute.

Marquant une pause, elle prit la main de Cassandre et la serra tendrement.

— Reste avec moi, demande-t-elle à mi-voix. Je ne connais aucune de ces sages-femmes, et j'avoue n'avoir guère confiance en elles.

Soudain ses traits semblaient tirés, son teint très pâle. Sans doute délaissée en ces instants pénibles par la Déesse de l'Amour, elle paraissait à présent vulnérable, presque fragile. Seule sa chevelure d'or, encadrant son visage perlé de sueur, rappelait sa beauté coutumière, son regard trahissant une profonde lassitude.

— Sois tranquille, je ne te quitterai pas, promit Cassandre gardant sa main dans la sienne, Créuse non loin d'elles égrenant sur sa lyre des notes harmonieuses et sereines.

Comme les ombres du soir s'allongeaient dans la chambre, Hécube renvoya tout le monde à l'exception de deux sages-femmes, d'une servante et d'une prêtresse chargée d'amulettes qui entreprit de les disposer autour de la couche de la future mère. S'adressant enfin à Cassandre, la reine lui fit signe de se retirer.

— En tant que vierge, ma fille, ta place n'est pas ici.

Hélène à ces paroles, étreignit sa main de plus belle.

— Cassandre est mon amie, Mère, intervint-elle. D'ailleurs, elle est elle-même prêtresse, et à ce titre, je demande sa présence à mes côtés.

— As-tu apporté avec toi les serpents sacrés ? interrogea Hécube.

— Non, Mère. Ils ont tous disparu au cours du tremblement de terre de cette nuit.

Occupée à placer en marmonnant une amulette sur le ventre d'Hélène, la prêtresse releva lentement la tête.

— Garde-toi bien, ma fille, de proférer le moindre oracle, gronda-t-elle sévèrement.

— En quoi la disparition des serpents du temple constitue-t-elle un oracle bon ou mauvais, pour mon enfant ? demanda Hélène. Apollon n'est pas mon Dieu et n'a par conséquent aucune raison de m'en vouloir. Quant à la Déesse Python, je ne la connais pas.

Croisant le regard de Cassandre, la prêtresse haussa les épaules et fit un signe destiné à conjurer le mauvais sort. Cassandre, elle, approuva en tout cas en son for intérieur les paroles d'Hélène. Ceux qui voyaient des augures en toute chose lui paraissaient complètement dénués de bon sens.

L'arrivée au monde de l'enfant attendu ne tarda pas à lui donner raison. Peu avant le coucher du soleil, Hélène accoucha d'un fils qu'elle nomma Bynomos. Considérant le nouveau-né, Hécube fronça légèrement les sourcils.

— Depuis combien de temps es-tu parmi nous, Hélène ? interrogea-t-elle. Ce nouveau-né est bien menu... Il ne semble peser guère plus lourd qu'un poulet. Jamais je n'ai vu nourrisson si petit.

— Sans doute que les événements que nous vivons, les attaques des Grecs, le tremblement de terre de cette nuit, ont un peu avancé la naissance, s'interposa sereinement Cassandre. Quelle importance, vraiment, à partir du moment où l'enfant est en bonne santé ?

Créuse s'avança à son tour pour soulager Hélène et prit le bébé dans ses bras.

— Je crois qu'il aura les cheveux de son père, dit-elle à Hécube pour l'apaiser, contemplant le petit Bynomos.

Quand ils naissent avec les yeux bleu foncé, les enfants deviennent généralement bruns.

La délicatesse de sa demi-sœur ne laissa pas d'étonner Cassandre. Enfant, elle avait le talent d'envenimer les choses. Désormais, depuis son mariage avec Enée, une transformation dans le bon sens l'avait complètement changée.

Un bruit de pas rapides et de voix résonna dans le couloir qui menait à la chambre. La porte s'ouvrit et Pâris apparut rayonnant.

— Mon frère, tu as un nouveau fils, lui annonça Cassandre.

— J'ai *un* fils, rectifia-t-il aussitôt. Point d'oracle néfaste en ce jour, ma sœur, ou je changerai ton joli visage en masque gracieux des Gorgones.

— N'as-tu pas honte de proférer de telles menaces ? le gronda, cajoleuse, Hélène. Ta sœur est mon amie !

Cassandre prit dans ses bras le nourrisson et l'embrassa.

— Rassurez-vous, je n'ai aucune prophétie pour lui, fit-elle. Je constate qu'il semble parfaitement sain et vigoureux, et ne suis pas chargée de dévoiler le sort qui l'attend.

Ayant dit ces paroles, elle tendit l'enfant à Pâris, qui se pencha vers son épouse. Cassandre se couvrit le visage de son voile.

— Tu nous quittes déjà ? lui demanda Hélène. J'avais espéré que tu resterais un moment avec moi.

— Je reviendrai plus tard. Il me faut pour l'instant essayer de me procurer de nouveaux reptiles. Ils ont tous disparu lors du tremblement de terre. Or, leur présence est indispensable au sanctuaire. Il me faut donc les remplacer au plus vite.

— Quel singulier présage ! s'exclama Créuse. A ton avis, que signifie-t-il ?

Cassandre hésita. Elle ne voulait ni effrayer ses sœurs ni irriter Pâris et sa mère. Et puis, à quoi bon répéter une vérité qu'ils avaient en horreur ?

— Je crois, répondit-elle finalement à contrecœur, que Troie irrite les Dieux. D'autres signes en portent témoignage.

Pâris éclata d'un grand rire.

— A chaque tremblement de terre, les serpents se réfugient dans les profondeurs du sol. Cette fuite naturelle n'est en rien un présage. Leurs semblables, je l'ai observé maintes fois, ne se comportent pas autrement dans les montagnes ! Cela dit, je suis navré que tu aies perdu tes charmants compagnons. Cours donc en acquérir d'autres, petite sœur, et choisis-les soigneusement cette fois. Peut-être se montreront-ils plus fidèles que leurs prédécesseurs.

— Puissent les Dieux t'entendre ! lança avec ferveur Cassandre, laissant les deux époux en tête-à-tête.

Une fois dans la galerie, elle décida de rendre visite à Andromaque avant de quitter le palais. Ses appartements étaient proches. Elle y entra.

— Cassandre, s'écria joyeusement Andromaque en l'apercevant, quelle heureuse surprise ! J'ignorais que tu étais au palais. Es-tu venue pour la naissance ?

— Oui, je sors de chez Hélène, répondit la princesse en l'embrassant. Elle vient d'avoir un fils. La mère et l'enfant se portent à merveille.

— Je le sais. On m'a dit qu'il s'agissait d'un garçon. Mais... Cassandre ! Et Pâris, le père, tu n'en parles donc pas ?

— Andromaque, que veux-tu insinuer ? Le père ?... Mais dis-moi, qui était le tien ? Chez toi, au pays des Amazones, où j'ai passé de longs mois, compte-t-il ? Un nouveau-né n'appartient-il pas avant tout à sa mère ? Naturellement, Pâris...

Elle n'acheva pas sa phrase.

Soudain, prise d'un violent frisson, Cassandre voyait surgir devant ses yeux l'image de son frère jumeau, se tordant de douleur sur le sol de la hutte qu'il partageait jadis avec Œnone. Penchée sur lui, elle épongeait son front baigné de sueur ; à leurs côtés, gisait à terre une cuirasse d'or.

— Cassandre ! s'inquiéta Andromaque, la voyant chanceler. Assieds-toi sur ce tabouret. Visiblement tu n'as rien mangé depuis l'aube ! Repose-toi, tu vas prendre quelque chose.

La fille d'Imandre appela une servante. On apporta bientôt une corbeille de fruits et une cruche de vin.

— Bois, ordonna-t-elle avec une douce insistance, et mange donc quelques fruits secs.

Docilement, Cassandre prit une poignée de grains de raisin qu'elle se força à avaler.

— On est allé chercher du pain et de la viande aux cuisines, continua Andromaque, tu en as bien besoin. Prêtresse comme toi, ma mère avait l'habitude de manger autant de viande rouge et de pain qu'elle le pouvait. Le jeûne, je le sais, favorise les visions. En abuser en déforme le sens.

— Tu as raison, approuva Cassandre ; grâce à toi, je me sens déjà mieux.

— Hélène a-t-elle souffert ? voulut savoir la fille d'Imandre.

Cassandre secoua négativement la tête.

— Bien sûr, fit Andromaque avec une moue. Aphrodite la pousse vers les hommes ; elle lui épargne en plus les douleurs de l'enfantement ! Parlant d'enfant... N'est-ce pas Œnone que j'ai aperçue avec son fils aux fêtes des semailles ?

— C'était bien elle. Elle est venue dans l'espoir d'apercevoir Pâris. La pauvre, hélas, l'aime toujours. Ah, je me sens coupable d'aimer aussi Hélène ! Quant à Pâris, il a manifestement oublié l'existence de son premier fils...

— Tout le monde aime Hélène, Cassandre. Priam lui-même ne la rudoie jamais, c'est tout dire. Pour ce qui est de Pâris... que faire ? Lorsqu'on partage la couche de la Déesse de l'Amour, peut-on vivre à nouveau auprès d'une humble prêtresse du mont Ida ? Et quand bien même le voudrait-il, crois-tu que la Déesse accepterait son infidélité ?

— Cette Déesse grecque est cause de nos malheurs. Puisse-t-elle ne jamais poser la main sur moi !

— Je ne te le souhaite pas, répliqua Andromaque. Puisses-tu, toi aussi, connaître un jour l'amour !

— Les Dieux m'en préservent. J'aime de toute mon âme, mes frères, mes sœurs, ma mère, mes serpents, le Dieu Soleil...

Les lèvres d'Andromaque esquissèrent un sourire mélancolique :

— J'ai moi-même tant de chance. J'aime l'homme qu'on m'a donné pour mari. Il me serait impossible d'en aimer un autre... Hélène, je crois, a aimé Ménélas. Puis la Déesse a posé la main sur elle. Dès lors, elle n'a plus pensé qu'à Pâris.

— Un tel amour n'est pas un don du ciel, mais une malédiction. Puissé-je ne jamais le connaître !

— Prends garde aux vœux que tu prononces, Cassandre, murmura Andromaque en embrassant affectueusement sa cousine. Je rêvais de connaître le monde, de rencontrer un homme couvert de gloire. Ce vœu m'a conduite jusqu'ici, très loin de mon pays et m'a séparée à jamais de ma mère.

Elle prit sur un plateau une pincée de sel et la jeta en l'air en chuchotant un mot que Cassandre ne put saisir. Intriguée, la princesse leva sur elle des yeux interrogateurs.

— J'ai fait le vœu, expliqua Andromaque, que tes prières soient toujours exaucées. Je le renouvelle chaque jour.

— J'ignore si les Dieux honorent de telles requêtes. Mais quoi qu'il en soit, chère Andromaque, quoi qu'il arrive, je te remercie du fond du cœur.

X

Depuis l'enlèvement de sa fille, Chrysès restait prostré. Négligeant ses devoirs au temple, il passait le plus clair de son temps à scruter le camp grec de la terrasse qui dominait les remparts de la ville.

— Je t'en prie, Cassandre, lui demandait souvent Charis, va le trouver, dis-lui de nous rejoindre. Il t'écoutera. Toi seule peux l'amener à se ressaisir.

Lui étant impossible de se dérober davantage, Cassandre, un soir, se décida à l'aborder.

— Le souper est prêt, lui dit-elle. Nous t'attendons tous. Viens le prendre avec nous.

S'arrachant malgré lui à sa contemplation douloureuse, Chrysès tourna lentement son regard vers elle.

— Merci, Cassandre, soupira-t-il. Hélas, me semble-t-il, je n'aurai maintenant plus jamais faim.

Depuis le rapt de sa fille, il ne se rasait ni ne se lavait plus. Sale et négligé, il dégageait une violente odeur de plantes médicinales.

— Oui, comment pourrais-je désormais manger, boire, dormir... On m'a pris mon enfant et ma vie... Je n'ose imaginer son sort parmi tous ces barbares...

— Reprends-toi, Chrysès. Te laisser dépérir ne modifiera pas son destin. Tu n'espères tout de même pas attendrir les Grecs ?

— Non, mais peut-être parviendrai-je à toucher le cœur d'un Immortel...

— Le crois-tu vraiment ? l'interrompit-elle.

— Je ne sais pas, je ne sais plus... Depuis qu'elle est captive, espérer est mon seul soutien. A quoi m'a donc servi de veiller sur son innocence ? Il aurait mieux valu que je la vende très jeune à un sanctuaire d'Aphrodite !

Cassandre sentit monter en elle la colère.

— Ne l'as-tu toi-même pas vendue au Dieu Soleil pour t'assurer une vie paisible ? Quant à ta fille, sache que la virginité du corps n'est rien sans la pureté de l'âme. Si tu souhaites la protection d'Apollon, ou si tu réclames vengeance, je ne puis rien pour toi. Je peux te dire en tout cas qu'il est bien peu probable qu'il intervienne en ta faveur si tu t'obstines dans ton isolement et délaisses tes devoirs sacrés à son égard.

Le port et la surface de la mer étaient noyés dans une brume épaisse où ne se devinaient qu'à peine les vaisseaux noirs des Grecs. Cassandre détestait maintenant l'immensité de l'onde autrefois bienveillante, qui avait permis aux barbares de venir semer la désolation sur sa terre.

Chrysès, un instant, voulut répondre avec fureur. Mais il se reprit aussitôt et, détournant la tête, sombra de nouveau dans l'apathie.

— Tu as raison, finit-il par murmurer. Je vais venir

souper avec vous. Je vais d'abord me purifier par l'eau et m'apprêter comme il sied à un prêtre d'Apollon.

— Voilà qui me semble raisonnable, frère, dit doucement Cassandre.

Une lueur s'allumant dans le regard de l'homme, elle regretta aussitôt ses paroles de sympathie. Elle n'en fit cependant rien voir et, sans attendre, s'en retourna rapidement au temple.

A l'aube, le lendemain matin, on frappa à la porte de sa chambre. Elle alla ouvrir. Sur le seuil, se tenait le jeune prêtre faisant office de messager dans le sanctuaire.

— Fille de Priam, on t'attend sous le portique principal, dit-il respectueusement. C'est ton oncle. Il veut te parler sur-le-champ.

Cassandre se drapa dans son manteau. Qui désirait la voir de si bonne heure ? Elle ne connaissait aucun frère de son père. Quant à Hécube, elle n'avait que des sœurs. Comme elle songeait à l'éventualité d'un piège — mais il était déjà trop tard pour reculer — elle aperçut trois hommes revêtus d'une cape, dissimulant leur visage sous leurs capuches.

— N'aie crainte, Cassandre, c'est moi, annonça une voix familière.

L'homme qui venait de parler ôta son capuchon.

— Ulysse ! s'écria-t-elle.

— Plus bas ! enfant... implora-t-il. Veux-tu nous faire tuer ? J'ai impérativement besoin de voir ton père. Agamemnon ignore tout de mon entreprise. Mon vaisseau est dissimulé dans une petite crique. J'ai pu la gagner cette nuit, sous le couvert de la brume. Je veux envisager avec Priam le moyen honorable de mettre un terme à cette guerre stupide. J'ai donc songé à toi pour nous introduire. Dans ce temple, avec toi, nous sommes à l'abri.

— Penses-tu pouvoir quitter ces lieux et gagner le palais au vu et au su de tous ? interrogea Cassandre. Des espions grecs infiltrés parmi nous rôdent sûrement et peuvent vous découvrir. Prenez garde ! Moi-même je vais voir si je peux vous aider. Mon père, je le pense, renoncera à son serment de ne jamais traiter avec l'ennemi s'il apprend ta présence. Mais, dis-moi, qui sont tes compagnons ?

— Amis, montrez votre visage, demanda Ulysse.

Les deux hommes se découvrirent. L'un d'eux, solidement campé, avait des épaules de lutteur. Ses cheveux blonds, presque argentés, tombaient en cascade sur sa nuque. Très jeune, il n'avait pas encore la tonsure rituelle des Grecs, mais ses traits rudes trahissaient une précoce agressivité.

— Ulysse, tu m'avais fait promesse de me conduire au combat, lança-t-il avec fougue, ses yeux glacés d'oiseau de proie brillant avec colère. Et tu cherches à y mettre un terme ! Tu parles comme une femme ! J'en ai trop entendu !

— Achille, prends patience, intervint posément son compagnon, apparemment plus grand, plus élancé que son bouillant ami.

Sans doute légèrement plus âgé qu'Achille, pouvant avoir vingt ans peut-être, sa musculature d'athlète impressionnait et séduisait dès le premier regard. Cassandre y fut sensible.

— La guerre n'est pas seulement affaire de gloire et d'honneur, poursuivit-il. Si Ulysse juge utile une telle démarche, ce sont les Immortels qui l'inspirent. Quant à ta soif de combat, tu pourras sans nul doute l'étancher. Les guerres, hélas, ne manquent jamais dans une vie d'homme ! Pourquoi vouloir se ruer aveuglément à la bataille ? S'illustrer sur un champ de bataille n'est pas un jeu, tu le verras toi-même avant longtemps.

Le jeune homme fit une pause et adressa un sourire à Cassandre.

— Achille n'a que la guerre en tête, s'excusa-t-il presque pour son ami. C'est d'ailleurs pourquoi ce damné pirate est parvenu à l'attirer ici.

— Damné ? reprit Ulysse, feignant l'indignation. Patrocle, comment oses-tu ? C'est Héra, en personne, Déesse de la Sagesse, qui a guidé mes pas. Cassandre, écoute la vérité sur cette affaire.

— Je souhaite effectivement l'apprendre, répliqua la princesse. Mais, auparavant, venez vous restaurer. Vous devez être las et affamés. Nous parlerons tranquillement, à l'abri des oreilles indiscrètes.

Très vite on apporta un frugal repas, un peu de miel, du pain et du vin. Ulysse commença son récit :

— Quand Ménélas nous a sommés de l'aider à reconquérir sa femme, j'ai senti qu'une guerre était inévitable. Je n'étais pas le seul. La Déesse Thétis, mère d'Achille, avait voulu savoir par la voix prophétique ce qu'il adviendrait de son fils...

— Au diable les prophéties ! gronda Achille. Ce sont là fariboles ! J'aime ma mère par-dessus tout, je la vénère, mais dès lors qu'il s'agit de la guerre, comme toutes les femmes, elle s'égare dans ses raisonnements.

— Achille, si tu ne cesses de m'interrompre, cette prophétie risque fort de se réaliser plus tôt que tu ne le penses, observa tranquillement Ulysse trempant son pain dans un peu d'huile. Thétis, donc, qui emprunte beaucoup de sa sagesse à la Mère Eternelle est allée consulter l'oracle et a appris que si son fils prenait part à la guerre, il y rencontrerait la mort... Ayant voulu le préserver d'un sort si funeste, elle l'a paré de vêtements féminins et l'a mêlé aux nombreuses filles du roi de l'île de Scyros, Lycomède. Mais moi aussi j'ai consulté l'oracle, et j'ai compris qu'il était écrit qu'Achille participerait à cette guerre. J'ai donc résolu d'aller le quérir dans son île, me disant que l'éducation qu'il avait reçue de sa mère l'avait peut-être rendu poltron. Dans cette perspective, j'ai rassemblé quantité de présents pour les filles de Lycomède, robes, rubans, fanfreluches et bijoux, dissimulant, au milieu des cadeaux, un bouclier et un glaive. Quand les filles se sont précipitées sur mes présents, Achille, lui, n'a pas hésité une seconde. Se ruant sur les armes, il les a exhibées aussitôt avec un air de triomphe qui m'a décidé.

Cassandre éclata de rire :

— Ulysse, tu ne changeras jamais ! Ton ingéniosité est sans limite. Moi aussi, j'ai porté les armes quand je vivais parmi les Amazones. Si je m'étais trouvée parmi les filles du roi, j'aurais certainement agi comme Achille.

Achille eut pour elle un petit rire condescendant. N'en prenant nul ombrage, Cassandre poursuivit :

— Penthésilée m'a dit un jour que seuls ceux qui craignent et haïssent la guerre peuvent la conduire sagement.

— Encore une femme ! lança dédaigneusement le fils de Thétis. Que peut donc comprendre une femme à la guerre ?

— Sans doute autant de choses que toi, répliqua la princesse imperturbable.

— Cassandre... interrompit Ulysse, visiblement anxieux, acceptes-tu de nous aider ?

— En as-tu douté un instant ? Je vais aller prévenir mon père de ce pas et l'avertir que vous viendrez le trouver ce soir.

Ulysse l'embrassa impétueusement et Cassandre, spontanément, lui rendit son baiser.

— Voilà... bredouilla-t-elle, surprise elle-même de son élan. N'as-tu pas dit que tu étais mon oncle ? Notre entente familiale est toute naturelle.

— Cassandre, j'aimerais beaucoup que tu sois également ma nièce se risqua à intervenir Patrocle, non sans galanterie.

Achille, lui, agacé par des effusions qui lui paraissaient superflues, haussa les épaules.

— Prends garde Patrocle, railla Ulysse, Cassandre est prêtresse du Dieu Soleil. Elle lui est vouée corps et âme. D'ailleurs, je te connais. Attends de voir son frère Pâris ; il lui ressemble comme deux gouttes d'eau...

— Un homme doté de sa beauté ? s'émerveilla le jeune éphèbe. J'ai hâte de faire sa connaissance.

— Pâris ? gronda Achille. Ce lâche ?

— Lâche ? répéta Cassandre.

— Hier, je l'ai aperçu debout sur les remparts. Il est comme ces Troyens qui restent plantés en haut de leurs murailles comme des femmes, passant leur temps à décocher des flèches sans risque au lieu de venir se mesurer avec nos glaives.

— L'arc est l'arme d'Apollon, commenta, sarcastique, Cassandre.

— Il n'empêche. Hors de la portée de nos traits, lui et ses Troyens agissent comme des lâches.

Cassandre s'abstint de poursuivre un dialogue qu'elle

jugeait stérile. Elle pensa seulement en elle-même que les hommes qui voyaient les choses sous cet angle ne vivaient jamais vieux. Peut-être était-ce préférable ainsi. Le monde, sans doute, serait meilleur sans eux. Puis, elle ajouta à l'adresse de ses hôtes :

— Restez cachés ici pendant toute la journée. La nuit venue, je vous conduirai au palais de Priam.

— Mais je refuse de me cacher comme un voleur ! tonna Achille. Il n'est pas un Troyen que je craigne. Priam et tous ses fils ne me font nullement peur ! C'est à la force de mon glaive que j'entrerai dans son palais et en ressortirai ensuite !

— Tu es un enfant sans cervelle, le calma affectueusement Patrocle. Personne ne doute de ton courage. Mais pourquoi gaspiller à l'avance tes forces ? Un jour ou l'autre, il te faudra peut-être te mesurer aux fils de Priam sur le champ de bataille. Alors, je t'en prie, Achille, sois patient. Ton heure viendra !

Leur ayant enjoint de ne sortir sous aucun prétexte, Cassandre quitta la pièce et referma la porte sur elle. Le soleil étant déjà haut dans le ciel, elle se couvrit la tête d'un voile et descendit vers le palais. Rares avaient été pour elle les occasions d'aller trouver son père dans un but très précis. D'ailleurs, les moments d'intimité passés en sa compagnie se comptaient sur les doigts de la main.

Au palais, on lui apprit que son père, profitant d'une accalmie — les Grecs n'ayant pas attaqué ce jour-là —, se trouvait à l'arsenal en train d'inspecter la fabrication de ses armes.

— Ensuite, il se rendra sans doute au bain avec ses fils aînés avant de se retirer dans ses appartements pour prendre quelque repos, l'informa-t-on encore. Je pense qu'il acceptera alors de te recevoir.

A l'heure convenue, elle se présenta donc dans les appartements royaux. Son père était en tête-à-tête avec son forgeron, qui lui montrait ses nouvelles javelines. Apercevant Cassandre, le roi fronça légèrement les sourcils.

— Que veux-tu, Cassandre ? Si tu as quelque chose à me dire, mieux vaudrait en faire part à ta mère d'abord. Je te rejoindrai plus tard chez elle.

— Mon père, ce que j'ai à te dire ne souffre point de retard. Ulysse est dans nos murs et te demande audience. Acceptes-tu de le rencontrer dans l'espoir de mettre fin à la guerre ?

— Dans ce but, je ne m'y refuse point. Je serais même prêt à rencontrer Agamemnon lui-même. Mais j'y songe, et je l'ai justement remarqué, je n'ai pas aperçu aujourd'hui, parmi les vaisseaux grecs, celui d'Ulysse.

— Il est ancré dans une crique à l'abri des regards, expliqua Cassandre. Pour l'instant, il est au temple d'Apollon avec Achille et son ami Patrocle. Puis-je, ce soir, les faire venir au palais ?

— Achille est avec lui ? Es-tu certaine qu'il ne s'agit pas d'une ruse ?

— Non, Père. Seuls Ulysse, Achille et son ami sont venus. Demain le roi d'Ithaque doit présenter Achille aux autres souverains grecs. Auparavant, il désire t'entretenir au nom de votre vieille amitié.

Se recueillant un instant, Priam ne tarda pas à donner sa réponse :

— Soit, qu'ils viennent ce soir. J'ai en effet entendu dire qu'Achille ne faisait pas un pas sans son ami.

Cassandre porta en hâte la nouvelle aux trois hommes.

Rentrée au temple, elle passa d'abord l'un de ses plus beaux péplos, orna son cou du collier d'émail bleu que lui avait offert Ulysse lors de leur dernière rencontre. Puis elle gagna directement la pièce où elle avait laissé les Grecs. Le premier à l'apercevoir, Patrocle lui lança un sourire amical.

Ulysse s'empressa de la questionner :

— Alors, Cassandre, quelle nouvelle nous apportes-tu ?

— Le roi accepte. Il vous recevra à l'heure du souper. Afin de tromper d'éventuels espions, vous revêtirez le manteau traditionnel des prêtres d'Apollon, annonça-t-elle. Ainsi, personne ne vous posera de questions sur le chemin du palais.

L'heure venue, drapé dans son ample manteau, Ulysse était méconnaissable. Achille, lui, fit naturellement quelques difficultés pour l'endosser, prétendant une nouvelle fois qu'il ne craignait personne.

— Dieux du ciel ! s'exclama Cassandre. Ne pensez-vous toujours qu'à en découdre avec un adversaire ?

— Achille, il suffit maintenant, lâcha Ulysse avec autorité. Tu as fait le serment de m'obéir en tout pendant notre mission. Je t'ordonne donc de mettre ce manteau.

De mauvaise grâce, le jeune Grec s'exécuta. Quand ce fut fait, Patrocle lui rabattit la capuche sur la tête.

— Avec tes cheveux blonds, tu serais aussitôt reconnu, expliqua-t-il s'enveloppant lui-même dans la longue pèlerine que lui tendait Cassandre. Dites-moi, princesse, les prêtres d'Apollon ont-ils coutume de se dissimuler ainsi ? Avec la chaleur qu'il fait, on va croire qu'on est vraiment frileux.

Cassandre ne put s'empêcher de sourire.

— On croira ce que l'on voudra. Cela est sans importance. Ici les prêtres agissent comme bon leur semble. L'important est surtout que personne ne s'avise de vous poser la moindre question. Suivez-moi, maintenant. Nous allons emprunter une porte dérobée.

Dans la pénombre crépusculaire, Cassandre leur montra le chemin. Achille, évidemment, ne cessa de pester à voix basse, mais personne ne lui prêta attention. Ayant traversé la cour d'honneur, le petit groupe enfin gravit les marches du palais, pénétra dans le vestibule brillamment illuminé par les torches, gagna le mégaron. Comme à son habitude, Priam était assis sur son trône élevé, les pieds posés sur un petit tabouret de bois massif. Apercevant ses hôtes, il se leva, vint à eux souriant, les accueillit courtoisement, sans prêter la moindre attention à sa fille. Celle-ci alla s'asseoir auprès d'Hécube.

La reine lui prit affectueusement la main.

— J'ignorais que tu viendrais ce soir, lui glissa-t-elle à l'oreille. Ce beau jeune homme est-il Achille ? Comme il est jeune !

— Il n'a, dit-on, pas encore atteint l'âge d'homme. Sans doute a-t-il tout au plus seize ou dix-sept ans.

— Et c'est lui qui serait le plus redoutable de leurs guerriers ?

— A les entendre, oui. On prétend même qu'à chaque fois qu'il se bat, il est habité par le Dieu de la Guerre.

Ulysse vint saluer la reine.

— Tes filles sont plus belles que jamais, la flatta-t-il à son habitude. Hélène ne dînera-t-elle point avec nous ?

— Après son récent accouchement, elle doit encore garder la chambre. D'ailleurs, elle n'apprécie guère la compagnie des étrangers.

— On la comprend ! Qui aurait donc le cœur de le lui reprocher ? Est-ce un fils qu'elle vient de mettre au monde ?

— Oui. Un garçon magnifique, tout menu, mais fort et plein de santé, répondit fièrement Hécube.

— Si j'avais su, je lui aurais apporté un présent, regretta le navigateur. Mais peut-être l'entretien que nous allons avoir, s'il aboutit comme je l'espère, compensera-t-il largement mon oubli. La paix ne serait-elle pas pour tous nos fils le plus beau des cadeaux ?

N'attendant pas la réponse de la reine, il s'inclina et regagna sa place, tandis qu'échansons et servantes commençaient à remplir les coupes.

La coutume exigeait en effet de désaltérer et nourrir ses hôtes avant toute chose. Boissons et mets furent donc servis en abondance. Puis l'on s'attaqua sans autre préambule au vif du sujet.

— Ulysse, j'éprouve toujours un grand plaisir à t'accueillir. Ce soir, pourtant, je crois comprendre que le plaisir de me revoir n'est pas la seule raison de ta présence. Dis-moi donc sans détour ce qui vous amène ici, tes amis et toi-même ?

Achille, qui avait, lui aussi, terminé son repas s'était levé et faisait les cent pas, manifestant une très visible impatience. S'arrêtant soudain devant une collection de trophées disposés en faisceau sur un mur, il venait d'aviser une hache énorme dont le manche à lui seul mesurait davantage que la taille d'un homme.

— Est-ce une véritable arme de guerre, roi Priam, ou un simple vestige des Titans ? s'enquit-il à brûle-pourpoint empêchant Ulysse de répondre.

Dans son enfance, Cassandre s'était souvent demandé quant à elle, d'où provenait cette hache gigantesque. Mais elle n'avait jamais osé poser la question à son père. Grâce à Achille, allait-elle du moins connaître son origine. Elle fut déçue.

— Je l'ignore, déclara le roi. Sa taille semble indiquer en effet qu'elle fut utilisée lors de la guerre des Titans, mais je ne saurais l'affirmer avec certitude.

— Il ne s'agit pas d'une arme, intervint Hécube, à son tour. Du moins pas au sens où nous l'entendons, nous autres mortels. C'était un instrument rituel à double tranchant du culte de la Double Hache, célébré en pays minoen [1] avant que les flots n'engloutissent le grand temple. On en a trouvé de nombreux de tailles fort différentes mais nul ne sait, pas même à Cnossos, quel était réellement leur usage, certains affirmant cependant que les prêtres s'en servaient pour trancher d'un seul coup la tête des taureaux voués au sacrifice.

Achille évalua du regard la longueur de l'arme, se demandant sans doute s'il serait de force à la soulever.

— Les prêtres en question devaient être des géants, observa-t-il. S'ils n'étaient pas Titans, sans doute s'agissait-il de Cyclopes... Roi Priam, pensez-vous que votre fils Hector serait capable de brandir cette hache et aurait pu d'un seul coup trancher la tête d'un taureau ?

Hector bondit de son fauteuil et s'approcha de l'arme.

— J'ai toujours rêvé de l'essayer un jour, dit-il simplement. Mais l'on m'a répété, depuis mon plus jeune âge, qu'il était sacrilège de poser les mains dessus. Aujourd'hui, j'ai bien envie de mettre à l'épreuve ma force. M'y autorises-tu, Père ?

— Je n'y vois pas d'inconvénient, accepta le monarque. Nul Immortel ne l'interdit. Le Dieu auquel elle appartient gît désormais au fond de l'océan, sous les décombres de son temple. Même s'il prenait ombrage de ton geste, je doute fort qu'il puisse t'en châtier. Agis donc à ta guise.

— C'est un sacrilège ! s'indigna la reine. Cette hache est vouée à la Mère Eternelle...

Mais ni Hector ni Priam ne parurent l'entendre.

Le prince de Troie déjà avait saisi un tabouret et l'approchait de la paroi à laquelle était fixée la hache. Etant monté dessus, à la troisième tentative, il l'arrachait de son support, élevait le manche à bout de bras, et sau-

1. *Pays minoen :* la Crète (N.d.T.).

tant à terre, faisait tournoyer l'arme au-dessus de sa tête.

— Ecarte-toi ! lança-t-il à Achille qui faisait mine de s'approcher et qu'on m'amène un taureau !

Les lames acérées tournoyaient dans le vide à une vitesse effrayante. Hector alors ralentit la cadence et reposa à terre son arme gigantesque.

— A mon tour ! maintenant, s'écria Achille.

— Jeune ami, rétorqua avec mépris Hector, ne te couvre pas de ridicule. Je ne doute évidemment pas de ta force, mais tu risques en la soulevant de te rompre les os. Tu es notre hôte, et je ne voudrais pas qu'un accident t'arrive.

Piqué au vif, Achille réagit avec violence :

— Comment oses-tu me parler ainsi, Troyen ? tonna-t-il, empoignant le manche de la hache. Je parierais mon glaive que je suis bien plus fort que toi ! Ouvre les yeux et regarde !

L'exploit était ardu. Hector s'était en effet contenté de décrocher l'arme du mur. Achille, lui, devait la soulever du sol et l'élever au-dessus de sa tête. S'approchant de son ami, Patrocle tenta de l'en dissuader à mi-voix. Mais il fut repoussé brutalement. Refermant de nouveau ses mains puissantes sur le manche, Achille rassembla toutes ses forces, les veines sur son front affleurant sous l'effort. Il se reprit encore, cracha bruyamment dans ses mains, chercha une meilleure prise et commença à soulever de terre l'instrument. Lentement, l'énorme hache s'éleva d'abord à hauteur de sa taille, puis de ses yeux, parvint au-dessus de sa tête, tournoya bientôt autour de lui de plus en plus rapidement. Des murmures d'admiration fusèrent alors parmi tous les convives, Priam et ses fils, Hector en tête, ne ménagèrent pas leurs applaudissements.

— Quel est le Dieu qui t'a doté d'une force pareille ? interrogea Hector, époustouflé. Sans nul doute, tu es encore plus fort que moi ! J'espère pouvoir un jour, à l'occasion de quelques jeux, me mesurer à toi, mais je t'avoue que je préférerais presque être ton ami, plutôt que ton ennemi, Achille.

Le jeune héros esquissa un sourire.

— C'est justement à ce sujet que nous sommes venus ce soir, Priam, intervint Ulysse en saisissant la balle au bond. Si Achille ne participe pas aux combats, tu peux encore faire la paix avec les Grecs. Ainsi en ont décidé les oracles.

— Achille, moi aussi, à la réflexion, je préférerais t'avoir pour allié, déclara conciliant le roi de Troie. D'ailleurs, pourquoi nous affronter ? Je vais même te faire une offre généreuse : choisis si tu le veux, une épouse parmi mes filles. Ainsi hériteras-tu de ce royaume avec Hector. A ma mort, le peuple désignera librement celui des deux qui régnera sur Troie. Tu peux donc éviter cette guerre en devenant mon fils et mon héritier, car sans ton soutien, les Grecs abandonneront le siège.

— Même Ménélas ? Même Agamemnon ? interrogea la reine Hécube, sceptique.

— Je le pense. Ménélas sait pertinemment qu'Hélène pour lui est perdue à jamais, intervint tranquillement Pâris. Telle est la volonté d'Aphrodite. Tôt ou tard, il faudra bien qu'il s'y soumette.

— Quant à Agamemnon, surenchérit Ulysse, de funestes présages pèsent sur lui. Il se battra seulement si les Dieux l'exigent. A Aulis, où sa flotte est très longtemps restée ancrée, les devins sont parvenus à le convaincre de sacrifier sa fille aînée au Dieu des Vents. Il regrette à présent cet acte horrible que sa femme ne lui a jamais pardonné. Je suis sûr qu'il accepterait avec joie de renoncer à la guerre sans perdre la face. La défection d'Achille fournirait une parfaite excuse. Ainsi, plutôt que de s'entre-tuer au combat, Hector et Achille pourraient-ils vivre et régner ensemble à Troie.

— Je n'ai pas peur de mourir au combat ! clama Achille. Je n'en accepterais pas moins de monter sur le trône de la grande cité, enivrante perspective. Mais revenons, si tu veux, roi Priam, à tes filles...

Son regard aigu s'arrêta sur Cassandre.

— Veux-tu m'offrir celle-ci ?

Cassandre allait protester, mais son père ne lui en laissa pas le temps.

— Cassandre ? Hélas, non ! Je ne puis, quant à elle, t'accorder sa main. Elle est vierge et prêtresse du Dieu

Soleil. Te serait-il indifférent d'affronter le courroux d'Apollon ?

— Certes, en de telles circonstances, répondit Achille, non sans déception, il me faut renoncer. Je m'incline.

Considérant de nouveau les femmes assemblées, il s'approcha alors d'Andromaque, se courba devant elle.

— Vous êtes, madame, sans conteste, la plus belle de toutes, déclara-t-il la dévorant des yeux.

— Pas de chance, Achille, s'interposa Hector, c'est impossible ! Cette femme est mon épouse et la mère de mon fils.

Les fines lèvres d'Achille esquissèrent un sourire ambigu.

— Qu'à cela ne tienne ! En ce cas, battons-nous l'un et l'autre, pour elle, proposa-t-il.

— Tu plaisantes ! Andromaque est la fille de la reine de Colchis.

— Allons ! intervint Ulysse, manifestement mal à l'aise. Cette guerre a éclaté à cause d'une femme ravie à son époux, n'allons pas compliquer les choses. Achille, Priam a encore d'autres filles plus belles, plus séduisantes les unes que les autres. Polyxène, par exemple, est vierge et libre et tu vois qu'elle égale en beauté même la reine de Sparte...

Achille, fou de rage, s'étrangla de dépit :

— Priam a dit : « Prends la femme que tu veux. » Par deux fois la femme que j'ai choisie m'a été refusée. Hector, oui ou non, consens-tu à m'affronter en duel pour le lit de ta femme ?

— Achille, je serais prêt à t'affronter quand tu voudras et quel qu'en soit le prix. Mais jamais je n'accepterai qu'Andromaque, mon épouse, en soit l'enjeu. Tu es indigne !

— Il suffit ! Je sais maintenant ce que valent les offres de ton père ! Oublions tout ceci, Hector. Nous nous retrouverons sur le champ de bataille ! Et lorsque j'aurai pris la ville, ta femme sera à moi !

Hector marcha sur lui avec un geste menaçant.

— Insensé ! Il faudra d'abord que tu foules mon cadavre ! Ne préjuge pas à l'avance de l'issue des combats.

— Je ne préjuge rien, mais j'ai des certitudes.

D'ailleurs, es-tu si sûr que ta femme ne demanderait pas mieux que d'être mienne ?

Andromaque rougissante glissa quelques mots à l'oreille d'Hector. Il lui effleura tendrement la joue.

— Nous nous retrouverons, Achille, face à face. Mais patience ! Bien des lunes d'ici là auront passé.

— Les Dieux ont décrété que si j'offre mon bras aux Grecs, Troie est perdue irrémédiablement.

— Tu repousses donc mon offre, Achille ? interrogea gravement le roi Priam.

— Je la repousse ! Je suis et resterai ton ennemi, vieil homme, jusqu'à la fin ! Je m'emparerai de ton royaume et de ton trône sans ton aide... Si je le souhaite aussi, je posséderai à ma convenance toutes tes filles, sans exception !

— Cassandre, ma sœur, a reçu des Dieux le don de prophétie, tonna Hector et je proclame que ses oracles ont infiniment plus de valeur que tes élucubrations misérables ! Au nom d'Apollon, ma sœur, je te le demande instamment, dis-nous si ce ridicule bellâtre prendra un jour la ville...

Tous les yeux se tournèrent vers la princesse.

— Hélas, oui ! murmura-t-elle après une brève hésitation. Ainsi en ont décidé les Dieux ! Achille, je le déplore avec désespoir, se couvrira de gloire sous nos remparts. C'est également la dernière fois aujourd'hui qu'il pénètre dans Troie. Mais je te le dis aussi, Achille, jamais tu ne régneras sur cette cité !

A ces dernières paroles, Achille, une fois de plus, s'emporta avec une violence extrême.

— Arrête donc, sorcière ! Nous aussi nous avons nos devins, rugit-il. Pour quelques pièces, ils prédisent tout ce que l'on souhaite entendre ! J'irai consulter ma mère. Elle seule, nymphe et déesse protégée de Zeus, détient le véritable don de prophétie.

Brandissant haineusement son glaive, il se retourna vers Hector :

— Allons, Hector, battons-nous ! Pourquoi attendre ? Je t'éliminerai ainsi sur-le-champ du trône de ton père !

Patrocle se rua sur son ami et lui saisit le bras.

— Achille, reprends-toi ! Que fais-tu des lois sacrées de l'hospitalité ? s'exclama-t-il.

— S'il n'était pas l'hôte de mon père, haleta Hector d'une voix blanche, je lui ferais dans l'instant rentrer ses paroles dans la gorge !

— Disparaissez tous trois de ma vue, gronda Priam, avant qu'il ne soit trop tard pour vous ! Ulysse, je me souviendrai que c'est toi qui as conduit en ambassade ce fou jusqu'à moi.

— Pardonne-moi, ami, je ne pouvais savoir, déplora le navigateur en étreignant le roi. Pardonne-moi d'avoir amené ce fauve dans ton palais. Je le regrette de toute mon âme.

— Je le sais, tu as cru bien agir, Ulysse, intervint la reine tentant d'apaiser cette dramatique empoignade. En guerre ou en paix, tu seras toujours le bienvenu ici. Un jour viendra, je l'espère, où tu pourras revenir, tête haute.

Ulysse s'inclina respectueusement devant la reine et lui baisa la main.

— Ô reine de Troie, tu as raison. Héra seule sait à quel point j'aime et respecte ta famille. Si un jour je puis vous être utile, je l'implore ardemment de m'assister en ce sens.

— Puissent les Dieux te bénir et t'entendre, répondit Hécube avec un sourire ému.

Parcourue d'un frisson glacé, Cassandre eut soudain envie de mettre sa mère en garde. Mais il était trop tard. Ulysse, Achille, Patrocle s'éloignaient à grands pas de la salle du trône sous l'œil courroucé de Priam et d'Hector. Elle baissa la tête. Une odeur fade de sang l'engluait tout entière. Elle semblait émaner de son père tout proche, et lui faisait tourner la tête. Devant elle, sur les dalles du palais, s'élargissait inéluctablement une flaque écarlate.

Au bas des marches du palais s'enfonçaient maintenant dans la nuit les trois silhouettes des guerriers grecs. A la lueur rougeoyante des torches, la chevelure blonde d'Achille semblait aussi être cernée par un immense halo sanglant.

XI

Des terrasses du temple, Cassandre assistait au débarquement des soldats d'Achille, dénommés Myrmidons, c'est-à-dire les fourmis. Du haut de la ville, en effet, les vagues successives de combattants prenant pied sur la plage ressemblaient fort à des hardes d'insectes déferlant sur un territoire. A leur tête, Achille avec sa cape pourpre, sa chevelure flamboyante et son port arrogant, était reconnaissable entre tous.

Détournant le regard de ce déploiement agressif, la princesse, désirant depuis plusieurs jours rendre visite à sa mère, décida de gagner le palais sans attendre. Parvenue dans l'antichambre des appartements royaux, au moment où elle allait pénétrer chez la reine, elle perçut soudain de vifs éclats de voix, puis le bruit d'une gifle et d'un cri étouffé.

— Jamais ! clama la voix d'Hécube.

— Eh bien, je me passerai de ta bénédiction ! répliqua celle d'une jeune femme.

Cassandre ouvrit la porte. Les suivantes se turent et s'écartèrent pour la laisser entrer. Toutes les femmes du palais semblaient s'être donné rendez-vous dans la chambre. La reine, la coiffure en désordre laissant échapper de longues mèches argentées, faisait face à l'une de ses couturières dont Cassandre connaissait la grande habileté et le talent.

— Que se passe-t-il, Mère ? demanda-t-elle traversant vivement le cercle des suivantes.

Ne laissant à la reine pas même le temps de s'exprimer, la jeune couturière, une main sur sa joue rougie par le soufflet, répondit à sa place. De longs cheveux soyeux couleur de nuit encadraient son visage et retombaient en cascade voluptueuse sur ses hanches. Ses yeux de feu, bordés de cils interminables, brillaient d'un éclat fier et orgueilleux.

— Le Dieu s'est adressé à moi, dit-elle relevant impétueusement la tête. Il m'a désigné pour toujours mon maître et veut...

— Petite écervelée, l'interrompit avec hauteur la

reine, impudente ! Oh ! J'ai honte pour toi ! Qu'une femme veuille s'avilir à ce point me dépasse ! Si encore tu n'étais qu'une servante ou une esclave ! Mais non, tu es bien née, et l'une de mes plus talentueuses brodeuses ! Je t'ai toujours traitée à l'égal de mes filles, et aujourd'hui tu oses...

— Mais quoi, ma Mère ? s'impatienta Cassandre. Qu'a-t-elle fait ? A-t-elle ouvert grandes les portes de la ville, facilité l'invasion de l'ennemi ?

— Non, ce n'est pas cela, soupira Hécube excédée, je préférerais presque...

— Elle est folle, intervint Créuse à son tour. La malheureuse a posé les yeux sur Achille lorsqu'il est venu au palais. Depuis lors, elle ne parle, ne rêve plus que de lui, de sa force, de sa bravoure, de sa beauté... Au point qu'elle s'est aujourd'hui mis en tête de descendre vers le port et de se livrer corps et âme...

— Aux Grecs ? demanda Cassandre, consternée.

— Non, répondit doucement la belle couturière. Simplement à Achille, mon seigneur et mon maître.

— Le roi Priam lui-même refuserait de t'envoyer à lui en esclavage, voulut la raisonner Cassandre. Tu ne peux...

— Il ne s'agit pas d'esclavage puisque je l'aime. Depuis l'instant où nos regards se sont croisés, je sais qu'il n'existera jamais de par le monde un autre homme pour moi.

— Ma mère dit vrai : tu as perdu l'esprit ! Ne sais-tu pas qu'Achille est un fou sanguinaire ? Il ne pense qu'à la guerre, n'aime rien d'autre que tuer. Dans sa vie, pas de place pour l'amour, pas de place pour une femme ! S'il aime quelqu'un au monde, c'est uniquement Patrocle, son fidèle compagnon d'armes.

— Tu mens ! répliqua l'ardente jeune fille. Il m'aimera, j'en suis certaine.

— S'il venait à t'aimer, ce serait pire encore, soutint à nouveau la princesse. Je te le répète, son esprit est malade.

— Ah ! Je vois encore la manière dont il m'a regardée ! Comment oses-tu prétendre une chose pareille ? Achille est l'homme le plus séduisant de la terre. Une telle beauté s'allie nécessairement à une grande bonté. Ses yeux... ses yeux sont avec moi, ses yeux me suivent...

Cassandre frissonna.

Lorsqu'une femme est à ce point conquise, à quoi bon vouloir lui faire entendre raison ?

— Quel est ton nom ? demanda-t-elle.

— Briséis. Je viens de la terre de Thrace.

— Ecoute-moi, Briséis, dit Cassandre. Tu es en train de te leurrer toi-même. Cet amour est une chimère, l'œuvre d'un démon et non d'un Dieu. Achille n'est pas l'homme dont tu rêves. Crois-tu sincèrement que si tu vas à lui, il te considérera autrement qu'en esclave ?

— Mon amour pour lui est si grand qu'il succombera lui aussi à l'amour.

— Mais enfin, ouvre les yeux, petite sotte ! s'écria Créuse, la saisissant par une épaule. Tu divagues ! Les amours dont tu parles ne sont qu'illusion de jeune fille ! Si c'est un homme que tu veux, je parlerai au roi et nous te marierons. Nous trouverons sans peine un époux digne de toi.

— Je ne veux aucun homme sauf Achille ! C'est lui seul que j'aime ! protesta Briséis. Vous ne pouvez comprendre, puisque aucune d'entre vous n'avez jamais éprouvé un tel sentiment ! Sinon, vous sauriez bien que je n'ai pas le choix. Achille !... Depuis que je l'ai vu, je ne mange ni ne bois, je ne dors pas non plus, son image me hante... Ses yeux, ses mains sont en moi...

— Laissons-la, soupira Cassandre, résignée. Elle est sous l'empire d'Aphrodite. Dans l'instant où elle se donnera à Achille, elle retrouvera ses esprits. Mais il sera alors trop tard.

— Je l'aime, je l'aime, fit encore Briséis, les yeux noyés de larmes. Il faut que j'aille le rejoindre. Peu m'importe ce qui m'arrivera ensuite...

— Ma pauvre enfant ! dit Hécube à son tour. Rien ne peut désormais, je le vois, te détourner de ton dessein. Va donc, va si tu le veux ! Tu n'auras pas trop de toutes tes larmes pour t'en repentir. Je vais demander à Priam qu'on prépare pour toi une litière. Elle te portera à ton nouveau maître, si toutefois il daigne t'accepter. Puisse-t-il alors ne pas songer à t'abandonner à ses hommes !

Briséis pâlit.

— Lorsqu'il verra comme je l'aime, il ne pourra faire autrement que de m'aimer aussi.

Cassandre la regarda. Toutes les femmes d'abord rêvent d'amour, pensa-t-elle. Ensuite, trop tard, elles découvrent l'esclavage, l'humiliation... Je devrais être à la place de Briséis puisque Achille a demandé ma main... Il m'aurait reçue avec tous les honneurs, puis la nuit, après qu'il se fût endormi, j'aurais pu lui trancher la gorge, peut-être en finir ainsi avec la guerre... Le grand Achille, l'illustre Achille, vaincu non pas par un héros mais par une simple femme !...

Briséis en route pour son destin, Cassandre resta quelques jours au palais. Un matin, elle trouva Hélène sur la terrasse, les yeux errant sur le camp grec. L'apercevant, Cassandre réalisa qu'il y avait presque deux ans que la reine de Sparte était à Troie. L'époque qui avait précédé son arrivée, tout comme la paix, lui semblait désormais très lointaine. Quant à elle, il y avait déjà trois années qu'elle était revenue des vastes plaines où elle avait vécu avec les Amazones. Une intense nostalgie s'empara d'elle. Ne devrais-je pas désormais quitter le temple de l'Immortel ? se dit-elle. Il m'a oubliée. Plus jamais il ne s'adresse à moi. Je ne compte plus pour lui. Pas davantage du moins qu'une autre femme. Il est vrai qu'aimer le Dieu Soleil est sans doute préférable que s'attacher à un simple mortel, qu'il ait pour nom Pâris ou bien Achille...

Se rapprochant d'Hélène, Cassandre instinctivement chercha du regard la tente d'Achille. Elle se dressait au milieu du camp grec. A sa droite, se distinguait nettement la litière aux tentures multicolores qui avait transporté Briséis. Achille se tenait justement debout devant l'entrée, au côté d'une silhouette féminine richement vêtue, celle de la femme qui s'était si ardemment offerte à lui.

— Tu vois, lui dit Hélène, Briséis a obtenu ce qu'elle souhaitait le plus au monde. Il existe donc sur cette terre au moins une femme dont le rêve est devenu réalité.

— Et toi, Hélène ?

— Le sais-je moi-même ? J'aime Pâris, c'est vrai, du

moins lorsque je suis sous l'empire d'Aphrodite. Mais lorsqu'elle m'abandonne, je ne sais pas, je ne sais plus...

— Crois-tu que les Grecs attaqueront aujourd'hui ? demanda la princesse voulant faire dévier la conversation, se disant finalement qu'Hélène n'avait aimé que par la volonté des Dieux.

— Je l'espère, soupira Hélène. Cloîtrés dans l'acropole, les hommes n'en peuvent plus. Si les Grecs ne font rien aujourd'hui ou demain, je suis certaine qu'ils tenteront une sortie, ne serait-ce que pour dénouer leurs nerfs... Et toi, chère Cassandre, quel est ton sentiment ?

— Je pense que cette guerre prendra fin avant qu'aucun enfant de Troie n'ait pu atteindre l'âge de prendre les armes.

— Pour mes fils, tout avenir, hors celui des armes, est préférable. J'aimerais tant qu'ils vivent comme Ulysse, en paix chez eux, veillant seulement aux intérêts des leurs... Si tu avais un fils, Cassandre, aurais-tu toi-même d'autre souci en tête ?

— Sûrement pas. Comme toi, je souhaiterais avant tout qu'il soit heureux, qu'il devienne, selon sa volonté, guerrier, roi, prêtre, berger ou laboureur, et surtout qu'il ne tombe jamais aux mains des Grecs.

Laissant errer son regard sur la plaine, Hélène poursuivit songeuse :

— Il fut un temps, avant la naissance de mon fils, où j'aurais pu faire cesser cette guerre. J'y ai pensé maintes et maintes fois. A la faveur de la nuit, j'aurais pu me glisser jusqu'à la tente de Ménélas. Sans doute aurait-il accepté de rentrer à Sparte avec moi. N'ayant alors plus de raison valable pour se battre, les Grecs eussent été sans doute contraints aussitôt de lever le siège. Mais, à présent, il est trop tard. Ménélas ne voudrait plus de moi. Pas avec l'enfant de Pâris dans mes bras.

— Laisse ton fils à Troie, suggéra Cassandre d'une voix égale. Son père et moi-même prendrions soin de lui, si tel est ton désir.

Mais elle n'avait pas plutôt prononcé ces paroles, qu'elle réalisait combien Hélène lui était chère. Bien plus, elle était désormais la seule personne à Troie à laquelle elle pouvait se confier librement. Sa mère et ses sœurs ne la comprenaient plus.

— Pourquoi devrais-je abandonner mon fils ? répondit Hélène vivement, son beau visage se rembrumant. Pour satisfaire le sot orgueil de Ménélas ? En vérité, Cassandre, à moins d'être sous l'empire d'Aphrodite, je ne vois guère de différence entre un homme ou un autre. En revanche, oublier son enfant est impensable. Et puis, suis-je vraiment responsable de cette guerre ? Agamemnon l'aurait entreprise tôt ou tard.

Posant délicatement sa main sur le bras de Cassandre, Hélène épancha son cœur avec une grâce désarmante.

— Je suis moins forte que je ne le croyais, murmura-t-elle avec abattement. Sans doute aurais-je le courage de rejoindre Ménélas et de quitter Pâris. Jamais je ne pourrais laisser mon fils derrière moi.

— Abandonner ton fils ? Et pourquoi donc le devrais-tu ? questionna Andromaque, qui s'était approchée en silence des deux femmes. Quelle femme, digne de ce nom, pourrait le faire ?

— Je suis heureuse de te l'entendre dire. J'essayais seulement de me convaincre d'aller retrouver Ménélas...

— Ce serait folie, l'interrompit Andromaque avec conviction. Tu es maintenant des nôtres. Jamais nous ne permettrions que tu tombes entre les mains des Grecs, même si c'était la volonté expresse de Pâris ou même de Priam. Ce n'est d'ailleurs nullement le cas. Les Dieux t'ont envoyée à Troie ; eh bien, nous te garderons pour respecter leur volonté !

— Vos paroles me sont douces au cœur, remercia Hélène avec gratitude. Les hommes se sont toujours montrés prévenants à mon égard, les femmes rarement. Comme il est bon d'avoir enfin trouvé de vraies amies !

— Tu es trop belle pour susciter chez elles d'emblée leur amitié, constata Andromaque. Mais il y a près de deux ans que tu vis parmi nous, et pas une seule fois tu n'as tenté de séduire nos époux.

— Pourquoi l'aurais-je fait ? s'exclama Hélène se déridant enfin. N'ai-je pas déjà un mari de trop ? Ah ! Je l'avoue, parfois j'étouffe. J'ai envie de partir loin, très loin, de découvrir le monde, de nouveaux horizons !

— Je vais moi-même bientôt partir pour un long voyage, annonça Cassandre soudainement. Apollon me l'ordonne. Si tu veux donc m'accompagner, Hélène, je t'emmène avec moi.

— J'aimerais bien, chère Cassandre. Mais je ne peux, tu le sais, me séparer de mon enfant. Où vas-tu et pourquoi ce départ ?

— Je me rends à Colchis pour consulter la reine Imandre. Lors du tremblement de terre l'année passée, la plupart de nos serpents ont disparu et tous les autres sont morts. J'ai besoin de connaître les raisons de ce désastre. Or, nulle autre que la reine de Colchis n'est à même de m'éclairer sur ce point.

A l'évocation de sa mère et son pays, les yeux d'Andromaque s'étaient embués. Elle eut un sourire nostalgique.

— Dis-lui, dis-lui bien, Cassandre, balbutia-t-elle, la gorge nouée, qu'avec Hector je suis heureuse ici et qu'il m'a donné un fils magnifique.

— Pourquoi ne pas venir avec moi ? Astyanax est assez grand pour être confié à Hécube.

— Hélas, c'est impossible, soupira sa cousine. Si seulement tu me l'avais proposé un peu plus tôt... Mais je suis de nouveau enceinte. Cette fois, peut-être aurai-je une fille qui deviendra un jour une guerrière.

— Une guerrière ?

— Pourquoi pas, Cassandre ? Toi et ta mère ne l'étiez-vous donc pas ?

— C'est vrai. Mais n'as-tu pas entendu Pâris le jour où j'ai voulu monter sur les remparts avec mon arc ? J'aurais pu abattre Achille sur-le-champ et en finir avec le siège sans qu'il soit nécessaire de nous séparer d'Hélène. Les hommes ne l'auraient pas admis... Ils ne veulent pas que la guerre se termine.

— Ce qu'ils veulent surtout, c'est la gloire, approuva Andromaque. Hector veut affronter Achille. Jamais il ne tolérerait que la guerre finisse sans ce combat. Peux-tu me dire combien de lunes passeront avant qu'ils ne s'affrontent ?

— Hector m'interdit de prédire le pire, répondit Cassandre d'une voix changée. Crois-moi, c'est peut-être mieux ainsi. Ah ! si je pouvais apprendre à mon retour qu'Achille est mort de la main même d'Hector et que les Grecs ont définitivement levé le siège de la ville, mon cœur s'enflammerait de joie. Hélas, telle n'est pas la destinée écrite dans les étoiles.

XII

Cassandre s'était imaginé qu'une fois sa décision prise, il lui suffirait d'obtenir l'autorisation de partir, de se choisir un éventuel compagnon de voyage, de rassembler quelques bagages et de se mettre en route.

La réalité fut tout autre. On lui rappela d'abord que Troie était en guerre avec les Grecs, qu'il fallait donc que son voyage fût entrepris sous la haute protection d'Apollon et que toute corrélation avec le conflit en cours devait être évitée, son appartenance à la famille royale de Troie compliquant singulièrement les choses. Elle jura donc solennellement qu'elle n'était chargée d'aucune mission guerrière et put en conséquence recevoir finalement le titre officiel d'émissaire d'Apollon, ce qui lui donnait liberté de se rendre où bon lui semblerait.

Chrysès brûlait de l'accompagner, mais elle s'opposa violemment à son intention et en dépit de sa position éminente au temple, obtint grâce à Charis gain de cause. Elle ne put cependant refuser à sa mère de partir sans chaperons, et dut se résigner à la présence de deux suivantes de la reine. Choisies parmi les plus vieilles et les plus effacées, elles reçurent pour consigne essentielle de dormir chaque nuit près de la princesse.

— Je n'ai pu refuser, confia-t-elle à Phyllide la veille de son départ. Sinon on aurait cru ici que je cherchais à échapper à la vigilance de ma mère pour commettre quelque faute inavouable.

Sa dernière nuit à Troie fut agitée. Elle ne cessa de se retourner dans son lit, pensant à Chrysès et son apparente innocence, à Œnone se languissant désespérément de Pâris, à Briséis envoûtée par Achille, s'interrogeant sans fin sur ces mystérieuses pulsions qui transformaient les femmes sensées en demi-folles, dévorées par l'unique pensée de l'homme qui occupait leur cœur.

Ayant décidé de partir aux aurores, le ciel commençant à pâlir, elle se leva et prit une très légère collation. Elle eût souhaité partir à cheval, mais ses deux compagnes n'étaient plus en âge de le faire. Adréa et Kara voyageraient donc dans un chariot et elle-même sur un âne paisible et robuste.

Cassandre aurait voulu quitter discrètement le temple. Malheureusement Chrysès, Phyllide et quelques autres s'étaient levés pour lui souhaiter une bonne route.

En l'embrassant, Phyllide lui demanda de prendre bien soin d'elle, puis Chrysès, à son tour, la serra dans ses bras.

— Reviens-nous vite, ma chère enfant, lui glissa-t-il à l'oreille. Comme tu vas me manquer ! Te manquerai-je aussi un peu ?

— Puissent les Dieux veiller sur toi et te rendre ta fille, se contenta-t-elle de répondre, cravachant son âne avec agacement, se disant que décidément Chrysès aurait tout intérêt à prendre rapidement une épouse.

Pour gagner l'intérieur des terres, le petit cortège devait d'abord franchir le blocus instauré par les Grecs. Dès qu'il eut aperçu l'âne et le chariot protégé par d'opaques tentures qui descendaient lentement vers la plaine, un guetteur donna l'alerte. Aussitôt, un officier en armure interpella les voyageurs.

— Qui va là ? lança-t-il à Cassandre d'un ton railleur. Ne serait-ce le roi de Troie, en personne, déguisé en femme pour fuir sa ville ? Avec les Troyens, il faut s'attendre à tout.

— Soldat, tu fais erreur ! rétorqua l'un des hommes de l'escorte. Tu as devant toi une prêtresse d'Apollon. Elle voyage sous la haute protection du Dieu.

— Vraiment ? fit le Grec dévisageant Cassandre avec une insolence extrême. Une prêtresse, tiens donc ? Ne serait-elle plutôt vouée à la déesse Aphrodite ? Elle me semble tout à fait convenir à son culte.

— Arrière ! gronda le chef de l'escorte. C'est une vierge d'Apollon, et nul homme n'a le droit de poser les mains sur elle.

— Une vierge ? répéta le Grec apparemment frustré. C'est grand dommage ! Tant pis ! Laissons à Apollon ses servantes. Mais, dis-moi, qui se cache derrière ces tentures ? s'enquit-il soulevant brutalement l'une d'elles.

Cassandre, lassée de supporter en silence les rodomontades de l'officier résolut d'intervenir.

— Deux suivantes de ma mère, répondit-elle sèchement. Elles m'accompagnent pour veiller à ce qu'aucun homme ne m'offense.

— Avec elles, tu n'as rien à craindre, capitula l'homme à la fois railleur et impressionné par l'air d'autorité de la princesse.

— Laisse-nous donc passer. Je te rappelle que je suis spécialement mandée par Apollon.

— Où allez-vous ? Pourquoi le Dieu Soleil t'envoie-t-il hors de son sanctuaire ?

— Nous allons à Colchis consulter la reine Imandre à propos des reptiles sacrés. Le temps presse !

Le guerrier s'inclina, fit un signe à ses hommes :

— Passez ! Puisse Apollon veiller sur vous !

Pendant quelques jours encore, les murailles cyclopéennes de Troie restèrent en vue des voyageuses, attendant dans le matin blême de voir apparaître aux premiers rayons du soleil la blancheur des murs immaculés du temple d'Apollon. A les regarder s'éloigner si lentement, il semblait que le convoi n'avançait pas d'un pouce et Cassandre, souvent, se disait qu'entre son premier voyage et l'instant présent, elle était au fond constamment restée prisonnière des remparts de la ville. Troie était à la fois son foyer et sa prison. La reverrait-elle un jour ?

Les lunes se succédèrent, mornes et ternes. L'hiver sembla durer éternellement, puis enfin le printemps arriva et un soir les portes de fer de Colchis furent en vue. La première visite de Cassandre fut pour le temple d'Apollon, bâti en plein centre de la ville, où elle ordonna le sacrifice de deux colombes. Ensuite seulement, elle gagna le palais où l'accueillirent de nombreuses servantes.

Dès le lendemain, elle alla voir la reine Imandre. Les mots lui manquèrent un instant tant elle la trouva changée. Ayant monstrueusement grossi, plus imposante que jamais, elle était couverte d'or et de bijoux. Ses joues et ses lèvres étaient fardées d'un rouge éclatant, d'une couleur plus vive que sa robe de gaze, venue de la terre des Pharaons. Comme autrefois, sa chevelure était constellée de pierreries et seuls ses grands yeux noirs étaient toujours aussi perçants.

Comprenant l'étonnement de la princesse troyenne, Imandre lui apprit qu'elle était sur le point d'accoucher d'un enfant. Bien que surprise par l'annonce d'un tel événement inattendu chez une femme de son âge, Cassandre n'en laissa rien paraître, félicita chaleureusement la future maman. Elle lui donna ensuite des nouvelles de Troie, de son petit-fils Astyanax, de sa fille Andromaque qui allait, elle aussi, être de nouveau mère. Imandre en fut toute bouleversée. Cassandre en vint alors au but précis de son voyage, évoqua le tremblement de terre et la disparition du temple des serpents.

Lorsqu'elle eut terminé son récit, Imandre sourit et l'embrassa.

— Mes prêtresses, mes dompteurs vont être consultés dès demain, lui promit-elle affectueusement. Tout le savoir de Colchis se trouve à ta disposition et à celle d'Apollon. La grande prêtresse de Python te recevra en personne.

S'ouvrit alors pour Cassandre une période de sa vie à nulle autre pareille. Etant déjà prêtresse, elle n'eut point à subir d'épreuve initiatique. Très vite, elle s'imprégna de mille savoirs, apprit à capturer et à dompter les serpents sauvages, à les soigner, à les nourrir, à faciliter leurs mues. Elle parvint même à couver un œuf entre ses seins pour permettre l'éclosion d'un minuscule serpenteau qu'elle laissa profiter encore quelques jours de la chaleur de son corps.

Captivée par ses fonctions sacrées, elle en venait parfois à presque oublier Troie. S'adonnant cependant lors de la pleine lune, à la magie, elle retrouvait les siens à la lueur vacillante de la flamme, plongeant son regard dans l'eau pure d'une vasque. Ainsi sut-elle un soir qu'Andromaque avait donné un deuxième fils à Hector, et qu'hélas l'enfant était mort quelques heures après sa naissance, qu'Hélène avait eu, quant à elle, des jumeaux sains et vigoureux. A travers les eaux claires, elle vit aussi que Priam avait fait une terrible chute sur le port au cours d'une escarmouche avec les Grecs. Deux jours durant le tonnerre n'avait alors pas cessé de gronder. Le côté droit de son visage s'était figé pour toujours en un rictus sinistre. Jamais non plus il ne pourrait remarcher normalement. Aussi avait-il dû confier le commandement de ses armées à Hector, vénéré par le peuple comme le Dieu de la Guerre lui-même.

Vivant avec intensité tous ces événements comme si elle y était, Cassandre s'aperçut que plus d'un an s'était passé depuis son départ de Troie. S'agenouillant de nouveau devant la vasque, elle revit le jour où Andromaque avait donné naissance à Astyanax, retrouva le visage d'Hector, pâle et ému, penché sur le nourrisson. Une ombre brouilla soudain la surface de l'eau, voila les traits tendus de son frère, noya sous une substance visqueuse le panache cramoisi de son casque. Une douleur atroce transperça le cœur de la princesse. Hector, lui qui toujours se ruait à la bataille à la tête de ses hommes, était-il déjà mort ? L'espace d'un instant, elle discerna l'éclair du glaive sanglant d'Achille, entrevit le sourire cruel du héros grec, images fulgurantes d'un avenir proche et inéluctable. Bientôt, dans quelques lunes, dans un an, un peu plus tard peut-être, Achille tuerait Hector...

Atterrée, impuissante, Cassandre ferma les yeux. Fallait-il regarder encore, voir de nouveaux désastres ? D'innombrables lueurs dansaient à la surface vacillante de l'eau. Troie était désormais la proie des flammes ! Les paroles moqueuses de Pâris vrillaient son esprit éperdu :

« Toujours ton même refrain, Cassandre, raillait-il sarcastique, la ruine de Troie, bien sûr... Tu ne connais que cette chanson... »

De toute son âme, la princesse implora les Dieux de lui permettre de voir davantage, encore plus loin. Alors les flammes s'évanouirent et l'éclatante lumière du soleil frappa de plein fouet les murailles de Troie. En filigrane de sa vision apparut le visage blafard de Chrysès miné par le chagrin, faisant place peu à peu à son corps tout entier apparaissant dans l'éblouissant halo du Dieu

Soleil, ivre de colère, décochant sans distinction ses flèches de feu aussi bien sur les Grecs que sur les Troyens...

Se couvrant le visage des mains, Cassandre poussa un cri. Lorsqu'elle rouvrit les yeux, tout, autour d'elle, était redevenu normal.

— Non, non ! Dieu Soleil..., supplia-t-elle d'une voix rauque. Aie pitié de ton peuple, je t'en prie, épargne-lui tes flèches...

Il fallait qu'elle parte, il fallait rentrer à Troie sur-le-champ ! Les Dieux la rappelaient sur la terre de ses ancêtres...

La même nuit, la reine Imandre eut une fille. Belle et douce comme les gouttes de nacre que les plongeurs des îles rapportent des profondeurs de la mer, on l'appela Perle, la petite princesse de Colchis.

Cassandre se précipita au palais pour l'embrasser. Imandre était radieuse.

— Les Dieux m'ont envoyé de bien tristes présages sur la fin prochaine de la cité de mon père, expliqua-t-elle à la reine. Les miens ont besoin de moi. Tu es heureuse, ma reine, et moi je suis au désespoir. Permets-moi de quitter ton royaume dès demain.

— En cette saison ? L'hiver approche. Ton voyage va être épouvantable. J'espérais que tu resterais un peu à mes côtés pour m'aider à élever ma fille... Mais je comprends. Bien que je ne prête guère foi aux présages, comment te refuser quelque chose en ce jour béni ?

Le convoi de Cassandre s'ébranla aux premières lueurs de l'aube. Quelques flocons de neige tourbillonnaient dans l'air glacé. Le ciel était bas et uniformément gris.

Le soir venu, tandis qu'entourée de ses deux suivantes, Cassandre s'installait pour dormir, Adréa se tourna vivement vers elle.

— As-tu l'intention de dormir avec ce serpent dans ton lit, princesse ?

Cassandre baissa les yeux vers le reptile. Sa tête oscillait sur son cou juste au rebord de sa tunique.

— Mais oui, répondit-elle placidement. Il m'a adoptée. J'ai moi-même couvé son œuf entre mes seins.

Depuis lors, il passe toutes ses nuits avec moi. Par ce froid, livré à lui-même, il mourrait à coup sûr.

— Cassandre, je suis prête à bien des sacrifices pour la fille d'Hécube, mais jamais je n'accepterai de partager mon lit avec ce serpent ! Ne pourrait-il pas dormir dans un panier près du foyer ?

— Non, c'est impossible. N'aie crainte, je te promets qu'il ne te mordra pas. Sa compagnie est bien plus agréable que celle d'un nourrisson qui passe son temps à mouiller les draps. Il n'est sur terre de créature plus propre. Vous n'avez, l'une et l'autre, nul souci à vous faire, il restera contre moi. Je suis certaine qu'il a mille fois plus peur que vous.

— Non..., implora Kara à son tour. Je t'en prie, princesse, jamais nous ne pourrons fermer l'œil avec cette bête dans le lit.

— Mais à la fin, comment osez-vous toutes les deux ? s'impatienta Cassandre. N'est-il pas, comme moi et vous, une créature de la Déesse ?

— Dieux ! Comment dormir avec cette bête visqueuse ? pleurnicha de nouveau Adréa. Il va sûrement, quand nous dormirons, grimper sur nous...

— Puisqu'il ne mord pas, qu'importe ! répliqua Cassandre, irritée. Il n'a pas de dents, regardez. Vous êtes ridicules ! Si vous aviez ne fût-ce qu'une cervelle de moineau, il vous suffirait de le toucher pour vous rendre compte qu'il n'a rien de visqueux : sa peau est aussi douce qu'un duvet d'oiseau.

Prenant le serpent dans sa main, elle le tendit à Adréa, qui fit un grand bond en arrière en poussant un cri strident.

— Eh bien, tant pis ! soupira Cassandre s'allongeant sur le lit, en haussant les épaules. Je suis épuisée et dormirai sans vous si vous êtes assez bêtes pour passer la nuit sur le plancher. Installez-vous où bon vous semble, mais n'oubliez pas d'éteindre la lampe et laissez-moi dormir.

Trois jours plus tard intervint sans doute l'événement le plus important du voyage. Au sortir d'un bois, comme le convoi venait de dépasser un petit hameau, Cassandre entendit tout à coup les vagissements plaintifs d'un enfant.

— C'est incroyable ! s'exclama-t-elle tendant l'oreille. Si j'en crois ces cris, c'est un enfant qui n'a que quelques mois. Que fait-il donc en pleine nature exposé aux loups et aux ours ?

Sautant à bas du chariot, elle arpenta les alentours, scruta les buissons du regard, aperçut derrière l'un d'eux à même le sol un ballot de grosse toile brune. S'agenouillant dans la neige, elle découvrit alors emmitouflée dans l'étoffe une fillette minuscule, âgée de quelques semaines peut-être.

— Laisse-la, princesse ! s'écria Adréa qui l'avait rejointe. Ce n'est qu'un enfant abandonné par sa mère, une catin probablement ou une femme qui avait déjà trop de bouches à nourrir !

Sans l'écouter, Cassandre saisit le bébé dans ses bras. Malgré l'étoffe, sa peau était glacée. Pour le réchauffer, elle le serra contre son sein et au bout de quelques instants, la fillette cessa de vagir. Manifestement elle cherchait à téter.

— Attends un peu, murmura Cassandre tout attendrie. Je n'ai pas de lait à te donner, pauvre petite. Mais ne crains rien, nous allons te trouver quelque chose à boire.

— Princesse ! protesta Kara, restée juchée sur le chariot. Tu ne songes tout de même pas à la garder !

— Ne rêvais-tu point de me voir mariée, avec un enfant dans les bras ? Eh bien, sans qu'il soit nécessaire de rompre mon vœu de chasteté, la Déesse vient de m'envoyer une fille. Il est de mon devoir de la sauver.

— Comment comptes-tu la nourrir ? Il lui faut du lait !

— Bien entendu. Cours donc au village là-bas acheter une chèvre, la meilleure que tu trouveras. Le lait de chèvre est excellent pour les bébés.

La suivante s'exécuta de mauvaise grâce, mais ayant payé le prix fort revint bientôt, dans un concert de bêlements, tirant une bique pleine de vitalité. Aucune des deux suivantes ne sachant trop comment s'y prendre pour la traire, Cassandre dut le leur montrer. Un bol de terre fut vite plein, et la fillette bientôt rassasiée.

Comme par enchantement, un furtif rayon de soleil troua alors la grisaille autour du convoi, illuminant les trois femmes penchées sur l'enfant. Béate, la petite fille esquissa le plus beau des sourires. A l'adresse de qui ? Du soleil, de la Mère Eternelle, du Dieu Apollon ou bien de la princesse troyenne qui venait, si spontanément, de lui offrir son amour ?

XIII

Ambre, tel fut le nom donné à l'enfant tombé du ciel. Ambre pour la couleur de ses yeux et son odeur de miel.

S'occuper de la petite fille permit aux voyageuses de rompre la monotonie de l'interminable retour. A Troie, on verrait bien. Si on interdisait à Cassandre de continuer à l'élever comme sa fille, elle la confierait aux suivantes de la reine ou aux prêtresses d'Apollon, qui lui donneraient une bonne éducation.

Pour l'heure, Adréa et Kara, après une période de courte réticence, se disputaient le privilège de la dorloter et de lui conter des histoires qu'elle était encore trop jeune pour comprendre. Ambre pourtant s'épanouissait à vue d'œil, prenait chaque jour un peu plus d'assurance, de force, devenait potelée et jolie comme un cœur. Les deux femmes s'ingéniaient à lui trouver de nouvelles coiffures, à brosser et tresser ses cheveux qu'elle avait déjà en abondance, à lui confectionner des vêtements dans leurs propres robes. La petite cependant, dès qu'elle apercevait Cassandre, oubliant leurs gâteries, courait se jeter dans ses bras. Lorsqu'elle avait sommeil, elle allait se blottir sous les couvertures au fond du chariot, et retrouvait avec plaisir le serpent de sa mère adoptive qui venait se lover contre son petit ventre.

— Voyez ! lançait Cassandre en riant, devant les protestations des suivantes, Ambre a plus de bon sens que vous. Elle, au moins, ne craint pas les créatures de la Déesse. Vous verrez, elle sera prêtresse, j'en suis certaine.

Les jours, les semaines passèrent ; la neige s'épaissit

encore dans les plaines. Bientôt le froid devint polaire et Cassandre s'inquiéta sérieusement pour ses reptiles, réfugiés à l'arrière du chariot près du brasier, avec Ambre et la chèvre qu'il fallait parfois hisser à l'intérieur du véhicule quand le convoi restait bloqué par des congères.

Au fil des mois, en dépit des intempéries et du gel qu'elle supportait parfaitement bien comme souvent les enfants élevés dans des conditions rudes, la petite fille se métamorphosait. Elle voulait désormais boire seule sa coupe de lait, commençait à manger à la cuiller de la mie de pain trempée et divers aliments écrasés. Bien que Cassandre n'eût pas cru la chose possible, elle était maintenant dotée d'une dentition presque complète et mâchait consciencieusement tout ce qui lui tombait sous la main, avec une nette préférence pour le contenu du bol des autres. Il devenait en outre impossible de la laisser dormir sans surveillance, car elle disparaissait à quatre pattes plusieurs fois par jour pour le seul plaisir de voir les autres partir à sa recherche, tentant constamment de se glisser hors du chariot, même lorsqu'il était en marche. Faisant preuve d'une telle précocité, elle n'étonna donc personne, quand un beau jour, le printemps venu, elle commença à trottiner sur l'herbe des chemins profitant de la liberté qu'on lui laissait à chaque halte. Bien sûr, elle tombait souvent, mais déjà fière et volontaire, elle ne se plaignait que rarement même si elle se faisait mal.

Un soir, dans le soleil couchant du crépuscule, Cassandre reconnut enfin à l'horizon les contours familiers du mont Ida, et le soir même, le convoi atteignait les rives du Scamandre. Avec une nouvelle ardeur, plusieurs jours durant, on longea donc les eaux vertes du fleuve, puis un matin apparut Troie, dans sa splendeur. A sa grande stupeur, Cassandre découvrit une ville nouvelle, faite de tentes multicolores et de baraques de bois rudimentaires, qui s'étalait au pied des murailles cyclopéennes de l'antique cité de son père. Le camp grec était désormais protégé par un long rempart de bois et d'innombrables vaisseaux s'entassaient dans le port. Au fur et à mesure que le chariot s'approchait, l'infecte puanteur qui montait des bicoques agglutinées les unes contre les autres, envahissait les voyageuses, cahotant sur une voie rudimentaire encombrée de véhicules de toutes sortes, enlisés dans d'innombrables fondrières. Distraites par ce spectacle inattendu, elles ne virent pas venir une patrouille de soldats leur intimant l'ordre de s'arrêter.

Cassandre, revenue de sa surprise, descendit alors du chariot avec Ambre sur ses épaules, expliqua en langue grecque qu'elle était fille de Priam et revenait d'un long voyage à Colchis. De bouche à oreille, la nouvelle se répandit comme une traînée de poudre, et bientôt se dressa devant elle un homme en armure qu'elle reconnut aussitôt. C'était Patrocle, le compagnon d'Achille. Il la dévisagea longuement d'un œil plein de méfiance :

— C'est toi qui prétends être la fille du vieux Priam ? s'enquit-il d'un ton mesuré. Nous allons facilement le vérifier. Il y a dans la tente du roi Agamemnon une jeune personne qui pourra, à coup sûr, nous dire si tu dis la vérité.

Sur ces mots, laissant à ses soldats la garde du chariot, il tourna les talons et s'en fut. Cassandre et les siens n'eurent guère à attendre.

Quelques instants plus tard, il était de retour en compagnie d'une femme voilée. Parvenue devant la princesse, elle abaissa son voile et hocha la tête affirmativement.

— Oui, c'est bien elle, Cassandre, la fille du roi Priam.

A sa grande stupeur, Cassandre venait de reconnaître Chryséis.

— Chryséis..., murmura-t-elle, posant Ambre sur le sol. Comme je suis heureuse de te savoir en vie !

La jeune fille avait grandi ; ses formes s'étaient épanouies ; sa blonde chevelure était plus abondante encore que dans son souvenir.

A l'écart, Patrocle conférait avec ses capitaines. Il semblait hésiter à retenir la princesse en otage, sachant bien cependant qu'on pourrait l'échanger contre forte rançon ou même la liberté de nombreux prisonniers de son camp.

— Il faut nous laisser passer ! intervint le chef de l'escorte troyenne. La princesse est prêtresse du Dieu Soleil et a fait ce voyage sous la protection d'Apollon.

— Vraiment ? fit Patrocle. Dans ce cas, peut-être pourra-t-elle nous aider à réduire au silence un prêtre de chez elle qui ne cesse d'importuner le roi et tous ceux qui daignent lui prêter l'oreille. Et puis nos propres prêtres recommandent de faire des sacrifices en l'honneur d'Apollon. Consentirais-tu à les mener ? interrogea-t-il, revenant vers Cassandre.

— Faut-il te rappeler le sort de la princesse à qui Agamemnon lui-même demanda de conduire ses propres sacrifices ? rétorqua vivement Cassandre. Ne s'appelait-elle pas Iphigénie ? N'était-elle pas fille du roi ? N'a-t-elle pas été immolée pour obtenir l'aide du Dieu des Vents nécessaire pour assaillir notre cité ? Ce roi n'a-t-il pas sacrifié sa fille pour satisfaire ses ambitions ?

Les visages des Grecs s'assombrirent.

— Tu n'as pas le droit de parler ainsi d'Agamemnon, Cassandre, intervint pour la première fois Chryséis.

— Et pourquoi non ? Il n'est ni mon ami ni celui de ma famille. Je m'étonne en revanche de te trouver si respectueuse à son égard !

— Agamemnon est mon seigneur et maître, répondit la jeune fille. Il est aussi le plus puissant des rois. Prends garde, toi-même, à ne point susciter son courroux ! Ici, nous sommes tous en son pouvoir.

— Ne crains rien, Chryséis, lui glissa Cassandre à l'oreille, une fois à Troie, je ferai tout pour obtenir ta libération.

Chryséis secoua lentement la tête.

— Je ne la souhaite pas. Mon père, je le sais, ne cesse d'invoquer Apollon en ce sens. Mais Apollon n'est rien en regard d'Agamemnon. D'ailleurs, n'est-il pas plus doux d'appartenir à un homme qu'à un Dieu ?

Soudain assaillie par le souvenir de sa terrible vision à Colchis, Cassandre se tourna vers Patrocle.

— Grecs, s'écria-t-elle, j'ai vu les flèches d'Apollon s'abattre sur notre cité, sur les Troyens et sur vous-mêmes. Craignez sa colère ! Craignez le courroux d'Apollon ! Fuyez ses flèches meurtrières !

Patrocle esquissa un pas en arrière, et fronça les sourcils.

— A présent, je me souviens de toi, princesse Cassandre. Je me souviens aussi de tes prophéties. Alors écoute bien ceci : Apollon ne nous fait nullement peur, même si nous évitons de provoquer les Dieux. Néanmoins, je veux bien te laisser passer, et je crois que nos prêtres seront de mon avis. Il revient cependant à Agamemnon d'en décider. Qu'on aille l'informer !

Une foule, peu à peu, s'était massée autour du chariot, à l'avant duquel Kara et Adréa étaient toujours assises. Le regard de Patrocle se posa sur elles.

— Quelles sont ces femmes ? demanda-t-il.

— Mes suivantes.

— Appartiennent-elles aussi à Apollon ?

— Non. Mais elles sont sous ma protection. Elles sont donc aussi sous la sienne.

La foule se montrant menaçante, Cassandre, instinctivement, reprit dans ses bras Ambre qui jouait à ses pieds.

— Nous manquons de femmes au camp, observa Patrocle indécis. Loin de moi la pensée d'offenser ton Dieu Soleil mais garder ces deux vieilles ne peut à l'évidence lui porter préjudice.

S'approchant de l'avant du chariot, le compagnon d'Achille saisit Kara par le bras.

— Descends, ordonna-t-il. Tu restes ici.

— Lâche-moi, monstre ! vociféra la femme tentant furieusement de se dégager.

Imperturbable, Patrocle la gifla.

— Je ne suis pas certain d'avoir compris ce que tu viens de dire, femelle, mais que ceci te serve de leçon. Ici, ce sont les hommes qui commandent. Gagne donc aussitôt cette tente, là-bas. On y trouvera à t'occuper. Si tu te montres docile et consciencieuse, tu auras à manger.

— Je t'ai dit que ces femmes sont sous la protection du Dieu Soleil ! s'écria Cassandre, pour les défendre. Si tu ne veux pas affronter sa colère, laisse-les repartir librement.

— Cassandre, répliqua sèchement Patrocle, je te répète que je ne crains nullement Apollon. Je n'offense point sa prêtresse, mais ces femmes sont désormais mes prisonnières ! Si tu veux t'éviter des ennuis, n'insiste pas !

Poussant un cri, Kara se mit soudain à détaler en direction des remparts. Patrocle fit signe à un soldat de la rattraper, puis se tourna vers Chryséis :

— Toi qui parles sa langue, répète-lui ce que je viens de dire : il ne lui sera fait point de mal si elle s'acquitte honnêtement des tâches que nous lui donnerons. Redis-le aussi à la fille de Priam, qui ne semble pas m'avoir très bien compris.

Chryséis voulut ouvrir la bouche, mais Cassandre ne lui en laissa pas le temps.

— Dis à ton Grec que je l'ai parfaitement compris, s'insurgea-t-elle avec mépris. Mes suivantes sont comme moi sous la protection d'Apollon. Il n'a aucunement le droit de les garder.

— Crois-tu pouvoir m'en empêcher, princesse ? lança le guerrier en forçant Adréa à descendre à son tour du chariot. Celle-ci est également trop vieille pour partager la litière de mes hommes, mais je suis sûr qu'elle sait cuisiner. Achille ne cesse de réclamer une servante pour sa compagne. Allez, ma belle, tu es désormais servante de Briséis !

— Et la petite fille ? s'enquit quelqu'un. Elle semble en parfaite santé. Doit-on la prendre ?

— Non ! pas elle, dit Patrocle voyant Cassandre sur le point de saisir sa dague. Elle doit encore mouiller ses langes ! Peut-être serons-nous d'ailleurs encore à Troie quand elle sera en âge de partager nos nuits ? Pour l'instant, laissons-la. Quant à toi, princesse, ajouta-t-il en se tournant vers Cassandre, remercie ton Dieu de t'avoir si généreusement accordé sa protection. Tu vas pouvoir partir. Auparavant, cependant, nous allons alléger quelque peu ton chariot de tout ce qui peut nous être utile.

Sachant que ses protestations seraient vaines, Cassandre garda le silence. Les soldats grimpèrent dans le véhicule, raflèrent toutes les provisions, déchargèrent les couvertures roulées à l'arrière du chariot, entreprirent de les déployer sur le sol. Soudain, un soldat poussa un cri d'effroi découvrant un énorme serpent lové dans l'une d'elles. Se reprenant aussitôt, il porta la main à son glaive.

— Non ! s'exclama Cassandre. Il est sacré ! N'y touche pas !

Tout pâle, l'homme recula lentement. Cassandre, après son séjour prolongé à Colchis, ayant oublié la terreur qu'inspiraient les reptiles dans les royaumes du sud, en profita pour glisser une main sous sa tunique, et libérer le petit serpent, qui sommeillait toujours entre ses seins. Le voyant apparaître, pris de panique, les soldats, d'un seul mouvement, battirent en retraite.

— Arrêtez-la ! C'est une sorcière !

— Assez d'enfantillages ! gronda Patrocle soudain impatienté. Dans tout pays, des prêtresses savent dresser les serpents. Qu'elle déguerpisse, elle et ses bêtes. Je n'en veux pas ici. Va-t'en, ajouta-t-il, s'adressant durement à Cassandre, et ne reparais jamais devant moi avec eux !

Cassandre sentit qu'il ne fallait pas insister. En larmes, Kara et Adréa étaient tombées à ses genoux. Voulant leur redonner courage, elle les releva toutes deux.

— N'ayez pas peur, leur dit-elle doucement. Faites simplement ce qu'ils vous demanderont et veillez à ne pas susciter leur colère. Par Apollon, je jure que je vous ramènerai à Troie.

Même si aucun lien particulier ne l'unissait aux deux suivantes, elle n'oubliait pas qu'elles avaient été placées sous sa protection. Elle le leur redit à nouveau, les assura aussi du soutien affectueux de la reine.

Le Dieu Soleil avait désormais une grave raison d'être profondément irrité. Aussitôt rentrée, elle irait trouver ses prêtres pour réclamer justice !

XIV

Cassandre avait réussi à sauver les serpents destinés au temple d'Apollon. Elle-même était indemne, et les Grecs n'avaient pas fait le moindre mal à Ambre. A tout prendre, les choses auraient pu être pires. Pourtant, force était de constater que le conflit s'était considérablement durci. Le pillage d'un convoi en effet était apparemment devenu chose banale et personne n'était intervenu en sa faveur. Les sentinelles postées au sommet des remparts avaient pourtant dû suivre toute la scène. Autrefois, en de telles circonstances, une pluie de flèches se serait abattue sur l'ennemi ; on aurait même, sans doute, tenté une sortie massive. Les temps avaient changé.

Arrivé à proximité des hautes portes de bronze, le chariot ralentit l'allure. On fit signe à ses occupants d'arrêter. Un guerrier s'approcha. Ses traits n'étaient pas inconnus à Cassandre. Après une très brève hésitation, elle reconnut Déiphobe, son demi-frère.

Ce dernier s'inclina devant elle.

— La voie est trop escarpée pour ton chariot, Cassandre, expliqua-t-il. On va lui faire contourner la ville. Il y pénétrera par un accès plus facile. Toi, bien sûr, tu peux passer par la petite porte. Nous n'ouvrons d'ailleurs plus jamais les grandes, par crainte d'une attaque surprise. Tant qu'elles resteront closes, nous n'aurons rien à redouter... A moins naturellement, qu'un jour Poséidon ne se décide à les abattre, ajouta-t-il à mi-voix, tout en traçant dans l'air un signe superstitieux pour conjurer le mauvais sort.

— Puisse ce jour ne jamais venir, approuva Cassandre d'un même ton. Pour l'heure, merci de bien vouloir faire conduire le plus rapidement possible mon chariot au temple d'Apollon. Il contient des serpents sacrés. Je crains qu'ils ne prennent froid ou dépérissent s'ils y restent trop longtemps enfermés.

— J'envoie sur-le-champ un messager au temple, promis Déiphobe. Désires-tu, quant à toi, ma sœur, te rendre directement au palais ?

— Oui, c'est mon intention. Je brûle d'embrasser ma mère. Comment va-t-elle ?

— Les années n'épargnent personne...

— Et notre père ? Se remet-il de son accident ?

— La nouvelle en est donc parvenue à Colchis ? s'étonna Déiphobe. Oui, en effet, les Dieux l'ont durement frappé. Il boite beaucoup, et un côté de son visage est figé à jamais. Hector désormais commande nos armées.

— Je le savais aussi. En revanche, depuis notre départ de l'antique cité il y a de longs mois, aucune nouvelle de vous ne m'est parvenue. L'état de notre père s'est-il aggravé ?

— Nullement, grâce aux Dieux ! En dépit de son âge, il inspecte tous les jours les remparts et suit de près le déroulement des combats. Aussi longtemps que le roi témoignera ainsi de sa vitalité, Hector évitera de donner libre cours à sa témérité. Achille en effet ne cesse de le provoquer pour qu'il l'affronte en combat singulier... Heureusement, notre frère garde la tête froide. Après l'indigne sacrifice de la fille d'Agamemnon, nous savons tous ce que valent les lois de l'honneur chez les Grecs. Si Hector acceptait le défi de ce fou sanguinaire, il est probable que les espions du roi de Mycènes lui tendraient une embuscade. Si l'un des leurs te donne un baiser, dit-on, il faut, sans plus attendre, faire le compte de ses dents... Par quel miracle t'ont-ils donc laissé la vie sauve ?

— Je ne sais. En tout cas, ils n'ont pas hésité à piller mon équipage. S'ils n'ont pas tout volé, c'est uniquement par crainte de mes serpents, et nullement par respect pour Apollon. Ils se sont également emparés des deux suivantes de ma mère.

— Les misérables ! Dès que possible nous tâcherons de les délivrer. Quant à toi, il te faut une escorte : il ne sied point à la fille du roi d'aller seule par les rues de la ville. Je vais mander pour toi une chaise à porteur. C'est ainsi qu'Andromaque vient tous les jours saluer Hector avant qu'il ne parte au combat.

Cassandre ouvrit la bouche pour protester, mais le poids d'Ambre dans ses bras la convainquit d'accepter l'offre.

Plusieurs serviteurs du sanctuaire déjà prévenus de son arrivée s'empressaient autour d'elle. Elle leur donna des instructions concernant les serpents, promit de rejoindre le temple dès qu'elle aurait salué ses parents. Sous la protection d'un cordon de soldats, les esclaves entreprirent alors de décharger ce qui était le plus fragile, et Cassandre rassurée s'engagea à la suite de Déiphobe sous une petite porte latérale, dernier obstacle qui la séparait de l'enceinte de Troie.

La ville était écrasée de soleil. Il semblait à Cassandre,

qui depuis de longs mois s'était accoutumée à des climats plus vifs, que l'air était chauffé à blanc.

Du doigt, Déiphobe lui désigna un étroit escalier taillé au cœur de la muraille.

— Veux-tu que nous montions au sommet du rempart ? proposa-t-il. Là-haut, tu pourras observer ce qui se passe dans le camp grec. C'est à cette heure précise que le roi arrive chaque jour. Il me semble d'ailleurs entendre approcher son escorte. Viens ! Tu peux laisser ton enfant là, les gardes la surveilleront.

Cassandre accepta. Gravissant derrière lui les hautes marches de l'escalier, elle parvint au sommet. Déiphobe avait dit vrai : d'un seul regard on embrassait la totalité du camp gigantesque qui s'étalait à faible distance des remparts. Elle put voir ainsi la grande tente d'Agamemnon, celle d'Achille et Patrocle, moins vaste mais plus richement décorée, enfin les quartiers d'Ulysse, ressemblant davantage à des cabines de bateaux.

— L'un de nos prêtres a dressé la liste des princes qui nous assiègent, expliqua Déiphobe. A l'en croire, tous les héros de Grèce et des îles sont venus prêter main-forte à Agamemnon et aux siens. Je suppose que tu ne souhaites pas particulièrement la connaître...

— Non, c'est inutile. Je l'ai, par volonté de la Déesse suprême, entrevue à Colchis.

— Colchis... répéta-t-il rêveur. Mais j'y songe, Colchis n'a pris aucun parti dans cette guerre. Pourquoi son roi n'envoie-t-il point de ses guerriers à Troie ?

— Il n'y a point de roi à Colchis. La reine est seule souveraine, et elle vient de mettre au monde une héritière.

— Pas de roi ? Quelle folie ! Comment, sans lui, régner sur un royaume ?

Cassandre ne put répondre. Un bruit lourd de pas accompagné de cliquetis métalliques l'en empêcha. Priam en armure, suivi de son escorte, apparaissait en haut de l'escalier.

Si l'exercice de la magie ne lui avait pas appris l'accident de son père, sans doute Cassandre ne l'eût-elle reconnu qu'aux emblèmes royaux qui ornaient son manteau de pourpre. Son visage, autrefois hâlé, était désormais blafard et parcheminé, paralysé tout d'un côté. Sa paupière droite était fermée, le coin de sa bouche tordu. Il parlait lentement, de manière difficile et saccadée.

— Quelles nouvelles ce matin ? demanda-t-il à Déiphobe. Ont-ils encore intercepté des convois d'armes ? Si cela continue, il nous faudra bientôt refondre nos vieux glaives pour en fabriquer de nouveaux.

Apercevant Cassandre, il s'interrompit un instant.

— Déiphobe ! Tu sais que je ne veux aucune femme ici...

— Père, intervint Cassandre, Déiphobe est hors de cause. Après le pillage de mon chariot, il m'a simplement accueillie et proposé d'observer le camp grec dans l'attente d'une chaise à porteurs.

Reconnaissant sa fille, le masque du vieillard se crispa, semble-t-il, encore davantage.

— Cassandre ! Cassandre... grinça-t-il d'une voix entrecoupée. Te voici donc de retour ! Tel un mauvais augure, n'est-ce pas ? Je te croyais pour toujours à Colchis, pour éviter de pleurer sur le sort de Troie...

Elle s'avança vers lui, malgré elle tout émue de le voir si diminué.

— J'espère, reprit-il, ayant déposé sur son front un baiser furtif, que les Grecs n'ont pas osé bafouer la protection sacrée offerte par le Dieu Soleil ?

— Père, fit-elle avec douceur, l'essentiel a été préservé. Personne n'a été blessé et j'ai sauvé les serpents d'Apollon. Aussitôt que ma chaise sera là, j'irai rassurer de vive voix ma mère.

— Tu me sembles rayonnante et pleine de santé, observa aigrement Priam. La reine t'accueillera bien sûr avec soulagement.

— La chaise vient d'arriver, prévint Déiphobe.

Cassandre prit respectueusement congé de son père, descendit l'escalier, souleva Ambre dans ses bras, s'installa avec elle sur la chaise. Portées par quatre vigoureux porteurs, elles furent bientôt au palais.

— Cassandre, ma petite fille ! s'exclama la souveraine l'embrassant avec effusion avant de lui décocher tout aussi promptement un regard réprobateur. Par la Déesse ! Dans quel état est ton péplos ? Et tes cheveux...

— Mère..., interrompit Cassandre. J'ai été arrêtée tout à l'heure dans le camp grec. Je m'estime très heureuse d'avoir pu conserver mon péplos. En revanche, je crains fort que les présents que j'avais rapportés à ton intention de la part d'Imandre aient tous disparu dans l'affaire.

Les traits de la reine s'adoucirent.

— J'espère au moins que personne n'a osé te manquer de respect ?

— Non ! personne ne m'a violée, si c'est ce que tu penses, répondit Cassandre d'un ton soudain très réservé.

— Allons, mon enfant, je t'en prie ! Ce sont là choses trop graves... Mais dis-moi quelle est donc cet enfant ? Comme elle est belle ! Elle a des cheveux bouclés..., comme les tiens à son âge... Oh ! Dieux ! Se peut-il ?...

— Non, Mère, rassurez-vous, elle n'est pas ma fille. Beaucoup mieux que cela. Le ciel me l'a confiée.

— Le ciel ?

Hécube fronça les sourcils, manifestement sur la défensive.

Voyant sa mère si peu encline à lui faire confiance, Cassandre ne put réprimer un soupir.

— Mère, il ne me serait guère difficile de trouver un homme prêt à partager ma couche. Il est vrai que peut-être avec ce compagnon..., ajouta-t-elle, imperturbable, attirant son serpent dans sa main.

Hécube poussa un cri d'horreur.

— Un serpent ! Sous ton péplos ! Mais tu es folle !

— Voici mon véritable fils, minauda intentionnellement Cassandre en souriant. J'ai moi-même couvé son œuf. En revanche, les membres de mon escorte te confirmeront volontiers que j'ai trouvé moi-même Ambre au bord d'un chemin, abandonnée par sa vraie mère.

La reine regarda longuement la fillette :

— Je dois dire, il est vrai, qu'à part les boucles de ses cheveux semblables à celles que tu avais enfant, vous n'avez guère de point commun. Mais, dis-moi, je ne vois pas mes suivantes. Où sont Kara et Adréa ?

— Hélas, les Grecs, sous nos remparts, les ont retenues prisonnières. J'ai essayé de fléchir Patrocle, mais en vain.

— Les malheureuses ! Il faut payer une rançon et les sortir de là promptement. Je vais aussitôt en parler à ton père.

— Payer une rançon ? lança une voix familière. Et pour qui donc ?

Tournant la tête, Cassandre reconnut Andromaque.

— Oh ! Cassandre, petite sœur ! s'exclama joyeusement l'épouse d'Hector, se jetant dans les bras de sa cousine. Enfin, te voilà de retour ! Quel bonheur ! Et cette petite fille ? Mais elle est adorable...

Apercevant le serpent lové dans le giron de Cassandre, elle eut un geste de recul.

— Ah, j'avais oublié ! Bien sûr, tu es toujours aussi entichée de ces affreuses créatures !...

Tendant les mains vers le reptile, dont la petite tête ondulait près de la gorge de Cassandre, Ambre se mit à pleurnicher. En riant, la princesse lui confia l'animal, qui s'enroula placidement autour de sa taille gracile.

— Tu devrais plutôt lui donner un chaton, suggéra Hécube, la mine dégoûtée. Ce serait tout de même plus normal pour une petite fille.

— Pourquoi ? Elle adore les serpents. Il faut la voir jouer avec notre python dont le corps est deux fois plus gros qu'elle !

— Les reptiles ont la vue courte, revint à la charge Andromaque. Et si un jour ce python l'avalait par mégarde ?

— Il n'y a aucun risque. Les serpents reconnaissent parfaitement les leurs, répliqua Cassandre, avec une angélique sérénité ! Ambre l'a souvent nourri elle-même de lapins et de pigeons. N'ayez donc crainte à ce sujet. A présent, la petite a seulement besoin d'un bon bain et de passer des vêtements propres. Elle doit aussi avoir faim. Nous n'avons rien mangé depuis ce matin.

Des femmes prirent en charge l'enfant. Cassandre leur demanda de bien vouloir la conduire au temple avec son serpent quand elle serait prête. Elle-même la rejoindrait plus tard après avoir vu les fils d'Hélène.

— Ah ! les fils d'Hélène..., persifla, l'air acerbe, la reine. Les Grecs ricanent et insinuent qu'elle s'est mise en tête de pourvoir à la relève de toute l'armée troyenne...

— Comme elle a de la chance, intervint tristement Andromaque. A peine a-t-elle accouché qu'elle est de nouveau grosse. Alors que moi... Mais je ne me plains pas. Mon fils Astyanax me comble. Au fait, ma cousine, sais-tu que Créuse a nommé sa seconde fille Cassandre ?

— Non, je l'ignorais, s'étonna Cassandre, se demandant aussitôt si l'idée ne venait pas plutôt d'Enée. En revanche, moi aussi j'ai pour toi une grande nouvelle. Ta mère Imandre, qui t'embrasse tendrement, a récemment mis au monde une fille. Elle s'appelle Perle.

Eberluée par la nouvelle, Andromaque voulut en savoir davantage. Elle demanda avidement des précisions sur l'événement, pressa Cassandre de questions sur Colchis, sur les siens, sur la vie de l'antique cité. Tous lui manquaient tant ! Enflammée par ses souvenirs, elle ne semblait vouloir plus jamais quitter Cassandre.

— Maintenant que tu es de retour, répétait-elle, nous pourrions faire ensemble de longues promenades près des remparts, évoquer le passé...

— Si les Grecs nous le permettent...

— Ou s'ils se lassent de camper face aux portes de la ville, se contentant de harceler de temps à autre nos hommes de garde. Qu'ont-ils donc en effet tenté ces derniers mois, hormis deux offensives lancées à l'aide d'immenses échelles ? Hector, heureusement, a eu alors l'idée de déverser sur eux de grands chaudrons de soupe brûlante destinée à nos troupes. L'effet a dépassé nos espérances. Les assaillants ont aussitôt reflué en désordre. Depuis, mijotent toujours à l'intention d'éventuels récalcitrants des bassines d'huile bouillante que quelques téméraires ont pu goûter !... Ils ne sont pas revenus ! Toute la nuit ont retenti leurs hurlements accompagnés des psalmodies des médecins et des prêtres offrant des sacrifices aux Dieux.

— Tu ne portes pas d'armes, lui fit Cassandre, mais tu sembles prendre part activement aux péripéties des combats.

— Hector n'y tient guère. Il n'aime pas non plus, que je sorte seule, reconnut-elle, d'une voix teintée d'amertume. Mais avec sa propre sœur en guise de chaperon, comment pourra-t-il me l'interdire désormais ? Hélène m'accompagne souvent, mais elle ne viendra pas aujourd'hui. Lors d'un bref engagement, Pâris a été très légèrement blessé. Une simple éraflure, qui lui permet de se faire dorloter au palais par sa très chère épouse. Tu comprends maintenant pourquoi elle n'est pas encore là pour t'embrasser.

La soirée s'avançant, Andromaque dut enfin se résoudre à quitter sa cousine. La serrant dans ses bras une dernière fois, elle la laissa gravir seule la ruelle escarpée menant au temple d'Apollon.

Comme elle pénétrait dans la cour intérieure, pressant le pas pour aller retrouver Ambre et ses serpents, Cassandre tomba malencontreusement sur Chrysès. Son visage autrefois séduisant semblait, avant l'âge, vieilli. Les traits tirés, le front barré de rides, les longues mèches de sa chevelure devenues grises ayant perdu tout éclat, il étreignit la princesse, cherchant à l'embrasser sur les lèvres.

— Cassandre ! balbutia-t-il, Cassandre..., comme tu nous as manqué !

Détournant rapidement la tête pour se dérober à sa bouche, Cassandre, doucement mais fermement, se libéra de son étreinte.

— Tu me sembles avoir recouvré ton allant, mentit-elle gentiment. Quelle mine fraîche et florissante !

— Puisses-tu dire la vérité, soupira-t-il nullement dupe du compliment. Jamais plus, tu le sais, je ne connaîtrai un seul instant de joie. Jamais plus, tant que les Dieux n'auront pas consenti à me rendre ma fille bien-aimée.

— Chrysès..., voulut-elle le raisonner. N'y a-t-il pas désormais des jours et des lunes qu'elle est aux mains des Grecs ?

— Peu m'importent les jours, peu m'importent les années ! clama passionnément le prêtre. Nuit et jour, je continuerai à me plaindre, à supplier les Dieux...

— A ta guise, le coupa la princesse, mais n'espère pas être exaucé. C'est ton honneur perdu que tu pleures, non ta fille... Je l'ai entrevue ce matin dans le camp grec. Elle m'a paru heureuse de son sort. Mieux, lorsque je lui ai proposé de mettre tout en œuvre pour la libérer, elle m'a prié de m'occuper de mes propres affaires. Tu vois, il est certain qu'elle s'accommode au mieux de sa nouvelle vie, qu'elle est pleinement satisfaite d'être, sinon l'épouse d'Agamemnon, du moins l'une de ses compagnes préférées.

La colère empourpra le visage de Chrysès.

— Prends garde, Cassandre, prends garde ! gronda-t-il. Tu ne dis tout ceci que pour me faire mal, me blesser... Tu ne dis pas la vérité.

— Pourquoi chercherais-je donc à te mentir, à te blesser ? Tu es mon ami et j'ai toujours considéré Chryséis comme ma propre fille. Songe d'abord à son bonheur, Chrysès, laisse-la où elle est. En t'obstinant dans une voie contraire, tu ne peux qu'attirer sur nous tous la colère des Dieux.

Le visage du prêtre se ferma.

— Comment croire que tu dis cela pour mon bien ? T'es-tu seulement une heure jamais souciée de moi, moi qui t'aime depuis si longtemps ?

— Chrysès ! implora-t-elle une nouvelle fois en lui tendant les mains, je t'en supplie, oublie tes sentiments pour moi ! L'amour n'est pas tout entre un homme et une femme. Il y a l'amitié, la confiance. Pourquoi faudrait-il donc que je te veuille du mal ?

— Et que me veux-tu d'autre ? Tu as brisé mon cœur !

— Même si c'était vrai, pourquoi devrais-tu m'en tenir responsable ? Faut-il qu'une femme s'abandonne à un homme pour être estimée de lui ? Je te parle en sœur, en amie, Chrysès. N'insiste pas !

— Je comprends. Tu ne rêves que de voir ma fille traînée dans la boue, Apollon bafoué...

— Au nom de tous les Dieux, s'écria la princesse, soudain exaspérée, cesse donc de te complaire dans ton malheur ! Ne pense pas qu'à toi mais un peu à ta fille ! Si tu ne me crois pas, rends-toi chez les Grecs sous la protection d'Apollon. Tu es prêtre, ils n'oseront pas lever la main sur toi. Tu verras si ta fille se sent déshonorée, si elle souhaite quitter Agamemnon. Si tel est le cas, je te fais le serment d'aller trouver moi-même le roi et de tout mettre en œuvre pour qu'elle nous soit rendue. Mais si elle est heureuse ainsi...

— Et le déshonneur, qu'en fais-tu ? Ma propre fille, concubine d'Agamemnon...

— Chrysès, tu parles inconsidérément. En quoi est-il déshonorant d'être la compagne d'Agamemnon ? Si une telle idée te répugne, pourquoi, toi-même as-tu cherché avec obstination à me séduire ? L'honneur de la fille de Priam ne serait-il pas aussi précieux que celui de ta fille ?

— Comment oses-tu te comparer à ma fille ? répliqua le prêtre, les yeux embrasés de colère. T'es-tu seulement un jour souciée d'elle ? Tu ne songes qu'à toi, qu'à bafouer les justes impulsions de la nature pour m'humilier...

— T'humilier ? Chrysès, reprends-toi ! Beaucoup de femmes seraient heureuses de se donner à toi, tu le sais. Pourquoi donc m'avoir choisie, moi qui contrairement à elles me refuse et ne peux être à toi ?

— Mais je n'ai pas choisi ! s'emporta-t-il en redoublant de rage. C'est toi, toi qui m'as ensorcelé, dans le seul dessein de me rabaisser, de me rejeter ! Mille fois j'ai tenté d'échapper à l'envoûtement infernal dont tu es responsable !...

Cassandre eut pour lui un mouvement de pitié.

— Non, si un sort a été jeté sur toi, je n'en suis pas la cause. Au nom de la Mère Eternelle, au nom d'Apollon que nous vénérons tous deux, je jure que jamais je n'ai, une seconde, songé à te nuire, et implore les Dieux de lever la malédiction qui t'accable. Puisses-tu ainsi bientôt rencontrer et aimer une femme vraiment digne de toi.

— N'auras-tu donc jamais pitié de moi ? Consciente des tourments que tu me fais subir, tu oses encore me repousser ?

— Il suffit, Chrysès. J'ai tout dit, tout tenté pour te faire comprendre ton erreur. Libre à toi désormais de te complaire aveuglément dans la douleur. Je ne peux plus rien faire pour toi. Charis et les vierges d'Apollon m'attendent au sanctuaire. Bonne nuit. Puisse la Mère Eternelle t'ouvrir enfin les yeux !

XV

Harcelée par le souvenir de sa querelle avec Chrysès, Cassandre dormit mal cette nuit-là. Avait-elle su trouver les mots justes, entendrait-il un jour raison ? Mais la raison était-elle compatible avec l'amour, avec l'égarement qui s'emparait des hommes dès lors que la passion ravageait leur esprit et leurs sens ? Pâris, époux d'une jeune et belle femme sur le point de lui donner un fils, n'avait-il pas lui-même perdu toute lucidité dès l'instant où ses yeux s'étaient posés sur la radieuse Hélène ?

Accuser les seuls hommes était d'ailleurs injuste, les femmes, souvent, ne réagissant guère mieux. A preuve la reine Imandre, pourtant élevée en guerrière parmi les Amazones, entichée d'un voluptueux éphèbe qui lui avait donné une héritière, Chryséis, Briséis, prêtes à toutes les flatteries, à tous les abandons, pour quérir seulement une caresse de leur maître...

Oui, tous les êtres humains, tous sans exception, étaient ainsi. Fallait-il donc qu'elle, Cassandre, prêtresse d'Apollon échappe seule à cette règle universelle ?

Elle se retourna sur sa couche pour faire un peu de place à son serpent lové tout contre son épaule. Son lit était tout de même plus confortable que le plancher du chariot qu'elle avait connu tant de nuits depuis de très longs mois. Savourant malgré elle ce confort retrouvé, la fatigue et le manque de sommeil finirent par avoir raison de son insomnie persistante. D'un seul coup, elle sombra dans l'inconscience.

Elle rouvrit les yeux au lever du soleil. Au pied du lit, paisiblement, Ambre jouait avec le serpent. Après avoir baigné et nourri la fillette, Cassandre gagna la plus haute terrasse du temple, baignée déjà par la douce lumière d'un nouveau jour. Humant avec plaisir la fraîcheur matinale, elle résolut d'aller au temple de Pallas Athéna offrir un sacrifice à la déesse. Parmi les prêtres venus comme elle saluer le Dieu Soleil, elle aperçut soudain Chrysès non loin d'elle.

Son visage bouffi, ses yeux striés de rouge montraient assez que lui aussi avait très mal dormi. Une nouvelle fois, Cassandre se sentit prise de pitié, mais se reprit aussitôt songeant qu'en pleurant sur son sort, il persistait à suivre une voie sans issue.

Charis qui lui parlait, la voyant à son tour, lui fit signe d'approcher.

— Chrysès vient de m'apprendre que tu avais entrevu hier sa fille chez les Grecs, lui dit-elle. Es-tu certaine qu'il s'agissait bien de Chryséis ? Elle doit avoir bien changé, car ce n'était qu'une fillette lorsqu'elle... nous a quittés.

— Lorsqu'elle nous a été enlevée ! rectifia violemment le prêtre.

— C'était elle, j'en suis sûre, confirma Cassandre. D'ailleurs, elle aussi m'a reconnue. Elle m'a appelée par mon nom et mise en garde contre la colère d'Agamemnon.

— En as-tu fait part à son père ?

— Je l'ai fait. Hélas, en vain. Il m'a aussitôt accusée d'inventer tout cela dans le seul but de le torturer.

— Charis, tu connais sa rancœur envers moi..., geignit Chrysès d'un ton maussade.

— Charis, si j'avais, tu le sais, envie d'inventer des fables pour l'exaspérer, j'en trouverais de bien meilleures. Non, je le répète, je ne dis que la vérité. Tout s'est passé ainsi que je l'ai dit.

— Je crois, trancha Charis, certaine de la bonne foi de Cassandre, qu'il serait bon que tu te rendes dans le camp grec avec Chrysès et quelques autres. Chrysès est résolu à aller, au nom d'Apollon, trouver Agamemnon et lui réclamer sa fille. Le cortège sera placé sous la haute protection du Dieu Soleil.

Dans la mesure où c'était précisément l'idée qu'elle lui avait suggérée, la décision du prêtre ne surprit nullement Cassandre. Elle apporta donc sur-le-champ son concours à l'entreprise.

En moins d'une heure, la délégation était prête. Composée d'une trentaine de prêtres et de prêtresses en robe de cérémonie, elle s'ébranla accompagnée des vœux de toute la communauté du temple. Lorsqu'elle parvint aux portes de la ville, Chrysès dut expliquer aux gardes le but de sa mission. D'abord réticent, le chef de poste se résolut à dépêcher un émissaire dans le camp grec, et une longue attente commença pour les envoyés d'Apollon. Enfin, sous un soleil de plomb, se présenta aux Troyens un homme de haute taille en armure dorée. Ses cheveux étaient d'ébène, sa barbe soigneusement tressée, sa démarche majestueuse et solennelle.

Avec stupéfaction Cassandre reconnut aussitôt Agamemnon. Avec appréhension aussi et une indéniable répulsion qui dura tout au long de l'entrevue. Evitant de croiser son regard, elle baissa les yeux et les garda rivés au sol, dans l'espoir qu'il ne la remarquerait pas.

D'un air de défi, Agamemnon apostropha Chrysès :

— Que me veux-tu ? lança-t-il avec morgue. Je ne suis pas un prêtre. Si tu souhaites négocier une trêve religieuse, adresse-toi à tes semblables dans mon camp, pas à moi.

Chrysès fit un pas dans sa direction. Plus grand que le roi grec, il en imposait encore, malgré sa chevelure terne et son visage creusé.

— Si tu es bien Agamemnon, roi de Mycènes, commença-t-il d'une voix vibrante, c'est à toi que je veux parler. Je suis Chrysès, prêtre d'Apollon, dont tu détiens la fille prisonnière depuis trois ans.

— Prisonnière ? répliqua le monarque, feignant de s'étonner. Lequel de mes sujets la retient-il contre son gré ?

— Aucun de tes sujets n'est en cause, roi Agamemnon, mais toi-même. C'est toi qui retiens mon enfant. Au nom d'Apollon, je suis prêt à payer une juste rançon pour sa libération. Rends-moi ma fille Chryséis, sinon j'exige que tu l'épouses solennellement, après m'avoir versé la dot d'usage.

— Tu parles d'or, prêtre, railla Agamemnon avec un sourire méprisant, mais ton audace est grande. Mieux aurait valu pour toi-même et les tiens éviter cette démarche vaine. Chrysès, écoute bien ma réponse : je possède et je garde ta fille. Elle m'est soumise et me comble. Quant à l'épouser, quand bien même le souhaiterais-je, c'est impossible, puisque je suis déjà marié.

Marquant ostensiblement une pause, le roi des rois éclata d'un grand rire :

— Je te suggère donc, Troyen, à toi et ton escorte, de

faire promptement demi-tour et de regagner au plus vite l'abri de vos remparts. L'envie de retenir les femmes qui t'accompagnent pourrait soudain me prendre, bien que nombre d'entre elles me semblent beaucoup trop vieilles pour apporter plaisir à mes guerriers. Grâce aux Dieux, j'ai mis la main, me semble-t-il, sur la seule belle fille de Troie, mais des femmes d'appoint pour nous servir ne sont jamais de trop.

— Ainsi, Agamemnon, tu t'obstines à nous insulter ? Prends garde à la colère d'Apollon !

— Petit prêtre, il suffit ! Ton courroux est à la fois grotesque et pitoyable. Sache que je vénère Zeus, le Maître de la Foudre, Poséidon, aussi, l'Ebranleur de la Terre ! Je ne me mêle en rien des affaires de ton Dieu car il n'est pas le mien. Qu'Apollon donc se garde de se mêler des miennes. Ta fille est bien à moi. Elle me satisfait, je la garde. Maintenant, disparaissez de ma vue, avant que monte en moi la colère.

— Roi Agamemnon, j'appelle sur toi la colère divine ! suffoqua Chrysès avec des tremblements de rage. Tu violes les lois les plus sacrées. Tes enfants, je te le dis, viendront cracher sur ta tombe. Tu as tort de ne pas m'écouter, car la vengeance d'Apollon va s'abattre sur toi et les tiens. Puissent, sans fin, les flèches du Dieu Soleil pleuvoir sur vous et vous transpercer !

— Maudis-moi donc, pauvre fou ! Tes propos misérables me ravissent. De tous les chants, les vociférations de mes ennemis sont ceux que j'apprécie le plus. Quant à ton Dieu Soleil, je le mets au défi : qu'il essaie donc de nous punir ! A présent, je te l'ordonne une dernière fois, déguerpissez à l'instant ou mes archers vous barrent la route définitivement !

— Nous partons, roi de Mycènes, puisque tu nous y forces, capitula Chrysès, la haine au cœur. Tu apprendras bientôt que l'on ne brave pas impunément la puissance d'Apollon !

Un archer menaçant banda son arc dans sa direction. D'un geste, le roi l'empêcha de décocher sa flèche.

— Inutile ! On ne tue ni les femmes ni les enfants. Pas davantage les eunuques, les chèvres, ou bien les prêtres !

Sous les quolibets de la garde royale, Chrysès dut faire

demi-tour et regagna aussi dignement que possible les portes de la ville avec les siens. Cassandre avait toujours les yeux baissés.

Parvenus au sanctuaire, les membres de la procession montèrent ensemble sur la plus haute terrasse du temple qui dominait la vaste plaine de Troie. Chrysès s'éclipsa un instant et reparut presque aussitôt portant l'arc rituel, le visage dissimulé derrière le masque d'or de l'Immortel. Un halo éblouissant de lumière grandissait autour de sa silhouette, emplissait subitement l'atmosphère, obligeait les Grecs là-bas en dessous d'eux à lever les yeux vers lui. Une fois encore, Apollon venait de prendre possession de son corps.

— Prenez garde, vous qui avez offensé mon prêtre ! tonna-t-il d'une voix formidable, inhumaine, roulant dans la plaine et se répercutant jusqu'aux extrêmes limites de l'implantation ennemie. Cette ville est mienne, étrangers ! Mes flèches vous frapperont l'un après l'autre si vous refusez de rendre celle que vous avez si déloyalement ravie ! Craignez mes flèches, peuples et rois impies !...

Cassandre, pourtant habituée à la voix de l'Immortel, resta pétrifiée de terreur.

Là, à quelques pas seulement d'elle-même, l'apparition mi-humaine mi-divine décochait lentement trois flèches d'or dans les airs. La première s'abattit sur le toit de la tente d'Agamemnon, la seconde non loin de celle d'Achille, la dernière au beau milieu du camp. Le courroux du Dieu Soleil venait d'éclater. Mais allait-il pour autant épargner les Troyens ? Si les Grecs sont maudits, songea-t-elle avec désespoir, nous le serons tôt ou tard nous aussi. Nous sommes à leur merci. Mon père s'en rend-il compte ?... Hector le pressent-il déjà ?

Aussi brusquement qu'il avait changé d'apparence, Chrysès était redevenu homme. Resplendissant, le soleil de midi irradiait superbement la plaine. Comme s'ils s'éveillaient brutalement d'un rêve, les Grecs s'animaient à nouveau, des cris et des rires montaient en désordre de leur camp. Manifestement, chacun voulait minimiser l'événement, ne pas prendre au sérieux l'avertissement de l'Immortel. Apollon en personne venait pourtant de jeter sur l'armée tout entière une terrible malédiction.

Ses manifestations ne se firent guère attendre. La nuit venue, le vent s'étant levé, de hautes flammes trouant l'obscurité attirèrent les regards des assiégés. Chez les Grecs s'embrasaient çà et là des bûchers. Sur l'un d'eux des pleureuses déposaient un cadavre. Avant même de parler, tous avaient compris : la peste ! C'était la peste... La vengeance des Dieux venait de s'abattre sur les hommes !

XVI

Dix jours plus tard, après avoir sacrifié à Apollon un étalon tout blanc, les Grecs dépêchèrent devant les portes de Troie un émissaire aux hanches ceintes d'un serpent. Agamemnon voulait parlementer avec les prêtres du Dieu Soleil et réclamait une trêve.

Aussitôt transmise au palais de Priam, la demande fut acceptée et l'on pria Chrysès d'engager sans attendre les pourparlers.

Ayant pris place en tête d'une délégation de prêtres, il quitta peu après le sanctuaire, entouré d'une escorte à laquelle s'était jointe Cassandre revêtue de sa tunique de cérémonie.

Dans un silence impressionnant, la procession atteignit, sans encombre, le centre du camp grec où brûlait un grand feu. Agamemnon, Achille et les hauts dignitaires ennemis, parmi lesquels Cassandre reconnut aussitôt Ulysse et Patrocle, se tenaient immobiles derrière leurs propres prêtres. Leur doyen, un vieillard à la musculature d'athlète, s'avança lentement vers Chrysès.

— La colère de l'Immortel, semble-t-il, s'est abattue sur nous, commença-t-il l'air grave et cérémonieux. C'est pourquoi, mon frère, nous nous interrogeons. Quelles sont tes intentions sincères et tes vœux ?

— Je veux ma fille, répondit avec fermeté Chrysès, je la veux, ou du moins j'exige de la voir normalement mariée à celui qui s'est emparé d'elle alors qu'elle n'était qu'une vierge innocente...

Agamemnon tressaillit mais garda le silence, apparemment résolu à laisser tout d'abord s'expliquer son grand prêtre.

— Comment le roi tout-puissant de Mycènes pourrait-il épouser une prisonnière de guerre s'il a déjà une reine ? poursuivit celui-ci. La chose est impossible...

— N'allons pas plus avant, coupa Chrysès. Puisque le roi prétend ne pouvoir épouser ma fille, je veux qu'il me la rende dotée de façon honorable. Ayant avec lui perdu sa précieuse virginité, elle a droit aux plus équitables compensations. Aucun homme, en tout cas, ne consentira désormais à l'épouser sans dot.

Chez les Grecs on se concerta un instant.

— Frère, nous acceptons ta demande, finit par déclarer le vieillard. Nous consentons à t'offrir en compensation les sept plus belles de nos captives. Es-tu content ?

— Content ? Me prenez-vous pour un débauché ? s'indigna Chrysès d'une voix tremblante. Je suis un père qui pleure sa fille et supplie seulement Apollon d'obtenir réparation pour l'outrage commis.

Le grand prêtre soupira, leva les yeux au ciel, puis se tourna lentement vers son roi.

— Agamemnon, roi de Mycènes, je t'en conjure ! Rends justice à cet homme qui n'exige que son dû.

Se redressant fièrement, Agamemnon croisa les bras.

— Jamais ! gronda-t-il d'une voix sourde. Elle est à moi, je la garde !

— Tu te trompes, insista respectueusement le prêtre. Tes hommes se sont emparés d'elle pendant la trêve des semailles. La Mère Eternelle risque de ne pas admettre une telle impiété.

— Aucune femme, fût-elle Déesse, n'est en droit de dicter ma conduite, rétorqua d'un air glacial le roi des rois.

Des murmures étouffés s'élevèrent. Ulysse lui-même fit part de son désaccord :

— Les Immortels n'apprécient guère qu'on les brave, Agamemnon, lança-t-il. Allons, il faut rendre cette fille et verser une dot à son père.

— Mais si je la rendais..., avança lentement Agamemnon, soudain plus conciliant devant l'hostilité des siens, si je la rendais, il faudrait que tous restituent leur butin. N'est-ce pas ton avis, Achille ? Si je rends cette fille, tu renonceras toi aussi à la tienne ?

— La mienne ? Veux-tu parler de Briséis ? Tu te trompes, Agamemnon. Briséis n'a pas été enlevée à un prêtre, répliqua, l'air farouche, le guerrier. Toi seul es responsable de la malédiction qui pèse sur nous tous ! Briséis est venue à moi de son plein gré. N'oublie pas par ailleurs que si je suis ici, c'est uniquement par obligeance à ton égard. Si j'avais voulu honorer mes seuls liens de sang, c'est dans le camp adverse que je combattrais aujourd'hui. Ne mêle donc pas la femme qui partage ma tente à cette affaire ! Si je survis à ce conflit, je songe d'ailleurs à en faire mon épouse. Roi de Mycènes, ne l'oublie pas, je ne suis pas comme toi et ne cherche nullement à épouser une vieille reine pour m'emparer de son royaume !

Les mâchoires d'Agamemnon se contractèrent avec violence.

— Puisque tu parles de ma reine, répliqua-t-il en s'efforçant de rester calme, je te rappelle quant à moi qu'elle est la sœur jumelle d'Hélène, dont la beauté est à l'origine de cette guerre. Je ne vois pas, en outre, en quoi le fait qu'elle règne sur une puissante cité rendrait moins noble et estimable la mère de mes enfants. Mais ne nous égarons pas ! Ce n'est pas d'elle dont il s'agit ici.

— Tu dis vrai, intervint le grand prêtre. Agamemnon, tu as juré de faire tout ce qui est en ton pouvoir pour nous préserver de la peste. Chryséis doit donc être restituée à son père. Il recevra également la dot qu'il réclame.

Agamemnon serra furieusement les poings.

— Comment osez-vous ? gronda-t-il, le visage empourpré. Comment osez-vous, après tout ce que j'ai fait pour vous ? Quel sort serait le vôtre si je décidais subitement de regagner Mycènes et vous laissais poursuivre seuls le siège ? Toi aussi, Ménélas, tu acceptes de me voir dépouillé de la sorte par les miens ?

Le roi de Sparte, cheveux blonds, courte barbe bouclée, baissa les yeux, très mal à l'aise.

— Roi de Mycènes, répondit-il d'une voix hésitante sans le regarder, faut-il subir encore davantage le courroux d'Apollon ? Le faut-il pour une fille capturée indûment ?

— Comment pouvais-je savoir que son père était prêtre ? s'emporta à nouveau le royal accusé. Crois-tu que nous avons pensé à évoquer ses origines ? Mais puisque vous vous liguez tous pour me dépouiller, reprenez donc cette fille et que Zeus vous poursuive de ses foudres ! Mais j'exige en contrepartie qu'on me livre dès ce soir la compagne d'Achille !

— Jamais ! cria Achille s'avançant menaçant au premier rang des Grecs. Il faudrait d'abord qu'on passe sur mon corps !

— Achille, si tu insistes, persifla le roi d'une voix sourde, cela pourrait bien advenir. Patrocle, veux-tu calmer ton fougueux compagnon ? Il est encore trop jeune à mon avis, pour se mêler de véritables affaires d'hommes. Allons, Achille, vraiment, qu'as-tu besoin d'une femme ? Je te donnerai volontiers en échange un plein coffre de jeux destinés à mon fils.

Ulcéré par l'insulte faite à son tout jeune âge, Achille avait blêmi. Mais contre toute attente, il eut cette fois assez de force et de sagesse pour se contenir. Pour éviter de sauter à la gorge du roi, il tourna les talons, ruminant en lui-même les plus sombres desseins de vengeance.

Le doyen des prêtres de Troie voulut faire diversion. En hâte, il s'adressa à Chrysès :

— Eh bien, lui dit-il, as-tu apporté un manteau pour ta fille ? En raison de la peste, elle ne peut revenir en ville avec un vêtement utilisé ici. Il faudra également lui couper les cheveux.

— Nous brûlerons tout, répondit Chrysès en exhibant une longue tunique et une cape ocre que lui tendait une prêtresse. En revanche, est-il vraiment nécessaire de lui couper les cheveux ?

— Il le faut. C'est le seul moyen de s'assurer qu'elle n'apportera pas la maladie dans la cité.

Pendant ce temps, on avait été chercher la jeune femme. Comme son père s'avançait vers elle pour la serrer dans ses bras, le grand prêtre le retint par l'épaule.

— Non ! Ne la touche pas. Attends d'abord que les femmes l'aient dépouillée de ses vêtements et coupé sa chevelure.

Il fit un signe de la main. Charis et Cassandre s'approchèrent de Chryséis ; d'autres femmes firent cercle autour d'elle pour masquer sa nudité. Impassible, elle laissa Cassandre lui retirer sa robe et la jeter à terre. Mais lorsque Charis, lui ayant dénoué les cheveux, brandit un couteau pour les couper, elle fit un bond en arrière.

— Non ! hurla-t-elle. Je ne veux pas ! J'accepte de tout subir, mais je refuse d'être tondue ! Je refuse une telle humiliation !

— C'est uniquement pour nous protéger de la peste, tenta de la raisonner doucement Charis. Tout le camp est contaminé, tu le sais bien.

— Mais je n'ai pas la peste ! protesta la jeune femme, fondant en larmes. Je n'ai jamais approché un malade ! Laissez-moi ma chevelure, je vous en supplie !

— Mon enfant, pardonne-nous, soupira Charis empoignant une longue tresse dorée, nous ne pouvons faire autrement.

Et elle trancha une mèche au ras de la nuque.

Chryséis tomba à genoux, secouée de sanglots

— Quelle honte ! balbutia-t-elle, quelle honte ! Regardez votre œuvre ! Comment me montrer désormais au grand jour, tout le monde va rire sur mon passage ! Tu m'as toujours haïe, Cassandre ! Tu te venges de la pire des manières...

— Essaie donc de comprendre, Chryséis, interrompit avec agacement Charis. Nous ne faisons qu'obéir au grand prêtre, rien de plus. Pourquoi blesser Cassandre ?

La vieille prêtresse glissa alors autour de ses épaules le péplos apporté par Chrysès.

— Je n'ai point de fibule, ajouta-t-elle. Maintiens-le fermé avec la main.

— Non ! geignit la jeune femme. Qu'il tombe, je m'en moque !

Charis haussa les épaules.

— Si tu veux exhiber ta poitrine à toute l'armée réunie, après tout, libre à toi... Pense seulement à ton père et épargne-lui une humiliation inutile. En son nom, fais au moins cet effort.

Résignée, la jeune femme baissa la tête, accepta malgré elle de voiler ses seins. Alors Charis la prenant par le bras, la conduisit lentement vers son père, qui l'attendait avec anxiété. Comme elle passait devant Agamemnon, chacun crut qu'il allait la reprendre. Mais la poigne de fer d'Ulysse s'abattant brutalement sur l'épaule du roi l'empêcha d'esquisser le moindre pas vers elle.

XVII

Le lendemain du retour de Chryséis, Cassandre fut appelée au palais, le roi voulant connaître tous les détails de la négociation avec les Grecs.

La reine Hécube, Créuse et Enée, Hector, Andromaque et leurs fils, Pâris, Hélène et leurs enfants entouraient le monarque attablé dans la grande salle où Priam prenait généralement le soir ses repas en famille.

Curieusement, songea Cassandre, les hostilités ne semblaient guère perturber l'ordonnance et la quiétude des lieux. Sans doute constatait-on çà et là sur les murs quelques fissures légères craquelant la peinture des fresques, l'énergie des artisans et ouvriers étant mobilisée davantage à des fins guerrières qu'à de simples travaux d'entretien ou de restauration, mais la nourriture, en revanche, était toujours abondante et variée, même si le poisson frais commençait à manquer un peu. A force de jeter dans le port leurs immondices, les Grecs en polluaient les eaux et la faune marine fuyait désormais la côte. Il fallait donc aller jeter les filets en haute mer, et déjouer par ruse le blocus instauré par la flotte ennemie, ce qui rendait la tâche risquée et hasardeuse.

Pour le reste, les restrictions n'avaient pas cours. La table royale croulait toujours sous les fruits, le pain, le miel, le vin aussi tiré des vignes généreuses qui proliféraient dans les moindres recoins de la ville.

Son repas terminé, Priam, donc, voulut savoir par le

menu tous les détails de l'entrevue de la veille. Apprenant par sa fille l'arrogance d'Agamemnon, il secoua la tête avec colère :

— Quelle impudence ! marmonna-t-il entre ses dents. Puisse la peste ravager leur camp et épargner notre cité ! Enfin, grâce aux Dieux, ils ont dû relâcher Chryséis. Que compte faire d'elle son père ?

— Je l'ignore, répondit prudemment Cassandre. J'imagine qu'à l'aide de la dot reçue, il va lui trouver un mari. Le montant important de la somme prouve en tout cas que les Grecs sont fort soucieux d'apaiser Apollon. L'épidémie les a fait réfléchir...

— Certains de leurs généraux ont-ils succombé ? s'enquit Priam.

— Hélas, non. Du moins, pas à ma connaissance, déplora Enée. Agamemnon et Achille semblent même débordants d'énergie : après la restitution de la fille de Chrysès, ils ont manqué en venir aux mains, puis, furieux, se sont retirés chacun dans leurs tentes. Apparemment ils se sont violemment querellés.

— Et pour cause, intervint Cassandre. Contraint de relâcher Chryséis, Agamemnon a exigé qu'on lui livre Briséis en échange, demande inacceptable pour Achille.

— Voilà qui explique la scène que j'ai, un peu plus tard, observée des remparts, reprit Enée. Des hommes envoyés par Agamemnon se sont rués sur la tente d'Achille et ont commencé à s'en prendre à quelques sentinelles postées à son entrée. Ulysse est alors intervenu et a longuement parlementé avec les deux parties avant de calmer les esprits. Il a semblé ensuite que les soldats d'Achille se préparaient à lever le camp.

— Puisses-tu dire vrai ! s'exclama à son tour Hector. Agamemnon est un ennemi vaillant et sensé. Achille, lui, est un fou. Il est de très loin préférable d'affronter un adversaire redoutable mais respectant les règles de l'honneur et du bon droit. Si Achille s'en va, tout rentrera dans l'ordre. Nous continuerons à nous battre quelque temps puis nous remporterons une victoire honorable et pourrons faire la paix avec Agamemnon.

— Qu'adviendra-t-il dans ce cas d'Hélène, des enfants, de moi-même ? interrogea Pâris.

Cassandre tourna la tête vers son frère jumeau. Silencieuse et sereine, Hélène, à ses côtés, faisait dîner l'un de ses fils. Elle était ravissante, même si l'éblouissante beauté que lui avait conférée Aphrodite pour séduire Pâris s'était peut-être désormais légèrement estompée.

— Si la paix revient, affirma Andromaque avec conviction, vous en jouirez, c'est certain, comme nous tous et pourrez vivre ici comme vous l'entendrez.

— Sans la guerre, la vie sera peut-être monotone, insinua Hector avec un sourire railleur. N'est-ce pas ton avis, Pâris ?

— Non, je suis, pour ma part, déjà repu de batailles. Se battre n'est pas la seule occupation de l'existence.

— Tu parles comme ta sœur. De toute façon rassure-toi, tu finiras par connaître la paix. Même si cette guerre se prolonge. N'est-ce pas, en effet, dans la tombe que le guerrier trouve l'éternel repos ?

— Je vois. Le Dieu d'Achille t'inspire toi aussi, contre-attaqua Cassandre. Si tu le souhaites, il te permettra sûrement de poursuivre tes exploits guerriers au royaume d'Hadès. Père, poursuivit-elle s'adressant à Priam, empêchant ainsi Hector de répondre, crois-tu que les deux suivantes de ma mère retenues prisonnières puissent être bientôt libérées ?

— Comment le savoir pour l'instant ? grogna Priam d'un ton maussade. La remise en liberté de Chryséis ajourne les pourparlers en cours. Nous verrons plus tard ce qu'il sera possible de faire.

Sentant que le roi n'en dirait pas davantage ce soir, Cassandre lui demanda l'autorisation de se retirer. D'un geste las, il lui fit comprendre que peu lui importait.

— Avec ta permission, roi Priam, intervint Enée, je vais raccompagner la princesse jusqu'au temple. Il est tard, et les mauvaises rencontres sont possibles.

— Je te remercie, mon frère, fit Cassandre. Ce n'est pas nécessaire et je vais...

— Laisse-le t'accompagner, ma fille, coupa Hécube. Les rues ne sont pas sûres en ces heures troublées. Aussi n'ai-je pas voulu que Polyxène vienne ce soir se joindre à nous.

— Elle n'est plus au palais ? Où est-elle ? interrogea Cassandre, qui avait remarqué l'absence de sa sœur.

— Elle est maintenant au service de la Déesse, soupira Hécube avec résignation et tristesse. Je te raconterai. Un autre soir...

Cassandre n'insista pas. Elle prit congé de sa famille, embrassa les enfants, laissa Enée glisser sa cape sur ses épaules. Tous deux sortirent alors de la salle, suivis d'Hector qui les quitta aux portes du palais.

Ronde et brillante, la lune venait de se lever, baignant d'une douce clarté l'étroite ruelle qui montait vers le temple. A mi-hauteur, Enée s'arrêta pour embrasser la plaine du regard.

— Si Achille et Agamemnon ne s'étaient point querellés, dit-il, Hector n'aurait pas dîné avec nous ce soir. A chaque pleine lune, depuis trois ans, les Grecs nous attaquent régulièrement. Ce soir, pourtant, leur camp est silencieux et obscur, sauf là-bas. Regarde, Cassandre, c'est la tente d'Achille. Le vin y coule sûrement à flots.

— Enée... Que s'est-il passé avec Polyxène ? demanda la princesse.

— C'est difficile à dire et personne ne comprend tout à fait. Priam, espérant diviser les Grecs, a offert sa main à Achille. Mais il a refusé. Ton père a alors annoncé qu'il la donnerait au plus valeureux des guerriers, clamant à qui voulait l'entendre, qu'elle était aussi belle que la reine de Sparte...

— Polyxène ? Aussi belle qu'Hélène ? L'âge lui brouillerait-il la vue ?

— Je crois plutôt qu'il voulait semer zizanie et trouble chez nos ennemis. Il l'a d'ailleurs également promise au roi de Crète...

— Idoménée ? Ce traître ? N'ai-je pas entendu dire qu'il s'était rallié à Agamemnon, malgré les liens qui unissaient les Minoens à Troie bien avant que l'Atlantide ne disparaisse sous les flots ?

— Peu importe. Priam a offert Polyxène à presque tous les princes des îles. D'aucuns se sont déclarés prêts à l'épouser sans vouloir pour autant abandonner les Grecs. Excédée, Polyxène s'est finalement révoltée...

— Polyxène pourtant a toujours fait preuve d'une docilité extrême !

— Cette fois, elle a déclaré tout net qu'elle n'était pas une jarre fêlée que l'on pouvait brader sur le marché, et a voulu, paraît-il, se retirer du monde en entrant au service de la Déesse. Certains affirment cependant qu'elle ne l'a pas fait de plein gré. Elle vit donc désormais au temple de Pallas, murée dans son silence. Priam en a éprouvé encore plus de colère que le jour où tu es partie au sanctuaire d'Apollon.

— Père, il est vrai, m'a toujours considérée comme une enfant rebelle, mais Polyxène ! C'est un peu comme si un faon apprivoisé se retournait tout à coup contre son maître pour le mordre !

— Oui, acquiesça Enée. Ta mère ne s'en remet pas.

Butant contre un pavé saillant, Cassandre trébucha. Enée l'empêcha de tomber, profitant de l'aubaine pour laisser son bras quelques instants enlacer sa taille. Doucement elle voulut se dégager, mais il resserra son étreinte et pencha son visage au-dessus du sien. Leurs lèvres se frôlèrent.

— Non..., supplia-t-elle, en tournant la tête. Non, Enée... Pas toi...

Ne se résignant pas à la libérer, Enée la dévisagea longuement.

— Cassandre, murmura-t-il, je te veux depuis le premier jour. La première fois que mes yeux se sont posés sur toi, j'ai cru percevoir, j'ai pensé que peut-être je ne t'étais pas totalement indifférent...

— S'il en avait été autrement... bredouilla-t-elle d'une voix faiblissante, je n'aurais pu, je ne serais pas... Mais j'ai fait vœu de chasteté, Enée, et tu es l'époux de ma sœur...

— Ce n'était pas ma volonté mais celle de mon père et du tien.

— Ce qui est fait est fait, se défendit encore la princesse. Je ne pourrais, comme Hélène, rompre mes vœux...

Ces mots, hélas, qui sortaient de sa bouche contredisaient cruellement les mouvements de son cœur. Malgré elle, elle posa son front contre l'épaule d'Enée, sentit tout au fond d'elle-même s'émousser ses facultés de résistance.

Pensant qu'elle était peut-être sur le point de fléchir, Enée tenta d'en tirer avantage :

— N'attachons-nous pas finalement trop d'importance à l'honneur et au devoir ? chuchota-t-il à son oreille. Hélène devait-elle après tout rester fidèle à Ménélas ? Qui, en la mariant, a donc songé à son bonheur ? Sommes-nous uniquement sur terre pour assumer nos devoirs familiaux ? Les Dieux ne nous ont-ils pas aussi fait don de vie pour nous permettre d'atteindre aux plus hautes félicités, celles de l'âme et du corps ?

— Si tu pensais ainsi, demanda Cassandre se raidissant imperceptiblement, pourquoi as-tu toi-même consenti à épouser Créuse ?

— J'étais jeune, influençable, soupira Enée. J'entendais répéter depuis mon plus jeune âge qu'il me faudrait un jour épouser la princesse que me désignerait mon père. Je croyais aussi que toutes les femmes se ressemblaient...

— Tu as changé d'avis ?

— Dès que je t'ai vue, répondit-il en l'étreignant avec ardeur. Naturellement je n'ai aucun reproche à faire à la mère de mes enfants, mais à l'époque où je l'ai épousée, j'ignorais qu'il existât une femme qui pût compter pour moi beaucoup plus que les autres, une femme à qui je pouvais tout dire, tout confier... Cassandre... je te le jure, si j'avais, une seule fois, eu la chance de te parler avant mes noces, j'aurais couru trouver Priam et mon père, j'aurais clamé mon amour pour toi, ma détermination de n'épouser que toi, au risque de mourir plutôt que renoncer.

— Enée, parvint à peine à dire Cassandre, remuée au fond de l'âme, ce n'est pas vrai... C'est impossible. Tu te joues de moi...

— Comment le pourrais-je, ma douce ? Comment aurais-je le cœur à troubler ta sérénité, à bouleverser mon existence, à blesser inutilement Créuse ? Hélas, j'en suis maintenant certain, après avoir emprisonné Pâris dans ses filets, la Déesse de l'Amour a jeté son dévolu sur moi. Pardonne-moi, Cassandre, mais il fallait que je parle, que je te dise, au moins une fois, le tourment que j'endure.

Malgré elle, irrésistiblement, Cassandre prit la main d'Enée dans la sienne, entrelaça ses doigts aux siens.

— La première fois que je t'ai vue, poursuivit-il, sentant croître son émoi, tu étais assise, rayonnante et calme, parmi les filles du roi, les yeux timidement baissés. J'ai su aussitôt que c'était toi, toi seule que je voulais... J'aurais dû le crier, mon amour, le hurler sans attendre, à Priam, à mon père !

L'évocation de cette scène qui n'avait pas eu lieu fit sourire la princesse.

— Qu'aurait pensé et dit la pauvre Créuse ?

— Qu'importe ! Ma vie était dans la balance : je l'ai laissée passer ! Cassandre, si ce jour-là, j'avais renoncé à Créuse et demandé ta main, m'aurais-tu épousé ?

— Je ne sais pas, murmura-t-elle dans un souffle, je ne sais pas... De toute façon, il est trop tard, trop tard pour revenir sur le passé.

— Cassandre, Cassandre, c'est impossible..., s'écria-t-il, la serrant brusquement dans ses bras.

L'un contre l'autre, quelques secondes d'éternité, ils restèrent enlacés. La première, Cassandre se reprit. Doucement, sans rien dire, elle essuya une larme qui coulait sur sa joue.

— Ne pleure pas, mon amour, je ne veux pas, implora-t-il la gorge serrée. Te causer la moindre peine m'est insupportable. Je sais simplement, maintenant que tu es, que tu seras toujours celle dont j'ai rêvé, celle que par ma faute j'ai laissée passer sans la prendre, celle que j'ai irrémédiablement perdue.

Un sanglot étouffa sa voix et il l'étreignit de nouveau si rudement, si désespérément qu'il sembla à Cassandre que le monde entier basculait dans ses bras. Eperdue elle-même, elle eut la sensation de s'abîmer dans le néant, de se fondre dans un avenir de lumière, qui lui était pourtant inaccessible, interdit à jamais.

« Voilà donc ce que c'est que l'amour », pensa-t-elle, son beau visage voilé par une crispation douloureuse.

— Tu as épousé ma sœur... Tu es mon frère...

— Par tous les Dieux, tais-toi, je t'en supplie ! Je me le

suis répété tant de fois, jusqu'à la nausée ! Cassandre, ne m'en veux pas...

— Non, je ne t'en veux pas, promit-elle fermant les yeux, je ne t'en veux pas, les Dieux en avaient décidé ainsi...

Tendrement, il l'attira contre lui, et la jeune prêtresse ne chercha pas à lui résister. Comment d'ailleurs aurait-elle pu repousser une telle ferveur, un élan si poignant et si spontané de douceur ?

— Cassandre, dis-moi seulement que tu tiens un peu à moi..., mendia-t-il au creux de son oreille. Dis-moi...

— Fou, pauvre fou ! faut-il encore que tu me le demandes ? s'écria-t-elle posant ses lèvres contre les siennes.

— J'ai tellement besoin de te l'entendre dire, répondit-il en buvant son souffle. Je mourrais sans cette certitude...

Une joie ineffable inonda le cœur de Cassandre. Ainsi il suffisait de quelques mots d'amour, de quelques mots à elle, pour qu'Enée puisse continuer à vivre... Submergée par une vague de générosité, elle s'abandonna tremblante contre lui :

— Oui, mon amour, je tiens à toi..., je t'aime aussi depuis le premier jour, dès que je t'ai rencontré...

Enée alors lui prit la main. Transfiguré, la joie illuminait son visage.

— Enée... balbutia-t-elle à son tour, désirant, tout en sachant qu'elle perdrait alors toute maîtrise d'elle-même, qu'il la serre de nouveau dans ses bras, Enée, quoi qu'il arrive, ma vie ne sera désormais plus la même, grâce à toi...

Avec une délicatesse infinie, Enée posa les mains sur ses épaules, comme s'il craignait qu'elles ne se brisent sous ses paumes.

— Mon amour... souffla-t-il, je t'aime et te désire de toute mon âme, mais je sais maintenant que je ne chercherai jamais à t'attirer de force dans ma couche. Cela, n'importe quelle femme peut le donner. Je t'aime, Cassandre, je t'aime plus que ma vie. Je voulais te le dire, je suis heureux...

— Je te crois, murmura Cassandre posant sa main sur la sienne.

La nuit était si claire qu'elle pouvait lire sur son visage comme en plein jour.

— Regarde, fit-il, levant les yeux au ciel. Il n'y a plus que toi, il n'y a plus que moi sous les étoiles. Bonne nuit...

— Bonne nuit, mon amour. Puisse la Déesse veiller éternellement sur toi ! Va, va-t'en vite maintenant avant qu'il ne soit trop tard.

Lentement leurs doigts se dénouèrent. Puis, sans échanger un mot, dans le grand silence de la nuit, ils se quittèrent.

Comme une biche affolée talonnée par une meute peu avant de mourir, Cassandre, sans se retourner, se mit à courir vers le temple. Elle était complètement désemparée. Vierge du Dieu Apollon, elle avait succombé à l'amour d'un mortel, venait de rejoindre inexorablement l'innombrable cohorte des esclaves à jamais prisonniers d'Aphrodite.

XVIII

Depuis l'aube, les soldats d'Achille se préparaient à embarquer sur leurs vaisseaux. A l'évidence, la querelle qui opposait Agamemnon au fils de Pelée s'était considérablement aggravée. L'un des espions favoris de Priam, une vieille femme qui vendait des beignets aux Grecs et venait s'approvisionner dans l'enceinte de la ville tous les jours vers midi, vint expliquer à Pâris, qui commandait ce jour-là la garde, qu'Achille se refusait depuis la veille à quitter sa tente. Patrocle avait bien tenté de dissuader ses hommes de lever le siège, mais en vain. Achille étant leur chef suprême, ils estimaient devoir lui obéir aveuglément et cesser le combat comme lui.

Au milieu de la matinée, Cassandre ayant appris la nouvelle quitta le temple pour rejoindre les siens sur les remparts. Une question était sur toutes les lèvres : la défection d'Achille allait-elle entraîner l'effondrement des armées grecques ? Pour Pâris c'était peu probable :

— Certes, Achille est un redoutable guerrier expliquait-il ; il se bat comme un lion, et lorsqu'il charge sur son char, il mènerait à la victoire les troupes les moins sûres. Mais Agamemnon et Ulysse n'en demeurent pas moins les deux véritables piliers de l'armée ennemie. Achille d'ailleurs n'entend rien à la stratégie. A la moindre manœuvre contrariant son élan, il se retire du jeu comme un enfant dépité. Non, la défection d'Achille n'est pas un coup fatal pour la puissance grecque. Celle d'Agamemnon, d'Ulysse ou même de Ménélas eût été pour nous mille fois préférable.

— Regardez, il semble que quelque chose se trame en bas, observa soudain Hélène, scrutant attentivement la plaine. N'est-ce pas là-bas Agamemnon, suivi de Ménélas et de son héraut ? Ils viennent vers nous.

Les trois hommes en effet approchaient des remparts. Parvenus à proximité des portes de la citadelle, ils s'arrêtèrent, puis le héraut, sur un signe du roi, avança de deux pas.

— Pâris, fils de Priam !... héla d'une voix de stentor le jeune Grec voyant l'époux d'Hélène rabattre la visière de son casque.

— Je t'écoute. Que veux-tu ? Si ton roi veut me voir, qu'est-il besoin de toi que les usages, hélas ! m'interdisent d'abattre ?

Eclatant d'un grand rire, il s'interrompit un instant.

— Eh, oui ! Quand donc aurons-nous enfin le droit de trucider tous les hérauts comme menu gibier ? Qu'en penses-tu, adorable jeune homme ?

Ignorant la raillerie, le héraut gravement délivra son message :

— Pâris, fils de Priam, répéta-t-il. Je parle au nom de Ménélas de Sparte, frère d'Agamemnon, roi de Mycènes...

— Abrège ! interrompit Pâris avec force. Tous ces préliminaires sont inutiles. Au fait, héraut ! Parle !

Bombant le torse, et commençant à perdre son assurance, le jeune homme s'empressa de s'exécuter :

— Ménélas, roi de Sparte, veut te dire ceci : « Pâris, fils

de Priam, c'est à toi seul que j'en ai, et non à la cité de Troie. Je propose donc aujourd'hui que nous nous affrontions en combat singulier, en présence de nos deux armées, afin de mettre un terme à cette guerre. Si je succombe, ou si je rends les armes, tu garderas Hélène et tous les biens que tu m'as dérobés. Mes soldats et ceux d'Agamemnon, mon frère, n'en tireront nulle vengeance. Ils lèveront le siège et reprendront la mer. Ils en font le serment. Si, en revanche, tu péris, ou si tu reconnais ta défaite, Hélène me sera restituée sur-le-champ avec tout ce qu'on m'a volé. Pâris, fils de Priam, donne-moi ta réponse. »

Pâris se redressa de toute sa hauteur. Embrassant un instant du regard le camp grec, il abaissa de nouveau les yeux sur le héraut, sur Ménélas et le roi de Mycènes immobiles derrière lui.

— Ménélas, lança-t-il lentement, je prends acte de ton offre et vais consulter le roi Priam et Hector, le chef des armées. Je ne sais si Hélène de Sparte, mon épouse, est la seule cause de cette guerre, mais si mon père et mon frère estiment que le duel doit avoir lieu, je me rendrai à leur avis !

Dans les deux camps, la déclaration fut saluée par une immense clameur. Pâris alors tourna le dos à ses adversaires et rejoignit la famille royale légèrement en retrait. Seul Priam n'était pas là.

— Que cache cette proposition ? dit-il d'un ton perplexe. Ménélas sait aussi bien que moi que la fuite d'Hélène n'a été qu'un prétexte à cette guerre. Comment Agamemnon a-t-il pu le persuader de me lancer un tel défi ? Ne s'agit-il pas plutôt d'un piège destiné à m'attirer hors de la ville ?

— Malgré sa veulerie, fit observer Hélène, Ménélas n'est pas assez rusé pour avoir mis sur pied un tel stratagème.

— Reste à savoir maintenant quelle va être la réaction de Priam, continua Pâris. Quant à celle d'Hector, je la présume. Pourquoi ne se réjouirait-il pas de mon éventuelle élimination, lui laissant le champ libre pour mener la guerre à sa guise ?

— Mon fils, reprocha Hécube, tu es injuste envers ton frère.

— Puisses-tu dire vrai, Mère. Et puissé-je vivre assez longtemps pour me rallier à ton point de vue.

— J'en doute, hélas, intervint Cassandre. Ménélas est un trop dangereux adversaire.

— Et pourquoi ? Crois-tu que je le craigne ?

— Tu ne peux que le craindre, Pâris, dit à son tour Andromaque avec angoisse. Sa force et son expérience sont redoutables.

— Naturellement, reprit Cassandre l'air sombre, l'idée de voir le conflit prendre fin par un combat singulier va enthousiasmer Hector. Il va mettre tout en œuvre pour te contraindre à accepter, mais exigera sûrement que tu affrontes plutôt Agamemnon que Ménélas.

— A vous entendre, il pourrait aussi rencontrer Ménélas à ma place. Eh bien, qu'il le fasse, s'il le souhaite ! Je lui prêterai volontiers mon armure et mon glaive, maugréa-t-il amèrement. Personne ne s'apercevra de la supercherie.

— Tu vas pouvoir lui poser la question en personne, souffla à mi-voix Andromaque. Le voici qui arrive.

De la rue principale, en effet, Hector déboulait à la tête de ses hommes. Ils étaient environ cent cinquante, tous en armure, suivis par des esclaves tirant son char. Apercevant ses frères et sœurs réunis au sommet des remparts, Hector monta les rejoindre.

— Que se passe-t-il ? s'enquit-il. Pourquoi toute cette agitation ? Notre peuple serait-il tout à coup frappé par la folie ?

La reine Hécube le mit promptement au fait des derniers événements.

— Achille leur faisant maintenant défaut, c'est sans doute ce qu'ils avaient de mieux à faire, s'exclama-t-il en fronçant les sourcils. Alors, Pâris, quelles sont tes intentions ?

— J'hésite. Peut-on se fier à Ménélas ? Sans doute songe-t-il seulement à me tendre un traquenard.

Hector lui jeta un regard peu amène.

— Mon frère, je l'avoue, je ne sais jamais avec toi si le bon sens l'emporte sur la couardise...

— Tes sentiments à mon égard m'importent peu, répliqua Pâris froidement. Je suppose néanmoins que tu es d'avis que j'accepte.

— Pouvais-tu en douter ? Pourquoi d'ailleurs refuserais-tu ?

— N'oublie pas que si Ménélas meurt, les Grecs lèveront le camp. Tu n'auras plus jamais la chance, dans ce cas, d'affronter Agamemnon et Achille. Mon engagement ne risque-t-il donc pas de gâcher ton plaisir ?

— Et si Ménélas te tue ?

— Je préfère n'y pas songer. En revanche, mon frère, si je meurs, perspective qui ne t'assombrit pas, je pense outre mesure, as-tu imaginé la vraie situation ? En venant reprendre Hélène et mes biens, les princes grecs ne manqueraient pas de rire de toi, de notre père aussi. Allons, je te l'ai dit, rien ne prouve que la proposition de Ménélas soit honnête. D'ailleurs, si Achille te défiait toi-même de la sorte, te sentirais-tu tenu de l'affronter ?

Hector se tourna vers Hélène.

— Tu connais Ménélas mieux que quiconque. Selon toi, pouvons-nous nous fier à sa parole ?

La reine de Sparte eut un geste évasif.

— Je serais tentée de le croire, car je doute de sa malice. Maintenant, savoir ce qu'Agamemnon a en tête est une tout autre affaire.

— A toi de trancher, Pâris, conclut Hector. Je ne veux être tenu responsable ni dans un sens ni dans l'autre.

— Hélène, demanda Pâris, que veux-tu que je fasse ? Dois-je me battre ?

— Hector te harcèlera tant que tu n'auras pas accepté, soupira-t-elle. Pâris, je pense aussi que tu ne peux te dérober. Mais il faut avant tout trouver un moyen de te protéger. Un Dieu ne pourrait-il intervenir en ta faveur ?

— Un Dieu ? Quel Dieu ?

— Si la Déesse de l'Amour m'a conduite jusqu'ici, je ne crois pas que ce soit pour laisser à Agamemnon la joie de me ramener, humiliée et prisonnière, à Sparte. Pendant que tu te battras, au pied des remparts, nous déviderons de leur faîte une longue échelle de corde. Si la Déesse te donne l'occasion de t'en saisir, et si Ménélas vit encore, cours vers elle aussi vite que tu le pourras...

Ayant levé les yeux au ciel avec fatalité, Pâris remercia son épouse d'un long regard enflammé. Puis, s'approchant du bord de la muraille, il se pencha vers le camp ennemi et clama qu'il acceptait le défi.

Aidé de tous les siens, il revêtit alors son armure, saisit son glaive, et rejoignit Hector aux portes de la ville. Montant à ses côtés sur son char, il franchit avec son frère les hautes portes de la cité.

— Que comptes-tu maintenant faire ? demanda Cassandre, restée au sommet des remparts, en s'approchant d'Hélène.

— Cassandre, tu es prêtresse, mais tu es aussi sœur jumelle de Pâris, répondit la reine de Sparte en lui prenant la main. Prie avec moi Aphrodite Anadyomène [1] de nous envoyer une brume marine. Qu'on aille sur-le-champ quérir une longue échelle de corde, ajouta-t-elle à l'adresse de ses suivantes.

Dès qu'on l'eut apportée, Hélène se rendit avec Cassandre au bord de la muraille. En bas, Pâris et Ménélas se préparaient déjà chacun de leur côté, leurs hérauts respectifs s'invectivant copieusement selon la tradition. On traçait également sur le sol un vaste cercle autour duquel se massaient les soldats des deux camps. Aussi longtemps que le combat durerait, nul autre que les deux combattants n'aurait le droit d'y pénétrer.

Lorsque tout fut en place, chevaleresques, Pâris et Ménélas se saluèrent. La sonnerie d'un buccin retentit et le duel commença.

— Chante, Cassandre ! implora Hélène. Prie avec moi la Déesse de nous envoyer la brume !

Ensemble elles entonnèrent un hymne à Aphrodite. Absorbée par la joute, Cassandre, de temps à autre, oubliait les paroles, mais sa ferveur n'en demeurait pas moins vive. Avec angoisse, elle suivait chaque mouvement des guerriers qui semblaient pour l'instant de force égale. Chacun cherchait à prendre la mesure de son adversaire, tournant lentement autour de lui, donnant çà et là quelques coups de glaives prudents. Plus grand,

1. *Anadyomène :* surgie des flots. Selon certaines légendes, en effet, Aphrodite était née de l'écume marine (N.d.T).

Pâris s'efforçait de maintenir à distance l'agile Ménélas qui semblait maintenant s'échauffer et menacer de plus en plus son ennemi, faisant preuve de réflexes foudroyants. Brandissant son épée, cette fois il prenait nettement l'avantage, affirmait sa maîtrise, déconcertait de plus en plus le Troyen visiblement sur la défensive.

Cassandre eut soudain l'impression que sa vue se brouillait. Sous ses yeux, les silhouettes des combattants se firent incertaines. Etait-ce la brume d'Aphrodite, ou simplement la poussière soulevée par les deux hommes dans leurs virevoltantes arabesques ? Alors Hélène s'approcha du parapet, jeta dans le vide l'échelle de corde dont l'extrémité avait été solidement fixée à un créneau, et interpella son ancien époux.

— Ménélas ! clama-t-elle.

Levant les yeux vers elle, ce dernier s'immobilisa, bras levé, au moment où il s'apprêtait à frapper Pâris. Médusé, il vit Hélène dénouer le haut de son péplos, le laisser glisser lentement sur ses hanches, exhiber sa provocante poitrine d'albâtre.

Autour d'elle, l'air était chargé d'infimes paillettes d'or scintillant au soleil. Rayonnante, la jeune femme semblait grandir, s'auréolait d'une lumière divine.

Là, tout près d'elle, ce n'était plus Hélène, simple mortelle, qui dominait la plaine, mais la Déesse en personne descendue sur la terre regardant Ménélas, devenu lui-même une statue de bronze.

Mettant à profit la situation, Pâris, lui, n'avait pas été long à réagir. Quittant à toutes jambes le cercle limitant l'aire du combat, il s'était rué au pied des remparts, avait saisi l'échelle de corde, escaladé quatre à quatre ses échelons. Si bien que lorsque l'attention des spectateurs captivée par l'apparition d'Aphrodite s'estompa, il était en sécurité en haut de la muraille, ramenant calmement à lui l'échelle salvatrice, sans que personne n'ait remarqué encore sa disparition.

Hélène tout près de lui se tenait immobile, le corps enveloppé d'une lueur déclinante. Le halo bientôt disparu, redevenue une simple femme, elle rajusta son péplos et s'avança vers son époux, le visage altéré par l'inquiétude.

— Tu es blessé ? demanda-t-elle.

— Rien de grave, voulut-il la rassurer, les yeux encore prisonniers de la divine apparition.

— Viens, viens vite ! souffla Hélène, voyant le sang couler d'une longue entaille qui déchirait son pourpoint. Il faut fuir maintenant et panser cette plaie.

Revenus de leur surprise, les Grecs poussaient à présent des exclamations furieuses.

— Pâris ! Pâris a disparu !

— La Déesse ! C'était elle ! Aphrodite nous est apparue !

Chez les Troyens, l'émotion n'était pas moins intense.

— Où est Pâris ? interrogea Hector accourant sur la plate-forme.

— N'as-tu point vu la Déesse étendre sa main sur lui ? s'exclama d'une voix tremblante Hécube semblant sortir d'un rêve.

— Les Grecs en effet jurent qu'ils ont vu de leurs yeux Aphrodite descendre des remparts, jeter son manteau sur Pâris et l'enlever avec elle dans les airs à la barbe de Ménélas. Mais, moi, je ne suis plus certain de rien. Sans doute ai-je été ébloui par le soleil... Mais où est Hélène ?

— Avec son époux. Il est blessé. Elle l'a emmené panser ses plaies.

Ne sachant plus que croire, Hector maugréa. Il écouta cependant Cassandre lui dire encore que Ménélas avait eu tout à coup une vision, qu'il avait levé les yeux sur Hélène et avait aussitôt cessé le combat. Pâris s'était alors inexplicablement volatilisé.

TROISIÈME PARTIE

La fureur de Poséidon

I

Au crépuscule, l'histoire du duel de Pâris et de Ménélas avait fait le tour de la ville. Selon la plupart des témoins oculaires, la Déesse était apparue sur les remparts et avait soustrait Pâris au combat, au moment précis où Ménélas allait lui porter un coup fatal, le sauvant d'une mort certaine. Certains allaient jusqu'à prétendre que le fils de Priam avait été pourfendu, mais que la Déesse avait refermé sa plaie en posant la main sur lui, puis l'avait conduit dans la chambre d'Hélène pour laver ses blessures avec du nectar et de l'ambroisie.

Lorsqu'on l'interrogeait, Cassandre se contentait de dire qu'aveuglée par le soleil pendant toute la scène, elle n'était plus sûre de ce qu'elle avait vu. En son for intérieur, pourtant, elle savait bien que l'Immortelle en personne était intervenue en s'incarnant sous les traits d'Hélène.

Pendant deux jours, le défi de Ménélas et l'apparition d'Aphrodite furent sur toutes les lèvres. De retour d'un conseil, Hector et Enée annoncèrent à Priam que dans la mesure où Pâris, blessé, s'était dérobé au combat, les Grecs exigeaient que Ménélas fût proclamé vainqueur.

— Qu'avez-vous répondu ? interrogea Priam ne cachant pas son irritation.

— Nous avons répliqué qu'au contraire l'intervention d'Aphrodite montrait à l'évidence que Pâris jouissait des faveurs divines, s'empressa de déclarer Hector. C'est donc tout naturellement à Pâris que revient la victoire !

Le soir venu, Cassandre vint rejoindre les siens au palais pour le dîner royal. Dans le climat de tension de plus en plus vif, elle avait obtenu l'autorisation d'aller et venir à son gré, pour suivre de plus près le déroulement des événements.

— Que s'est-il passé tout à l'heure ? demanda-t-elle. J'ai aperçu deux guerriers inconnus se préparer pour un duel, puis soudain l'un d'eux lâcher son glaive et se débarrasser de sa cuirasse.

— C'était Glaucos le Thrace, expliqua Enée en riant.

— Celui qui commandait l'un des vaisseaux de la flotte qui m'a conduite à Troie ? demanda Hélène.

— Lui-même. Glaucos aujourd'hui est sorti provoquer les Grecs, réclamant un adversaire à cor et à cri. Diomède a relevé le défi, et ils se sont mis à énumérer leurs ancêtres pour prouver l'un à l'autre qu'ils étaient dignes de s'affronter en duel. Mais avant même d'avoir nommé leurs arrière-grands-pères, ils se sont aperçus qu'ils étaient cousins. Ayant convenu cependant que l'honneur exigeait qu'ils se battent, ils ont alors décidé d'échanger leurs cuirasses. Diomède a ensuite déclaré que celle qu'il portait n'était même pas digne d'être offerte en cadeau à son cousin et a envoyé quelqu'un chercher sur son vaisseau une armure d'argent incrustée d'or. Naturellement, Glaucos s'est aussitôt mis en quête d'un présent d'une égale valeur, d'où palabres interminables, protestations réciproques d'amitié et d'estime à n'en plus finir... Ils ont donc, en dernier ressort, convenu de se battre dans leurs vieilles armures, non sans avoir disposé autour du cercle les présents qu'ils s'étaient mutuellement offerts...

— Qui l'a emporté ? s'enquit Hélène.

— A vrai dire, personne. L'un et l'autre sont allés deux ou trois fois à terre, mais la tombée de la nuit a interrompu le combat. Après s'être embrassés, ils se sont, à grand renfort de politesses, congratulés, et chacun a regagné son camp pour le souper.

— Un duel pour la parade en somme, parvint à dire Hector plié en deux de rire. Au moins, nous ont-ils distraits une partie de l'après-midi. De toute façon, tant que le vainqueur de l'autre duel n'aura pas été officiellement désigné, rien d'important ne peut se produire. Glaucos et Diomède auraient mieux fait de s'affronter à la lutte, nous aurions pu prendre des paris ! C'est d'ailleurs ce que j'ai bien failli proposer à Ajax. J'ignore toutefois s'il sait lutter...

— C'est un grand champion, intervint le jeune Troïlus tout excité. Il a remporté le concours lors des derniers jeux grecs...

— Tu as raison. Il faut donc que je le défie, fit Hector.

— Méfie-toi de son coude, rappela encore Troïlus. Il excelle à briser les dents de ses adversaires.

Hector sourit, puis se tourna vers Priam.

— Père, que se passera-t-il si le conseil déclare Pâris vainqueur ?

— Rien, répondit le vieux roi d'un air désabusé. Les Grecs refuseront de reconnaître cette décision et la guerre reprendra de plus belle. La paix ne les intéresse pas. Ils ne quitteront ces rivages qu'après avoir abattu nos remparts et mis la ville à sac.

— Tu parles comme Cassandre, Père !

— Non, mon fils, non ! fit Priam. Je sais parfaitement ce que pense Cassandre.

Cassandre leva les yeux, à nouveau assaillie par l'horrible vision de la cité en flammes. Comme s'il cherchait à apaiser l'angoisse qu'il lisait sur ses traits, étrangement le roi lui adressa un sourire.

— Cassandre est persuadée qu'ils parviendront à nous anéantir. Mais elle se trompe.

— Père, crois-tu qu'ils pourront abattre les remparts de Troie ? demanda Pâris à son tour.

— Jamais ! A moins qu'ils ne parviennent à convaincre Poséidon de provoquer un tremblement de terre, c'est impossible.

Une affreuse certitude étreignit tout à coup Cassandre : oui, les murs de Troie s'écrouleraient sous la fureur de Poséidon, l'Ebranleur de la Terre. Seul un Dieu aurait la puissance nécessaire pour anéantir l'enceinte cyclopéenne de la formidable citadelle.

— Offrons donc sans attendre des sacrifices à Poséidon ! clama solennellement Hector. Lui seul tient le destin de Troie entre ses mains.

— Oui ! renchérit fiévreusement Cassandre. Rendons-lui hommage sur-le-champ, supplions-le de défendre notre cause ! N'est-il pas depuis toujours l'un de nos

Dieux protecteurs ? Pâris ! poursuivit-elle d'une voix étranglée, Pâris, prends garde au tremblement de terre ! Cours le premier offrir des sacrifices au Dieu ! Implore-le, car c'est toi qu'il va frapper, Pâris, c'est toi !

Horrifiée par les paroles qui venaient malgré elle de franchir ses lèvres, elle plaqua une main sur sa bouche.

Priam, lui, la transperça d'un regard de mépris courroucé.

— Ne te lasseras-tu donc jamais, Cassandre ? tonna-t-il. Faudra-t-il que toujours tu oses proférer de telles prédictions à ma table ? N'es-tu donc même plus capable d'annoncer clairement celui des Immortels qui, selon toi, a juré la perte de mon peuple ? Prends garde, Cassandre, prends garde que la folie n'envahisse bientôt tes funestes pensées !

Pour Cassandre, en effet, tout se brouillait devant ses yeux, et des larmes glissaient lentement sur ses joues. Emue par sa détresse, Hélène vint à elle, entreprit d'essuyer son visage avec son voile. Eperdue, la princesse leva les yeux vers elle.

— Ma pauvre fille, dit à son tour Hécube, avec tristesse, les Dieux ne cessent de te tourmenter avec ces épouvantables visions. Laisse-la, Hélène. Personne ne peut rien pour elle. Retourne, ma fille, retourne au temple. En son sein peut-être retrouveras-tu un peu de calme et d'apaisement.

Incapable de maîtriser son émotion, Cassandre se leva et sortit en courant du palais. Arrivée dans la rue qui montait au temple, elle sentit qu'on la suivait, et se mit à courir de plus belle. Les pas se rapprochant inexorablement, soudain, deux mains puissantes se posèrent sur ses épaules, la contraignirent à s'arrêter.

Elle poussa un faible cri et tenta de se dégager, mais une voix douce et réconfortante arrêta son geste.

— Cassandre, Cassandre ! souffla dans son cou la voix familière d'Enée. N'aie pas peur. Dis-moi tout ce qui te bouleverse.

— Ô Dieux ! Tu viens d'entendre ce que pensent les autres, parvint-elle à répondre en reprenant son souffle. Je suis si seule, et maintenant on me dit folle...

— Mon pauvre oiseau, tu sais bien que moi je ne le

crois pas. Sans doute les Dieux prennent-ils un malin plaisir à te tourmenter, mais je sais bien, hélas ! que tu ne veux que dire la vérité.

— Ai-je le choix ? soupira-t-elle, refoulant dans sa gorge un sanglot. Lorsqu'il me vient une vision, je suis contrainte de parler...

— Tous ceux qui voient plus loin que les autres mortels passent toujours pour fous, lui murmura à l'oreille Enée, l'enveloppant de ses bras pour l'apaiser. Quand je t'ai vue t'enfuir dans cet état, j'ai eu si peur, si peur que tu ne tombes ou ne fasses une folie. Pas un instant pourtant, je te le jure, je n'ai cru que tu perdais la raison. En quoi, d'ailleurs, serait-ce folie de vouloir mettre en garde ceux qu'on aime contre la colère des Dieux ? Depuis mon arrivée à Troie, j'ai sans cesse le sentiment que plane sur nous tous une ombre menaçante. Comme toi, je crois, j'ai peur que Troie ne coure à sa perte...

Il fit une pause et effleura sa tempe d'un baiser léger.

— Cassandre, à moi tu peux le dire, quel est notre avenir ?

Animée d'une certitude absolue, elle plongea ses yeux dans les siens :

— Je te vois par-delà les flammes survivre à la ruine de Troie... Je te vois quitter la ville indemne, te frayant un passage dans un océan de feu...

Immobiles, tous deux restèrent un long instant les yeux perdus dans un horizon de carnage. Puis, l'un de l'autre si près, ils ne virent plus que leurs propres visages émergeant de leur vision d'apocalypse.

Ils firent quelques pas en silence. Enée s'arrêta et se tourna de nouveau vers la princesse.

— Crois-tu vraiment qu'il n'y ait plus d'espoir pour Troie ?

— Non, il n'y a plus d'espoir. Je le sais depuis l'instant où Hélène a posé le pied sur notre sol. Et pourtant il m'est impossible de lui en vouloir. J'en suis même venue à la chérir comme une sœur... Je le sais depuis le jour funeste où Pâris est venu participer aux Jeux. Hector avait raison de vouloir l'envoyer à l'autre bout du monde, voyant en lui, à la mort de Priam, un rival pour le trône. Mais le danger était ailleurs...

— Cassandre, je ne possède pas moi-même le don de prophétie, mais je crois en toi, je sais que tu dis vrai. Il est de ton devoir d'annoncer aux mortels ce que les Dieux t'inspirent.

Ils étaient maintenant à la porte du temple.

— Chaque fois que tu parleras, Cassandre, dit à mi-voix Enée l'attirant doucement à lui, moi, je te le jure, je t'écouterai, je te croirai...

— C'est de la main des Dieux que périront les Troyens, non de celle des Grecs, murmura-t-elle encore avant de s'arracher à son étreinte.

Elle eut alors pour lui un déchirant sourire. Un sourire d'une infinie tendresse, où se lisait aussi l'acceptation sereine de la fatalité.

II

Le climat de Troie étant beaucoup plus chaud que celui de Colchis, les serpents rapportés par Cassandre avaient acquis une telle vigueur que la princesse troyenne devait leur consacrer le plus clair de son temps.

Ainsi n'apprit-elle pas tout de suite que le conseil des généraux, incapable de proclamer Ménélas ou Pâris vainqueur du duel, avait décrété une trêve en attendant de pouvoir se mettre définitivement d'accord. Sachant donc que les deux partis étaient l'un et l'autre décidés à poursuivre les hostilités, Cassandre n'accorda guère d'importance à la nouvelle, pas davantage d'ailleurs qu'à celle qui lui parvint un peu plus tard, faisant part de la reprise des combats, un capitaine grec, soi-disant guidé par Athéna, ayant décoché sur Priam un trait qui avait bien failli lui être fatal.

A quelque temps de là, juchée sur les remparts avec les autres femmes de la famille royale, assistant à un rassemblement des troupes d'Hector, Cassandre apprit, non sans angoisse, qu'Enée avait accepté d'affronter Diomède, le Grec qui avait défié Glaucos.

Créuse pourtant ne semblait pas trop s'inquiéter ou peut-être cherchait-elle surtout à se rassurer :

— Ce Diomède n'est pas bien redoutable, répétait-elle. En voulant échanger son armure avec son adversaire, il cherchait tout bonnement un prétexte pour éviter de se battre.

— Est-ce si sûr ? lança Hélène, faisant la moue. Son duel avec Glaucos était peut-être un jeu, mais lorsqu'il se bat réellement, il est de taille — et je l'ai vu à l'œuvre —, à se mesurer à Enée et à bien d'autres.

— Chercherais-tu à me faire peur, chère Hélène ? répliqua d'une voix acidulée Créuse, ou plutôt serais-tu jalouse ?

— Ma chérie, éclata de rire la reine de Sparte, tu peux dormir tranquille. Seul compte à mes yeux Pâris, mon époux.

— Vraiment ? Tous les hommes de Troie n'ont d'yeux que pour toi, ce me semble.

— Ils ont tort de me convoiter, mais qu'y puis-je ? D'ailleurs, y a-t-il une seule femme à Troie ayant à se plaindre de moi ?

— Je ne dis pas cela, marmonna Créuse ayant peine à cacher son mouvement d'humeur. N'empêche que tu ne répugnes pas à te montrer sans voile devant les hommes sous l'empire de la Déesse...

— Il faut s'en prendre à elle et non à moi, l'interrompit malicieusement Hélène. Je ne peux être tenue responsable de ses actes...

— Peut-être est-ce...

— Créuse, ne sois donc pas stupide, intervint à son tour Cassandre. La guerre des hommes ne te suffit-elle pas ? Si nous, les femmes, nous nous y mettons également, il ne restera bientôt plus une once de bon sens en cette cité.

— Hélas, les Dieux et les Déesses eux-mêmes donnent l'exemple ! remarqua Andromaque désabusée. Comment pourrions-nous, simples mortels, éviter de les suivre ? Peut-être d'ailleurs prennent-ils plaisir au spectacle de nos déchirements ? Et puis la guerre, il faut le dire, est le plus grand plaisir d'Hector. Si elle cessait demain, il en serait, c'est sûr, le premier contrarié.

— Tu as raison et c'est ce qui m'inquiète, acquiesça Hélène. A croire qu'il est totalement sous l'empire d'Arès [1]. Toi qui es prêtresse, Cassandre, crois-tu possible que les humains soient possédés par leurs Dieux ?

— Ils peuvent l'être, répondit sans hésiter Cassandre songeant particulièrement à Chrysès. Quant à savoir comment, et pourquoi cela se produit, cela reste un mystère. Toi-même, Hélène, si souvent sous l'empire d'Aphrodite, tu ne devrais pas te poser la question.

— Tu sembles m'envier. Aimerais-tu, par hasard, qu'il en soit de même pour toi ? s'exclama Hélène avec un petit rire espiègle. Moi qui croyais que tu étais l'une de ses plus ardentes ennemies !

Cassandre fit aussitôt un geste de dénégation.

— Je ne suis l'ennemie d'aucun Dieu, souffla-t-elle, mais je ne sers pas, il est vrai, Aphrodite. Seule compte pour moi notre Mère Eternelle. Elle seule est toute-puissante. Elle est source de vie, choisit ses amants puis les délaisse. Lorsque le Dieu de la Mort lui a ravi sa fille, elle a immobilisé le monde, le privant de moissons et de fruits...

— Mais nous aussi, nous avons une Déesse de la Terre, objecta vivement Hélène. C'est Déméter. Lorsque Hadès [2] a enlevé sa fille Perséphone, elle a frappé le monde d'un hiver terrible. Zeus, finalement, a dû ordonner que la fille soit rendue à sa mère.

— A vous entendre, intervint Andromaque, la Mère Eternelle elle-même est donc soumise à Zeus. C'est absurde : pourquoi la Déesse Mère, toute-puissante, à l'origine de toutes choses ici-bas, devrait-elle obéir à un Dieu ?

— Plutôt que de débattre sur le plus puissant des Immortels, dit Hélène, ne croyez-vous pas que les forces de l'amour sont seules capables de bouleverser la vie des êtres humains ?

— Ou de semer le désordre et la confusion dans leurs cœurs ! enchaîna Cassandre, d'un même souffle.

— Tu ne peux parler ainsi, gronda affectueusement

1. Dieu grec de la guerre.
2. Dieu grec des Enfers et des Morts.

Andromaque. Tu n'as jamais été sous l'empire d'Aphrodite. Prends garde, Cassandre : si tu défies sa puissance, elle peut, un jour, se retourner contre toi !

Les yeux de Cassandre se voilèrent, mais elle garda le silence. Andromaque avait sans doute raison. Mais qui pouvait savoir, hormis elle et Enée, que la Déesse de l'Amour avait d'ores et déjà levé la main sur elle ?

— Puisse ce jour ne jamais venir, finit-elle par répondre. Loin de moi le désir de défier la puissance des Immortels !

Prononçant ces paroles, lui revinrent en mémoire les propos de Chrysès qui l'avait accusée, en le repoussant, de s'être refusée au Dieu Soleil lui-même. Or, avait-il seulement parlé par dépit ? N'y avait-il pas là une part de vérité ? Et dans un rêve ultérieur, n'avait-elle pas réellement défié Aphrodite ?

— Certains disent qu'Apollon, ajouta-t-elle parcourue d'un frisson, a anéanti la Déesse Python pour lui dérober sa puissance. Pourtant, de tous les hommes, celui qui lève une main sacrilège sur sa mère est l'être le plus abject. Les Immortels laisseraient-ils un des leurs commettre la plus immonde des fautes humaines ? Si cette légende était fondée, Apollon ne serait pas un Dieu, mais le plus vil des démons...

— Puisque tu évoques les légendes, que faut-il penser de la Mère Eternelle interrompant pendant des lunes la course du monde entier ? déclara de nouveau Hélène. Je me souviens avoir entendu raconter jadis que l'année où fut engloutie l'Atlantide, il y eut partout d'immenses tremblements de terre, que le ciel resta des mois obstrué par des nuées de cendres. Cette année-là, il n'y eut, paraît-il, point d'été et les fondations mêmes des terres furent ébranlées. Qui peut cependant prétendre avec certitude que cette catastrophe fut l'œuvre d'un seul Dieu ? S'imaginant tout à coup que la Déesse Mère les avait tous trahis, peut-être les hommes cherchèrent-ils alors à refréner sa puissance, à lui opposer Zeus, capable de la contraindre à servir équitablement les mortels...

— Ne parlons plus de toutes ces choses, dit nerveusement Créuse. Nous n'avons pas le droit de nous interroger sur les actes des Dieux. Ils n'aiment guère être mis en cause par les humains et pourraient bien nous en punir tous.

— N'ayez pas peur, voulut les rassurer Cassandre. Les Dieux n'ont que faire de nos propres jugements. Contentons-nous de les servir et de les honorer. Certes, il faut craindre les Dieux, non l'image qu'en ont façonnée à leur manière les hommes.

Au temple du Dieu Soleil, où Cassandre revint peu après, Phyllide était en plein désarroi. Haletante, elle expliqua à la princesse que les serpents avaient tout à coup adopté un inexplicable comportement. Cassandre courut à la chambre qui leur était réservée. En l'apercevant, certains reptiles allèrent se mettre à l'abri, refusant obstinément de se laisser approcher ; d'autres demeurèrent sur place, engourdis, apparemment victimes d'une mystérieuse torpeur. Allant de l'un à l'autre, s'interrogeant sur les raisons de leur trouble, elle se souvint brusquement du tremblement de terre au cours duquel la vieille Mélianthe avait péri. Etait-ce aujourd'hui un nouvel avertissement ? Poséidon allait-il, une fois encore, déchaîner sa fureur ?

Malgré ses hésitations, elle sentit aussitôt monter en elle une absolue certitude. Non, elle n'avait pas le droit d'ignorer la voix intérieure qui l'avertissait de garder uniquement pour elle ce présage. Même s'il n'était pas en son pouvoir de retenir le bras du Dieu, elle parviendrait peut-être à limiter les conséquences de son courroux. Frémissante, elle recommanda à Phyllide d'apaiser de son mieux les reptiles et courut chercher un manteau dans sa chambre où Ambre et le fils de la jeune prêtresse dormaient paisiblement. Se penchant pour les embrasser, Cassandre eut tout à coup la vision percutante d'un toit qui s'effondrait dans un tourbillon de poussière. Saisie par un pressentiment, elle ordonna à une servante d'installer leurs lits dehors pour les préserver d'un éventuel tremblement de terre.

Sortant alors dans la cour intérieure, elle leva les bras vers le soleil :

— Ô Apollon, Dieu Soleil ! s'exclama-t-elle. Je t'en conjure, empêche d'agir l'Ebranleur de la Terre ! Tes serpents viennent de m'avertir ! Puissent tous ceux qui te servent m'entendre !

Réveillés par ses cris, les prêtres accoururent de toutes parts.

— Que se passe-t-il ? s'écria Chrysès le premier. La main du Dieu t'aurait-elle frappée à ton tour ?

Cassandre rassembla toutes ses forces pour se maîtriser.

— Les serpents du Dieu Soleil m'ont transmis leur augure ! dit-elle d'une voix blanche. Comme au jour de la mort de Mélianthe, ils cherchent à s'enfuir dans les entrailles de la terre ! Avant que le jour ne se lève, Poséidon ébranlera nos murs ! Sauvez tout ce qui peut l'être et que personne cette nuit, ne dorme sous un toit !

— Ne l'écoutez pas, clama Chrysès. Ses prophéties n'ont pas de sens. Nous le savons depuis longtemps.

— Prends garde, Chrysès ! objecta un vieux prêtre. Cassandre, mieux que nous tous, sait interpréter le comportement instinctif des serpents. S'ils sont affolés...

— Cassandre nous a avertis, approuva Charis. Nul ne doit l'ignorer ! Que chacun agisse à sa guise et en supporte les conséquences. Quant à moi, je dormirai sous les étoiles !

Le ciel s'assombrissait. On apporta des torches ; des prêtres sortirent à la hâte tous les meubles, statues et objets précieux susceptibles d'être endommagés par des chutes de pierres. Seul au milieu d'eux, Chrysès continuait à rager, furieux de n'avoir pas été suivi.

Subitement, Cassandre s'élança vers le grand portique à l'entrée de la cour.

— Ouvrez grandes les portes ! ordonna-t-elle. Il me faut avertir tout le peuple de Troie et les gens du palais !

— Non ! rugit Chrysès lui empoignant le bras. Ne la laissez pas sortir ! Sonnons plutôt l'alarme ! Le peuple ainsi restera dans les rues sans qu'il nous soit nécessaire de nous couvrir de ridicule !

— Arrière, Chrysès ! Lâche-moi sur-le-champ ! De quel droit oses-tu porter la main sur moi ? Ce sont les Dieux qui m'ordonnent d'avertir les miens !

Impressionné malgré lui, le prêtre desserra son étreinte, et Cassandre bondit vers la porte de bronze avant qu'il n'ait eu le temps de réagir. Aussitôt ses pressantes injonctions résonnèrent dans les rues de la ville.

— Prends garde, peuple de Troie, s'écria-t-elle à tous ceux qu'elle croisait. Les serpents d'Apollon m'ont transmis un terrible présage ! La terre va trembler ! Protégez-vous ! Que personne ne reste sous un toit s'il veut en réchapper !

Attirés par ses cris, les gens s'agglutinaient sur le pas de leurs portes.

— Ecoutons la prêtresse d'Apollon ! s'écriaient certains.

— Le Dieu l'a frappée de folie, répondaient d'autres. Pourquoi la croire ?

Parvenant enfin hors d'haleine au bas des marches du palais, Cassandre s'arrêta un instant pour recouvrer son souffle. Un peu au-dessus d'elle, la plupart des membres de la famille royale tirés de leur sommeil par la rumeur la contemplaient fixement.

— Restez tous dehors ! parvint-elle encore à leur dire d'une voix rauque gravissant les degrés à leur rencontre. Le Dieu va ébranler la terre !... Nos murs vont s'écrouler ! Hélène ! Tes enfants... Pâris !

Elle atteignit son frère en titubant, le saisit fébrilement aux épaules. Pâris la repoussa rudement.

— Assez ! rugit-il, furieux, assez de tes folles prophéties ! Ose parler encore et, de force, je te ferai taire !

Mettant ses menaces à exécution avant seulement qu'elle n'ait pu poursuivre, il referma ses mains sur son cou, serra comme un forcené. Cassandre suffoqua, son cerveau s'obscurcit soudainement ; un éblouissement embrasa tout son être. Dans le même temps, elle perdit connaissance.

Sa gorge la faisait horriblement souffrir. Lentement, elle y porta la main.

— Ne bouge pas, dit une voix inquiète et douce à son oreille. Bois d'abord un peu.

Elle avala quelques gorgées de vin doux et de miel, toussa, faillit s'étrangler, mais la main vigilante maintint la coupe sur ses lèvres en soutenant sa nuque. Lentement elle ouvrit les yeux, reprit peu à peu ses esprits. Elle était étendue sur les dalles de la cour, et le visage d'Enée était penché sur elle.

— Tout va bien, fit-il à mi-voix, Pâris a failli t'étrangler. Hector et moi heureusement l'en avons empêché. Il a perdu le sens commun...

— Il faut absolument que je lui parle ! bredouilla la princesse. Ses enfants... Les fils d'Hélène...

— C'est impossible, souffla Enée. Priam a ordonné à tous de rentrer au palais et interdit à quinconque de prêter attention aux moindres de tes propos. Sois tranquille cependant. J'ai demandé à Créuse de faire installer son lit et celui de nos filles sur la terrasse et je crois bien qu'Hector s'apprête à faire de même. Il est d'ailleurs parti en affirmant que même si tu divaguais, il fallait se souvenir que personne, mieux que toi, ne connaissait les serpents. Allons, rassure-toi et bois encore une gorgée. Je vais te ramener au temple du Dieu Soleil, à moins que tu ne préfères rester ici auprès de mon épouse.

La tendresse et l'amour changeaient tellement la voix d'Enée que des larmes perlèrent sur les cils de Cassandre. Bien sûr, c'était l'amour, et non la foi inébranlable en ses prédictions, qui guidait tous ses gestes. En cet instant, elle lui en fut encore plus reconnaissante. Lentement, péniblement, elle parvint à se relever.

— Je vais rentrer, murmura-t-elle. Les prêtres doivent se demander... Ma fille et mes serpents, tous m'attendent...

— Créuse m'a appris en effet que tu avais une petite fille. Une enfant que tu as recueillie, n'est-ce pas ?

— Oui. Comment le sais-tu ?

— Comment pourrait-il en être autrement, hors du mariage ? répondit Enée sans hésiter.

Même ma mère ne m'a jamais parlé avec une telle confiance, songea-t-elle.

— Tu veux bien me raccompagner ? demanda-t-elle.

— Je voudrais ne jamais te quitter, tu le sais bien. Tiens, prends mon manteau, je ne veux pas que tu aies froid.

Il retira sa cape, enveloppa précautionneusement ses épaules. Cassandre le remercia d'un regard mais ne put néanmoins réprimer un frisson. Moins à cause de la fraîcheur de la nuit que de la menace invisible qui planait sur la cité de ses ancêtres. Sous ses pieds, d'ailleurs, se devinait déjà un très lointain et imperceptible grondement. Son cœur, pris dans un véritable étau, se mit à battre plus fort. A grand-peine, elle réussit pourtant à faire un pas, mais dut aussitôt s'appuyer au bras de son compagnon. Dans la rue noyée d'ombre, il se pencha vers elle et voulut l'embrasser.

— Non Enée... je t'en prie, implora-t-elle dans un souffle. Peut-être vaudrait-il mieux que tu ailles tout de suite protéger ta femme et ton enfant...

Enée, avec une sourde désespérance, attira de nouveau Cassandre à lui.

— Je t'aime, Cassandre, je t'aime, murmura-t-il d'une voix brisée. Mon pauvre amour, poursuivit-il, ne pouvant refréner un mouvement de violence, si j'avais pu, je te le jure, j'aurais étripé Pâris aux yeux de tous. Qu'il ose une fois encore lever la main sur toi, et je fais le serment qu'il s'en repentira toute sa vie !

— Il ne se rend pas compte...

Ils étaient arrivés devant les lourdes portes du temple. Cassandre marqua un temps d'arrêt, alla s'asseoir sur un muret tout proche.

— Comme je ne suis pas mariée, poursuivit-elle, mon frère s'imagine que je lui dois obéissance. Pour ceux qui ne voient pas, mes prédictions, sans doute, ressemblent-elles à des crises de démence. En refusant de me croire, ils espèrent échapper à leur destin. Moi-même, il m'arrive parfois de refuser obstinément de regarder la vérité en face.

— Je m'en suis aperçu, fit doucement Enée caressant de sa main son visage.

Trop lasse pour résister à ce geste d'amour, Cassandre cette fois se laissa embrasser longuement, dans l'espoir qu'il partirait ensuite plus vite.

— Aie confiance en la vie, ma douce, murmura-t-il enfin s'écartant d'elle. Aie confiance en moi ! Demain...

— Demain, si nous sommes encore en vie... l'interrompit-elle posant un doigt sur ses lèvres.

— Si je meurs, je regretterai éternellement de ne pas avoir goûté l'amour dans tes bras, cria-t-il presque, dans un tel élan de passion qu'elle dut se retenir de toutes ses forces pour ne pas se jeter à son cou.

— Moi aussi, mon amour, si tu savais... parvint-elle seulement à balbutier.

Puis, n'y tenant plus, elle fondit en larmes.

— Mon amour, prions seulement en cet instant que demain vienne, chuchota-t-il l'étouffant de baisers. Puis, volontairement, il la quitta sans se retourner, et s'enfonça dans les ténèbres.

Cassandre, elle, pénétra dans le temple. Çà et là, dans la cour, étaient couchés, à même le sol, des corps enveloppés dans des couvertures. Elle les enjamba sans les réveiller. Un léger bourdonnement martelait ses tempes, mais autour d'elle tout semblait paisible. En silence, elle gagna la courette intérieure, où on avait installé les enfants pour la nuit, et se coucha près d'Ambre l'attirant dans ses bras.

Ses rêves bientôt l'emportèrent dans les airs. Légère et libre, elle traversa d'épais nuages, puis d'autres, glissa longtemps dans l'azur immaculé du ciel, atteignit le sommet d'un pic majestueux. Aussitôt, elle sut qu'elle se trouvait sur la montagne interdite des Dieux. Un grand conseil les réunissait. Un très lointain roulement de tonnerre faisait écho à leurs propos lorsqu'ils parlaient. Elle reconnut Zeus, le Maître de la Foudre, sous l'apparence d'un colosse dans la force de l'âge, au visage couronné d'une barbe argentée. Lorsqu'il prit la parole, une myriade d'éclairs minuscules enroba sa majestueuse silhouette.

— En conclusion de ce duel assez grotesque, dit-il, il est évident que Ménélas a remporté la victoire. Je propose donc que nous mettions un terme à cette guerre stupide et revenions à nos propres affaires.

— Comment peux-tu proclamer Ménélas vainqueur s'il n'a pas tué Pâris ? protesta vivement Héra, sous les traits d'une femme altière, le front ceint d'une couronne. Je souhaite quant à moi la destruction de Troie. Ni ses souverains ni son peuple ne m'honorent comme ils le doivent. Je suis Déesse du Mariage, et Pâris m'a personnellement offensée en ramenant Hélène au palais de Priam, sans même m'honorer du moindre sacrifice.

— Pourtant, intervint Aphrodite, que Cassandre reconnut aussitôt, Pâris et Hélène m'ont toujours loyalement servie et demeurent sous ma protection...

— Ta protection ? interrompit Héra avec une moue dédaigneuse. Tes principes ne sont pas ceux de l'union légitime !

— J'en suis fière, renchérit la Déesse de l'Amour. La Loi et le Devoir sont par trop insipides. Pâris et Hélène sont un vivant hommage à l'amour authentique, et je bénis hautement leur union.

— A ta guise ! trancha Héra. Il m'importe qu'en ma qualité de reine des Immortels j'exige la destruction de Troie.

Zeus, comme Priam lorsque ses épouses se querellaient devant lui, voulut redonner un peu de sérénité au débat.

— Héra, dit-il, personne ne conteste ton droit à exiger ce châtiment, mais tout doit être exécuté dans les règles. Nous ne pouvons détruire la cité d'un simple revers de main. Si les Troyens sont capables de la défendre honorablement, à quel titre procéderions-nous à sa destruction ? Athéna...

Zeus se tourna vers la Vierge guerrière, coiffée d'un casque scintillant, armée d'une pique semblable à celles des Amazones.

Une fois encore, ce fut pourtant l'implacable Héra qui reprit la parole.

— Va, mon enfant, et sois de bon conseil aux Grecs, dit-elle. Ils sont pour l'instant abattus, au bord du renoncement. Enjoins-leur de reprendre le combat, et dis-leur qu'Héra ne permettra jamais qu'ils soient vaincus.

— C'est folie, ce me semble, répliqua Athéna. Quelle faute ont commise les Troyens ? Les Grecs, eux, sont tout gonflés d'orgueil. Si tu leur offres la cité de Troie, je te le dis, ils commettront tant d'abominations dans leur ivresse qu'ils porteront outrage à tous les Dieux du monde. Mais puisqu'il faut t'obéir, noble Reine de l'Olympe, je m'exécute à l'instant même.

Ayant parlé, elle s'évanouit dans les airs. Cassandre, fascinée par les reflets éclatants de son casque semblable à une comète, se retrouva alors devant la ville de son père, dans la plaine où la Déesse venait de se poser. Surgissant devant la Vierge en armure, un gigantesque étalon blanc barrait l'accès du camp d'Agamemnon.

— Poséidon, Ebranleur de la Terre, l'apostropha Athéna, que fais-tu en ces lieux ?

Tel un courant rapide zébrant la surface des flots, la silhouette de l'étalon se brouilla, devint Centaure, puis homme de haute taille à la crinière d'algues marines.

A la manière de Zeus, le Foudroyant, Poséidon, l'illustre Dieu des Mers, tonna d'une voix semblable :

— Prends garde, Athéna. Abandonne cette cité ! Je ne te laisserai pas y pénétrer !

Joignant le geste à la parole, il frappa le sol de son pied. Un coup de tonnerre fracassa l'atmosphère et le sol se mit à trembler... Cassandre s'éveilla en sursaut. A ses côtés, les deux enfants dormaient toujours. Pourtant, sous elles, les dalles ondulaient en se soulevant comme la surface agitée de la mer et la foudre balayait rageusement les nuées. Elle poussa un cri qui arracha Ambre au sommeil ; la fillette aussitôt se mit à pleurer. Cassandre la saisit dans ses bras et aperçut alors, terrifiée, l'énorme portique du temple se tordre et osciller de plus en plus violemment dans la pénombre livide, puis d'un seul coup s'effondrer sur le sol dans un fracas assourdissant.

Une torche qui jetait une lueur vacillante dans la cour bascula à son tour, mit le feu à une tenture proche. Maîtrisant sa frayeur, Cassandre courut étouffer le début d'incendie. De partout s'élevaient clameurs et hurlements. Les dalles se fendaient de plus en plus, semblaient se tordre sous une insupportable douleur. Tout à coup, une fissure plus grande, allant s'élargissant, courut d'un bout à l'autre de la cour et Cassandre, curieusement, sentit à l'unisson son angoisse se distendre, disparaître, dissoute et relayée par la fureur des Dieux.

Si les Troyens avaient dûment offert des sacrifices à Poséidon, rien de tout cela, peut-être, ne serait arrivé, en vint-elle à penser tout en posant à terre la jarre d'eau qui lui avait servi à éteindre les flammes. Soudain plus calme, elle entreprit alors d'inspecter toutes les galeries du temple. Plusieurs bâtiments s'étaient effondrés, parmi lesquels celui où avaient coutume de dormir les vierges d'Apollon. Il en allait de même de l'un des principaux piliers qui supportaient les lourdes portes de bronze, soulevées de leurs énormes gonds.

Franchissant les portes béantes, Cassandre alla contempler un instant la ville en contrebas. Partout, ce n'était que vision d'incendies et de maisons écroulées. Fallait-il se précipiter au palais ? Non... Elle avait prédit aux siens la catastrophe, mais son père avait interdit à quiconque d'ajouter foi à ses avertissements. Se présenter en cet instant serait considéré comme provocation et défi.

« J'ai tout fait pour les mettre en garde, se dit-elle la gorge nouée. Pourquoi, pourquoi donc refusent-ils tous de regarder la vérité en face ? »

III

La reconstruction du temple du Dieu Soleil intervint presque aussitôt. Certains édifices avaient tellement souffert qu'il semblait à Cassandre que seule la force fabuleuse des Titans permettrait de les relever, de nombreux blocs de marbre ne pouvant qu'à grand-peine être déplacés, et la plupart des hommes valides ayant été enrôlés dans l'armée.

Grâce aux injonctions de Cassandre, personne n'avait péri au temple d'Apollon. Tout au plus devait-on déplorer quelques jambes cassées, plusieurs épaules foulées et un bon nombre de brûlures dues aux débuts d'incendie heureusement rapidement maîtrisés. Quelques serpents avaient également disparu, et l'une des plus vieilles prêtresses avait, dès les premières secousses, perdu totalement la raison. En vain lui avait-on administré depuis force tisanes et potions, elle restait prostrée et ne prononçait plus que des paroles inintelligibles.

Au regard du reste de la cité, les dommages subis au sanctuaire du Dieu Soleil étaient donc infimes. En revanche, le bruit courait qu'au temple de la Déesse Vierge, plusieurs prêtresses avaient péri dans leur sommeil, ensevelies sous des éboulements. Indice plus inquiétant, on se refusait encore à révéler le nombre exact des victimes, ce qui faisait redouter à Cassandre que sa sœur Polyxène figure parmi les disparues.

Comme toujours les quartiers les plus pauvres de la ville, avec leurs constructions de bois branlantes et leurs foyers mal isolés, avaient le plus souffert du cataclysme. Le pire néanmoins avait été évité car si le séisme s'était déclenché quelques heures plus tôt, lorsque dans chaque logis les feux pour le repas du soir étaient allumés, on eût sans nul doute assisté au déclenchement d'un gigantesque incendie.

D'innombrables cadavres gisaient toutefois pêle-mêle dans les rues, et bien d'autres sans doute avaient été enterrés vivants sous les décombres. Pour ceux qui respiraient encore, il était urgent de les dégager au plus tôt, car pour se venger des vivants, les âmes privées de sépulture répandaient trop souvent la peste autour d'elles.

Le palais royal quant à lui n'avait pas été davantage épargné. Certes les bâtiments, construits de la main des Titans, avaient dans leur ensemble résisté aux coups de butoir du séisme, mais le plafond de la chambre où dormaient les trois enfants d'Hélène s'était complètement effondré, les ensevelissant à jamais.

Seul Nikos, le fils de Ménélas, ayant la veille au soir déjoué la surveillance de sa nourrice avec son compère Astyanax et passé la nuit dans une cour secondaire, malgré l'interdiction formelle de ses parents, était indemne, comme d'ailleurs la plupart des membres de la famille royale.

Lorsqu'elle apprit la nouvelle, Cassandre courut au gynécée, pour faire part de sa douleur et embrasser les malheureux parents.

Pâris était présent et s'efforçait de consoler son épouse, dont nul ne parvenait à arrêter les larmes.

Aussitôt qu'elle la vit, Hélène courut se jeter dans les bras de Cassandre, et l'étreignit avec désespoir.

— Cassandre, ma chère sœur, tu me l'avais bien dit, tu m'avais avertie... parvint-elle à balbutier entre deux sanglots. Mais nous ne t'avons pas écoutée et maintenant...

Brisée par l'émotion, elle ne put achever sa phrase.

Pâris, qui s'était tenu un instant à l'écart, intervint pour séparer les deux femmes.

— Ainsi, tu es venue nous narguer, n'est-ce pas ? siffla-t-il d'une voix menaçante.

— Vous narguer ? Comme tu me connais mal, mon frère, répondit-elle avec indignation. Je suis bouleversée, comme vous, et voulais vous le dire.

— Nous n'avons que faire de ta compassion, oiseau de mauvais augure ! rugit Pâris hors de lui. Ta seule présence suffit à attirer sur nous les pires calamités !

— Pâris ! je t'en prie, s'interposa Hélène d'une voix ferme. N'oublie pas qu'elle a tout essayé pour nous mettre en garde. Mais nous n'avons pas tenu compte de ses avertissements. Que pouvons-nous lui reprocher ?

Excédé le prince se contenta de hausser les épaules et eut un geste de dérision à l'égard de Cassandre, geste qui trahissait son désarroi et sa honte.

Selon la tradition, les trois enfants furent alors incinérés et leurs cendres dûment inhumées. La trêve demandée par Troie pour les funérailles fut ensuite maintenue deux jours, puis subitement rompue par un guerrier de la cité qui, prétendant avoir agi sur ordre d'un Immortel, blessa Ménélas d'une flèche décochée des remparts.

Apparemment, la reprise des hostilités n'affligea que les femmes. Hector, quant à lui, afficha ostensiblement son plaisir de retourner au combat. Dès le lendemain, monté sur son char, il sortit de la ville à la tête de ses fantassins, haranguant ses troupes à pourfendre l'ennemi rassemblé pour l'attaque... Réunies comme à l'ordinaire, tout en haut des remparts, les femmes observaient la scène.

— Hector sera toujours le meilleur sur son char. Regardez-le manœuvrer ! s'écria fièrement Andromaque.

Créuse la railla gentiment.

— Dis plutôt qu'il a le meilleur cocher, corrigea-t-elle. Qui est-ce, au fait ? Il mène son char, il est vrai, comme le Dieu des Vents et des Tempêtes en personne.

— C'est Troïlus, le cadet des fils de Priam, répondit Andromaque. Il voulait à tout prix prendre part à la bataille. Hector a tenu à ne pas le quitter des yeux. Il n'a que douze ans et ignore tout de l'art de la guerre.

— Hector pense-t-il sérieusement que son jeune frère est vraiment en sûreté sur son char ? intervint à son tour Cassandre. Il me semble, au contraire, qu'il s'y trouve terriblement exposé. Quant à Hector, je doute que les Grecs lui laissent longtemps le loisir de veiller sur lui.

A côté d'elle, Hélène semblait toujours écrasée de chagrin. Ses yeux étaient rougis de larmes ; sa chevelure négligée avait perdu tout son éclat. Dans son péplos aux couleurs ternes, que lui restait-il aujourd'hui de la rayonnante beauté dont l'avait autrefois parée la Déesse de l'Amour ? Etait-ce là la manifestation naturelle de son deuil ou bien le signe que Pâris commençait à la négliger ?

Son attention un instant distraite, Cassandre reporta à nouveau son regard sur le champ de bataille. Enée en effet venait d'y apparaître lui aussi, monté sur un char étincelant, apostrophant à pleine voix l'ennemi, en signe de défi.

— Voilà ! claironna Créuse nerveusement. Un guerrier vient de lui répondre. Qui est-ce ?

— Diomède, répondit Hélène, s'efforçant de s'intéresser à ce qui se passait pour tromper son tourment. Ils devaient s'affronter tous deux il y a quelques jours, mais la nuit les en a empêchés. Ne t'en souviens-tu pas ?

— Est-ce celui qui a offert son armure à Glaucos ? s'enquit encore Créuse.

— Lui-même, acquiesça Andromaque. Mais je suis sûre qu'Enée est le plus fort, surtout avec de tels chevaux. Sa mère, tu le sais était prêtresse d'Aphrodite. Certains disent même que c'était Aphrodite en personne. C'est elle qui lui a fait don de ces splendides coursiers. Mais... Que se passe-t-il ?

Sous leurs yeux, Diomède venait de jeter furieusement son char contre celui d'Enée et, de la pointe de sa pique, était parvenu à le précipiter à terre. Créuse, affolée, poussa un hurlement, mais son époux se releva aussitôt, visiblement indemne, brandissant son glaive flamboyant. Cependant d'un seul coup d'épée, Diomède en avait profité pour trancher les harnais du char de son adversaire et avait empoigné les rênes de ses chevaux, voulant apparemment se les approprier pour prix de sa victoire. Poussant un hurlement de rage, Enée se rua aussitôt sur lui, paraissant grandir à chaque foulée, un halo d'or enflammant tout à coup sa chevelure... C'était en fait Aphrodite en personne, Cassandre le comprit, qui volait au secours de son fils et s'apprêtait sous ses traits à châtier l'audacieux sacrilège. Décontenancé tout d'abord, celui-ci tressaillit, puis, reprenant courage, s'élança vers la haute silhouette de la Déesse, qu'il atteignit à la main gauche de la pointe acérée de son glaive.

Au même instant le halo s'évanouit et Enée se retrouva seul face à l'ennemi, grimaçant de douleur, secouant sa main ensanglantée. Levant son glaive et son bouclier, Diomède se mit en position d'attente. Elle ne dura guère. Comme un fauve se jetant sur sa proie, Enée se précipita sur lui et l'envoya mordre la poussière d'un violent coup de pique, provoquant l'intervention immédiate d'Agamemnon et de quatre de ses hommes voulant porter secours à leur allié. Voyant à son tour Enée gravement menacé, Hector accourut à sa rescousse, immobilisa brutalement son char à quelques pas de la mêlée, sauta à terre, échangea quelques coups avec Agamemnon, parvint à mettre les assaillants en fuite avant d'enlever dans son char son compatriote perdant son sang. Puis, au galop, il regagna les portes de la ville, tandis que ses guerriers arrachaient de haute lutte aux ravisseurs grecs les chevaux et le char du blessé.

— Son sang coule ! hurla Créuse, suivie de toutes les femmes, dévalant les marches à la rencontre du char d'Hector qui franchissait les lourdes portes de la citadelle.

— Reculez ! clama-t-il à leur adresse, bondissant sur le sol pour les maintenir à l'écart. Laissez d'abord fermer les portes ! Voulez-vous que l'armée ennemie tout entière s'engouffre ici à notre suite ?

Les femmes obéirent et les portes se refermèrent sous la vigoureuse poussée des fantassins d'Hector, prenant au piège un infortuné soldat grec qui s'était aventuré trop loin.

— Rendez-le aux siens en le jetant par-dessus les remparts ! ordonna Hector. Nous n'avons que faire de lui ici !

Créuse, pendant ce temps, serrait Enée dans ses bras. Immobile, très pâle, il semblait sous le choc. Pourtant, lorsque Cassandre s'approcha pour lui panser la main, il esquissa un sourire.

— Cassandre, Créuse... que s'est-il passé ? demanda-t-il.

— Nous aimerions nous aussi le savoir, grogna Hector revenant vers le blessé. Au beau milieu du duel, tout à coup, tu as cessé de te battre...

— Aphrodite s'est incarnée en toi, intervint Hélène. C'est elle qui a armé ton bras.

Enée eut un petit rire.

— Je ne sais plus, je ne me souviens de rien, sinon de ma colère envers Diomède, qui a voulu ravir mon char et mes chevaux. Baissant les yeux, j'ai vu alors ma main en sang... Ma mère ensuite a sans doute volé vers l'Olympe se réfugier dans les bras de Zeus, déplorant la méchanceté des hommes... Souhaitons qu'à l'avenir le Maître de la Foudre lui recommande d'éviter tous les champs de bataille ! Les femmes n'y ont point place, fûssent-elles des Déesses !

Il posa les yeux sur Cassandre, occupée à lui bander la main, lui lança à la dérobée un sourire, qui la fit fondre.

Aurait-elle toujours la force de lui résister ? Aphrodite chercherait-elle à la punir de son refus de la servir ? se demanda-t-elle avec anxiété. Allait-elle réussir, là où le Dieu Soleil lui-même avait échoué ?

Son pansement terminé, cœur battant, elle abandonna à regret la main aimée. Hector tendit alors deux timbales de vin. Fronçant les sourcils, Enée refusa l'offre.

— Bois un peu, plaida Créuse. Tu as perdu beaucoup de sang.

Ne voulant pas la contrarier, Enée but rapidement une gorgée, puis brusquement tenta de plaisanter.

— Qu'allons-nous devenir maintenant si les Dieux interviennent dans nos conflits ? Qu'ils nous laissent mener la guerre à notre guise. Ce n'est pas leur affaire, mais la nôtre. A moins... à moins qu'ils nous mettent désormais à l'épreuve à seule fin de voir si nous aurons l'audace ou la sagesse de nous élever contre leur volonté ?...

IV

Après s'être recueillie plusieurs jours au temple, Cassandre apprit un soir qu'Achille était toujours enfermé dans sa tente refusant obstinément de se montrer à quiconque, même à ses proches compagnons d'armes. Les combats par ailleurs se poursuivaient sporadiquement et Hector s'était longuement battu avec Ajax, la nuit ayant finalement interrompu leur duel, sans qu'aucun avantage se dessine en faveur ni de l'un ni de l'autre. Le bruit courait aussi qu'Agamemnon ayant laissé entendre qu'il allait lui aussi se retirer de la bataille, avait dû aussitôt se rétracter, voyant l'empressement de ses hommes à plier bagage, certains d'entre eux ayant déjà commencé à préparer leurs vaisseaux pour le départ.

Cette nuit-là, la princesse fut assaillie de songes qui l'entraînèrent au-dessus des nuées, vers les sommets inaccessibles de l'Olympe. Héra, avec son emportement habituel, tentait de convaincre les autres Immortels de l'aider à anéantir Troie.

— Zeus ne nous a-t-il pas pourtant interdit d'intervenir ? demanda calmement la très sage Athéna. Pourquoi cette haine envers les Troyens, Héra ? En veux-tu donc toujours tellement à Pâris de ne t'avoir point accordé la pomme de beauté ? Nous ne pouvions rivaliser avec la Déesse Aphrodite, tu le sais. D'ailleurs, pourquoi prêter tant d'importance à l'avis d'un mortel ?

— Et toi, Poséidon, approuves-tu aussi cette pusillanimité ? cingla Héra en se tournant vers le terrible Dieu des Mers. Joignons nos forces pour abattre les murailles de cette cité maudite. Zeus ne s'est nullement opposé à sa destruction. Mis devant le fait accompli, il n'en concevra point de colère.

— Patience, gronda Poséidon. L'heure n'est pas

encore venue. Il m'est d'ailleurs pour l'instant difficile de conspirer avec toi dans le dos de ton époux !

Furieuse de cette rebuffade, Héra frappa le sol du pied, déclenchant un roulement prolongé de tonnerre.

— Tu regretteras ces paroles, Poséidon ! rugit-elle.

Mais le Dieu de la Mer n'était déjà plus là. Changé en un étalon blanc, il galopait fougueusement au bord d'un rivage. Le puissant martèlement de ses sabots faisait écho au grand fracas des vagues, et la digue de bois sur laquelle elles venaient se briser n'était autre que celle construite par les Grecs pour assiéger la capitale troyenne.

Cassandre s'éveilla en sursaut, craignant que le courroux des Dieux n'ébranle à nouveau la terre. Mais ce n'était qu'un rêve : tout était calme et elle se rendormit bientôt. Au matin, pourtant, en se réveillant, elle aperçut sur les dalles deux vases brisés qui étaient tombés de la table, et une lampe renversée qui, par chance, s'était éteinte en touchant le sol, prouvant que la terre, sans doute, avait légèrement bougé. Dans leurs querelles, les Immortels étaient donc aussi indécis que les hommes, s'affrontant stérilement dans la plaine depuis plusieurs années ?

Toujours est-il que Cassandre, ce jour-là, résolut de ne point suivre le déroulement des opérations militaires, pensant qu'il ne se passerait rien de plus qu'à l'ordinaire surtout dans la situation présente.

Ambre ayant beaucoup grandi, il lui fallait trouver une pièce d'étoffe colorée pour lui confectionner un nouveau péplos et un châle. Elle décida donc d'emmener l'enfant avec elle au marché de la ville. Parvenant à la place grouillante de monde où il se déroulait, une sourde rumeur venue de la rue adjacente leur fit tourner la tête. Poussé par une horde d'esclaves, le char d'Hector descendait lourdement vers les portes de la ville. La foule, sur son passage, manifestait son enthousiasme comme au premier jour de la guerre, lorsque Hector avait triomphalement défilé à la tête de son armée.

Il mène son char comme le Dieu de la Guerre en personne, pensa Cassandre, ne pouvant, elle non plus, réprimer son admiration. Elle ne put cependant se livrer bien longtemps à ses réflexions. Voulant éviter à Ambre d'être piétinée par une foule surexcitée, elle dut prendre en effet la fillette dans ses bras, quatre chars magnifiques respectivement menés par Enée, Pâris, Déiphobe et Glaucos, débouchant à leur tour à un train d'enfer sur la place pour suivre celui d'Hector.

Priam avait-il décidé d'envoyer au combat ses meilleurs champions pour profiter de l'absence d'Achille — ou au contraire pour tenter de le provoquer et de l'attirer enfin à découvert ? Renonçant vite à sa résolution matinale, Cassandre, entraînée par Ambre qui voulait à tout prix suivre la foule impatiente, se rendit donc une fois de plus sur les remparts, là où elle savait trouver toujours une grande partie de sa famille.

Comme elle s'y attendait, la reine Hécube, Hélène, Andromaque et Créuse occupaient déjà leur poste d'observation favori. Les ayant embrassées, tout de suite, elle remarqua qu'Hélène avait l'air moins abattue. S'informant auprès d'elle de sa santé apparemment meilleure, la reine de Sparte lui confia aussitôt qu'elle croyait être de nouveau enceinte.

— Eh oui ! s'exclama Andromaque qui s'était approchée d'elles. J'ai du mal à comprendre, quant à moi, qu'une femme puisse être heureuse de mettre un enfant au monde en de telles circonstances, bien qu'Hector prétende qu'au contraire les enfants sont d'autant plus précieux en temps de guerre.

— Tu sembles oublier que les jeunes, hélas meurent aussi en temps de paix, rétorqua mélancoliquement Hélène. Moi-même, je viens d'en éprouver la cruelle expérience ! J'essaie de me raisonner en me disant que mes pauvres enfants auraient aussi bien pu tomber de leurs berceaux ou être écrasés par un taureau pendant les Jeux. Mais faut-il pour autant renoncer à en concevoir ?

— J'admire ton courage, chère Hélène, et envie même un peu ta noble résignation, soupira Andromaque. Mais regardez Pâris ! Que lui arrive-t-il ? Il mène son char encore plus vite qu'Hector ! Avez-vous vu à quelle allure il vient de franchir les portes ?

Dans un nuage de poussière, les cinq chars roulaient en effet à grand fracas vers la plaine, suivis de près par les phalanges troyennes déferlant vers les Grecs au pas de charge, dans l'espoir de les surprendre avant qu'ils n'aient le temps de se reprendre et de se disposer en formation de combat. Ne voulant rien perdre de la manœuvre, Cassandre, redoublant d'attention, constata alors que la confusion la plus totale régnait dans le camp ennemi. Les guerriers sortaient en hurlant de leurs tentes, souvent à demi nus, couraient dans tous les sens, saisissaient leurs armes à la hâte. Roues à roues, les chars rugissants faisaient maintenant irruption parmi les tentes, puis continuaient leur course folle vers la ligne des vaisseaux ancrés dans le port derrière le camp, les archers ayant pris place dans les attelages décochant sur les voilures et les armatures de bois, une pluie de flèches enflammées. Quand les Grecs réagirent, il était trop tard : Hector et les siens avaient fait demi-tour et plusieurs navires brûlaient déjà comme des torches.

En ordre parfait, les fantassins troyens fondirent alors sus à l'ennemi, attaquant de plein fouet les troupes d'Agamemnon, complètement désemparées. Tandis que, dans le port, la débandade était, elle aussi à son comble, les voiles s'embrasant les unes après les autres, des hommes d'équipage encerclés par les flammes se jetant par-dessus bord, à terre le chaos était indescriptible. Des nuées de fantassins se battaient corps à corps entre les tentes ; les vociférations des combattants étaient couvertes par le furieux cliquetis des piques et des glaives. Certains tentaient fébrilement de sauver un compagnon blessé ; d'autres s'efforçaient d'éteindre les foyers d'incendie qui menaçaient un peu partout d'embraser tout le camp.

C'est alors que dans un craquement formidable, un premier vaisseau s'enfonça dans les flots, accompagné par une clameur triomphale chez les Troyens. Leurs chars cependant étaient désormais entourés par les fantassins grecs, qui tentaient désespérément d'en jeter au sol les occupants. Néanmoins, malgré leurs efforts, les archers continuaient à décocher leurs flèches enflammées sur les tentes, et la fumée devenait si dense qu'il était impossible aux femmes spectatrices de la mêlée, tout en haut des remparts, de distinguer quoi que ce fût.

Comme elles poussaient en chœur des cris de joie,

entrevoyant par-delà la fumée un second bateau ennemi sombrer, un bataillon troyen passa à côté d'elles au pas de course et longea les remparts pour prêter main-forte un peu plus loin à une poignée d'archers ayant à faire face à une attaque soudaine. Il y eut alors quelques cris, plusieurs appels, et enfin un grand vacarme métallique. Mission accomplie, les hommes revinrent.

— Que s'est-il passé ? demanda Andromaque à leur chef.

— Un Grec a voulu escalader la muraille, à l'endroit où elle s'est effondrée lors du tremblement de terre, expliqua-t-il s'inclinant avec déférence. Nous avons cru d'abord qu'il s'agissait d'Achille lui-même, profitant de la confusion pour s'introduire dans la cité. En fait, c'était son plus proche compagnon d'armes, Patrocle, qui avait revêtu sa cuirasse.

— L'avez-vous capturé ? demanda Andromaque.

— Hélas, non. Surpris par la volée de flèches qui s'abattaient sur lui, il a perdu l'équilibre et a glissé à terre. Ses hommes, pour le couvrir, nous ont alors décoché tant de traits que nous avons été contraints de nous mettre à l'abri. Le démon en a profité pour disparaître.

— Dommage, dit simplement l'épouse d'Hector. Le principal cependant est qu'il n'ait pu parvenir à pénétrer dans la ville.

Tandis que le capitaine de la garde s'éloignait en saluant à nouveau, les femmes reportèrent leur attention sur la bataille. Quittant cette fois le camp ennemi, les chars troyens revenaient au galop vers les portes de la ville. Cassandre les compta fiévreusement et constata avec un soulagement immense qu'ils étaient au complet. L'attaque d'Hector était donc un total succès.

Les voyant revenir, les gardes s'arc-boutaient déjà sur les énormes cordages commandant l'ouverture des portes et les lourds panneaux de bronze pivotaient lentement sur leurs gonds. Hélène et Andromaque descendirent accueillir leurs époux.

— Mon père ne descendra-t-il pas aujourd'hui du palais ? demanda Cassandre en s'approchant de sa mère.

— Malheureusement, c'est impossible, répondit tristement la reine. Ses mains lui obéissent de moins en moins. Les médecins ont beau essayer sur lui toutes sortes de baumes et d'onguents, rien n'y fait. Il est à peine capable désormais de tenir son épée.

— Je ne savais, hélas ! que le mal le frappait ainsi, Mère, se désola Cassandre. Nul remède ne peut-il endiguer les funestes méfaits de l'âge, même chez un roi ?

— Nul remède, ma fille. Pas davantage d'ailleurs pour une reine, soupira longuement Hécube.

Observant à la dérobée sa mère, Cassandre réalisa, non sans éprouver un pincement au cœur, à quel point elle avait vieilli. Légèrement voûtée et amaigrie, elle semblait très diminuée. Son teint était devenu gris, ses cheveux ternes, ses yeux avaient perdu leur éclat.

— Mère, tu me parais bien lasse, murmura-t-elle avec une tendre sollicitude.

— L'état de ton père m'inquiète en effet beaucoup. Je me fais également du souci pour Créuse : elle est de nouveau enceinte, et je crains fort de sévères rationnements pour l'hiver. Les récoltes ont été mauvaises, et les Grecs en ont ravagé la plus grande partie.

— Ne t'inquiète pas. Ambre et moi avons au temple plus que le nécessaire. Je veillerai à ce qu'elle ne manque de rien.

— Cassandre, il est vrai, tu t'es toujours montrée très généreuse. Bien souvent, je regrette de ne t'avoir plus près de moi. Mais tes vœux, Apollon, le destin en ont décidé autrement. J'aurais voulu...

Elle n'acheva pas sa phrase, effleura seulement de la main la joue de sa fille. Touchée, la princesse songea qu'il y avait bien des années que sa mère ne l'avait gratifiée d'une telle marque de tendresse.

— N'hésite jamais, Mère, à faire appel à moi, ajouta-t-elle vivement, pour masquer son trouble. Outre la nourriture, nous avons aussi des plantes médicinales en abondance. Je vais d'ailleurs dès aujourd'hui te faire envoyer des herbes pour mon père. Après les avoir fait bouillir dans un grand chaudron d'eau, tu y tremperas un morceau d'étoffe que tu lui appliqueras ensuite sur les mains. Si cela ne peut le guérir complètement, du moins souffrira-t-il beaucoup moins.

La vieille reine posa alors les yeux sur Ambre. La petite

jouait aux pieds de sa mère adoptive avec des cailloux. Un instant, elle se prit à regretter violemment l'insouciance de son enfance. Ses lèvres dessinèrent un sourire nostalgique.

Le choc sourd des portes de la cité se refermant sur le dernier des chars qui venait de rentrer lui fit relever la tête.

Sautant à bas de leurs chars, Hector et Pâris montaient sur le rempart à leur rencontre accompagnés de leurs épouses, suivis d'Enée qui vint d'abord embrasser Créuse.

Cassandre prit Ambre dans ses bras. Il était temps pour elle de regagner le temple.

— Je te raccompagne, ma sœur, proposa Créuse.

— Ne te donne pas cette peine, le soleil est encore haut et je puis rentrer seule, remercia la princesse. Et puis, la montée risquerait de te fatiguer.

— Je t'en prie, souffla Créuse, à son oreille. N'insiste pas, je voudrais te parler.

Cassandre acquiesça discrètement et les deux femmes s'éloignèrent.

— Ambre est magnifique, complimenta l'épouse d'Enée. Quel âge a-t-elle maintenant ?

— Je ne le sais exactement. Ce dont je suis certaine, c'est qu'elle était toute jeune quand je l'ai découverte sur le bord du chemin en rentrant de Colchis.

— Elle a donc presque un an, dit Créuse, comme ma seconde fille. Elle semble pourtant avoir beaucoup plus. Elle est si grande et vigoureuse. Et puis, elle marche alors que ma petite Cassandre ne se déplace encore qu'à quatre pattes.

— Il n'y a pas de règle, tu sais, et c'est sans importance. Moi aussi, j'ai, paraît-il, marché très tôt.

— Tu as raison. Regarde, à deux ans, Astyanax ne savait ni parler ni marcher et Andromaque commençait même à se demander s'il était normal.

Toutes deux rirent un bref instant, puis Cassandre se rembrunit. Elle était mal à l'aise. Si Créuse avait tant insisté pour la raccompagner, ce n'était bien sûr pas pour parler uniquement de leurs filles respectives. Néanmoins, la jeune femme semblait hésiter à aborder la question qui lui tenait à cœur. Créuse était-elle au courant des sentiments de son époux à son égard ? Quelqu'un avait-il surpris l'une de leurs conversations ?

— Cassandre, se décida enfin à dire Créuse, changeant manifestement de sujet, tu es prêtresse et tu possèdes, dit-on, le don de prophétie. C'est toi qui as prédit le tremblement de terre, n'est-ce pas ?

— N'étais-tu donc pas là le jour où je suis venue mettre en garde toute notre famille ?

— Non. C'est Enée qui m'a dit de m'installer pour la nuit dans la cour avec mes enfants. Cassandre, la menace qui pèse sur Troie est-elle inéluctable ? Dis-le moi.

— Es-tu bien sûre de vouloir le savoir ? demanda la princesse, convaincue que sa sœur avait une raison précise de lui poser la question. Priam a interdit à quiconque d'ajouter foi à mes prophéties. Ne crains-tu point sa colère ?

— Cassandre, je ne peux te taire la vérité. Enée m'a dit que, selon toi, il survivrait à la destruction de la ville.

— Il a dit vrai, répondit la princesse, embarrassée. Il semble que les Dieux lui réservent d'accomplir ailleurs d'autres tâches. Dans toutes mes visions, je le vois traverser la ville en flammes et s'éloigner indemne des décombres.

— Est-ce toute la vérité, Cassandre ? interrogea Créuse, la main crispée sur son cœur.

— Me crois-tu capable de proférer un tel mensonge ?

— Non, sûrement pas, mais... Pourquoi lui ? Pourquoi lui survivrait-il alors que tant d'autres vont mourir ?

— Je ne peux te le dire. Pourquoi tes filles ont-elles été épargnées par le séisme, alors que les enfants d'Hélène ont succombé ?

— Parce que Pâris, à l'inverse d'Enée, a négligé ton avertissement.

— Ce n'est pas là, je crois, la vraie raison. Nul ne peut savoir pourquoi les Dieux donnent la vie ou la retirent.

— Qu'importe finalement ! Pour l'instant, Enée me presse de quitter au plus tôt la ville avec mes filles. Il désire que j'aille en Crète, à Cnossos ou si je veux, plus loin encore. J'ai tout d'abord refusé, songeant que ma place était à ses côtés pour le meilleur et pour le pire.

Mais puisqu'il est écrit qu'il survivra, je comprends son insistance à me voir partir. Ainsi pourrons-nous nous retrouver plus tard quand tout sera fini.

— Oui, je suis certaine qu'il ne songe qu'à te protéger, toi et ses filles.

— Je le crois aussi. Cependant, depuis quelque temps, je le trouve étrange. Je me suis même demandée plusieurs fois s'il ne cherchait pas à m'éloigner à cause d'une autre femme...

— Que vas-tu chercher là et quelle importance, bredouilla Cassandre, dans la mesure où toutes les femmes ou presque périront dans la catastrophe ?

— Tu as raison, soupira Créuse, la voix teintée d'une émouvante nostalgie. S'il peut trouver quelque temps un peu de bonheur sans moi, pourquoi devrais-je m'en inquiéter ? Ainsi, tu le penses aussi, il vaut mieux que je parte ?

— Je ne dis pas cela, répondit Cassandre, de plus en plus troublée. Tout ce que je sais, c'est que rares seront les survivants du désastre...

— Mes enfants, il est vrai, sont encore bien petits pour voyager...

— Ambre l'était encore davantage quand je l'ai recueillie, l'interrompit nerveusement Cassandre. Elle a pourtant parfaitement supporté la route. Les enfants sont infiniment plus résistants qu'on ne le croit.

— Tu as raison. Un moment, j'ai eu peur seulement qu'Enée songeât à se débarrasser de moi. Mais tu m'as décidée. Je vais partir. Merci, ma sœur.

Elle se jeta dans ses bras.

— Toi aussi, tu devrais quitter Troie avant qu'il ne soit trop tard, ajouta-t-elle, les larmes aux yeux. Cette guerre ne te concerne en rien. Je ne veux pas que tu en subisses les conséquences. Je vais demander à Enée qu'il m'autorise à t'emmener avec moi.

— Merci, ma chère Créuse, mais je ne suis pas libre, répondit aussitôt Cassandre pour étouffer en elle le sentiment croissant de sa mauvaise conscience. Les Dieux m'imposent de demeurer à Troie. Telle est ma destinée, et je dois m'y soumettre.

Créuse l'embrassa à nouveau.

— Hélas, je ne pourrai pas te convaincre, je le sens. Enée, tu sais, me parle sans cesse de toi. Il t'admire beaucoup.

— Enée est beaucoup trop indulgent, essaya-t-elle de plaisanter, de plus en plus mal à l'aise. Quoi qu'il en soit, sauve-toi vite, Créuse. Saute avec tes enfants dans le premier vaisseau qui pourra t'emmener loin d'ici.

— Je ne sais si nous nous reverrons, dit encore la jeune femme tout émue. Où que le destin m'emmène, cependant, je prierai pour toi. Si Troie doit disparaître, je supplierai les Dieux de t'épargner. Adieu !

— Adieu ! répondit Cassandre la serrant dans ses bras, certaine qu'elle ne croiserait plus jamais son regard.

V

Hector et ses lieutenants ayant réussi à couler cinq vaisseaux et à en endommager gravement plusieurs autres au cours d'une opération surprise, les Grecs renforcèrent alors tellement le blocus qu'il devint pratiquement impossible de le franchir.

Créuse ne pouvant donc plus quitter la ville par une voie proche du port, parvint cependant à fuir en empruntant un chariot qui put franchir de nuit les collines qui se dressaient derrière la ville et rejoindre, après trois jours de voyage, une crique discrète où l'attendait un navire à destination de la Crète.

Ce fut, en fait, la dernière tentative réussie pour forcer le blocus. Quelques jours plus tard, un convoi d'armes venues de Colchis était intercepté et conduit triomphalement au camp grec, et un petit détachement de cavaliers thraces venus prêter main-forte aux troupes de Priam était anéanti dans une embuscade.

— Ce n'est plus un acte de guerre, s'indigna Hector rapportant la nouvelle au soir de cette journée. C'est de la barbarie pure et simple ! Les Thraces ne faisaient pas encore officiellement partie de nos troupes et n'étaient pas en guerre avec Agamemnon !

Réapprovisionné en armes et en chevaux, il fallait donc s'attendre à une nouvelle offensive de l'ennemi. Menée par Patrocle, elle ne tarda pas. Voulant réitérer l'exploit manqué de sa précédente escalade des remparts, lui-même légèrement blessé et ses hommes furent refoulés à nouveau de justesse.

A la demande expresse de Cassandre, un autel fut alors érigé dans la cour du temple du Dieu Soleil, et deux des meilleurs chevaux de Priam immolés à la gloire de Poséidon. Si un nouveau tremblement de terre venait à se produire, les remparts déjà ébranlés s'effondreraient à coup sûr et les Grecs déferleraient sur la ville. Tout en sentant qu'il s'agissait d'une échéance inéluctable, Cassandre voulait cependant croire encore qu'en effectuant de nombreux sacrifices en l'honneur du Dieu, les Troyens parviendraient peut-être à retenir sa main.

Heureusement, chez les Grecs, l'absence de leur plus valeureux guerrier se faisait toujours cruellement sentir : Achille persistait à ne vouloir combattre. De temps à autre, il sortait de sa tente et arpentait lentement le camp, seul ou en compagnie de Patrocle. Ce qu'ils se disaient, nul ne le savait. Selon certaines rumeurs, Agamemnon était venu le trouver lui proposant de choisir le premier la part lui revenant sur les butins présents et à venir, offre qui avait été rejetée aussitôt par le fils de Pelée sous prétexte qu'il était impossible de se fier aux promesses du roi de Mycènes.

— Comment l'en blâmer ? commenta Hector lors d'un conseil royal. Même s'il était étendu raide mort à mes pieds, je me méfierais moi aussi d'Agamemnon. Quoi qu'il en soit, cette querelle est pour nous bienvenue : elle nous donne le temps de renforcer nos défenses. Si tous deux cependant viennent à se réconcilier, nous aurons grand besoin de l'aide de tous les Dieux...

— Quels Dieux ? interrogea Priam avec irritation. Même les vivres, vient-on de m'apprendre, commencent à manquer. Espérons au moins que les Dieux de la chasse nous seront favorables à l'intérieur de nos terres.

Nous pourrions aussi abattre nos cochons, suggéra

Déiphobe. Cet hiver qui s'annonce difficile, nous aurons besoin de tous les glands qu'ils engloutissent, pour en faire du pain.

— Et au temple, Cassandre, comment se passent les choses ? s'enquit Enée la voyant silencieuse. Que prévoient les oracles du Dieu Soleil ?

— Pourquoi se soucier de l'hiver à venir ? répondit la princesse à regret. Cet hiver, à Troie, personne n'aura plus à se préoccuper de sa subsistance quotidienne...

Pâris se leva menaçant :

— Ma sœur, je t'avais demandé de ne plus jamais proférer en ma présence tes paroles de malheur ! s'exclama-t-il levant le bras sur elle.

Mais Enée lui saisit le poignet.

— Si tu veux te battre, gronda-t-il, mesure-toi à quelqu'un de ta force ! Allons, frappe-moi, Pâris, c'est moi qui ai demandé à Cassandre de parler !

S'interrompant un instant, il se tourna vers elle, l'air grave, et demanda :

— Es-tu sûre de ne pas te tromper, Cassandre ?

— Hélas, non !

Désemparée, elle ajouta en regardant Pâris :

— Mais peut-être est-il possible d'interpréter autrement mes paroles, est-il possible de penser que les Grecs auront alors levé le siège et que nous n'aurons plus cet hiver à nous soucier de l'approvisionnement de la ville.

— Toi-même le crois-tu ? l'interrompit Enée, le regard trahissant un espoir bien illusoire.

Cassandre secoua la tête imperceptiblement. Tous les regards étaient fixés sur elle.

— Je sais seulement que le siège ne durera plus longtemps, fit-elle à mi-voix. Je vois venir vers nous de grands et très proches changements...

— Vous voyez ! s'écria de nouveau Pâris, maintenu à distance par Enée : Elle continue ! Il faut la réduire au silence ! Sinon elle va semer partout le désespoir, affoler nos femmes qui désertent la ville. Pourquoi donc nous battre si nous n'avons même plus nos épouses et nos mères à protéger ?

— Je ne partirai pas, proclama haut et fort Hélène. Je suis venue à Troie dans le bonheur, j'y resterai dans le malheur. Cette ville est désormais mon seul refuge. Jusqu'à mon dernier souffle, je resterai aux côtés de Pâris.

— Je serai avec toi, surenchérit Andromaque. Jamais, moi non plus, je ne quitterai Hector. Et où je resterai, mon fils restera avec moi.

Cassandre songea que la reine Imandre serait fière de sa fille. Soudainement elle enviait presque son courage. Bien sûr, sans doute était-il plus aisé de se montrer héroïque lorsque l'on espérait encore. Mais elle, Cassandre, savait que le pire était inéluctable et entendait venir et s'amplifier l'effroyable grondement du chaos. Tout était calme pourtant dans la salle d'honneur où elle-même et les siens se trouvaient. Mais combien de temps resteraient-ils encore ensemble ? Créuse, déjà, les avait quittés. Quelle serait la prochaine place vide ?

Le lendemain, bien qu'elle sût qu'il eût été moins pénible de rester cloîtrée dans le temple, elle ne put s'empêcher, comme chaque jour maintenant, d'aller rejoindre les femmes du palais au sommet des remparts. Dès son arrivée, elle vit que les gardes d'Hector semblaient saisis d'une étrange frénésie, et une longue clameur s'éleva.

— Achille ! Achille ! C'est le char d'Achille !

Poussant un bref juron, Hector se précipita tout en haut des créneaux.

— Achille serait-il de retour ? s'exclama-t-il, plissant les yeux pour tenter de mieux voir le char qui traversait comme un éclair la plaine. Oui, sans nul doute, c'est lui ! Pourtant...

Une main en visière, il regarda un instant avec encore plus d'attention, puis se retourna en haussant les épaules.

— Par le Dieu de la Guerre ! annonça-t-il. Ce n'est pas lui. Quelqu'un d'autre a revêtu sa cuirasse ! Je reconnaîtrais Achille entre mille ! C'est sûrement Patrocle, son inséparable compagnon. Par Avès [1], à quoi joue-t-il ? Croit-il pouvoir nous duper par ce piètre stratagème ?

— Sans doute veut-il secouer l'inertie de ses troupes ? avança Troïlus.

1. Dieu grec de la violence meurtrière.

— Quelle que soit son idée, menaça Hector, nous allons de ce pas l'envoyer au royaume des Morts. Certes j'hésiterais avant d'affronter Achille ; mais face à Patrocle, je n'éprouve nulle crainte.

Hélant impérativement son écuyer, il ordonna qu'on lui apporte sur-le-champ sa plus solide armure qu'il revêtit en hâte. Puis il sauta dans son char accompagné de Troïlus, et franchissant dans un grand nuage de poussière les portes de la ville, il s'élança au galop dans la plaine.

— Que les Dieux les protègent ! murmura pour elle-même Andromaque en les regardant s'éloigner. Par la Déesse Mère ! Troïlus mène son char comme un dément ! Hector devrait veiller à tempérer sa fougue. C'est miracle qu'ils ne soient pas déjà tous deux jetés à terre !

Les deux chars maintenant se ruaient l'un vers l'autre comme des bêtes furieuses. S'évitant au dernier moment, ils décrivirent ensemble un grand cercle, puis ralentirent l'allure afin que les deux adversaires puissent s'affronter l'arme au poing. Hector le premier sauta à bas de son attelage, presque aussitôt imité par Patrocle qui portait la flamboyante armure du fils de Pelée.

Brandissant son glaive, Hector se jeta comme un forcené sur lui, mais contre toute attente, vacilla au premier coup porté par le Grec. Perdant l'équilibre, il était sur le point de recevoir un second coup, fatal celui-là, lorsque réagissant et faisant volte-face comme si le bronze de son armure devenait tout à coup plus léger que la soie, Hector assena un formidable coup d'épée à celui qui avait de bien peu failli être l'auteur de son trépas. Résistant au choc, Patrocle entreprit alors de contre-attaquer avec rage, et l'on ne vit, un court instant, que l'éclair des armes et des cuirasses se confondre dans un furieux tourbillon, sans qu'il fût possible d'entrevoir qui avait l'avantage. Un cri d'angoisse d'Andromaque fit comprendre soudain à Cassandre que son époux venait d'être touché, mais avant qu'elle ne pût elle-même se rendre compte de la situation, Hector déchaîné s'était à nouveau rué sur le Grec, l'obligeant sous la violence de l'attaque à battre en retraite vers son char. C'est alors que la lame acérée du fils de Priam s'enfonça dans l'interstice qui séparait le brassard de la cuirasse de son adversaire. Aussitôt, un flot de sang jaillit de son pourpoint et il recula en titubant, soutenu par les soldats accourus à son aide.

Hissé sur son char, Patrocle tenta visiblement de se maintenir debout, mais chancela bientôt comme un homme ivre, le visage frappé d'une pâleur mortelle. Furieusement fouettés par leur cocher, les chevaux de l'attelage d'Achille bondirent en avant, rejoints immédiatement par le char d'Hector.

Une flèche, lancée par Troïlus transperça à nouveau le malheureux blessé à la hanche. Le voyant cette fois totalement s'effondrer, Hector fit signe à Troïlus d'arrêter sa poursuite. Pourchasser davantage le Grec était désormais inutile. S'il n'était déjà mort, du moins était-il si grièvement atteint que la fin pour lui ne tarderait plus guère.

Faisant alors demi-tour, le char troyen qu'avait rejoint Hector regagna les portes de la ville. En entendant grincer les lourds panneaux de bronze, Andromaque voulut se précipiter à la rencontre de son époux, mais Cassandre la retint par le bras, afin de laisser les guerriers se reprendre.

— Tu es blessé ! s'exclama-t-elle, l'apercevant enfin venir à elle, débarrassé de son armure, le visage ruisselant de sueur mais rayonnant.

— Rien de grave, rassure-toi ! Quelques égratignures comme lorsque l'on s'exerce avec son maître d'armes...

Une longue plaie qui lui striait tout l'avant-bras démentait ses propos volontairement rassurants. La blessure néanmoins ne présentait aucune gravité alarmante. Un peu d'huile, un bandage serré, une grande coupe de vin fort lui étaient pour l'instant simplement nécessaires.

— Et lui ? Est-il mort ? demanda-t-elle encore.

— Je l'ignore, mais je sais en revanche qu'on s'en sort rarement après une telle estocade.

A peine avait-il achevé sa phrase qu'une clameur funèbre s'éleva du camp grec.

— Il est mort, dit froidement Hector. C'est un rude coup pour Achille.

— Regardez ! s'exclama Troïlus. Le voici justement qui paraît !

Epaules nues, cheveux au vent, Achille venait en effet de sortir de sa tente et marchait d'un pas lent vers les remparts de Troie. Avant de se trouver à la portée des flèches, il s'immobilisa tout à coup et brandit longuement le poing en direction de la citadelle, criant à son adresse quelques mots que les Troyens ne purent saisir.

— Qu'a-t-il pu dire ? s'interrogea Hector.

Pâris, à quelques pas de lui, enlevait son armure. Il leva la tête vers son frère.

— Ce n'est pas difficile à imaginer : quelque chose comme : « Hector, fils de Priam... Montre-toi, afin que je t'arrache dix fois la vie ! »

— Tu as raison, marmonna Hector hochant lentement la tête. Je n'entends pas ses paroles, mais son attitude est fort claire.

— En attendant, fêtons l'événement, clama Pâris.

— Non ! Je n'ai nullement raison de me réjouir. Patrocle était loyal et brave. Peut-être était-il même le seul homme capable de mettre un frein à la folie meurtrière d'Achille. Maintenant qu'il n'est plus, il faut se préparer. Le conflit va prendre une mauvaise tournure.

— Ainsi, s'étonna Pâris, tu n'es pas satisfait d'avoir triomphé d'un tel adversaire ? Je ne te comprends pas. Vainqueur à ta place, j'aurais aussitôt organisé de grandioses réjouissances dans toute la cité.

— Le peuple va se réjouir de l'événement, rassure-toi. Mais si nous tuons en face de nous les rares gens d'honneur, nous n'aurons plus bientôt à combattre que des déments et des fourbes.

Enée, qui jusqu'alors était resté silencieux, s'approcha du bord de la muraille.

— Achille repart, annonça-t-il. Il va sûrement trouver Agamemnon pour réclamer une trêve de quelques jours en signe de deuil.

— N'est-ce pas l'occasion unique de les défaire définitivement ? proposa Pâris. Ne laissons pas à Achille le temps de reprendre ses esprits.

Hector fit un signe de dénégation.

— S'ils observent une trêve, l'honneur nous commande de la respecter. Aurais-tu oublié celle qu'ils nous ont accordée pour les funérailles de tes fils, Pâris ?

— Je n'avais rien demandé ! Pourquoi ces fausses politesses ? Ne sommes-nous pas en guerre ?

— La guerre exige certaines règles, intervint fermement Priam. N'était-ce pas toi, Pâris, qui t'étais récemment indigné de voir Ulysse et le roi de Mycènes enfreindre le bon droit en s'emparant des chevaux des Thraces ?

— Certes ! Il n'empêche que s'il nous faut combattre, c'est avant tout pour vaincre. Pourquoi devrions-nous avoir des égards vis-à-vis d'un ennemi qui ne pense qu'à nous exterminer ?

— Sans ces « égards » justement, insista fermement Hector, la guerre ne serait plus une activité honorable, digne des hommes civilisés. Elle serait un carnage aussi stérile qu'aveugle !

— Pourquoi donc alors ne pas résoudre nos différends par un grand concours de lutte ou de tir à l'arc ? Moi, Pâris, je souscrirais d'avance à une telle solution, la seule peut-être qui serait judicieuse.

— Serais-tu prêt à mettre en jeu Hélène ? plaisanta perfidement Déiphobe. Et crois-tu qu'elle consentirait elle-même à être le prix d'un tel engagement ?

— Elle seule peut donner la réponse, maugréa Pâris dignement. Nous déciderons ensuite. Pour l'instant, en tout cas, qui oserait prétendre que les hommes qui se battent le font presque toujours à cause des femmes ou par amour pour elles ?

Comme chacun l'attendait, les Grecs, dès le lendemain, demandèrent pour honorer Patrocle une trêve de sept jours, Achille souhaitant organiser à sa mémoire des jeux funèbres.

En signe de bonne volonté, Agamemnon consentait à restituer au roi Priam les deux suivantes d'Hécube capturées lors du retour de Cassandre de Colchis. En outre, les Troyens étaient conviés à participer à toutes les épreuves sur un total pied d'égalité.

VI

Pendant toute la journée du lendemain, un silence de mort régna sur la ville et le camp grec. Au milieu de l'après-midi, Cassandre quitta le sanctuaire et descendit vers les remparts. Andromaque, Hector et la plupart des membres de la famille royale s'y trouvaient déjà.

— Le moment serait idéal pour les attaquer par surprise et brûler le reste de leur flotte, remarqua Andromaque, embrassant du regard toute la plaine. Dommage que nous ne puissions rompre la trêve !

— Eux l'ont fait, rappela Pâris. Si j'avais pour ma part été tué, je ne suis pas certain qu'ils auraient hésité longtemps à fondre sur mon cortège funèbre. Je gagerais même qu'en cet instant où nous parlons, Ulysse et Agamemnon fomentent dans leur tente une attaque en règle pour nous surprendre à l'improviste.

— Leur camp semble en effet désert, dit à son tour Cassandre. Que peuvent-ils bien faire ?

— Leurs prêtres, sans doute, apprêtent la dépouille de Patrocle pour la cérémonie funèbre, intervint Hector. Achille, lui, pleure son compagnon disparu. Quant à Agamemnon et Ménélas, il est probable qu'ils se querellent pour déterminer s'il faut ou non rompre la trêve. Ulysse s'efforce de les apaiser, pendant que des soldats préparent les jeux et que d'autres boivent en attendant demain.

— Père, comment peux-tu savoir tout cela ? interrogea admiratif le petit Astyanax.

— C'est très facile, mon fils. J'imagine seulement ce que nous-mêmes serions en train de faire si nous étions à leur place.

Un prêtre d'Apollon en robe de novice approcha alors de leur groupe.

— Pardonnez-moi de déranger votre entretien, déclara-t-il avec déférence, mais j'apporte un message pour la princesse Cassandre.

— Je suis ici, dit cette dernière en s'avançant vers lui. Que veux-tu ?

— Princesse, une visiteuse désire te voir au temple. Venue par des chemins détournés à travers les montagnes, elle a pu éviter le blocus. Sa hâte est grande de te rencontrer, car il s'agit, dit-elle, d'une affaire d'une extrême importance.

Prenant promptement congé de sa famille, Cassandre suivit le prêtre à grands pas, se demandant qui pouvait réclamer sa présence avec une telle impatience. Très intriguée, elle pénétra bientôt tout essoufflée dans le grand vestibule où régnait la pénombre, et aperçut au fond de la galerie plusieurs silhouettes indistinctes.

La voyant s'approcher, l'une d'elles lui tendit les bras.

— Mon enfant, mon cœur déborde de joie de te revoir...

— Penthésilée..., balbutia Cassandre bouleversée. Vous ! Depuis si longtemps... Comment avez-vous pu franchir le blocus et pénétrer dans Troie ? Combien êtes-vous ? Vous n'êtes pas toutes seules ? poursuivit-elle désignant ses compagnes.

— Non. Toutes les Amazones que j'ai pu rassembler sont ici avec moi, répondit la reine des cavalières. Elles m'attendent en bas de la ville. Nous sommes venues défendre Troie contre ses ennemis. Priam, ton père, m'a dit un jour, il y a des années, qu'il faudrait que son royaume fût tout à fait à l'agonie pour qu'il se résigne à appeler des femmes à l'aide. Je crois, hélas, que ce jour de péril est arrivé.

— Tu as raison. Mais mon père, je le crains, n'en a encore conscience. Pire ! Son armée est en liesse, car Hector vient de tuer l'un des héros ennemis.

— Les prêtres me l'ont appris. Comme toi, je ne pense pas malheureusement que la mort de Patrocle puisse changer en rien la sombre destinée de Troie.

— Je ne le sais que trop. Troie va disparaître, murmura à voix basse Cassandre. Troie bientôt ne sera plus, et les hommes ne seront pas responsables de sa fin, ne pouvant s'opposer aux irrémédiables desseins des Immortels...

Penthésilée eut alors un très pâle et nostalgique sourire qui ramena Cassandre à l'époque lointaine et heureuse où elle chevauchait insouciante avec ses sœurs les Amazones.

— A t'entendre, ce n'est donc pas la destruction des

remparts que nous devons craindre, mais la perte de nos protecteurs. Si tel est le vouloir des puissances divines, mon enfant, Troie en effet sera vaincue et mise à sac...

S'interrompant un instant, la reine ouvrit de nouveau ses bras à Cassandre.

— Ma pauvre petite ! Depuis combien de temps portes-tu seule ce terrible fardeau ? N'y-a-t-il donc personne à Troie, soldat, prêtre, prince ou roi, pour prendre en compte tes visions ? Pas même ton père, ta mère, tes frères ?

— Oh, eux !... Moins que les autres encore. Je ne puis évoquer les malheurs de la ville sans susciter aussitôt leur courroux. Ils ne veulent rien entendre. Dans la mesure d'ailleurs où je ne peux rien faire pour arrêter le cours du destin, peut-être ont-ils raison de ne point vouloir m'écouter...

— Comme ta solitude doit être grande ! compatit la reine des Amazones avec un soupir d'impuissance. Du moins, maintenant, serai-je avec toi. Allons pour l'instant présenter mes guerrières à Priam et saluer ta mère, ma sœur Hécube.

— Je viens avec toi. Ainsi pourrai-je veiller à ce que mon père te reçoive sur-le-champ avec bienveillance.

La vieille Amazone réprima un sourire.

— Je ne suis pas sûre d'être la bienvenue, mon enfant. Je crois plutôt que le roi va m'accueillir avec d'autant plus de froideur qu'il a besoin de mes guerrières. Espérons surtout qu'il ne refusera pas notre aide. J'ai avec moi plus de vingt femmes résolues au combat.

— Je ne pense pas que la cité soit désormais en position de rejeter le moindre renfort, fût-ce celui d'une armée de Centaures !

Penthésilée secoua tristement la tête.

— Une telle armée n'existe plus, déclara-t-elle. Ils sont tous morts. Des troupeaux de moutons paissent aujourd'hui dans les plaines où ils vivaient jadis. Nous avons quant à nous perdu la quasi-totalité de nos bêtes. Sans doute ont-elles été capturées par les Grecs ou les hommes de Priam.

— Les troupeaux sacrés d'Apollon galopent toujours librement sur les flancs du mont Ida, poursuivit Cassandre. Personne n'a encore osé leur mettre la bride, pas même les prêtresses du Dieu Scamandre. Mais toi et les tiennes devez être éreintées. L'hospitalité vous est bien sûr acquise dans la demeure du Dieu Soleil. Si vous le souhaitez, je vais demander à nos servantes de préparer des bains et des vêtements comme il sied à...

— Non, mon enfant, je te remercie, interrompit la vieille reine. Il faut d'abord nous rendre au palais en tenue d'Amazone.

On prévint donc le roi que Cassandre allait venir le voir accompagnée de ses hôtes, sans toutefois lui préciser leur identité. Priam, elle le savait, n'avait guère d'amitié pour les Amazones, même si les lois de l'hospitalité l'obligeaient à les accueillir décemment.

En signe de défi, elle pensa un instant se rendre elle aussi au palais en tenue de cavalière. Son père serait furieux, mais elle aurait la satisfaction de faire corps avec ses anciennes compagnes. Cette perpective néanmoins fut vite abandonnée, ses habits n'étant plus à sa taille. S'étant promis de les donner un jour à Ambre, elle passa rapidement une fine robe de lin tissé qui venait de Colchis, mit ses boucles d'oreilles préférées, dont l'or était sculpté en forme de serpent. Puis elle glissa autour de son poignet un bracelet d'argent, se para enfin de son collier de perles bleues, et rejoignit ses hôtes qui l'attendaient dans le vestibule du temple. Un homme de haute taille leur parlait. C'était Enée qu'elle reconnut aussitôt.

— On m'a envoyé du palais vous chercher, lança-t-il à Cassandre, comprenant sa surprise, et j'ai trouvé ici tes hôtes. Les archères amazones ne seront en effet pas de trop pour défendre la cité. Du haut de nos remparts, elles seront redoutables...

— Nous serons avec vous dans la bataille, l'interrompit avec force Penthésilée. J'ai d'ailleurs moi-même une vieille querelle à vider avec le père d'Achille. Ainsi aurai-je sûrement l'occasion d'affronter son fils à sa place.

— Hector décidera des adversaires qu'il nous faudra combattre, approuva Enée avec un sourire bienveillant. Mais, pour l'heure, le roi, je crois, nous attend au palais.

Offrant son bras à la reine des Amazones, Enée montra

la route. A leur suite, la petite troupe quitta le vestibule, franchit les hautes portes du temple. Dans la rue, il faisait encore assez clair. Penthésilée s'étonna des décombres qui jonchaient le sol. Quelques abris de bois avaient été construits à la hâte, mais la ville ne pouvait pour autant masquer ses plaies béantes.

— Mon père, quand j'étais jeune, me contait l'histoire et les légendes des Amazones, dit Enée voulant détourner des ruines l'attention des arrivantes. Un aède me chantait aussi les hauts faits d'armes de vos sœurs...

A mi-voix, il fredonna quelques vers.

— Connaissez-vous cette épopée ? demanda-t-il.

— Bien sûr, répondit la reine sans cesser de marcher. Si les aèdes de Troie l'ignorent, je la chanterai volontiers ce soir, bien que ma voix ne soit plus ce qu'elle était jadis.

Cheminant en silence, Cassandre observait attentivement le petit groupe. Penthésilée avait beaucoup vieilli. Emaciée, semblant encore plus grande qu'autrefois, elle n'avait plus que la peau sur les os. Son port altier et sa démarche souple empêchaient cependant de déceler en elle une vieille femme.

Les autres étaient toutes plus jeunes. L'une d'elles, une longue et vigoureuse fille, semblait aussi dangereuse que l'arc de corne qu'elle arborait fièrement.

« Voilà ce que j'aurais pu être, songea Cassandre considérant avec envie l'adolescente. Elle, au moins, ne sera pas contrainte de rester inactive sous les coups de boutoir de l'ennemi. »

— Mais tu ne l'es jamais, lui souffla à l'oreille Enée qu'elle avait rattrapé.

Avait-elle parlé sans le vouloir ? Enée avait-il lu dans ses pensées ? Elle resta un instant interdite et ne put lui répondre.

— Tu es prêtresse, tu connais l'art de guérir, reprit-il tout bas. Les combattants ne sont pas seuls à servir la cité...

Profitant de l'ombre du crépuscule, il glissa son bras sous le manteau de Cassandre, lui enlaça la taille un instant, l'abandonna seulement à l'entrée du grand vestibule du palais.

Un héraut sur le seuil du mégaron les annonça d'une voix claire :

— La princesse Cassandre, fille de Priam ! Le prince Enée, fils d'Anchise ! Penthésilée, reine des Amazones, et ses vaillantes guerrières...

Hécube la première descendit de son trône de marbre blanc, s'avança à grands pas vers sa sœur, bras ouverts, l'étreignit avec émotion.

Priam, l'imitant, s'avança à son tour, manifesta à son égard les mêmes et chaleureuses attentions.

— Bienvenue à Troie, ma sœur, déclara-t-il, affable. Hommes et femmes réunis, tous ceux qui sont capables de brandir un glaive ou de bander un arc sont aujourd'hui accueillis avec reconnaissance en ce palais... Toi et les tiennes aurez votre part du butin que nous arracherons aux Grecs, je le promets. Si quiconque s'y oppose il bravera mon autorité ! ajouta-t-il, lançant un regard significatif vers ses fils.

— Pourquoi nous abaisser à ce point, Père ? gronda Hector entre ses dents.

— Pour défendre Troie, je serais prêt à accueillir les Centaures eux-mêmes, conclut le roi avec fermeté. Puis, s'adressant de nouveau à la vieille reine, il demanda : As-tu des armes, ma sœur ?

— Nous en avons, répliqua-t-elle. J'ai aussi avec moi vingt-quatre guerrières armées de glaives de fer. Toutes sont également d'excellentes archères : à cent pas, aucune d'elles n'a jamais manqué l'œil d'un étalon lancé au grand galop.

— Souhaitez-vous participer au concours de tir qui aura lieu demain, lors des funérailles de Patrocle ? interrogea Pâris. Achille a promis au vainqueur l'arc de combat de son compagnon mort.

— Je doute qu'il le remette à une femme, ne put s'empêcher de lâcher Hector, fût-elle meilleure archère que Patrocle lui-même.

— Il a juré de l'offrir au vainqueur.

— Rien n'est sacré pour Achille, convint Penthésilée. A seule fin de dévoiler au grand jour sa véritable nature, je serais presque tentée de participer au tournoi, mais je me méfie trop de lui. Il serait bien capable de m'honorer d'une traîtrise. Je n'ai, d'ailleurs, nul besoin d'un arc, si redoutable soit-il. Le mien me suffit amplement. Que les choses soient claires, roi Priam, ce ne sont ni l'envie des butins ni l'or des Grecs qui m'ont fait accourir à votre aide. A quoi me serviraient ces dérisoires vanités ?

— Avec beaucoup d'or, déclara à son tour Andromaque, ne pourrais-tu fonder en quelque lieu une cité semblable à celle que les ancêtres de ma mère ont édifiée à Colchis ?

— Voilà une sage et exaltante idée, répliqua vivement Penthésilée. J'y songerai, mon enfant. Ainsi, si je remporte un prix, Priam, peut-être réviserai-je mes propos...

— Si l'on refuse de te donner de l'or, intervint spontanément Hécube, je t'en donnerai moi-même. Toi et tes guerrières serez généreusement récompensées.

On se mit à souper, et le vin coula à flots. Riant et plaisantant, les hommes évoquèrent les jeux du lendemain et les prix qu'ils pourraient remporter.

— Il y a des femmes à gagner, Enée, lança Déiphobe, l'air faussement mutin. Maintenant que Créuse est en Crète, tu as besoin d'une présence pour réchauffer ta couche.

— Il n'est pas nécessaire, répondit Enée, négligeant l'allusion égrillarde. Si je gagne une esclave, je l'enverrai en Crète pour servir Créuse et prendre soin de mes enfants. Je la paierai aussi afin qu'elle puisse un jour racheter sa liberté. Il me déplaît de considérer les femmes comme un butin. Comment d'ailleurs peut-on les désirer si elles ne s'offrent pas à vous de leur plein gré ?

Vidant sa coupe d'or, son regard croisa alors furtivement les yeux enflammés de Cassandre. A l'instant même, elle sut ce qu'il lui demandait et la réponse qu'elle lui ferait.

La soirée s'achevant et les Amazones s'étant retirées de bonne heure pour prendre quelque repos, Enée, comme à l'accoutumée, proposa à la jeune prêtresse de la raccompagner au temple du Dieu Soleil. Le ciel au-dessus d'eux était sans lune. Tout était sombre, à l'exception, çà et là, d'une lueur vacillant au fond d'une maison. Pour mieux goûter la fraîcheur de la nuit, soudain la princesse qui marchait légèrement en avant, aspira l'air profondément et ralentit le pas. Enée qui la suivait l'ayant rejointe, l'enlaça aussitôt comme si, depuis qu'ils étaient seuls, il n'attendait qu'une occasion pour la prendre, pour épouser avec son corps ses épaules, son dos, ses hanches. Elle-même d'ailleurs aurait été bien incapable de dire si elle n'avait pas intentionnellement provoqué ce contact qui la bouleversait. Pour mieux emprisonner la tiédeur de sa compagne et son parfum qui l'enivrait, Enée ouvrit grand son manteau pour qu'elle puisse s'y blottir.

Sans avoir nullement peur, elle se sentit alors totalement à sa merci. Depuis toujours, la virginité qu'elle défendait était au centre de sa vie. En un éclair, elle se remémora cependant les arguments qu'elle avait opposés à Chrysès, se demanda aussi si elle n'était pas en train de faire preuve d'une effroyable hypocrisie, de trahir ses engagements les plus sacrés en faisant don de son corps, de son âme à un homme qui n'était autre que l'époux de sa propre sœur, même si Créuse lui avait dit elle-même qu'elle n'attachait qu'une relative importance à la fidélité de son mari.

Et puis qu'allaient donc devenir ses vœux envers le Dieu Soleil ? Il est vrai que depuis bien longtemps Apollon ne semblait guère attacher d'importance à ses pensées et à ses actes. Ne l'avait-il pas, en fait, purement et simplement abandonnée ? D'ailleurs, s'il lui interdisait vraiment de se donner à celui qu'elle aimait, n'interviendrait-il pas à l'instant même pour l'en empêcher ?

Paradoxalement, tout au fond d'elle-même, une sourde colère envahissait son cœur. Non, personne, ni les Dieux ni les humains ne se souciaient de son destin, de son bonheur ! Peu importait au ciel et à la terre qu'une vierge d'Apollon s'apprêtât à renier ou non ses vœux pour se livrer tout entière à l'amour.

Emportée par une flambée inconnue de désir, se sentant libérée de toute contrainte, de toute attache, seuls comptaient pour elle, en cet instant, la voix, le souffle, les mains qui lui dictaient leur volonté. Entraînant fébrilement l'homme qu'elle aimait, ils se retrouvèrent bientôt au détour d'une maisonnette de pierre blanchie, non loin de la porte du temple.

— Nous ne pouvons passer par là, glissa-t-elle à son compagnon. Si nous entrons ensemble et si tu ne ressors pas aussitôt... Non, gagnons plutôt cette brèche ouverte par le tremblement de terre dans le mur d'enceinte. Même les enfants parviennent à y passer...

Ils s'engouffrèrent dans la cavité, franchirent une arche séculaire à demi effondrée, escaladèrent un amoncellement d'éboulis accédant au sanctuaire.

Tremblante d'émotion, sentant une boule se former dans sa gorge, elle tendit la main à Enée, l'aida à poser le pied sur une dalle branlante, repartit en courant le long d'un mur, l'attira enfin dans sa chambre, après avoir contourné la galerie qui longeait le dortoir des novices, et s'y être glissée par une fenêtre basse qui s'ouvrait sur une cour.

La cellule était sombre et silencieuse. Seule une petite lampe à huile éclairait les contours du lit et de la natte où Ambre dormait paisiblement. Près de la noire chevelure de la fillette, était lové sagement un serpent. Enée eut un bref mouvement de recul.

— Il ne peut faire de mal, chuchota Cassandre. Il n'est pas venimeux.

— Je sais, répondit-il de même. Ma mère était prêtresse d'Aphrodite. Elle partageait sa couche avec des créatures plus étranges encore. J'ai été seulement surpris. Les serpents ne m'effraient pas.

Cassandre tressaillit. Allait-elle à son tour obéir à la Déesse de l'Amour, s'adonner au trouble irrésistible des plaisirs charnels ? Etait-ce donc Aphrodite qui, en posant la main sur elle, l'avait poussée à rompre ses vœux envers le Dieu Soleil ?

Rougissant dans l'ombre, Cassandre prit le manteau d'Enée, le posa sur son coffre. Ainsi celui qui allait devenir son amant était aussi enfant de la Déesse.

Chassant une dernière fois de ses pensées inquiétude et remords stériles, elle vint à lui. D'un geste lent, il ôta l'épingle de ses cheveux, libéra boucles et mèches noires qui tombèrent en cascade sur ses épaules et sur ses seins. En un instant, elle fut nue devant lui. Plus rien n'avait d'importance. Tous les Dieux, toutes les Déesses ne faisaient qu'un. Consumée par l'amour, elle allait simplement aimer comme toutes les femmes du monde avaient aimé avant elle et continueraient à le faire après sa mort.

A l'aube, elle glissa à bas du lit, alla furtivement s'agenouiller à sa fenêtre, tressaillant de bonheur au souvenir des délices de sa première vraie nuit de femme. Le jour naissait, les vents matinaux commençaient à chasser la brume nacrée qui drapait encore la ville basse.

Sur les hauteurs du temple, le vent se levait aussi. Simplement vêtu de son péplos, Enée vint la rejoindre. Prenant délicatement son visage dans ses mains, il posa ses lèvres sur sa bouche et ses yeux.

— Aujourd'hui, je n'ai pas besoin de mes armes, murmura-t-il joyeusement. Je participerai seulement aux concours de lutte et de pugilat. Je suis prêt à affronter n'importe quel adversaire, sauf Achille peut-être. Cette nuit, mon amour, j'ai fait un songe...

— Etait-il de bon augure ? demanda vivement Cassandre.

— Il l'était. J'ai rêvé que reviendrait encore le bonheur que nous avons connu ensemble en cette nuit bénie. Promets-moi que tu n'en éprouves nul remords.

— Je t'en fais le serment.

Elle disait vrai. Après avoir attendu tant d'années, rejetant même le souvenir de l'étreinte d'Apollon incarné, elle avait enfin trouvé l'amour, au cœur de la guerre, à l'ombre de la mort. Et pourtant cet amour ne vivrait pas longtemps, elle le savait.

Sur sa natte, Ambre poussa un petit cri, se retourna plusieurs fois en bâillant avant de s'éveiller tout à fait. Cassandre courut l'embrasser, la prit dans ses bras, la berça sur son cœur, lui chanta à mi-voix une tendre comptine. Les yeux de la fillette s'étaient posés avec surprise sur l'inconnu debout au milieu de la pièce, deux grands yeux innocents trop jeunes encore pour s'expliquer cette présence.

Cassandre à son tour regarda Enée et comprit tout à coup la douleur des Troyennes, qui depuis des années aidaient au matin leurs époux à revêtir leur armure avant de les voir, impuissantes, s'en aller au combat et peut-être à la mort. Pour la première fois, elle partageait vraiment leur peine.

L'appel strident du buccin qui, tous les jours à l'aube, conviait les hommes aux portes de la cité, la fit frémir.

— Je dois partir, Cassandre, fit simplement Enée la serrant dans ses bras. Embrasse-moi.

— Pas encore, protesta-t-elle. Ne veux-tu donc rien prendre avant de t'en aller ?

— Je prendrai quelque chose avec mes officiers, ma douce. Merci. Ne t'inquiète pas pour moi.

Il sembla hésiter un instant.

— Pourrai-je revenir ce soir ?

Elle ne sut que répondre et Enée se méprit sur la signification de son silence.

— Je sais... Jamais je n'aurais dû, commença-t-il. Tes frères sont mes amis, ton père, mon hôte...

— Il n'est nul homme à Troie à qui je sois tenue de rendre compte de mes actes, cria presque Cassandre. Quant à ton épouse, ma sœur, elle m'a dit avant son départ qu'elle ne tiendrait nulle rigueur à la femme qui saurait t'apporter du bonheur...

— Elle a dit cela ? Merci de me le dire, Cassandre.

Pris d'une soudaine impulsion, il l'attira de nouveau à lui.

— Laisse-moi revenir ce soir... supplia-t-il. Je t'en prie, mon rêve n'a pu mentir. Et puis le temps peut-être nous est compté... Quel sort nous réserve l'avenir ? Pour l'heure, il y a cette trêve... Aphrodite, merci ! balbutia-t-il effleurant de la main la chevelure de la princesse. Oui, c'est elle, j'en suis sûr, qui t'a donnée à moi. Pour elle, j'immolerai une blanche colombe.

Les larmes aux yeux, Cassandre se hissa sur la pointe des pieds et baisa ses lèvres avec ferveur.

— Mon amour, parvint-elle à lui dire encore, mon amour, va, et reviens vite ! J'attendrai tout le jour que le soir vienne.

Le soleil brillait maintenant par intermittence, masqué de temps à autre par d'énormes nuages qui surplombaient la plaine. Les rues de la ville étaient presque désertes. Seuls quelques soldats s'assemblaient çà et là pour le repas du matin.

Gardant présentes en elle les heures éblouissantes

qu'elle venait de vivre, Cassandre songea un instant à regagner sa couche tiède où l'empreinte de son amant se devinait encore, mais ne put finalement s'y résoudre, sachant qu'elle ne pourrait trouver un instant de repos avant le retour d'Enée. Ambre, enfouie sous ses couvertures, s'étant rendormie, elle s'habilla à la hâte.

Avec une certaine surprise, elle constata alors qu'elle se sentait terriblement seule. Certes, jusqu'à maintenant, la solitude avait toujours été son lot, mais jamais elle ne lui avait tant pesé. Voulant échapper à cette sensation pénible, elle décida donc d'aller trouver l'unique personne à qui elle pouvait sans crainte ouvrir son cœur, et qui pourrait peut-être la délivrer de son obsédante oppression.

Plusieurs guerrières de Penthésilée étaient logées dans une chambre située non loin de celle de Cassandre, mais la plupart avaient passé la nuit dans une courette secondaire dans laquelle donnait une cellule retirée ornée d'un beau dallage de mosaïque en coquillages, qui avait été réservée, en raison de son rang, à la reine des Amazones. Enjambant avec précaution les corps endormis dans la cour, Cassandre parvint sur la pointe des pieds à la porte de bois sculpté où reposait Penthésilée. Ayant frappé légèrement, elle vit bientôt son battant s'entrouvrir et la silhouette de la reine apparaître sur le seuil.

— Bonjour, ma fille, lança-t-elle avec entrain embrassant la princesse. Tu me sembles bien éprouvée. La nuit, pour toi, a-t-elle été mauvaise ?

Sans savoir pourquoi, Cassandre se jeta dans ses bras et fondit en larmes.

— Là ! là !... mon enfant ! qu'y a-t-il ? demanda la reine surprise par cet élan de désespoir. Les larmes ne servent à rien. Je crois qu'hier au soir, Enée a quitté le palais en ta compagnie. Est-il le responsable de ton émoi ?

— Non, ma tante ! il n'est nullement en cause, répliqua Cassandre avec une ardeur qui fit sourire la vieille femme.

— Je vois, dit-elle. Mais s'il s'agit d'amour, pourquoi ce désarroi ?

— Si seulement je le savais, bredouilla la princesse.

Sans doute suis-je une écervelée, comme toutes les femmes conquises et aveuglées par la passion...

— L'amour peut bouleverser n'importe laquelle d'entre nous, répondit la reine, même les Amazones. Ta vie chaste et austère t'a préservée plus longtemps que tes sœurs, voilà tout. C'est ordinairement bien plus jeune que l'on sanglote de la sorte, non à ton âge. Quand tu étais avec nous, jamais je ne t'ai vue soupirer pour un éphèbe. Aussi en avais-je déduit que tu avais, comme beaucoup, d'autres attirances...

— Jamais je n'ai éprouvé le moindre sentiment profond pour une femme, si c'est ce que vous voulez dire, protesta Cassandre avec vigueur. Certes, il m'est arrivé parfois de ressentir à leur égard une inclination passagère mais uniquement parce qu'elle m'effleurait à travers le regard de Pâris.

Avec un certain étonnement, elle se souvint alors d'Hélène, puis d'Œnone, de l'inconsciente fascination qu'elles avaient, à la réflexion, exercée sur ses sens. Mais ce qui lui était arrivé cette nuit était d'une nature tellement plus impérieuse, irrépressible.

De nouveau submergée par une émotion qui la dépassait complètement, ses pleurs reprirent, de rage cette fois, impuissante à exprimer ce qu'elle ressentait intensément.

— La colère en ce domaine est souvent meilleure conseillère que le chagrin, observa calmement Penthésilée pour l'apaiser. Avant que cette guerre ne prenne fin, ma pauvre enfant, bien d'autres épreuves, hélas, risquent de t'assaillir. Allons, courage, ma vaillante guerrière des temps passés, sèche vite tes larmes et aide-moi plutôt à me vêtir.

Ravalant ses sanglots, Cassandre ne put s'empêcher de sourire au souvenir des heures heureuses et libres presque oubliées. Sur le coffre de bois, elle alla prendre la cuirasse de cuir bardée de plaques de bronze et ornée de fleurs d'or. Avec application elle aida sa tante à l'enfiler, puis noua soigneusement les lacets dans son dos.

— Si je meurs au combat, lui dit Penthésilée, promets-moi de veiller à ce que mes guerrières ne soient jamais réduites en esclavage, ni contraintes de prendre un époux. Elles en auraient le cœur brisé. Et si Troie finit par triompher, promets-moi également qu'elles pourront librement retrouver la liberté.

— Par Apollon, par ce que j'ai au monde de plus sacré, je te le jure ! murmura fermement Cassandre.

— Si je meurs, reprit la reine, je veux que mon arc te revienne. Au fond de son carquois se trouvent encore quelques flèches utilisées jadis par les Centaures. La plupart de mes guerrières préfèrent se servir de celles munies de pointes de métal, susceptibles de transpercer une cuirasse comme la mienne. Mais celles des Centaures ont un autre pouvoir. Connais-tu leur secret, Cassandre ?

— Oui. Elles sont, je crois, enduites de poison...

— Un poison méconnu, tiré de la peau des crapauds, acheva Penthésilée. Ces flèches sont mortelles à la moindre éraflure. Rares sont les guerriers protégés de la tête aux pieds, même chez les Grecs. Dotée d'une telle arme, une guerrière courageuse compense aisément une vigueur parfois moins forte que celle des hommes.

— Penthésilée, je m'en souviendrai, promit Cassandre. De toute mon âme je vais prier les Dieux pour qu'ils te gardent en vie. Si par malheur pourtant, tu devais nous quitter, je voudrais qu'à ta mort ton arc repose à tes côtés.

— Dans ma tombe, il ne servirait à personne, Cassandre. Quand je ne serai plus là, prends-le, je te l'ordonne, ou bien dépose-le sur l'autel sacré de la Vierge Chasseresse. Cassandre, en cet instant, fais-m'en, je t'en conjure, l'irrévocable et éternel serment !

VII

Nul incident notable ne vint entamer les jeux funèbres, qui durèrent sept jours et furent suivis de trois autres journées solennelles au cours desquelles furent remis les prix aux différents gagnants. Si Cassandre resta au temple tout au long de la trêve, Enée la mit, chaque soir, au fait des événements majeurs. Lui-même avait remporté le concours de javelot et s'était vu remettre une coupe d'or. Quant à Hector, furieux, il avait été surpassé à la lutte par Ajax. La victoire de son fils Astyanax, vainqueur parmi les plus jeunes, avait heureusement compensé sa défaite.

— Quel prix a-t-il reçu ? demanda Cassandre ramenant sur elle la main de son amant.

— Une tunique égyptienne de soie pourpre. Elle est encore trop grande pour lui, mais il pourra la porter un peu plus tard. Ce soir, à la fin du banquet, ajouta-t-il, les Grecs nous ont officiellement remerciés de notre participation aux jeux en nous annonçant qu'ils nous attendraient de pied ferme demain matin sur le champ de bataille. Il faut que j'essaie de dormir un peu, mon amour. Le buccin sonnera bientôt avant l'aube.

Venant voluptueusement s'encastrer contre lui, Cassandre, rêveuse, ne put réprimer un soupir.

— Achille était-il présent ? questionna-t-elle après un instant de silence.

— Oui, répondit doucement Enée. La mort de Patrocle l'a plus affecté que toutes les rebuffades et offenses d'Agamemnon. Pas un instant il n'a quitté des yeux Hector. On eût dit la Gorgone Méduse tentant de changer ton frère en statue. Je ne suis pas un lâche, et pourtant, tu vois, j'affronterais le fils de Pelée, si le sort m'y contraignait, non sans appréhension, je l'avoue.

— Ce homme est dangereux et fou... s'exclama à mi-voix Cassandre avec un long frisson, rapprochant la tête du visage d'Enée qu'elle couvrit de baisers passionnés.

Longtemps encore, ils restèrent sans mot dire, le cœur battant à l'unisson, mêlant avec ivresse leurs regards et leurs souffles, puis ils s'endormirent enfin dans les bras l'un de l'autre.

Pour Cassandre commença alors un songe étrange. Seule, elle quittait le lit, et s'avançait vers sa fenêtre... Sur la couche cependant elle se voyait toujours dans les bras d'Enée endormi. Avec la légèreté d'une ombre, elle erra quelque temps dans les galeries du temple, effleura quelques Amazones occupées en dépit de l'heure à aiguiser leurs flèches, puis glissa vers le palais de son père et pénétra dans les appartements de son frère jumeau. Pâris dormait d'un sommeil profond mais Hélène, éveillée, les joues baignées de larmes, marchait à pas lents dans la chambre où ses trois fils avaient péri. Son époux lui restait, mais suffisait-il à calmer son tourment ? Et puis Troie livrée aux Grecs, qu'arriverait-il pour elle ? Ménélas la ramènerait-il à Sparte, ou bien la tuerait-il pour se venger ?

Tout n'était que cauchemar... Ainsi crut-elle un instant voir les soldats grecs tirer au sort des Troyennes éplorées et les pousser avec des rires affreux vers les noirs vaisseaux qui emplissaient le port...

Fantomatique et frémissante, Cassandre continua de glisser dans la nuit. Elle était maintenant au-dessus du camp grec, inondé par le clair de lune.

Où allait-elle ? Où l'entraînait cette force mystérieuse qui la guidait malgré elle ? Agamemnon, dans sa tente, époux de la sœur d'Hélène, père inflexible qui n'avait pas hésité à sacrifier sa propre fille pour obtenir des vents favorables, dormait lui aussi lourdement. Ses traits figés dans le sommeil, ses lèvres minces et cruelles dessinaient, dans l'ombre, un singulier rictus. Soudain, tandis qu'elle planait au-dessus de sa couche, le roi de Mycènes se retourna brusquement et ouvrit les yeux. Elle eut alors la sensation terrible qu'il la voyait, non en chair et en os, mais en songe.

Lentement, il entrouvrit la bouche.

— Cassandre, fille de Priam, marmonna-t-il, presque imperceptiblement, pourquoi viens-tu me tenter dans ma tente ?

— Ma présence n'est qu'un songe, répondit Cassandre, d'une voix irréelle. Je suis en vérité l'esprit de ta fille que, sans pitié, tu as menée au bûcher. Puissent les Dieux peupler tes nuits des rêves les plus atroces !

Ayant parlé, elle s'évada sans peine de la toile de la tente qu'elle traversa comme un rai de lumière et se retrouva aussitôt au-dehors, l'oreille déchirée par le hurlement de terreur poussé par l'homme qu'elle venait de quitter.

Maintenant elle était dans la tente d'Achille. Etendu sur le dos, le fils de Pelée avait les yeux ouverts, fixés sur une somptueuse litière où reposait, non loin de lui, la dépouille de Patrocle. Cette vision l'emplit de surprise et d'horreur : pourquoi le héros grec n'avait-il pas encore été incinéré, ou enterré, ou même livré à la voracité des vautours, à l'instar de certaines traditions suivies par les tribus des steppes ? Puis elle comprit que le cadavre avait été embaumé pour permettre à Achille de le veiller plus longtemps. Le fils de Pelée sanglotait doucement.

— Ô Mère ! se lamentait-il avec désespoir, Mère ! Tu disais que Zeus tout-puissant m'avait promis gloire et honneurs. Vois maintenant ce qui m'est arrivé : Agamemnon m'a insulté et j'ai perdu à jamais mon seul ami !

Se tournant vers la dépouille de Patrocle, Achille, subitement, s'en prit alors au mort avec véhémence :

— Et toi, comment as-tu osé m'abandonner ? Que dirai-je à ton père ? Il t'avait conseillé de rester en Grèce pour veiller sur ton royaume ! Et moi, pauvre insensé je lui ai affirmé qu'il ne pouvait rien t'arriver avec moi, que tu reviendrais très bientôt couvert de gloire et d'honneurs ! Oui, je te le jure, tu reviendras un jour dormir dans la terre de tes aïeux ; j'y porterai moi-même ta dépouille ! Mais où sont les honneurs que j'avais promis en ton nom !

Voilà donc quel était, dans la solitude de sa tente, ce héros sanguinaire, le plus pitoyable des humains dans l'affliction, se dit Cassandre. Un instant, elle fut tentée d'avoir pitié de lui, mais le souvenir de sa férocité sans bornes l'en dissuada aussitôt. Dans le même temps d'ailleurs, elle comprit la raison de sa présence onirique à ses côtés.

— Achille... souffla-t-elle à son oreille.

Comme s'il était subitement percé d'un coup d'épée, le champion grec se redressa sur son séant, les yeux dilatés par l'effroi.

— Qui m'appelle ? haleta-t-il d'une voix tremblante.

— Les esprits n'ont point de nom, dit Cassandre. Sache seulement que je n'appartiens plus au monde des vivants.

— Est-ce toi, Patrocle ? Pourquoi reviens-tu pour me torturer, mon frère ? N'as-tu point trouvé le repos éternel des morts ?

— Tant que ma dépouille restera exposée au regard des vivants, il n'y aura pour moi nul repos. Je poursuivrai d'ailleurs toujours ceux qui ont causé ma perte.

— Alors, poursuis Hector ! C'est son glaive, non le mien, qui t'a ôté la vie !

— Hélas ! gémit lugubrement Cassandre. Si je suis revenu cette nuit, c'est pour te rappeler que je suis mort dans ton armure, à ta place, là où tu aurais dû être...

Elle fit une pause, puis fut prise d'une soudaine inspiration :

— Ne ressens-tu donc plus la moindre flamme à mon égard depuis que j'ai franchi les portes du royaume d'Hadès ?

— Les morts n'ont plus de place chez les vivants, balbutia Achille, les yeux hagards. Ne me reproche plus rien, je t'en supplie, ou je mourrai de peine !

— Je ne te reproche rien... Ta conscience suffit pour te rappeler mon visage... N'oublie pas, n'oublie jamais pourtant que j'ai quitté la vie à ta place.

— Non ! hurla Achille. Tais-toi ! Je ne veux plus t'entendre ! Tu veux broyer mon cœur ! Ah !... Gardes ! A moi !

Quatre sentinelles en faction accoururent.

— Fouillez le camp ! cria Achille. Un abominable intrus s'est introduit parmi nous. Il se fait passer pour Patrocle, et m'a dit des choses horribles ! Trouvez-le immédiatement et amenez-le-moi ! Je vais lui arracher les yeux !

Stupéfaits, les gardes ressortirent au pas de course.

Sa mission accomplie, Cassandre les suivit un instant.

— Ça devait arriver, entendit-elle l'un d'eux chuchoter. A force de rester enfermé dans sa tente, la folie va finir par embrumer tout son esprit.

Un sourire lui venant aux lèvres malgré elle, aussi légère qu'une traînée de brume, elle quitta alors le camp pour les hauteurs venteuses de l'acropole de Troie et, retrouvant le sanctuaire du Dieu Soleil, réintégra son enveloppe charnelle, toujours blottie dans les bras d'Enée. Aussitôt un sommeil, cette fois sans rêves, envahit tout son être.

Depuis qu'elle aimait, Cassandre comprenait et éprouvait plus que jamais l'irrésistible attirance qui poussait les femmes à se rendre tous les jours sur les remparts pour suivre le déroulement de la bataille. Laissant à Phyllide le soin de veiller sur les serpents et aux guérisseurs celui de soigner les blessés, ce matin-là, elle rejoignit donc ses sœurs à leur poste d'observation habituel dès qu'elle le put. Bondissant hors des hautes portes de la cité, l'essaim des chars emmenés par Hector s'élançait dans la plaine, semblait plus que jamais briller de mille feux. Hector était flanqué de Pâris et d'Enée, resplendissant dans leurs armures de bronze, tous trois animés par une farouche volonté, suivis par la cohorte vociférante d'innombrables fantassins bardés de cuir, brandissant piques et javelines.

Les troupes grecques, adossées à la haute palissade qui protégeait leurs vaisseaux, attendaient les Troyens apparemment sans s'émouvoir, ne manifestant nul affolement devant la charge déferlante de l'adversaire. Lorsqu'enfin les chars furent à portée de flèches, d'un seul coup et ensemble les archers grecs décochèrent une nuée de traits, provoquant chez les Troyens, une levée générale des boucliers pour se protéger. Une seconde pluie de flèches succédant à la première, quelques fantassins cependant s'écroulèrent bientôt, touchés à mort, tandis que plusieurs autres tentaient en titubant de rejoindre les portes de la ville.

Comme la charge furieuse des attaquants ne semblait pas faiblir, soudain une longue clameur vint distraire quelque peu l'ardeur des combattants. Au sommet d'un remblai qui s'élevait non loin derrière la ligne de défense des Grecs, un char flamboyant, orné de deux grandes ailes de bronze, venait en effet d'apparaître, monté par une silhouette reconnaissable entre toutes : celle d'Achille de retour au combat, tel un rapace orgueilleux et fébrile s'apprêtant à fondre sur sa proie.

Poussant un cri terrible, Achille brandissant son bouclier, lança alors avec fureur son attelage droit sur celui d'Hector pour lui couper la route. Puis, arrivé à faible distance de son rival, il sauta à terre en signe de défi, suivi de peu par Hector qui avait aussitôt ordonné à Troïlus de stopper ses chevaux. Ayant à peine touché le sol, prompt comme l'éclair, le Troyen lança rageusement son long javelot en direction de celui qui le défiait, voulant sûrement prouver par cette riposte fulgurante qu'il était prêt à l'affronter. La lance d'Hector ayant violemment rebondi sur le bouclier d'Achille, glaive au poing, les deux hommes marchèrent l'un sur l'autre. Le premier choc fut effroyable, et tous deux reculèrent de quelques pas en chancelant.

Andromaque, qui se tenait aux côtés de Cassandre, avait inconsciemment serré le bras de sa compagne avec une violence qui lui fit mal. Sans échanger une parole, toutes deux se regardèrent avec angoisse, sachant pertinemment que la mort de Patrocle avait rendu ce duel inévitable.

C'est alors que les Amazones entrèrent dans la bataille, fondant ventre à terre sur leurs montures sus à l'ennemi, comme un essaim de guêpes déchaînées à la poursuite d'un mal heureux intrus. Un furieux corps à corps s'engagea aussitôt et nombre de victimes s'écroulèrent frappées par leur attaque foudroyante. Hector, pendant ce temps, poursuivait la lutte. Il semblait presque grandi, animé d'une force nouvelle. Pour Cassandre, ce n'était plus son frère qui combattait, mais le Dieu de la Guerre en personne, tant et si bien qu'Achille, surpris par sa pugnacité, ne tarda pas à rouler à terre, revers salué aussitôt par une formidable ovation des Troyens. Leur joie, hélas ! fut de courte durée. Furibond, le fils de Pelée se releva, assena comme un forcené une grêle de coups sur Hector, le contraignant à battre précipitamment en retraite et à remonter sur son char. Assailli par une multitude de Grecs, Troïlus tenta de repousser l'assaut tandis que, glaive brandi, Hector s'emparait de sa main libre des rênes et lançait désespérément ses chevaux en avant. Une roue atteignit de plein fouet Achille, qui faillit être écrasé. Mais ayant pu au dernier moment éviter de glisser sous l'attelage, il parvint à se relever et lança comme un fou son javelot sur la cuirasse d'Hector, qui, déséquilibré par le choc, perdit le contrôle de son char, instant fatal qui permit à Achille de porter un fulgurant coup d'épée sur la nuque offerte de son adversaire.

Voyant son frère s'écrouler, Troïlus, frappé d'épouvante, parvint alors à reprendre les rênes et à renverser de nouveau le fils de Pelée qui ne put s'opposer à la fuite éperdue des coursiers. Au même instant, les Amazones se précipitèrent sur lui, piques brandies. Mais, au dernier moment, il fut sauvé par l'intervention de ses soldats qui réussirent une ultime percée pour le dégager. Submergées sous le nombre sans cesse croissant des assaillants, les Amazones durent tourner bride.

Par malheur, le char d'Hector ne put atteindre les remparts de Troie. Encerclé par des troupes ennemies galvanisées par la victoire de leur idole, Troïlus s'arrêta pour se défendre, rejoint bientôt par Achille, arrivant sur son char au galop, pour délibérément éperonner celui d'Hector. Le choc fut si terrible que le malheureux Troïlus fut projeté à terre, aussitôt entouré par une nuée hostile de guerriers.

Sur les remparts, Andromaque poussa un cri, et assista pétrifiée à une scène terrible : Achille venait de bondir sur le char de son époux, et fouettant les bêtes affolées les faisait repartir au galop en direction de son camp, emportant Hector avec lui.

A terre, Troïlus se débattait furieusement, et était, en dernière extrémité, sauvé par une Amazone ayant réussi à le hisser sur sa selle. Simultanément, Pâris et Enée s'étaient de leur côté lancés à la poursuite d'Achille, et étaient parvenus aux abords du camp grec. Une pluie de javelots s'abattant sur eux et terrassant sur le coup leurs chevaux, ils durent sauter à terre. Une fois encore, ce furent les Amazones qui les tirèrent de leur fâcheuse posture. La mort dans l'âme, ils regagnèrent les remparts de Troie en croupe de deux cavalières. Achille, lui, avait, dans la mêlée, disparu avec Hector.

Folle de douleur, Andromaque les attendait.

— Ainsi n'êtes-vous pas même parvenus à reprendre son corps ? balbutia-t-elle, éclatant en sanglots. Hector ! Hector !... abandonné aux mains des Grecs...

— Nous n'avons rien pu faire, se désola Pâris, haletant, une profonde entaille lui déchirant la cuisse.

— Face à ce démon, il aurait fallu être mille, gémit à son tour Enée, parvenant à peine à reprendre son souffle.

— Achille ! hurla Andromaque, ivre de désespoir, Achille ! Sois maudit à jamais ! Puissent tes os bientôt pourrir sur les berges du Styx ! Hector est mort !... Désormais, Troie n'a donc plus qu'à périr !...

— Mort ! sanglota à son tour Hécube. Mort ! Le plus glorieux de nos héros. Mon fils, mort... N'y a-t-il plus d'espoir ?

— Non, il est mort, cela ne fait nul doute, déclara Enée d'une voix étranglée.

— Sans les Amazones, même s'il nous coûte de le dire, nous aurions désormais tous péri, c'est une certitude, maugréa Déiphobe recueillant le corps inerte de Troïlus descendu précautionneusement de la selle de la cavalière pour qu'on examine ses blessures.

Echevelée, ravagée par l'émotion et les larmes, Hécube courut à lui, réclamant à grands cris l'aide des guérisseurs.

— Par la Déesse ! Mes fils !... le même jour... marmonna-t-elle soudain d'une voix presque inaudible, mon premier et mon dernier-né !... Maudits soient tous les Grecs ! Nous sommes perdus !

— Rassure-toi, ô ma reine, Troïlus est vivant, tenta de la calmer Enée soutenant avec sollicitude la vieille femme éplorée. Il te faut être forte. Il a besoin de toi pour vivre, si tu ne veux pas le perdre lui aussi.

Un prêtre-guérisseur s'approcha de l'enfant étendu, l'examina brièvement, parvint à le ranimer, lui fit boire une gorgée d'un breuvage aux herbes, examina une à une ses blessures. Respirant à pleins poumons, Enée lentement tentait de se reprendre en envisageant une riposte.

— Demain, annonça-t-il soudain, je surprendrai Achille avec mon arc et l'abattrai avant qu'il ne puisse réagir.

— Tu n'y parviendras pas, objecta Déiphobe. Il est sans cesse sur ses gardes et invincible. Son armure d'ailleurs est l'œuvre d'un Dieu. Les flèches s'y brisent comme brindilles !

— Cette armure n'a rien de divin, intervint à son tour Penthésilée. Elle est tout simplement forgée du fer le plus robuste. Même nos flèches scythes ne parviennent pas à l'entamer.

— La légende raconte que sa mère a jeté sur lui de tels sorts qu'aucun mortel ne saurait l'abattre, reconnut Pâris accablé.

— Laisse-moi lui enfoncer mon glaive dans le ventre, dit Enée farouchement, et nous verrons s'il ne meurt pas ! Pour l'heure, il nous faut aller annoncer au roi la terrible nouvelle.

— C'était écrit, fit Cassandre les mâchoires serrées. Hector a tué Patrocle. Achille ne vivait plus que pour lui arracher la vie. Le fils de Pelée n'est pas un guerrier, c'est un véritable assassin !

— Pourquoi ne pas aller le trouver sur-le-champ ? suggéra Enée. Avant même de prévenir le roi, réclamons-lui le corps d'Hector et une trêve funèbre.

— Il n'acceptera jamais, dit Pâris. Lui adresser une telle demande serait d'ailleurs lui faire trop d'honneur.

— Il doit nous l'accorder, trancha Enée. As-tu oublié les funérailles de Patrocle ?

— Eh bien, j'irai moi-même, s'exclama Andromaque, sortant de son état de prostration. J'irai moi-même m'agenouiller devant Achille, le supplierai de me rendre le corps de mon époux.

— Il nous le rendra, voulut la rassurer Enée. Achille est un homme d'honneur. Andromaque, permets-moi d'aller seul accomplir cette démarche sacrée. Je serai escorté par les meilleurs soldats de la garde personnelle de ton époux.

— Il faut d'abord annoncer la nouvelle à mon père, dit d'une voix tremblante le pauvre Troïlus, livide sous les bandages qui enserraient sa tête. C'est à moi de le faire. C'est moi qui l'ai laissé tomber aux mains d'Achille.

Hécube, dans un grand élan de tendresse, l'étreignit.

— Tu n'es en rien coupable, mon enfant, s'écria-t-elle de nouveau en larmes. Je rends grâce aux Dieux de t'avoir préservé. Oui, si tu le peux, va trouver le roi. Seul un fils saura trouver les mots, peut-être, pour apaiser la douleur d'un père...

— J'irai aussi, Mère, annonça résolument Pâris. Mais, auparavant, il faut réunir tous mes frères. Nous devons tous être présents pour l'entourer.

— Quant à moi, dit doucement Cassandre, je vais aller

au temple de Pallas prévenir Polyxène. Hector et elle étaient très proches.

Chacun s'apprêtait à partir quand Andromaque, qui s'était à nouveau penchée par-dessus la muraille, poussa un hurlement strident.

— Le monstre, le monstre ! suffoqua-t-elle, les yeux exorbités. Le démon ! Ah ! Par la Déesse, que fait-il ?

— Qui ? s'enquit Cassandre se précipitant à son tour, presque certaine que sa cousine voulait parler d'Achille.

Le soleil était au milieu de sa course. Dans la plaine, s'élevait vers le ciel un grand nuage de poussière, provoqué par la ronde infernale du char d'Achille, traînant au bout d'une corde le corps disloqué d'Hector rebondissant horriblement sur les pierres.

— Hector ! gémit Cassandre atterrée, Hector !... Mais que fait ce dément ?

Frappés d'horreur, les Troyens autour d'elle n'arrivaient pas à croire l'ignominieuse réalité. Hélas l'insoutenable spectacle n'était que trop visible.

— Le misérable ! il est complètement fou ! répéta Cassandre hébétée, au bord de la nausée.

— Il ne s'agit plus là de vengeance, dit à son tour Enée d'une voix consternée. Achille n'est pas un homme, mais un fauve sans âme.

— La douleur l'aveugle, acquiesça, toute tremblante, Cassandre. Il aimait par-dessus tout Patrocle. Sa mort a effacé en lui les seuls liens qui le retenaient à la réalité...

— Je ne sais et qu'importe ! gronda Enée s'étranglant d'indignation. Cette abomination doit cesser ! Allons trouver les Grecs. Ulysse est un homme sensé. Il nous entendra avant que le roi n'apprenne l'infâme tragédie.

— Le roi... murmura d'une voix sans timbre l'infortunée épouse d'Hector, le roi !... On doit le ménager, bien sûr... Et moi !...

Les sanglots étouffant ses paroles, elle ne put un instant achever, mais se redressant soudain, fustigée par son désespoir, elle s'écria, le visage ruisselant de larmes :

— Eh bien, j'irai moi-même s'il le faut, un fouet à la main. Je lui dirai... je saurai faire comprendre à ce monstre qu'il commet un acte atroce, épouvantable, qu'aucun humain digne de vivre ne saurait tolérer plus longtemps !

— Non, fit Pâris l'étreignant avec force, non, Andromaque. Achille ne t'écoutera pas. C'est un dément désormais, insensible à la raison ou à la pitié. Va, Troïlus ! Va au palais faire part, avec le plus de ménagement possible, de la terrible nouvelle au roi.

Laissant alors Andromaque entourée et soutenue par les femmes, Pâris et Enée remontèrent sur un char avec un héraut de Priam et s'élancèrent au galop vers la plaine. Ayant à plusieurs reprises tenté d'approcher sans succès l'attelage macabre d'Achille poursuivant ostensiblement sa ronde insensée, les Troyens durent bientôt se résoudre à abandonner leur projet. Ensemble, ils décidèrent d'essayer de fléchir les autres chefs grecs et piquèrent sans attendre vers la grande palissade de bois du camp adverse. Leur démarche, hélas, fut tout autant stérile et Andromaque, qui n'avait pas voulu bouger d'un pouce des remparts, comprit la première, les voyant revenir, l'échec de leur ambassade.

— Dites la vérité ! Qu'ont-ils dit ? implora-t-elle, dès qu'ils furent en sa présence.

— Ils s'avouent impuissants à apaiser Achille, reconnut Enée avec accablement. Sa qualité de prince, disent-ils, l'autorise à disposer comme il l'entend de tous ses prisonniers. Hector est sa victime, son corps lui appartient. S'il y consent, peut-être acceptera-t-il de restituer sa dépouille en échange d'une forte rançon, mais rien ne l'y oblige.

— Par tous les Dieux qui prétendent arbitrer le sort des mortels, gémit faiblement Andromaque, dire que nous n'avons pas hésité un instant à leur accorder la trêve qu'ils réclamaient pour les funérailles de Patrocle ! Comment peuvent-ils maintenant se conduire de la sorte !

— Achille leur fait honte, les consterne, dit Pâris, non moins abattu que son compagnon. Pas une seule fois Agamemnon n'a osé lever les yeux sur nous. Il sait pertinemment qu'à cause de sa folie, ils violent les lois les plus sacrées de la guerre et de l'honneur. Malheureusement, ils savent aussi que sans Achille, ils n'ont aucune chance de nous vaincre. Ils ont une fois déjà eu très peur de le perdre et ne veulent plus l'indisposer.

Le soleil désormais déclinait dans le ciel et les ombres s'allongeaient sur le sol.

— Mes amis, mes frères, nous n'avons plus de choix, reprit Pâris après un instant de silence. Il faut nous battre pour leur arracher le corps de notre bien-aimé défunt.

— Demandons l'aide des Amazones, suggéra Enée. Leurs charges et leurs flèches nous couvriront utilement. Quant à moi, je jure de sacrifier mon plus bel étalon au Dieu de la Guerre s'il nous permet de réussir notre mission.

— Moi, je lui offrirai plus encore s'il me donne Achille, renchérit Pâris avec exaltation. Même si Hector et moi nous nous opposions souvent, il était mon aîné, je l'aimais et le respectais. Je n'aurai de repos avant d'avoir récupéré son corps. Personne, pas même Achille, n'a le droit d'humilier les morts !

A peine le serment de Pâris était-il énoncé, qu'apparut soudain sur la dernière marche de l'escalier qui menait aux remparts, l'impressionnante et fébrile silhouette du roi Priam. Livide, portant sur son visage la douleur indicible de son deuil, le monarque ressemblait à un arbre foudroyé par l'orage, mais refusant encore, de toutes ses forces, de baisser la tête.

— Si vous réussissez à reprendre aux Grecs le corps de mon fils, proclama-t-il d'une voix blanche, je n'ai nul besoin de vous dire que vous obtiendrez tout de moi.

— Je viens avec vous ! s'écria alors Troïlus agrippant fiévreusement la tunique d'Enée.

— Non ! s'interposa Hécube, semblant au bord de l'hystérie. Non ! Pas toi, mon enfant ! Pas toi !

Mais Priam, bouleversé, fit signe à la reine de le laisser aller.

— Troïlus n'est plus un enfant, dit-il, impavide. S'il veut venger son frère, nous ne pouvons l'en empêcher.

VIII

Si la bataille du matin avait été féroce, la lutte pour la dépouille d'Hector s'avéra bientôt plus acharnée encore.

Par vagues successives, les Troyens se ruèrent sur le char d'Achille, tentant à maintes reprises de lui couper la route. Tel un démon poussé par un vent de folie, le fils de Pelée poursuivait inexorablement sa course indescriptible. Pire ! Alors qu'il esquivait une fois de plus les charges désespérées des combattants de Troie, une flèche de son arc maudit vint transpercer le cœur du jeune Troïlus. Aussitôt Enée ordonna le repli général et, soutenant l'adolescent d'un bras, regagna à bride abattue les remparts.

— Il ne voulait plus vivre... hurla la reine Hécube, se précipitant sur le char qui venait d'arriver. Mon pauvre enfant ! Donnez-moi mon enfant. Je l'avais entendu s'accuser de la mort de son frère. Tu n'y étais pour rien, pour rien... répétait-elle éperdue, penchée sur le corps sans vie.

Et dans le crépuscule flamboyant, Achille poursuivait sauvagement sa course qui semblait ne devoir jamais finir...

— Va-t-il continuer à galoper toute la nuit ? dit Pâris, complètement dépassé par l'aberrante chevauchée. Ses coursiers appartiennent eux aussi à quelque divinité infernale. Sinon, ils seraient déjà morts...

Agenouillée devant le cadavre de son enfant, la reine Hécube semblait en un jour avoir vieilli de vingt ans.

— S'il le faut, balbutia-t-elle en larmes, j'irai moi-même le trouver et je le supplierai, au nom de sa propre mère, de me rendre la dépouille de mon fils. Seule une mère pourra peut-être le fléchir.

On entraîna alors doucement la vieille reine vers le palais. Exténuée, aveuglée par les larmes, elle n'eut pas même la force de résister.

Restée un instant seule, Cassandre se pencha sur le corps de Troïlus. Ses souvenirs la ramenaient vers son enfance, à l'époque où sa mère priait avec ferveur pour que la Déesse lui donnât un nouveau fils. Quel bonheur avait été le sien quand le petit était né ! En ce temps-là la reine se réjouissait de la naissance de tous les fils de Priam, quelle qu'en soit la mère. A chaque fois, elle était présente, pour être la première à prendre le nouveau-né dans ses bras...

Se souvenant de sa promesse d'aller prévenir Polyxène, Cassandre, lentement, remonta la ruelle qui serpentait vers le temple de la Vierge. Plus elle montait, plus le vent plaquait sur elle son péplos et décoiffait sa chevelure. Ce vent, ce soir, lui faisait du bien, semblait vouloir la libérer de ses souffrances, emporter tous ses désespoirs. Dans la petite cour du sanctuaire, se dressait maintenant devant elle la statue de la Déesse. Le visage serein de la Vierge du temple l'apaisa.

Une servante l'ayant reconnue vint lui demander avec déférence ce qu'elle pouvait faire pour elle.

— Je voudrais voir ma sœur Polyxène, répondit-elle.

La servante la salua et s'en fut la chercher.

Un léger bruit de pas la fit bientôt se retourner. Sa sœur aînée pénétrait dans l'antichambre retirée.

— Qu'y a-t-il, ma sœur ? s'enquit-elle anxieusement découvrant le visage défait de Cassandre. M'apportes-tu une triste nouvelle ? Cassandre, notre mère est-elle souffrante ou bien...

— Non. Elle et notre père sont, grâce aux Dieux, toujours en vie. Mais je crains que la nouvelle dont je viens te faire part ne précipite leur fin.

Bien qu'elle approchât la trentaine, Polyxène avait gardé un visage lisse et doux, presque enfantin. Elle vint à Cassandre, l'embrassa, les yeux voilés d'effroi.

— Tu me fais trembler, ma sœur. Parle, parle, je t'en supplie !

— Hector... commença Cassandre, faisant un effort suprême pour ne pas fondre en larmes, Hector, mais aussi Troïlus... sont morts tous deux aujourd'hui. De la main d'Achille ! En cet instant où je te parle, le monstre traîne encore la dépouille de notre frère infortuné derrière son char et refuse de nous restituer son corps pour ses funérailles...

Abasourdie par l'effroyable révélation, Polyxène éclata

en sanglots, enfouit avec désespoir son front au creux de l'épaule de Cassandre.

— Je descends sur-le-champ au palais, put-elle enfin articuler. Mère a sûrement besoin de moi. Laisse-moi seulement le temps d'aller chercher ma cape.

Elle s'éloigna à grands pas, laissant Cassandre se redire, envahie d'amertume, qu'elle ne pouvait elle-même n'être d'aucun secours à sa mère, en ces circonstances cruelles.

Revenue drapée dans la blanche cape des prêtresses, Polyxène lui montra, enveloppés dans une étoffe, les quelques bijoux qu'elle possédait.

— Père en aura peut-être besoin pour payer la rançon d'Hector, expliqua-t-elle en ravalant ses larmes. Achille est aussi assoiffé d'or que de gloire. Tout ce que nous possédons de précieux doit être rassemblé à son intention.

— Tu as raison. Je donnerai moi aussi mon collier et mes boucles d'oreilles de Colchis. Ce sont mes seuls biens.

Ensemble, les deux princesses redescendirent vers le palais. Le soleil s'était effacé à l'horizon et le ciel, chargé de nuages annonciateurs d'une pluie très prochaine, s'obscurcissait de plus en plus. Dans la plaine, Achille et son attelage macabre avaient enfin disparu, en raison peut-être de la pénombre grandissante.

— Nos frères vont-ils tenter d'attaquer cette nuit ? demanda Polyxène à sa sœur.

— Je ne crois pas. Sans doute essaieront-ils plutôt de lancer dès demain, quand les Grecs s'y attendront le moins, une attaque massive, pour abattre Achille, et même aussi Agamemnon et Ménélas.

Polyxène jeta sur Cassandre un regard effaré.

— Ainsi vont-ils abandonner toute la nuit le corps d'Hector sans sépulture ? C'est impossible !

— Polyxène, ce n'est plus Hector qui gît quelque part dans la nuit, mais une simple enveloppe charnelle sans vie et sans âme.

Sentant qu'elle ne pourrait convaincre sa sœur bouleversée, Cassandre décida de n'en pas dire davantage.

Polyxène, d'ailleurs, n'insista pas et elles parvinrent au palais sans échanger un mot de plus.

Dans le grand vestibule, une vieille servante aux yeux rougis les débarrassa de leurs capes, puis leur ouvrit la porte du mégaron.

Dans la pièce régnait une ambiance tragique. En son centre, brûlait un feu d'enfer, projetant sur les fresques murales une clarté rougeoyante et changeante. Andromaque était assise prostrée entre Priam et Hécube, Pâris tout près d'Hélène qui lui tenait la main. Devant eux, le tabouret d'Hector était vide. Comme à l'accoutumée, Cassandre vint prendre place près de la reine de Sparte, Polyxène à côté de sa mère qu'elle étreignit.

— Hector était le meilleur d'entre nous, dit Pâris dès que ses sœurs furent installées. Il vient de nous quitter, hélas ! mais il nous faut poursuivre la guerre sans lui. Comment ? Je l'ignore encore, mais nous devons nous décider.

— C'est ta guerre, répliqua sèchement Andromaque sans le regarder, à toi de la mener ! Hector, dès le début, aurait dû te laisser la conduire à ta guise.

Hélène, à ces mots, ne put réprimer un sanglot. Indifférente à son émoi, Andromaque la transperça d'un regard glacé.

— Nous n'avons que faire de tes larmes ! lança-t-elle d'un ton cinglant. Sans toi, Hélène, mon fils aurait encore un père !

— Mon enfant, intervint Priam d'une voix brisée, ne rends pas notre peine à tous encore plus cruelle. Ta sœur...

— Ma sœur ?... Comment pouvez-vous seulement l'appeler par ce nom ! Elle est seule responsable de toutes nos souffrances... Regardez-la ! Elle prend une mine éplorée, mais au fond d'elle-même exulte, j'en suis sûre, trop heureuse de voir son amant promu à la tête des armées troyennes...

— Comment peux-tu proférer une telle infamie ? l'interrompit Hélène en larmes. Comment peux-tu ainsi m'avilir et me déshonorer ? Comme toi, je pleure les fils perdus de Priam et d'Hécube ; comme toi, je souffre et partage ton deuil ! Comme vous tous, devenus ma famille, je ressens la même et insupportable douleur !

Ses longs cheveux dénoués tombaient en cascade dorée sur ses épaules de nacre ; la lueur des torches allumaient dans l'azur de ses yeux une flamme d'une émouvante intensité.

— Père !... s'exclama-t-elle, se jetant aux genoux de Priam, Père, si telle est votre volonté, je quitterai la ville à l'instant même et me rendrai aux Grecs en échange de la dépouille d'Hector !

Cassandre, la regardant, voulut d'abord lui apporter son aide, mais finalement resta muette. N'avait-elle pas en effet prédit, lorsque Pâris s'était pour la première fois avancé vers les portes de Troie, qu'il serait un jour la torche, le brandon qui enflammerait la cité tout entière ? Puis, elle avait renouvelé sa déchirante prophétie lorsqu'il était revenu de Sparte triomphant accompagné d'Hélène. A quoi servirait donc maintenant son intervention sinon à envenimer une situation déjà insupportable ? Son cœur pourtant balançait en faveur d'Hélène, jouet infortuné des insondables desseins des Dieux. Hector, au fond, avait couru au-devant de sa propre mort, par honneur, disait-il, honneur pour lui plus précieux que l'amour de ses parents, de sa femme, de son fils, honneur plus précieux pour lui que la vie même. Lui, Hector, comme presque tous d'ailleurs, avaient méprisé ses avertissements. Autant valait donc pour elle, en cet instant, garder le plus profond silence.

— Ton offre est généreuse, Hélène, s'émut Priam avec douceur, mais je ne puis l'accepter. Ta présence n'est pas la seule cause de la guerre. Pour obtenir la dépouille d'Hector, nous verserons une rançon, tout l'or de Troie s'il le faut. Achille ne commande pas à tous les Grecs. Parmi eux, certains finiront bien par entendre raison.

— Non ! Non, Père ! s'écria Andromaque, s'étant d'un seul coup dressée devant Priam. Je t'en supplie ! Laisse-la aller ! Tu ne peux me le refuser, à moi qui ai porté le fils d'Hector ! Laisse-la partir... Et si elle tarde à le faire, chasse-la à coups de fouet ! Cette femme a été trop longtemps une malédiction pour nous tous. Je jure...

Pâris ne la laissa pas achever.

— Si vous chassez Hélène, l'interrompit-il d'une voix fracassante, je partirai avec elle.

— Eh bien, pars ! cria Andromaque, hors d'elle. Personne ne te retient. Ton départ serait une bénédiction pour la cité ! Tu nous as apporté le malheur tout autant qu'elle ! Comme ton père a eu raison jadis de te confier à un berger !

— Elle a perdu la tête ! gronda Déiphobe, ayant du mal à se contenir. Tant que je vivrai, Hélène restera parmi nous. La Déesse nous l'a envoyée ; elle n'a plus d'autre foyer que le nôtre.

Priam lui jeta un regard indécis.

— Mes enfants, vous me déchirez ! gémit d'une voix sourde le vieux roi. La reine, je le sens, et l'épouse d'Hector me demandent de...

— Elle doit partir ! hurla comme une furie Andromaque. Si elle reste, je quitte Troie cette nuit même avec toutes les femmes du palais ! Personne ne pourra me forcer à demeurer sous le même toit que celle à qui nous devons nos malheurs et la colère divine.

— Mais enfin, les remparts de Troie sont toujours debout ! tonna Pâris, paraissant enflammé d'une ardeur nouvelle. Tout n'est pas perdu. La douleur t'égare, Andromaque, même si elle est légitime ! Ne rends pas uniquement Hélène responsable de ton horrible deuil !

Ne l'écoutant même pas, Andromaque leva les bras au ciel.

— Femmes de Troie, je vous en conjure, fuyez cette demeure maudite ! Elle abrite une fausse Déesse qui ne songe qu'à nous mener à la ruine et à l'esclavage !...

Hystérique, les yeux exorbités, elle s'empara d'une torche fixée au mur.

— Femmes de Troie, hurla-t-elle, suivez-moi !...

Priam se leva d'un bond.

— Assez ! rugit-il recouvrant d'un seul coup son autorité chancelante. Nous n'avons nul besoin d'un tel spectacle !... Mon enfant, je comprends ta douleur, la partage de toute mon âme, mais t'ordonne de m'écouter. Le départ d'Hélène ne résoudrait rien. De plus, n'oublie pas, que toujours, de tous temps, les plus intrépides héros sont morts en combattant. Telle est souvent, hélas ! leur inéluctable destinée.

S'approchant alors d'Andromaque, il la prit dans ses bras et l'embrassa, incapable de retenir ses larmes. Secouée de sanglots, la jeune femme s'abandonna à son étreinte, rejointe aussitôt par Hécube.

— Nous te comprenons, mon enfant, dit la vieille reine en l'enlaçant. Apaise-toi, je t'en supplie. Il nous faut, tu le sais, veiller aussi sur Troïlus et lui offrir des funérailles avant que le jour ne se lève. Vous toutes, mes filles, dit-elle en se tournant vers Cassandre et les femmes, rassemblez maintenant vos bijoux pour la rançon d'Hector et regagnez ensuite la chambre mortuaire où repose le corps de mon fils chéri.

Les femmes sortirent en silence. Seule Andromaque, refusant de se joindre à la veillée funèbre, resta longtemps en pleurs aux pieds du roi, dont le regard perdu semblait s'être soudain figé sous l'implacable choc de la fatalité.

IX

Toute la nuit durant, entendant les rafales d'une pluie furieuse balayant l'acropole, les femmes du palais se relayèrent dans la chambre mortuaire pour veiller la dépouille du jeune Troïlus. Son corps avait été soigneusement lavé et habillé, puis saupoudré d'épices rares, plusieurs bâtons d'encens allumés aux quatre coins de la pièce, chassant l'écœurante senteur de mort. Peu avant l'aube, pleurs et lamentations cessèrent à l'arrivée d'une poétesse venue chanter avec ferveur la bravoure et la générosité du jeune défunt.

Lorsque le chant fut terminé, Hécube appela la jeune femme et lui offrit un anneau d'or. Hélène, se tenant discrètement à l'écart, vint s'asseoir près de Cassandre.

— Si tu ne souhaites pas être vue à mes côtés, lui dit-elle d'une voix lasse, je m'en irai. Hélas, j'ai désormais l'impression de n'être plus nulle part à ma place.

Son visage était tiré et pâle. Depuis la mort de ses fils, elle avait beaucoup maigri et son opulente chevelure semblait s'être imperceptiblement piquetée d'une légère pluie d'argent.

— Non, reste, murmura Cassandre. Tu sais bien que je serai toujours ton amie.

— Tu sais, poursuivit à voix basse l'épouse de Pâris, mon offre était sincère : j'irai trouver Ménélas. Il me tuera sans doute, mais peut-être aurai-je la chance de voir l'unique fille qui me reste avant de rendre l'âme. Pâris est persuadé que nous aurons d'autres enfants. Je le croyais aussi, mais maintenant je sais qu'il est trop tard. Son fils ne lui succédera jamais sur le trône de Troie.

Hélène leva sur la princesse un regard qui fit mal à Cassandre. La fille de Priam hocha la tête, réalisant aussitôt qu'elle paraissait ainsi approuver son départ.

Depuis longtemps pourtant, elle était persuadée qu'il était aussi absurde qu'insensé de vouloir accuser Hélène des malheurs de Troie. S'il fallait des coupables, il ne pouvait s'agir que des Immortels, ou bien des forces mystérieuses qui les inclinaient tous à fomenter sa perte.

— C'est étrange, fit Hélène, pensive, l'idée que les gens se font ou veulent se faire de la mort... Pâris, par exemple, essaie de se persuader que les Dieux, considérant la mort de nos enfants comme une sorte de sacrifice en leur honneur, daigneront nous épargner.

— Si un Dieu était capable d'accepter que des innocents expient les fautes des coupables, jamais je ne pourrais le respecter. Pourtant, il est vrai que beaucoup d'entre nous croient aux vertus du sacrifice expiatoire des innocents. Agamemnon n'a-t-il pas lui-même sacrifié sa propre fille Iphigénie sur l'autel de la Vierge pour obtenir que se lèvent des vents favorables à sa flotte ?

— Tu dis vrai, approuva doucement Hélène. Même si Agamemnon refuse depuis lors de l'admettre, osant prétendre que Clytemnestre, ma sœur, est seule responsable, ayant offert la mort de sa fille à sa propre Déesse.

C'est alors que l'entrée soudaine d'Andromaque dans la chambre funéraire vint brutalement troubler son atmosphère de prière et de recueillement. Brandissant une torche à bout de bras, dont les longues flammes, attisées par l'appel d'air de la galerie se courbaient follement, la femme d'Hector s'avançait dans la pièce, tel un fantôme surgi d'un autre monde. Sa chevelure noire, son péplos et sa cape dégoulinant de pluie, elle chantait à mi-voix, les yeux presque fermés, un chant de désespoir et de mort. S'interrompant tout à coup et se penchant sur le corps parfumé du jeune Troïlus, elle déposa sur son front un baiser, murmurant distinctement du bout des lèvres :

— Adieu, mon frère, adieu ! Tu vas rejoindre le royaume des morts avant le plus grand des héros, pour témoigner devant les Dieux de sa honte éternelle.

Cassandre se leva et vint vivement à elle :

— Il n'y a point d'humiliation pour Hector, lui dit-elle doucement. Seul Achille porte en lui-même tout le poids de la honte.

A ces mots, confiant sa torche à l'une des femmes qui l'entouraient, Andromaque se jeta dans les bras de Cassandre, les larmes de nouveau ruisselant sur ses joues.

— Merci, ma sœur, souffla-t-elle. Tu as été la première à me conter la beauté et la bravoure de ton frère, la première à prendre mon fils dans tes bras. A jamais tu resteras mon amie la plus chère.

Puis, se tournant vers Hécube, elle ajouta :

— Tu as beaucoup de chance, Mère, d'avoir ici un fils à veiller. Mon époux, lui, gît dans la boue, privé de sépulture et d'honneurs funèbres.

— Il n'est point privé de nos pensées, de nos pleurs, répondit Cassandre avec ardeur. En ce palais, nous pleurons tous ton époux. Il entend tes lamentations, il voit tes larmes, même si sa dépouille repose provisoirement derrière le char d'un insensé...

Cassandre s'arrêta. Elle avait voulu consoler Andromaque, mais se demandait soudain si ses paroles de compassion ne risquaient pas plutôt d'avoir l'effet inverse. Mais, à peine achevait-elle de s'interroger, qu'Andromaque, découvrant avec rage Hélène dans l'assistance, déversait subitement sur elle le flot de sa folle douleur :

— Toi ici ! siffla-t-elle, le visage déformé par la haine. Feindrais-tu également de pleurer ?

— Les Dieux savent que ma douleur n'est point feinte,

répondit placidement Hélène. Mais si tu le souhaites, je vais me retirer. Tu es en droit de l'exiger.

— Andromaque... supplia Cassandre. Je t'en prie, ne parle pas ainsi ! Toutes deux, vous êtes venues à Troie en étrangères, toutes deux y avez trouvé un foyer chaleureux. Toi, tu as perdu ton époux, et Hélène a perdu ses fils, de la main des Dieux. Au lieu de vous déchirer, je vous en prie, pleurez ensemble ! Vous êtes mes sœurs très chères et je vous aime pareillement toutes deux.

Elle enlaça d'un bras tendrement Andromaque, et de sa main libre, fit approcher Hélène.

Au prix d'un effort suprême pour se reprendre et retrouver sa dignité, Andromaque, voulant de toutes ses forces faire taire en elle tout sentiment de haine et de rancune, sécha ses larmes, s'efforça bravement d'esquisser un sourire malgré son désarroi.

— Tu as raison, Cassandre, murmura-t-elle enfin. Que pouvons-nous contre la volonté des Dieux ? Ma sœur, nous sommes toutes deux victimes de la guerre. Jamais la Déesse Eternelle ne permettra que la folie des hommes nous sépare...

Brisées par l'émotion, les deux femmes tombèrent dans les bras l'une de l'autre, Hécube, sanglotant, venant se joindre à elles.

— Tant des nôtres nous ont quittés ! gémit-elle, au comble de la détresse. Tes chers enfants, Hélène ! Les miens, Troïlus et Hector... Où se trouve Astyanax, le dernier de mes petits-enfants ?

— Ce n'est pas le dernier, Mère, voulut la consoler Cassandre. Créuse et ses enfants sont désormais en Crète, à l'abri de la folie d'Achille et de la cruauté des Grecs.

— Astyanax est désormais trop grand pour vivre avec les femmes, déplora Andromaque. Je ne peux plus le garder près de moi et retrouver sur son visage les traits si chers de mon époux bien-aimé.

— Lorsque j'ai perdu mes fils, fit Hélène d'une voix tremblante, les hommes m'ont confié Nikos, dont la douleur était extrême. Si tu le veux, je vais aller chercher ton fils pour adoucir ta peine.

— Que les Dieux te bénissent ! balbutia Andromaque, touchée par cette délicate attention.

— Laisse-moi te reconduire à tes appartements, intervint à son tour Cassandre. Astyanax n'a pas sa place ici parmi l'affliction des adultes.

— Tu dis vrai, approuva Hélène. Je vais l'amener chez elle. Chère Andromaque, je t'en supplie, accroche-toi au plus beau des présents de la vie qui te reste, la présence de ton fils.

Plusieurs femmes épuisées se retirèrent avec elles. Hécube et Polyxène, elles, parées de leurs robes de prêtresses, demeurèrent, continuant à veiller la dépouille mortelle jusqu'à l'heure où les hommes viendraient la prendre pour l'emporter vers le bûcher.

Quand Astyanax, suivi de Nikos, les yeux rouges, apparut dans l'appartement de sa mère, il se jeta tendrement dans ses bras.

— Ne pleure pas, maman, bredouilla-t-il, avec une gravité déchirante. On m'a dit qu'il ne le fallait pas, que mon père était un héros. Fais comme moi, Mère, retiens tes larmes !

— Astyanax, dit tout émue Hélène, tu as raison. Aide ta mère à sécher ses pleurs, puisque ton père n'est plus là pour le faire.

Mais, en dépit de toutes ses résolutions, Andromaque éclata de nouveau en sanglots. Hélène et Cassandre la soutenant, raccompagnèrent la veuve infortunée dans sa chambre, la couchèrent, firent étendre son fils à ses côtés.

Comme elles s'apprêtaient à se retirer sur la pointe des pieds, Hélène interpella avec douceur son fils :

— Nikos, cette nuit, tu dormiras avec moi dans ma chambre.

Mais l'enfant lui échappa d'un bond.

— Non, je ne suis plus un bébé, Mère ! s'exclama-t-il, fier comme un petit coq. Les hommes m'attendent Il faut que j'aille les rejoindre !

Hélène n'insista pas et sourit faiblement malgré elle. Bien sûr, elle aurait bien aimé cette nuit-là serrer contre son cœur son enfant. Mais l'affront pour lui eût été trop pénible. Mieux valait donc, après de si cruelles épreuves, lui épargner toute peine inutile.

— Comme tu voudras, se contenta-t-elle de lui dire simplement, mais avant de partir, embrasse-moi tout de même.

Sans demander son reste, le garçonnet s'exécuta rapidement et quitta la pièce en courant.

— Pâris ne l'a pas mieux élevé que Ménélas, confia-t-elle tristement à Cassandre. Quel dommage de voir les hommes s'entêter à façonner leurs fils à leur image ! Grâce aux Dieux, Astyanax, lui n'éprouve pas encore de honte à rester avec sa mère...

Rêveuse, elle demeura un instant à contempler la pluie torrentielle qui crépitait sur les dalles de la cour, puis tout à coup s'écria :

— Cassandre ! Si les Grecs s'emparent de Troie, qu'adviendra-t-il de mon fils ? Crois-tu que les Troyens seraient capables d'en venir à n'importe quelle extrémité pour empêcher Ménélas de le reprendre !

— Hélène ! Comment peux-tu imaginer une chose pareille ? fit Cassandre, scandalisée.

— Non, je ne sais, je ne peux vraiment le croire, mais...

— Hélène, si telle est ta pensée, sans doute vaut-il mieux que tu coures sans attendre placer ton fils sous la protection de ton premier mari. Il serait d'ailleurs certainement heureux de vous accueillir tous deux...

— Ah ! Cassandre, je ne sais plus !... Je croyais que Nikos serait heureux à Troie, que Pâris se montrerait bien meilleur père que Ménélas. Il l'a été un temps, mais à présent on dirait qu'il hait Nikos, qu'il lui en veut d'être toujours en vie après la mort de ses fils.

Désemparée, Hélène vint se blottir dans les bras de Cassandre.

— Tu souhaites donc partir ?

— Non, je ne puis me résoudre à quitter mon Pâris. Il me semble que les Dieux m'ordonnent de rester à Troie jusqu'au bout. Pâris ne m'aime plus, mais je ne peux...

La reine de Sparte poussa un long soupir, puis leva les yeux sur son amie, s'inquiétant de la voir si lasse.

— Toi-même, tu parais harassée, lui dit-elle. Tu devrais aller dormir un peu, Cassandre, avant de retourner veiller le jeune mort.

— Je n'y retournerai pas. Ma mère, je crois, ne le désire pas. Je vais rentrer au temple d'Apollon.

— Sous cette pluie battante ? Viens donc plutôt avec moi partager ma couche. A cette heure, Pâris ne viendra plus. Les hommes délibèrent sans fin de leur côté.

— Je te remercie, ma sœur, mais je ne crains pas la pluie. Cette nuit, au contraire, elle me fera du bien.

Jetant sa cape sur ses épaules, Cassandre en rabattit la capuche sur son front, et embrassa Hélène.

— Andromaque, je te le jure, ne pensait pas sincèrement tout ce qu'elle t'a dit, murmura-t-elle encore.

— Je le sais. A sa place, j'aurais agi de même. Andromaque, je le comprends, est effondrée : que va-t-elle d'ailleurs devenir ? Que va devenir Astyanax ? Pâris a déjà décidé de l'écarter pour succéder lui-même à Priam sur le trône. Si la guerre finalement devait tourner à notre avantage...

— Hélas, il n'y faut pas songer, la coupa Cassandre. Cependant, rassure-toi, Hélène. Ménélas ne s'est pas battu tant d'années dans le seul désir de te châtier. Allons, il semble que la pluie se calme un peu. Je pars. Peut-être parviendrai-je au temple avant qu'elle ne reprenne.

Les deux femmes s'embrassèrent une dernière fois et Cassandre fut happée par la nuit.

Au moment où elle parvenait à proximité de la demeure du Dieu Soleil, un pas léger résonna derrière elle dans la ruelle détrempée. Instinctivement, elle se retourna et aperçut, à la lueur d'une torche accrochée à la façade d'une maison, la silhouette vacillante de Chryséis, qui marchait quelques pas derrière elle. Malgré l'obscurité, elle remarqua son visage fardé avec excès et sa robe maculée de vin. De quel lit sortait-elle, et pourquoi se donnait-elle la peine de rentrer à une heure si tardive sous une pluie glacée ? A la voir courbée sous la tourmente, on eût dit une chatte en rut après une nuit d'errance, à la différence que les chattes, elles, faisaient leur toilette avant de regagner leur gîte.

Le garde du temple prit une mine éberluée en ouvrant la porte aux deux femmes, mais n'osa pas les questionner. En traversant la petite cour qui menait aux chambres,

Cassandre ralentit volontairement le pas pour attendre la fille du prêtre.

— Il est tard, lui dit-elle, lorsque l'autre l'eut rejointe, le jour ne va pas tarder à venir. Viens chez moi remettre un peu d'ordre dans ta tenue et retirer ton fard.

— C'est inutile, merci. Pourquoi devrais-je me cacher ? Je n'éprouve nulle honte à sortir la nuit.

— Peut-être pourrais-tu songer à ton père ? répliqua Cassandre d'une voix égale. La vision de sa fille dans l'état où tu es serait sûrement pour lui un chagrin inutile.

Chryséis partit d'un petit rire suraigu évoquant le crissement d'un verre brisé.

— Voyons, Cassandre ! railla-t-elle. Après les mois que j'ai passés dans la chambre d'Agamemnon, il doit avoir des doutes sur ma virginité !... D'ailleurs, pourquoi me soucierais-je de l'épargner ? J'étais très heureuse chez les Grecs et n'ai en rien souhaité qu'il intervienne pour me reprendre.

— Chryséis, tu parles sans réfléchir, insista doucement Cassandre, toujours sans élever le ton. As-tu seulement songé à la douleur d'un père sachant sa fille dans ta situation ?

— Je viens de te dire à l'instant que j'étais heureuse loin de lui. Que pouvait-il souhaiter de plus ?

— Chryséis... soupira Cassandre, se demandant si la jeune femme avait du cœur. N'as-tu donc aucune honte de t'exhiber ainsi devant tous les hommes de Troie, après avoir été la maîtresse d'Agamemnon ?

— Mais pourquoi devrais-je me sentir plus fautive qu'Andromaque qui appartenait à Hector, qu'Hélène qui s'est volontairement donnée à Pâris ? Si la ville tombe demain aux mains des Grecs, poursuivit-elle avec un air de défi, chacune d'entre nous deviendra, qu'elle le veuille ou non, la propriété exclusive d'un nouveau maître. Pendant qu'il est encore temps, je préfère donc, Cassandre, m'offrir aux hommes de mon choix. Libre à toi, si tu veux, de continuer à préserver jalousement ta virginité, quitte à l'abandonner bientôt au barbare cruel qui te la ravira de force !

Prise de court par le réalisme cynique de ses arguments, hélas non sans fondements, Cassandre, songeant qu'elle ne pouvait pas même la blâmer entièrement, renonça brusquement à la convaincre. Elle la quitta donc sans ajouter un mot, se contentant, avant de lui tourner le dos, d'esquisser à son intention un vague signe d'adieu.

Dans sa chambre, Ambre dormait d'un sommeil profond. L'ayant tendrement embrassée, Cassandre s'endormit bientôt elle-même, vaincue par la fatigue et les émotions. Dans le monde où elle pénétrait, la pluie et la tempête n'existaient pas. Tout n'était que silence et transparente beauté. Sans effort, elle glissa sur la plaine baignée de lune, dépassa les portes de la cité et l'inquiétante palissade de bois qui longeait le rivage.

Sous les rayons irréels de l'astre, s'étirait l'ombre aiguë et noire d'un veilleur qui somnolait adossé à l'entrée du camp grec. Pâris n'avait pas tort d'avoir pensé à une attaque nocturne bien que la pluie diluvienne qui tombait cette nuit-là dans le monde réel eût sans doute mieux protégé les Grecs que toutes les sentinelles de la terre. Sa présence immatérielle ne pouvant éveiller personne, Cassandre aperçut tout de suite la forme trapue du char d'Achille et, gisant à côté, la silhouette indécise du cadavre d'Hector. Heureux cet autre monde où la dépouille de son frère n'était point battue par la pluie et le vent ! Son visage flottant tout près du visage du mort, les yeux d'Hector s'ouvrirent bientôt. Il souriait.

— Est-ce toi, petite sœur ? dit-il doucement.

— Hector... Hector... bredouilla-t-elle, tu n'as pas mal ?

— Non, je ne sens plus rien.

Il marqua une pause, fit mine de réfléchir.

— Je suis bien, bien mieux que je ne l'espérais. Toutes douleurs ont disparu. Je sais que je suis mort. Je me rappelle seulement avoir été blessé... Puis je me suis réveillé, et Patrocle s'est approché de moi pour m'aider à me relever. Il est resté quelques instants près de moi, puis m'a dit qu'il devait retourner auprès d'Achille. Alors il est parti. Ce soir, j'ai été au palais de Priam, mon père, mais Andromaque ne m'a pas vu. J'ai essayé de lui parler, à Mère aussi, mais personne ne m'a entendu.

— Lorsque tu vivais, Hector, t'arrivait-il d'entendre parler les morts ?

— Non, Cassandre, non. Il est vrai que jamais personne ne m'a appris à me tenir à leur écoute.

— Voilà pourquoi personne n'a pu t'entendre ce soir. Mon frère, que puis-je faire pour toi ? Peut-être des sacrifices...

— Non. En quoi me seraient-ils utiles ? Dis plutôt, je t'en prie, à Andromaque de sécher ses larmes. C'est horrible de la voir souffrir et de ne pouvoir rien faire. Oui, dis-lui de ne surtout plus pleurer. Dis-lui aussi, si tu peux, que bientôt je reviendrai prendre Astyanax. J'aurais voulu qu'il restât auprès d'elle, mais je sens, je vois...

— Que vois-tu ?

— Ah, je ne sais plus, tout se trouble... Ce que je sais, ce que je sens, c'est que mon fils me rejoindra bientôt. Ensuite, viendront notre père et Pâris... Pas Andromaque. Elle restera encore longtemps là-bas...

Il s'approcha d'elle et Cassandre sentit ses lèvres lui effleurer le front.

— Petite sœur, je dois maintenant te dire adieu, murmura-t-il. Sois sans crainte : de terribles épreuves attendent la cité de nos pères, mais toi, j'en suis sûr, tu survivras...

— Et Troie ?

— Troie ! Elle n'est déjà que cendres. Regarde, dit-il lui montrant les collines d'Ilion.

Horrifiée, Cassandre vit alors devant elle un gigantesque amas de ruines qui se consumait lentement léché encore par des flammes immenses, là où se dressait naguère l'orgueilleuse citadelle.

— Mais, Hector, ce silence... Comment ai-je pu ne rien entendre ?

— Ici, le temps est immobile, expliqua Hector d'une voix monocorde. Ce qui a été, ce qui est, ce qui sera ne font qu'un. J'ai moi aussi un peu de mal à comprendre... Tu vois, j'étais tout à l'heure dans le palais de Père, j'ai vu des hommes festoyer, et maintenant la ville achève de se consumer... Regarde, je vois aussi Apollon et Poséidon... Ils se battent au-dessus de la forteresse.

Il tendit le bras, et Cassandre tourna la tête. Au-dessus des vestiges des remparts de la ville, s'affrontaient en effet deux formes titanesques, enjambant les nuées et entourées d'éclairs.

— Et Troïlus ? cria presque Cassandre.

— Il est resté un moment avec moi... Puis il a couru aussi vers le palais, pour tenter d'apaiser notre mère... Sans doute, comme moi, n'a-t-il pu y parvenir... Cassandre, une fois encore, tâche de lui dire...

— Je te le promets mais je doute qu'elle veuille m'écouter, mon frère. Pour la paix cependant de ton esprit et du sien, je puis...

Elle s'interrompit un instant.

— Mais j'y songe... J'étais venue surtout pour tenter de fléchir Achille, pour lui demander qu'il nous restitue ta dépouille. Peut-être auras-tu toi-même plus de poids près de lui ?

— Crois-tu qu'il tienne compte des suppliques des morts ? Il a déjà fauché tant de vies qu'il doit être entouré d'une cohorte d'ombres. Mais j'essaierai, si tu le veux... Pars maintenant, ma sœur, pars vite, retourne de l'autre côté du mur qui nous sépare désormais, dis bien à nos parents qu'il est inutile de pleurer notre sort. Bientôt, très bientôt, nous serons de nouveau réunis. N'oublie pas non plus de prévenir Andromaque que je suis prêt à accueillir notre fils. Dis-lui qu'il vaut mieux mourir que vivre les jours atroces qui guettent notre cité.

Lentement, Hector, alors, se détourna de la princesse troyenne, et se dirigea vers la tente d'Achille. Puis, il s'arrêta, jeta un ultime regard à sa sœur, immobile, présent et à la fois étrangement lointain.

— Ne me suis pas, petite sœur. Ici, nos chemins se séparent. Peut-être nous reverrons-nous un jour, peut-être pourrons-nous encore nous comprendre davantage.

— Je ne viendrai donc pas te rejoindre en compagnie de Mère et de Père ? interrogea-t-elle d'une voix étranglée.

— Non. Tu sers d'autres Dieux, Cassandre. Nos routes se séparent ici même, pour longtemps, peut-être pour toujours. Puissent les Dieux t'être à jamais favorables !

Revenant une dernière fois vers elle, comme poussé par une force dont il ne pouvait être maître, Hector étreignit sa sœur avec une violence qui la surprit. N'était-il donc pas devenu simplement un fantôme ? Et son cœur ? Battait-il encore comme jadis dans le monde des vivants ?

X

Au petit matin seulement la pluie cessa, cédant la place à de violentes rafales de vent. Plongée dans un sommeil agité, Cassandre crut, en rêve, à plusieurs reprises suivre encore l'ombre d'Hector dans la tente d'Achille. Là, le héros grec se levait en sursaut, tremblant et fasciné par l'apparition qui se riait de lui. Elle visitait ensuite la chambre d'Agamemnon. Ivre de haine, il tentait de s'emparer d'elle, mais au dernier moment ne parvenait à la saisir.

Lorsqu'enfin elle s'éveilla, Ambre était penchée sur elle et la contemplait d'un œil étonné. Avait-elle parlé ou crié pendant son sommeil ? Elle embrassa l'enfant, se leva, poussa les volets de bois, laissant un éclatant soleil envahir sa chambre. S'habillant à la hâte, tout imprégnée des rêves de l'autre monde, elle tenta de se rappeler, avec précision, les émouvants messages qu'Hector lui avait confiés. Comme elle achevait de nouer sa ceinture de soie, Phyllide entra dans la pièce en courant.

— Cassandre ! s'écria-t-elle, à bout de souffle. Viens ! Viens vite ! Les serpents...

— Un peu plus tard, répondit Cassandre. Je dois auparavant m'acquitter d'une promesse sacrée.

— C'est impossible...

— Qu'y a-t-il donc ? Se sont-ils enfuis ? Sont-ils tous terrés au fond de leurs paniers ? s'inquiéta Cassandre, craignant tout à coup l'imminence d'un nouveau séisme.

— Non, mais...

— Dans ce cas, rien ne presse à ce point. Un devoir impératif m'appelle, Phyllide. Prends Ambre avec toi, habille-la et donne-lui à manger, s'il te plaît. Je reviendrai m'occuper d'elle dès que je le pourrai !

Ne donnant pas à la jeune femme le temps de répliquer,

Cassandre sortit en courant de sa chambre et quitta tout aussi précipitamment le temple.

Dans la rue, cependant, elle s'arrêta un instant pour embrasser la plaine du regard. Comme la veille, Achille avait repris sa course folle, traînant toujours derrière son char lancé au grand galop le corps disloqué de son frère. Mais ce matin, le don de voyance de Cassandre lui permettait de voir plus loin, au-delà de la scène qui se déroulait devant elle. L'ombre resplendissante d'Hector, planant au-dessus de l'attelage insensé, se riait de la folie du héros grec, avec une sérénité si communicative qu'elle eut presque envie de rire avec lui. Ce fut donc le visage souriant qu'elle rejoignit ses parents figés, tels des statues, tout en haut des remparts.

Hécube, les yeux rougis, lui jeta un regard glacial.

— Comment peux-tu sourire en de telles circonstances ? s'indigna-t-elle.

— Mère, regarde : à l'ombre du mur grec, Hector se rit d'Achille.

Dédaignant ce qu'elle interprétait comme la manifestation d'un dérangement mental chez sa fille, la reine détourna le regard vers la plaine en haussant les épaules.

Mais Cassandre lui saisit le bras.

— Mère, insista-t-elle, je ne dis que la vérité. Cette nuit, dans l'autre monde j'ai parlé à Hector et je te jure qu'il n'éprouve aucune souffrance.

— Tu divagues mon enfant, fit doucement Hécube.

— Non, Mère. Je l'ai vu comme je te vois en cet instant, je l'ai même touché...

— Comme j'aimerais pouvoir te croire, balbutia Hécube, les yeux brouillés de larmes.

— Tu dois me croire, je t'en supplie ! Hector m'a fait promettre de te dire qu'il ne vous fallait surtout pas pleurer...

— Cette nuit, peut-être je l'aurais presque pu. Curieusement, à plusieurs reprises, il m'a semblé entendre la voix de Troïlus...

— Mère, tu l'as entendue ! s'enflamma Cassandre, pleine d'espoir, Hector m'a dit que Troïlus était revenu près de vous pour tenter de vous parler, d'apaiser votre peine !

— Au lever du soleil, Polyxène et moi étions si épuisées par notre longue veillée, que nous sommes sorties un instant dans la cour. J'ai cru alors sentir les lèvres de mon enfant effleurer ma tempe, comme il le faisait souvent de son vivant. C'était si bon, si doux... Ah, c'est affreux, ma fille !...

Voyant la reine toute retournée, Cassandre la serra contre elle.

— Il est venu, Mère, tout près de toi, murmura-t-elle. Je puis t'en faire le serment.

— Et Hector ? Tu crois aussi qu'il est serein ? Comment est-ce possible puisque son corps n'a pas encore reçu de sépulture ?

— Je ne sais, mais je l'ai vu en paix et n'éprouvant plus aucune douleur.

— C'est impossible ! Comment croire que son âme est délivrée de toute peine tant que nous aurons sous les yeux le spectacle de sa dépouille profanée ?

A nouveau, la reine éclata en sanglots. Du coin de son voile, Cassandre s'efforça de sécher ses larmes.

— Mère, je t'en prie. Tu vas briser le cœur d'Hector s'il te voit pleurer en dépit de toutes ses prières. Quoi qu'il fasse, Achille ne l'atteindra plus jamais. Même s'il a décidé de réduire son corps en lambeaux pour le jeter en pâture aux bêtes, l'âme d'Hector, invulnérable, n'en souffrira plus désormais.

— Comment peux-tu me dire et croire chose pareille, ma fille ? s'indigna malgré elle Hécube, accablée de douleur.

— Je te dis ce que j'ai vu, je te dis ce que je crois, répliqua Cassandre soudain exaspérée. Devant le Dieu Soleil, j'ai fait vœu de dire toujours la vérité. A ceux qui ne veulent point l'entendre, je puis seulement répondre qu'il m'est interdit de me taire.

— Quelle que soit cette vérité, Cassandre, reprit Hécube, tentant de se reprendre, je t'en prie, épargne Andromaque, et garde-toi de l'affliger plus encore.

— Mère, qu'y a-t-il ? demanda Andromaque, apparaissant justement, toute pâle, en haut des marches qui menaient aux remparts.

Cassandre ayant hésité un instant répondit à la place de la reine.

— Je disais simplement à ma mère, dit-elle avec douceur, qu'au cours d'une vision, cette nuit, j'ai parlé à Hector. Il m'a chargée de te dire que son âme était en paix, en dépit de toutes les infamies qu'Achille infligeait à son corps. C'est pourquoi il m'a suppliée de te demander de sécher tes pleurs. Il m'a dit aussi...

Ne sachant comment faire pour lui apprendre avec ménagements que son fils lui aussi, allait bientôt mourir, Cassandre fit mine de vouloir se souvenir avec exactitude des paroles d'Hector.

— Il m'a dit... reprit-elle lentement — évitant de lui annoncer qu'il reviendrait, selon ses propres termes prendre Astyanax — qu'il resterait près de son fils pour veiller sur lui.

— Que peut faire mon malheureux époux maintenant qu'il nous a quittés ? soupira douloureusement Andromaque.

— Il souhaite par-dessus tout que vous ne pleuriez plus, plaida avec ferveur la princesse. Il n'a cessé de répéter lui-même qu'il était désormais en paix.

— Tous les prophètes répètent la même chose, rétorqua amèrement Andromaque. Ah, Cassandre, toi qui prétends voir au-delà de la mort, comme je voudrais te croire !

Détournant son regard, la veuve d'Hector ne put alors s'empêcher de contempler à nouveau la plaine.

Dans un tourbillon de poussière, le manège macabre se poursuivait lamentablement. Par deux fois dans la journée, Pâris lança ses troupes à l'assaut du char, par deux fois elles furent repoussées. Pire ! Trois fils naturels de Priam périrent au cours des affrontements. Il fallut donc se rendre à l'évidence : le char d'Achille était invulnérable.

— Que cessent les attaques ! ordonna Priam après la troisième sortie. C'est inutile. Le soleil se couche déjà. La nuit venue, j'irai moi-même trouver Achille pour lui proposer une rançon.

Pour Cassandre, la démarche ne servait plus à rien. Pourquoi donc ses parents se refusaient-ils à admettre l'évidence, à ne pas croire que l'âme d'Hector était maintenant séparée de son corps ? Insister une nouvelle fois auprès d'eux était vain. Elle se tut donc et attendit le soir.

A l'heure dite, Priam se para de ses plus beaux atours.

— Père, tu as peut-être tort, fit observer Pâris. En allant trouver ce fou dans l'humble habit d'un suppliant, tu flatterais sans doute davantage sa vanité.

— Non ! objecta Andromaque. A défaut de l'honneur qui lui est étranger, la vision d'une somptueuse parure peut éveiller au contraire sa cupidité.

— Ce qui est important, admit Pâris, c'est de trouver le meilleur moyen de le flatter, de le persuader pour lui arracher la dépouille d'Hector.

— Je pense que Pâris a raison, déclara finalement Priam en déchirant son splendide manteau. J'irai dans la tenue des suppliants. Qu'on m'apporte la plus simple de mes tuniques ! Par surcroît, je ne veux avec moi aucune escorte.

— Non ! s'écria Hécube se jetant aux pieds de son époux. Ce monstre n'a que trop prouvé qu'il ne respecte rien ni personne ! Si tu vas seul à lui, il te tuera et traitera ta dépouille comme celle de notre fils ! N'y va pas seul, je t'en supplie !

— Ne t'inquiète pas, ma reine. Si nécessaire, j'irai d'abord trouver Ulysse. Achille le respecte et n'osera jamais m'offenser en sa présence. Si au contraire je me présentais devant lui avec des hommes en armes, il penserait aussitôt que je suis venu le défier en combat singulier. Non, ne crains rien, j'irai seul et tout se passera bien.

— Non, c'est moi qui dois y aller ! intervint calmement Andromaque sortant de son silence. Oui, laissez-moi aller trouver Achille. Opposer un refus à la veuve et au fils d'Hector lui sera plus difficile.

— Voyons, mon enfant... commença Priam.

— Mon petit-fils ne peut approcher ce monstre... renchérit Hécube, indignée.

— Pourquoi le roi n'irait-il pas exposer sa requête accompagné d'un prêtre ? suggéra à son tour Hélène. Achille craint les Dieux...

— Mieux ! approuva Priam, aussitôt. Je partirai suivi

de deux prêtresses, Cassandre et Polyxène. Toutes deux servent les Immortels. En leur présence, jamais Achille n'osera commettre la moindre indignité.

Un silence profond s'abattit sur toute l'assistance. Lentement, le roi alors, se tourna vers sa fille.

— Cassandre, ne redoutes-tu point d'accompagner ton père jusqu'à la tente d'Achille ?

— Non, Père, répondit-elle sans hésiter. Si tu le souhaites même, je viendrai avec toi armée. N'ai-je pas été élevée en guerrière ?

— Il ne faut pas ! lança vivement Polyxène de sa voix enfantine. Non, ma sœur, pas d'armes ! Nous irons nu-pieds, les cheveux déliés, et implorerons à genoux la clémence d'Achille pour flatter sa vanité. Cours revêtir un péplos blanc et dénoue tes tresses. Mieux encore, coupe-les en signe de deuil.

Saisissant alors par surprise la dague que Pâris portait à son côté, elle trancha d'un seul coup ses longues nattes aux reflets roux, et avant que quiconque n'ait eu le temps de réagir, fit de même avec la chevelure de sa sœur.

Eberluée, Cassandre contempla un instant sans mot dire les dalles jonchées de boucles et porta instinctivement les mains à sa nuque, songeant amèrement que ce sacrifice était en l'occurrence tout à fait inutile. Mais se gardant bien de le dire, elle laissa Polyxène, s'étant débarrassée de ses bijoux, lui ôter à son tour ses propres boucles d'oreilles et son collier de perles.

Priam les avait imitées ne gardant au doigt qu'une splendide émeraude

— Je la donnerai à Achille, dit-il ; puis il ôta ses sandales comme ses filles.

Une torche à la main, les deux sœurs quittèrent alors lentement le palais devançant leur père et sa suite. Aux portes de la cité, Priam ordonna à tous de s'en retourner.

— Je sais que vous préféreriez ne pas m'abandonner, déclara-t-il tremblant d'émotion, mais il existe des circonstances où la raison doit se soumettre au cœur. Si Achille refuse d'écouter la supplique d'un père éploré et de ses filles, rien ni personne ne pourra le fléchir, pas même la force de toutes nos armes réunies. Regagnez le palais, mes amis, et implorez pour nous l'aide des Dieux !

Un concert de pleurs et de lamentations s'éleva alors dans la famille royale et chez les serviteurs ; mais chacun s'empressa d'obéir avec résignation, laissant les trois suppliants franchir seuls les hautes portes de bronze.

Dans la plaine déserte, le roi et ses deux filles sentirent bientôt, sous leurs pieds nus, la fraîcheur de la terre encore boueuse des pluies abondantes de la veille. A la lueur des torches, à pas lents, ils marchaient maintenant vers le camp ennemi. De temps à autre, un croissant de lune apparaissait timidement entre les nuages noirs qui encombraient le ciel. Frissonnante dans sa légère tunique de lin, Cassandre se demandait si un nouvel orage n'était pas sur le point d'éclater. Elle se disait aussi que leur démarche était inutile, mais il était désormais trop tard pour reculer.

Le cœur serré, elle regarda son père. Il marchait difficilement, les jambes flageolantes. Malgré son émouvante vision de la nuit passée, elle ne pouvait, malgré elle, s'empêcher de maudire son fils d'avoir si légèrement couru au-devant de son trépas, forçant le vieux roi à une démarche si pénible qu'elle risquait à tout instant de lui coûter la vie. Hector !... Son ombre était-elle toujours dans la plaine, retenue par quelque lien mystérieux à la carcasse qui commençait à se décomposer derrière le char de son bourreau ? Pourquoi n'apparaissait-elle pas pour interdire à leur père de s'humilier de si cruelle façon ?

Le cri d'une sentinelle grecque interrompit le cours de ses pensées.

— Qui va là ?

— Je suis Priam, fils de Laomédon, roi de Troie, clama le vieillard s'efforçant d'affermir sa voix. Je souhaite une entrevue avec le prince Achille.

Il y eut dans l'ombre un bref conciliabule. Puis, un homme s'avança, brandissant un flambeau.

— Bienvenue à toi, roi de Troie, déclara-t-il. Où sont tes gardes ?

— Je n'en ai pas. Je viens en simple suppliant, accompagné seulement de mes deux filles, qui sont prêtresses. L'une sert Apollon, l'autre la Déesse Vierge.

— Pourquoi t'accompagnent-elles ?

— Pour soutenir notre père, au cas où ses jambes le trahiraient, répondit Polyxène.

L'homme approcha sa torche du visage de la jeune femme, puis de celui de Cassandre.

— Les chefs grecs me connaissent déjà, dit-elle. J'étais présente lors des négociations pour le retour de Chryséis, la fille du prêtre d'Apollon.

Aussitôt elle se mordit les lèvres, songeant qu'Achille n'apprécierait sûrement pas qu'on lui remît cette affaire en mémoire. Cependant, l'homme n'y prêta pas attention.

— C'est bon, dit-il en abaissant sa torche. Suivez-moi !

Dans la boue striée de traces de char, il montra la voie vers de pâles lumières qui filtraient de la tente d'Achille. Lorsqu'ils y pénétrèrent, une douce chaleur les enveloppa. L'endroit était plutôt calme et rassurant. De lourdes tapisseries multicolores, des fauteuils recouverts de fourrures et une longue table couverte de fruits et de coupes de vin conféraient aux lieux une atmosphère de luxe inattendue. Achille trônait en son centre, comme s'il s'était préparé à l'avance à une audience solennelle. A sa droite, dans la pénombre, gisait la dépouille momifiée de Patrocle, telle que Cassandre l'avait exactement entrevue dans son rêve. A sa gauche, Agamemnon et Ulysse se tenaient immobiles, une coupe à la main.

— Eh bien, noble monarque ! railla Achille avec un sourire méprisant. Que me vaut donc l'honneur de ta visite à une heure si tardive ?

Ne voulant relever l'insulte, Priam s'avança dans la lumière des torches. Puis s'agenouillant gauchement devant le jeune prince, il tendit les mains vers lui en un geste implorant.

— Vaillant Achille, tu connais la raison de ma venue ce soir. Je suis venu te supplier de consentir à respecter les lois les plus sacrées édictées en l'honneur des morts et de leurs funérailles auxquelles ont droit tous les hommes, quels que soient leur rang et leur condition.

Les lèvres du fils de Pelée se plissèrent imperceptiblement, esquissant un léger sourire.

— Noble Achille, reprit fébrilement Priam, ta bravoure, nous le savons, est sans égale. Depuis longtemps nous nous combattons, mais tout au long des années, jamais nous n'avons manqué de vous rendre vos morts, afin que leurs âmes, à l'issue de leurs funérailles, puissent trouver le repos et la paix éternelle.

— Hector m'a défié à tort, articula Achille du bout des lèvres. Jamais il n'aurait dû avoir l'impudence de le faire, car je suis protégé par les Dieux.

Ne sachant que répondre, Priam resta un instant interdit. Puis, usant toujours d'un ton d'habile flatterie, il tenta de nouveau d'apaiser le courroux de son hôte :

— Seigneur Achille, il était du devoir d'un soldat de défier le plus glorieux de ses adversaires. Hector, hélas, a payé de sa vie sa hardiesse. Pour sa veuve, pour son fils, j'implore ta clémence !

— Roi de Troie, c'est impossible. Je ne peux consentir à exaucer tes vœux.

N'osant intervenir, tous, dans la tente, étaient suspendus à ses lèvres.

— Devant les Dieux, poursuivit-il, j'ai juré de venger de la sorte la mort de Patrocle.

Se courbant davantage, Priam alors posa ses vieilles mains tremblantes sur les genoux d'Achille.

— Prince Achille, bredouilla-t-il, tu as un père, toi aussi. En son nom, permets-moi d'implorer ton pardon ! Hector était l'aîné de tous mes fils. Il était la fierté et la joie de mes vieux jours, comme tu dois l'être pour ton père. Quand le vaillant Patrocle est tombé au combat, Hector a aussitôt restitué sa dépouille, en hommage respectueux à son valeureux adversaire. Il est même venu en personne participer aux jeux funèbres, organisés à la mémoire du héros que tu chérissais, et que tous nous admirions, jurant même que lorsqu'ils se retrouveraient tous deux au royaume des morts, ils fraterniseraient au nom d'un idéal commun rapprochant tous les hommes d'honneur. Tous deux étaient de grands héros, et mon fils était sûr qu'une fois terminées les batailles terrestres, ils deviendraient amis dans l'autre monde. Achille, acheva le vieux roi, la voix brisée par l'émotion, tu vas toi-même bientôt ensevelir Patrocle. Ne refuse pas à mon fils, je t'en supplie, le repos éternel auquel ont droit les hommes de courage et d'honneur !

Achille, à l'évocation de son ami disparu, avait détourné le regard vers sa dépouille, les yeux embués de larmes, touché à la seule corde sensible susceptible d'entamer son intransigeance.

— Tu as peut-être raison, roi Priam, murmura-t-il enfin. Oui, peut-être Patrocle pourra-t-il ainsi trouver au royaume d'Hadès un compagnon digne de lui...

Relevant alors le vieillard, il se mit debout lui-même et ordonna d'une voix redevenue ferme et autoritaire :

— Gardes ! Qu'on apporte la dépouille du prince Hector ! Naturellement, poursuivit-il, s'adressant de nouveau au vieillard, il va te falloir verser une rançon. Que me proposes-tu ?

— Toi seul as pouvoir d'en décider, prince Achille, murmura Priam humblement, tout en glissant sa bague d'émeraude au doigt du Grec. En premier gage de ma dette, accepte ce modeste présent.

Achille, toute trace d'émotion disparue de son visage, eut un sourire cruel.

— J'ose espérer en effet qu'Hector vaut beaucoup plus que cette bague. Agamemnon, selon toi, quelle rançon dois-je demander ?

— Un prix élevé ! Le roi de Troie peut te donner tout ce que tu voudras. Sa cité recèle la moitié des richesses de la terre.

— C'est à ta générosité que ton honneur sera mesuré, Achille, intervint alors fermement Ulysse. Ne permets pas à un Troyen de se montrer plus magnanime que toi.

La physionomie grave du roi d'Ithaque se distinguant très mal dans la pénombre, Cassandre songea qu'il préférait sans doute qu'il en fût ainsi, ayant honte d'assister à un tel marchandage. Sans doute la transaction eût-elle d'ailleurs été beaucoup plus aisée par sa seule entremise.

— Tu dissimules bien mal ta sympathie pour les Troyens, Ulysse, maugréa Agamemnon, d'un ton où perçait le reproche. Il a été pour toi difficile, reconnais-le, de te battre à nos côtés.

Interrompant cette querelle stérile et dépassée,

Achille, considérant rêveusement l'émeraude scintillant à son doigt, reprit la parole :

— La moitié des richesses de la terre, roi Priam ? Qu'en ferais-je ? Je ne suis pas aussi avide qu'on le pense. Non, j'exige seulement le poids d'Hector en or. Qu'en dis-tu ?

— Tu l'auras, répondit Priam imperturbable. Je tiendrai ma parole.

Cassandre, derrière son père, ne put s'empêcher de serrer les poings. Jamais, songea-t-elle, dans l'histoire des hommes, une telle rançon n'avait été si abusivement réclamée.

Comme s'il voulait lui aussi protester, Ulysse eut un bref mouvement d'indignation, puis sembla se ressaisir et garda le silence, réalisant sans doute qu'un mot de trop inciterait Achille à reprendre aussitôt sa parole.

— Dès l'aube, sous tes yeux, devant les remparts de Troie, la rançon sera pesée, prince Achille, confirma Priam en courbant la tête pour que le Grec ne pût discerner sa fureur.

Savourant sa victoire, Achille hocha triomphalement la tête. Ainsi, en présence de ses alliés, il était parvenu à humilier profondément le roi de Troie.

— Bois avec moi, roi Priam, pour sceller notre accord ! ordonna-t-il encore, tendant au vieillard une coupe d'or.

Ne pouvant refuser, Priam marmonna quelques mots inintelligibles, ravalant sa rancœur. Puis, se forçant à boire quelques gorgées, il tendit la coupe à Polyxène, qui à son tour la passa à Cassandre.

— Puis-je disposer maintenant du corps de mon fils ? demanda Priam, s'efforçant de garder tout son calme. Sa mère et ses sœurs attendent dans la douleur de l'apprêter pour ses funérailles.

— Non ! Il nous faut d'abord le laver et l'oindre d'huiles et d'épices, répliqua Achille d'un ton glacial. Je te le rendrai demain à l'aube, sous les remparts, une fois la rançon versée.

— Achille, au nom de Zeus, n'abuse pas de ton avantage ! tonna subitement Agamemnon. On ne marchande pas ainsi avec le roi de Troie ! Honore sur-le-champ ta parole !

— Agamemnon, vous me décevez, rétorqua d'une voix suave mais implacable le fils de Pelée, regardant fixement le monarque. Il est de mon devoir de restituer une dépouille présentable.

— La magnanime sollicitude du prince Achille n'a d'égale que son incomparable grandeur d'âme, grinça Cassandre avec une ironie mordante. Père, nous n'avons que trop abusé de sa généreuse hospitalité ! Il nous faut sans attendre prendre congé ! Allons ! A demain donc, à l'aube, prince Achille ! Qu'il en soit selon ta volonté !

Priam, s'appuyant sur le bras de sa fille, sortit tête baissée. Il pleurait en silence. Dans sa tente Achille, lui, exultait, chavirant dans une ivresse proche de la folie.

XI

Rentré dans son palais, Priam demanda à ses gens de rassembler tout l'or qu'ils pourraient. Fébrilement, accompagné de quelques serviteurs, il se rendit ensuite lui-même dans la chambre où s'entassaient pêle-mêle les trésors de Troie, la vaisselle royale, certaines pièces d'armures, tous les bijoux en or, colliers, anneaux, fibules, diadèmes, bracelets appartenant aux femmes du palais. Puis, une fois réunies, toutes ces richesses furent descendues aux portes de la cité.

Priam alors ayant mandé au temple du Dieu Soleil un prêtre capable d'installer une balance sous les remparts, Chrysès se présenta et se mit aussitôt à l'ouvrage. Absorbé par l'installation d'un étrange système de poulies et de poids, il ne vit pas d'abord Cassandre qui l'observait, mais l'ayant enfin remarquée, quand son énorme balance fut prête, il la pria de monter sur l'un des plateaux pour en vérifier la solidité et le bon fonctionnement.

— Prends soin de ne point bouger, l'avisa-t-il d'un ton apparemment indifférent.

Docile, Cassandre s'exécuta et regarda les serviteurs du roi déverser une profusion d'objets d'or dans l'autre plateau, tandis qu'elle sentait lentement s'élever celui sur lequel elle continuait à rester immobile.

— L'or est plus lourd qu'on ne le croit, commenta bientôt Chrysès cherchant à surprendre son regard. Tu vois, nous y sommes. Voici exactement ton poids en or, Cassandre. Ah, si toutes ces richesses m'appartenaient, je te les offrirais de grand cœur !

L'or pesé retiré par les serviteurs, Cassandre put quitter son plateau et redescendre à terre.

Chrysès voulut lui prendre la main.

— Ne recommence pas, mon frère, lui dit-elle avec lassitude. L'heure et les lieux ne se prêtent guère à tes démonstrations.

Chrysès prit aussitôt un air très abattu.

— Tu trouves toujours les mots pour me réduire au désespoir. Ainsi, jamais...

— Je t'en prie ! Si c'est une femme que tu veux, il y en a ici à revendre.

— Tu es la seule à exister pour moi.

— Dans ce cas, envisage de mourir dans la solitude, railla la princesse excédée. Tout l'or de Troie n'y pourrait rien changer.

Le laissant coi, planté les bras ballants devant son énorme balance, Cassandre revint vers les portes de la cité.

A l'horizon, le soleil se levait. Elle monta au sommet des remparts qu'effleuraient déjà ses premiers rayons, puis étendit les bras pour saluer silencieusement l'astre du jour.

— Chante donc l'hymne du matin, la pressa Chrysès, qui l'avait suivie en courant. Tu as une si belle voix ! Hélas, nous n'avons plus que rarement l'occasion de t'entendre au temple...

— Je ne chante que lorsque je suis seule avec le Dieu.

Priam heureusement vint aussitôt la délivrer de l'importun.

— Eh bien, prêtre, lança-t-il à Chrysès, la balance est-elle prête ?

— Elle n'attend que ton bon plaisir, ô mon roi.

— Qui te parle de plaisir, pauvre insensé ? Qui éprouverait du plaisir à donner son or à un monstre ?

Pathétique, le vieillard portait toujours sa tunique de suppliant.

Polyxène vint vivement à lui et lui glissa quelques mots à l'oreille.

— Non ! s'écria-t-il. Cette tunique convient à la douleur. Attendons maintenant le bon vouloir d'Achille. A seule fin de nous humilier davantage, prions les Dieux qu'il ne nous fasse pas languir trop longtemps, ou qu'il ne renonce pas finalement à venir !

— C'est impossible. Il s'est formellement engagé devant témoins, rappela Polyxène. Rassure-toi, Père, il viendra. D'ailleurs, à présent qu'ils n'ont plus à redouter Hector, ils doivent être impatients de reprendre le combat.

En silence, la famille royale entourait maintenant au complet le vieux roi, Hécube et Andromaque ayant pris place à ses côtés.

Eblouie par les rayons obliques du soleil levant, Cassandre scrutait anxieusement l'horizon. Chrysès l'avait rejointe, mais elle n'avait rien dit pour ne pas attirer dans de telles circonstances l'attention des siens.

— On distingue là-bas une grande agitation, souffla-t-il dans son cou. Qu'attendent-ils donc pour venir ?

— Peut-être que mon père épuisé chancelle sous les feux du soleil, répliqua-t-elle sèchement. Auprès d'Achille, Agamemnon se révèle un être plein de noblesse et de bonté.

— Je le connais très peu, reprit Chrysès, mais néanmoins assez pour prier que Troie ne tombe jamais entre ses mains. Maintenant qu'Hector n'est plus, tous nos espoirs reposent sur la détermination et l'énergie de notre vénéré monarque.

— Regardez ! s'écria alors Polyxène, tendant le bras vers la plaine, ils arrivent !

Dans le lointain, en effet, plusieurs silhouettes, encore indistinctes, venaient de franchir la grande palissade de bois. Mais au fur et à mesure qu'elles se rapprochaient, on distinguait maintenant l'éclatante chevelure blonde d'Achille, marchant à la tête d'une petite procession. Derrière lui, huit guerriers portaient une riche litière à tentures brodées, suivis de six chefs grecs en cuirasse, mais manifestement désarmés.

Priam et les siens descendirent le petit escalier à la hâte. Les portes de bronze furent ouvertes, et ils marchèrent au- devant des Grecs. Parvenu à quelques pas du roi, Achille s'inclina devant lui.

— Roi de Troie ! clama-t-il d'une voix forte, voici, comme je te l'avais promis, la dépouille de ton fils.

— La rançon est là, prince Achille, répondit placidement Priam. Auparavant, pourtant, je souhaite m'assurer qu'il s'agit bien d'Hector.

Il s'avança vers la litière, souleva lentement la lourde tenture. Hécube l'avait suivi, accompagnée de Penthésilée, prête à la soutenir. Contre toute attente, la vieille reine ne broncha pas. Gravement elle hocha seulement la tête et déposa un long baiser sur le front livide de son fils.

— La balance est l'œuvre d'un prêtre d'Apollon au grand savoir, annonça Priam. Néanmoins, si tu veux, vérifie par toi-même...

— Inutile, répondit Achille avec une feinte désinvolture ; ces choses ne me concernent guère.

Mais en dépit de son apparente indifférence, il n'en suivit pas moins Chrysès vers les énormes plateaux de bronze.

— En malmenant comme tu l'as fait le corps d'Hector, déclara ce dernier, tu as agi contre ton intérêt, prince Achille. Intact, il aurait pesé davantage.

La remarque du prêtre était pour le moins malvenue. Mais s'apercevant de son état exalté, Achille ne daigna pas même lui répondre.

Priam, lui, avait visiblement pâli.

— Abrégeons, dit-il simplement, pressé maintenant d'en finir.

D'un geste, il fit signe à ses serviteurs de déposer le corps d'Hector sur le premier plateau de la balance. Aussitôt fait, l'or fut lentement versé dans le second. Fasciné, Achille ne quittait pas des yeux l'indécente vision du cadavre soulevé peu à peu à la hauteur de son poids d'or.

Soudain, une force mystérieuse et une subite rafale de vent soufflant des hauteurs de Troie firent trembler la balance et l'ébranlèrent si violemment que le cadavre glissa légèrement sur son support, manquant de peu de s'abattre sur le sol. Dans la plaine, cependant, l'air était resté immobile, presque étouffant, nul chant d'oiseau ne troublant le silence. Cassandre en ressentit un malaise profond. Etait-ce là un ultime avertissement ? Poséidon s'apprêtait-il à frapper de nouveau, mettant fin du même coup au dégradant spectacle qui se déroulait sur la terre, au pied des murailles de la ville ?

La corde cependant qui maintenait le plateau chargé d'or ayant quelques instants oscillé et entraîné la chute de deux coupes et d'une splendide cuirasse, un serviteur de Priam se précipita pour les ramasser.

— C'est trop lourd, fit Priam remplaçant la cuirasse et les coupes par un imposant pendentif.

— Ce n'est plus assez, haleta Achille, regrettant manifestement la cuirasse ciselée.

Polyxène alors s'avança. D'un geste lent, elle ôta ses deux boucles d'oreilles, les jeta d'un geste grave et décidé sur le plateau frémissant. Après quelques mouvements indécis, la balance enfin équilibrée s'immobilisa.

— Voilà, dit-elle d'un ton sec. Prends ton or et va-t'en.

Quittant du regard son butin, Achille posa les yeux sur la jeune femme vibrante.

— Une fille comme toi vaut bien son pesant d'or, grimaça-t-il, le regard brillant. Roi Priam, j'abandonne si tu veux la moitié de ma rançon en échange de cette femme, fût-elle simple concubine à ta cour.

— Tu t'égares, prince Achille, rétorqua aussitôt Polyxène, je suis l'une des filles du roi de Troie. De plus, je suis vouée à la Vierge, ennemie de toute luxure. Contente-toi donc de tenir parole prince, et laisse-nous pleurer notre défunt en paix.

Les mâchoires du Grec se contractèrent.

— Mais qu'à cela ne tienne ! répliqua-t-il d'une voix sifflante, mon offre dans ce cas, est la suivante : Roi Priam, consens-tu à me donner ta fille en mariage en échange d'une trêve de trois jours ? Si tu refuses, nous reprendrons la guerre dès midi.

— Non ! tonna Ulysse, s'avançant vers le prince, non ! Cette fois, c'en est trop ! Si tu ne respectes pas ton serment c'est moi qu'il te faudra affronter à midi ! Nous avons promis aux Troyens une trêve de trois jours, nous honorerons notre parole.

Le regard d'Achille se voila d'un seul coup.

— Soit ! marmonna-t-il entre ses dents. Puisque tous contre moi, vous le voulez, c'est bon... Il fit signe à ses hommes : Vite, qu'on emporte mon or !

Plusieurs soldats s'exécutèrent et, les paniers remplis, toute la délégation grecque fit demi-tour en silence.

Pressée de rejoindre le temple afin de se rendre compte par elle-même du comportement insolite des serpents, Cassandre prit rapidement congé de ses parents, tout absorbés déjà par la préparation des funérailles de leur fils. Elle seule avait apparemment perçu le tout nouvel avertissement des Dieux. D'un pas vif, elle remonta la ruelle qui menait au temple et ne s'aperçut qu'à mi-chemin que Chrysès l'avait suivie.

— Je sais ce qui te préoccupe, princesse, lui glissa-t-il à l'oreille, pénétrant à ses côtés dans le sanctuaire. Le Dieu est en courroux. Moi aussi, je l'ai ressenti.

Cassandre l'observa à la dérobée. L'air hagard, fébrile, il avait, sans nulle doute, absorbé avant l'aube une infusion excitante de pavot.

— Je n'en suis point certaine, répondit-elle pour s'en débarrasser. Peut-être ai-je rêvé...

— Si tu as rêvé, moi aussi j'ai rêvé... insista Chrysès. Ce n'est plus désormais qu'une question de temps... Combien de temps Apollon parviendra-t-il à endiguer la fureur de Poséidon ? J'ai vu les Dieux s'affronter au-dessus de la ville...

— Je sais, fit Cassandre frissonnant au souvenir de ses propres visions. Nul mortel ne peut abattre les remparts de Troie. Mais si Poséidon se déchaîne...

— L'armée grecque déferlera aussitôt par la brèche, compléta le prêtre. Toutes les forces troyennes réunies ne pourront les contenir. Hector est mort et nos ennemis comptent dans leurs rangs au moins trois héros implacables qui écraseront les nôtres...

— Trois ? Achille, certes, mais...

— Tu oublies Agamemnon. A lui seul il peut affronter

et Pâris et Déiphobe. Restent Ulysse et Ajax, tous les deux aussi redoutables que l'était Hector vivant.

— Ne parlons pas des hommes, c'est inutile, soupira Cassandre résignée. Tant que les remparts nous protégeront, nous resterons invulnérables. Mais si les Dieux décident de les abattre, il nous sera impossible d'échapper à la destinée.

— Assister impuissant à la ruine de Troie m'est intolérable. Si encore j'étais un guerrier, je me battrais jusqu'à mon dernier souffle. Hélas, le maniement des armes m'est étranger ! Je serais incapable de me défendre, et encore moins de protéger tous ceux que j'aime. Pars avec moi, Cassandre ! Je ne veux pas que tu meures aux mains de ces barbares !

— Si seulement je n'avais que la mort à redouter !...

— Je vais gagner la Crète à bord du premier vaisseau qui consentira à m'emmener. On m'a dit qu'un navire phénicien, ancré non loin de Troie, s'apprêtait à faire voile vers Cnossos. Fuis avec moi, et tu n'auras plus rien à redouter.

— Plus rien, excepté toi...

— Ne pourras-tu jamais me pardonner un instant de folie ? protesta Chrysès avec véhémence. Je ne veux que ton bien, Cassandre. Si tu le veux, je suis prêt à t'épouser, mais si tu n'y tiens pas, je jure, par tous les Dieux, que je te traiterai en égale, comme une sœur chérie, sans jamais élever la main sur toi.

Cassandre secoua la tête éloquemment. Sur son compte elle savait à quoi s'en tenir.

— Non, Chrysès, abandonne le projet de m'emmener avec toi. Les Dieux en ont décidé autrement. Ils m'ordonnent de demeurer à Troie jusqu'à son dernier jour. J'ignore encore ce qu'ils attendent de moi, mais je sais que le moment venu, je serais avertie.

— Malgré ta détermination et ton courage, tes armes ne serviront à rien le jour où Troie s'effondrera, tenta encore de la convaincre le prêtre. Restes-tu seulement pour soutenir ta mère, tes sœurs quand elles seront prisonnières des Grecs ?

Cassandre lui jeta un regard aigu. Chrysès ressemblait à un être affamé, en déroute, envoûté par des forces qu'elle décelait dans son regard. Elle eut pour lui un sentiment de pitié. Elle ne l'avait jamais aimé mais désormais elle ne lui en voulait même plus.

— Si telle est la tâche que les Immortels me réservent, répondit-elle enfin, je l'assumerai de mon mieux.

— Ainsi, tu me laisses partir seul pour la Crète ? soupira lamentablement le prêtre. Là-bas, il y a des serpents. Tu aurais pu les étudier en paix... J'aurais pu aussi t'emmener en Egypte ; les prêtresses y sont accueillies avec grand respect...

— Chrysès, pourquoi parles-tu de partir seul ? Oublies-tu ta fille Chryséis ? Ici, elle n'a jamais été heureuse. Veux-tu qu'elle retombe aux mains d'Agamemnon ?

— Ce n'est pas Chryséis seule qu'Agamemnon poursuit, mais toutes les femmes qu'il convoite, tu le sais...

Sachant qu'il disait vrai, Cassandre ne put réprimer un frisson.

— Je ne peux échapper au destin, Chrysès, tu n'échapperas pas davantage au tien. Pars donc, va à Cnossos ou en Egypte, et puissent les Dieux te venir en aide où que tu sois !

Levant la main vers lui, elle fit un geste à son adresse.

— Chrysès, ici, pour toujours, nos chemins se séparent.

— Cassandre, supplia-t-il en se jetant à ses genoux, donne-moi un baiser, un seul, le dernier !

Cassandre, se penchant sur son front creusé de rides, exauça son vœu.

— Que la bénédiction du Dieu Soleil t'accompagne, murmura-t-elle. Garde de moi le souvenir d'une amie.

Se détournant de lui, Cassandre quitta le prêtre, sans ajouter un mot.

« La raison l'a abandonné, songea-t-elle, en s'éloignant. Peut-être est-ce mieux ainsi. Lorsque la fatalité s'abattra sur lui, il souffrira moins que les autres, moins que nous tous pour lesquels l'épreuve finale approche d'heure en heure. »

Dans la chambre aux serpents, des prêtresses couraient en tous sens. Bon nombre des reptiles avaient déserté leurs paniers pour se réfugier dans les jardins du temple. En tentant de les saisir, deux ou trois femmes avaient été mordues. Cassandre était consternée : Phyllide l'avait avertie, mais elle ne l'avait pas écoutée à temps. L'augure était terrible.

— Le Dieu Soleil a averti les siens, déclara-t-elle. Ce matin, l'Ebranleur de la Terre a lui aussi brièvement parlé. Mais qu'on ne cède pas à la panique. Nulle menace en tout cas ne pèse sur nos têtes pour aujourd'hui. Ecoutez, mes sœurs, les oiseaux dans le ciel ont tous repris leur chant !

Malgré son discours apaisant, de nombreuses prêtresses montraient les signes d'un grand affolement.

— La mère des serpents n'est pas sortie de son refuge depuis trois jours entiers, annonça Phyllide. Elle refuse toute nourriture. Nous avons déposé non loin d'elle des souris, des lièvres, un pigeon et même du lait de chèvre frais... Rien n'y fait. Que t'en semble, Cassandre ? La Déesse serait-elle irritée contre nous ? Que devons-nous faire pour l'apaiser ?

— Peut-être devrions-nous toutes revêtir nos robes de cérémonie et chanter à sa gloire... Ensuite, nous descendrons ensemble au palais et participerons aux funérailles du prince Hector.

Réconfortées par ces paroles, les prêtresses approuvèrent avec empressement et coururent dans leurs chambres se changer. Restée seule avec Cassandre, Phyllide, désormais très expérimentée dans la science des serpents, s'approcha lentement d'elle.

— Qu'allons-nous faire si la mère des serpents refuse de se nourrir, ma sœur ? s'enquit-elle avec anxiété.

— C'est là, ne nous le cachons pas, le plus sinistre des présages. La mère des serpents appartient à l'ordre animal, et les animaux ne jeûnent jamais sans raison.

En silence, Phyllide approuva en secouant la tête.

— Tout ce que nous pouvons faire, reprit Cassandre, c'est continuer à lui proposer la nourriture qu'elle aime, et prier qu'elle consente à l'absorber.

— Nous n'agirions pas autrement à l'égard d'un Dieu, observa Phyllide avec un sourire désabusé. Cassandre, de plus en plus souvent, j'en viens à douter de la bonté des Immortels...

— Ne blasphème pas, Phyllide, et ne perds pas confiance. Nous n'avons pas le droit, surtout nous... Allons ! Faisons comme nos sœurs, allons nous aussi revêtir nos robes de cérémonie.

— Chère Cassandre, soupira la jeune femme en effleurant la main de la princesse. J'imagine ta peine d'aller participer aux funérailles de ton frère.

— Là où il est, Hector est mieux qu'ici, plus heureux que la plupart des vivants. Non, vois-tu, Phyllide, du fond du cœur je me réjouis maintenant de son sort.

— Allons, ma sœur, allons donc prier et danser en l'honneur d'Hector et de la Déesse Python. Que tous deux en éprouvent grande joie !

La jeune femme s'étant à son tour retirée, Cassandre alla se recueillir devant l'entrée de la grotte artificielle creusée pour le python qu'elle avait rapporté de Colchis.

A genoux elle attendit un instant, afin de s'assurer qu'Apollon ne souhaitait pas lui interdire d'y pénétrer, puis elle se releva, saisit une torche et pénétra prudemment à l'intérieur. Elle savait que l'énorme femelle connaissait son odeur et ne lui ferait aucun mal, mais la lueur du flambeau risquait néanmoins de l'effrayer. Après quelques pas dans la pénombre vacillante, elle reconnut l'inquiétante senteur qui glace depuis toujours le cœur des hommes, et décida de poursuivre son avance.

Courbée à demi sous la voûte, elle contournait maintenant un amoncellement d'immondices dont la présence l'étonna. Les serpents étaient encore plus propres que les chats et prenaient toujours soin de ne pas souiller le beau milieu de leur repaire. Perplexe, elle s'avança donc davantage, aperçut enfin au fond de la caverne l'impressionnante bête vers laquelle elle alla en murmurant à son adresse quelques mots affectueux. Voulant alors effleurer des doigts les écailles luisantes, elle les retira aussitôt, affolée, sentant la peau du python plus froide que le marbre ! Alors, ayant de nouveau étendu la main pour vérifier sa sensation, elle comprit brusquement que la mère des serpents était morte.

« Voilà pourquoi elle ne voulait plus rien prendre, se

dit Cassandre, immobile aux côtés de l'énorme reptile. Cette fois, ce terrible présage en dit plus long que tous les autres. »

La Déesse l'avait abandonnée. Pourrait-elle seulement lui parler un jour comme elle avait pu parler à son frère dans les plaines dormantes de l'au-delà ? Python daignerait-elle encore s'adresser à sa prêtresse ? Comme le sommeil de la mort était paisible et rassurant ! Pourquoi les hommes le craignaient-ils tellement alors que ses mystères éveillaient en elle une fascination grandissante ?

Etant ressortie de la grotte, Cassandre reposa la torche sur son support devant l'entrée, signifiant ainsi qu'il ne fallait en aucun cas troubler le repos du reptile. Vêtue de sa robe de cérémonie, Phyllide l'attendait.

— Alors ? interrogea-t-elle anxieusement. Que se passe-t-il ?

— Tout va bien, répondit Cassandre apparemment tranquille. Elle est en train de muer simplement et doit rester au calme.

Phyllide poussa un grand soupir de soulagement.

— Ne vas-tu point maintenant te changer et mettre tes sandales de cérémonie ? demanda-t-elle soudainement volubile, en considérant la princesse.

— Qu'importe ma tenue aux yeux d'Hector ? L'important est de lui rendre hommage dans la dignité et la ferveur.

Les prêtresses de nouveau réunies au sein du sanctuaire esquissèrent alors en silence, sous la direction de Cassandre, les premiers pas d'une danse ancestrale dont l'origine se perdait dans la nuit des temps. Puis, imperceptiblement d'abord, quelques voix s'élevèrent, bientôt suivies par l'ensemble du chœur des jeunes filles, chants devenant longues lamentations puis ardentes prières à la mémoire de tous les disparus.

Ce prélude à leurs dévotions achevé, Cassandre les entraîna à sa suite en direction du palais. Le premier visage familier qu'elle aperçut dans la grande salle du banquet funéraire fut celui de Penthésilée, la vieille Amazone, la seule à qui elle pouvait confier ses angoisses et son désespoir.

La voyant s'approcher, Penthésilée lui fit signe de venir s'asseoir à ses côtés et l'invita à partager sa coupe.

— Qu'y a-t-il, mon enfant ? s'enquit-elle après que la princesse y eut trempé ses lèvres. Tu sembles abattue... Dois-je comprendre que la mort de ton frère n'est pas l'unique raison de ton accablement ?

Cassandre sentit ses yeux s'emplir de larmes. Pour tous les autres, elle était la prêtresse, celle qui possédait toutes les réponses, qui apaisait les âmes et soulageait les peines, celle qui ne devait éprouver ni doutes ni frayeurs.

— Je regrette de plus en plus souvent de n'avoir pu choisir la vie libre des guerrières, bredouilla-t-elle enfin. Prêtresse, je me pose désormais des questions sur le sens et l'utilité de ma vie.

— Qui peut prétendre choisir vraiment sa destinée, Cassandre ? répondit gravement Penthésilée.

— Pourtant certains parviennent à suivre leurs inclinations et à assumer la mission dont ils se sentent investis ?

— Pour beaucoup, sans doute, la route se trouve déjà tracée avant même leur naissance, dans une vie antérieure...

— Ainsi, tu le crois donc vraiment ?

— Du moins, je m'efforce de le croire, soupira la reine des Amazones, laissant poindre elle aussi son désenchantement. Malgré tout et toujours, il faut savoir tirer le meilleur parti des circonstances. Toi-même, Cassandre, tu ne peux échapper aux grandes lois universelles. Pourquoi en ces instants critiques perdre ton temps à te confier à une vieille femme comme moi ? Je vois Enée là-bas qui cherche désespérément à croiser ton regard. Va à lui ! Il saura te conseiller beaucoup mieux que je ne pourrais le faire.

S'en voulant de céder si vite à la perspicace complicité de son amie, Cassandre dut cependant admettre qu'elle avait une fois de plus raison. Levant les yeux sur celui qu'elle ne parvenait pas à oublier, elle lui rendit son sourire. Aussitôt, Enée se leva, vint à elle et accepta de boire en sa compagnie une coupe de vin aromatisé abondamment coupé d'eau.

— Je n'avais encore jamais vu cette danse, dit-il simplement désignant les danseuses qui tournoyaient dans de longues robes blanches. C'est magnifique. Est-ce une ancienne danse troyenne ?

— Elle est très vieille, en effet, expliqua Cassandre, s'accrochant à cette provisoire diversion, mais je crois plutôt qu'elle vient de Crète. On l'appelle la danse du labyrinthe ; elle représente les anneaux infinis de la Déesse Serpent. On dit qu'elle a été dansée au temple du Dieu Soleil avant même qu'Apollon n'ait anéanti Python.

« Ainsi, pour la seconde fois, le grand serpent vient de perdre la vie, songea-t-elle avec terreur, et Apollon n'a pas même daigné nous envoyer le moindre avertissement... Que signifie tout cela ? La mort d'Hector est-elle à l'origine de ce malheur ? »

Enée la voyant s'assombrir, ne parvint pas à lui cacher son inquiétude. Elle lui sourit timidement, réalisant qu'il était finalement le seul capable encore d'ensoleiller sa vie.

— Allons ensemble nous restaurer un peu, proposa-t-il. Tu n'as encore rien pris. Ton père pourtant n'a pas lésiné en l'honneur d'Hector : il y a même du chevreau et de l'agneau rôti ! Cassandre, ne sois pas triste, je t'en prie, ton frère, j'en suis sûr, t'en voudrait de te voir ainsi. Là où il est, il se réjouit avec nous.

Un peu de joie vint au cœur de Cassandre. Lui au moins pensait comme elle, lui au moins la comprenait ! A la lueur des torches, le cher visage de son amant, rayonnait en la regardant. Lui allait vivre... Lui allait quitter indemne la cité ravagée par les flammes. Tous les autres convives autour d'elle portaient déjà sur leurs visages la pâleur annonciatrice de la mort.

— Je n'ai pas faim, murmura-t-elle tendrement à son oreille.

— Alors, sortons d'ici un instant. Les Dieux savent combien j'aimais Hector, mais s'enivrer et ripailler à sa mémoire avec les autres ne saurait contribuer au repos de son âme. Viens ! Bientôt, personne ne pourra même plus se lever de son siège.

Il l'enlaça doucement, la mena jusqu'au bord de la terrasse. Ensemble, ils contemplèrent quelques instants la nuit, cherchant à percer le voile d'obscurité qui enveloppait tout le camp grec, seules quelques torches scintillant faiblement çà et là, rappelant la présence de l'ennemi.

— Que peuvent-ils faire ? dit Enée à voix basse.

— Je l'ignore, répondit Cassandre d'un même ton. Si au moins mes dons de prophétesse pouvaient m'apprendre leurs desseins ! Peut-être imaginent-ils en ce moment d'édifier un autel à la gloire de Poséidon ? Ils devraient pourtant savoir qu'il est déjà trop tard...

— Leurs devins sont sûrement beaucoup moins sages que toi, souffla Enée en la serrant contre lui. Cassandre, ma vie, je ne pense plus qu'à toi. En ces instants terribles, par la pensée je ne te quitte jamais. Pas une heure du jour, pas une seule minute de la nuit... Je ne veux pas te perdre. J'ai envie de tes bras, de tes yeux, de tes lèvres...

La princesse hésita. Demain viendrait le jour et son cortège annonciateur de malheur. Demain !... Demain, elle aurait bien le temps de penser à la mort, à celle du grand serpent et à la ruine de Troie.

En ces heures dernières, déchirée par l'imminence d'un grand désastre, elle n'en pouvait plus d'attendre, de refuser quelques bribes d'éternité arrachées au bonheur. Alors, se perdant volontairement dans le regard d'Enée penché sur elle, elle lui dit :

— Viens !

Sur le chemin du temple, au-dessus de leur tête, une étoile filante traversa le ciel avec une telle violence qu'elle crut un instant que la terre allait chanceler. Serrant le bras d'Enée, elle se souvint alors du même phénomène observé autrefois à Colchis. Etait-ce là un signe ?

A la douleur aiguë qui lui perça le cœur lorsqu'elle pénétra dans sa chambre, Cassandre, toutefois, comprit que ce qu'elle allait vivre lui arrivait pour la dernière fois.

XII

A la surprise de Cassandre, les Grecs respectèrent la trêve. Mais aucun d'entre eux ne participa aux jeux funèbres. A l'exception d'un seul guerrier anonyme qui remporta le concours de lutte après avoir vaincu Déiphobe. Ayant reçu son prix, il disparut sans même révéler son nom. Le bruit courut alors qu'il s'agissait d'un Immortel déguisé. Mais Pâris affirma l'avoir déjà vu, simple soldat, parmi les troupes d'Achille.

Les Grecs donc, venus en spectateurs, s'étant tout au long des jeux comportés avec la plus grande dignité, on remarqua d'autant plus chez les Troyens les remous provoqués par la victoire de Penthésilée qui remporta haut la main le concours de tir à l'arc, devançant Pâris qui s'était manifestement attribué le prix à l'avance. Ce dernier protesta vigoureusement, mais sans grand succès, beaucoup n'étant pas mécontents de le voir ainsi vaincu par une femme.

Au matin du troisième jour, Cassandre s'éveilla de bonne heure, soulagée d'entendre les trilles joyeux des oiseaux dans les jardins du temple : l'heure du grand séisme n'avait pas encore sonné.

Penthésilée habitant désormais le palais, Cassandre courut la rejoindre et l'aida à revêtir son armure de cuir bardée de plaques de bronze.

— La trêve est terminée, annonça la reine des Amazones, en l'accueillant. Nous allons aujourd'hui jeter toutes nos forces contre Achille. Aussi redoutable soit-il, jamais un seul guerrier ne parviendra à nous abattre toutes.

— Pourquoi ne pas s'en prendre à un autre ? suggéra Cassandre très inquiète. Ménélas, Idoménée ou même Agamemnon eux aussi sont dangereux...

— Si nous tuons Agamemnon ou Ménélas, répondit tranquillement Penthésilée, Achille restera là pour exhorter ses troupes. Sans lui, en revanche, les Grecs ne seront plus qu'une ruche d'abeilles désemparées sans leur reine. Souviens-toi des soldats d'Achille lorsqu'il refusait de combattre : ils n'étaient plus ce qu'ils sont redevenus aujourd'hui.

— Je sais, protesta Cassandre, mais cette guerre n'est pas la tienne ! Ah ! comme j'aurais voulu que toi et les tiennes ne viennent jamais à Troie !

Penthésilée la dévisagea gravement.

— Cassandre, as-tu vu quelque chose ? Parle !

— Non... mais n'y allez pas... put-elle seulement bredouiller. Penthésilée fronça les sourcils davantage.

— Mon enfant ! Qu'est donc devenue la guerrière confiante que j'ai moi-même formée autrefois dans les plaines ? Es-tu devenue une femme comme les autres ? Allons sèche tes larmes et laisse-moi partir !

A contrecœur, Cassandre relâcha son étreinte, refusant toutefois de renoncer à la convaincre.

— Mais Achille est invulnérable ! insista-t-elle avec force. Les Dieux le protègent, et personne ne pourra l'abattre !

— Pâris aussi a prétendu ne pouvoir être vaincu à l'arc, rétorqua Penthésilée avec un sourire. Peut-être mourra-t-il de la main d'une femme... Quant à moi, si j'échoue aujourd'hui, l'une de mes guerrières saura me remplacer. Nul mortel n'est invulnérable, mon enfant. Si Achille est sous la protection d'un Dieu, ce Dieu-là ne mérite point d'être honoré. Nous faisons trop grand cas d'un tel monstre : bien des hommes valent beaucoup mieux que lui.

Voyant qu'il était inutile de vouloir lui faire changer d'avis, Cassandre, résignée, accompagna sa tante jusqu'aux portes de la ville, près desquelles les chevaux de combat piaffaient devant leurs chars.

Penthésilée, une dernière fois, attira Cassandre dans ses bras.

— Ne tremble pas, ma fille, les Dieux de la guerre nous protègent.

— Je ne peux m'empêcher d'avoir peur pour toi... bredouilla Cassandre.

— Cette crainte ne sied pas à une guerrière. Personne ne doit percer tes sentiments. Allons, mon enfant, je dois partir maintenant.

« Il ne le faut pas ! Elle ne reviendra pas »... cria Cassandre en elle-même.

Mais il était trop tard.

— Cassandre, quoi qu'il advienne, dit encore la reine en déposant un baiser sur son front, sache que tu as toujours été une fille pour moi. Je t'ai même davantage chérie que mes amants. Oui, tu as été et restes pour moi plus que tout cela : tu es et demeureras à jamais mon amie.

Pour qu'elle ne voie pas ses larmes, la princesse s'écarta vivement. Sa tante monta en selle, les Amazones se rassemblèrent autour d'elle, se concertèrent une dernière fois avant l'assaut. Puis les portes s'ouvrirent toutes grandes et elles s'élancèrent au galop dans la plaine.

Cassandre savait que son devoir l'appelait désormais au temple où, depuis la veille, régnait un affreux désarroi. Ne pouvant plus dissimuler la vérité, elle avait en effet dû annoncer à ses sœurs la mort du grand python. Pourtant, ce matin-là, elle ne put s'empêcher de rejoindre les remparts pour y suivre la bataille. Enveloppées dans un nuage de poussière, les Amazones chargeaient derrière les chars troyens, et se jetaient de front sur les lignes grecques.

Le choc ne tarda pas et il fut effroyable, projetant tout aussitôt deux Amazones à terre. L'une d'elles cependant parvint à se relever et transperça de sa pique le ventre de l'homme qui se ruait sur elle. L'autre, en revanche, resta inerte, écrasée sous le poids de sa monture, qui tentait désespérément de se remettre sur ses pattes. Grâce aux Dieux, Penthésilée, elle, était indemne, et virevoltant, chargeait une grappe d'ennemis dont plusieurs s'effondrèrent, atteints par sa pique redoutable. C'est alors, au moment où elle achevait un membre de la garde personnelle d'Achille, que le héros parut soudain s'apercevoir de sa présence. Sautant à bas de son char, il s'élança vers elle.

Glaive au poing, Penthésilée mit à son tour pied à terre. Plus grande qu'Achille, elle courut à sa rencontre poussant son cri de guerre. S'ensuivit un furieux échange de coups si rapides qu'il fut un moment impossible de dire qui avait l'avantage. L'expectative ne dura pas longtemps. Achille en effet chancela et tomba tout à coup à genoux. Mais, se relevant aussitôt il fit signe à sa garde de se ruer sur les autres cavalières. D'un bond rapide comme l'éclair, il fut lui-même sur Penthésilée qui, chancelant sous le choc, se trouva acculée sous le poitrail de sa jument. Hurlant comme un damné, Achille alors lui enfonça jusqu'à la garde son glaive de fer dans la poitrine. Frappée à mort, la vieille reine glissa mollement à terre, pour ne jamais se relever.

Du haut des remparts, Cassandre, horrifiée, assista alors à une scène innommable : arrachant la cuirasse de cuir de sa victime, le vainqueur monstrueux dénuda son corps et le couvrit frénétiquement pour le violer sans merci. Son abject forfait accompli avec une bestialité furieuse, il se releva tel un halluciné pour affronter avec une indescriptible violence quatre cavalières qui se précipitaient sur lui, massacrant comme un forcené les deux premières, blessant à mort les deux autres. Dès lors, la tuerie devint générale. Surgissant de toutes parts, n'épargnant plus personne, les soldats d'Achille, ivres de sang et de meurtres, tranchant les gorges, mutilant les membres, trouant les poitrines et les ventres, n'achevèrent leur horrible besogne que la dernière femme exterminée.

Les Amazones n'existaient plus. En quelques épouvantables minutes, toutes avaient péri. Les dernières survivantes d'une civilisation légendaire avaient disparu, sombrant dans le néant après une ultime et indicible humiliation, infligée de sang-froid par des hommes, des fous furieux aveuglés par la barbarie et la haine.

Foudroyée par la vision du massacre, Cassandre resta de longs instants paralysée par l'émotion, incapable même de verser une larme, espérant être l'objet d'un cauchemar pire que les autres et qui allait se dissiper. Il lui fallut pourtant hélas ! admettre bientôt l'affreuse réalité.

« Et les Dieux ne font rien, nous contemplent sans rien dire ! explosa-t-elle enfin ivre de désespoir et de ressentiment. Achille doit mourir ! On tue les chiens enragés, non pour venger les morts, mais pour protéger les vivants. Puisque Apollon n'intervient pas, je renie mes vœux, je refuse de continuer à lui vouer ma vie pour rien. Ainsi accomplirai-je ce que tous les prêtres qui le servent sont en droit d'attendre de lui... »

Avec détermination, Cassandre détourna alors farouchement son regard de la plaine et redescendit silencieusement l'étroit escalier. Ses yeux étaient secs : ce matin-là, elle avait pleuré toutes les larmes de son corps en suppliant sa tante de ne pas aller au combat. Hélas, elle n'avait pu faire dévier le destin.

Arrivée au temple, elle alla droit à sa chambre, ouvrit son vieux coffre de bois et en sortit l'arc incrusté d'ivoire, aussi splendide que celui d'Apollon lui-même, que lui avait autrefois offert Penthésilée. Dans son carquois de cuir, elle glissa deux flèches, l'une à pointe de métal et l'autre à pointe de bois empoisonnée, la dernière de celles qui lui restaient.

En dépit de son irrévocable résolution, Cassandre s'aperçut néanmoins qu'elle tremblait de tout son corps. Elle se rendit aux cuisines, se força à avaler un morceau de pain rassis sur lequel elle étala un peu de miel. Plusieurs novices, occupées à faire cuire du pain frais, lui proposèrent d'attendre quelques instants pour goûter la première miche sortant du four, mais Cassandre secoua la tête, acceptant seulement de tremper les lèvres dans une coupe de vin mêlé d'eau.

Quittant les jeunes filles, elle se rendit ensuite d'un pas assuré dans la chambre la plus secrète du sanctuaire, dont seuls quelques prêtres et prêtresses avaient la clé. Les fumées de l'encens embaumaient la pièce. Soulevant le couvercle d'un coffre, elle choisit une somptueuse tunique brodée et le masque éclatant du Dieu Soleil, dont elle se couvrit le visage. Ses mains ne tremblaient plus.

S'apprêtait-elle à commettre le plus grand des sacrilèges — l'image de Chrysès lui revint en mémoire —, ou bien était-elle sur le point de servir à l'extrême la gloire d'Apollon en accomplissant à sa place l'acte de justice qu'il n'avait pas daigné assumer en personne ? Peu lui importait maintenant. Une force était en elle et lui dictait sa volonté !

Ayant donc revêtu la tunique sacrée, elle glissa ses pieds dans les sandales de l'Immortel, ornées de petites ailes d'or ciselé, puis les laça, regrettant que ces ailes ne puissent la porter d'un souffle jusqu'à la plaine. Désormais, elle était prête. Lentement elle gagna la plus haute terrasse du temple, à l'endroit même où Chrysès avait châtié les Grecs en faisant pleuvoir sur eux les flèches de la peste.

Dans la plaine, les cadavres des Amazones gisaient environnés déjà d'essaims de mouches tourbillonnantes. Leurs chevaux avaient disparu, les chars et les soldats troyens ayant participé aux combats du jour ayant tous fait retraite derrière les remparts. Achille, lui, se pavanait encore au milieu de ses hommes, semblant attendre un nouvel adversaire pour le défier en combat singulier.

A la différence de Chrysès, Cassandre n'ouvrit pas la bouche : Apollon, Dieu des chants, n'avait nul message à transmettre aux mortels. Elle se contenta d'ajuster tranquillement la flèche à pointe de fer, banda la corde de son arc et écarta brusquement les doigts. Le trait, un peu court, tomba à quelques pas d'Achille, qui ne remarqua rien, continuant d'arpenter ignominieusement le sol encombré de cadavres. Cassandre, toutefois, savait maintenant avec exactitude la force qu'il lui fallait imprimer à son arc pour atteindre sa cible. Où allait-elle viser ? Le corps d'Achille était presque entièrement protégé par sa splendide armure. En revanche, il n'était chaussé que de légères sandales de cuir. C'était donc là, au pied, qu'il fallait frapper. Impavide, Cassandre lança son second trait.

Cette fois, la pointe de bois empoisonnée vint se ficher avec force dans le talon du Grec. Réagissant avec négligence, Achille, comme s'il était piqué par une guêpe, fit mine en se penchant de l'exterminer d'un revers de main. Apercevant la flèche, il s'en saisit et se releva, regardant autour de lui pour essayer de repérer le tireur invisible. Alors, tous ensemble, les soldats grecs et troyens, levant la tête, tendirent le bras en direction du temple. Sur la terrasse, Cassandre était parfaitement immobile, sachant que personne n'oserait décocher un trait vers la silhouette de l'Immortel. Elle se sentait d'ailleurs invulnérable et indifférente à son sort dès lors que sa mission était accomplie.

Frappé d'étonnement, poings sur les hanches, Achille la considéra un moment sans comprendre. Puis, sentant la douleur venir, il s'accroupit pour examiner sa blessure, faisant signe à ses hommes de le secourir. Mais, Cassandre le savait, il n'y avait plus rien à faire. Quand bien même lui trancherait-on le pied sur-le-champ, le poison s'était déjà insinué dans ses veines. D'ores et déjà, il était un homme mort. Voulant se relever pour narguer son agresseur, le fils de Pelée fit encore quelques pas, puis s'écroula, soudain secoué par d'atroces convulsions.

L'instant suivant, il expirait.

Alors, une indescriptible confusion s'empara du camp grec, d'où s'élevèrent peu à peu lamentations et cris de rage. Chez les Troyens, se refusant encore à croire l'incroyable miracle, une formidable ovation montait vers le ciel en l'honneur du Dieu qui venait de délivrer la cité du plus redoutable et sanguinaire de ses adversaires.

XIII

A Troie, la mort d'Achille suscita une nouvelle vague d'espoir, chacun voulant se persuader que la guerre allait désormais rapidement prendre fin. Chez les Grecs il n'y eut ni trêve officielle ni jeux funèbres. Certes, les pleureuses poussèrent leurs plaintes rituelles autour du bûcher du héros, mais curieusement sa disparition ne sembla pas affecter outre mesure la grande majorité de ses compatriotes.

Agamemnon, d'ailleurs, qui commandait à présent toutes les forces armées, prônait la poursuite de la lutte, ne doutant pas un instant pour lui-même et ses troupes de l'issue favorable du conflit. Au sud de la ville, s'achevait donc, dans cette perspective, la construction d'un gigantesque remblai de terre devant permettre de prendre d'assaut la brèche laissée dans les remparts par le dernier séisme.

Les Troyens ne furent pas longs à comprendre la manœuvre. Pour la contrer, Pâris ordonna aussitôt à ses archers de se poster sur la muraille pour abattre systématiquement tous les terrassiers occupés à l'ouvrage. Pour les protéger, les Grecs alors eurent recours à de grands boucliers en cuir, mais les Troyens, s'acharnant sur leurs porteurs qui tombaient comme des mouches, les empêchèrent définitivement de poursuivre leurs travaux.

Cassandre n'avait assisté ni aux funérailles d'Achille ni à la bataille livrée par les archers, mais les autres prêtresses lui fournirent un récit circonstancié de ces deux épisodes. Le temple pleurait la mort de la mère des serpents, qui, selon toute vraisemblance, ne serait hélas, pas remplacée avant longtemps car pour trouver un reptile de cette taille, il eût fallu se rendre en Colchide ou en Crète. Or l'étau grec rendait désormais toute sortie impossible.

Persuadée que la mort du grand serpent avait annoncé non seulement la mort d'Achille mais surtout la chute imminente de Troie, Cassandre alla un soir trouver sa mère au palais et lui fit part de ses certitudes.

Plus frêle, plus amaigrie que jamais, la reine Hécube n'avait toujours pas surmonté la douleur que lui avait causée la mort de ses fils. Elle ne mangeait d'ailleurs presque plus, répétant sans cesse qu'il fallait donner sa part aux enfants du palais. « Eux ont bien plus besoin que moi de se nourrir », soupirait-elle inlassablement.

— Que font les Grecs, en ce moment ? interrogea Cassandre au cours du souper.

Polyxène répondit.

— Hier, ils ont abattu presque tous les arbres du rivage. Aujourd'hui, ils les coupent et les taillent. A présent, on croit savoir qu'ils veulent ériger un immense autel à la gloire de Poséidon, et s'apprêtent à lui sacrifier de nombreux chevaux.

« Les Grecs cherchent à s'attirer les faveurs de Poséidon pour le convaincre d'abattre nos remparts, pensa la princesse. S'ils ont décidé d'invoquer l'Ebranleur de la Terre, c'est que leurs devins savent que le Dieu des Mers est furieux contre Troie. »

Quittant Polyxène, Cassandre alla s'asseoir auprès d'Hélène qui l'accueillit avec effusion. Pâris ne daignant plus l'écouter, elle ne désespérait pas de pouvoir le mettre en garde par l'entremise de son épouse.

— Réjouis-toi avec moi, ma sœur, lui confia joyeusement Hélène. La Déesse a entendu mes prières : un autre enfant va venir remplacer bientôt ceux que la fureur de Poséidon nous a ravis.

Mais Cassandre ne put sourire.

— Ne partages-tu pas mon bonheur ? s'alarma aussitôt la reine de Sparte.

— J'aimerais tant le pouvoir, dit lentement Cassandre. Mais en ces jours funestes...

— Ce n'est pas nous qui choisissons notre destin, reprit Hélène avec un sourire radieux, mais la Déesse seule. On voit bien que tu n'as jamais enfanté ; tu ne peux donc encore comprendre ce bonheur.

— Quoi qu'il en soit, il aurait mieux valu attendre. Ne pouvais-tu pas envoyer ton époux dormir avec ses soldats les nuits de pleine lune, ou bien lorsque le vent soufflait du sud...

— Il faut absolument un fils à Pâris, souffla Hélène avec une insistance touchante. Jamais il ne consentira à placer sur le trône de Troie le fils de Ménélas.

— Oui, j'avais, je l'avoue, oublié ce détail... admit Cassandre gravement. Mais dis-moi, n'est-ce pas au fils d'Andromaque de régner après Hector ? Pâris a-t-il résolu de lui disputer son trône ?

— Astyanax n'a que huit ans, protesta la future mère à mi-voix. Comment pourrait-il régner ? De toute façon, il faudra bien que Pâris gouverne le royaume, au moins jusqu'à sa majorité.

— C'est pourquoi il serait tout à fait souhaitable que tu n'aies pas de fils. Ainsi ne serait-il point tenté de chasser du trône l'héritier légitime.

Hélène parut sincèrement indignée.

— D'ailleurs, ajouta la princesse, Pâris a d'ores et déjà un fils d'Œnone, la prêtresse de Scamandre, qui était son épouse avant ton arrivée sur nos rivages. Il commet une très grave injustice en refusant de reconnaître son aîné.

— Pâris, en effet, m'a quelquefois parlé de cette femme, fit Hélène en fronçant les sourcils. Il prétend cependant ne pas être certain d'être le père de son enfant.

Voyant Hélène toute troublée, Cassandre ne voulut pas en dire davantage.

— Ce n'est pas pour cela que je suis venue te trouver,

dit-elle. Les Grecs ont-ils trop de chevaux pour tirer les chars de leurs héros et de leurs rois ?

— Je n'en ai pas la moindre idée, répondit Hélène, étonnée. Je n'entends rien à ces choses... Mais, justement, voici Pâris. Il va pouvoir répondre à ta question.

Tendant le bras, elle effleura la main de son époux qui venait de s'asseoir en face d'elle et lui répéta la demande de Cassandre.

— Trop de chevaux ? Non, je ne le pense pas, déclara-t-il. Ces derniers temps, ils ont maintes fois tenté de s'emparer des nôtres, prêts à sacrifier pour cela, semble-t-il, nombre de leurs soldats.

— Etant justement en train de bâtir un autel à la gloire de Poséidon, crois-tu donc qu'ils soient disposés à sacrifier leurs propres coursiers ? A ta place, mon frère, je redoublerais la garde devant les écuries royales.

— Là où ils sont, répondit distraitement Pâris, nos chevaux sont à l'abri. Crois-moi, il serait plus simple pour l'ennemi d'aller plutôt voler ceux du pharaon en Egypte !

— En es-tu bien certain ? insista la princesse. Ulysse n'est jamais à cours de malice, ne l'oublie pas. Peut-être échafaude-t-il un stratagème pour se glisser impunément dans notre ville ?

Pâris éclata de rire.

— Même s'il prenait l'apparence de Zeus, il ne parviendrait pas à franchir nos portes ! Après le coucher de soleil, le roi de Troie en personne aurait du mal à convaincre les gardes de les ouvrir ! Et quand bien même nos ennemis y parviendraient, comment feraient-ils pour ressortir de la ville avec nos chevaux ? Non, rassure-toi, Cassandre : si Agamemnon veut immoler des bêtes, il lui faudra se contenter des siennes.

Voyant qu'elle n'arriverait pas à le convaincre, Cassandre n'insista pas.

— Fais renforcer la garde des écuries au moins pour quelques jours, se contenta-t-elle de dire.

— Ma sœur, merci de ta sollicitude, répliqua-t-il en se levant. Mais j'ai à faire maintenant et toi aussi, je pense. Fais donc confiance à ceux qui ont en charge la conduite de la guerre.

La discussion manifestement close, Cassandre regagna le temple et fit part de ses inquiétudes aux prêtres. Spontanément, plusieurs d'entre eux décidèrent de monter une garde vigilante autour des écuries.

Bien leur en prit. Tard dans la nuit, l'alerte fut déclenchée et les soldats de Pâris, brutalement arrachés au sommeil, capturèrent six étrangers à la tête desquels se trouvait Ulysse. Les palefreniers de Priam, qui n'avaient point reconnu le roi d'Ithaque, expliquèrent qu'il s'était présenté muni du sceau royal, prétendant avoir reçu l'ordre de mener sur-le-champ six étalons au palais. N'ayant rien trouvé à redire, les palefreniers avaient obtempéré sans sourciller. Mais un prêtre d'Apollon posté à la sortie ayant remarqué que les soi-disant envoyés de Priam portaient des sandales grecques, soupçonnant quelque supercherie, avait aussitôt déclenché l'alerte.

Les gardes trop naïfs furent pendus sur-le-champ. Quant à Ulysse et ses hommes, ils comparurent devant Pâris.

— Existe-t-il une seule raison susceptible de m'inciter à te faire grâce ? demanda le prince au roi d'Ithaque. Tu connais le châtiment réservé aux voleurs de chevaux ?

— Dans mon pays, Troyen, on ne pend que les voleurs de femmes, répliqua Ulysse d'un air de défi. Si tu n'avais pas couru si vite, depuis longtemps tes ossements seraient en poussière sous le soleil de Sparte, et cette guerre interminable aurait pris fin.

Priam avait été réveillé à la hâte. A son entrée dans le mégaron, il considéra tristement son vieil ami.

— Ah ! Ulysse, tu ne changeras donc jamais ! soupira-t-il. Mais faut-il pendre un vieux pirate ? Pour ma part, je préfère exiger une forte rançon en échange de ta liberté.

— Laquelle ? interrogea Ulysse en ignorant Pâris.

— Eh bien, une demi-douzaine d'étalons, par exemple, répondit aussitôt le prince.

— Sers-toi ! lâcha effrontément Ulysse, tendant le bras vers la cour.

— N'abuse pas de mon indulgence, rétorqua Priam élevant cette fois la voix. Tu m'as très bien compris. J'exige six de vos meilleurs étalons.

— Ami, n'as-tu donc nulle piété ? fit mine de s'indigner Ulysse. Ces chevaux sont d'ores et déjà promis au Dieu Poséidon. Il ne m'appartient plus de te les proposer, car ils sont devenus la propriété de l'Ebranleur de la Terre.

Perdant d'un seul coup son sang-froid, Pâris s'élança vers Ulysse, poing brandi.

— Ton fils, me semble-t-il, manque un peu de diplomatie, Priam, railla ce dernier imperturbable, parant sans peine cette soudaine attaque. C'est donc avec toi que je négocierai. Si tu ne crains point d'aviver le courroux de Poséidon, reprends tes chevaux. Mais prends garde à sa vengeance ! Tu le priverais ainsi d'un sacrifice solennellement promis.

— Si vraiment tu as voué ces bêtes à l'Ebranleur de la Terre, dit Priam, non sans hésitation, j'aurais mauvaise grâce à les lui retirer. Soit, je lui offre mes chevaux. En revanche, j'exige que tu me livres six de vos étalons pour ta libération.

— J'accepte, acquiesça Ulysse.

Le roi d'Ithaque ayant quitté la salle, encadré par des gardes, Pâris se tourna rageusement vers Priam.

— Qu'as-tu fais, Père ! C'est une folie ! s'écria-t-il. As-tu réellement l'intention d'offrir des chevaux à Poséidon ? Les promesses d'Ulysse sont des mensonges ! Crois-tu sincèrement qu'il pense à sacrifier ces bêtes ?

— Je l'ignore, répondit posément le roi. Ce que je sais, c'est que nous n'avons rien perdu au marché. Et puis, nous avons grand besoin de l'indulgence de l'Ebranleur de la Terre. C'est pourquoi nous lui immolerons les six étalons que les Grecs nous rendent. Pourquoi s'en émouvoir ?

— Père, je ne peux partager ton sentiment, mais je m'incline. Ces chevaux sont beaucoup plus utiles à notre armée qu'au Dieu, j'en suis certain. Souhaitons donc que tu n'en viennes pas bientôt à regretter ta dangereuse prodigalité.

Le lendemain, à l'aube, devant les remparts de Troie, les chevaux furent solennellement sacrifiés. Cassandre constata avec chagrin que son père tenait à peine sur ses jambes. Se souvenant des cérémonies de son enfance, elle le revoyait trancher plein d'assurance le cou d'un taureau sans avoir jamais à élever le bras deux fois. Aujourd'hui, ses mains tremblantes parvenaient tout juste à se refermer sur le manche de son couteau. Après qu'il eut béni l'arme sacrée, un jeune prêtre s'en saisit et égorgea un premier étalon en invoquant l'Ebranleur de la Terre.

Le troisième animal venant de s'effondrer dans une flaque de sang, la terre trembla imperceptiblement dans un grondement de tonnerre étouffé. Etait-ce un signe de bon augure ou un simple témoignage de la gratitude de Poséidon ?

« Apollon, ô Dieu Soleil, implora Cassandre en silence, ne peux-tu sauver cette cité qui est tienne depuis les temps lointains où tu abattis la Déesse Python ? »

Un aveuglant rayon de soleil parut alors apporter la réponse et la voix familière de l'Immortel résonna au plus profond de sa conscience :

« Je ne puis m'opposer aux décisions du Maître de la Foudre, mon enfant. Ce qui doit arriver arrivera ! »

La gorge de Cassandre se serra.

Si Zeus avait décrété la destruction de Troie, à quoi servait de continuer de rendre grâce aux Immortels ? A quoi donc, dévorante et sans doute sacrilège question, servaient même les Dieux ?

Levant les yeux au ciel, elle aperçut dans les nuées au-dessus de la ville deux immenses silhouettes luttant sauvagement, leurs coups furieux résonnant comme la foudre dans sa tête. Un instant éblouie, elle vacilla telle une flamme près de s'éteindre, puis, happée dans un gouffre sans fond, elle perdit subitement connaissance.

Lorsqu'elle s'éveilla, sa tête reposait sur les genoux de sa mère. Ouvrant lentement les paupières, elle comprit qu'on l'avait transportée au sommet des remparts.

— Tu es restée trop longtemps au soleil, la réprimanda doucement la vieille reine. Tu m'as fait peur, mon enfant, et tu as troublé le déroulement de la cérémonie.

— Les Dieux, je crois, n'y ont guère prêté attention, répondit faiblement Cassandre se remettant debout. Pardon, Mère, de t'avoir inquiétée... Je n'ai pas un instant en tout cas, crois-moi bien, eu l'idée de leur manquer de respect. Si nous sommes sur terre, c'est pour les servir et les honorer. Il m'arrive simplement maintenant de me demander s'ils sont capables de nous en témoigner reconnaissance...

Hécube, comme à l'ordinaire, la dévisagea sans comprendre. Mais les exclamations d'Hélène détournèrent son attention.

— Par tous les Dieux ! s'exclamait cette dernière, penchée au bord de la muraille. Que font-ils donc ?

Cassandre regarda à son tour.

— Polyxène a entendu dire qu'ils érigent un autel à la gloire de Poséidon, dit-elle.

Dans la plaine, les Grecs s'agitaient derrière un véritable mur de boucliers fixés les uns aux autres, et une multitude de soldats s'affairaient fiévreusement à tailler, scier, clouer rondins et planches de bois de toutes tailles.

— Leurs prêtres ont dessiné les plans, clama Chrysès qui venait de surgir en haut de l'escalier, suivi de près par Pâris.

— Je n'ai jamais vu un autel de la sorte, déclara-t-il l'air préoccupé. Il prend plutôt la forme d'une machine de siège. Regardez... Redressé, l'ouvrage pourrait permettre de prendre pied sur nos remparts comme on embarque sur un navire.

Le ton de sa voix acheva d'alerter Hécube.

— Par tous les Dieux ! ne put-elle s'empêcher de lancer, qu'en penserait Hector ?

Pâris marqua le coup et détourna la tête, croisant le regard de sa sœur.

— Qu'il me faut de patience pour supporter tout ceci, marmonna-t-il d'une voix sourde.

— Il en faut, oui, répondit-elle. N'oublie pourtant jamais que toi tu peux venger son trépas en te ruant à la bataille. Mère et Père quant à eux sont condamnés à ressasser inutilement leur peine. Dis-moi, Pâris, crois-tu vraiment qu'ils construisent une machine assez haute pour atteindre nos remparts ?

— Je le crains. Ce dont je suis certain, en revanche, c'est qu'ils n'y parviendront jamais, moi vivant. Je vais rassembler tous mes hommes sur-le-champ !

Ayant embrassé Hélène, il disparut dans l'escalier. L'armée aussitôt prête, les portes de la ville s'ouvrirent et Pâris, à la tête de ses chars, s'élança, poussant des cris de haine, vers la singulière charpente qu'on assemblait dans la plaine. En retrait, ses archers firent alors pleuvoir une nuée de flèches sur les troupes grecques, visiblement prises au dépourvu, ce qui permit aux assaillants d'abattre, presque sans coup férir, une partie de la haute structure de bois qui s'effondra avec un bruit terrible entraînant dans sa chute des dizaines de charpentiers.

Débordés, les Grecs maintenant battaient précipitamment en retraite, talonnés par les chars de Pâris, profitant de leur avantage pour les poursuivre jusqu'au bord du rivage. Mais Pâris, conscient de l'enjeu véritable de sa sortie, ne s'y attarda pas. Il ordonna aux siens de faire volte-face et revint vers la gigantesque charpente abandonnée sans protection au milieu de la plaine. Sautant à bas de son char, et tirant promptement un tonneau de goudron resté sur le chantier, il répandit son contenu au pied des échafaudages et y mit aussitôt le feu à l'aide d'une torche qu'on lui tendait. Presque instantanément l'incendie embrasa le bois, à la fureur d'Agamemnon se démenant un peu plus loin pour rallier ses effectifs dispersés. Mais il était trop tard pour intervenir et les Troyens déjà se repliaient en bon ordre pour se mettre à l'abri de leurs murailles cyclopéennes.

Au sommet des remparts, les Troyennes, entourant leur vieux roi, exultaient. Depuis l'incendie des vaisseaux, les leurs n'avaient jamais triomphé de si éclatante manière. Pâris ne tarda pas à les rejoindre. Apercevant Priam, il s'agenouilla fièrement devant lui :

— Eh bien, Père, s'ils veulent encore maintenant ériger un autel en l'honneur de Poséidon, ce ne sera pas du moins sur le sol de Troie !

Pâris se relevant, Hélène vint aider son époux à ôter son armure.

— Tu es blessé ! s'exclama-t-elle en lui retirant son brassard.

— Ce n'est rien, voulut-il la rassurer.

Mais ce simple mouvement lui arracha une grimace de douleur.

— Une flèche, maugréa-t-il. Heureusement, la pointe n'a sûrement pas touché l'os.

— Cassandre, regarde sa blessure, la pressa Hélène. Qu'en penses-tu ?

La princesse s'étant approchée retroussa précautionneusement la manche de la tunique de son frère. Une plaie violacée aux lèvres enflées et déjà refermées apparut. Elle ne saignait presque pas.

— Je ne pense pas que cela soit trop grave, se contenta de dire Cassandre. Malgré tout, il faut sans tarder laver la plaie au vin et la tremper dans un bain d'eau bouillie aux herbes curatives. Les blessures profondes qui se referment trop vite peuvent être dangereuses. Nous devons à tout prix la rouvrir pour laisser le sang s'en échapper librement. C'est le meilleur moyen de la nettoyer.

— Elle a raison, renchérit Chrysès en apportant une petite jarre de vin, dans l'intention de verser son contenu sur le bras du blessé.

Mais le prince devançant son geste la lui prit des mains et la porta à ses lèvres.

— Ne gâchons pas ce nectar des Dieux, voulut-il plaisanter avant d'en avaler une gorgée qu'il recracha avec une grimace. Pouah ! Il est imbuvable... Tout juste bon à se laver les pieds !

— Il existe bien sûr de bien meilleurs vins, prince Pâris, s'empressa de préciser Chrysès. Celui-ci ne peut servir qu'à nettoyer les plaies. Je l'avais pris uniquement dans cette intention. Maintenant, si tu veux venir goûter au sanctuaire nos meilleurs crus...

— Mon époux doit d'abord se soigner, intervint Hélène, d'une voix énergique. Je vais l'emmener dans ses appartements.

— Impossible, trancha sèchement Pâris s'avançant vers le rebord de la muraille. Regardez ! Agamemnon prépare ses archers pour une nouvelle bataille. Il faut les repousser avant qu'ils ne s'approchent. Ne me reproche-t-on pas d'ailleurs trop souvent mon inactivité ? Je vais donc montrer à tous comment se bat un être aussi pusillanime que moi ! Allons, Hélène ! Fais-moi juste un garrot avec ton voile et laisse-moi accomplir mon devoir.

Hélène s'étant exécutée en silence, Pâris rabattit vivement la manche de sa tunique, remit sa cuirasse et dévala l'escalier sans se retourner. Prise de court, sa famille n'avait pas bronché.

— Pourquoi se pique-t-il tout à coup d'héroïsme ? dit Hélène, toute décontenancée. Si l'édifice qu'il vient de brûler était vraiment un autel à la gloire de Poséidon, imagine-t-il que le Dieu lui en tiendra rigueur ?

— De toute façon, il n'a fait que son devoir, reconnut Cassandre. Espérons seulement que Poséidon n'oubliera pas les chevaux que nous lui avons sacrifiés ce matin, grâce à Ulysse.

— Souhaitons aussi que sa blessure ne l'empêche pas de manier ses armes, fit Hélène pleine d'appréhension. Dès son retour, je veillerai à ce qu'il soit soigné par les meilleurs guérisseurs.

Cassandre cependant gardait les yeux rivés sur la plaine. Pâris, s'y battait avec une énergie farouche, accumulant autour de lui, en un cercle funeste, des nuées d'assaillants s'effondrant mortellement blessés.

— Je ne l'avais jamais vu se battre avec un tel acharnement, bredouilla Hélène, de plus en plus mal à l'aise, gagnée par un inexprimable pressentiment.

« Et tu ne le verras jamais plus », murmura en elle-même Cassandre, sentant venir l'inéluctable sanction du destin.

— Il mène son char aussi superbement qu'Hector... s'enthousiasma à son tour le vieux monarque galvanisé. Nous étions tous injustes envers lui !

C'est alors qu'un Grec, étant parvenu à serrer de plus près Pâris, leva soudain son glaive devant lui. Fermant les yeux, Hélène se sentit défaillir. Mais le fils de Priam affrontant la menace, à l'instant où le coup semblait devoir lui être fatal, parvint à l'éviter, foudroyant son adversaire en plein cœur.

Dès lors, la déroute des Grecs fut générale, et Pâris, triomphant, put regagner les portes de la cité sans encombre.

— S'il reste un bœuf, lança-t-il à sa mère avec exaltation, à peine descendu de son char, qu'on l'abatte pour le dîner de mes soldats. Par tous les Dieux, ils se sont battus comme des lions !

Hélène se jeta dans ses bras.

— Pâris, s'écria-t-elle, louée soit Aphrodite ! Tu es sain et sauf !

— La Déesse veille sur nous ! voulut-il s'exclamer à son tour.

Mais une douleur fulgurante au bras brisa son euphorie.

Il s'écarta de son épouse et alla contempler, se sentant pâlir, les débris calcinés de l'étrange édifice qui fumait encore dans la plaine.

— Si cette construction était destinée à un Immortel, dit-il en se tenant l'épaule, je souhaite qu'il me pardonne. Hélène, je me sens un peu las. Ma blessure s'est sans doute rouverte. Allons voir, si tu veux, ces guérisseurs dont tu parlais. Mon bras commence à me faire mal.

Immobile, Cassandre les regarda partir.

— Peut-être ferais-tu bien de les suivre, lui chuchota à l'oreille Chrysès, venant une fois de plus l'importuner de sa présence. Tu sais la médecine bien mieux que tous nos prêtres.

Ne voulant lui répondre, Cassandre resta muette.

— Tu as vu sa blessure de près, poursuivit-il sans se décourager. Tu dois savoir qu'elle est sérieuse. Les plaies de cette espèce sont inquiétantes, même lorsqu'elles paraissent bénignes !

Voulant tout autant s'éloigner du prêtre que voler au secours de son frère en péril, Cassandre le planta sur place et courut au palais.

Après une nuit paisible, les Troyens découvrirent à l'aube qu'après avoir relevé ce qui restait de leur échafaudage mystérieux, les Grecs se remettaient derechef à la construction de l'autel voué à Poséidon.

Très tôt, Cassandre revint sur les remparts. Déiphobe s'y trouvait déjà en compagnie du vieux roi, qui s'appuyait sur son épaule.

— Puisqu'il en est ainsi, disait-il à Priam, nous allons leur donner la même leçon qu'hier. Mais où est donc passé le grand protégé d'Aphrodite ? Rêve-t-il encore à cette heure dans les bras de la belle Hélène ? Ou bien peut-être...

— Oublies-tu sa blessure ? l'interrompit sévèrement le roi. Elle est, hélas ! peut-être plus grave que nous ne le pensions tous. Qu'on aille sans tarder prendre de ses nouvelles et qu'on m'informe de son état.

Un héraut partit au pas de course. Quelques instants plus tard, il était de retour, à bout de souffle.

— Sire, annonça-t-il en s'inclinant devant le roi, la reine de Sparte prie la princesse Cassandre de revenir en hâte au chevet de son époux. Le mal semble empirer.

— Père, il me faut dans ce cas prendre moi-même le commandement des troupes. M'y autorisez-vous ?

— Va ! mon fils ! approuva Priam. Mais Pâris reprendra le commandement dès qu'il sera rétabli, ne l'oublie pas.

Dans la chambre d'Hélène, cependant, l'atmosphère devenait de plus en plus tendue. Pâris gisait sur son lit, bredouillant dans sa fièvre des propos inaudibles. Auprès de lui, au comble de l'angoisse, Hélène trempait et retrempait un linge fin dans un petit chaudron d'eau fumante mêlée d'herbes médicinales. Entendant venir Cassandre, elle leva la tête et l'accueillit le regard implorant.

— Louée soit Aphrodite, tu es venue ! s'exclama-t-elle. Je t'en prie, sauve-le !

Cassandre s'approcha du lit et souleva le voile qui recouvrait la blessure de son frère. Son bras, affreusement enflé, avait pris des teintes bleuâtres et arborait des zébrures écarlates qui serpentaient jusqu'au poignet. Quant à la plaie elle-même, elle restait toujours obstinément close.

Se sentant terriblement impuissante, Cassandre hocha la tête avec découragement. Jamais elle n'avait vu une flèche provoquer si terrible blessure.

— Les prêtres d'Apollon l'ont-ils vu ? interrogea-t-elle à voix basse.

— A deux reprises. Ils m'ont conseillé de baigner son bras dans de l'eau chaude, et de brûler aussi la plaie au fer. Mais, comme ils ne répondaient pas du résultat, je n'ai pu me résoudre à lui infliger une telle torture. Cassandre, les choses empirent depuis l'aube, je le vois, je le sens. Désormais, il ne me reconnaît plus ! Il y a quelques instants, il a crié à mes serviteurs de lui apporter son armure, menaçant de les battre s'ils ne l'aidaient pas sur-le-champ à la vêtir...

Etouffée par les larmes, elle dut s'interrompre.

— Ne désespérons pas, Hélène. Pâris est jeune et vigoureux. J'ai vu certains survivre à de pires blessures...

— Ainsi, tu ne peux donc rien faire ? s'écria Hélène, en s'agrippant à son amie. Ta magie...

— Hélène, je ne suis pas magicienne. Tout ce que je puis faire, c'est prier pour lui avec toi...

Une idée soudaine la fit s'interrompre.

— Il y a bien Œnone, si tu veux, la prêtresse du fleuve, qui obtenait jadis des guérisons magiques...

Pleine d'espoir, Hélène sursauta.

— Ne peux-tu pas la faire venir ? Oh, je t'en supplie, cours la chercher ! Qu'elle sauve mon époux ! Je lui donnerai tout ce qu'elle voudra, je t'en fais le serment !

— Je vais lui envoyer aussitôt un message, promit-elle, songeant qu'Hélène lui avait déjà dérobé ce qu'elle avait de plus précieux au monde. Mais je ne puis te promettre qu'elle viendra.

Comme si elle devinait sa pensée, Hélène insista :

— Ne l'a-t-elle pas aimé autrefois ? demanda-t-elle. Pourrait-elle, dans ce cas, avoir la cruauté de le laisser mourir sans rien faire ?

— Je ne peux répondre à sa place. Pâris l'a chassée, ne l'oublie pas !

— Cassandre, s'il le faut, moi, reine de Sparte, je suis prête à me traîner à ses pieds, les cheveux couverts de cendre. Si tu veux, j'y cours moi-même !

— N'en fais rien ! Je la connais : j'irai moi-même. Implore en mon absence la déesse Aphrodite !

Hélène étreignit la princesse.

— Cassandre... Toi, au moins, tu ne me veux pas de mal, n'est-ce pas ? Tant de femmes ici me haïssent... Je le lis dans leurs yeux, je l'entends dans leur voix... Jure-moi que tu es différente !

Tendrement, Cassandre lui effleura la joue.

— Je ne te veux que du bien, Hélène, tu le sais. Je t'en fais le serment.

— Même à mon arrivée à Troie, tu ne m'as pas maudite ?

— Non, je n'ai jamais éprouvé pour toi de sentiments hostiles. J'ai seulement prédit que tu attirerais sur nous de très grandes souffrances. J'ai vu le mal, c'est vrai, mais ne l'ai nullement provoqué. Nos destinées sont dans les mains des Immortels ; rien, ni personne, ne peut les modifier. Nul n'échappe au sort qui lui est réservé. Pour toi, pour Pâris, je cours maintenant chercher Œnone aux sources du Scamandre.

Chrysès la guettait aux portes du palais.

— Tu m'as fui mais je pars, lui dit-il simplement.

— Mais tu es toujours là...

— J'espérais pouvoir, avant de m'en aller, être peut-être une dernière fois utile au roi et à la cité qui m'a si généreusement accueilli. J'espérais aussi pour toi...

— Allons, dit Cassandre, sentant toute rancœur l'abandonner, pars vite pour la Crète, loin de ces murailles maudites. Quitte la ville avant qu'il ne soit trop tard. Quelqu'un doit survivre pour clamer de par le monde la vérité sur la ruine de Troie. Cette tâche sacrée te revient, Chrysès. Si tu ne parles pas, la légende trahira l'histoire de notre destinée. Achille deviendra un héros superbe et magnanime, et les enfants de nos enfants nous mépriseront à jamais.

— Qu'importe les épopées que chanteront les hommes de demain ! dit Chrysès dans un souffle. Elles ne ressusciteront pas Achille ; elles ne nous sauveront pas de la fatalité. Mais enfin, pour toi, puisque tu le désires, je jure que je dirai partout la vérité si je survis.

Sans une parole de plus, sans un ultime geste d'adieu, ils se quittèrent alors pour toujours.

Cassandre regagna vivement le temple et revêtit une grossière tunique de lin, une cape sombre et des sandales de cuir. Ainsi, ressemblait-elle à une femme du peuple. Personne ne lui prêterait attention. Aussitôt prête, elle ressortit du temple, franchit la vieille porte à l'abandon qui, à l'arrière de la cité, s'ouvrait sur l'intérieur des terres et partit en direction du mont Ida, dont l'imposante silhouette se découpait sur un ciel noir. Longtemps, elle longea le lit presque desséché du Scamandre sur un chemin qu'au fil des années, les innombrables convois venus d'Orient avaient transformé en voie praticable. L'eau du fleuve, autrefois claire et propre, charriait à présent des eaux glauques et boueuses.

Tapi derrière les hautes collines recouvertes de pins, le soleil ne faisait que de rares et fugitives apparitions. Levant les yeux vers le sommet de la montagne balayée par les vents où s'enroulaient quelques lambeaux de brume, Cassandre songea qu'un orage couvait. Elle pressa donc le pas, marquant une pause de temps à autre pour reprendre son souffle.

Parvenue en nage en haut de la pente, elle reconnut enfin la cascade bondissante que dominait une antique sculpture du Dieu Scamandre et frappa le gong de bronze qui servait à appeler les prêtresses. L'une d'elles apparut bientôt, et Cassandre demanda si elle pouvait voir Œnone.

— Je crois qu'elle est justement là, répondit la jeune fille. Son fils a de la fièvre, et elle n'a pas pu se joindre aux autres pour célébrer la fête de la laine.

L'été en effet était revenu et avec lui le temps de tondre les moutons. Cassandre s'en souvint avec surprise, son confinement et le siège de la ville lui ayant totalement fait perdre la notion des saisons et des cycles de la nature.

La jeune prêtresse étant allée quérir Œnone, elle en profita pour s'asseoir sur un banc de pierre et s'enivra malgré l'air lourd, des senteurs et des bruits insouciants qui montaient de la terre. Là, en ces lieux paisibles, peut-être pourrait-elle confier Ambre aux prêtresses du Dieu du Fleuve, dont l'existence rude et tranquille lui rappelait les jours heureux de ses vagabondages avec les Amazones ? Au souvenir horrible de la fin de Penthésilée, Cassandre se sentit submergée de tristesse, la vision de Pâris agonisant près d'Hélène ravivant tout d'un coup sa détresse.

Se levant brusquement, elle perçut derrière elle un bruit de pas étouffés et se retourna. C'est à peine si elle reconnut Œnone : la longue jeune fille était devenue une femme aux formes lourdes, aux cheveux strictement noués sur la nuque. Seuls ses yeux avaient gardé leur éclat sombre.

— Œnone ?... fit-elle d'un ton hésitant.

Celle-ci hocha lentement la tête.

— Nul n'échappe au poids des ans, Cassandre, princesse de Troie.

Cassandre eut un vague sourire :

— Nous changeons tous ensemble, Œnone. Dis-moi, comment se porte le fils de mon frère ? On m'a dit qu'il avait la fièvre.

— Rien de très grave. D'ici un jour ou deux, je pense, il gambadera de nouveau dans la prairie. En quoi puis-je te servir, princesse ?

— Il ne s'agit pas de moi, mais de mon frère Pâris. Il se meurt. Peux-tu venir avec moi ? Seule ta magie peut le sauver...

Œnone garda un instant le silence. Puis, d'un ton uni, elle dit à Cassandre :

— Princesse, ton frère est mort pour moi le jour où j'ai fui le palais sans qu'il ait daigné reconnaître son fils. Depuis lors, il n'existe plus. Je n'ai donc nul désir de le ramener à la vie.

— Pâris est à l'agonie... Lui en veux-tu au point de souhaiter sa mort ?

— Sa mort ! répéta Œnone. Ne crois-tu pas que j'ai moi-même souffert mille trépas le jour où l'on m'a chassée, mon fils dans les bras, comme une vulgaire catin ? Tu me demandes si je lui en garde rancune ? Ma rancœur est infinie, princesse, impérissable. Elle ne s'éteindra qu'au jour de ma mort. Retourne donc au palais, et pleure ton frère comme je l'ai pleuré tout au long des années. (Sa voix se radoucit.) Je n'éprouve nulle colère envers toi, Cassandre. Toi et ta mère vous êtes toujours montrées bienveillantes à mon égard.

— Œnone, si tu ne veux point venir, pour Pâris ou pour moi, supplia Cassandre, ne pourrais-tu le faire justement pour ma mère ? Elle a déjà perdu tant de fils...

Sa voix s'était brisée. Elle se mordit les lèvres pour ne pas fondre en larmes.

— Cassandre, pour elle, pour toi, peut-être l'aurais-je fait si cela pouvait modifier le cours des choses. Mais, tu le sais, la fureur de Poséidon va réduire bientôt en cendres ta cité... Moi aussi, je suis prêtresse, et je sais qu'il n'y a absolument plus rien à faire. Rentre à Troie, Cassandre, et prends bien soin de ton enfant. Tâche de le mettre en lieu sûr avant qu'il ne soit trop tard. Le désastre est imminent. Dis à la femme de Pâris que je n'en veux nullement à la reine de Sparte, mais je ne puis rien pour son époux. En m'abandonnant, Pâris a cruellement offensé le Dieu Scamandre, qui ne fait qu'un avec Poséidon.

Ces dernières paroles frappèrent Cassandre au cœur : le Dieu du Fleuve, vivante incarnation de l'Ebranleur de la Terre... En délaissant la prêtresse de Scamandre pour la fille de Zeus, Pâris avait ainsi abandonné les Dieux de son pays pour servir une divinité grecque, l'éblouissante et fatale Aphrodite...

— Je ne suis pas coupable de sa mort, dit encore doucement Œnone, mais son heure a sonné, comme elle sonnera un jour pour toi, pour moi, pour tous les autres. Puissent tes Dieux te protéger de la tourmente, princesse Cassandre de Troie !

Dévalant la colline aussi vite qu'elle le pouvait, le voyage du retour parut court à Cassandre. Parvenue enfin au palais, un chœur de lamentations qui montaient des appartements de la reine de Sparte l'avertit à l'avance de la nouvelle redoutée. Pâris, son frère, jadis tant aimé, était mort. Elle n'en fut pas surprise, sachant depuis longtemps qu'il ne survivrait pas à sa blessure.

Se dirigeant alors vers la terrasse du palais, elle embrassa la plaine du regard. Les Grecs en dessous d'elle poursuivaient leurs travaux et sous l'écheveau compliqué des échafaudages, apparaissait déjà la forme énorme et disgracieuse d'un gigantesque cheval de bois.

Sans raison apparente, elle frissonna. Pourquoi, sous le soleil brûlant, à nouveau présent entre deux nuages, la vision de ce grand cheval noir, dressé face aux murailles, la glaçait-elle soudain d'horreur ?

XIV

Avant même que les funérailles de Pâris n'eussent été célébrées, Déiphobe vint trouver Priam dans le mégaron pour exiger le commandement des armées troyennes. Le vieux roi protesta vivement.

— Quel choix te reste-t-il, Père ? lança le jeune homme d'un air de défi. A qui d'autre pourrais-tu les confier, à moins, peut-être, que tu ne préfères Enée qui n'est pas même troyen, ou bien ta fille, l'Amazone Cassandre ?

— Ma fille assumerait fort bien cette fonction et peut-être mieux que toi ! intervint soudainement Hécube, semblant revenir à la vie pour la première fois depuis la mort d'Hector. Enfant, tu étais cruel et égoïste ; adulte, tu es devenu cupide et orgueilleux ! Priam, mon roi et mon époux, trouve, je t'en supplie, un autre chef, car celui-là nous mènera tous à notre perte.

Priam, hélas, n'avait guère le choix. Les fils qui lui restaient étaient tous trop jeunes pour briguer une si haute et décisive responsabilité. Il fallut donc, la mort dans l'âme, s'en remettre à ce fils seul en âge à pouvoir conduire les armées.

Recevant solennellement le commandement suprême, dans la cour d'honneur du palais où s'étaient rassemblés les officiers, Déiphobe, au beau milieu de la cérémonie, exigea, à la stupéfaction générale, qu'on lui donne également la veuve de Pâris pour épouse, faute de quoi il ne pourrait mener à bien sa mission.

— C'est insensé ! protesta Priam en secouant lentement la tête. Hélène est la reine légitime de Sparte, non une femme qui passe d'un homme à l'autre comme une simple concubine.

— Père, c'est offenser Hélène que de parler ainsi. Laisser libre une femme de choisir son mari attire, tu le sais, les pires calamités. Hélène, j'en suis sûr, accepte avec joie, de m'épouser. A moins qu'elle ne préfère être rendue à Ménélas, perspective éventuelle que je m'empresserais d'accepter...

Plongeant son regard dans les yeux de la reine de Sparte, Déiphobe attendit sa réponse.

Cassandre, à ses côtés, réprima un frisson.

Demeurée un instant immobile, comme si cette soudaine et aberrante demande ne la concernait pas, Hélène tourna lentement son regard vers le roi Priam.

— Roi de Troie, dit-elle d'une voix sourde et lasse, si tu le veux, j'épouserai ton fils.

Visiblement dépassé par tous ces événements qui ébranlaient son autorité, Priam eut un geste d'impuissance navrée :

— Ma fille, marmonna-t-il d'une voix chancelante, tu imagines bien que si j'avais le choix, jamais je ne te demanderais d'accepter une telle proposition. Mais, en ces circonstances...

Sans lui laisser le temps de terminer, Hélène se jeta dans ses bras.

— Puisque tu le souhaites, Père, pour toi, pour Troie, j'obéirai...

— Tu es devenue l'une des nôtres, mon enfant, balbutia le vieux roi, les yeux embués de larmes. Voilà tout ce que je puis dire...

— Ces démonstrations d'affection réciproques sont touchantes ! lança Déiphobe d'une voix forte. L'affaire est conclue ! Qu'on prépare le banquet de nos noces !

— Déiphobe, crois-tu le moment bien choisi ? protesta Hécube outrée. La dépouille de Pâris n'a pas encore reçu de sépulture...

— Nous ne pouvons attendre, Mère, répliqua l'arrogant avec un sourire narquois. Demain, il sera peut-être trop tard ! Et puis pourquoi, de tous les fils de Priam, devrais-je être le seul à me marier sans faste ?

A bout de résistance, accablé par cette nouvelle atteinte à sa dignité, Priam s'empressa de donner les ordres nécessaires. Plus tôt seraient faites les choses, plus tôt elles se termineraient. Il ordonna à ses serviteurs d'aller chercher du vin, de faire rôtir un chevreau et de préparer à la hâte tous les mets disponibles malgré le siège.

Avec les femmes du palais, parmi lesquelles se trouvait la mère de Déiphobe, Cassandre se rendit au verger pour cueillir des fruits dont de vastes corbeilles tressées furent remplies. Puisqu'il fallait que le mariage eût lieu, autant, en des heures si graves, donner au peuple l'illusion que la famille royale vivait toujours dans la concorde et se réjouissait du mariage. D'ailleurs, fallait-il se plaindre, alors que l'épousée elle-même manifestait apparemment un suprême détachement ?

En dépit de la bonne chère et des libations, du chant des cithares et des hautbois, des poèmes récités par les aèdes convoqués à la hâte, les noces furent sinistres, l'ombre de Pâris coiffant d'une chape écrasante les cœurs et le palais tout entier. Bien avant que les époux ne se retirent dans leur chambre nuptiale, Cassandre, prétextant des devoirs sacrés qui l'attendaient au temple, demanda l'autorisation de le regagner. Seule sur la terrasse, elle contempla rêveusement les lumières qui criblaient la ville, songeant que le peuple auquel Priam avait fait distribuer des tonneaux de vin ne pensait plus qu'à faire la fête, profitant pleinement de l'aubaine pour oublier, même s'il ne comprenait pas très bien ou s'offusquait de l'étrange comportement de la reine de Sparte n'ayant pas eu seulement le temps d'être veuve. N'était-ce pas, après tout, la dernière fois qu'il avait l'occasion de se réjouir ?

Les funérailles de Pâris furent le lendemain expédiées dans la gêne et la tristesse. Très pâle, l'air absent, Hélène contempla brièvement le bûcher, tenant par la main le petit Nikos, qui avait voulu à tout prix se faire couper les cheveux en signe de deuil.

Les ossements de Pâris, recueillis dans l'urne funéraire et à peine inhumés, Déiphobe ne chercha pas longtemps à dissimuler sa satisfaction. Il poussa un soupir de soulagement et prit son épouse par le bras.

— Maintenant que la cérémonie est terminée, je vais m'occuper de ce fameux cheval. Un tonneau de goudron, un peu de résine de pin, quelques flèches enflammées, et son sort sera vite réglé ! Qu'en penses-tu, chère épouse ?

— Je pense que ces dispositions sont parfaites, cher époux, répliqua Hélène d'une voix morne et déférente, remplissant avec soumission son rôle de digne épouse de guerrier.

En une seule nuit, cependant, elle semblait avoir perdu sa beauté radieuse et sa docilité de circonstance enveloppait d'un voile pudique et secret l'ouragan de tristesse qui dévastait son cœur. Donnant avec mépris le change, elle se gaussait en fait superbement de son nouveau mari, visiblement aveugle, triomphant et ravi, possédant à présent ce dont il avait toujours rêvé, l'épouse et le pouvoir de Pâris.

Ayant rassemblé ses officiers, Déiphobe leur fit part de ses choix stratégiques. Puis, il quitta la cour d'honneur, après avoir embrassé sa femme.

Alors les lourdes portes de la ville s'ouvrirent pour lui livrer passage, et les chars de sa suite se ruèrent dans son sillage en direction du gigantesque cheval de bois, que les ouvriers grecs étaient en train de débarrasser de ses échafaudages. Affolés, ces derniers s'égaillèrent en tous sens, mais plusieurs périrent écrasés sous les roues des attelages lancés à pleine vitesse. Montée en hâte au sommet des remparts, Cassandre huma l'air chargé d'une étrange senteur, un peu amère, qu'elle ne connaissait pas. Au pied du cheval, les archers troyens lâchaient des pluies de flèches enflammées, mais aucune d'entre elles apparemment ne parvenait à incendier l'autel voué au Dieu.

C'est alors, contre toute attente — les Troyens ayant misé sur la surprise —, qu'une nuée de Grecs embusqués derrière la grande palissade fondit sur Déiphobe et les siens. Contraints à battre précipitamment en retraite, ces derniers gagnèrent, comme s'ils avaient l'enfer aux trousses, les portes de la ville, talonnés par l'ennemi qui s'y engouffra à son tour. Un long moment, la bataille fit rage dans les étroites ruelles de Troie et ce ne fut qu'au terme d'une lutte farouche, que les troupes adverses furent refoulées à l'extérieur des remparts, et que l'on put, non sans difficultés, refermer sur elles les lourdes portes de la cité.

— L'alerte a été chaude, reconnut Déiphobe ayant rejoint la famille royale sur les remparts. Il semble que les Grecs soient décidés à en finir. Nous ne devons à aucun prix leur donner une occasion nouvelle de pénétrer en ville. A partir d'aujourd'hui, les portes resteront closes.

Ce maudit cheval sert uniquement à nous masquer ce qui se trame derrière lui. De plus, il est incombustible. Ils l'ont, je crois, enduit d'un mélange de vinaigre et d'acide. Peut-être avons-nous eu tort d'incendier les échafaudages, l'autre jour. Aujourd'hui, en tout cas, ils nous guettaient. C'était un piège !

— Si cet autel est réellement dédié à Poséidon, notre Dieu, observa Hécube gravement, ne commettons-nous pas un acte sacrilège en voulant le brûler ?

— Tâchons d'abord de le brûler, nous ferons ensuite la paix avec l'Ebranleur de la Terre, railla Déiphobe hargneusement. De toute façon, il refuse de se consumer pour l'instant.

— N'y a-t-il pas d'autre moyen ?... se risqua à demander Priam.

— J'y songe, Père. Peut-être des flèches enduites de poix seraient plus efficaces, en espérant qu'elles restent collées à sa paroi. Cela dit, je me demande si ce cheval n'est pas uniquement un leurre pour détourner notre attention pendant qu'ils préparent autre chose ; le percement d'un tunnel, par exemple, derrière la ville, ou l'attaque inopinée du temple de Pallas à partir des hauteurs. Avec Ulysse, il faut s'attendre à tout. Ne gardons pas les yeux rivés sur ce maudit cheval !

Joignant le geste à la parole, Déiphobe brandit un poing furieux en direction de l'édifice en bois qui semblait le narguer.

Cette nuit-là, le même cheval hanta le sommeil de Cassandre. S'animant soudainement, il se cabrait comme un étalon rebelle, martelait furieusement le sol de ses monstrueux sabots, puis s'élançait vers les remparts et, d'une formidable ruade, défonçait d'un seul coup les portes de la cité... Comme par enchantement, l'armée grecque tout entière jaillissait alors de ses entrailles et déferlait tel un raz de marée, dans toutes les ruelles de la ville, pillant, massacrant vieillards, femmes et enfants, l'énorme tête de la bête, noire et démoniaque, oscillant au-dessus d'un océan de flammes ravageant la cité tout entière... S'éveillant en sursaut, baignée de sueur, Cassandre courut vers la terrasse. Un pâle rayon de lune l'éclairait faiblement, suffisant néanmoins pour apercevoir le cheval de bois dans la plaine figé toujours à la même place. A côté de la monstrueuse créature entrevue dans son rêve, il semblait tout petit...

Encore frissonnante, Cassandre se rendit au sanctuaire et s'agenouilla au pied de la statue d'Apollon.

— Ô Dieu Soleil, implora-t-elle à mi-voix, ne peux-tu donc sauver ton peuple ? Si tu ne le peux pas, pourquoi dit-on alors que ta puissance est infinie ? Et si tu ne le veux pas, quelle terrible divinité es-tu ?

Terrifiée par ses propres paroles, elle se releva aussitôt et s'enfuit éperdue, réalisant qu'elle venait de poser au Dieu la question ultime, celle à laquelle aucun mortel n'avait jamais encore reçu de réponse.

« Je ne vaux pas mieux qu'Hélène, se dit-elle brisée. J'ai choisi d'aimer un Dieu qui n'est peut-être pas meilleur que le plus vil des mortels... »

XV

Le disque radieux du soleil resplendissait sur la plaine de Troie. La ville était silencieuse et déserte. Autour du grand cheval de bois, quelques torches luisaient faiblement. Le calme était absolu. Au-delà du rempart qui protégeait le camp ennemi, la mer elle-même semblait dormir, immobile et sereine.

Soudain, Cassandre crut retrouver son rêve : dressé sur ses pattes de derrière, l'inquiétant animal martelait rageusement les portes de la ville.

Elle voulut hurler, mais sa voix s'étouffa dans sa gorge. Aspirant l'air à pleins poumons, elle essaya à nouveau et cette fois un long cri déchira le silence qui pesait sur la forteresse endormie.

— Prenez garde ! hurla-t-elle, éperdue. La colère du Dieu va s'abattre sur nous ! Prenez garde !

Déjà dans son esprit retentissait au-dessus d'elle le formidable grondement de Poséidon terrassant victorieusement le Dieu Soleil.

Eveillées par ses cris, à demi-nues, les prêtresses se ruèrent sur la terrasse autour d'elle, suivies bientôt par une foule inquiète.

— Que se passe-t-il, Cassandre ? demandait-on de toutes parts. Que vois-tu ?

Mais la princesse, perdue dans les brumes de sa vision, ne semblait pas entendre.

— C'est Cassandre, disaient les uns, la fille de Priam. Ne l'écoutez pas, elle est folle...

— Non, reprenaient d'autres, prenons garde à ses avertissements ! C'est une prophétesse, elle voit l'avenir...

— Mais enfin, qu'y a-t-il, Cassandre ? insista Phyllide en lui prenant la main. Dis-nous ce que tu vois ?

Cassandre voulut parler. En vain.

Les mots se bousculaient, déformés et sans suite, au seuil de ses lèvres. Un fulgurant coup de hache semblait avoir soudain fendu son âme en deux, et le sens de ses propres paroles lui échappait. Saisie d'une sorte de lucidité glacée, elle se débattait désespérément pour étouffer en elle des bouffées de panique qui la submergeaient peu à peu.

— Le Dieu est furieux ! s'entendit-elle finalement crier. Apollon ne peut rien contre Poséidon ! Les murs de la ville s'écrouleront. L'Ebranleur de la Terre, notre protecteur, mettra à bas nos portes et nous livrera à l'ennemi ! Nous sommes tous perdus ! Prenez garde, fuyez vite !

Hélas, elle le sentait, tous ses avertissements ne servaient plus à rien. L'ombre de la mort enveloppait déjà les Troyens...

Chrysès, alors qu'elle le croyait définitivement parti, s'approcha d'elle.

— Répète devant nous ce que le Dieu Soleil t'a ordonné de dire, dit-il d'un ton solennel. Au nom d'Apollon, je jure que personne ne lèvera la main sur toi aussi longtemps que je vivrai.

Qu'espères-tu ? songea-t-elle, abattue. Apollon lui-même est maintenant impuissant... Puis elle ajouta à voix haute, posant la main sur sa poitrine pour apaiser les furieux battements de son cœur :

— Peuple de Troie, écoute-moi ! Comme il a terrassé le soleil, Poséidon s'apprête à anéantir notre cité. La colère de l'Ebranleur de la Terre va éclater sur nos têtes. Nul mur, nul toit, nulle maison, nulle porte ne vont y résister !

Elle s'interrompit un instant pour reprendre son souffle.

— A tous les vôtres, dites de fuir, reprit-elle, amplifiant le timbre de sa voix. Couvrez tous les feux, éteignez les torches près des jarres de poix ou d'huile, abandonnez vos toits au risque de périr écrasés sous les décombres !

— Prêtresses, clama à son tour Chrysès, courez rendre leur liberté aux serpents qui n'ont pas pris encore la fuite ! Que l'on aille également au palais vite aviser le roi et les siens de ces ultimes prédictions. Implorez-les de quitter ces murs aussitôt, avant que ne vienne l'irrémédiable !

— Chrysès, tout est trop tard, gémit Cassandre malgré elle. Personne ne peut plus échapper à la fureur divine. Que les femmes aillent tout de même se réfugier au temple de la Vierge ! Peut-être la Déesse aura-t-elle du moins pitié d'elles...

— Vite, écoutez Cassandre ! lança Chrysès encore une fois. Obéissez sans attendre, précipitez-vous au sanctuaire avec vos enfants ! Si vous échappez à la catastrophe, peut-être parviendrez-vous aussi à vous soustraire à la vindicte de l'ennemi triomphant.

Il saisit le bras de Cassandre, qui peu à peu reprenait ses esprits. Une intense douleur lui vrillait les tempes ; un flot dévastateur venu des profondeurs de son âme semblait vouloir l'engloutir.

— Que puis-je faire pour toi ? lui dit-il. Comptes-tu essayer de trouver refuge sur les terrasses du temple ?

La voix du prêtre lui paraissait extraordinairement lointaine, comme si elle venait des plaines intemporelles du royaume des morts.

— Frère, je te remercie, réussit-elle seulement à répondre. Je n'ai besoin de rien. Va, pars vite, et fais ton devoir. Je vais, quant à moi, tâcher d'aller mettre mon enfant à l'abri.

Chrysès l'ayant quittée, Cassandre regagna sa chambre. Ambre y dormait toujours. Se penchant sur la fillette, elle s'aperçut que son serpent, plus sage que les hommes, avait disparu pour se réfugier en lieu sûr. N'éveillant pas l'enfant endormie, elle la prit dans ses bras, et repartit très vite.

Sur le chemin du temple de la Vierge, portant précautionneusement son précieux fardeau, la princesse trébucha soudain, mais une main vigoureuse l'empêcha de tomber.

— Cassandre, souffla Enée serrant la jeune femme et l'enfant contre lui, le jour fatal est venu n'est-ce pas ? Etait-ce cet instant terrible dont tu cherchais désespérément à nous avertir ?

— Enée, je croyais que tu avais déjà quitté la ville, chuchota-t-elle à son tour.

— Cassandre, tu ne peux rester ici. Viens avec moi. Nous trouverons un vaisseau pour la Crète...

— Non, c'est impossible. Suis-moi, vite... Les Dieux abandonnent Troie...

Parvenus tous trois au cœur du sanctuaire, ils trouvèrent des prêtresses abîmées dans une fervente prière.

— Eteignez toutes les torches, cria Cassandre réveillant la fillette et la posant délicatement à terre. Eteignez la flamme sacrée elle-même et fuyez ! Les Dieux nous ont abandonnés !

Alors, lâchant la main d'Ambre, tout étonnée de se retrouver là, loin de son lit, Cassandre s'empressa d'étouffer le feu qui couvait devant l'autel de la Vierge et, tandis que les prêtresses affolées se ruaient au-dehors, elle arracha d'un seul geste le rideau protégeant l'effigie de la Déesse.

— Enée, dit-elle fiévreusement, voici l'objet le plus sacré de toute la cité.

Soulevant respectueusement le Palladion, elle l'enveloppa dans son voile.

— Je te le confie. Où que tu ailles, reprit-elle emporte cette idole avec toi, érige un autel à la gloire de la Déesse, rallume à ses pieds la flamme sacrée. A tous les hommes que tu rencontreras, jure-moi de dire toute la vérité sur la mort de Troie.

Enée fit mine de soulever le voile, mais Cassandre retint son bras.

— Non ! je t'en prie, supplia-t-elle. Nul homme ne doit poser les yeux sur elle. Jure-moi que tu lui feras bâtir un sanctuaire, que tu la confieras à une prêtresse de la Mère Eternelle... Jure-le !

— Je le jure, murmura Enée, les yeux dans les yeux de Cassandre. Mon amour, rien ne te retient plus ici. Je t'en conjure à mon tour, viens avec moi... C'est à toi, prêtresse du Dieu Soleil, que revient l'honneur sacré d'emporter au-delà des mers cette statue qui t'est si chère.

Eclatant en sanglots, Cassandre se jeta dans ses bras.

— Mon amour, mon cher amour, je n'en ai pas le droit, balbutia-t-elle. Telle est ma destinée. Mais toi, je te l'ai dit, tu vas quitter la ville en vie. C'était écrit de toute éternité. Pars sur-le-champ... Mes vœux et mon cœur t'accompagnent... Puissent les Dieux te protéger toujours !

— Tu ne peux pas rester...

— Mon doux, mon tendre amour, j'aurai quitté la ville avant que le soleil ne se lève une nouvelle fois, je te le jure ! La mort ne m'attend pas, Enée, pas encore. Les Dieux en ont décidé autrement.

Les traits altérés soudain par une très violente émotion, Enée, en larmes, l'embrassa longuement une dernière fois. Puis il lui prit des mains l'antique et vénérée statue de la Déesse Pallas.

— Cassandre, sur ma vie, au nom de notre amour, sur mes divins ancêtres, je jure d'accomplir ta volonté !

Sans ajouter un mot, il disparut alors.

Bouleversée, Cassandre sortit à son tour, tenant la petite Ambre par la main.

Comme elle traversait la cour, un formidable grondement semblant sourdre des entrailles de la terre monta vers elle et la cité. Le soleil se voila, les ténèbres envahirent le jour. Puis tout se mit à trembler, à vaciller, projetant la fillette et elle-même brutalement sur le sol. Couvrant Ambre de son corps pour la protéger, entendant murs et colonnades, portiques et bâtiments, toits et maisons s'effondrer dans un fracas épouvantable, elle attendit pétrifiée, sentant contre sa joue les pavés se fendre et trépider, que le séisme engendré par l'implacable Dieu des Profondeurs ne s'apaise enfin.

De ses lèvres frémissantes s'échappèrent alors une plainte, un long gémissement de désespérance et de rage, d'impuissante consternation :

— Mère, Mère Eternelle, répéta-t-elle à plusieurs reprises entre ses larmes, pourquoi nous as-tu tous abandonnés ? Comment as-tu pu consentir à laisser tes enfants nous anéantir ?

Dans un vacarme assourdissant, les secousses terribles se prolongèrent encore un instant, puis, peu à peu, elles faiblirent en intensité pour s'estomper finalement tout à fait. Complètement affolée, Ambre blottie convulsivement contre elle sanglotait à chaudes larmes. Dans un silence de mort, Cassandre releva la tête, s'aperçut que le soleil était revenu, brillant à nouveau malgré l'épais nuage de poussières et de cendres qui avait envahi l'atmosphère. Le tremblement de terre avait tout au plus duré une minute.

Abasourdie et chancelante, Cassandre se leva, tenant par la main sa petite fille hoquetant toujours faiblement. Se retournant lentement, elle vit que le temple d'Apollon n'était plus qu'un amas de ruines fumantes ; seul le sanctuaire avait résisté au déchaînement funeste de Poséidon. Un appel étouffé, lui sembla-t-il, montait des décombres. Elle s'approcha. Oui, quelqu'un était là, certainement pris au piège. Navrée au plus profond d'elle-même, Cassandre contempla désarmée l'indescriptible amoncellement de pierrailles qui se dressait devant elle. Clouée sur place, elle ne pouvait rien faire. D'ailleurs presque aussitôt la voix se tut.

Dans les jardins, en haut d'un arbre miraculeusement épargné, un oiseau se remit à chanter.

Tout était-il donc fini ?

En guise de réponse, une ultime convulsion parcourut l'écorce terrestre puis tout redevint calme. Anéantie, Cassandre se fraya un chemin, Ambre la suivant comme son ombre, jusqu'aux ruines de la terrasse et fouilla la plaine du regard.

Les remparts s'étaient écroulés, entraînant dans leur chute les grandes portes en bronze de la cité martyre.

Parmi les monstrueux éboulis, émergeaient les restes grotesques du grand cheval de bois, dont une patte se dressait encore vers le ciel, comme si c'était bien lui, tel dans son dernier cauchemar, qui avait abattu la muraille cyclopéenne. Quelques débris d'échafaudages brûlaient aussi autour de lui mais les flammes qui s'en échappaient léchaient en vain ses flancs.

En revanche, un violent incendie ravageait dans la ville détruite les masures en bois des quartiers les plus pauvres. Image après image, l'exacte réplique de sa vision défilait sous les yeux de Cassandre.

A travers l'énorme brèche ouverte dans la muraille, les troupes grecques déferlaient sur Troie comme une vague malfaisante, pillant sur leur passage tout ce qui pouvait l'être. Le cœur et l'esprit en déroute, Cassandre se demanda alors où elle allait pouvoir cacher son enfant. Le sanctuaire d'Apollon ayant été épargné, peut-être y trouverait-elle abri et nourriture, reste des offrandes de la veille ? Elle remonta donc dans sa direction mais, parvenue au seuil du bâtiment, elle s'arrêta soudain, songeant qu'il risquait de s'effondrer peut-être à la moindre secousse. Dans la pénombre, elle remarqua tout de suite que la haute statue du Dieu était tombée. Sous ses restes épars gisait inerte une forme humaine. Pour voir si elle connaissait la victime, elle s'approcha à pas de loup et reconnut le visage crispé de Chrysès.

Cette fois, songea-t-elle gravement, Apollon a décidé d'en finir avec lui...

Lentement, elle s'agenouilla près du cadavre, lui ferma les paupières et, s'étant relevée, se dirigea vers la petite salle, où l'on entreposait les offrandes. Quelques miches de pain s'y trouvaient. Elle en prit deux qu'elle glissa dans les replis de son péplos et réfléchit quelques instants. Les Grecs, elle le savait, étaient désormais maîtres de la ville basse. Avaient-ils déjà envahi le palais ? Qu'étaient devenus ses parents, Andromaque, Hélène et tous les autres ? Etaient-ils morts ou bien vivants ?

Tendant l'oreille, elle se mit à l'affût du moindre signe de vie, mais le temple était plongé dans un silence oppressant et lugubre.

Espérant qu'il en était autrement au palais, Cassandre résolut de s'y rendre.

Les ruelles étant envahies de décombres, elle se fraya à grand-peine un chemin au travers des gravats et des pierres, portant à nouveau sa fille dans ses bras, croisant quelques rescapés l'air hagard, deux ou trois femmes à demi-nues creusant les décombres à pleines mains comme des bêtes hallucinées dans l'espoir insensé de retrouver peut-être l'un des leurs enterré.

Constatant avec soulagement que l'antique demeure des souverains de Troie semblait avoir résisté, même si les grandes portes de la cour d'honneur avaient été arrachées, Cassandre, le cœur battant, pénétra dans le vaste édifice. Un cri bientôt, ou plutôt une longue plainte, capta son attention. C'était sa mère penchée au bout d'une galerie sur le corps inanimé du vieux roi, couché de tout son long sur une dalle en marbre intacte. Immobiles et sans voix, Hélène et Nikos se tenaient auprès d'elle, Andromaque, le petit Astyanax serré contre son sein, légèrement en retrait.

La veuve d'Hector la voyant approcher la foudroya du regard.

— Cassandre, cingla-t-elle, tu dois être heureuse, les désastres que tu nous annonçais se sont enfin produits ! Tu peux...

— Andromaque, tais-toi ! lui intima Hélène. Ne sois pas si injuste. Cassandre, maintes fois, a cherché à nous avertir, mais nous avons refusé de l'entendre. Sois certaine qu'elle aurait mille fois préféré pouvoir se taire. La voir saine et sauve avec Ambre doit réchauffer nos cœurs.

Venant à elle, la princesse l'embrassa, aussitôt imitée par Andromaque dont les paroles visiblement avaient dépassé la pensée.

— Qu'est-il arrivé à Père ? demanda Cassandre relevant délicatement la vieille Hécube. Viens, Mère, il ne faut pas rester... Nous allons nous réfugier au temple de la Vierge.

— Je ne peux pas, protesta la reine entre deux sanglots, je ne peux pas... Jamais je n'abandonnerai mon époux !

Andromaque tenta à son tour de la convaincre mais en vain.

Alors le petit Astyanax s'approcha d'elle.

— Ne pleure pas, grand-mère, fit-il de manière touchante. Le roi dort, mais moi je suis là. Je veillerai toujours sur toi...

Caressant la chevelure du garçonnet, Cassandre s'agenouilla devant son père, saisit sa main glacée, souleva l'une de ses paupières. Un voile blanchâtre recouvrait déjà ses yeux éteints.

— Il est mort, dit-elle d'une voix étranglée.

De nouveau, Hécube fondit en larmes.

— Mère, reprit Cassandre en se relevant, nous ne pouvons hélas nous attarder. Les Grecs ont envahi la ville !

— Les Grecs ? Mais c'est impossible... Comment ont-ils pu ? balbutia la reine atterrée.

— Les remparts se sont écroulés, le pillage commence... Ils seront ici dans peu de temps. Où est Déiphobe ?

— Lui aussi, je crois, est mort, dit Hélène, impassible. Tout à l'heure, lorsque nous avons entendu appeler Mère, nous avons couru à ses appartements. Le roi venait d'avoir un malaise. Sur les conseils des prêtres d'Apollon, Déiphobe l'a transporté dans la cour, puis est rentré aussitôt dans le palais. Au même moment se sont produites les premières secousses, et les toits du quartier des femmes ont commencé à s'effondrer. Déiphobe n'a pas réapparu. Nikos et moi, heureusement étions restés près de Priam.

— Nous sommes donc les seuls survivants, murmura Cassandre en hochant la tête. Si nous ne voulons pas tomber entre les mains de ces barbares, il nous faut au plus vite trouver une cachette.

— Hélène en tout cas n'a rien à craindre, crut devoir observer Andromaque n'arrivant plus à maîtriser ses nerfs. Son époux, bientôt, sera heureux de la reprendre...

— L'heure est trop grave, ma sœur, pour nous laisser aller à de telles supputations, intervint sèchement Cassandre. Réjouissons-nous plutôt qu'Hélène et son fils aient été épargnés. Allons, quittons vite le palais, alors qu'il en est encore temps, et réfugions-nous au temple de la Vierge ! Je suis sûre que les bâtiments sont intacts.

Joignant le geste à la parole, elle prit alors fermement le bras de sa mère.

— Non, fit Hécube s'effondrant à genoux devant la dépouille du roi mort. Je reste ici auprès de mon époux.

— Mère... Crois-tu que Priam, mon père, aurait aimé te voir tomber aux mains des soldats grecs ?

— Ah, Cassandre, je t'en prie, je ne peux pas l'abandonner ! Tu es jeune, toi ! Cours, si tu le peux, te réfugier en lieu sûr. Moi, je suis vieille et lasse de la vie. Je veillerai sur ton père. Hélène et son fils peuvent eux aussi rester. Jamais les Grecs n'oseront toucher à la reine de Troie ni à celle de Sparte. Seule la puissance du Dieu Poséidon nous a vaincus.

L'urgence de la situation ne permettait plus maintenant des discours. Cassandre en prit définitivement conscience. Chaque seconde perdue compromettait les chances de salut. Déjà d'ailleurs on entendait le piétinement des troupes qui approchaient. D'un geste résolu, elle saisit la main d'Ambre. Astyanax un instant protesta mais voyant que c'était inutile, s'accrocha au péplos de sa mère.

— Allons nous cacher dans la première maison encore debout, la plus pauvre possible, suggéra Andromaque. Jamais ils ne penseront à la fouiller.

Cassandre secoua négativement la tête.

— Non, dit-elle, je préfère remettre mon sort entre les mains de notre protectrice, la Déesse Vierge de Troie. Elle, espérons-le, ne nous a peut-être pas tout à fait abandonnés.

— Agis comme tu crois, murmura Andromaque dans un souffle. Quant à moi, je ne crois plus aux Dieux. Adieu, ma sœur, et bonne chance !

Elles se séparèrent. Andromaque partit avec son fils à la recherche d'un abri. Cassandre entraîna vivement Ambre vers le sommet de la colline, là où le temple de la Vierge se dressait intact. Pénétrant dans la cour, elle constata que la statue d'Athéna était toujours en place sur son piédestal de marbre. Lâchant la fillette un instant, elle tomba à genoux au pied de l'idole. Sous la protection de l'Immortelle, même le plus vil des hommes n'oserait jamais lui faire outrage...

Un bruit de voix se faisant entendre à l'intérieur du sanctuaire, pensant avoir affaire à quelques prêtresses survivantes, elle y pénétra tenant son enfant par la main. Mais à peine en avaient-elles franchi le seuil qu'un cri rauque les cloua sur place. Deux soldats grecs en armures leur faisaient face.

— Enfin ! En voilà une ! rugit triomphalement l'un d'eux.

— Ouais ! Je commençais à me demander aussi où étaient donc passées toutes les femmes ! exulta l'autre. Celle-ci va faire parfaitement mon affaire ! Je la reconnais, c'est la fille de Priam. Une vierge d'Apollon, paraît-il ! Mais il t'en faut une autre. Où peuvent-elles se cacher ?

— Non, reprit son compagnon, un géant hirsute à la barbe blonde, inutile ! Je vais m'occuper de la petite. Les filles sont toujours trop vieilles à mon goût. Approche, gamine, j'ai une jolie surprise pour toi...

Avec horreur Cassandre voulut s'interposer.

— Non ! hurla-t-elle, non... ! Je t'en supplie ! Ce n'est qu'une enfant !

— Silence femelle ! ricana l'homme en arrachant violemment la tunique d'Ambre, c'est comme ça que je les aime !

Toutes griffes dehors, prête à sacrifier sa vie pour sauver son enfant, Cassandre bondit à la gorge du soldat, le griffa sauvagement au visage, tentant de toutes ses forces de lui faire lâcher prise. Mais un coup d'une violence inouïe s'abattit sur sa nuque et l'envoya rouler sur les dalles de marbre. Impuissante, à demi inconsciente, elle entendit alors hurler longuement la fillette tandis que le second guerrier, avec un rire affreux, s'abattait de tout son poids sur elle. Pratiquement assommée, incapable de réagir, la plainte de son enfant martyrisée lui vrillant les tympans, Cassandre, ne pouvant résister à la poigne de fer séparant ses genoux, dut écarter les jambes et offrir son ventre dénudé à la brute.

« Ô Mère Eternelle ! pensa-t-elle éperdue, comment peux-tu laisser commettre de telles atrocités dans ton temple, au pied de ta statue ? Devons-nous toutes deux, moi et ma fille innocente, à cause de mon renoncement envers les Immortels, subir ce tourment sous l'œil indifférent de la Déesse Vierge ? »

Comme le soldat s'enfonçait violemment en elle, Cassandre perdant toute notion de la réalité sous l'innommable emprise de la douleur, vit un voile noir s'abattre devant ses yeux.

Se dédoublant alors, elle délaissa son corps tourmenté, contempla l'homme qui ondulait sur elle, et le petit corps torturé d'Ambre, encore secoué de brefs soubresauts. Puis, fuyant ces images révoltantes, elle survola la ville en feu, gagna une plaine sans relief ni couleur, où le soleil semblait lui-même avoir viré au gris, une plaine qui, mystérieusement, était et n'était pas celle qui s'étendait devant l'antique cité perdue de Troie. Semblant s'enfoncer peu à peu dans la brume, elle aperçut la silhouette à demi vêtue de Déiphobe, portant sa mère dans ses bras, de minuscules flammèches tournoyant sur ses mains et son visage. Ainsi avaient-ils donc péri ensemble...

Plus loin encore se trouvait Astyanax, la tête ensanglantée, sa tunique en lambeaux, figé dans une attitude de stupeur. Pourtant soudain ses traits s'illuminaient, et il s'élançait, poussant des cris de joie, dans les bras de son père qui, en larmes, le couvrait de baisers. Hector avait donc tenu sa promesse, était revenu chercher son fils que les soldats grecs n'avaient même pas daigné laisser en vie. Où était Andromaque ? Sa détresse devait être immense, ignorant que le père et le fils étaient de nouveau réunis.

Et maintenant n'était-ce pas son père, Priam, noble et majestueux comme autrefois, qui approchait souriant et paisible, les bras tendus vers elle ?

— Troie n'est plus, lui disait-il avec douceur et nous sommes tous morts, n'est-ce pas ?

— Oui, Père, je le crois...

— Où est donc ta mère, mon enfant ?... Ah ! voici Hector et son fils ! Je crois que je vais aller les rejoindre... Préviens ta mère si tu la vois...

N'est-ce que cela, mourir ? songea Cassandre profondément émue du bonheur rayonnant sur le visage du vieux roi. C'est impossible !... Il doit y avoir autre chose...

Relevant les yeux, à nouveau elle tressaillit de joie. Penthésilée, à quelques pas seulement, lui souriait aussi, radieuse et splendide, entourée des guerrières tombées avec elle au combat. Bouleversée, riant aux éclats malgré elle, Cassandre se jeta dans les bras de la reine des Amazones, un instant surprise de sentir la chaleur de son corps et la douceur de sa peau.

— Achille lui-même ne doit pas être loin ? s'entendit-elle demander.

— Sans doute, répondit Penthésilée, étonnamment indifférente, soudain lointaine, s'estompant peu à peu, masquée par une aveuglante lumière, illuminant progressivement les contours d'un temple immense, plus magnifique encore que celui de la Mère Eternelle à Colchis.

De la lumière montait une sublime mélodie, où se mêlaient des chœurs vibrant à l'unisson, toujours plus beaux, toujours plus proches... Envahie de tendresse et de nostalgie, Cassandre reconnut les lieux et l'atmosphère du temple du Dieu Soleil imaginés par elle dans son enfance. Au seuil du sanctuaire, se trouvait Chrysès. Cordialement il l'invitait à le rejoindre. Sur ses traits, ne se lisaient nulle convoitise, nulle rancœur. Il était devenu tel qu'elle avait toujours souhaité qu'il fût. Comme elle voulait aller se jeter dans ses bras, Penthésilée, de nouveau présente, l'en empêcha. Elle tenait par la main la petite Ambre, riante et sautillant joyeusement comme tous les enfants de son âge.

Ainsi, elle aussi était morte...

Alors Cassandre, une fois encore, voulut rejoindre Chrysès.

— Non, dit simplement Penthésilée. Non, Cassandre, pas encore.

Cassandre voulut parler, mais aucun son ne sortit de ses lèvres. Sous ses yeux, là, à quelques pas d'elle seulement, se trouvait l'endroit où elle avait toujours rêvé de vivre. Chrysès et tous ceux qu'elle aimait étaient présents, attendant ardemment qu'elle vienne prendre la place qui était sienne au sein du chœur chantant leur félicité infinie.

— Non, dit encore Penthésilée d'un ton doux mais ferme, retenant la princesse. Tu ne peux pas encore entrer. Une dernière tâche te reste à accomplir chez les vivants. Tu dois t'en retourner, Cassandre. Ton heure n'est pas encore venue...

Son cœur battant à lui faire mal, Cassandre voulut de toute sa volonté retenir le regard, la voix, le visage de sa tante, dont les contours déjà s'estompaient dans un doux clair-obscur.

— Non... je t'en prie, cria-t-elle, s'accrochant désespérément à l'image vacillante de la reine des Amazones. Non, ne m'abandonne pas, ne me laisse pas repartir !...

Mais il n'y avait brusquement plus personne autour d'elle, plus que la nuit qui effaçait toute lumière.

Lentement alors elle sombra dans un vertigineux abîme. Une odeur écœurante de mort, de vomissure, la prit à la gorge. Elle était étendue sur le dos dans la poussière. Le sol était de glace.

« Hélas, je ne suis pas morte... »

Sa déception était indicible. Son corps épuisé n'éprouvait même plus de douleur ; son visage ruisselait de sang. Sur elle, les bras en croix, l'homme qui l'avait violée gisait sans vie, les yeux fixes et révulsés. Un autre visage penché sur elle, familier, celui-là, nez acéré et barbe noire, qui hantait ses cauchemars depuis tant d'années, attendait qu'elle reprît conscience.

— Je t'avais dit qu'elle était à moi, Ajax, tonna Agamemnon, écartant d'un coup de pied le cadavre du corps de Cassandre. Heureusement pour toi tu ne l'as pas tuée. Je t'aurais fait écorcher vif. Ah, Ajax ! Tu savais qu'elle était mienne, mais tu as voulu me devancer. Adieu donc ! Tu es allé trop loin !

La foudre et la glace broyèrent l'âme de Cassandre.

« Ainsi seule parmi tous les autres, je suis vivante... murmura-t-elle. Pourquoi ? Pourquoi la Déesse Vierge m'a-t-elle sauvée ? Pourquoi ?... »

XVI

Lentement Cassandre rouvrit les yeux.

— Ambre ?... murmura-t-elle d'une voix rauque.

Seul le silence lui répondit. Alors, avec horreur, elle se rappela...

« Elle est morte, pensa-t-elle, je l'espère... Oui, elle a rejoint Penthésilée... Moi aussi, je ne veux plus vivre... Je veux retourner là-bas, les rejoindre, retrouver Penthésilée, Père, la lumière, le chœur... »

Mais elle entendait distinctement les battements de son cœur et sentait sa poitrine se soulever à intervalles réguliers : « Il te reste encore une tâche à accomplir parmi les vivants », lui avait dit Penthésilée... Une tâche, maintenant qu'Ambre avait quitté ce monde et qu'elle ne pouvait plus rien faire pour elle ? Pourquoi devait-elle demeurer ici-bas puisque tous ceux qu'elle aimait étaient partis ?

Avec peine elle se redressa. Son corps était affreusement endolori et elle s'aperçut qu'elle était dans un lieu baigné d'ombre, où s'entassaient pêle-mêle toutes les richesses de Troie, soieries, tissus brodés, tapisseries aux couleurs éclatantes, vases et vaisselle d'or, sacs de grain, jarres d'huile, coffres et ballots innombrables. A ses côtés, gisait Andromaque, face contre terre. Avec appréhension, la princesse se pencha sur sa cousine, lui tourna délicatement la tête. Lentement, Andromaque ouvrit ses paupières bouffies de larmes.

— Cassandre ! murmura-t-elle avec difficulté. Ainsi tu es vivante... Lorsqu'ils t'ont amenée ici, ils disaient que tu étais morte, qu'Agamemnon ne pardonnerait pas...

— J'ai cru mourir, et aurais tant voulu ne plus jamais me réveiller...

— Moi aussi, balbutia Andromaque dans un sanglot. Ils m'ont pris Astyanax...

— Je savais. Je l'ai vu se jeter dans les bras de son père... Ne pleure pas, ma sœur. Là où il est, ton fils est libre et heureux. Il a retrouvé son père. Leur sort à tous est mille fois préférable au nôtre... Où sommes-nous ? Le sais-tu ? demanda encore Cassandre. Qu'allons-nous devenir ?

— Je ne sais pas... Je crois que les Grecs s'apprêtent à charger leurs vaisseaux...

— Ecoute, on vient ! fit Cassandre retombant sur le sol épuisée.

Lentement, en effet, des pas lourds s'approchaient.

Désormais indifférente à tout, Cassandre attendait résignée que son sort se décide.

— Ambre est morte, répéta-t-elle dans un souffle. Au pied de la statue de la Vierge, ils m'ont pris mon enfant et l'ont ignominieusement violée...

Andromaque lui prit doucement la main.

— Je ne l'aurais pas aimée davantage si je l'avais moi-même enfantée. Et toi, chère Andromaque, que t'est-il arrivé ? N'as-tu pas trop souffert ?

— Non... Ils n'ont pas levé la main sur moi. Ils se réjouissent, je pense, à l'idée d'avoir pour esclave la veuve d'un héros. Mon pauvre petit Astyanax !... Sans doute l'auraient-ils également épargné s'il n'avait pas été le fils d'un homme si glorieux...

La voix brisée, elle dut s'interrompre un instant.

— Mais toi ? ajouta-t-elle tendant le bras vers la plaie qui barrait tout le front de Cassandre. Tu es blessée... As-tu été... ?

— Violée ? Oui... Je croyais, j'espérais être morte... Mais pour une raison que j'ignore, ils m'ont portée ici...

Les mots de Penthésilée lui revinrent en mémoire : quelle était donc la tâche qui lui était désormais assignée ? Dire seulement à Andromaque que son fils avait retrouvé Hector ? Venger les siens d'Agamemnon ? Que pouvait-elle faire, elle, une femme seule, blessée, humiliée, meurtrie au plus profond d'elle-même ? Tout était dérisoire et absurde...

Une forme noire se découpa soudain sur le seuil d'une porte.

— Allez, rejoins les autres ! aboya une voix.

Quelqu'un fut violemment poussé à l'intérieur de la pièce, trébucha sur un coffre, s'effondra au côté de Cassandre.

— Mère ! cria Cassandre, reconnaissant la reine

Hécube, fantôme gémissant et blafard. Je te croyais morte !

— Cassandre !... Agamemnon ne t'a pas encore prise ? Il clame partout qu'il t'emmène à Mycènes !

— Mère, ils n'ont pas encore chargé leurs vaisseaux. Ainsi avons-nous au moins le temps de nous dire adieu...

— Nous sommes, avec les marchandises, comptées dans le butin ! s'exclama Andromaque révoltée. Jamais je...

Mais elle n'eut pas le temps d'achever. Une fois encore quelqu'un venait.

L'imposante silhouette d'Ulysse se détachait cette fois dans la clarté qui filtrait au-delà de la porte.

— Que veux-tu, roi d'Ithaque ? interrogea un garde posté à l'extérieur.

— L'une des femmes retenues dans la pièce m'appartient. Elle est âgée. J'ai perdu aux dés, mais peut-être est-ce mieux ainsi : mon épouse Pénélope aurait été furieuse si j'avais ramené une esclave jeune et jolie.

— Non ! murmura Hécube étreignant le bras de sa fille. Dire qu'il a été si souvent notre hôte ! Comment supporter une telle humiliation ?

Ulysse entra et s'inclina.

— Reine Hécube... dit-il courtoisement, je crains qu'il ne te faille me suivre. Rassure-toi, je ne te veux nul mal, et mon épouse te traitera bien.

Tendant la main, il l'invita à se lever.

— Cassandre, ne te fais point de souci, ajouta-t-il, je prendrai grand soin d'elle. Aussi longtemps que je vivrai, mon toit sera le sien. J'aurais souhaité t'emmener avec moi, mais Agamemnon s'y est formellement opposé. Tu es sienne, m'a-t-il dit. Sa décision est irrévocable.

— Et Andromaque ? s'enquit Cassandre.

— Elle sera conduite au palais du vieux Pelée, le père d'Achille.

— Qu'est devenue Polyxène ? interrogea Hécube les yeux mourants.

Visiblement embarrassé, Ulysse baissa les yeux.

— Elle appartient désormais à Achille, marmonna-t-il.

— A Achille ? Que veux-tu dire ? insista la reine, cherchant à saisir son regard qui se dérobait.

Mais Cassandre, elle, avait compris :

— Elle est morte ! s'écria-t-elle, indignée. Ils l'ont sacrifiée, égorgée sur le bûcher d'Achille comme une vulgaire génisse !

Ulysse sursauta.

— Est-ce la vérité ? questionna Hécube avec désespoir.

— J'aurais préféré t'épargner la nouvelle, répondit-il enfin. Comme Achille l'avait demandée en mariage, ils ont souhaité qu'elle le rejoigne dans l'au-delà.

Brisée, Hécube, fondit en larmes.

— Ne pleure pas, Mère, murmura doucement Cassandre. Là où elle est à présent, elle est heureuse. Tu la reverras bientôt...

— Oh, oui ! balbutia la reine secouée de sanglots. La mort !... La mort est plus douce que la vie qui nous attend ! Qu'elle vienne vite me prendre pour les rejoindre tous ! Avec un sursaut de dignité poignante, elle voulut se reprendre et dit alors simplement :

— Je suis prête, Ulysse.

Puis elle étreignit sa fille et Andromaque une dernière fois.

— Au revoir, mes enfants. J'espère vous retrouver bientôt...

Dans le ciel de Troie obscurci de fumée, le soleil malgré tout continuait à tourner. Pour Cassandre, une éternité semblait s'être écoulée depuis que la terre avait tremblé ! Aussi fût-ce sans étonnement qu'elle vit venir le soir.

Alors une ombre encore pénétra dans la pièce. Cassandre reconnut Hélène.

Ivre de lassitude, elle se laissa mollement retomber en arrière. Devait-elle en vouloir à la reine de Sparte ? Elle n'avait qu'obéi à son destin. Apercevant le front ensanglanté de la princesse, Hélène, effarée, porta la main à sa bouche.

— Ce n'est rien, la rassura Cassandre. Je ne souffre pas.

Ses yeux s'arrêtèrent sur le péplos aux rayures multicolores, la ceinture de soie aux fermoirs d'or ciselé et le manteau richement brodé dont la reine était parée.

— D'où tiens-tu ces vêtements ? ajouta-t-elle, étonnée.

Hélène eut un pauvre sourire.

— Ménélas a voulu que je m'habille ainsi. Il m'a enlevé Nikos, prétextant que j'étais indigne de son fils.

— Lui, au moins, est vivant ! gémit Andromaque, ne pouvant contenir sa rancœur.

— Oui, mais je viens de le perdre à jamais. Ménélas m'a prévenue que si celui-ci venait au monde (elle posa la main sur son ventre), il serait aussitôt exposé. Ah, Andromaque, crois-moi, je préférerais mille fois être morte et reposer aux côtés de Pâris...

— Je ne te crois pas, cria presque Andromaque. Je suis sûre que tu es encore prête à ensorceler un autre homme.

Tournant la tête, elle se mura dès lors dans le silence.

Cassandre, elle, tendit la main à Hélène, qui la prit aussitôt.

— Toutes les Troyennes me jugent-elles donc coupable ?...

— Non, tu le sais bien...

— Cassandre, c'est affreux ! A cause de moi, toutes ces larmes, toutes ces ruines ! Troie est anéantie...

— C'est l'œuvre de Poséidon.

La main dans la main, les deux femmes restèrent silencieuses. Ménélas fit alors son entrée.

— Hélène ? lança-t-il.

— Je suis ici, répondit-elle en se levant.

Comme elle s'approchait de la porte, un rayon de soleil parvint à percer la fumée, se mit à caresser ses cheveux d'or. Comme au jour où elle était apparue resplendissante sous les remparts de Troie...

Lui-même ébloui, Ménélas cligna des paupières, esquissa un pas en avant, puis fasciné murmura :

— Viens !

La nuit tombait lorsqu'enfin Agamemnon fut là.

— Fille de Priam, mon vaisseau est prêt à lever l'ancre, furent ses premières paroles.

Elle se leva. Il lui prit le bras sans rudesse, mais avec une perceptible fierté possessive.

— Tu m'as coûté très cher, dit-il avec un étrange sourire. Pour toi, j'ai renoncé à ma part du trésor de Troie. Sois fière ! Etre la favorite du roi des rois n'est pas donné à toutes les femmes.

Cassandre ne répondit pas. Absente et lointaine, elle était ailleurs, là où nul homme, jamais, ne pourrait plus l'atteindre. Une dernière fois, elle embrassa convulsivement Andromaque, puis docile elle le suivit dans la ville en flammes jusqu'à la plage noircie où attendait un long vaisseau. A sa proue, sculptée à même le bois, veillait hostile et menaçante une tête de faucon. Elle monta sur le pont par une étroite passerelle, indifférente aux regards des rameurs déjà en place qui levaient la tête vers elle, traversa lentement la travée centrale. Un peu plus loin, à même le pont, une tente se dressait. Soulevant le rideau qui en masquait l'entrée, Agamemnon lui fit signe d'y pénétrer. Eclairé par une lampe à huile, l'intérieur était tapissé de coussins et de couvertures.

— Ici, tu es chez toi, dit-il cérémonieusement. Nous partirons avec la marée, deux heures avant l'aube.

Le roi s'étant aussitôt retiré, Cassandre s'effondra sur le sol, se laissant mollement bercer par les oscillations du navire. Un bref instant, elle eut la tentation de se ruer à l'extérieur, de sauter par-dessus bord et de se laisser emporter par la mer. Mais les hommes d'Agamemnon auraient tôt fait de la repêcher. Et puis, Penthésilée ne lui avait-elle pas clairement dit que son heure n'était pas venue, qu'elle avait encore une mission à accomplir ? Mieux valait donc, une dernière fois, se résigner à l'inévitable. Agamemnon ne tarderait pas à venir, mais ayant survécu à l'étreinte monstrueuse d'Ajax, elle sortirait vivante des griffes de son ravisseur. D'ailleurs, au-delà de l'horreur, de la souffrance, jusqu'à sa mort, lui semblait-il, elle ne vivrait plus comme avant. Elle allait regarder la vie s'enfuir, en attendant que vienne vite, enfin, son dernier jour sur terre.

XVII

La nausée l'ayant enfin quittée, Cassandre se coula hors de la petite tente et s'avança prudemment sur le pont balayé par la brise vespérale. La seule idée d'avaler un aliment lui soulevait encore l'estomac, mais aujourd'hui, pour la première fois, elle parvenait à se tenir debout, ne craignant plus une chute humiliante. Pendant un long moment, elle contempla rêveusement les îlots rocheux qui se découpaient au loin, n'ayant jamais revu la terre depuis le jour funeste où elle avait tourné le dos aux flammes gigantesques de Troie.

Le navire voguait, lui semblait-il, depuis un temps infini. La nuit passée, elle avait entrevu la nouvelle lune, mince et pâle, se lever au sud-ouest et lui offrir un point de repère sur l'étendue illimitée des flots. Mais que lui importait ? Ni les odeurs marines ni la morne psalmodie des rameurs, ni même les mains possessives d'Agamemnon sur son corps, plus rien désormais n'avait d'importance pour elle, plus rien hormis une seule pensée qui l'obsédait et pour laquelle elle éprouvait la plus vive répulsion : celle qu'elle était enceinte. Mais de qui ? d'Enée, d'Agamemnon ou, pire encore, d'Ajax ?... Fallait-il apprendre la nouvelle à son ravisseur ? En lui parlant, ne flatterait-elle pas sa fierté, risquant ainsi de lui donner à croire qu'elle mendiait sa bienveillance ?

Mais elle n'eut pas longtemps à se poser la question. Agamemnon, un matin, s'aperçut de son état et lui en fit la remarque. Nier l'évidence était inutile. Elle se contenta de hocher la tête en silence.

Dès lors il se fit magnanime et la combla de présents puisés dans les trésors qu'il avait dérobés à sa famille.

Les jours, les mois passèrent. Peu à peu, comme toutes les femmes touchées par la grâce de la Mère Eternelle, Cassandre sentit son corps s'alourdir. Envahie par une impérieuse langueur, elle attendit avec fatalisme l'événement, espérant toucher terre avant d'entrer en couches. L'hiver vint. Pluies et vents s'acharnèrent sur le noir vaisseau, sans cesse rabattu vers d'inquiétants récifs dressant leurs crocs aigus au bord de rivages hostiles. Un jour enfin, l'homme de vigie cria qu'il apercevait une vaste étendue d'eau plus claire semblant couper la mer en deux. C'était le Nil, fleuve immense, traversant le pays des pharaons. Poséidon les avait entraînés en Egypte !

Sur la paisible terre d'Afrique les jours pour Cassandre se ressemblèrent tellement qu'elle perdit vite toute notion du temps. Le pharaon, sachant que leur navire recelait les trésors de Troie, les avait accueillis avec munificence. Les fêtes succédaient aux fêtes, et le ventre de la princesse s'arrondissait de plus en plus visiblement. Au cours d'un grand repas leur hôte, un soir, leur appris qu'Ulysse était venu le visiter très récemment, puis s'en était retourné et avait disparu corps et biens, son bateau s'étant sans doute fracassé sur des brisants. Le même soir la princesse, sentant l'instant venir, fit appeler une sage-femme et au petit matin donna naissance à un minuscule garçon qu'elle appela Agathon. Son père présumé l'adora néanmoins aussitôt.

Mais une fâcheuse nouvelle vint bientôt assombrir le contentement du roi des rois. A Mycènes, Clytemnestre son épouse, disait-on, poussée par son amant Egisthe avait déshérité à dessein sa fille Electre en la mariant à un homme de très basse extraction, le porcher du palais, allaient jusqu'à prétendre certains.

Dès lors Agamemnon ne décoléra plus. Le ciel et les vents étant redevenus favorables, il prit solennellement congé de son hôte, puis, avec frénésie, ordonna qu'on hisse sur son navire la grand-voile pour rejoindre au plus vite son royaume.

Sur le pont, ayant à peine gagné le large, Cassandre cherchant toujours à se convaincre qu'Agathon était le fils d'Enée, regardant le soleil se lever sur la mer, pressentit dans l'instant qu'elle voguait vers un nouveau destin. Agamemnon quant à lui, elle en était certaine, se précipitait au devant d'un sort inexorable.

Poussés par des courants rapides et réguliers leur voyage cette fois fut de courte durée et un soir, à babord, apparut une abrupte montagne, au sommet de laquelle s'élevaient de grandes flammes, les feux du cap de Nauplie ! Ils étaient à Mycènes.

Une grande foule, accourue dans le port, les attendait.

Un homme de haute taille, aux cheveux roux, au cou paré d'un épais collier d'or, les accueillit à terre.

— Seigneur Agamemnon, déclama-t-il pompeusement, je suis Egisthe, le cousin de la reine. Clytemnestre ton épouse m'a demandé de te recevoir et de t'escorter avec mes hommes jusqu'au palais.

Les gardes alors encerclèrent le roi. Visiblement surpris il partit néanmoins avec eux sans protester, ressemblant davantage à un prisonnier qu'à un souverain vainqueur rentrant chez lui entouré par sa garde d'honneur.

Un homme, presque aussitôt, s'inclina devant la princesse.

— Es-tu la fille du roi Priam de Troie ? s'enquit-il. La reine m'a chargé de te conduire au palais. Un palanquin t'attend, toi, et ton enfant.

Cassandre s'y installa avec une suivante sans mot dire.

Après une longue montée à flanc de colline, elles passèrent sous une énorme porte au-dessus de laquelle veillaient deux lionnes impassibles sculptées à même la pierre.

Toujours accompagné de la garde d'Egisthe, quelques pas devant elle, marchait Agamemnon vers la majestueuse cité cernée de temples et de jardins.

Sur un vaste perron de marbre, une femme attendait. Mince et altière, son visage était encadré de longues boucles dorées qui scintillaient dans le soleil couchant. Vêtue à la crétoise, elle arborait une somptueuse robe à grands volants muticolores, serrée à la taille et profondément échancrée. Sa ressemblance avec Hélène était frappante.

— Roi Agamemnon, déclara-t-elle d'une voix douce et claire, c'est pour nous une grande joie de te revoir en ce palais sur lequel, autrefois, tu régnais à mes côtés. Il y a si longtemps que nous attendions ce jour !

Elle lui tendit les mains, et le roi les effleura des lèvres courtoisement.

— Moi aussi, ma reine, je suis infiniment heureux de revoir mon palais, répondit-il lentement.

— En ton honneur, poursuivit-elle, nous avons préparé un banquet et un grand sacrifice. Tout est prêt pour que la fête commence. Viens, viens vite ! Il est grand temps que tu reprennes ta place parmi nous...

Cassandre fut parcourue d'un long frisson. En elle renaissaient ses prophétiques dons de vision, chargés d'images d'un réalisme effrayant.

La reine invita Agamemnon à gravir les marches du palais.

— Tout est prêt, ô mon roi, répéta-t-elle. Je te propose d'accomplir sans attendre nos sacrifices rituels.

Le roi des rois alors parut marquer un léger temps d'hésitation, puis majestueusement il suivit son épouse. Egisthe, en haut des marches, armé de l'énorme hache de cérémonie, attendait sa venue. D'un geste il ordonna qu'on ouvre les hautes portes de bronze et le roi pénétra à l'intérieur de son palais. Les lourds battants se refermèrent derrière lui.

Clytemnestre, elle, était restée dehors. Très calmement elle s'approcha du palanquin où la princesse de Troie était toujours assise.

— Tu es Cassandre, n'est-ce pas, la fille du roi Priam, dit-elle avec un sourire appuyé. Tu as été à Troie, je sais, la seule et véritable amie de la reine de Sparte, ma sœur.

Restant sur la défensive, Cassandre acquiesça d'un bref mouvement de tête.

— Oui, je suis Cassandre de Troie, se contenta-t-elle de répondre, prêtresse du Dieu Soleil et de la Déesse Python de Colchis.

Les yeux de Clytemnestre se posèrent sur l'enfant blotti contre son sein.

— Est-ce le fils d'Agamemnon ? interrogea-t-elle.

— Non ! répliqua vivement Cassandre. C'est *mon* fils.

— C'est bon. Puisqu'il en est ainsi, il aura la vie sauve. A Mycènes nous n'avons que faire des fils de roi.

Au même instant, un affreux hurlement retentit à l'intérieur du palais. Les portes s'ouvrirent et Agamemnon, frappé d'épouvante, apparut sur le seuil, poursuivi par Egisthe brandissant au-dessus de sa tête la monstrueuse hache rituelle. En un éclair, et de toutes ses forces, il l'abattit sur le crâne du roi. Le visage fendu en deux, celui-ci tituba, puis roula sur les marches, s'effondrant d'un seul coup dans un grand flot de sang aux pieds de Clytemnestre.

— Peuple de Mycènes ! s'écria aussitôt la reine, triomphale. Voyez ! Le tyran est mort ! Le meurtre d'Iphigénie, ma fille, est vengé !

Revenue vite de sa stupeur, la foule poussa alors une vibrante et joyeuse ovation, tandis qu'Egisthe, descendant lentement les marches, tendait orgueilleusement la hache ensanglantée à la reine. Une courte bousculade, provoquée par les fidèles du roi mort n'ayant pas eu le temps de réagir, fut rapidement maîtrisée ! Tous ceux faisant mine de résister furent brutalement entraînés et réduits à merci.

Clytemnestre jeta sur Cassandre un regard de défi.

— Princesse de Troie, vois-tu quelque chose à redire ? demanda-t-elle, l'air implacable. Peut-être espérais-tu toi-même devenir reine de Mycènes ?

— Reine de Mycènes à ses côtés ? Plutôt mille fois mourir ! répondit Cassandre submergée malgré elle d'une joie terrible. Vois-tu j'aurais aimé tenir moi-même la hache ! Au nom de la Déesse, tu n'as fait que justice pour toi et tous les miens !

La reine s'inclina et lui prit les deux mains.

— En ta qualité de prêtresse, dit-elle doucement, je savais que tu me comprendrais.

Elle s'interrompit un instant, contempla le visage de l'enfant endormi.

— Je n'éprouve contre toi nul ressentiment, dit-elle encore. J'ai même l'intention de rétablir ici l'antique tradition mycénienne. Veux-tu rester avec nous, et être la grande prêtresse de la Déesse ? Si tu le souhaites, notre sanctuaire t'est grand ouvert.

— Je te remercie mais je ne puis accepter. Tu m'honores mais cette terre n'est pas mienne...

— Désires-tu repartir pour le pays de tes ancêtres ?

— Hélas ! Troie n'est plus. Mais si tu le permets, je vais aller rejoindre la cité de Colchis. Une voix, très chère et impérative, m'y appelle...

ÉPILOGUE

On raconte qu'au terme d'un long et éprouvant voyage, Cassandre parvint enfin un soir en vue des portes de Colchis. Elle crut entendre alors résonner dans son cœur le martèlement joyeux des sabots du cheval qui, jadis, l'avait amenée petite fille avec Penthésilée et les Amazones dans l'antique cité.

La vieille reine Imandre était encore en vie. Les larmes aux yeux, elle accueillit Cassandre et son fils Agathon, lui apprit qu'Hécube s'était subitement éteinte sur un bateau d'Ulysse, qu'Andromaque était captive chez le père d'Achille, qu'Hélène et Ménélas avaient regagné Troie. A Mycènes, Clytemnestre venant de trépasser, Oreste, son fils, s'était emparé de son trône après avoir assassiné Egisthe. Quant à Enée, après maintes aventures, il avait, paraît-il, fondé loin dans le nord une grande cité. Tous les autres étaient morts ou avaient disparu...

On dit aussi qu'en cette même ville de Colchis, un homme envoyé par les Dieux, ayant pour nom Zakynthos, vint implorer Cassandre, unique prêtresse survivante de Troie, de fonder avec lui un royaume sans roi, une cité où hommes et femmes seraient égaux, où la guerre à jamais serait proscrite, une cité édifiée à la seule gloire de la Mère Eternelle.

N'ayant plus de foyer, plus de famille, plus de patrie, plus qu'un enfant à elle, Cassandre, affirme-t-on, finit par se laisser convaincre. Son fils avait le droit de vivre dans un monde meilleur, les enfants de ses enfants le droit d'apprendre la véritable histoire de la disparition de Troie.

C'est ainsi qu'un matin, soutenus par une voix irrésistible, Cassandre et Agathon quittèrent Colchis pour toujours et suivirent Zakynthos. Alors, prétendit-on, brilla longtemps dans le ciel ce jour-là une étrange clarté semblant ouvrir au-dessus d'eux, entre bois et vallées, une voie lumineuse les guidant pas à pas vers un monde nouveau.

Post-scriptum

*L'*Iliade *ne dit rien du sort de Cassandre à l'issue de la Guerre de Troie. Eschyle, dans son* Agamemnon, *la fait périr des mains de Clytemnestre en même temps que le roi de Mycènes. A l'époque classique, il était parfaitement admis de mettre en scène des personnages de l'*Iliade *dès lors que l'œuvre d'Homère ne faisait pas mention de leur destinée. Euripide, lui, a fait de Cassandre l'une des prisonnières troyennes ; particularité intéressante, elle est la seule à envisager la vengeance, mais il apparaît clairement qu'elle a perdu la raison. Ailleurs encore on voit Cassandre entraîner toutes les femmes de Troie dans un héroïque suicide collectif...*

Or la tablette n° 803 du Musée Archéologique d'Athènes porte l'inscription suivante :

ZEUS DE DODONE, REÇOIS CE DON
OFFERT PAR MA FAMILLE ET MOI-MÊME,
AGATHON FILS D'EKHEPHYLOS,
DE LA FAMILLE DES ZAKYNTHIENS,
GOUVERNEURS DES MOLOSSES ET DE LEURS ALLIÉS,
DESCENDANTS DE LA TRENTIÈME GÉNÉRATION
DE CASSANDRE DE TROIE.

REMERCIEMENTS

Je tiens tout particulièrement à remercier Walter Breen, mon mari, pour l'aide qu'il m'a apportée tout au long de mes recherches, et dont la connaissance de l'Antiquité et du grec classique m'a été infiniment précieuse. Il m'a notamment permis de découvrir la citation du Musée d'Athènes qui clôt cet ouvrage et fournit une base historique à l'existence et au destin de Cassandre de Troie, autour de laquelle s'articule la totalité de l'intrigue.

*Certains lecteurs seront tentés de s'exclamer : « Ce n'est pas ainsi que les choses se passent dans l'*Iliade *! » C'est une évidence : si le récit d'Homère m'avait entièrement satisfaite, je n'aurais pas eu la moindre raison d'entreprendre ce roman. Je trouve pour ma part que l'*Iliade *s'achève net au moment le plus intéressant, permettant ainsi à l'écrivain d'imaginer un dénouement s'inspirant de différentes légendes. Les poètes grecs n'ayant pas hésité à improviser, pourquoi faudrait-il aujourd'hui m'excuser d'avoir suivi leur excellent exemple ?*

Je tiens pour terminer à reconnaître également ma dette envers Elisabeth Waters, qui lorsque je piétinais n'a jamais manqué de m'apporter des idées constructives, ainsi qu'envers tous mes proches, qui ont stoïquement enduré avec moi le siège et le sac de Troie.

Marion ZIMMER BRADLEY

Table

Composition réalisée par JOUVE

Imprimé en France sur Presse Offset par

BRODARD & TAUPIN

GROUPE CPI

La Flèche (Sarthe).
N° d'imprimeur : 23851 – Dépôt légal Éditeur : 46573-05/2004
Édition 1
LIBRAIRIE GÉNÉRALE FRANÇAISE - 43, quai de Grenelle - 75015 Paris.

ISBN : 2 - 253 - 10999 - 1 31/0999/8